W.S. Maugham

毛 姆 文 集
W. Somerset Maugham

毛姆剧作全集 卷三

The Collected Plays of W. Somerset Maugham Volume III

〔英〕毛姆 著 黄雅琴 马丹 译

上海译文出版社

目　录

苏伊士以东
EAST OF SUEZ

独幕七场剧

黄雅琴　译

人物表

黛西

乔治·康韦

亨利·安德森

哈罗德·诺克斯

李泰成

西尔维娅·诺克斯

阿妈

吴

故事发生在北京

七场剧

第一场

场景：北京街道

露出几家商店。店面雕花繁复，朱漆描金。柜台经过用心雕琢。门外悬挂有巨大店招。店铺临街开设，能看见不同店家售卖的琳琅满目的商品。一家是棺材铺，劳工正在忙活一口棺材；其他待售的棺材全都陈列出来；有些朴实无华，有些富贵堂皇，描以黑金两色。挨着的店铺是个银号。还有个灯笼铺子，各式各样、五颜六色的灯笼高高悬挂。然后是个药材铺，瓶子里面装了稀奇古怪的东西，还有草药。一个小型的鳄鱼标本是镇店之宝。毗邻的是个陶器店，彩色的大缸、盘子，以及奇珍异兽。每家店铺里面都坐着两三个中国人。他们有的戴着角质框眼镜读报；有的在抽水烟。

街上熙熙攘攘。挑着两个箱子的流动小贩，一个里面烧着炭：小贩给客人端来米饭和下饭的佐料。还有个理发师带着他做生意的全部家当。一个苦力坐在高脚凳上，让理发师剪头发。中国人走来走去。有些是苦力，穿着蓝棉布的衣服，衣衫褴褛；身穿黑马褂、头戴黑帽子、脚蹬黑鞋子的是商人及其手下。乞丐骨瘦如柴，支棱的短发脏兮兮、乱蓬蓬，身上的破衣烂衫污脏不堪。乞丐在某家店铺门前站定，扯开嗓子哀嚎。一度也没人搭理他，不过此刻，有个伙计从了自家体态富贵的老板的命令，给了乞丐几个钱，把他给打发了。半身赤裸的苦力扛着大包疾步走来，发出刺耳短促的呼喝声，提醒行人给他们让出道儿。蒙了蓝色罩布的马车隆隆驶过，搞出了一番动静。黄包车来来往往，疾驰而过，车夫一路喊着让行人避让。车里面端坐着神情肃穆的中国人。有些一身白衣,紧跟欧洲潮流;有些车里坐着的中国女性一袭长袍,配上宽大的裤子,或是满洲女子打扮,涂脂抹粉的脸庞宛如戴了面具,一身刺绣绸服。不同出身的女子或在街上溜达,或进到某家店铺。你可以看见她们在讨价还价。

一个送水工推着嘎吱作响的独轮车扬长而过,所过之处,弄湿一地;一个眼盲的老妪慢步走来,手中打着快板为自己招揽按摩生意。一个艺人站在街头,手中的单弦演奏出不成调的乐曲。远处依稀传来锣鼓声。人们的交谈、苦力的吆喝、锣鼓声、快板声、单弦声汇聚在一起,众声喧哗。店铺都会焚香供奉守护家宅平安的神明,烟雾缭绕。

两个蒙古人骑着毛发蓬乱的矮种马;他们脚蹬长靴,头戴真纳帽。接着,一队骆驼慢悠悠地走在街头。驼峰上扛着来自蒙古大漠的皮革。边上跟着面相狂野的家伙。两个壮实的中国爷们在逗鸟,鸟儿的一条腿上拴着链条,站在纤细的木杆上。这两个爷们在交流各自鸟儿的优点。周围有小男孩嬉戏。他们在人流中钻来跑去,追逐另一个伙伴。

第一场终

第二场

　　场景：属于英美烟草公司的建筑物，楼上部分供给员工居住，附带了小游廊。后侧是经过粉饰的笨重的石拱门，一道矮墙充作女儿墙。眼前是关上的绿色百叶窗。竹质桌子上面摆放了画报。一对竹躺椅，两三把太师椅。地上铺了地砖。

　　哈罗德·诺克斯在一张躺椅上酣睡。他是个长相讨喜的年轻人。一身白衣，脱下的外套挂在椅子上。领子、领带和扣针搁在旁边的桌子上。苍蝇扰了他的清梦，半睡半醒的他仍闭着眼睛，试图赶走苍蝇。

诺克斯：该死的苍蝇。[他睁开双眼，嚷嚷道] 伙计！

吴：[出现] 是的。

诺克斯：几点了？

　　　　[吴进屋，他是个中国籍仆人，一袭白色长褂，头戴黑帽。手中的托盘放了一瓶威士忌、一个玻璃杯以及一根虹吸管。

吴：小的不知道。

诺克斯：管他呢，来杯威士忌加苏打。[吴把托盘放到桌上。诺克斯微微一笑] 先见之明。仆人当中的翘楚。[吴倒酒] 你不会介意我喝得烂醉如泥吧，吴——你介意吗？[吴灿烂一笑，露出一口牙齿] 都是这天气的错。给我酒。[吴照做] 你就像个老妈子，吴。[他一口饮尽，放下杯子] 老天，我觉得脱胎换骨了。斗牛犬，吴。永远别说死。统治吧，不列颠尼亚。^①把百叶窗打开，你这个懒骨头。太阳都下山了，这地方还热得像个烤炉。

[吴走过去一扇接着一扇打开百叶窗。露出一角湛蓝的天空。亨利·安德森进屋。他年约三十，皮肤白皙，面容姣好，看着亲和、靠谱。他身上流露出的坦率和真诚令他充满魅力。

哈里^②：[轻松活泼地] 喂，哈罗德，你看上去很惬意啊。

诺克斯：在办公室无所事事，所以我想着逮着机会就该美美地睡一觉。

哈里：我以为你在午夜之前美美睡过了。

诺克斯：稳妥起见，我要抓紧时机。

哈里：你今晚还会到处溜达溜达吗？

诺克斯：还？亨利？

哈里：昨晚上的你视而不见。

诺克斯：[心满意足] 累趴了……哎哟，这是谁？[他看见了刚进屋的阿妈。她是个娇小干瘦、满脸皱纹的中国老妪，穿了长袍和裤子。光滑的乌发插了根金簪。当发现有人注意到她时，她露出了献媚的笑容] 好吧，可爱的人儿，我们能为你做点什么？

哈里：吴，她有何事？

诺克斯：是那位沉鱼落雁的美人？

阿妈：小姐让我来送信。

哈里：[突然来了兴趣] 你是拉思博恩夫人的阿妈？你带来了给我的信？

阿妈：我是拉思博恩小姐的阿妈。

哈里：好啦，赶紧的，别一整晚为了这事磨磨唧唧的。借我一美元，

---

① 出自英国著名的爱国歌曲。
② "哈里"为"亨利"的昵称。

哈罗德。我要给这老姑娘打赏。

　　　[阿妈从袖口里掏出一封信，交给哈里。他展信阅读。

诺克斯：我没有一美元。给她打个白条，或者把吴叫来。我只知道
　　他有钱。

哈里：吴，给我一美元。快点，快点。

吴：我去拿钱。

　　　[他走出房间。阿妈站在桌子边。诺克斯和哈里继续聊天，
　　她注意到了诺克斯的扣针。她笑嘻嘻，笑嘻嘻，冲着两位男子
　　点头哈腰，同时那只手小心翼翼地探向扣针，盖住。然后顺进
　　袖子里。

哈里：我以为你今天下午会去打网球。

诺克斯：过会儿去打。

哈里：[微笑] 说干就干吧，亲爱的男孩。生意人切记这条箴言。

诺克斯：我讨厌这个想法，但你是为了摆脱我吧。

哈里：我喜欢有你做伴，但我觉得做人不能自私。

诺克斯：[伸出腿] 老实告诉你，我今天感觉不太舒服。

哈里：小毛小病，我敢说。你需要的是意志坚决。[他把外套递给诺
　　克斯]

诺克斯：这是什么？

哈里：你的外套。

诺克斯：你做人非要比你的天性更无聊。

　　　[吴回到房里，递给哈里一美元，然后走出去。哈里给了阿
　　妈钱。

哈里：给你一美元，阿妈。回去对小姐说，一切都好，盼她快快过
　　来。知道了吗？

阿妈：知道了。再见。

诺克斯：上帝保佑你，宝贝。见着你这张迷人的小脸蛋，我浑身舒

坦了。

哈里：[微微一笑] 闭嘴，哈罗德。

　　　　[阿妈点头哈腰，满脸堆笑地离开了。

诺克斯：哈里，我可怜的朋友，有没有可能，你是佳人有约？

哈里：可能的，你还不麻利地出门，我就把你丢出去。

诺克斯：你为什么不说出口，你盼着一个姑娘？

哈里：我没有；我盼着一位淑女。

诺克斯：你确定知道该如何行事？如果你想要我待着，提防你不会
　　搞砸，那我就把网球扔一边。我时时刻刻愿意为了朋友牺牲我
　　自己。

哈里：你有没有发现游廊到马路之间的距离相当远？

诺克斯：路面还硬实。懂你的意思了，我都要夸夸我自己了。我那
　　该死的扣针跑哪儿去了。我放桌上的呀。

哈里：但愿是吴收走了。

诺克斯：很有可能是那个老姬顺手牵羊了。

哈里：哦，胡说八道。她不会想要这么一个东西的。我相信拉思博
　　恩夫人用她就是看中她的年纪。

诺克斯：拉思博恩夫人是谁？

哈里：[不希望被提问] 一个朋友。

　　　　[乔治·康韦进屋。他三十出头，身材高挑，皮肤黝黑。他
　　是个俊俏、健壮的家伙，外表有点粗犷，但彬彬有礼、沉着
　　自信。

乔治：我能进来吗？

哈里：[热情洋溢地晃动他的胳膊] 终于。天呐，再见到你真好。你
　　认识诺克斯，是吗？

乔治：我想是的。

诺克斯：我是在英美烟草公司洗瓶子的。我可不指望公使馆的人员

会意识到我的存在。

乔治：[眼光一闪] 我倒不知道一个华人事务处的助理秘书有这么
　　　重要。

诺克斯：你下过福州了，是吗？

乔治：是的，今早刚回来。

诺克斯：那有没有碰巧见到弗雷迪·贝克？

乔治：见过，可怜的家伙。

诺克斯：哦，我一点也不同情他。他就是个该死的傻瓜。

哈里：为什么？

诺克斯：你没听说？他娶了混血儿。

哈里：那又怎样？我相信，她是个非常漂亮的姑娘。

诺克斯：我敢说一定是。可是，见鬼了，他没必要娶她。

乔治：这么做并非明智之举。

哈里：我本以为这些偏见都是老黄历了呢。既然他想娶混血儿，为
　　　什么不能？

诺克斯：讨一个就连女传教士都嗤之以鼻的妻子，可不是一段佳话。

哈里：[耸耸肩] 等着瞧，等弗雷迪成为汉口的一把手，就有乐子可
　　　以看了。我敢打赌，那些白人贵妇会非常乐意结识他的夫人。

乔治：是的，不过仅此而已。娶了欧亚混血的妻子，他永远不会得
　　　到一份好工作。

哈里：他在怡和洋行，不是吗？你是说在一个船运公司，一个男的
　　　如果娶了一个有中国血统的女人，他就前途尽毁了？

乔治：当然啦。怡和洋行是驻中国最重要的企业，一个重要部门的
　　　经理自然要肩负社会责任。弗雷迪·贝克会被打发到无关紧要
　　　的小港口，那里没人会在意他的太太。

诺克斯：没有被勒令辞职，我觉得他已经走了狗屎运了。

哈里：好残酷。他的妻子或许是个有魅力、有教养的女子。

诺克斯：你见过混血儿？

哈里：见过。

诺克斯：好吧，我在这个国家待了七年，还没见过一个混血儿，男的女的都没有，混血儿让我起鸡皮疙瘩。

哈里：受不了你。你是个彻头彻尾的大傻帽。

诺克斯：[有点吃惊，但心情还不错] 你激动了，是吗？

哈里：[气冲冲] 我憎恶不公。

乔治：你真的觉得那是不公？英国人不算是不近人情的种族。既然英国人讨厌混血儿，那可能是因为他们有大把的理由讨厌吧。

哈里：什么理由？

诺克斯：我们不是特别喜欢他们的品行，但我们也不能批评他们的习俗。

乔治：不知怎的，他们似乎从两个种族那里继承了所有的恶劣品质，然后发扬光大，没一个好东西。我相信肯定有例外，但总体而言，混血儿粗俗下流，叽叽喳喳。就算他们要说实话，也说不出口。

诺克斯：对他们公平点，他们很少讲真话。

乔治：他们骄傲得像孔雀。忌惮你的时候，卑躬屈膝，不怕你的时候，飞扬跋扈。你永远无法信赖他们。他们整个人都透露出虚情假意，从头上的德国帽子尖到脚下的美国靴子跟。

诺克斯：一针见血。你输了，老伙计。

哈里：[冷冰冰] 你不是该走了吗？

诺克斯：[微笑] 还没到时间，但我要走了。

哈里：对不起，我刚才对你动粗了，老伙计。

诺克斯：傻瓜，你又没伤到我；我的自大，谢天谢地，毫发无损。

　　　[他走出去]

哈里：我说，好高兴你回来了，乔治。你想象不到在你离开的这段时日，我有多想你。

乔治：狩猎开始后，我们想办法抽出两三天去乡下度假。

哈里：好的，会是个愉快的假期。[呼叫] 吴。

吴：[出现] 在。

哈里：奉茶，三个人的。

乔治：还有谁?

哈里：你说你要过来后，我就去请了一个我非常希望你见一见的人。

乔治：谁?

哈里：拉思博恩夫人……我要和她结婚了，我们希望你做我的男傧相。

乔治：哈里!

哈里：[稚气未脱] 我以为你会大吃一惊。

乔治：亲爱的老伙计，我很高兴。我希望你能幸福快乐。

哈里：我现在就快乐极了。

乔治：你为什么保密功夫做得这么好?

哈里：大局已定之前我不想透露风声。此外，我认识她也只有六个星期。我是在上海认识她的……

乔治：她是寡妇?

哈里：是的，她在马来嫁过美国人。

乔治：那她是美国人?

哈里：婚姻而已。我看她的那段婚姻并不幸福。

乔治：可怜的人儿。我猜我可以打个小赌，你搞不定她。

哈里：我会尽我所能让她快乐。

乔治：你个傻帽，我还没见过一个人做丈夫会更出色的。

哈里：我深深爱上了她，乔治。

乔治：这不是胡闹吗? 她多大了?

哈里：才二十二。她会是你见过的最可爱的人儿。

乔治：她也爱你？

哈里：她是这么说的。

乔治：该死的，她必须爱你。

哈里：我希望你会喜欢她，乔治。

乔治：当然，我会的。你不是那种人，会爱上一个不可爱的女人。

　　　　[哈里不停地走来走去。

哈里：你想来杯威士忌加苏打吗？

乔治：不，谢谢……我等着喝茶。

哈里：她很快就到了。[突然下定决心] 拐弯抹角的也没好处。我还
　　　是现在就告诉你吧。她的——她的母亲是中国人。

乔治：[无法掩饰自己的惊愕] 哦，哈里。[停顿] 但愿我没说过我
　　　刚才说的那番话。

哈里：当然，你又不知情。

乔治：[凝重] 我本该说些类似的话，哈里。但我不该说得这么
　　　直白。

哈里：你自己说的，也有例外。

乔治：我知道。[烦恼] 你的家人难道不会失望？

哈里：我不太明白这事和他们有什么关系。他们远在九千英里之外。

乔治：她的父亲是谁？

哈里：哦，一个商人。死了。母亲也是。

乔治：这样啊。我想你是不会喜欢有个中国岳母的。

哈里：乔治，你难道不会区别对待吗，你会吗？我们俩知根知底。

乔治：亲爱的老朋友，至于我，我并不介意你娶个混血儿当妻子。
　　　我只是不希望你把事情搞得一团糟。

哈里：等你见了她再说。她会是你见过的最迷人的姑娘。

乔治：是的，她们很有魅力。我曾经疯狂爱上过一个混血姑娘，很
　　　多年前了。在你来到这个国家之前。我想过要娶她。

哈里：为什么没娶?

乔治：那是在重庆。我被派到那里当副领事。那年我只有二十三岁。公使从北京给我打来电话，如果我娶了她，就必须辞职。除了薪水，我没有其他收入，他们还把我派到了广东，把我打发走。

哈里：你不一样。你有公职，总有一天你会当上公使的。我只是个商人。

乔治：就算是你，也会碰上麻烦的，你知道的。你没想过那些白人女士的不友善?

哈里：我可以撇开他们的社交。

乔治：你必须认识一些人。那就意味着，你不得不和混血员工及其妻子过从甚密。恐怕你会发现这样的日子糟透了。

哈里：只要你忠于我，我就无所谓了。

乔治：我估计你已经打定主意了?

哈里：心意已决。

乔治：既然如此，我没什么好说的了。你不能指望我没有感到一点点的失落，不过，你的幸福事关重大，让我做什么我都愿意。你可以信赖我。

哈里：真够朋友，乔治。

乔治：那个可爱的女士该到了吧?

哈里：我觉得我听见了她上楼的声音。

　　　　[他走向门口，走出房间。吴把茶水和茶具放在桌上。乔治走向女儿墙，若有所思地看向前方。隔壁房间传来说话的声音。

哈里：[画外音] 进来，他在游廊上。

黛西：[画外音] 再让我照眼镜子，这就好。

　　　　[哈里进屋。

哈里：她这就来。

乔治：我打赌，她在给鼻子补粉。

黛西：我来了。

　　　[黛西进屋。她十分可爱、美艳，或许穿得有点过于华丽。肤色苍白、很淡，有点点蜡黄，乌黑的眼睛很漂亮。这是她唯一的一点中国人特征。头发乌黑茂密。

哈里：这是乔治·康韦，黛西。

　　　[乔治盯着她看。起初，他不太肯定认出了她，可突然他认出来了，但只有些许闪烁的眼神出卖了他。

黛西：你好。我告诉过哈里，我感觉在哪里见过你。可我应该没有吧。

哈里：乔治自夸有过目不忘的本领。

黛西：可我从哈里那儿已经听过很多关于你的故事，就好像我们已经是老朋友了。

乔治：你能这么说真好。

哈里：要不你来倒茶吧，黛西。

乔治：我马上想要来一杯。

　　　[她坐下，开始倒茶。

黛西：哈里非常在乎你是否喜欢我。

哈里：我和乔治还是小屁孩时就认识了。他家和我们家离得很近。

黛西：我不是在责怪你。我只是在考虑该如何取悦他。

哈里：他看上去严肃，其实真不是。我觉得你只要展现自己的魅力就行。

黛西：你和他说了房子的事儿？

哈里：还没。[面向乔治] 你知道哈里森一家以前住过的庙吧。我们买下了它。

乔治：哦，那个破地方。难道你不觉得很烦人吗，总有一群老和尚在你头上？

哈里：哦，不觉得。我们住的地方相对独立，你知道的，哈里森一家还把那里弄得非常舒服。

　　　　[哈罗德·诺克斯进屋。他换了一身网球装。

诺克斯：我说，哈里…… [他看到了黛西]哦，对不起。

哈里：诺克斯先生——拉思博恩夫人。

　　　　[诺克斯朝她敷衍地点了点头，但她殷勤地伸出了手。他接
　　过去。

黛西：幸会。

诺克斯：抱歉打扰了你，哈里，但老头辜方敏在楼下，他想要见你。

哈里：让他滚蛋。办公结束了。

诺克斯：他今晚就要去汉口了，他说必须在出发前见到你。他手上
　　有个大订单。

哈里：哦，该死的。我知道他的德行。他会拉着我说上半小时。我
　　要离开会儿，你们介意吗？

黛西：当然不。我正好借此机会了解一下康韦先生。

哈里：我会尽快摆脱他的。

　　　　[他在诺克斯的陪伴下离开。

诺克斯：[一边走出去]再见。

　　　　[乔治看了黛西一会儿。她报以微笑。一时静默。

乔治：你为什么没有提前告知我你要来？

黛西：如果你知道我要来，我不知道你会对哈里说些什么关于我
　　的话。

乔治：你的举动非常冒险，不是吗？万一我说漏了嘴说出了真相。

黛西：我相信你的外交素养。还有，我早有准备。我告诉过哈里，
　　我觉得见过你。

乔治：我和哈里是一辈子的好朋友。我带他来了中国，给他找了这
　　份工作。他得霍乱，如果不是我的照顾，他早就没命了。

黛西：我知道。作为回报，他对你崇拜得五体投地。我从没见过一

个人会像他这样这么顾虑到另一个人的感受。

乔治：尽瞎扯，当然了。面对哈里寄予我的厚望，我有时不知道是否配得上。不过，当你为了一个老伙计做了这么多事，你会对他负有强烈的责任感。

黛西：这话什么意思？

　　　　[短暂的停顿。

乔治：我不会让你嫁给他的。

黛西：他很爱我，爱得没了自我。

乔治：我了解他的为人。但如果你爱他，你就无法肯定他的爱。

黛西：[突然变了语气] 为什么不会？我曾经确信过你的爱。天知道我竟然爱过你。

　　　　[乔治做了个表示惊愕的动作。他愣了会儿，但很快恢复冷静。

乔治：你不知道哈里是怎样的人。他不是你司空见惯的那些人。他从没有遭到过生活的毒打，就像我们大多数人。他率真耿直。

黛西：我知道。

乔治：饶了他吧。就算没有任何事情阻挡你，他也不是你该嫁的人。他太英国了。

黛西：既然他不介意娶个混血儿，我实在不明白这关你们什么事儿。

乔治：但你很明白，阻碍你的不止这个原因。

黛西：我不懂你在说什么。

乔治：不懂吗？你忘了战争啦。当我们听说有个年轻貌美的女子似乎有万贯家财，住在香港旅馆，和很多海军人员过从甚密，那就是我们的活儿了，我们要去调查。我想，所有对你不利的事，我都知道。

黛西：你有权使用官方获得的信息吗？

乔治：别犯傻，黛西。

黛西：［动情］那告诉他啊。你会伤了他的心。你会让他变成一个非常不幸的人。但他照样会娶我。一个人深陷爱河，他会原谅一切的。

乔治：我想，这太恐怖了。如果你爱他，你就不能嫁给他。你这是无情无义。

黛西：［激烈］你怎么敢这么说？你，你，你知道我是谁。是的，的确如此。我不知道你到底掌握些什么，但想必不会比真相更糟糕。那是谁的错？你。如果我堕落了，是你让我堕落的。

乔治：我？你无权这么说。你，蛇蝎心肠。卑鄙无耻。

黛西：我终于还是戳到你了，是吗？因为你知道这是事实。你还记得我第一次去重庆吗？那年我十七岁。父亲在我七岁的时候把我送回英国读书。我有十年没见过他了。最后，他写信告诉我可以回国了。你来了，在船上见到我，告诉我父亲因为心脏病猝死。你把我带去长老会。

乔治：那是我的工作。我感到非常抱歉。

黛西：过了一两天，你来了，告诉我父亲没留下只言片语，所以也不知道他在英国有哪些亲戚。

乔治：他当然没想到会猝死。

黛西：［动情］假如他打算就这样抛下我，那他为什么不把我留在我的中国母亲身边？为什么要把我当作淑女一样培养？哦，残忍。

乔治：是的。无法原谅。

黛西：我又孤独又害怕。你似乎为我感到难过。只有你真心对我好。你算得上是我认识的第一个人。我爱你。我以为你也爱我。哦，说吧，说你是爱我的，在那时，乔治。

乔治：你知道，我是的。

黛西：那时的我真够天真的。我以为只要两人相爱就会结婚。那时的我不是混血儿，乔治。我就像另一个英国姑娘。如果你当时娶了我，我就不会成为现在的我。但他们把你从我身边带走了。你甚至没和我道过别。你写了封信告诉我，你被调去了广州。

乔治：我不能和你道别，黛西。他们说，我要娶你的话，就必须离职。我真的穷得叮当响。他们在我耳边喋喋不休，什么白人男子娶了混血姑娘，他就完蛋了。我不该听他们的，但我打心眼里知道这是真的。

黛西：我不怪你。你想要出人头地，你出人头地了，不是吗？你当上了华人事务处的助理秘书，哈里说你迟早能当上公使。看来要让我得到报应是相当困难了。

乔治：黛西，你永远不知道我遭受了怎样的煎熬。我不指望你在意。你恨我，正常得很。我野心勃勃。我不想成为失败者。我知道娶你是疯狂的举动。我只能扼杀我的爱，但我做不到。我的爱比我本人更强大。我终究不能自已。我下定决心抛开一切，并坦然接受结果。我正准备动身去重庆，却听闻你在上海和一个有钱的中国佬同居了。

　　　　[黛西轻轻呻吟了一下。沉默。

黛西：长老会的人都恨我。从早到晚都在找我的茬。他们苛责我，因为你想要娶我，他们把我当作一只不怀好意的猫。你离开后，他们如释重负了。然后他们开始改造我。他们认为我应该成为教师。他们恨我，因为我只有十七岁。他们恨我，因为我漂亮。哦，那些畜生。他们扼杀了我的宗教信仰。似乎只有一个人关心我是死是活。我的母亲。哦，头次见她，我感觉丢尽了脸面。在英国读书时，我常常告诉别人她是中国公主，连我自己都信以为真了。而我的母亲只是一个肮脏、丑陋、矮小的中国女人。我把中文忘得一干二净了，只能和她说英语。她问我是否愿意和她一起去上海。为了逃离长老会，我愿意做任何事，而且我以为到了上海，离你就不会太远了。他们不让我走，但他们也没法违背我的意愿。等我们到了上海，她把我卖给了李泰成，卖了两千美元。

乔治：可怕。

黛西：我从没有过机会。哦，乔治，一个女人是否有机会改过自新？你说哈里是个善良的好人。难道你不明白这对我意味着什么？他认为我是个好人，我就能当个好人。毕竟，如果我完全一无是处，他也不会爱上我。我恨以前的生活。我想要活得堂堂正正。我发誓我会为了他做个贤妻。哦，乔治，如果你曾经爱过我，求你可怜可怜我。哈里不娶我，我就完了。

乔治：建筑在连篇谎话上的婚姻谈何幸福？

黛西：我从没对哈里撒过一个谎。

乔治：你告诉他你婚姻不幸。

黛西：那不是谎言。

乔治：你根本没结过婚。

黛西：[脸一红] 好吧，我没有婚姻不幸，可以吗？

乔治：拉思博恩这家伙是谁？

黛西：美国人，在新加坡做生意。我是在上海遇见了他。我恨李泰成。拉思博恩让我跟他去新加坡，所以我就走了。我和他一起过了四年。

乔治：然后你又回到李泰成身边。

黛西：拉思博恩死了。我无事可做。母亲时常念叨着要我回去找李。他有钱，她有大把的好处可以捞。

乔治：我猜她死了。

黛西：没有。我告诉哈里她死了，我想这对他更容易些。

乔治：她现在没和你在一起，是吗？

黛西：没有，她住在宜昌。只要我按月寄点钱给她，她就不会来烦我了。

乔治：你为什么告诉哈里你二十二岁？十年前你回中国，十七岁。

黛西：[眨巴眼睛] 但凡一个女人到了我这年纪都会对你说，十七岁加十岁是二十二岁。

　　　　[乔治不苟言笑。他皱起眉头来回踱步。]

乔治：哦，我真心希望我对你一无所知。我不忍心告诉他，但我怎么可以放任他在完全不知情的情况下娶你为妻呢？哦，黛西，为了你好也为了他好，我恳求你告诉他所有的真相，让他自己做出决定。

黛西：然后伤了他的心？没有一个传教士信仰上帝的程度比得上他对我的信赖。如果他丢了对我的信仰，那他就是一无所有了。如果你认为必须这么做，那就告诉他，如果你毫无怜悯心，如果你没有半点悔意，你给我带来的羞辱和悲惨，你，你，你——但如果你做了，我发誓，我对天发誓，我就自杀。我不要再过回那种可恶的日子了。

　　　　[他诚挚地看着她，半晌。]

乔治：我不知道我做的是对是错。我一个字也不会向他透露的。

　　　　[黛西如释重负地深深叹了口气，哈里进屋。]

哈里：我说，很抱歉耽搁了这么久。我没法把那个老家伙打发走。

黛西：[完全恢复过来] 要是我说你离开了很久，那似乎是在暗示康韦先生让我厌烦了。

哈里：我希望你们能成为朋友。

黛西：[面对乔治] 是朋友吗？

乔治：我希望。但我现在必须离开了。我有篇很长的中文文件需要翻译。[向黛西伸出手] 希望你俩会很幸福。

黛西：我想，我会喜欢上你的。

乔治：再见，哈里，老伙计。

哈里：回头能在俱乐部见到你吗？

乔治：如果我能做完手头的活儿。

　　　　[他走出房间。

哈里：你和乔治聊了啥？

黛西：我们聊了房子。为了布置房子买东西很有乐趣。

哈里：我都想杀了那个中国人，他耽误了我这么多时间。我憎恨不
　　　在你身边的每一分每一秒。

黛西：被人爱的感觉真好。

哈里：你还是有点点爱我的吧，是吗？

黛西：比一点点多一点点，我的乖乖。

哈里：我希望配得上你。你让我看到了自己的不足。我就是个混蛋。

黛西：你不能和我的观点相左。

哈里：什么观点？

黛西：关于你。在我看来，你这家伙完美无缺。

　　　　[阿妈出现。

哈里：哎哟喂，看谁来了？

黛西：哦，是我的阿妈。

哈里：我一时半刻没把她认出来。

黛西：她不赞成我和陌生男子独处一室。她把我当成十岁的孩子那
　　　样照顾。

阿妈：很晚了，黛西小姐。你该回家了。

哈里：哦，瞎扯。

黛西：她想让我走，我要举止得当。在北京，她从不让我一个人
　　　出门。

哈里：她是对的。

黛西：阿妈，过来，我要向你介绍这位绅士。他也会成为你的主人。

阿妈：[笑着微微点头] 非常正派的绅士。你会留下黛西小姐的老阿
　　　妈吧——是吗？非常好的老阿妈——是吗？

黛西：我还是孩子的时候，她就开始照顾我了。

哈里：当然，我们会留下她。你去新加坡的时候，她也跟着你？

黛西：[*微微叹口气*] 是的，我有时觉得没了她，我都不知道该怎么办。

哈里：哦，黛西，我多么希望你能忘记你遭受的所有不幸。

　　　　[*他搂住她，吻上她的唇。阿妈在偷笑。*

第二场终

第三场

场景：信德寺。寺院庭院。后面是大雄宝殿，可以看见供桌；两端各摆有一个大花瓶，里面插了七朵镀金莲花，但被香火熏得失去了光泽，供桌中央的香炉里面插着燃烧的香；后面露出佛像。大雄宝殿的大门可以关上。此时是敞开的。需要走上一段台阶才能到达大雄宝殿。仪式正要结束。僧侣跪在供桌两侧，各有两排。他们身穿灰色袈裟，头经过剃度。他们在念诵经文，在单调的吟唱旋律中一遍又一遍重复相同的词。黛西站在大雄宝殿门外的台阶上，无精打采。阿妈蹲坐在她边上。仪式结束，僧侣排成两列鱼贯而出，一边念经一边走下楼梯，离开。一个小沙弥吹灭了一盏盏油灯，费力地合上大雄宝殿的大门。

黛西往下走，坐在最后几级台阶上。她无聊透顶。

阿妈：我美丽的小姐有什么不开心的？

黛西：什么叫不开心？

阿妈：［窃笑］哈哈，老阿妈把你的小脑瓜看得透透的。

黛西：［像是自言自语］我有了爱我的丈夫，有了漂亮的房子可以住。有了地位，还有了很多很多的钱。我生活无忧。我受人尊敬。我应该幸福的。

阿妈：我说，既然哈里不好，你干嘛要嫁给他？你说，我想要婚姻，我想要结婚？好了，你结了。现在你还要怎样？

黛西：人人都说人生苦短。上帝啊，这日子怎么这么漫长。

阿妈：你想要小马——哈里给了你小马。你想要翡翠戒指——哈里给了你翡翠戒指。你想要貂皮大衣——哈里给了你貂皮大衣。你为什么还不开心?

黛西：我从没说过我不开心。

阿妈：哈哈。

黛西：你再这么笑，我就杀了你。

阿妈：你不会杀了老阿妈的。你需要老阿妈。我要为我的小雏菊① 做很多事呢。

黛西：老家伙别犯傻。我不是孩子了。[绝望] 我越来越老，越来越老，越来越老。日复一日，一模一样。我就像是死人。

阿妈：看看老阿妈搞到的漂亮礼物。

　　　　[她从袖口中掏出一串翡翠项链，笑吟吟地放入黛西手中。

黛西：[突然有了生机] 哦，多么可爱的项链。漂亮的翡翠。买下它要花多少钱?

阿妈：这是送给我的小黛西的礼物。

黛西：送给我? 这项链肯定值五百美元。从哪来的?

阿妈：今天是我们小黛西的结婚纪念日。她结婚一周年了。或许她的老阿妈想要给她的小雏菊一份礼物呢。

黛西：你! 除了伤害，你还给过我什么?

阿妈：李泰成花钱买下的，让我交给黛西。

黛西：你这个老巫婆。[她用力扔掉了项链]

阿妈：你傻啊。值很多钱啊。你不想要，我去卖给有钱的美国人。

　　　　[她跑去捡项链，黛西死命拉住她的胳膊。

黛西：你敢? 你敢? 我告诉过你，不能再和李泰成说话。

阿妈：你很生气，黛西。你之前也生过气，但你回到了李泰成身边;

---

① 黛西（Daisy）这个名字本是雏菊的意思。

026

他认为你或许会回心转意。

黛西：告诉他，我看见他就恶心。告诉他，我就算饿死，也不会拿他一分一厘。告诉他，如果他胆敢出现，我会把他打得嗷嗷叫。

阿妈：哈哈。

黛西：让我一个人待着。哈里讨厌你。只要我说上一句话，他分分钟把你扫地出门。

阿妈：没有了老阿妈，我的小黛西要怎么活啊，哈哈？你为什么不说真话？你以为老阿妈没长眼吗？[她露出了狡黠、调皮的表情] 我有件东西，能让你非常开心。[她从袖口里面掏出一张便条]

黛西：这是什么？

阿妈：我拿到的信。

黛西：[从她手上一把抢过] 给我。你竟敢藏起来？

阿妈：信来的时候，你和哈里在一起。我想，兴许你不想读这封信，既然哈里人在别处。[黛西撕开信] 信上说了什么？

黛西：[读信]"非常抱歉，周四无法和你们共进晚餐了，我有事要忙。我刚想起来那是你们的结婚纪念日，我会来拜访一下的。问问哈里，他是否愿意和我一起骑马。"

阿妈：就这？

黛西："永远属于你的，乔治·康韦。"

阿妈：你很爱他，乔治·康韦？

黛西：[对她不理不睬，神情激动] 终于。我有十天没见过他了。暗无天日的十天。哦，我要他。我要他。

阿妈：你为什么不告诉老阿妈？

黛西：[绝望] 我无法控制自己。哦，我爱他。我要怎么办？没了他，我活不下去。如果你不想我死，那就让他爱上我。

阿妈：你看，你需要老阿妈。

黛西：哦，我是多么不幸啊。我觉得我要疯了。

阿妈：嘘，嘘。他说不定也爱着你呢。

黛西：他从没爱过我。他恨我。他为什么要避开我？他从不来这儿。起初，他还常常来串门。每周总要有两三天一起吃饭。我对他做了什么？他现在来，只是因为不想拂了哈里的心意。哈里，哈里，我该如何顾及他？

阿妈：嘘。别让他看出来。把信给阿妈。

　　[她从黛西手里抢回信，藏进衣服里，哈里出现。黛西拢紧衣服。

哈里：我说，黛西，我让人给马上好马鞍了。换身衣服，我们出去跑一圈。

黛西：我头疼。

哈里：哦，可怜的孩子。为什么不躺着？

黛西：我想透透气更好点。但没理由你不去跑一圈。

哈里：哦，不，没有你，我不会去骑马的。

黛西：干嘛不呢？这对你有好处。你知道，我头疼的时候，只想一个人待着。你的马需要训练。

哈里：马夫可以做这事。

黛西：[试图掩饰渐长的怒气] 求你照我说的做。我想要你去骑马。

哈里：[大笑] 当然，既然你急着想要摆脱我……

黛西：[微笑] 我可受不了你因为没马骑那副不死不活的样子。你不想一个人去的话，那就强迫我和你一起。

哈里：我这就去。走之前给我个吻。[她吻上他的唇] 我都为自己感到羞愧了，我还是这样疯狂地爱着你，一如我们结婚那天。

黛西：你是我的爱。骑马愉快，还有，等你回来的时候，我就好了。

哈里：胡扯。我不会去很久的。

　　[他走了。她和哈里说话时的笑意和轻快在他离开后全都消

失了，她看上去焦虑不安。

黛西：万一他们碰上了？

阿妈：不会的。哈里早就离开了。

黛西：是的，我猜是这样。希望他动作麻利点。[口吻粗暴] 我必须
　　　见到乔治。

阿妈：[捡起项链] 多么漂亮的项链。你个傻姑娘。为什么不要？

黛西：哦，该死的，你就不能让我自个儿待着？[倾听] 哈里究竟在
　　　干嘛？我以为早就套好马鞍了。

阿妈：[看着项链] 我该怎么处理它呢？

黛西：扔进垃圾桶。

阿妈：李泰成不喜欢。

黛西：[听到马嘶，露出了如释重负的表情] 他走了。现在我安全
　　　了。我的包在哪？[她从包里掏出一面小镜子，端详起自己] 我
　　　像个丑八怪。

阿妈：别犯傻了。你是个漂亮姑娘。

黛西：[她警觉地听着] 有人骑马过来了。

阿妈：那不是马。是马车。

黛西：你个愚蠢的老太婆，我告诉你这是马。终于。哦，我的心跳
　　　得好厉害……马停在了门口。是乔治。哦，我爱他。我爱他。
　　　[面向阿妈跺脚] 你还杵在这里干嘛？我不要在这里见到你，别
　　　偷听。出去，出去。

阿妈：好吧。我这就走。

　　　[阿妈悄悄走开。黛西站着等待乔治，双手捂住心脏，似乎
　　　想要暂停这痛苦的心跳。她费了好大力气把持住自己，这时乔
　　　治进门了。他全套骑马装。手捧一束兰花。

乔治：好啊，你站在这里干嘛？

黛西：在画室待得无聊死了。

乔治：我记得今天是你们的结婚纪念日。带了点儿花给你。[她双手接过花]

黛西：谢谢。你真好。

乔治：[语气严肃] 我希望你永远幸福。我希望你能允许我向你表达感激之情，你让哈里成了幸福的人。

黛西：你太郑重其事了。差点让人以为你早就准备好了这些漂亮话。

乔治：[试图轻描淡写地带过] 如果我的话显得刻意，对不起。我可以向你保证，我是真心实意的。

黛西：我们坐下来？

乔治：天还亮着，我想我们要出去骑一圈。之后，我会过来喝一杯。

黛西：哈里出门了。

乔治：出门了？我今早送来了便条。说周四没法一起吃饭，今天下午我会找哈里骑马。

黛西：我没告诉他。

乔治：没有？

黛西：这些日子，我都没怎么见到你。

乔治：有好多事要做。使馆的日子过得跟狗似的。

黛西：甚至晚上？一开始，你每周会来见我们两三次，和我们一起吃晚饭。

乔治：我不能常常来叨扰你们。那不体面。

黛西：我们在这里没多少熟人。日子过得冷冷清清。我本以为，就算不是为了我，为了哈里，你也应该来。

乔治：任何时候你叫我，我就会来。

黛西：你有一个月没出现了。

乔治：事情就是这么巧，你最近邀请我来吃晚餐的那几次，正好我都有事要忙。

黛西：[破音了] 你答应过的，我们是朋友。我做了什么，让你成了我的敌人？

乔治：[就算全副武装也能听出她声音中的真情流露] 哦，黛西，别
　　　这么说。

黛西：我做了所有我能讨好你的事儿。如果其中有任何一件你不喜
　　　欢的，为什么不告诉我？我答应你，我不会再做了。

乔治：哦，我亲爱的孩子，你让我觉得我就是个禽兽。

黛西：是过去你无法忘怀？

乔治：老天，不是的，我怎么会对过去介怀？

黛西：我几乎没有朋友。我非常喜欢你，乔治。

乔治：我并不认为我配得上你这般程度的喜欢。

黛西：你疏远我肯定是有原因的。为什么不说出来？

乔治：哦，荒谬，你是在小题大做。

黛西：过去的你总是乐乐呵呵，我们在一起开怀大笑。我多么希望
　　　你来这儿。你为什么变了？

乔治：我没有变。

黛西：[绝望透顶] 哦，我这是枉费心机。你为什么对我这么恶劣？

乔治：看在老天的分上…… [他停下] 天晓得，我没有对你恶劣。

黛西：那你为什么把我当作无赖？哦，残忍，残忍。

　　　　　[乔治痛苦不堪。他皱着眉头走来走去。他无法抬眼看黛
　　　西，说话变得吞吞吐吐。

乔治：你可以把我当成差劲的无赖，黛西，但我自认，我比你想的
　　　更加无赖。我不知道该怎么说。似乎要说出口的是多么可怕的
　　　事。我为自己感到羞愧难当。我以为，别人的友情不会胜过我
　　　和哈里。他娶了你，他还深情地爱着你。而我以为你也爱他。
　　　我只有二十三，当我——初次遇见你。那是很久很久以前的事
　　　了，不是吗？有些伤口永远不会完全愈合，你知道的。哦，老
　　　天啊，你不明白吗？[他的声音透露出尴尬和心烦意乱，说话吞

吞吞吐吐、不情不愿的样子，其实是向黛西吐露出了真相。她一声不吭，一动不动，两眼放光地看着他。她都不敢呼气了] 如果你想报复我，你成功了。你一定看得出来，我还是少来为妙。原谅我——再见。

[他掩面落荒而逃。黛西一动不动地站着，直挺挺的，容光焕发。深深吸了口气。

黛西：哦，上帝！他爱我。

[她捧起乔治带来的花，压在心口。阿妈出现了。

阿妈：你想要买旗袍吗，黛西？

黛西：滚开。

阿妈：很便宜。你来看看吧。不喜欢，不用买。

黛西：[不耐烦] 我讨厌卖古怪玩意的小商贩。

阿妈：非常漂亮的旗袍。

[她让到一边，一个背着蓝棉布大包袱的男人进来。他是个中国人。身穿黑色长袍，头戴黑色圆帽。他是李泰成。身高马大。光滑蜡黄的脸上，一对黑色眼珠闪着亮光。他把包袱放在地上，打开，露出一沓华贵的旗袍。黛西根本没注意到他。突然，她看见有个男人背对着她站在那儿。

黛西：[面对阿妈] 我告诉过你我不想见人。给我把他打发走，立刻。

李泰成：[转过身，露出狡诈的笑容] 你看看啊。不喜欢，不用买。

黛西：[一时惊慌失措] 李泰成！

李泰成：[厚颜无耻地走上前] 下午好，黛西。

黛西：[恢复冷静] 你真走运，我现在心情不错，否则我就找小厮把你扔出去了。你带着这包垃圾来做什么？

李泰成：小商贩可以随便出入，没人会起疑心。

阿妈：李泰成是个聪明人。

○32

黛西：把项链给我。[阿妈从袖口中掏出项链给她。黛西不屑一顾地把它扔到李泰成的脚边] 拿走。卷起你的包裹，给我走。假如你胆敢再次露面，我就告诉我丈夫。

李泰成：[咯咯笑起来] 告诉他什么？别犯傻，黛西。

黛西：你想要什么？

李泰成：[冷酷] 你。

黛西：你不知道我憎恶你吗？你让我恶心。

李泰成：我介意吗？或许你爱我的话，我还不想要你呢。你的厌恶就像是辛辣的调料，让我胃口大开。

黛西：禽兽。

李泰成：我喜欢你躺在我的怀里时你的肉体因为恐惧而战栗。有时，恐惧会突然之间转变为狂风暴雨般的激情。

黛西：骗子。

李泰成：丢下那个愚蠢的白人。他能给你什么？

黛西：他是我丈夫。

李泰成：一年前的今天你们结婚了。婚姻给了你什么？你以为嫁给了白人，就能成为白人。你以为他们看着你的时候会患上遗忘症？你认识多少白皮肤的女人？你有多少朋友？你是个囚徒。我会把你带去新加坡或者加尔各答。难道你不想找点乐子？想去欧洲吗？我带你去巴黎。我每周都会给你很多的钱，比你丈夫一年赚的都多。

黛西：我在北京待得非常舒坦，谢谢。

李泰成：[打响指] 你不爱你的丈夫。他却爱你。你看不起他。你难道不是全心全意地希望你没和他结成婚？

阿妈：他，非常愚蠢的白人。他不喜欢黛西的老阿妈。有天，他或许会一病不起。万一他死了，黛西会不会哭得很伤心？

黛西：[不耐烦] 别说傻话。

阿妈：或许有一天他喝了威士忌加苏打。哦，病得很严重，很严重。"我怎么了？"不知道。没人受得了。医生也不懂。接着死了，哈哈。

黛西：你这个愚蠢的老太婆。哈里不是中国人，他不会去看中医。

李泰成：[微微一笑] 中国是个非常古老的、具有高度文明的国家，黛西。有人挡了你的道，要把他斩草除根并非难事一桩。

黛西：[轻蔑] 你以为我会听任可怜的哈里就这样被人谋杀吗，就为了让我重获自由之身，臣服于你的慷慨恩赐之下？如果你以为我会为了这种事豁出自己的性命，那你准是把我当作大笨蛋了。

李泰成：不用冒险，黛西。你一无所知。

阿妈：李泰成非常聪明，黛西。

黛西：我曾经这么以为。李泰成，你是个该死的傻瓜。给我滚。

李泰成：自由真的是个好东西，黛西。

黛西：我要自由做什么？

李泰成：现在的你不想要自由吗？[她眼神犀利地看着他。她在想他是否窥探到了她对乔治·康韦的爱。他坚定地迎上她的目光] 有一天，孙史明和妻子坐在一起欣赏他刚买回家的唐朝青铜器，这时他听到街上有人在喊救命。孙史明非常勇敢，他拿起手枪，跑了出去。孙史明忘了他先前从兄弟手中骗来一幢在哈德门街上的宅子，否则他行事会更加谨慎点。一个小时之后，孙史明被守门人发现心口插了一把匕首。是谁杀了他？

阿妈：哈哈，孙史明非常愚蠢。

李泰成：他的兄弟知道一切。他俩一起长大的。如果我在大晚上听见外面有人呼救，我就会想谁和我有仇，我会确保门上了锁。不过，白人非常勇敢。白人不懂中国风俗。万一你那好丈夫发生了点意外，你会不会很难过？

黛西：你把我当成什么了？

李泰成：你为什么对着我装模作样，黛西？你以为我不了解你？

黛西：大门就在你左边一点的地方，李泰成。麻烦你打那儿出去吧。

李泰成：[笑吟吟] 我走，但我会回来的。你可能会改变主意呢。

　　　　[他卷起包裹，正要离开。哈里进门了。

黛西：哦，哈里，这么快就回来了！

哈里：是的，马瘸了。幸好没跑出去多远我就注意到了。他是谁？

黛西：卖东西的小商贩。他的东西我没有想买的。正要让他走呢。

　　　　[李泰成拾起包裹，出门了。

哈里：[注意到了兰花] 谁送的花？

黛西：乔治。

哈里：他真好。[对着阿妈] 走开，阿妈，我想和小姐说说话。

阿妈：好的。

哈里：还有，别让我抓到你在听墙角。

阿妈：我不会听的。我为什么要听？

哈里：走开——快点——快点。

阿妈：好的。[她离开了]

哈里：[大笑] 能让这个老太婆一直留下来，这是我爱你的最好证明了。

黛西：我不明白你为什么讨厌她。她对我忠心耿耿。

哈里：就是因为这点我才容忍她的。她让我毛骨悚然。我总觉得她盯着我的一举一动。

黛西：哦，简直是胡说八道！

哈里：我还抓到过她偷听。

黛西：你要和我谈的是阿妈？

哈里：不是的，我有事儿要和你说。你想要离开北京吗？

黛西：[突然一惊，措手不及] 根本没想过。

哈里：我担心你在这里无聊透了，亲爱的。

黛西：我不觉得。

哈里：你真好，真贴心。你这么说真的不是为了我考虑？

黛西：我非常喜欢北京。

哈里：我们结婚有一年了。我不想伤害你的感情，亲爱的，不过拐弯抹角也没意思，我想还是坦诚相待来得更好。

黛西：你当然可以毫无顾忌地对我说任何话。

哈里：事情变得有点棘手。我婚前认识的那些女士给你发了请柬——

黛西：我有先见之明，发现我最好置身事外。

哈里：所以你婉拒了那些请柬，事情到此为止。我问过乔治的意见，是否可以把你带去俱乐部打网球，他认为最好不要冒这个险。结果就是你一个人也不认识。

黛西：我抱怨了吗？

哈里：在这方面你表现得相当得体，但我想到你日复一日形单影只，我就恨。你这么孤孤单单的，对你没好处。

黛西：我认识川夫人。她是白人。

哈里：哦，亲爱的，她——天知道她是谁。她嫁给了中国人。可怕。她不在选项范围内。

黛西：还有贝莎·雷蒙德。她人非常好，尽管是个混血儿。

哈里：我无法确定她的为人，但我们不能只在这里招待雷蒙德一家，而拒绝回访。贝莎的兄弟是我的雇员。我不想表现得势利……

黛西：说到混血儿，你不用字斟句酌。你对他们的厌恶和鄙视不会超过我。

哈里：我没有厌恶他们，也没有看不起。这令人作呕。但有时他们做事不太婉转。我不知道我是否能接受我的一个雇员走进办公室拍着我的后背叫我老伙计。

黛西：当然不乐意。

哈里：事实就是我们在做无用功。何必要自讨苦吃。事情一件接着一件，成了连锁反应，北京糟糕透顶了。我们还是一走了之吧。

黛西：我都不介意，你为什么这样？

哈里：好吧，我的境况也不太好。为了我也为了你，我很愿意去别的地方。俱乐部里的每个人显然都知道我结婚了。其中有些采取无视的态度。我对此不太介意。有些向我打探你，言辞亲昵得太过夸张，简直如同冒犯。时不时地还有几个傻瓜对混血儿骂骂咧咧的，人人都在桌底下踢他。然后，他想起了我，脸涨得通红。老天，糟透了。

黛西：[不高兴] 我不想离开北京。我在这里过得很开心。

哈里：好吧，亲爱的，我申请调任了。

黛西：[突然发怒] 都不和我说一声？

哈里：我以为你会高兴的。事成之前我不想说出来。

黛西：你把我当孩子吗，每件事都安排妥当却不需要告诉我一声？[试图控制自己的情绪] 这样的话，你就再也见不到乔治了。你当然不愿意和你唯一的真朋友分离吧。

哈里：我和乔治说过这事，他认为再好不过了。

黛西：他建议你离开？

哈里：强烈建议。

黛西：[粗暴] 我不会照办的。我不要离开北京。

哈里：是不是他的建议有差别呢？

黛西：什么？[她一时犯了糊涂，但很快冷静下来] 我不想要乔治·康韦——或任何其他人——来决定我的去留。

哈里：别无理取闹，亲爱的。

黛西：我不会走的。告诉你，我不会走的。

哈里：好吧，恐怕你必须离开。事情定了。调任定了。

黛西：[嚎啕大哭] 哦，哈里，别让我离开这里。我受不了。我想要留在这里。

哈里：哦，亲爱的，你怎么这么傻！你在港口城市会过上更好的日子。你看，那里的白人寥寥可数，他们没办法装腔作势。他们会兴高采烈地结识我们俩。我们能过上正常的生活，和所有人一样。

黛西：[不高兴] 你想去哪里？

哈里：我会被派去重庆，负责我们在那里的公司。

黛西：[开始大哭] 重庆！当然，你会选择重庆。

哈里：为什么，怎么回事？你知道重庆？

黛西：不——哦，我在说什么啊？我都给搞糊涂了。是的，我还是姑娘时，去过那里。这个地方让人厌恶。

哈里：哦，胡说八道！领事的妻子魅力四射，还有很多可爱的人。

黛西：[心不在焉] 哦，我该怎么办？我多么不幸。如果你在意我，你就不会这么残忍地对待我。你为我感到羞耻。你想要把我藏起来。我为什么要沿河往上跑两千英里，把自己埋葬在一个洞里？我不会去的！不会去的！[她歇斯底里地泪如雨下]

哈里：[试图把她拉入怀中] 哦，黛西，看在上帝的分上，别哭了。你知道的，我并不以你为耻。我比以前更爱你。我全身心地爱着你。

黛西：[挣扎着脱离他的怀抱] 别碰我。让我一个人待着。我恨你。

哈里：别这么说，黛西。你伤透了我的心。

黛西：哦，走啊，走啊！

哈里：[试图说服她] 我不能就这样抛下你。

黛西：走，走，走，走，走！我不想见你！哦，上帝啊，我该怎么办？

[她绝望地躺倒在台阶上，哭得伤心欲绝。哈里也烦恼不堪，迷茫地看着她。阿妈进来了。

阿妈：你把小姐弄哭了。你是坏男人。

哈里：你到底想要什么？

阿妈：[走到黛西身边，轻抚她的脑袋] 他对我那可怜的小花儿说了啥？虚伪的家伙。你是个坏男人，非常坏。

哈里：闭嘴，你个老……我不允许你这样说话。我忍了你很长时间了，但如果你想离间我和黛西的感情，上帝，我要亲自动手把你扔到大街上。

阿妈：你对我的黛西做了什么？别哭了，黛西。

哈里：亲爱的，别无理取闹了。

黛西：滚，别靠近我。我恨你。

哈里：你怎么能说出这么恶毒的话？

黛西：把他请走。[她抽噎得更厉害了]

阿妈：你走吧。你没瞧见她不想见你吗？过会儿再来。我不知道该怎么和小花儿说话了。

[哈里犹豫片刻。此情此景让他心烦意乱。然后，他下定决心最好还是让黛西和阿妈独处。他走出去。黛西小心翼翼地抬起头。

黛西：他走了？

阿妈：是的。他去喝杯威士忌加苏打。

黛西：你明白他的目的吗？

阿妈：他为什么不让我偷听？所以，我知道他说了些我想听的话。他想让你离开北京。

黛西：我不会走的。

阿妈：哈里非常愚蠢。蠢得像头猪。你要走这边，他要走那边。如果哈里要你离开北京——你去了。

黛西：绝不，绝不，绝不！

阿妈：你离开北京，就再也见不到乔治了。

黛西：我会死的。哦,我要他!我要他爱我。我要他伤我。我要……[情绪激动的她用力抱住阿妈]

阿妈：[推开黛西的手]哦!

黛西：他爱我。只有这件事是有意义的。其他的……

阿妈：哈里要你去重庆。长老会的女士再次见到你,黛西。她们或许会问你和李泰成过得怎么样。有人或许会告诉哈里。

黛西：蠢货。全中国有这么多地方,他独独挑了重庆。

阿妈：你知道哈里的。他说要去重庆,他就会去。你哭,他难过,但照样走。

黛西：哦,我了解他的冥顽不灵。每次做了决定——[表情轻蔑]——他都为自己那点执着沾沾自喜。哦,我该怎么办?

阿妈：我想,最好还是在哈里身上发生点事儿。

黛西：不,不,不!

阿妈：你怕什么?你什么都没做。我会告诉李泰成,让哈里出点事儿。就算哈里死了,我说,你也不用难过。

黛西：[双手捂住耳朵]闭嘴!我不会听你的。

阿妈：[粗暴地拉开她的手]别像个大傻子似的,黛西。去了重庆,哈里就什么都知道了。他会杀了你的。

黛西：我在意吗?

阿妈：你去了重庆,就再也见不到乔治。乔治,他爱我的小黛西。要是哈里死了——乔治,他跑来说……

黛西：哦,别诱惑我,好可怕!

阿妈：他会抱住你,你变得好渺小,你听见他的心跳得很快,连同你那怦怦跳的心脏。他把你的头往后甩,吻你。你在想,你死了,小花儿。

黛西：哦,我爱他,我爱他!

阿妈：哈哈。

黛西：[想象了一番和乔治相处的场景] 他难得看我一眼，他的手在颤抖。他的脸白得像张纸。

阿妈：[循循善诱] 我告诉你，黛西。你不用说好，也不用说不好。我去问菩萨。

黛西：[惊恐] 问菩萨什么？

阿妈：菩萨同意，我就去找李泰成；菩萨不同意，我就收手。然后，你就去重庆，再也见不到乔治。

    [阿妈走上大雄宝殿的台阶，拉开大门。黛西留意她的举动，惊恐、期待又担心。阿妈点燃了供桌上的香，敲了下锣。哈里进来，后面跟着背包裹的李泰成。

哈里：[急于想要和黛西重归于好] 黛西，我看到这家伙在院子里晃悠。我想给你买条旗袍。

黛西：[思索片刻，换了口气] 你真好，哈里。

哈里：真的很漂亮。你穿上它一定艳光四射。

李泰成：[展示旗袍，一边说着中英混杂的话] 上等旗袍。清朝公主穿的。她们没钱了。没钱，没法过日子。她们贱卖了。你买啊，小姐。

    [黛西和李泰成交换了眼神。黛西是沉重、悲怆，李泰成的眼中则闪现出讥讽的亮光。与此同时，阿妈在供桌前叩头。她双膝跪地，脑袋点地。

哈里：以上帝的名义，阿妈在干嘛？

黛西：她在求菩萨指点。

哈里：指点什么？

黛西：[惨淡一笑] 我怎么知道？

哈里：这是怎么回事？

黛西：你没见过中国人干这事？你看她手上拿着的那些木卦。她在菩萨面前举起这些木卦，好让菩萨看见，她在对菩萨说他必须解答她的疑问。[与此同时，阿妈在低声地念念有词，做着黛西描绘的事情] 菩萨闻到了香味，一时心情大悦，就会倾听她的话。

哈里：[微笑] 别神神道道的，黛西。差点以为你也相信这些怪力乱神的事儿。你的脸怎么这么白。

黛西：她起身了。那些木卦一面是平整的，一面是带弧形的。她把它们高举过头，然后在菩萨面前扔在地上。如果弧面朝上，那意味着是。[黛西随着仪式进行越来越兴奋了。现在，阿妈稍稍往后退了点，举起双臂。黛西发出一声尖叫，朝前跑去] 别！别！停下！

哈里：[本能地抓住她的手臂] 黛西！

　　　　[同时，阿妈让木卦掉到了地上。她看了一会儿，转身。]

阿妈：菩萨说，可以。

黛西：[面对哈里] 你为什么拉住我？

哈里：黛西，你怎么这么迷信？结果是什么？

黛西：阿妈问了菩萨一个问题，答案是可以。[她的手捂住心脏一会儿，看向哈里，她笑了] 对不起，我刚才犯傻了，还不可理喻，哈里。

第三场终

第四场

　　场景：安德森公寓的客厅。背景是两扇门。门下半部分是实木，上半部分则雕琢成复杂的镂空图案。天花板可以看到裸露的椽子，涂以朱漆，绘以金龙；四壁刷成白墙。其中一面墙上挂有中国画卷轴。两扇门之间摆放着保佑家宅平安的神明塑像，下面点了长明的小油灯。家具中西各半。有张英式写字台，还有几张临时拼凑的桌子雕刻繁复，显然是中式的。中式木板床铺上了凉席，还有一张切斯特菲尔德沙发。一对菲律宾款式的藤条椅，一两把广式红木椅子。地上铺了中式地毯。四处摆放的明朝瓷器为室内增添了些许亮色。时值夏夜，门全都敞开。透过门可以看见寺院的庭院。

　　阿妈坐在桌子边的红木椅上。手中端着水烟。她把一小撮烟草塞进烟斗，到神像底下的油灯那里用蜡烛引了火，重新坐下，点燃烟斗。安静地抽起来。

　　黛西进屋。她身上的晚礼服相较于今晚只有丈夫和一个朋友的晚餐太过华丽。

阿妈：英美烟草那家伙，什么时候走？
黛西：你知道他的名字。为什么不叫他名字？我看他马上就要走了。
阿妈：他为什么这么早就走？
黛西：那是他的事儿，不是吗？事实上，他的妹妹刚从英国来到中国，他必须去见她。
阿妈：早走为好。

黛西：你为什么在这里抽烟？你知道的，哈里不喜欢。

阿妈：哈里大傻瓜，我觉得。你什么时候动身去重庆？

黛西：哈里后来再也没有提起过。

阿妈：你有写字台的钥匙吗？

黛西：没有。哈里把私人信件都锁在那里。

[阿妈走向写字台，试图拉开抽屉。锁住了，她没法打开。

阿妈：哈里在干什么？

黛西：他和诺克斯在喝波尔图葡萄酒。

[阿妈从口袋里掏出一把万能钥匙，插入锁眼。转动钥匙。

阿妈：破锁一把。我猜是德国制造。哈哈。[她打开抽屉，取出一把
　　左轮手枪。交给黛西]李泰成交代，你把子弹拿出来。

黛西：你在说什么？[她突然顿悟了真相，不禁叫出了声]哦！

阿妈：[匆忙捂住黛西的嘴]嘘，别出声。[举起手枪]李泰成交代，
　　最好你来动手。

黛西：拿开。不，不，我不会的，不会的。

阿妈：嘘嘘。我来做。我知道。

[她取出手枪的子弹，把它们藏在身上。黛西胆战心惊地看
　着她。

黛西：今晚动手？

阿妈：不知道。

黛西：我办不到。你听见了吗？哦，我要疯了！

阿妈：那么，哈里会让你安静下来。哈哈，都一样，重庆。

[她把手枪放回抽屉，关上，恰在此时，哈里和哈罗德·诺
　克斯走进来。他们穿着无尾礼服。

诺克斯：哎呦喂，那不是一缕阳光嘛。我在饭前就想着你那张漂亮
　　脸蛋。

阿妈：你真有意思啊。

诺克斯：怪不得我这么喜欢你，亲爱的。我认识的可亲可爱的女性
当中，只有你让我相信我说话妙趣横生。

哈里：[看见了阿妈的水烟]我告诉过你，阿妈，我不要在这里看见
这恶心的烟斗。

阿妈：是很好的烟斗。

哈里：我发誓我要把这该死的东西扔出去，如果我再见到它。

阿妈：[一把抢过]不要碰我的烟斗。你个坏人。脾气真坏。你不是
基督徒。

哈里：你懂个屁的基督教。

阿妈：我懂很多。我的父亲是个穷人。他说，你去，成为基督徒。
我去了天主教会，他们给我施洗。英国教会也来了，说天主
教会不好，你会下地狱，我来给你施洗。好吧，我说，你给
我施洗吧。不久，浸礼会来了，说，英国教会不好，你会下地
狱，我来给你施洗。好吧，我说，你给我施洗吧。不久，长老
会来了，说，浸礼会不好，你会下地狱，我来给你施洗。好吧，
我说，你给我施洗吧。[面对诺克斯]你知道基督复临安息日
会吗？

诺克斯：听说过。

阿妈：不久，基督复临安息日会来了，说，长老会不好。

诺克斯：你会下地狱。

阿妈：你怎么知道他说了什么？

诺克斯：猜的。

阿妈：你会下地狱，他说，我来给你施洗。我被施洗了一次、两次、
三次、四次、五次，我是非常好的基督徒。

哈里：[微笑]我向你道歉。

阿妈：他们总是对可怜的中国人说，你们要相亲相爱。我并不认为
那些传教士相亲相爱。哈哈。

诺克斯：[掏出手表] 介意我看下时间吗？我要去火车站，不想迟到了。

哈里：当然不介意。我说，不来根雪茄吗？[走向写字台] 我不得不把它们锁起来。我相信，那些小厮觉得雪茄非常对他们的胃口。[他把钥匙插入锁眼] 天呐，抽屉开着。我发誓我锁了的。

[他拿出雪茄烟盒，递给诺克斯。

诺克斯：[自行取了支雪茄] 非常感谢。

黛西：你知道的，如果你要告辞，不必迁就我们。

诺克斯：还可以待上两三分钟。

哈里：哦，黛西，哈罗德走之前，我希望你能让他看看我给你买的旗袍。

黛西：我这就去拿。[面对阿妈] 你把它挂在了壁橱里？

阿妈：没有，我把它用纸包裹好了。我是个仔细的人。

[两人一同出去。

诺克斯：我说，老伙计，我希望你不会觉得我是个讨厌的家伙，吃完了你家的饭就风风火火走掉。

哈里：不会。事实上，这个点的确不太合适，我正等着乔治。我希望他和黛西能来一场推心置腹的交谈。

诺克斯：哦。

哈里：为着去重庆的事儿，她一直在抱怨，我想让乔治劝劝她，告诉她那是个非常好的地方。乔治做过重庆副领事。他今天在卡迈克尔家出席晚宴，但他说一旦能脱身就会过来。

诺克斯：那就再好不过了。

[黛西带着旗袍进来。

黛西：看啊。

诺克斯：老天啊，太漂亮了吧？我必须买一条送给妹妹。让她看见了，她要疯掉的。

黛西： 哈里宠我，对吗？

诺克斯： 哈里这家伙太幸运了，有你可以宠。

黛西： [微笑] 走吧，否则你要迟到了。

诺克斯： 我走了。再见，非常感谢。晚餐一级棒。

黛西： 再见。

　　　[他离开。哈里送他到庭院，一度看不见他的身影。黛西脸上欢欣的表情消失了，取而代之的是忧心忡忡。

黛西： [匆忙呼叫] 阿妈，阿妈。

阿妈： [进屋] 什么事？

黛西： 你做了什么？你已经……？ [她停下，无法说出那个让她痛苦的问题]

阿妈： 你在说什么啊？我啥都没干。我只是和你开开玩笑。哈哈。

黛西： 你敢发誓吗，说的都是实话？

阿妈： 从不撒谎。非常好的基督徒。

　　　[黛西疑惑地打量她。不知道该不该相信。哈里回来了。

哈里： 我说，黛西，我希望你换上旗袍。我想看看你穿旗袍的样子。

黛西： [微笑] 是吗？

哈里： 阿妈可以帮你。这条旗袍太适合你了。

黛西： 等我一下。把旗袍带上，阿妈。

阿妈： 好的。

　　　[黛西离开，阿妈拿着旗袍跟在后面。哈里走向写字台，打开抽屉。他检查了锁和锁眼。

哈里： [自言自语] 是不是那个老混蛋拿到了钥匙。

　　　[他关上抽屉，并没有锁上。踱回屋子中间。

黛西： [在隔壁房间] 你等得不耐烦了吧？

哈里： 一点没有。

黛西： 就快好了。

哈里：我屏住呼吸。[黛西进入。一袭旗袍。她的气质发生了微妙变化。身上再也没有一点点欧洲人的痕迹。神秘莫测，难以理解]黛西！[她冲着他淡淡一笑，没有回应他。她静静地站在那儿，任凭他端详]老天啊，你看上去好中国！

黛西：你不喜欢？

哈里：我不知道。你让我不知所措。像这样？你太迷人了。在我做过的最狂野的梦中，也没见过这样的你。你把东方原原本本带进了这间屋子。我晕头转向了，像是喝醉了酒。

黛西：那感觉很奇怪，这衣服似乎是为我量身定做的。穿上它，我就换了个人似的。

哈里：我想，在这世上没有比我更平凡的人了。我为自己感到羞愧。于我而言，你几乎成了陌生人，上帝啊，我感觉我的骨头在发酥。我听见了来自东方的呼唤。我心口好疼。哦，我的美人，我的珍宝，我爱你。

　　　　[他倒在黛西的石榴裙下，双臂环抱住她。

黛西：[低声，都不像她的声音了] 怎么了，哈里，你在说什么啊？

哈里：我真傻。我的心充溢了奇思妙想，而我只会说——只会说，我爱慕你踩过的每一片土地。

黛西：别跪下，哈里；女人需要的爱慕不是这样的。

　　　　[她把他扶起来，他又把她拥入怀里。

哈里：[充满激情] 我愿意为你做任何事。

黛西：你可以让我幸福，如果你作出选择的话。

哈里：我会选的。

黛西：你放弃了离开北京的念头？

哈里：但是，亲爱的，这么做是为了你的幸福啊。

黛西：难道你不认为只有自己才能评判幸福与否？

哈里：也并非一贯如此。

黛西：[挣脱了他的怀抱] 啊，这就是英国人的方式。你们是让别人按你们的方式来幸福，而不是他们自己的。你们永远不会心满意足的，直到所有的中国人穿上诺福克短外套，吃上烤牛肉和圣诞布丁。

哈里：哦，亲爱的，我们先别吵了。

黛西：你说你要把这世上的所有东西都给我，但偏偏不给我那件我想要的。那就算给我月亮又有什么用，如果我心里有根刺，你却不愿替我除掉？

哈里：好吧，笑一笑，别太严肃了，行吗？

黛西：[双手环住他的脖子] 哦，哈里，我会很爱你的，如果你只做我让你做的事。你还不了解我。哦，哈里！

哈里：亲爱的，我的心，我的灵，全都爱着你，可既然我已经做出了决定，这世界上就没有任何事能让我改变心意。去了重庆，我们可以过上幸福、轻松的生活。你必须听从我的判断。

黛西：你怎么可以这么顽固不化？

哈里：亲爱的，看看镜中的你。

　　　[她看了眼身上的旗袍。她明白了他话中意思。她是个中国女人。

黛西：[换了语气] 阿妈，把我的茶会服拿来。

　　　[她开始脱下旗袍。阿妈拿着茶会服进屋。

哈里：[干巴巴] 你总是待在耳力能及的范围内，一传就到，真是省心啊，阿妈。

阿妈：我是个好阿妈。好基督徒。

　　　[黛西脱下旗袍，在阿妈的帮助下穿上茶会服。她拢紧长袍，又变成了白人。

黛西：[指向旗袍] 把它拿走。[面对哈里] 你愿意和我下盘棋吗？

哈里：非常乐意。我去拿象棋。

[黛西走向留声机，播放中国乐曲。古怪的异域风情。那重复的曲调刺激着神经。哈里拿出棋盘，摆好棋子。他们面对面坐下。阿妈连带着换下的旗袍消失不见了。

哈里：你想要拿白棋吗？

黛西：看你的。[她移动棋子]

哈里：我恨你用皇后开场。总让我慌了手脚。我不知道你那精湛的棋艺是在哪里学的。我在你手里从没有过胜算。

黛西：一个中国人教我的。这类游戏他们玩得如鱼得水。

[两人一言不发地下了几步。突然，尖利的叫声打破了街道的宁静。黛西微微倒抽一口气。

哈里：哇哦，怎么回事？

黛西：哦，什么事情都没有。就是中国人在吵架。

[传来两三声呼喊，还有痛苦的呼救声。哈里噌地站起来。

哈里：老天啊，是英国人。

[他冲了出去，黛西拉住他的胳膊。

黛西：你在干什么？别，别，别离开我，哈里。

[她紧紧抱住他。他用力推开了她。

哈里：闭嘴。别犯傻。

[他跑向写字台的抽屉。仍然传来呼喊声："看在老天的分上，救命啊，救命啊，哦！"

哈里：天呐，他们在杀人。不可能的…… [他记起乔治今晚要过来]

黛西：[扑向哈里] 别，哈里，别去，别去，我不让你走。

哈里：别挡着我的路。

[他把她狠狠推到一边，夺门而出。黛西趴在地上，双手掩面。

黛西：哦，上帝啊！

[阿妈在门外的庭院中伺机等待，现在她溜进屋内。

阿妈：哈里非常勇敢。他听见白人在被谋杀。跑出去，救人。哈哈。

黛西：哦，我不能。哈里，哈里。

      [她跳起来，跑向庭院，隐隐想要去帮助丈夫。阿妈制止了她。

阿妈：你是哪边的？

黛西：我不能站在这里，眼见着哈里被杀。

阿妈：你就站在这里。

黛西：让我去。看在上帝的分上，让我去啊。吴，吴。

      [阿妈捂住了黛西的嘴巴。

阿妈：给我安静点。你想坐牢吗？

黛西：[拨开她的手] 我什么都给你，让我走。

阿妈：你个小傻瓜，黛西。

      [黛西挣扎着摆脱她的束缚，但在她的钳制下，黛西无能为力。

黛西：[痛苦] 来不及了。

阿妈：已经晚了。你帮不上他了。

      [她放开黛西。黛西踉踉跄跄往前走，双手掩面。

黛西：哦，我做了什么？

阿妈：[窃笑] 你什么都没做，你什么都不知道。

黛西：[粗暴] 天杀的！是你，你，你！

阿妈：我非常邪恶。骂我啊。这伤不到我的。

黛西：我告诉过你，我不想伤害哈里。

阿妈：你嘴上说着不想，心里是想的。

黛西：不是的，不是的，不是的！

阿妈：你就是个该死的大傻瓜，黛西。你不爱哈里。他不算有钱。不是大人物。不好。你很高兴和他一刀两断了。

黛西：不是这种方式。他从没有伤害过我。他总是待我很好。

阿妈：这是个好办法。非常安全的办法。

黛西：你个魔鬼！我讨厌看见你。

阿妈：为什么要恨我？我做了你想做的。你的父亲非常聪明。他说：不打碎鸡蛋，就没炒蛋吃。

黛西：我宁愿没有被生下来。

阿妈：[不耐烦] 你为什么要对我撒谎？你想要哈里死。好了，我为了你杀了他。[突然发怒] 你不能骂我，不能打我。你是个非常坏的女孩。

黛西：[放弃] 哦，我太虚弱了！

阿妈：[举止温柔，就像黛西还是个孩子] 你坐下。闻一闻嗅盐。[她把黛西安顿在椅子里，把嗅盐举到鼻子底下] 过会儿你就精神了。阿妈喜爱她的小雏菊。哈里他死了，黛西很伤心。她哭啊哭啊哭啊。乔治为黛西难过。然后，黛西不哭了。她说，还是哈里死了的好。老阿妈真好，她什么事都愿意为小黛西做。

　　[黛西惊恐地看着她。

黛西：我是多么残忍啊！我愿意付出一切换回哈里，我内心深处隐隐有种感觉——就算我恢复了自由身，我和乔治之间也是不可能的。

阿妈：我想，乔治会娶你的。

黛西：哦，不是现在！会给我带来厄运的。

阿妈：不要恐惧，我的小花朵。你就坐在这里，否则你又会感到不舒服了。

黛西：[跳起来] 我怎么坐得住？这种提心吊胆的状况太糟糕了。哦，上帝啊，发生了什么？

阿妈：[狡诈一笑] 我来告诉你发生了什么。哈里跑到街上，看见两三个人在打架。他们在稍远的地方。一个大喊"救命，救命！"哈里大叫一声跑过去。他倒下了，再也没有站起来。

黛西：他壮得像匹马。他徒手就能对抗十个中国人。

阿妈：李泰成非常聪明。他不会冒险的。我猜一切都结束了。

黛西：那么，看在上帝的分上，让我出去。

阿妈：最好还是留在这里，黛西。你出去，可能会惹上麻烦。他们会盘问你为什么出去——为什么你觉得丈夫要出事。

黛西：我不能任由他就这样躺在那里。

阿妈：不会躺很久的。不久之后，守夜人会过来，他会说，街上的白人——他死了。我想，他是被割喉了。

黛西：哦，多么可怕！哈里，哈里！

　　　[她把脸埋在双手中。

阿妈：我去点香。确保万无一失。

　　　[她走向神明的塑像，点燃了一支香。她先冲着塑像鞠了躬，又准备跪下来叩头。

黛西：需要多久？还要等多久？哦，我做了什么？静得可怕。[一时寂静无声。黛西冷不丁爆发出尖叫]不，不，不！我等不了。我受不了。哦，上帝帮帮我！[远处的庭院传来了晚课的和尚诵经的声音。阿妈完成了她的拜佛仪式，站在门口，坚定地望向门外。黛西直视前方。一声锣鼓突然震天响。黛西有了动作]怎么回事？

阿妈：安静，黛西。悠着点。

　　　[庭院的大门轰然打开。哈里进来了，穿过庭院，进入屋内，他反手扭住一个苦力的手腕，掐住他的后颈，推推搡搡着苦力往前走。

黛西：哈里！

哈里：我抓住了一个讨厌鬼。[大喊]这里，拿根绳子过来。

黛西：发生了什么？

哈里：等我一分钟。谢天谢地，我及时赶到了。[吴拿来一根绳子，哈里反捆住苦力的双手] 给我老实点，你这个家伙，否则我就踩断你该死的脖子。[他把绳子穿过门上的大铁环，打了个结，这样男人就没法逃走了] 他暂时待在那里很好。我去给警察局打个电话。吴，你站在那边。看着他。明白吗？

吴：明白了。

　　[哈里离开后，一群人穿过洞开的庭院大门涌进来。有寺庙的和尚，街上发生了意外的小道消息很快不胫而走，还有苦力，以及手上拿着锣钹的守夜人。有些人提着灯笼，有些人拿着防风灯。待他们靠近屋子时，自动分成两拨，然后看见有三个人似乎抬着一个人。

黛西：那是什么？

阿妈：我觉得是个外国人。[那人被抬进来，安顿在沙发上。脑袋和胸口盖着一块蓝棉布。黛西和阿妈惴惴不安地看着对方。她们不敢靠近。寺院住持把众人轰出屋子，关上门，只留下那扇拴着犯人的大门开着。阿妈面向神龛中的神明] 你说能做。你怎么搞错了呢？

　　[她抓起抬手就能够到的桌子上的扇子，脸上有两三次闪现过愠怒。黛西直愣愣盯着那人。她轻柔地走过去，稍稍掀起棉布，愣了一下，迅速丢开了。她看见了乔治·康韦。

黛西：乔治！[她一张嘴变成了尖叫]

阿妈：嘘，小心。哈里听着呢。

黛西：你做了什么？

阿妈：我什么都没做。菩萨他搞错了。

黛西：你个魔鬼！

阿妈：我又怎么会知道，黛西？我没法预知乔治今晚回来。[说话的声音嘟嘟囔囔的，因为黛西已经扑到她身上，掐住她的脖子] 哦，放开我。

黛西：你个魔鬼。

　　　[哈里进屋。眼前的一幕令他大吃一惊。

哈里：黛西，黛西。上帝的名义，你在干什么？

　　　[听见他的声音，黛西放开了掐住阿妈喉咙的手，但用力一推，阿妈摔倒在了地上。她躺在那儿，手抚喉咙。黛西转向哈里。

黛西：是乔治。

哈里：[走向沙发，把手放在乔治的心口] 该死，我知道是乔治。

黛西：他死了？

哈里：没有，他脑袋遭到了重击。晕了过去。我去找医生了。幸好医生是在卡迈克尔家吃饭，我让乔治的黄包车夫尽快把他接过来。

黛西：万一他走了呢？

哈里：他不会走的。他们还要玩扑克。老天啊，这是什么？[他拿开自己的手，看见了上面的血迹] 他受伤了。他在流血。

　　　[黛西走到伤者旁边，蹲下，搭脉。

黛西：你确定他还活着？

哈里：是的，他的心脏在正常跳动。但愿医生快点赶来。我不知道该做什么。

黛西：你怎么知道医生在卡迈克尔家？

哈里：乔治昨天告诉我他会去卡迈克尔家。他还说，他不想玩扑克，所以饭后会来这里。

黛西：[跳起来] 你知道乔治会来？

哈里：当然知道。所以，我听到有人在用英语呼救，首先想到的就是乔治。

　　　[黛西爆发出歇斯底里的笑声。阿妈突然抬起头，打起了精神。

哈里：黛西，怎么回事？

阿妈：[站起来，走到黛西边上，试图制止她] 没事。她只是在笑，在笑。没关系。

哈里：拿点水来或者其他的什么。

阿妈：[担惊受怕] 现在，我的美人，我的美人。

黛西：[强自镇定下来] 别管我。

哈里：天呐，我认为，他醒过来了。把水拿过来。

    [黛西拿起水杯走到沙发边，俯下身，用水弄湿了乔治的唇。他缓缓睁开双眼。

乔治：怪有趣的。这是什么？

哈里：[咯咯笑出了声，但带着呜咽] 别犯傻。哦，乔治，你刚才吓死我了。

乔治：这水有问题。

黛西：[迅速瞥一眼] 什么？

乔治：该死，水里没加白兰地。

黛西：如果你是在开玩笑，那我要哭了。

    [他试着动弹，忽然呻吟了起来。

乔治：哦老天，我身体一侧受伤了。

哈里：别动。医生就快来了。

乔治：这是什么？

哈里：我不知道。好多的血。

乔治：但愿我没弄脏你们那漂亮的新沙发。

哈里：去你的沙发。幸好我听到了你的呼叫。

乔治：我没叫。

哈里：哦，瞎扯，我听到了。我立马认定那是你。

乔治：我也听到有人喊救命。我正往你家走来。我打发走了人力车夫，一路飞奔。看见有几个人扭打在一起。我想，有人打中了我的脑袋。我记不太清了。

哈里：那是谁在喊救命？

乔治：[停顿一会儿] 没人。

哈里：可我听到了。黛西也听到了。听上去有人遭了暗算。[乔治轻声笑起来] 有什么好笑的？

乔治：有人想要你的命，老伙计，但那个蠢蛋捅了我。

　　　　[阿妈竖起耳朵。

黛西：我认为，你不该说这么多话。

乔治：非常古老的中国诡计。他们只是搞错了人，就这样。

哈里：老天啊，怪不得我绊倒了。

乔治：你绊倒了？街上拉了一条绳子。

哈里：我没想到这点。我像个滚球一样滚了出去。我立刻爬起来，冲进那群讨厌鬼当中。你或许看见他们落荒而逃了。幸好我逮着了一个。

乔治：好吧。人在哪？

哈里：他在这里。我把他捆得结结实实的。

乔治：好吧，我们要找出幕后黑手是谁。中国警察的手段或许野蛮，不过他们……哦，老天，我感觉糟透了。

哈里：哦，乔治。

　　　　[黛西递给哈里水杯，他帮助乔治喝水。

乔治：好点了。

哈里：最好把你搞到床上去，老伙计。

乔治：好吧。

哈里：我和吴架住你。吴，过来。

　　　　[小厮靠近。阿妈意识到犯人暂时没人看守。桌上有把餐刀，是黛西之前用来裁书的。阿妈的手盖上刀。

乔治：哦，不，没问题。我可以自己走。

　　　　　[他从沙发上站起来。哈里搭把手。他走起路来晃晃悠
　　悠的。

哈里：吴，你个傻子。[黛西冲上前] 不，黛西，让我来扶他。你不
　　够强壮。

乔治：[喘着粗气] 抱歉我现在看起来跟个傻子似的。

　　　　　[哈里和吴在两边扶住他，帮助他走出房间。

黛西：要我来吗？

哈里：哦，如果需要你，我会叫你的！

　　　　　[黛西陷进沙发，双手掩面，抖个不停。阿妈抓住时机。割
　　断了绑住嫌犯的绳子。获得自由的嫌犯冲入黑夜。阿妈看了会
　　儿，开始大叫。

阿妈：来人啊，来人啊！

　　　　　[黛西跳起来，哈里冲进屋子。

哈里：怎么回事？

阿妈：苦力。逃走了。

哈里：[看了看绑嫌犯的地方] 老天！

阿妈：小姐很不舒服。受不了血。要晕了。我去拿嗅盐，等我回来
　　时，他逃跑了。他，坏人。

　　　　　[哈里跑到大门口，端详绳子。

哈里：绳子是割断的。

阿妈：他可能有刀。你绑他之前为什么不搜身。

哈里：[严厉地看着她] 这人双手被绑在身后，你认为他能自己拿
　　到刀？

阿妈：我不知道。或许他有同伙。

哈里：你没听到动静吗，黛西？

黛西：没有。我都没关心过他。哦，哈里，乔治不会死了是吗？

哈里：但愿不会。我不知道他受了怎样的伤。[阿妈以为没人注意到

　　　　　　　　　　　　o58

她，打算溜走〕不，你不准走。留在这儿。

阿妈：你要干什么？

哈里：你把那人放走了。

阿妈：你非常愚蠢。我为什么要把他放走？

哈里：〔指着刀〕这把刀怎么回事？那是我们家的刀。

阿妈：小姐用它来裁书。

哈里：先前我跑到街上，想要鸣枪吓唬他们。可枪里没子弹。枪一
　　　直是上了膛和保险的。

阿妈：枪。我不知道。我从没见过枪。从没有，从没有。

　　　　　〔她动了下，想要离开。他抓住她的手腕。

哈里：站住。

阿妈：我要走。我很饿。你回头再和我说。

哈里：刚才我要是没有及时回来，黛西就要掐死你了。

阿妈：黛西太激动了。她不知道她在做什么。她从来不会伤害老
　　　阿妈。

哈里：你为什么对她发火，黛西？

黛西：〔惊慌失措〕我情绪失控了。我不知道自己在做什么。

哈里：〔忽然起了疑心〕你在替她掩饰？

黛西：当然没有。我为什么要这么做？

哈里：我猜，在你眼里，就算她杀了我也是一件无关紧要的事。

黛西：哦，哈里，你怎么可以说这么残忍的话？她为什么要杀你？

哈里：不知道。你能指望我猜透中国人的脑子里在打什么主意？她
　　　一直恨我。

黛西：你也不太喜欢我。

哈里：我能容忍她，因为她是你的人。我知道她谎话连篇，偷鸡摸
　　　狗。那是个圈套，我侥幸脱险。只是乔治受苦了。

黛西：哈里，你神经质了，还激动了。

哈里：你为什么要维护她？

黛西：我没有维护她。

哈里：别人都以为她控制住了你。我从没见过哪个主人让一个阿妈像她这样行事。

黛西：我还是孩子的时候，她就跟着我了。她——她从没意识到我已经长大了。

哈里：好吧，我受够她了。[面对阿妈]警察十分钟后就会赶到，我会把你交给他们，既然你把那人放走了。

阿妈：你把我交给警察？我没做错事。你为什么要把我送进监狱？

哈里：我敢说，你比我更了解中国的监狱。你好好考虑下，是否应该说出真相，不过剩下的时间不多了。

黛西：[越来越紧张]哦，哈里，我认为在你有足够的时间来思考问题之前不该贸贸然做任何事。毕竟没有证据。

哈里：[困惑地看向她]我不明白。你藏了什么秘密？

黛西：没有秘密。我只是不忍心看到我的老阿妈坐牢。这么多年来，她差不多成了我的妈。

　　　　[停顿。哈里的目光从黛西那里落到阿妈身上。

哈里：[面对阿妈]那么，给我滚，在警察到来之前。

阿妈：你说得太快了。听不懂。

哈里：你听得懂。十分钟之内你不离开，我就把你交给警察……走啊，趁来得及。

阿妈：我想我要去抽抽烟。

哈里：不，你不可以，你快点给我走，否则我就把你扔出去。

阿妈：你不会扔我出去，我也不会去坐牢。

哈里：我们走着瞧。

　　　　[他粗暴地抓住她，要把她赶进院子。

黛西：别，别，哈里。她是我母亲。

哈里：什么！

    [他目瞪口呆。放开了阿妈。震惊地看着她。黛西掩面。阿
    妈窃笑。

阿妈：是的，黛西，我女儿。她不想说。我想，她有点羞耻，有个
    像我这样的母亲。

哈里：上帝啊！

阿妈：很久以前，我是个非常漂亮的姑娘。黛西的父亲，他叫我他
    的小莲花，他叫我他的小桃花。然后，我不太漂亮了，黛西的
    父亲叫我老巫婆。巫婆，他就是这么叫的。巫婆。他叫我，你
    这个老巫婆。你个坏男人，我这么说他。你不是基督徒。你要
    下地狱的，他说。好吧，我说，你给我施洗。

    [哈里颓丧、厌恶地转身。阿妈拿起烟斗，点燃。

第四场终

第五场

场景：属于安德森家的寺院庭院。背景是外墙，离开地面抬高了两三级台阶。墙头压着黄瓦的屋顶，作为支撑的木柱涂了朱漆，风雨侵蚀下，斑驳脱落，屋顶处于墙的正中，墙上开了一扇木头大门。门打开时，可以看到街景，以及街对面的白色高墙。庭院两边招展着大旗。两边都有客厅。

一张藤制躺椅；一个圆桌和一对扶手椅。乔治躺在躺椅上看画报，阿妈坐在地上抽水烟。

乔治：[微笑，放下报纸] 今天下午你不像平常那样健谈啊。

阿妈：就当我没什么好说的。

乔治：你是女性典范，阿妈。你的价值胜过宝石。

阿妈：不像宝石那么值钱。没法卖出这么多钱。

乔治：其实，我并没有打算送你宝石，就算人造的也没有，但假如我真的送你了，我相信你不会卖了它们，做出这么不得体的行为。

阿妈：我认为你这人不太风趣。

乔治：恐怕如此。那假如我坐在自己的帽子上，你觉得好笑吗？

阿妈：是的，我会笑的。哈哈。

乔治：中国人的神秘莫测够得上能让伦敦的公爵和纽约的金融家笑抽的玩笑。

阿妈：你还是读你的报纸吧。

乔治：小姐在哪？

阿妈：我想她在屋里。你想见她?

乔治：没有。

阿妈：我猜她过会儿会出来。

乔治：[看表] 安德森先生应该快从办公室回来了。[响亮的敲门声]
　　喂，有人吗?

　　　　[一名仆人走出屋子，来到大门边，抽出门闩。]

阿妈：我猜是医生来了，应该吧。

乔治：哦，不，他今天不会来。他说会在我明天离开前过来。

　　　　[阿妈起身，看向大门，仆人已经打开一边的门。出现了哈
　　罗德·诺克斯和他的妹妹西尔维娅。]

诺克斯：可以进来吗?

乔治：好家伙。当然。

　　　　[他们走向乔治。西尔维娅是个非常漂亮、单纯、健康、魅
　　力十足的女孩。一袭轻盈的夏装。举手投足间如沐春风又清新
　　脱俗，令人赏心悦目。]

诺克斯：我带了妹妹过来。[乔治起身] 别起来。没必要为了个小姑
　　娘大费周章。

乔治：胡扯。我好得很。[和西尔维娅握手] 幸会? 敝姓康韦。

诺克斯：我忘了告诉她这事，因为她已经知道了。

西尔维娅：奇了怪了，就是这么巧。但我还是希望你躺下。

乔治：我都躺厌了。医生说我已经好透了。我明天就回家。

诺克斯：[看见阿妈] 哎哟，甜心，刚才没见着你。西尔维娅，我要
　　让你认识一下我唯一爱过的女人。

乔治：[微笑] 这位是安德森先生的阿妈。

西尔维娅：[友好地微微点头] 幸会?

阿妈：[立刻] 很好，谢谢。幸会? 很好，谢谢……你是诺克斯先生
　　的妹妹?

西尔维娅：是的。

阿妈：传教士？

西尔维娅：不是。

阿妈：那为什么来中国？

西尔维娅：来看看哥哥。

阿妈：几岁了？

诺克斯：老实交代，西尔维娅。

西尔维娅：二十二。

阿妈：有几个孩子？

西尔维娅：还没结婚呢。

阿妈：二十二了，怎么还没结婚？

西尔维娅：确实需要个理由，不是吗？真相就是没人向我求婚。

诺克斯：撒谎！

阿妈：你来中国找丈夫？

西尔维娅：当然不是。

阿妈：你是基督徒？

西尔维娅：恐怕不算是个好基督徒。

阿妈：谁给你施洗的？

西尔维娅：好吧，你懂的，这都八百年前的事儿了。忘了。

诺克斯：她和我一样，阿妈，长老会。

阿妈：那你要下地狱了。只有基督复临安息日会不下地狱。

西尔维娅：那恐怕地狱要挤满人了。

阿妈：你只接受过一次施洗？

西尔维娅：据我所知，是的。

阿妈：我施洗过一次、两次、三次、四次、五次。我是非常好的基督徒。

诺克斯：我说，老伙计，我不想败了你的兴致，不过，我们来可不
  是为了探望你。

乔治：为什么不呢？诺克斯小姐势必想要看一看北京的主要景点。

诺克斯：这人没疯，西尔维娅。他唯一的妄想是觉得自己风趣幽默……西尔维娅认为她应该拜访一下哈里夫人。

乔治：我相信黛西会很高兴的。阿妈，告诉小姐有位女士来访。

阿妈：好的。

　　　　　[退出。

诺克斯：我说，他们有没有抓到想要杀你的人？

乔治：没有，根本不可能。他们不是冲着我来的，你知道的，是冲着哈里。

诺克斯：他有仇家？

乔治：我不认为。他似乎不太愿意谈及此事。

　　　　　[黛西出现。

诺克斯：她来了。我带了妹妹来见你，哈里夫人。

黛西：[握手] 幸会？

西尔维娅：你住的地方太棒了！

黛西：很迷人，不是吗？走之前，你一定要去看一看寺庙。

西尔维娅：正有此意。

黛西：请坐。[对着诺克斯] 你觉得我的病人怎么样？

诺克斯：他是个骗子。我从没见过像他这么强壮的。

黛西：[兴高采烈] 他恢复神速。

乔治：谢谢你，黛西。你们都想象不到她是怎么照顾我的。

诺克斯：还是九死一生了，不是吗？

黛西：有那么两天，我们都以为他随时会死去。太——太可怕了。

乔治：你们知道吧，那段时间，她没有离开过一分钟。[转向黛西] 我不知道该怎么谢你了。

黛西：哦，好吧，哈里要上班。为了你这样一文不值的人，我可不认为要剥夺他晚上的休息时间，而且，花钱雇人照顾你的想法也让我讨厌。

西尔维娅： 到最后你都累垮了吧。

黛西： 没有，我强壮得像匹马。当医生告知乔治已脱离了危险，于我而言是莫大的安慰，我都顾不上累了。

诺克斯： 我不明白你为什么这么关心他。有很多人想要做他那份工，而且他们也知道能干得比他好。

乔治： 所有人对我都特别好。我都不知道这世界如此有爱。

黛西： [转向西尔维娅，非常和气] 趁着上茶的间隙，你想参观一下寺庙吗？

西尔维娅： 好的，非常乐意。

黛西： 等你参观了寺庙之后，我想你能更好地享用茶水。

西尔维娅： 这一切对我来说都太新鲜了。我对任何事情都感兴趣。我疯狂爱上了北京。

> [她们走开了，兴高采烈地交谈。

乔治： 哈罗德，你真是个好人。

诺克斯： 女孩都这么夸我。但我不明白你为什么这么说。

乔治： 你把妹妹带来拜访黛西，这种行为相当大度。

诺克斯： 我可配不上你的赞美。是她坚持要来的。

乔治： 哦？

诺克斯： 她在俱乐部遇见了哈里，对他产生了兴趣。我告诉她，黛西是个混血儿，大家不太把她当回事儿，她就生气了，态度坚决。我告诉她，她是初到中国，并不知道自己在说什么，接着呢，按她的说法，教训了我一顿。我不由得想到，我是否不太在意别人的想法。

乔治： 听上去你们似乎发生了点口角。

诺克斯： 她说，她受不了生活在东方的同胞的那种德行。混血儿也很好，就和所有人一样。我碰巧说起我今天要来这里看你，她就说她也要来。

乔治：她人真好。黛西太孤单了。能认识一两个白人女性，那对她意义重大。万一她俩处得来，你别拦着，行吗？我想，黛西非常需要一个朋友。

诺克斯：我不是很喜欢，你知道的。要是你有个姐妹和混血儿成了好朋友，你乐意吗？

乔治：黛西百里挑一。你都无法想象她在我生病期间为我做了什么。就算我的母亲都不会这样照顾我。

诺克斯：他们通常都是热心肠。不过，我的话其实对西尔维娅没什么效果。女孩们在战后改变了许多。她想要做件事，而且认为这么做是对的，她就会去做。我出手干涉的话，她很有可能对我说见鬼去吧。

乔治：她这个年轻姑娘挺有个性的嘛。

诺克斯：可能是因为她一度过得不太好。未婚夫死在了战场上，她悲痛欲绝。战争最后两年，她负责开救护车，接着去了剑桥大学格顿学院。此后，父亲觉得她最好来中国住段日子。

乔治：她应该会喜欢上这里的。

诺克斯：只要她不太得罪人。她无法忍受所有的不公和残忍。如果她认为大家没有善待黛西或者看不起她，她就会死死缠着黛西。不过，我敢说她会结婚的。

乔治：[微笑] 她会长记性的。

诺克斯：你为什么不娶她？你也该安定下来了。

乔治：[咯咯笑] 你个傻瓜。

诺克斯：为什么？你相当的合适，不是吗？

乔治：我不知道你为什么要摆脱她。她看上去是个非常好的妹妹。

诺克斯：我当然乐意她待在我身边，但她确实有点碍手碍脚。还有，她总归要结婚的。你会有个一等一的好妻子。

乔治：配我这样的人，她太优秀了。

诺克斯：她确实有点独立，不过事到如今我们必须忍着点了。她很好，和金子一样好。

乔治：打老远就能发现了，老伙计。

诺克斯：我说，谁是拉思博恩，黛西的第一任丈夫，你知道吗？

乔治：[神色一凛] 哈里告诉我是个美国人，说他在马来联邦有生意。

诺克斯：哈里也是这么告诉我的。我有天碰到个人，他也住新加坡，那人说他从没听说过拉思博恩。

乔治：[拿他打趣] 或许拉思博恩进不了你那朋友自然而然能进去的上流圈子。

诺克斯：我怀疑到底有没有拉思博恩先生？

　　　　[街上传来悠扬的民乐。

乔治：哎哟，外面有队伍在通过。

诺克斯：什么队伍？

乔治：满族婚礼。阿妈今早提过。

诺克斯：我去叫西尔维娅。她喜欢看这个。西尔维娅。

　　　　[黛西和西尔维娅听到喊声走出来。

西尔维娅：别大喊大叫的，哈罗德。

诺克斯：快来看，你又可以长见识了。满族的婚礼队伍正在经过……

西尔维娅：哦，好极了，咱们到大街上去！

黛西：你在这里照样能看。我来把门打开。小厮，来开门。

诺克斯：对的，就这样。在这里看更好。

　　　　[吴在众人交谈的最后阶段拿着茶出现了，他把茶具放在桌上。听见黛西的命令，他跑去大门那里，拔开门闩。他拉开一扇沉重的大门，诺克斯拉开另一扇。空无一人的大街映入眼帘。音

乐越来越响。大街白墙的映衬下，婚庆队伍鱼贯而过，欢快、艳丽、蒙昧；打头的人骑在马上，接着是身披灰色袈裟、剃了光头的和尚；之后的乐队在演奏热闹、不成调的音乐；再后面走过一长溜的侍从，他们穿着红衣，头戴奇怪的帽子；更后面的侍从抬着开放式的轿子，摆满了琳琅满目的水果、饭食、金银器具；紧随其后的是两三个年轻人鲜衣怒马，然后又是个轿子，朱漆描金、雕刻繁复，那是新娘的花轿。又走过更多的和尚，以及另一个乐队，最后压阵的是穿红衣的侍从。当婚礼队伍最后一个人消失时，有个乞丐跑进了敞开的大门。他瘦骨嶙峋，长发蓬乱，衣衫褴褛，乌糟糟的；双腿赤裸裸地光着，脚上也没鞋子。他伸出一只骨瘦如柴的手，发出悠长、尖利的哀嚎。

诺克斯：哦，上帝啊，出去！

黛西：哦，别，求你了，哈罗德，给他一两个铜板。

乔治：黛西从不会让乞丐空着手离开。

黛西：那并不是因为我心善。我害怕他们会带给我厄运。

诺克斯：[从口袋里掏出一枚硬币] 拿去。现在，滚开。

    [乞丐拿了施舍，慢悠悠走开了。吴关上大门。

西尔维娅：[起劲] 真高兴看到了。

黛西：等你待久了，你会看腻了。现在，我们来喝茶吧。

西尔维娅：哦，我想我们不能继续待下去了，非常感谢。我们还有另一个约会。

黛西：你们好讨厌。哈里快回来了。看不见你们，他会失望的。

西尔维娅：我答应了的，我要去会会斯托福德夫人。你认识她吗？

黛西：我知道你说的是谁。

西尔维娅：在我看来，大家对她太过残忍。这只能让我热血沸腾。

黛西：哦，怎么了？

西尔维娅：好吧，你知道的，她的丈夫是个酗酒的畜生，这些年来一直在家暴她。最终，她爱上了另一个人，丈夫正准备和她离婚。他竟然要离婚，太过分了。

黛西：在北京的女士都对她冷冰冰的？

诺克斯：冷冰冰都不足以形容。简直是冷若冰霜。

乔治：我认为，她应该不惜代价摆脱雷吉·斯托福德，但我遗憾的是另一位当事人是安德烈·勒鲁。

西尔维娅：怎么了？她把他介绍给了我。我觉得他人非常好。

乔治：好吧，你看，如果他是英国人或者美国人，通常会娶她的。

西尔维娅：我也是这么希望的。

黛西：因为她是为了他才离的婚，你是这意思？

乔治：是的。但法国人在这点上和我们的感受不一样。我不确定安德烈是否愿意娶她。

西尔维娅：哦，那就太糟了！这种情况下，男的必须娶了女的。他就该这么做。

乔治：当然。

诺克斯：走吧，西尔维娅。我们不要讨论女性权益了。

西尔维娅：[热络地向黛西伸出手] 如果说有啥事儿让我讨厌的，那就是说好要来又不来。再见，安德森夫人。

黛西：很高兴见到你。

西尔维娅：真希望你快来拜访我。我寂寞得要命，你就行行好，来看看我吧。我们可以一起购物。

黛西：想必会很有趣。

西尔维娅：再见，康韦先生。看见你精神矍铄，我很高兴。

乔治：非常感谢，再见。

　　　　[诺克斯和西尔维娅离开。黛西把他们送到大门口，然后回到乔治身边。

乔治：多么可爱的姑娘啊，黛西。

黛西：她似乎热衷和有瑕疵的女性交往。先是我，然后是斯托福德夫人。

乔治：希望你会喜欢她。

黛西：不太可能。她是她，我是我。她有的我都没有。不，我不喜欢她。但我愿意倾尽一切变成她。

乔治：[微笑] 我认为你没必要嫉妒她。

黛西：你觉得她漂亮吗？

乔治：是的，非常漂亮。但你比她更漂亮。我相信，你一个小指头的智慧都胜过她整个人的智慧。

黛西：[严肃] 她有一些我没有的东西，乔治，我愿意拿我的灵魂去换。

乔治：[尴尬] 我不明白你的意思。[强行转换话题] 黛西，我要走了……

黛西：[打断] 你明天真的要走？

乔治：[活泼轻松] 我好透了。住了这么长时间，我都不好意思了。

黛西：你不在这儿了，那以后百无聊赖的漫长日子，我都不敢去想。

乔治：[认真] 我必须走，黛西。真的。

黛西：[停顿片刻] 哈里你有什么话要对我说？我为你做的那些事，别说谢谢。它给了我从未体验过的快乐。

乔治：没有你，我已经没命了。还有，当我回顾过往，我就羞愧难当。

黛西：过往怎么了？过往是死的，无可挽回的。

乔治：当我想到你的耐心细致、温柔体贴，而我却大发脾气，我就羞愧。在你给予之前，我都不知道我需要某样东西。有时我不能呼吸，你的手温柔地抚过我的额头——哦，就像炎炎夏日一头扎进高原上的小溪。我想，我从不知道你拥有世人不曾拥有的最宝贵的品质，善良。哦，黛西，这让我自愧不如。

黛西：善良？［大笑］哦，乔治。

乔治：哈里比我更好，更单纯，所以能发现你的可贵。他一直能感
　　　受到，他是对的。

　　　　　［阿妈进来。

黛西：［冷不丁］你要干嘛？

　　　　　［阿妈从这头走到另一头，眼中有淡淡的笑意。

阿妈：先生电话，黛西。

黛西：你把口信记下来了？

　　　　　［她准备进屋。

阿妈：他必须出差。他说非常紧急。我说找不到你。可能出门了。

乔治：你为什么这么说？

阿妈：我觉得这样更好，或许吧。

乔治：［微笑］说得对，阿妈。既然谎言能够奏效，永远不要说出
　　　真相。

黛西：好吧，口信是什么？

阿妈：先生说必须去天津。非常要紧的生意。今晚不回来了。明天
　　　赶第一班火车。

黛西：很好。告诉小厮今晚只有两人吃饭。

阿妈：这就去告诉他。

　　　　　［退出。

乔治：［彬彬有礼］我说，我不想成为你的负担。明天我最好还是回
　　　到自己的住处。

黛西：［看着他］为什么这么做？

乔治：无论如何，我明天要离开。

黛西：在你看来，我的名誉这么金贵？

乔治：［漫不经心］当然不是。可人吧，不太宽容。哈里不在家，我
　　　还继续留在这里，似乎有点古怪。

黛西：你觉得我会介意别人的闲言碎语？

乔治：我在乎你。

黛西：[微微一笑，有点顽皮] 哈里不在的时候你却坚持要走，这种行为可不是在讨好我。我就这么让你厌烦？

乔治：[咯咯笑] 怎么可以说这么无聊的话？我都不想好得这么快。我就喜欢看着你静静地坐在我边上读书或者做针线活。我习惯了你在我眼前，如果我不选择立刻离开，我将无法自拔。

黛西：自从发生了那次可怕的意外事故，一想到我要独自过夜，我就心神不安。我好害怕，今晚只留下我一个人。

乔治：那么，和我一起走。诺克斯和他的妹妹会乐意照顾你一晚的。

黛西：[突然换了态度] 我不要去，乔治。我要你留下。

乔治：[变得和她一样严肃] 黛西，别为难我。你不知道。你不知道。[他尽力克制住自己，恢复了轻松、调笑的口吻] 别忘了，我伤的不止肺。当你和医生在处理这个伤口时，我正忙着把我破碎的心缝补起来。现在恢复得还不错，没人看得出那里的问题，但你非要冷不丁刺激它一下，我认为这实非明智之举。

黛西：[颤抖地呢喃] 你为什么要这么说话？装模作样有什么好处？

乔治：[决心保持轻率的语调] 拿我小小的烦恼来叨扰你，那是我愚蠢透了。那天，天好热。我累坏了，还焦虑不安，否则我不会说那么多话的。我相信，我康复得这么好，你和我同样高兴吧，谢谢你。

黛西：[看似随口提问] 你不喜欢我了？

乔治：我对你的爱慕无以复加。我欣赏你，当然，还感激你。但如果我以为爱上过你，那是我搞错了。

黛西：你知道我为什么没有雇个职业护士，为什么在你昏迷不醒的两天中寸步不离？你知道为什么在之后的晚上，当你胡言乱语的时候，我不让哈里来见你？我借口那会打扰他的工作。我不敢离开你片刻。那是你和我的秘密。我不希望这世上还有其他人来和我分享这个秘密。你知道你在神志不清的时候说了什么？

乔治：[困扰] 但愿我说了一大堆的脏话。人们通常都这样，我相信。

黛西：[激动] 你一直在呼唤我，黛西，黛西，就好像你的心都碎了。我朝你俯下身，说："我在这儿。"你用手捧住我的脸，我都无法相信你是在昏迷状态。而你说："我爱你。"

乔治：哦，天呐！

黛西：我有时不知道该如何让你冷静下来。你发了狂似的，因为你以为他们要把我带走。"我受不了，"你说，"我会死的。"我不得不用手捂住你的嘴，这样别人就听不见了。

乔治：我不知道自己说了什么。那不是我。那只是高烧状态下的癫狂。

黛西：有时你又温柔得出奇。你的嗓音温柔、亲昵。你用爱称呼唤我，我的泪水止不住地滚落到脸颊上。你以为你搂着我，把我紧紧压在你的心口上。那时的你是幸福的；你的样子太过幸福，我都担心你会幸福地死去。我知道了何为爱，而你爱我。

乔治：看在老天的分上，别说了。你为什么要折磨我？

黛西：然后，你疯狂地妒忌。你憎恨哈里。我想你都想杀了他。

乔治：这不是真的。这太无耻了。绝不会，绝不会。

黛西：哦，随你怎么说吧！有时你以为他正搂住我亲吻我，你就嚎丧。哦，太揪心了。我都忘了你失去了意识，于是拉住你的手说："他不在这儿。只有我和你，我和你，我和你。"有时我觉得你听明白了。你平静下来，脸色平和，仿佛身处天堂，你说——你知道你说了什么吗？你说："至爱，至爱，至爱。"

　　[她破声了，眼泪流到脸颊上。黛西的告白让乔治痛不欲生。

乔治：我想，当我们内心最隐秘的想法、在有意识的时候会憎恶的想法，暴露无遗时，我们很少有人不是惊恐地自我厌恶。但是，暴露出那可耻事情的我并不是我。我否认……

黛西：我本以为你更加勇敢。本以为你更加理智。你是这么说的吗，你说自己有点传统的成见？真实的你是比起高烧更让那份爱焦灼的你。唯一的你是那个爱着我的你。剩下的只是臭架子。那是你在化装舞会上佩戴的面具。

乔治：你不知道你在说什么。臭架子？那是荣誉，还有责任，还有体面。那是所有可以让我和我的自尊贴合的东西。

黛西：哦，那就是说一无是处啦。你个傻瓜。你尽可以试试徒手阻拦滔滔长江水。

乔治：如果我死了，那我就是死了。哦，当然，我爱你。每一个夜晚，我被爱情折磨，我被嫉妒折磨，然而白天终究会到来，我又可以成为自己的主人。我的爱是可怕的，它在啃噬我的心弦。我憎恨它，我鄙视它。但我可以斗争，我无时无刻不在战斗。哦，我在这里待得太久了。我早就该回去了，回去工作。工作是我唯一的救命稻草。黛西，求你让我离开。

黛西：我怎么能让你走呢？我爱你。

乔治：[晴天霹雳] 你？[不耐烦地耸了下肩膀] 哦，你在胡言乱语了。

黛西：你以为我为什么唠唠叨叨说了这么多？你以为一个女人会在意一个男人的爱，如果她根本不爱他？

乔治：哦，不可能。你不知道你在说什么。我知道你有多好，多善良。你是被我的爱打动了。你错把怜悯当成了爱。

黛西：我不好，也不善良。我的灵魂没有地方可以安置怜悯。我的灵魂只有饥渴。我明白你的感受，因为我也感同身受。我爱你，我爱你，我爱你。

乔治：那哈里呢？

黛西：我为什么要在乎哈里？我恨他，是他横亘在我俩之间。

乔治：他是你丈夫。他是我朋友。

黛西：他不存在。我见到你的第一天，我就一直爱着你。别人于我如无物，李泰成、哈里还有其他人。我一直爱你。我从没有爱过其他人，除了你。这些年来，我一直保存着你写给我的信。我反反复复读这些信，每字每句都铭记在心。落在纸上的泪水模糊了字迹。这些信是我拥有的一切。你以为我现在会让你走吗？我所有的痛，所有的苦，什么都不是。我爱你，你爱我。

乔治：哦，别，别！

黛西：你现在不能离开我。如果你离开我，我就自杀。

乔治：我必须离开。我再也不会见你。无论发生什么事，我们永不相见。

黛西：[恼怒、不耐烦] 不可能。你该怎么对哈里说？

乔治：如有必要，我会说出真相。

黛西：这有什么差别？难道你会因此少爱我一点？好吧，告诉他。告诉他我爱你，只爱你，告诉他我属于你，只属于你。

乔治：哦，黛西，看在老天的分上，试着控制下自己。我们必须履行各自的义务，必须，必须。

黛西：我不懂义务。我只懂爱。我的灵魂容不下其他任何东西。你说爱情像头野兽啃噬你的心弦。我的爱情是解放者。它救我脱离了可憎的过去。它救我摆脱了哈里。这世界上什么都不存在，除了你和我，而爱情把我俩结合在一起。我要你，我要你。

乔治：别，别！哦，疯了！只有一件事可以做。上帝，赐予我力量。黛西，你知道我爱你。我全身心地爱着你。但是，道别吧。我再也不会见你。永远。永远。所以，请帮助我吧，上帝。

黛西：你怎么这么残忍？你铁石心肠。这些年来我一直想要得到你。我渴求着你。你不懂我的屈辱。怜悯我吧，既然我爱你。你要是离开我，我就死。你为我打开了天堂之门，又让我吃了闭门羹。你还没有把我弄得郁郁寡欢吗？十年前你就该杀了我。你把我踩在烂泥地中，弃我而去。哦，我该怎么办？[她颓然倒在地上，哭得撕心裂肺。乔治看了她一分钟，因为痛苦而表情扭曲，他紧握住双手努力克制住自己。他拿起帽子，缓步向大门走去。他拔开门闩。黛西听见声响，站起来，摇摇晃晃地走向他] 乔治，别，别。先别走。

     [她步履蹒跚，大呼一声，头朝下倒地。晕了过去。

乔治：[冲向她] 黛西，黛西。[他跪下，双手捧住她的脑袋。害怕得浑身颤抖] 哦，我的爱，怎么回事？哦，上帝啊！黛西！和我说话啊。[呼喊] 阿妈，阿妈！[黛西缓缓睁开眼睛] 哦，我的至爱！我以为你死了。

黛西：扶我起来。

乔治：你站不住。

     [他把她扶起来，等她站直后，把她搂在怀里。她双臂环住他的脖子。

黛西：别离开我。

乔治：我的珍宝。我的至爱。

     [她把脸转向他，送上唇，他低头亲吻。她闭上眼睛，如痴如狂。

黛西：把我带回屋里。我感觉很不舒服。

乔治：我这就送你回去。

     [他抱起她，把她送回屋里。阿妈在另一头出现了。她走向大门，滑上门闩。然后走到茶桌边，坐定，拿起一块司康饼。

阿妈：哈哈。

     [她咬了口司康饼，安安静静地咀嚼。脸上闪过一丝讥笑。

                     第五场终

第六场

场景：北京中式住宅中的一间小屋。粉刷过的四壁，但已经有了斑斑污渍。墙上挂了三四幅写有大字并有题赠的卷轴。地板上铺了席子。仅有的家具包括一张桌子、一对椅子、一个铺了席子一头摆了靠垫的木榻，一个装饰了大量黄铜的矮柜。背景开了两扇窗户，有繁复的格子纹饰，糊上了米纸，还有一扇稍稍雕琢过的门。

黛西坐在其中一把椅子上。她从包里掏出化妆镜，顾镜自照。心情愉快。阿妈进屋。拿着一个长颈花瓶，里面插了两枝康乃馨。

阿妈：我给你带了些花儿，让这屋子看上去漂亮点。

黛西：哦，你这个可爱的老东西！把它放桌上。

阿妈：你在照镜子？

黛西：我看着年轻。所以开心。

阿妈：你非常漂亮。我非常漂亮，很久之前。总有一天，你会和我一样。

黛西：[逗乐了] 但愿不会这样。

阿妈：你今天心情很好，黛西。你高兴，乔治要来。

黛西：我昨天没见到他。

阿妈：他让你眼巴巴等着。

黛西：这个混蛋。他总是让我等待。但只要他来，我还要求什么呢？我们可以一起待上三小时。或许他还会留下吃晚饭。如果他愿意，给他做他喜欢吃的菜。你乐意的话，没人烧的菜比你好吃。

阿妈：你在拍我马屁。

黛西：没有。你知道得很清楚，你是全中国最好的厨师。

阿妈：[逗乐了] 哦，黛西！我比你以为的更了解你。

黛西：你这个可恶的老太婆。[她亲了她的两颊] 隔壁为什么吵吵嚷嚷的？

阿妈：苦力，今早被人杀了。他有两个小孩。孩子的母亲，很早就过世了。

黛西：太可怕了！可怜的小东西。

阿妈：你想要见见他们。他们就在这里。

　　　　[她走向门口，招手示意。一个衣衫褴褛的小老头牵着两个小孩进屋，一男一女。他们全都毕恭毕敬，畏畏缩缩，沉默不语。

黛西：哦，好可怜！

阿妈：他们没钱。老头说他把孩子带过来，抚养他们。但他只是个苦力。也没有很多钱。

黛西：他和两个孩子是什么关系？

阿妈：没有关系，他只是个好人。他也做不了很多。尽自己所能。邻居，几乎帮不上忙。

黛西：但我也能帮忙。你身上有钱吗？

阿妈：有两三美元。

黛西：你留着有什么用？让他拿去。

　　　　[她脖子上戴了一条金珠子项链。她把它摘下来，放入老头手中。

阿妈：项链很昂贵，黛西。

黛西：我在乎吗？让他把项链卖了换钱。这会给我带来好运的。[转向老头] 听明白了？

[他点头，微笑。

阿妈：我想他明白得一清二楚。

黛西：[看向孩子] 他们不可爱吗？还这么规规矩矩。[转向阿妈]
　　立马去对面的玩具店，给他们买点玩具。

阿妈：好的。

　　　　[她走出去。黛西抱过孩子，把他们放在桌子上。

黛西：[愉悦地] 现在你们过来和我说话。坐着别动，否则要摔下
　　去的。[转向男孩] 我在想你多少岁了。[转向老头] 五岁？
　　六岁？

老头：六岁了。

黛西：[转向男孩] 六岁。好家伙，算是个男人了。如果我有孩子，
　　他应该会比你大点。如果我有个男孩，我要把他打扮得漂漂亮
　　亮。我会亲自给他洗澡。不会让那可怕的老阿妈给他洗澡。我
　　也不会像中国人那样给他塞一堆糖果；他表现好的话，我就给
　　他一块巧克力。哎呀，我还有些巧克力呢。等等。乖乖坐着。
　　[她走到架子边，那上面放了一包巧克力] 一块给你，一块给你
　　[给老头]，一块给你。还有块给我自己。

　　　　[孩子和老头郑重地吃起巧克力。阿妈回来了，拿着一个娃
　　娃和孩子玩的马车。

阿妈：来拿玩具。

黛西：看看善良的老阿妈给你们带来了什么玩具。[她把孩子从桌
　　上抱下来，把娃娃送给女孩，马车送给男孩] 这个漂亮的娃娃
　　给你，这个如假包换的马车给你。[她坐到地上] 看啊，轮子
　　能动。

阿妈：还有别的礼物呢。

　　　　[她从袖子里掏出小小的囊状物，上面有个吹口可以用来
　　吹奏。

黛西：这到底是什么？哦，我爱它们！我们每人拿一个。[她把玩具分给孩子，他们一起吹奏。门外传来刮擦的声音] 谁啊？

阿妈：你说句请进，或许就知道是谁了。

黛西：去开门，你个老傻瓜。[她又开始吹乐器。阿妈走到门边，打开。李泰成进屋] 李泰成。把他们送走吧。[阿妈向老头示意，他一只手挽住一个孩子，孩子拿上玩具，一同走出去了。阿妈跟在他们身后悄无声息地走开] 我以为你死了呢。

李泰成：我活得好好的呢，谢谢你。

黛西：啊，好吧，我们都盼点好的。

李泰成：我相信你并不高兴见到我。

黛西：[欢快] 如果你是昨天来，我一定会打你一巴掌，但今天嘛，我心情很好，就算是你，也变得可以容忍了。

李泰成：你昨天不在。

　　　　[阿妈进屋，拿着小小的木头托盘，上面摆着两只瓷碗和一个茶壶。

黛西：我亲爱的阿妈大概以为你是来拜访我的。你不能让我留你太长时间。

李泰成：你在等谁？我知道。

　　　　[阿妈出去。

黛西：[拿他打趣] 我总是说你有点脑子。

李泰成：比不上你，黛西。你会耍聪明的小把戏，你找到我来摆脱你那个碍手碍脚的丈夫，好恢复自由身去找乔治·康韦。

黛西：和我没有任何关系。我告诉过你了，和我没有任何关系。是你搞砸的。我们可以原谅善良的愚蠢，但既无赖又愚蠢，那就没得借口了。

李泰成：不管是人是鼠，即使最如意的安排设计，正如我最爱的诗人罗伯特·彭斯写下的优美诗篇，结局也往往会出其不意。

黛西：我他妈的才不在乎你最爱的诗人。你今天来是为了什么事？

李泰成：事实证明，我不必感到内疚，既然是乔治·康韦替你的丈夫挨了一刀。我希望那刀捅得更深一点。

黛西：[冷酷] 这只能证明你帮了我个忙。但你还是没有告诉我，我为何有幸今日接待你的造访。

李泰成：礼尚往来。我希望和我的租客保持友好关系。

黛西：[惊讶] 你的什么？

李泰成：[彬彬有礼] 这碰巧是我的房子。当我发现你那可敬的母亲租下了这个院子里的房子用来让你和乔治·康韦定定心心幽会，我想我应该买下整栋宅子。

黛西：希望这是笔好投资。

李泰成：否则的话，我或许会下不了决心的。聪明的你也觉得这地方舒适惬意。有个古董店做门面，所有进店的人都会被看见但又不会觉察到，穿过一条光线阴暗的走廊才能到这院子，完美。

黛西：你在打什么主意？

李泰成：[眼睛闪闪发光] 是不是有点害怕？

黛西：压根没有。你能做什么？你可以去告诉哈里。告诉他啊。

李泰成：[殷勤] 乔治·康韦会身败名裂。

黛西：[耸肩] 他会丢了工作。或许你可以给他另外找一份。你有这么多业务，一定明白像乔治这样一个中文说得流利的白人的用处。

李泰成：我发现你的厚颜无耻魅力无限。

黛西：对于你的恭维，我深表谢意。

李泰成：不过，不用怕。我什么都不会做的。我买下整栋宅子，因为我想让你知道你永永远远也逃不出我的五指山。你去到哪里，我就跟到哪里。你有时见不到我，但我近在咫尺。我愿意等。

黛西：你的时间是你自己的。你要怎么浪费，我都不会反对。

李泰成：终有一天，而且我相信那天并非遥不可及，你会来找我的。我是你的最初，我是你的终结。如果你愿意，我可以娶你。

黛西：[微微一笑] 我想你已经有了两个，要么三个，妻子了。想象一下，当个老四，这日子可不好过。

李泰成：我可以把妻子休掉。我愿意和你去英国领事馆结婚。我们可以去槟城。我在那里有处房产。你可以拥有自己的小轿车。

黛西：我竟然轻而易举地抵挡住了那些你认为有魅力的诱惑，出人意料啊。

李泰成：[冷笑] 我有在乎吗？我可以等……你和白人在一起能做什么？你不是白人。你父亲的血液有什么力量，当它汇入了你从母亲那里继承来的历经了无数代的澎湃血脉？我们的血统非常纯净，非常强大。奇怪的国度蹂躏我们，但不用多久，我们就能同化他们，所以我们身上都不会留下外国人的印记。中国就像长江，由五百多条河流汇聚而成，但它未曾改变，长江它惊涛骇浪，波澜壮阔，无动于衷，奔腾不息。你有什么力量可以对抗这滚滚江水？你可以穿上欧洲人的服装，吃欧洲人的食物，但你打心眼里还是个中国人。你的激情是白人那种脆弱、游移的激情吗？你内心的纯粹是白人永远无法理解的，你内心的曲折也是白人永远无法明白的。你的灵魂如同热带雨林中的一块稻田。周围环伺的热带雨林，虎视眈眈，心怀妒忌，你要不停地劳作才能防止它的入侵。有天，你的劳动付诸流水，热带雨林夺走一切。中国在你体内步步逼近。

黛西：我可怜的李泰成，你真是满嘴的胡言乱语。

李泰成：你焦躁不安，你郁郁寡欢，你无法满足，因为你在和根植于你内心的本能抗争，而白人呢，如狼似虎，赤裸直白，野蛮未开化。你有天会缴械投降的。你会脱下白人的伪装，就像脱下过时的衣服。你会回到中国，像一个疲惫的孩子回到母亲的怀抱。然后在我们这个伟大民族的悠远文明中找到平静。

　　　　[一时的沉默。黛西抚上额头。尽管非她所愿，李泰成的一席话不可思议地对她产生了影响。她在微微发抖，然后控制住了。

黛西：乔治·康韦爱我，而我——哦！

李泰成：白人的爱不会超过一个夏日。那是一朵红色、红色的玫瑰。现在，它在阳光下洋洋自得地炫耀芬芳馥郁的美艳，可到了第二天，它的花瓣就会褶皱，散发出恶臭，零落一地。

　　　　[庭院传来脚步声。

黛西：他来了。快走。

　　　　[乔治开门，看见李泰成，停住了脚步。

乔治：哎哟，这是谁？

　　　　[李泰成向前一步，面带笑容，卑躬屈膝。

李泰成：我是这房子的主人。阿妈抱怨说屋顶漏水，我亲自来查看一下。

乔治：［皱眉］没关系。不用麻烦了。

李泰成：但愿不用麻烦。阿妈的嘴咄咄逼人——满足不了她的要求，我怕她不会让我过太平日子的。

乔治：你英语说得真好。

李泰成：我毕业于爱丁堡大学。

黛西：罗伯特·彭斯是他最爱的诗人。

李泰成：我在牛津待过一年，然后去了哈佛。我可以用英语流利地表达自我。

乔治：我要恭维你非常明智地保留了传统服装。归国的留学生还继续穿丑陋的花呢套装和宽边毡帽，我觉得真可怜。

李泰成：我在国外待了八年。回到中国时，我对西方服装的赞赏之情并不多于西方文明。

乔治：非常有趣。

李泰成：你很乐意讽刺挖苦啊。

乔治：至于你，我想，有点傲慢。相信我，时代已经变了，你们国
　　　家那些刚愎自用的高级官员还以为可以抵挡住文明的进程。但
　　　凡热爱中国，你都会看清这个国家想要夺回它在世界上的应有
　　　地位，唯一的机会就是诚实、诚挚地接受西方的教导。

李泰成：但如果我们发自内心地鄙视和讨厌你们的教导呢？你们为
　　　什么可以这么自信，相信你们高我们一等，以为理所当然地就
　　　该让我们卑微地匍匐在你们脚下？你们在艺术或文学方面有胜
　　　过我们吗？我们的思想家难道不比你们的有深度？我们的文明
　　　难道没你们的精巧、复杂、高雅？当你们住在山洞里用毛皮覆
　　　体时，我们已经是文明人了。你知道，我们在进行一项全世界
　　　独一无二的实验吗？

乔治：[和蔼可亲] 什么实验？

李泰成：我们试图用智慧而非武力来统治这个伟大的民族。这样的
　　　成功维持了好多个世纪。那么，白种人凭什么瞧不起黄种人？
　　　可否容我告诉你？

乔治：请便。

李泰成：[鄙夷的笑容] 因为白种人发明了枪械。这就是你们的强
　　　势所在。我们毫无还手的能力，你们却能把我们送上西天。[带
　　　点悲伤] 你们撕碎了我们哲学家的梦想，关于世界可以由法律
　　　和秩序统治……现在，你们把你们的秘密告诉给了我们的年轻
　　　人。你们把那丑陋的发明强加给我们。蠢货。你们难道不知道
　　　我们精通机械？难道你们不知道在这个国度上住着四亿全世界
　　　最心灵手巧、最勤劳的人民吗？你们以为我们需要很长时间来
　　　学习？当黄种人制造的枪械和白种人一样精良，射得一样的准，
　　　你们的高人一等还会存在吗？你们迷恋枪械，终会被枪械审判。

[停顿。乔治突然用审视的目光瞥了他一眼。

乔治: 你叫什么名字?

李泰成: [淡淡的、玩味的笑容] 李泰成。

乔治: [冷淡的礼貌] 相信你很忙,李先生。我不再挽留你。

李泰成: [仍然微笑] 祝你一天过得愉快。

[他轻轻皱眉,按中国人的礼节作揖。走出屋子。徒留一个
讽刺、不祥的印象。

乔治: 他到底在这里干嘛?

黛西: [逗乐了] 他跑来想和我结婚。我告诉她我是有夫之妇了。

乔治: [怒气冲冲] 他怎么会知道你在这里?

黛西: 他以打探为业。

乔治: 他是否知道……?

黛西: [冷酷] 你比大多数英国人懂得中国。你知道,没有中国人的
消息,白人什么都做不了。但他们不会告诉其他白人除非——
除非这么做对他们有利。

乔治: 你和我说过,这房子属于阿妈。

黛西: [微笑] 这话有点言过其实了。

乔治: 那你说的。

黛西: 你说你不想去寺庙。那就意味着要找个地方见面或者永不
再见。

乔治: [阴沉] 我们因为欺骗开始,又因为欺骗继续。

黛西: [温柔] 我的爱中没有欺骗,乔治。毕竟,我们的爱才是唯一
重要的事。

乔治: [有些尴尬] 抱歉让你久等了。我刚准备离开公使馆,安德
烈·勒鲁来找我。

黛西: [记起] 我知道。斯托福德夫人的小伙子。

乔治: 他说他知道斯托福德夫人的朋友非常担心她的将来,他想让

那些人知道他会尽快娶她为妻，一旦她恢复了自由身。

黛西：哦!

乔治：当然，这是唯一该做的得体事儿，但我不能确定他是否看得明白。他是个好小伙，非常的好。[微微一笑]他至少用了半小时来告诉我他何等爱慕斯托福德夫人。

黛西：[心情舒畅]哦，你知道我不是那种爱发牢骚的女人，就因为你迟到了一会儿。我总有事儿可以忙，比如想着能见到你是多么高兴。就算想多了想倦了，我也可以再读一遍你的信。

乔治：我从没想过那些信值得一读再读。

黛西：我想，我能背出你写给我的一字一句——十年前的旧信还有最近写给我的便条。尽管只有两三行，只是写着我会来，我不会来，于我而言都是宝贝。

乔治：你把它们保存在这里?

黛西：是的，放在这里安全得很。锁在那个盒子里。只有阿妈有这间房的钥匙……乔治。

乔治：嗯。

黛西：你会为我做些事儿吗?

乔治：那要看我能否做到。

黛西：今晚留在这里吃饭? 阿妈为我们准备了可口的便餐。

乔治：哦，亲爱的，不行! 我有饭局，推脱不了。

黛西：哦，讨厌!

乔治：但我猜哈里今早回来了吧。他出门有一周了。

黛西：我收到他的一封信，说他必须去一次张家口。其他的都没说。他让我保守这个秘密。

乔治：想必他恨死了像最近这样频繁出差。格雷格森这家伙的死搞得大家心绪不宁。

黛西：[微笑]我好想谢谢格雷格森，他真是做了好人好事，死的时机正正好。

乔治：[干巴巴] 我猜这不是他的本意。

黛西：哈里本来坚持要去重庆。目前看来至少一年内不可能了。

乔治：我看不是。

黛西：我们还有一年，乔治，整整一年。一年之后，任何事都会
　　　发生。

乔治：[严肃] 你从未有过这种感觉吗，我们的所作所为会对哈里造
　　　成伤害？

黛西：我？我人生中第一次感到幸福。至少我收获了平静和安宁。
　　　哦，乔治，我感激你给予我的一切！过去的三个月，你改变了
　　　我的整个世界。我本来以为，我无法爱你更多了。但我发现我
　　　的爱日复一日，愈演愈烈。

乔治：[叹气] 我一刻也感受不到幸福。

黛西：这不是真的。当我把你抱在怀里，我直视你的眼睛，我看
　　　到了。

乔治：哦，我知道。有过疯狂的时刻，我把一切抛在了脑后，只有
　　　一个念头，我爱你。我卑鄙无耻，我下三烂。别人可以看不起
　　　我，但我更看不起我自己。我爱你，我的心中装不下任何东西
　　　了。走路，睡觉，你的身影挥之不去。

黛西：我就是想让你这么爱着我。

乔治：而我恨自己，恨自己爱上了你。我恨你，恨你让我爱上了你。
　　　我拼尽全力和自己搏斗，有过上百次，我以为我战胜了自己，
　　　可碰上你的手，触到你柔软的唇——我就像笼中鸟，我撞向栏
　　　杆，而笼门始终开启，但我下不了决心飞出去。

黛西：[温柔] 哦，亲爱的，你为什么要让自己郁郁寡欢呢，既然幸
　　　福就在你的掌心？

乔治：你没有后悔过？

黛西：从没有。

乔治：你比我坚强。我意志薄弱。好笑的是，我用了这么多年才发现这点。从一开始懦弱的就是我。从头至尾的懦弱。我魂不守舍，我以为你行将就亡，我忘记了一切，除了我爱你。

黛西：[激动] 哦，甜心！难道你不记得了吗，我俩深夜跑出寺庙，看那月光洒在紫禁城的城墙上？你再无遗憾了。

乔治：[沉浸在自己的思绪中] 此后，你的泪水，你的欢乐，担心让你痛苦，又害怕对你的爱太过炙热，这一切都灼烧着我——我无可自拔。我也明白我品尝到了从未知晓的欢乐。一边是正直、责任以及一切让人自尊自爱的事物——另一边是爱情。我以为你会在两三个星期内离开，一切就结束了。哦，没有借口——我没有借口，我再也无法直视哈里，尽管我一想到那个念头心都碎了，我——我知道，再过不久，我要和你永别。

黛西：[轻蔑] 你认为，我应该离开？

乔治：之后，哈里的全盘计划变卦了，始料未及，天崩地裂。之后，这幢房子以及奸情当中的狗屁倒灶。之后，再也没有其他事可做，除了面对现实：我是个无赖。我无法指望我那最恶劣的敌人施予我能承受的折磨。

黛西：[满含爱意和怜惜] 哦，亲爱的，你知道我在世上做的一切都是为了让你幸福！

乔治：[阴郁地从她身上移开目光] 黛西，我想你从未给过我幸福，但你可以帮助我，不是补偿，这不可能，而是…… [一时冲动，看向她] 哦，黛西，你真的爱我吗？

黛西：掏心掏肺。全心全意。

乔治：那就帮我。我们结束吧。

黛西：[迅速] 什么意思？

乔治：我不想显得一本正经。我不想说教。天知道，我从未宣称要当个圣人。但我们的所作所为是错的。你必须清楚地看到这点，像我一样。

黛西：爱有错吗？情能自已吗？

乔治：黛西，我想——想要停止错误。

黛西：你让我不耐烦了。你怎么可以这么懦弱？

乔治：我想要让你相信，我是爱你的。但这个谎言，我没法继续骗下去了。我迟早要一枪崩了自己。

黛西：如果你爱我像我爱你一样，你是不会这么说的。

乔治：[粗暴] 我不再爱你了。

黛西：[鄙视地耸耸肩] 这不是真的。

乔治：[咬牙切齿] 我今天到这里来是为了告诉你——好吧，结束了，了结了。哦，上帝啊，我不想让你难过！但你必须明白，不能继续下去了。我身上每一个体面人的细胞都在反对我。我求你忘了我。

黛西：但愿我能。

乔治：我会离开一阵子。

黛西：[吃惊] 你？为什么？

乔治：我无法信任我自己，你懂的；我失了方寸，所以我申请了短暂调离。我会去温哥华。后天就走。

黛西：[突然心慌意乱] 你难道是想说你要离开我？我刚才没留意你说了什么。我想这只是气话。乔治，乔治，说啊，你不是那个意思？

乔治：只能这么干，为了你好，为了哈里还有我。[鼓起勇气] 再见了，黛西。

黛西：[抓住他的肩膀] 让我看看你的眼睛，乔治，你疯了。你不能走。

乔治：[避开] 看在老天的分上，别碰我。我想要心平气和地告诉你。我不知道发生了什么。一切都错了。我要离开了，黛西，没有任何事可以动摇我的决定。我恳求你勇敢地承受住这一切。[她看他的目光痛苦难受，焦灼不安。她惊呆了]恐怕你要郁郁寡欢一阵子了。但求你鼓足勇气。很快，你就不会这么痛苦了，那之后你就会明白我做了唯一该做的事。

黛西：[不高兴]你要离开多久？

乔治：三四个月。[暂停]我见识过你的勇敢，黛西。你知道吗，我害怕你哭得撕心裂肺。看到你哭，我的心都碎了。

黛西：你当我是孩子？你以为我现在就会哭？

乔治：那么，再见吧，黛西。

　　　[她没回答。她充耳不闻他说的话。他可怜巴巴地犹豫了一会儿，然后飞速离开房子。黛西站在那里，宛如石像。她面容枯槁。不一会儿，李泰成轻手轻脚进来。他站在门口，看向她，轻咳一声。她转身看向他。

黛西：[冷冰冰]要干什么？

李泰成：我会等你，直到你恢复自由身。

黛西：你都听到了？

李泰成：听见了。

黛西：真想看看你把耳朵贴在锁眼上的样子。肯定是一副人模狗样。

　　　[她开始大笑，怒气冲冲，歇斯底里，不能自已。

李泰成：我来给你倒杯茶。还热乎的。

黛西：我以为你又老又胖，没法一直佝着背偷听。

李泰成：幸好窗户是用米纸糊的，让我免去了这份不便。

　　　[他给她端来一杯茶。她接过茶，掷在他身上。茶水洒在他的黑色长袍上。

黛西：出去，否则我杀了你。

　　　[他用一块丝质的大手帕擦拭长袍。

李泰成：你有时忘了英国的淑女学校教授你的礼貌。

黛西：我想，你来这里，是为了幸灾乐祸吧。乐吧，乐吧。

李泰成：我告诉过你，我不会等很长时间的。

黛西：[阴沉] 你个蠢货。你以为这就结束了？

李泰成：我没告诉过你，白人的爱脆弱不堪、犹豫不决吗？

黛西：他要离开四个月。你以为这能吓倒我？他爱了我十年。我爱
　　了他十年。你以为四个月的时间，他就能忘了我？他会回来的。

李泰成：不是为了你。

黛西：不，不，不。等他回来，一切都会好的。他对我朝思暮想，
　　就像他之前那样。他会忘了他的顾虑、懊恼、愚蠢的责任，因
　　为他心心念念的只有我。

李泰成：[非常平静] 他会和西尔维娅·诺克斯小姐结婚。

　　[黛西扑向他，掐住他的喉咙。]

黛西：骗人。骗人。收回你说的话。你个猪猡。

　　[他抓住她的手，扯开。他用力攥住她。]

李泰成：去问问你的母亲，她知道。所有的中国人都知道。

黛西：[叫喊] 阿妈，阿妈。骗人。你胆子好大啊？

李泰成：他说他有个饭局，但他没告诉你，一旦可以开溜，他就会
　　去诺克斯家打桥牌。可惜你不会打。否则他们也会叫上你。

　　[阿妈进屋。]

阿妈：你叫我，黛西？

黛西：[抽回手] 放开我，你个蠢货。[转向阿妈] 他说，乔治·康
　　韦会和哈罗德·诺克斯的妹妹订婚。不是真的。

阿妈：我不知道。乔治的小厮这么说的。前天晚上，在俱乐部里，
　　诺克斯对着朋友说，乔治·康韦和他的妹妹，他们会凑成一对。

　　[黛西脸色忽变，狂怒和嫉妒令她面容扭曲。]

黛西：骗子。

[她直视前方，仇恨、愠怒、屈辱在内心煎熬。然后，她发出了可怕的、恶毒的咯咯笑声。她迅速跑回矮柜，打开。拿出一叠信，疾步走向李泰成，把信塞进他手里。

李泰成：这是什么？

黛西：他写给我的信。把信交到哈里手里。

李泰成：为什么？

黛西：让哈里知道一切。

李泰成：[思索片刻] 我为你做了这事，你如何报答我？

黛西：听你的……务必立马交到哈里手上。乔治后天就会离开。

李泰成：你的丈夫在哪里？

黛西：张家口。

李泰成：信会在明早到他手上。我用车送过去。

黛西：那他明天吃早饭时会有个美好的惊喜了。

李泰成：黛西。

黛西：快去——否则我的主意就要变掉了。后天，会有大把的时间来应付各种事情。

李泰成：这就去。

[李泰成离开。黛西轻蔑地看着他。

黛西：蠢货。

阿妈：你什么意思，黛西？

黛西：哈里会和我离婚。之后……

[黛西发出轻轻的胜利欢呼声。

第六场终

第七场

场景：安德森寓所的客厅。和第四幕场景一致。黛西和阿妈。黛西心神不定地走来走去。

黛西：张家口的火车什么时候到？

阿妈：五点，我认为。

黛西：现在几点了？

　　　　[阿妈掏出大金表，看了看。

阿妈：我的表没走。

黛西：你为什么不去修一修？不会走的表有什么用？

阿妈：金表。18K 的。花了很多钱。让我很有面子。

黛西：[不耐烦] 去问问吴几点了。

阿妈：我知道时间。看太阳就知道。比欧洲人的表管用。我估计差不多四点半了。

黛西：为什么乔治还没回来？

阿妈：大概忙吧。

黛西：你亲自把便条交到他手上的？

阿妈：是的，亲自。

黛西：他说了什么？

阿妈：什么都没说。他看上去：可恶，可恶。

黛西：你告诉他很重要？

阿妈：说了，快来。快点快点。

黛西：好的。

阿妈：我之前已经说过了。你为什么又问我一遍？他说，他能离开办公室后就会赶来。

黛西：办公室似乎有麻烦。我应该亲自去找他。

阿妈：你这么走来走去，他也不会更快赶来。你为什么不坐下？

黛西：火车从没准点过。哈里至少要用二十分钟离开车站。

阿妈：李泰成……

黛西：[打断] 别和我提李泰成。我为什么要在乎他？

阿妈：[拿起桌上的烟枪] 阿妈让小黛西来两口？黛西非常的不安。

黛西：你搞到了鸦片？

阿妈：李泰成给了我一些。[她向黛西展示了一个小锡盒] 一等一的极品。你有个小烟枪，黛西。

黛西：没有。

　　　　[吴拿着名片进屋。他把名片递给黛西。

黛西：说我不在家。

吴：好的，小姐。

　　　　[他正要离开。

黛西：站住。她一个人？

吴：她骑马来的，在大门口，同行的有个绅士还有个小姐。她说，她来见见你，就两三分钟。

黛西：[考虑片刻] 让她进来。

　　　　[吴出门。

阿妈：你为什么要见她，黛西？

黛西：管好你自己。

阿妈：乔治很快就会过来。

黛西：我会尽快摆脱她的。[几乎是在对自己说话] 我见她，是因为我想见。

[西尔维娅进屋。她穿了骑马装。黛西热情地招呼她。先前的她还坐立难安，忽然变得愉快、和蔼、亲昵。

黛西：哦，亲爱的，看见你远道而来真开心！

[阿妈悄悄溜走。

西尔维娅：我只能逗留一会儿。我和弗格森骑马正好路过寺庙，我想我可以来看看你近况如何。我好久没见过你了。

黛西：弗格森在门外等你？

西尔维娅：他们骑马离开了。他们说，过五分钟来找我。

黛西：[微笑] 昨晚的桥牌牌局如何？

西尔维娅：你究竟怎么知道这事儿的？康韦先生告诉你的？真希望你也玩桥牌。我们玩得真的很开心。

黛西：乔治很晚到的，我猜？

西尔维娅：哦，不晚，他瞅准时机离开了饭局。有想法，就有办法，你懂的，就算公务缠身。

黛西：[笑声有点大] 哦，我懂！我等着他过会儿来这里。希望你等他来了之后再走。

西尔维娅：好吧，我昨天见过他。一天没见他，我活得下去。

黛西：可我在想，一天见不到你，他能活下去吗？

西尔维娅：我颇为肯定地表示，可以。

黛西：[似乎只是在打趣] 有只小鸟悄悄给我递话，在北京有个金发美人……

西尔维娅：[打断] 这金发很有可能是染的。

黛西：不是这回事儿。谁能够对英国公使馆的华人事务处助理秘书完全的无动于衷。

西尔维娅：有趣！

黛西：我猜你不知道我在说谁？

西尔维娅：压根不知道。

黛西：那你的脸为什么一下子红到了发根？

西尔维娅：你说我的头发是染的，我可生气了。

黛西：我这么逗你玩，太不好了，是吗？

西尔维娅：我明察秋毫。你知道，我那个哥哥是个莽莽撞撞的傻子。他拿乔治·康韦来和我打趣，所以现在有人提起他，我就非常警觉。

黛西：亲爱的，这没有什么好害羞的。你为什么没有爱上他？

西尔维娅：[大笑] 但我就是没爱上他

黛西：那你哥哥为什么拿他来打趣？

西尔维娅：因为他自以为这么做，有趣的很。

黛西：但你确确实实喜欢他，不是吗？

西尔维娅：当然，我喜欢他……我想，他是个非常好的人。

黛西：如果他提亲，你会嫁给他吗？

西尔维娅：亲爱的，你在说什么啊？我从没想过。

黛西：哦，胡说八道！但凡一个男人像乔治在乎你一样在乎一个姑娘，那个姑娘就会情不自禁地浮想联翩，考虑是不是愿意嫁给他。

西尔维娅：[冷淡，但仍挂着笑容] 真的吗？恐怕我和这样的女孩不太熟。

黛西：我是不是太粗俗了？你知道的，我们这些混血儿有时这样的。

西尔维娅：[露出一丝不耐烦] 你当然不是粗俗。我不明白你为什么尽说些我压根不懂的事儿。

黛西：混血儿天生好奇。所有人都告诉我你要和乔治订婚了。

西尔维娅：看看我的手。

　　　[她伸出左手，好让黛西看清无名指上没有戒指。黛西端详了一会儿。

黛西：你之前一直戴着一枚订婚戒指。

西尔维娅：［严肃］给我戴上那枚戒指的是个可怜男孩，他遇害了。我本想一直戴着它。

黛西：那你为什么摘下来了？

　　　［她看着西尔维娅。她无法继续佯装高兴，嗓音变得冷酷、严厉。西尔维娅还来不及回答，乔治·康韦走了进来。

黛西：［魅力恢复了之前的快活］终于来了。

乔治：我不能更早过来。我和大使在一起。

黛西：我们还在想你为什么姗姗来迟。

西尔维娅：是黛西在想。

乔治：［和西尔维娅握手］我在想门外的马是你的。

西尔维娅：机智。

乔治：我到的时候，弗格森正好骑着马过来。

西尔维娅：哦，他们来找我了！我必须走了。

乔治：恐怕昨天把你搞得太晚了。

西尔维娅：还行。我看上去气色差？

乔治：当然没有。你是年轻人，就算熬夜熬到凌晨三点都精神满满。等你到了我这个年纪嘛。

西尔维娅：你还没过百岁大寿呢，不是吗？

乔治：没这么夸张。但我的岁数大得可以做你的父亲。

西尔维娅：我不能继续待在这儿听你胡说八道了。再见，黛西。这周抽一天，一定要来看看我。

黛西：再见。

乔治：我帮你上马，行吗？

西尔维娅：哦，不用了，别麻烦了。弗格森先生在呢。

乔治：哦，好的！

　　　［她离开。

黛西：［笑容消失，变得充满敌意、冷淡］你最好关上门。

乔治：[照做] 这就去。

黛西：你不会吻我了?

乔治：黛西。

黛西：[急忙] 哦，别，没关系的! 别在意。

乔治：你说你迫切想要见我。

黛西：你能来真好。

乔治：[努力维持轻松的样子] 我亲爱的孩子，你在说什么啊? 你要
　　知道，这世上但凡有什么我可以为你做的事，我都会赴汤蹈火
　　去做。

黛西：那个女孩爱上了你?

乔治：我的天呐，没有! 你怎么会有这样的想法?

黛西：我两只眼睛看到的。

乔治：简直是胡说八道!

黛西：你就没想过，她爱上了你?

乔治：从没。

黛西：为什么要对我撒谎? 我听说你和她订婚了。

乔治：荒唐可笑。彻头彻尾的谎言。

黛西：是的，我也是这么想的。起初我信了。之后，我反反复复地
　　思考，就知道那不是真的。我相信你不会偷偷摸摸干这事儿的。

乔治：任何情况下都不会。

黛西：是为了对我公平，还是为了她?

乔治：我亲爱的黛西，你在说些什么啊?

黛西：你昨天和我提分手，不就是为了恢复自由身去向她求婚吗?

乔治：不是的，我发誓没有。

黛西：你为什么要特意强调?

乔治：哦，黛西，折磨你，折磨我，有什么好处? 你知道，你有多
　　爱我，我就有多爱你。可我不是你。那是种折磨。我清楚这种

爱是错误的，是可恶的。我不能继续下去。

黛西：如果不是为了西尔维娅，你是否还觉得那是错误的，可恶的？

乔治：是的。

黛西：你的语气并不令人信服。

乔治：我确实如此认为，她真的是个好姑娘，忠贞、坦率，我清醒地知道自己有多无赖。我想，我在她的率直和坦诚中找到了勇气去做唯一的事。

黛西：我认为你在自欺欺人。你就这么肯定，你对她那些可爱品质的赞许不是——爱吗？

乔治：亲爱的，我不配爱她。

黛西：她不这么认为。如果你向她求婚，她会答应的。

乔治：[不耐烦] 瞎扯。究竟是谁让你有这样的念头？

黛西：我自己发现的。

乔治：好吧，你可以让你的脑瓜子消停下来了。我不会娶她的。

　　　　[阿妈进屋。

阿妈：五点了，黛西。

黛西：别管我。

　　　　[阿妈离开。

乔治：哈里什么时候回来？

黛西：[停顿片刻，用一种奇怪的嘶哑嗓音] 今天。

乔治：[她的语气和举止惊到了他] 有问题吗，黛西？

黛西：恐怕我要告诉你一些非常坏的消息。

乔治：[震惊] 哦！

黛西：你知道那些信。我把它们锁在盒子里。李泰成恼火了，因为我不想和他牵扯在一起。昨晚他撬开了盒子，把信送给了哈里。

乔治：[不知所措] 老天！

黛西：非常抱歉。这不是我的错。我从没想过这会有后遗症。

乔治：所以你把我找来?

黛西：说你不恨我。

乔治：哦，可怜的哈里!

黛西：现在，别惦记他了。想想我。

乔治：我们现在还有什么要紧呢，我和你?我俩是一对无赖。哈里
　　　是个大好人，彻头彻尾的大好人。他爱你，他信我。

黛西：我们要做什么?

乔治：给我一分钟。我心里七上八下的。这是致命一击。

黛西：哈里快回来了。他的火车应该五点到。

乔治：我们等他。

黛西：什么?

乔治：你以为我会跑路?我会留下来，面对他。

黛西：他会杀了你。

乔治：[痛苦] 但愿他会这么做。

黛西：哦，乔治，你怎么可以这么残忍?你不再爱我了吗?我爱着
　　　你啊，乔治，如果你抛弃了我，我该如何是好?

乔治：哈里非常爱你，他也爱你。天知道还有什么牺牲他是做不出
　　　来的。哦，我羞愧难当!

黛西：你为什么在意他?他无足轻重。他会好起来的。毕竟，他还
　　　能怎么办?他只能和我离婚，或许，我们可以施压，让他和我
　　　离婚。

乔治：你会让他这么做?

黛西：对于男性而言，这算不上什么。我不在乎，我惦记的是你。
　　　这样，你就好办多了。[他迅速瞥了她一眼。觉察到了婚姻的暗
　　　示] 乔治，乔治，你不会离开的——陷我于不义。

乔治：我当然会娶你。

黛西：[现在笑了，充满柔情蜜意] 哦，乔治，我们会很快乐的。你知道，我一度确定，你会想着既然事情捅破了，倒更好。我讨厌所有的欺骗，就像你一样。哦，等到我俩的爱情能够公之于众，情况就会变得很不一样。当我成了你的妻子，你会忘却那些折磨你的痛苦。哦，乔治，我知道，我们会快乐的!

　　　　[此时乔治陷入了深思。

乔治：你怎么知道李泰成把该死的信送去哈里那儿了?

黛西：他给我递了口信。干一件肮脏的勾当并不会让他满足。他想让我知道他的所作所为。

乔治：他怎么知道你把信保存在哪里?

黛西：我告诉过你，我等你的时候在读信。他进屋，我把信收起来。我估计他猜出来了。在我和阿妈离开之后，他轻而易举可以进屋。

乔治：[挖苦] 你把盒子的钥匙留在桌上了?

黛西：你这是什么意思，乔治? 我锁好了盒子。我当然随身携带钥匙。我猜他是动手撬开了盒子。这有什么关系? 祸已铸成。

乔治：你怎么知道哈里今早收到了信?

黛西：李泰成说的。

乔治：在张家口。

黛西：是的。

乔治：他怎么知道哈里在张家口?

黛西：中国人对每个人的行踪了如指掌。

乔治：他们不会创造奇迹。哈里去张家口是私人行程，临时起意。公司里的人非常明白要为他们的参赞保密，在需要的时候……我想，在北京只有你知道哈里要去张家口。

黛西：[漫不经心] 好吧，看来我不是唯一的。

乔治：你说，李泰成是怎么觉察到哈里让你保密的消息?

黛西：我怎么知道？他可以从阿妈下手，据我所知。

乔治：你肯定没告诉过阿妈？

黛西：当然没有。她或许读过我的信。她总是读我的信。

乔治：她看得懂英语？

黛西：够她发现别人的事儿。

乔治：她为什么要告诉李泰成？

黛西：我猜他贿赂了她。为了一百美元，她什么事都做得出来。

乔治：不包括会伤害你的事。

黛西：她对我没这么死心塌地。

乔治：她是你的母亲，黛西。

黛西：[快速]你怎么知道？

乔治：哈里告诉我的。

黛西：我以为这事让他难以启齿。

乔治：[追着不放]李泰成为什么知道哈里在张家口？

黛西：我和你说了，我不知道。你为什么问个没完没了？上帝啊，
　　　我受够了！你什么意思？

乔治：[抓住她的手腕，把她用力拉向他]黛西，是你把信送去给哈
　　　里的？

黛西：不是！你以为我疯了？

乔治：你让李泰成送去的？

黛西：没有。

乔治：他妈的，说真话啊！我就想听你这辈子说一次真话。

　　　[两人直视对方。他一脸严肃，在生气。她在挣脱束缚。她
　　　凶狠、挑衅。她扭动着摆脱他的束缚。

黛西：我把信给了李泰成。

乔治：[双手掩面]天呐！

黛西：他告诉我你要和西尔维娅订婚。我信了，给了他那些信。我

都难以置信自己干的事。现在，即便我知道他撒了谎，我还挺高兴的。我早该这么做了。

乔治：你个魔鬼！

黛西：[反应强烈] 你以为我会让你潇潇洒洒地离开？你以为我做了我能做的一切，就是为了让你把那个傻乎乎的英国女孩娶回家？

乔治：[痛苦] 哦，黛西，你怎么可以？

黛西：你就没想过那晚你为什么会受伤？他们的目标不是你。是哈里。

乔治：我知道。[顿悟了] 黛西！

黛西：是的，我能做到。但愿那次得手了。

乔治：难以置信。

黛西：你是我的，我的，我的，我再也不会让你离开了。

乔治：[变得粗暴] 再次见面，你以为我没有害怕吗？在我内心，我一直知道你的邪恶。十年前，我第一次爱上你时，我最深处的本能就在警告我。就算我爱你爱得心碎，我也知道你的无情和残忍。我爱你，是的，但我也一直在恨你。我爱你，那是身体中卑鄙的我。而我那诚实、正派、正直的部分在反抗你。一直，一直。这种爱是种可恶的癌症，埋在我心里。我无法摆脱它，除非自我了断，但我厌恶它。我感觉到，那灼烧着我的爱令我堕落。

黛西：只要你爱我，我还在乎什么呢？随便你怎么想我。不变的事实是你爱我。

乔治：你对哈里没有一点怜悯之情，是他把你拉出了泥沼，给了你力所能及能给的一切，哦，如果你爱我，你就该放过我。你想过我俩在一起的日子吗？你想过我的前途吗？一败涂地，四面楚歌，毫无希望。哦，不仅仅每个熟识的人会看到我的堕落，我自己也是。你认为这对于你而言还有幸福可言吗?

黛西:我要你。这就是我要的幸福。我宁愿和你在一起当个可怜鬼——哦,那也会比和其他人在一起幸福上千倍。

乔治:[愤怒,试图伤害她] 你刚才在折磨我,因为你妒忌西尔维娅。你了解我对她的感受吗?那不是爱——至少不是你定义的爱。我永远不会像爱你这样爱其他人,天知道我该感恩戴德。但我敬重她。我这么一个可怜的家伙,她给了我平静。我的确想过未来的某天,当闹剧尘埃落定,如果我还能做点事让我自己从头来过,我会去见她,尽管我这人微不足道,但我会问她是否愿意接受我。现在最让我撕心裂肺的是我想到,她务必会知道过去的我是个难以启齿的混蛋。

　　[他倒进椅子里。陷入绝望。黛西走向他,屈膝跪在他边上,双手搂住他。温柔似水。

黛西:哦,乔治,我能让你轻而易举地忘记她。你不知道我那爱情的能力。我知道我很可怕,那是因为爱你啊。十年前的我就像现在的她。我是你手中的黏土,你可以随心所欲来拿捏我。哦,乔治,说你原谅我!

　　[她温柔地抚摸他,试图打动他,却意外摸到了外套口袋里有东西。那东西硬邦邦的。他微微挪开。

乔治:小心。

黛西:口袋里是什么?

乔治:我的手枪。那次意外发生之后,我都随身带着枪。很傻,但公使让我这么干。他说会感到安全点。

黛西:哦,乔治,但愿你知道我经受了多大的痛苦,当我看到你被抬进来!懊悔、恐惧!我想我要疯了。

乔治:[发出苦涩的笑声] 于你而言更是失望吧。

黛西:哦,你笑了! 我知道你会原谅我的。亲爱的。

乔治：我很抱歉，我对你说了这些难听话，黛西。我什么都不怪你。你只是遵循你的心意来行事。我唯一能怪的人就是自己。我理应得到惩罚，这是唯一合情合理的事。

黛西：我的甜心！

乔治：我想，你明白我就快完蛋了。

黛西：你不得不辞去公职。这事你真的很在乎？

乔治：那是我的整个人生。

黛西：你可以在邮局找到工作。凭你的语言能力，大家对你趋之若鹜。那是中国机构，和欧洲人没有一点关系。

乔治：你认为在中国小城市当个邮局局长会是肥差？

黛西：钱有什么关系？要钱的话，我可以从李泰成那里搞到我想要的一切。结结巴巴也能过日子。你不知道我会是个多么精明能干的家庭主妇。

乔治：[一定程度上死气沉沉的声音] 我相信你很棒。

黛西：我们去到一个没有外国人的城市。我们厮守到老，长长久久。我们的房子建在河岸高处，河水奔流，生生不息。

乔治：你似乎把一切都规划好了。

黛西：如果你知道我是多么的心心念念。哦，乔治，我也想要休息和安宁！我太累了。我想要无止境地休息下去。[疑惑地看向他] 怎么了？你看上去怪怪的。

乔治：[倦怠地叹气] 我在思考你告诉我的那些事。

黛西：如果不娶我，在你看来事情更好办，那你不必娶我。我一点也不介意。我可以当你的情妇，金屋藏娇，没人知道我的存在。我可以像中国妇人那样生活。是你的奴隶，你的玩物。我想要摆脱所有的欧洲人。毕竟，中国是我出生的故土，是我母亲的家乡。中国的一切纷纷扰扰向我涌来；我厌恶洋服。我对汉服的舒适有种奇怪的向往。你没见过那样的我？

乔治：从未。

黛西：[微笑]你对我知之甚少。我可以是一个生活在外国人家里的中国小女孩。你见过我抽鸦片吗？

乔治：没有。[黛西拿起正好在手边的阿妈的烟枪]谁的？

黛西：阿妈的。你以后可以试试，我给你准备鸦片。李泰成过去常说，没人干得比我更好。

乔治：不管你的下限有多低，似乎总能更低。

黛西：等你抽上一两口鸦片，你的思路就会异常清晰。你会口若悬河，就算你没有说话的欲望，最是好生奇怪。关乎这令人困惑的世界的一切谜团都在你面前迎刃而解。你获得了平静和自由。你的灵魂摆脱了肉体的桎梏，它在嬉耍、快乐、随意，就像手捧鲜花的孩童。死亡吓不倒你，欲望和不幸仿佛远处的岱山。你会感受到一股神圣的力量攫取了你，你无所不能了，因为苦痛无法触及你。你的神思插上了翅膀，你像鸟儿一样翱翔，穿过夜空的星辰。你手握时空。然后，你迎来黎明，泛着珠白和灰色，寂静无声，远处就是海洋，宛如无梦的酣眠。

乔治：你在向我展示我从不知道的那一面。

黛西：你以为懂我？我都不懂我自己。我内心深处的那些秘辛甚至于我而言都是奇特的，还有把你我联结在一起的魔法，以及你永远不会倦怠的魅力。

　　　　[停顿。]

乔治：[起身]我要来点喝的。经历了这些惊心动魄和跋山涉水，我真的觉得我该来一杯。

黛西：阿妈会拿给你的。

乔治：哦，没关系。我自己去拿也方便。威士忌在餐厅，不是吗？

黛西：但愿如此。

　　　　[他走出房间。黛西走向摆放在屋内的大箱子，把它打开。

取出哈里买给她的旗袍，笑盈盈地举起。她双手捧起华贵的头饰。传来锁门的声音。黛西放下头饰，起了疑心，看向房门。

黛西：[略带笑意] 你干嘛要锁门，乔治？[当她听到枪声，已经说不出话来了。黛西尖叫一声，冲向房门] 乔治！乔治！你做了什么？[她疯狂地敲门] 让我进去！让我进去！乔治！

　　　[阿妈从庭院进屋。

阿妈：发生了什么事？我听到了枪声。

黛西：把小厮叫来，快啊。我们必须把门撞开。

阿妈：我把小厮打发走了。哈里回来的时候，我不希望他们在。

黛西：乔治！乔治！和我说话啊。[她用力敲门] 哦，我该怎么办？

阿妈：黛西，怎么了？

黛西：他自杀了，这么快——这么快……

阿妈：[吓得目瞪口呆] 哦！

　　　[黛西跌跌撞撞退回屋内。

黛西：哦，上帝啊！

　　　[她跌坐在地上。用拳捶地。阿妈看了她一会儿，然后快速地下定决心，抓住她的肩膀。

阿妈：黛西，哈里马上回来了。

黛西：[动作粗暴] 让我静静。哈里回来，我在意吗？

阿妈：你不可以留在这儿。快和我走。

黛西：滚开。该死的！

阿妈：[意志坚决] 别说傻话。你走。李泰成在等你。

黛西：[突然起疑] 你料到会发生这事？乔治！乔治！

阿妈：哈里会杀了你，假如他发现你在这里。和我走。[有人在敲大门] 他回来了。黛西！黛西！

黛西：别折磨我。

阿妈：我把那扇大门闩上了。他没法走这里。他必须绕个圈，穿过寺庙。你快走，我把你藏起来。等安全了，我们悄悄溜走。

黛西：[既鄙视又暴怒] 你以为我会怕哈里？

阿妈：他真的快到了。

　　　　[黛西站起来。脸上露出古怪的神情。

黛西：李泰成又犯了个错。把大门打开。

　　　　[阿妈跑去拔开门闩。她这么做的时候，黛西取出鸦片罐，
　　囫囵吞下鸦片。阿妈转身看见，倒抽一口冷气。她跑上前，夺
　　下黛西手里的罐子。

阿妈：你在做什么，黛西？黛西，你要死啊！

黛西：是的，我要死了。这天终于来了。热带雨林拿回了本应属于
　　它的。①

阿妈：[忧心如焚] 哦，黛西！黛西！我的小花。

黛西：需要多久？[阿妈在绝望地呜咽。黛西走过去拿起旗袍] 帮我
　　穿上。

阿妈：[目瞪口呆] 什么意思，黛西？

黛西：该死的，照我说的做！

阿妈：我想你疯了。[黛西钻进长裙，阿妈双手颤抖地帮她穿上。穿
　　到一半，黛西身形晃动起来] 黛西。

黛西：[恢复了] 别犯傻。我没事。

阿妈：[慌张的呢喃] 哈里来了。

黛西：把头饰给我。

哈里：[门外] 开门。

黛西：快点。

阿妈：我不明白。你要死了，黛西。你要死了。

────────────────

① 这句话是对应上文李泰成提到黛西的根是中国的，这种习性就像热带雨林，
　　终究会占领她的内心。

[敲门声更响了。

哈里：[大喊大叫] 黛西！阿妈！开门。如果不开，我要砸门了。

　　　[黛西穿戴整齐。她按中国人的方式盘腿坐在垫子上。

黛西：去门那边。听到我的吩咐就开门。

　　　[黛西身边有个盒子，里面摆满了中国女人用来化妆的脂粉
　　　和画笔。黛西打开盒子，取出手镜。

哈里：谁在那里？开门啊，我说了！开门！

　　　[黛西把胭脂抹在双颊上。用眉笔描眉。她存心把眉梢画得
　　　稍稍飞起，陡然间她完全成了中国人。

黛西：开门！

　　　[阿妈拨开门闩，哈里冲进来。

哈里：黛西！[他一股脑儿往里冲，又突然止步了。大吃一惊。有
　　　些事，他不知道是什么，袭上心头，他感到无助，出奇的虚弱]
　　　黛西，这什么意思？这些信。[他从口袋中掏出信，伸向她。她
　　　压根没在意他] 黛西，和我说话啊。我不明白。[他跟跟跄跄走
　　　向她，双手向前] 看在上帝的分上，说这不是真的。

　　　[她纹丝不动，端详镜中的中国女人。]

全剧终

人上人
OUR BETTERS

三幕喜剧

黄雅琴　译

人物表

乔治·格雷斯顿夫人

德·苏雷纳公爵夫人

德拉·切尔科拉王妃

伊丽莎白·桑德斯

亚瑟·芬威克

桑顿·克莱

弗莱明·哈维

安东尼·帕克斯顿

布莱恩勋爵

波尔

欧内斯特

这出剧的故事发生在梅费尔区格罗夫纳街乔治·格雷斯顿夫人的宅邸,以及她丈夫在萨福克郡的宅邸阿伯茨肯顿。

第一幕

    场景：梅费尔区格罗夫纳街，乔治·格雷斯顿夫人宅邸客厅。豪华的双套间，乔治二世风格，色调以金绿为主，科罗曼多屏风和雕漆柜子，但扶手椅的罩子、沙发及靠垫呈现巴克斯特①和俄罗斯芭蕾的影响；玫红、祖母绿、金丝雀黄和群青交织在一起，赏心悦目。地板铺有中式地毯，四处摆放了明朝瓷器。

    时值下午四点半，赛季初期，天气晴朗。

    幕布拉开，街上传来薰衣草小贩忧伤的歌声。

> 芬芳迷人的薰衣草，你不愿买点？
>
> 十六枝蓝花只要一个便士。
>
> 你买了一次，
>
> 就会再来光顾我，
>
> 你的衣服
>
> 散发出清新——
>
> 迷人的薰衣草香味。

    贝茜·桑德斯进来。非常漂亮的美国女孩，年方二十二，金发碧眼。身穿最新一季服饰。还戴着手套和帽子，拎着手提包。她刚从外面回来。手里捏着一条电话留言，走向电话，拿起听筒。

贝茜：杰拉德4321。是伯克利？请把电话转给哈维先生。是的，弗莱明·哈维。［她听着，露出笑容］喂。你以为是谁？［大笑］

我刚收到你的口信。什么风把你吹来了？太棒了。你会在伦敦住多久？明白了。我想要马上见到你。胡扯。立刻，马上。现在就给我跳上出租车赶过来。珀尔马上回来了。把电话挂了，弗莱明。不，我不会先挂的。[停顿] 你还在吗？你这人真麻烦。本来你都在路上了。好吧，赶紧的。[她放下听筒，开始摘手套。管家波尔捧着一束玫瑰花进来]

波尔：这花是给您的，小姐。

贝茜：哦！谢谢。真漂亮？你该给我一个装花的容器，波尔。

波尔：我这就去拿花瓶，小姐。

　　　　[他走出去。她将脸埋入花中，嗅着花香。管家拿来盛了清水的花瓶。

贝茜：感谢。你确定这花是给我的？没找到标牌。

波尔：确定，小姐。送花来的人说这是给您的，小姐。我问了有没有卡片，回答说没有，小姐。

贝茜：[微微一笑] 我想我知道是谁送的。[她开始摆弄鲜花] 夫人还没回来，是吗？

波尔：还没，小姐。

贝茜：你知道谁会来喝下午茶？

波尔：夫人没说，小姐。

贝茜：你最好按十五个人来准备。

波尔：很好，小姐。

贝茜：我在犯傻，波尔。

波尔：有吗，小姐？需要我把包装纸拿走吗，小姐？

贝茜：[顺从地叹了口气] 好的，可以吗？[电话铃响] 哦，我忘了，

---

① 巴克斯特（Léon Bakst，1866—1924），俄罗斯画家，场景和服装设计师。他曾为俄罗斯芭蕾舞团设计充满异国情调色彩丰富的布景和服装。

我把电话转接到这儿来了。看看谁打来的。[波尔拿起听筒，听了会儿，把手盖住听筒]

波尔：小姐，您想和布莱恩勋爵通话吗？

贝茜：就说我不在家。

波尔：桑德斯小姐还没回来。抱歉，勋爵。我没听出您的声音。[停顿] 好的，勋爵，我是听说他们会去格罗夫纳街参加私人画展。您或许能在那里见到桑德斯小姐。

贝茜：你没必要说得这么详细，波尔。

波尔：我只是想让一切听来更加可信，小姐。[倾听] 我想是的，勋爵。当然，我无法确定，勋爵；他们也有可能去拉内拉赫公园。

贝茜：简直了，波尔！

波尔：很好，勋爵。[他放下听筒] 勋爵想要知道您是否会喝下午茶，小姐。

贝茜：明白了。

波尔：还有什么盼咐，小姐？

贝茜：没有，波尔，谢谢。

[他走出去。她整理好了鲜花。门突然打开，乔治·格雷斯顿夫人进来，身后跟着弗莱明·哈维。珀尔——乔治·格雷斯顿夫人——明艳动人、英姿飒爽，年龄三十四，一头红发，妆容精致得过分。身穿巴黎式样的女装，但在配色和裁剪方面比法国女性的穿着更加大胆。弗莱明是一个面容姣好的美国青年，身上的衣服显而易见是在纽约定制的。

珀尔：亲爱的贝茜，我在门口碰见一个奇奇怪怪的年轻人，他声称是某个表亲。

贝茜：[热情地把手伸向他] 弗莱明。

弗莱明：我向乔治夫人做了自我介绍。她到的时候，大门正好打开。贝茜，请让你的姐姐放宽心。她看我的样子疑心重重。

贝茜：珀尔，你一定记得弗莱明·哈维吧。

珀尔：我这辈子都没见过这人。但他看着蛮讨人喜欢的。

贝茜：确实。

珀尔：他看来是来找你的。

弗莱明：五分钟前我给贝茜打了电话，她命令我立马过来。

珀尔：好吧，留他一起喝下午茶。我要去打个电话。我突然想起来，我邀请了十二个人参加晚宴。

贝茜：乔治知道吗？

珀尔：谁是乔治？

贝茜：别闹了，珀尔——乔治——你的丈夫。

珀尔：哦！我不知道你说的是他。不，他不知道。但更要紧的是，厨师也不知道。我都忘了乔治也在伦敦。[她走出去]

贝茜：珀尔宴请宾客的时候，乔治通常在外面吃饭，他不喜欢那些他不认识的人，但只有家里人的时候，他也很少在家里吃饭，因为他觉得无聊。

弗莱明：听上去乔治勋爵并不享受家庭生活的诸多优点。

贝茜：现在，让我们坐下来，舒舒服服的。你留下来喝杯茶吧，好吗？

弗莱明：这种饮料我还不习惯。

贝茜：等你在英格兰待上一个月，你就无法摆脱它了。你什么时候到的？

弗莱明：今早。你看，我一刻也没耽误就来见你了。

贝茜：我想你是没耽误。能看到老家来的人，真好。

弗莱明：你过得好吗，贝茜？

贝茜：好极了！社交季一开始，除了珀尔在家宴请的日子，我每天都出去参加午宴、晚宴，每个晚上都有舞会，连去两场也很平常，有时还有三场呢。

弗莱明：哇！

贝茜：如果我现在停下来，我会立马倒下一命呜呼。

弗莱明：你喜欢英格兰？

贝茜：那是热爱。爸爸以前都没让我来过伦敦，太遗憾了。罗马和巴黎一无是处。我们在那里只是游客，但在这儿我们是回家了。

弗莱明：在家里也别太放肆了，贝茜。

贝茜：哦，弗莱明，我还没谢谢你送来的玫瑰。你真是个大好人。

弗莱明：[微微一笑] 我没送你玫瑰。

贝茜：不是你？好吧，你为什么没送？

弗莱明：来不及。但我会送的。

贝茜：太晚了。我理所当然地以为这花是你送的，因为英国人送花的方式和美国人不一样。

弗莱明：是吗？

　　　　[短暂的停顿。贝茜瞥了他一眼。]

贝茜：弗莱明，我要谢谢你给我写了一封可爱又迷人的信。

弗莱明：我不想做这事的，贝茜。

贝茜：我担心你为此难过了。但我们永远会是最好的朋友，是吗？

弗莱明：永远。

贝茜：毕竟你向我求婚的时候才十八岁，而我只有十六。有点儿戏。我不明白我们为什么之前没有毁掉婚约。

弗莱明：恐怕从来没有过这个念头。

贝茜：我差不多都把它忘了，可等我来到伦敦，我想还是处理干净比较好。

弗莱明：[微微一笑] 贝茜，我想你是恋爱了。

贝茜：我没有。我对你说的是我过得很开心。

弗莱明：那么，谁送你玫瑰的？

贝茜：不知道。布莱恩勋爵吧。

弗莱明：你不会嫁给一个勋爵吧，贝茜？

贝茜：你不同意？

弗莱明：好吧，我认为首要原则，美国女孩最好嫁给美国男孩，而我碰巧是个美国人。

　　　　[贝茜看了他一会儿。

贝茜：珀尔昨晚举行了一场晚宴。一个内阁大臣对我嘘寒问暖，另一边坐的是个大使。我正对面的那人出任过印度总督。安切洛蒂夫人和我们共进晚餐，之后还高歌一曲，还有很多人是从另一场官方晚宴赶来的，非富即贵。珀尔光彩照人。她是个出色的女主人，你知道的。有人告诉我，全伦敦各家都办宴会，但他们更乐意参加珀尔的。珀尔在嫁给乔治·格雷斯顿之前，曾经和一个生意人订婚，那人是俄勒冈波特兰的。

弗莱明：[微笑] 看出来了，你是下定决心要嫁给某个勋爵了。

贝茜：不，我不是。我对此持开放的态度。

弗莱明：你这话是什么意思？

贝茜：好吧，弗莱明，我确实注意到某个贵族毫不犹豫地想要把他那漂亮的王冠放在我脚下。

弗莱明：不要用小说家的口吻谈论此事，贝茜。

贝茜：但这事儿就像小说。那个可怜人每次见到我都想向我求婚，而我千方百计要阻止他这么做。

弗莱明：为什么？

贝茜：我不想拒绝他，我也希望自己不会拒绝他。

弗莱明：你大可以让他再次求婚。女人做起这事容易得很。

贝茜：啊，可万一他立马去非洲打猎了呢。你知道的，小说里的人就是这么干的。

弗莱明：有件事我可以放下心来。你压根没爱上他。

贝茜：我告诉过你，我没有。你不介意我把这一切都向你如实相告吧，弗莱明?

弗莱明：天呐，不会；我为什么要介意?

贝茜：我抛弃了你，你确定你不难过?

弗莱明：[欢快] 一点也不。

贝茜：我好高兴，这样我就可以和你好好说说那个贵族了。

弗莱明：你有没有想过，他娶你是看中你的钱?

贝茜：你可以说得更委婉些。你可以说，他娶了我连带着娶了我
　　　的钱。

弗莱明：这样的婚姻前景对你有吸引力?

贝茜：亲爱的，他还有选择吗? 他有个大庄园需要维护，而他身无
　　　分文。

弗莱明：真的，贝茜，你惊到我了。

贝茜：等你在英国待上一个月，你就不会一惊一乍了。

　　　　[珀尔进来。

珀尔：现在，贝茜，来和我说说有关这个古古怪怪的年轻人的一切。

贝茜：他尽可以自己来说。

珀尔：[面向弗莱明] 你打算待多久?

弗莱明：几个月吧。我想见识见识英国生活。

珀尔：明白了。你是想要精进思想还是进入社交圈?

弗莱明：我想我做不到鱼和熊掌兼得。

珀尔：你有钱吗?

弗莱明：不算。

珀尔：没关系，你长得帅。在伦敦想要取得成功，要么长相出众，
　　　要么机智过人，要么家财万贯。你认识亚瑟·芬威克吗?

弗莱明：名声在外。

珀尔：你这傲慢的语气!

弗莱明：他提供给美国工人阶级的劣质食物价格高得离谱。我毫不

怀疑，他因此发了大财。

贝茜：他是珀尔的老朋友。

珀尔：纽约那些人对他嗤之以鼻，他第一次来这儿，我对他说："我亲爱的芬威克先生，你长得不帅，你为人不风趣，你教养也不好，你只是有钱。如果你想进入社交圈，就必须撒钱。"

弗莱明：显而易见的直言不讳。

贝茜：珀尔，我们必须为弗莱明做点事儿。

珀尔：[咯咯笑] 我们要把他引荐给米妮·苏雷纳。

弗莱明：她究竟是何许人也？

珀尔：德·苏雷纳公爵夫人。你不记得她了？某个霍奇森小姐。芝加哥人。当然，他们家在美国算不上什么，但这不重要。她喜欢俊小伙，我敢说她厌倦了托尼。[对着贝茜] 话说，他们今天下午也会来。

贝茜：我不喜欢托尼。

珀尔：为什么不？他是个迷人的小伙。我见过的最没脸没皮的小混蛋。

弗莱明：托尼是公爵？

珀尔：什么公爵？她丈夫？哦不，她几年前离婚了。

贝茜：我猜弗莱明会更喜欢王妃。

珀尔：哦，好吧，他今天也能见到她。

贝茜：弗莱明，她是某个凡·胡戈小姐。

弗莱明：她也离婚了？

珀尔：哦不，她的丈夫是意大利人。在意大利离婚非常困难。她只能分居。她人相当好，是我的至交。但让我有点点厌烦。

　　[波尔进屋宣告桑顿·克莱到来，然后退出。桑顿·克莱是个身材强壮的美国人，秃头，举止热情奔放。他的穿着有点过于浮夸，说话带有明显的美国口音。

波尔：桑顿·克莱先生。

克莱：你好？

珀尔：正说到你呢，桑顿。一个奇怪的美国年轻人贸贸然出现在我家门口，声称是我的表亲。

克莱：亲爱的珀尔，这是我们美国人常常需要预防的灾祸。

贝茜：克莱先生，我不允许你这么说。弗莱明不只是我们的表亲，还是我的故交。是吗，弗莱明？

珀尔：贝茜的性格可爱又迷人。她真心实意相信友谊是需要践行的某种义务。

弗莱明：既然你们是在谈论我，可否请你们把我介绍给克莱先生？

珀尔：你可真是个地道的美国人！

弗莱明：[微笑] 天性如此，不是吗？

珀尔：我们这儿可不兴美国介绍人的那套。亲爱的桑顿，请允许我向你介绍我失散已久的表亲弗莱明·哈维先生。

克莱：我离开美国已有时日，几乎把这套给忘了，但我相信弗莱明·哈维先生会是恰当的人选，让我回忆起美国的一切，很高兴认识你。

弗莱明：你不是美国人，克莱先生？

克莱：我不会否认我出生在弗吉尼亚。

弗莱明：请原谅，我是从你的说话口音……

克莱：[打断] 不过，我的家当然是在伦敦。

珀尔：瞎扯，桑顿，你的家在那些一等一的酒店。

克莱：我七年前去过美国。父亲过世了，我只能回去处理一些事务。所有人都把我当成英国人。

弗莱明：想必这让你非常受用，克莱先生。

克莱：当然啦，我没有一丝半点的美国口音。我猜这就是原因。还有我的服饰。[他心满意足低头看着自己的一身衣裳]

珀尔：弗莱明想要见识伦敦生活，桑顿。把他放在你的羽翼之下，应该是最好的选择。

克莱：我认识所有值得认识的人，我不能否认这点。

珀尔：桑顿和那些贵族都直呼名字，这城里没人比得上他。

克莱：我会给他弄来优质舞会的请帖，我还会确保他受邀参加一两个像样的宴会。

珀尔：他长得帅，我相信舞也跳得好。他会给你长脸的，桑顿。

克莱：[面对弗莱明] 不过，当然啦，我其实也不会对你有实质性的帮助。能进入乔治夫人的宅邸，你已经身处社交圈的核心了。我指的可不是古板、老套的社交圈，大家乘着四轮马车而来，无聊得发慌，我说的社交圈可是举足轻重，能登上报纸的那种。珀尔是全伦敦最出色的女主人。

珀尔：你想说什么，桑顿？

克莱：在这座宅邸，你或迟或早能见到英格兰所有名流，除了一个人。那就是乔治·格雷斯顿。他之所以受人瞩目，那是因为他是她丈夫。

珀尔：[咯咯笑] 我就知道，你说一句中听的话，是为了再说句难听话。

克莱：那是当然喽，我不明白你为什么从不要求乔治参加你的宴会。我还挺喜欢他的。

珀尔：你真是太好了，桑顿，要知道他总是叫你"那该死的势利小人"。

克莱：[耸耸肩] 可怜的乔治，他的词汇太贫乏了。我在今天的午宴上碰见了弗洛拉·德拉·切尔科拉。她告诉我她要来和你喝下午茶。

珀尔：她要搞个音乐会，为了资助什么东西，她想要我帮帮她。

克莱：可怜的弗洛拉，还有她那些慈善事业！她把慈善当成了解药来抚慰求而不得的爱带来的伤痛。

珀尔：我常常劝她还不如直接去找个情人。

克莱：你要吓到哈维先生了。

珀尔：伤不到他。这对他有好处。

克莱：你听说过她的丈夫吗？

珀尔：哦，是的，我见过。就是个平平无奇的意大利矮子，我都无
　　　法想象她为什么会爱上他。她这人真神奇。你知道吗，我确信
　　　她从没有过绯闻。

克莱：某些美国女人吧，奇怪地性致缺缺。

弗莱明：我发现其中有些堪称贞洁烈妇。

珀尔：[莞尔一笑] 千奇百怪，才有众生芸芸。

　　　　[波尔进来宣布德·苏雷纳公爵夫人到访，然后退出。

波尔：苏雷纳公爵夫人到访。

　　　　[公爵夫人是一个年届四十五岁，身形高大、棕色皮肤的女
　　　人，烈焰红唇，两腮涂得通红，富态、自持、自信、耽于肉欲，
　　　不由令人想起奥伯利·比亚兹莱① 笔下的罗马皇帝。她穿着时髦
　　　奢华，脖子上绕了一条大颗珍珠的长项链，交谈间，波尔以及
　　　两名仆人送来下午茶，摆放在客厅后方。

珀尔：亲爱的，见到你来真好。

公爵夫人：托尼不在这儿？

珀尔：不在。

公爵夫人：他说会直接过来。

珀尔：我敢说他有事耽搁了。

公爵夫人：我不明白。他一刻钟之前给我打电话说他立即出发。

---

① 　奥伯利·比亚兹莱（Aubrey Beardsley, 1872—1898），19 世纪末英国插画艺
　　术家之一，唯美主义运动的先驱。

珀尔：[安慰的姿态] 他马上就到。

公爵夫人：[尽量克制自己] 你好漂亮，贝茜。怪不得我见到的每个男人都为你倾倒。

贝茜：英国人太羞涩了。他们为什么没有对我胡言乱语呢？

公爵夫人：他们绝不会放你回美国的。

珀尔：当然啦，她不会回去了。我一定要让她嫁给英国人。

克莱：她要为我们美国贵族夫人的名单再添一笔。

珀尔：那又多了一个你可以直呼其名的贵族，桑顿。

贝茜：我希望你们不要说这事儿的时候，好像我本人都插不上嘴。

克莱：你当然有话可以说，贝茜——非常重要的一句话。

贝茜：是的，我想？

克莱：完完全全。

珀尔：亲爱的，可以帮我们倒茶吗？

贝茜：当然。[面对克莱] 我知道你不像弗莱明那样鄙视下午茶，克莱先生。

克莱：没有茶我一天也活不下去。外出旅游一定要带上茶篮。

弗莱明：[语带讥讽] 这样啊？

克莱：你们是生活在美洲大陆上的美国人。

弗莱明：[低声嘀咕] 我们都是怪胎。

克莱：你尽管鄙视下午茶这个愉悦身心的习惯，因为你们体内还有蛮子的部分。耗在下午茶上的时间是一天之中最美妙的时光。不用像参加午宴或晚宴那样一本正经。和自己人舒舒服服待在一起。一边摆弄漂亮的糕点，一边以此为由头切入话题。我们谈论抽象的事物，谈论灵魂，谈论道德规范；我们巧妙地搬弄具体事例、邻居的新软帽抑或她的新情人。我们喝茶，因为我们身处文明高度发达的国家。

弗莱明：我一定是个大傻帽，但我不会入乡随俗。

克莱：我亲爱的伙计，文明程度的一个标志是漠视生存必需品。你们能做到的是糟蹋钱，而我们走得更远；我们糟蹋的更珍贵、更短暂、更不可追回——我们糟蹋时间。

公爵夫人：亲爱的桑顿，你让我心生绝望。康普顿·埃德华兹断了我的茶。我本以为他只是剥夺了我的某个奢侈享受，现在看来他是夺走了我的一个宗教仪式。

弗莱明：康普顿·埃德华兹到底是谁，他怎么有这么大的影响力？

珀尔：亲爱的弗莱明，他是伦敦最有权势的人。他是伟大的缩减者。

弗莱明：老天！他缩减什么？

珀尔：脂肪。

公爵夫人：他是个完完全全的奇迹。你知道吗，阿灵顿公爵夫人告诉我他帮她减掉了九磅。

珀尔：亲爱的，这没什么。霍林顿夫人信誓旦旦告诉我她减了十四磅。

贝茜：[在茶桌边] 想喝茶的过来拿。

　　　[男士走向隔壁的房间，而珀尔和公爵夫人还在交谈。]

公爵夫人：那个帅小伙是谁，珀尔？

珀尔：哦，一个美国人。他声称是我的表亲。是来见贝茜的。

公爵夫人：他想娶她？

珀尔：老天，但愿不是。只是个老朋友。你知道美国人有些古古怪怪的行为方式。

公爵夫人：我估摸着，哈里·布莱恩还没完全定下来？

珀尔：没有。但某天一早你在《晨报》上看到启事，我也不会大惊小怪的。

公爵夫人：她有足够的钱吗？

珀尔：她有一百万。

公爵夫人：不是英镑？

珀尔：哦不，美元。

公爵夫人：那就是每年八千。我觉得他不会满意的。

珀尔：今时今日不能要求过多了。不像你那个年代，现在没有巨富的女继承人了。再说了，哈里·布莱恩也不是十全十美的伴侣。一个英国男爵肯定好过一个意大利伯爵，但差不多也就这样了。

公爵夫人：她肯定会接受他？

珀尔：哦是的，她疯狂地爱上了英国的生活。我还告诉她，即使到了现在当个贵族夫人也是相当愉快的。

公爵夫人：托尼究竟怎么回事？

珀尔：亲爱的，他不太可能被车子撞了。

公爵夫人：我担心的不是车子撞了他；我担心他追着欢乐女孩 ① 跑。

珀尔：[干巴巴] 我以为你一直盯着他呢。

公爵夫人：你看，他从早到晚无所事事。

珀尔：他干嘛不找份工作？

公爵夫人：我想让他做点事儿，太难了。你呼风唤雨，珀尔，你能做点什么吗？我会好好感激你的。

珀尔：他能做什么？

公爵夫人：什么都行。就像你知道的，他长得好看。

珀尔：他会法语或德语吗？

公爵夫人：不会，他没有语言天赋。

珀尔：他会打字、速记吗？

公爵夫人：哦，不会。亲爱的，这些很难指望了。

珀尔：他能算账吗？

公爵夫人：不会，他没数字概念。

珀尔：[若有所思] 好吧，我看他只能在政府办公室找份活儿。

---

① 19 世纪 90 年代在伦敦的欢乐剧院表演音乐喜剧的合唱女孩。

公爵夫人：哦，亲爱的，但愿你能办成。你是不知道，想到他至少每天从早上十点到下午四点没法干蠢事，我就长舒一口气。

[波尔宣布托尼 ① · 帕克斯顿到访。托尼是个二十五岁的帅气小伙，服饰精致，风度翩翩，笑容迷人。

波尔：帕克斯顿先生到访。

珀尔：好吧，托尼，日子过得怎么样？

托尼：烂透了。这星期我在马场和牌桌上都没赢过。

珀尔：啊，好吧，这就是没钱的好处了，就算输得一败涂地，你也能应付。

公爵夫人：[生硬打断] 你上哪儿了，托尼？

托尼：我？哪儿也没去。

公爵夫人：你说你直接过来。从多弗街到这儿用不了二十五分钟。

托尼：我想没必要急急匆匆的。我到俱乐部逛了一圈。

公爵夫人：我又给俱乐部打了电话，他们说你走了。

托尼：[稍稍一顿] 我下楼去刮胡子了，我猜他们没想到去理发店找我。

公爵夫人：那你到底为什么要在下午四点半去刮胡子？

托尼：我想，你喜欢看见干干净净、潇潇洒洒的我。

珀尔：托尼，去让贝茜给你倒杯茶；你辛苦了一天，我敢肯定你需要喝一杯。

[他点头，进入里屋。

珀尔：米妮，你怎么能这么蠢？这样对待一个男人，是没法把他拴在身边的。

公爵夫人：我知道他在对我撒谎，他说的话里没有一个字是真的：他太狡猾了，我抓不住他。哦，妒忌死了。

---

① 安东尼的昵称。

珀尔：你真的爱上了他？

公爵夫人：于我而言，他是这世上的一切。

珀尔：你不能就这样被他牵着鼻子走。

公爵夫人：我不像你这么冷血。

珀尔：你似乎就喜欢人渣，而他们又总是对你态度恶劣。

公爵夫人：哦，我不在乎别人。只有托尼，我真的爱过。

珀尔：尽瞎说！你还同样爱过杰克·哈里斯。你为他做了能做的一切。你教他穿衣打扮，把他带进社交圈。等他用不着你的时候，就把你一脚踢开了。托尼也会重蹈覆辙。

公爵夫人：我这次不会这么傻了。我会小心的，他没了我将寸步难行。

珀尔：我不懂你在他身上看到了什么。你必须知道……

公爵夫人：[打断] 我什么都知道。他是个骗子，是个赌徒，是个混混，是个败家子，但他用他的方式爱着我。[恳求的语气] 你看得出他爱我，对吗？

珀尔：他比你年轻太多了，米妮。

公爵夫人：我情不自禁。我爱他。

珀尔：哦，好吧，我想多说无益。只要他让你开心。

公爵夫人：他不会的。他让我不幸。可我爱他……他想让我嫁给他，珀尔。

珀尔：你不会这么做的吧？

公爵夫人：不会，我没傻到这地步。嫁给他的话，我就没法掌控他了。

　　　[波尔进入，宣布德拉·切尔科拉王妃到访。她是一个高高瘦瘦的女人，三十五岁，苍白的脸露出惊恐的神色，乌黑的眼珠睁得大大的。她看着是个好相处的话唠，外表流露出哀婉动人，甚至可以说是悲剧的气质。穿着考究，显然出自某位巴黎裁缝之手，比起公爵夫人或珀尔更加低调，但明显档次更高。

波尔：德拉·切尔科拉王妃到访。

[波尔退出，珀尔起身迎接。两人相拥。

珀尔：亲爱的！

王妃：你可不能怪罪我来叨扰你。我打了电话，因为我知道要逮住你有多难。[拥抱公爵夫人] 你好吗，米妮？

公爵夫人：别让我捐款，弗洛拉。我穷得很。

王妃：[微笑] 等我告诉你这次募捐的目的，你就会想起来你还有个父亲叫做斯潘塞·霍奇森。

公爵夫人：[轻轻地呻吟] 就好像我乐意别人让我想起来似的！

珀尔：你真奇怪，米妮。你应该编一个关于猪肉的笑话。只要我没笑话可讲了，我就提起我爸五金店这茬，顺嘴编个故事。

王妃：你让你爸成了伦敦的名人。

珀尔：所以我从不让他来伦敦。他可配不上他的名声。

[弗莱明从里屋走出来。

弗莱明：我要告辞了。

珀尔：你不能走，我还没把你介绍给弗洛拉。弗洛拉，这位是弗莱明·哈维，从美国来的。他屁股口袋里可能装了一把六发式左轮手枪。

弗莱明：有人告诉我，我不能说很高兴认识你，王妃。

王妃：哪天到英格兰的？

弗莱明：今早。

王妃：我妒忌你。

弗莱明：就因为我今早到的？

王妃：不是，因为一周前你还在美国。

公爵夫人：弗洛拉！

弗莱明：我开始意识到有些事情是以此为耻的。

王妃：哦，你不必在意珀尔和公爵夫人。她们比英国人还英国人。

珀尔：弗洛拉，我注意到在你远离母国之后倒是对它表现出一片情深了。

王妃：上次的美国之行不太愉快，我因此发誓再也不会回去了。

公爵夫人：我十年前去过，那时我正在和加斯通离婚。结婚之后我就离开了美国，都忘了那里是什么样子了。哦，太乡下了。你不介意我这么说吧，哈维先生？

弗莱明：一点也不。你和我都是美国人，我们当中自然有人会辱骂生我们养我们的母亲。

公爵夫人：哦，可我不认为自己是美国人。我是法国人。毕竟，我没有美国口音。告诉你们我当时有多抓狂，我差点和加斯通没离成婚，因为我自认我没法下定决心长期待在美国。

王妃：我在美国不开心，倒不是因为美国是乡下地方。天知道波士顿也不算乡下。我的不幸源于我的家庭，这是我唯一拥有的家，但我只是个外人。

珀尔：亲爱的弗洛拉，你太过感情用事了。

王妃：[微笑] 对不起，我要道歉。你是纽约人，哈维先生？

弗莱明：我为此骄傲，夫人。

王妃：纽约很棒，不是吗？它拥有某些世界上其他城市没有的东西。我乐意去想象春日下的第五大道。美丽的姑娘身穿漂亮的女装、优雅的鞋子，笑语盈盈，还有帅气的小伙。

公爵夫人：我同意；有些小伙可爱得无以言表。

王妃：每个人坚强又自信。空气中洋溢着欢欣与雀跃。你能感受到路人身上那种对于未来从容坚定的信念。哦，在四月阳光明媚的一天漫步在第五大道上真是太美好了。

弗莱明：真好，我这个美国人听到另一个美国人用如此美好的言语描述这个国家。

王妃：你一定要来看看我，和我说说老家的新闻。

珀尔：新造大楼有多高啦，新晋的百万富翁多有钱啦。

弗莱明：再见。

珀尔：你和桑顿·克莱交上朋友了吗?

弗莱明：但愿。

珀尔：你必须找他要来裁缝的地址。

弗莱明：你不喜欢我的穿着?

珀尔：非常的美国，你懂的。

弗莱明：我也很美国。

　　[桑顿·克莱走上前。公爵夫人缓步走进里屋，可以看见她在和贝茜、托尼·帕克斯顿聊天。

珀尔：桑顿，我正巧对哈维先生提起，你应该把他带去你的裁缝那里。

克莱：正有此意。

弗莱明：我的穿着毫无可取之处。

珀尔：你去哪家? 斯图尔兹?

克莱：当然啦。伦敦像样的仅此一家。[面对弗莱明] 他自然是德国人，但手艺没有国界。

弗莱明：一个德国裁缝将要把我打造成英国人，无论如何，这个想法令我欣喜。

　　[他走出房间。桑顿在向众人告别。

克莱：再见，珀尔。

珀尔：你也要走了? 别忘了周六要去肯顿。

克莱：忘不了。我喜欢周末派对，珀尔。周一早晨，我已精疲力竭，之后的一周我什么事也干不成。再见。

　　[他握手，离开。他出门的时候，波尔正好开门，宣布布莱恩勋爵到访。他是一个年轻人，外表非常的英国，和善、整洁、干净。

波尔：布莱恩勋爵到访。[退出]

珀尔：亲爱的哈里，见到你真好。

布莱恩：我绝望透顶了。

珀尔：天呐，怎么了？

布莱恩：他们要派个代表团去罗马尼亚，要给某个大人物颁发嘉德
　　　勋章，我必须跟着去。

珀尔：哦，不过听着很有意思。

布莱恩：是的，但明天就出发，我周六去不了肯顿了。

珀尔：什么时候回来？

布莱恩：四周之后。

珀尔：之后的周六你还可以来肯顿。

布莱恩：可以吗？

珀尔：你必须亲自把这消息告诉贝茜。她正心急地等着你的来访。

布莱恩：你觉得她会为我添茶吗？

珀尔：我对此毫不怀疑，如果你和和气气对她说话。

　　　　　[他走向里屋。

王妃：现在我要占用你两分钟。你会帮我搞音乐会的，对吗？

珀尔：当然。你要我做什么？我让亚瑟·芬威克买下音乐会门票，
　　　需要多少就买多少。你知道他这人急公好义。

王妃：那是为了做好事。

珀尔：我知道。不过，请你不要再用孩子吃不饱饭那些恶心人的故
　　　事来烦我。我对穷人不感兴趣。

王妃：[微笑] 你怎么能这么说？

珀尔：你感兴趣？我常常在想你的慈善事业是否是种刻意的炫耀。
　　　你不介意我这么说吧？

王妃：[好脾气地] 一点也不。你这人没良心，你也无法想象别
　　　人有。

珀尔：我良心多的是，但只为我同一阶级的人跳动。

134

王妃：我手头的钱我只想到一个用途，那就是帮一把需要帮助的人。

珀尔：[耸肩] 你开心就好。

王妃：我不开心，但能阻止我陷入彻底的悲伤。

珀尔：你把我整得不耐烦了，弗洛拉。你手头的钱比你以为的还要多。你是王妃。你完完全全摆脱了你的丈夫。我想不出来你还需要什么。但愿我能摆脱我的丈夫。

王妃：[微笑] 我不明白你对乔治有什么可以抱怨的。

珀尔：这就是问题所在。我无需介怀他打了我或者他爱上了某个合唱团女孩。这样我就可以和他离婚。哦，亲爱的，你要感谢你的好运，让你嫁了一个对你不忠、寻花问柳的丈夫。我的那位希望我一年当中有九个月待在英国，每隔五分钟就想着让我生儿育女。我嫁个英国人可不是为了这个。

王妃：那你为什么嫁给他？

珀尔：我错了。我之前一直生活在纽约。我对此一无所知。我以为成了贵族就可以进入社交界。

王妃：我时不时会想，你到底快乐吗，珀尔。

珀尔：你呢？我自然是快乐的。

王妃：有个大使某天对我说，你是伦敦最有权势的女人。你闯出了自己的天地，真令人高兴。你不需要做什么来让自己开心了。

珀尔：要我告诉你我是怎么做的吗？强势的性格、智慧、厚脸皮，还有不断催促其他人。

王妃：[微笑] 够直白的。

珀尔：这就是我的行事风格。

王妃：我有时在想，面对大人物的嗤之以鼻，你可以视而不见，这也可以算是某种积极的天赋了。

珀尔：[咯咯笑] 你这话可不中听，弗洛拉。

王妃：还有，别人出手帮你时，你拉人入伙的那种麻木不仁里面有某种近似英雄主义的特质。

珀尔：听你这么说，我会认为你并不赞同我的行为。

王妃：另一方面，我不由自主羡慕你。你淋漓尽致地发挥了你的决断力、洞察力、精力、毅力，我们的同胞正是凭借这些品质把美国改造成了现今的模样，而你则是得到了想要的一切。从某种意义上来说，你的生活是件艺术品。而使其更为完满的是你追寻的目标恰恰鸡毛蒜皮、转瞬即逝、一钱不值。

珀尔：亲爱的弗洛拉，人们打猎可不是为了捉只狐狸。

王妃：当你端坐在梯子顶端，下面有人路过时对着梯子踢上一脚，你会不会感到紧张？

珀尔：踹一脚可没法踢翻我的梯子。你还记得吧，那个蠢妇当时搞出了多大的动静，就因为她的丈夫爱上了我？等我避免了上离婚法庭的命运，公爵夫人才真正接纳了我。

　　[公爵夫人和托尼·帕克斯顿一同走上前来。

公爵夫人：我们真的要告辞了，珀尔。我预约了六点的按摩。康普顿·埃德华兹向我推荐了这个按摩师。他棒极了，但他太受欢迎了，如果我让他等上一会儿，他就会一走了之。

珀尔：亲爱的，你自己小心点。范妮·哈勒姆把身家都折腾完了，但她看上去还有一百磅。

公爵夫人：哦，我知道的，但康普顿·埃德华兹还推荐了一个很棒的女人，她每天早上来给我做脸。

珀尔：你会来我的舞会，对吗？

公爵夫人：我们当然要来。放眼伦敦差不多也只有你的舞会可以找到类似夜总会的乐子了。

珀尔：我会邀请欧内斯特，让他也来跳跳舞。

公爵夫人：我想整个晚上和他待在一起。让他参加社交活动，需要付出多大代价？

珀尔：二十个几尼 ①。

公爵夫人：天呐，我可付不起。

珀尔：瞎说什么！你可比我有钱。

公爵夫人：我这人不太聪明，亲爱的。我不太明白凭你的收入是怎
么做到这一切的。

珀尔：[逗乐了] 我擅长经营。

公爵夫人：万万没想到。再见，亲爱的。走吗，托尼？

托尼：走的。

[她走出屋子。

托尼：[和珀尔握手] 我今天还没和你说上话呢。

珀尔：[打趣他] 我们有什么好谈的？

王妃：我一定要让米妮出席我的音乐会。[她走出去。留下托尼和珀
尔面面相觑]

托尼：你今天看上去宛如仙女下凡。我都不认识你了。

珀尔：[逗乐了，但没有惊慌] 你这话真中听。

托尼：我的眼睛没法从你身上挪开。

珀尔：你爱上我了？

托尼：这有什么稀奇的，不是吗？

珀尔：你会惹上麻烦的。

托尼：别这样伤人，珀尔。

珀尔：我不记得我说过你可以叫我珀尔。

托尼：我在心里就是这么叫你的。你没法阻止我这么做。

珀尔：好吧，我觉得这么称呼太稔熟了。

托尼：我不知道你对我做了什么。我从早到晚都在想你。

---

① 英国旧时金币或货币单位，价值 21 先令，现值 1.05 英镑。现时有些价格仍
用几尼计算，如马匹买卖。

珀尔：你的话，我分分钟都不信。你是个毫无原则的混蛋，托尼。

托尼：你介意吗？

珀尔：[咯咯笑] 寡廉鲜耻的家伙。我好奇米妮看上了你哪点。

托尼：我有各种各样的优点。

珀尔：很高兴你这么想。我只发现了一个。

托尼：什么？

珀尔：你是某人的财富。

托尼：哦！

珀尔：[伸出手] 再见。

      [他亲吻她的手腕。双唇停留了一会儿。她垂下眼睑看着他。

珀尔：这不会让你成为万人迷，你知道的。

托尼：来日方长。

珀尔：来日是每个人的财富。

托尼：[压低声音] 珀尔。

珀尔：快走吧。米妮又会起疑了，你为什么没跟上。

      [他出去。珀尔面带笑容转身。贝茜和布莱恩勋爵走进来。

珀尔：哈里有没有告诉你，他这周六没法去肯顿找我们了？

      [王妃进入。

王妃：我得到了米妮的捐助。

珀尔：我尽量拖延了托尼一段时间，让你有机会行动。

王妃：[大笑] 真是机智过人。

珀尔：可怜的米妮，她抠抠索索的…… [瞟了一眼贝茜和布莱恩勋爵] 如果你乐意屈尊移步晨间起居室，我们可以翻一翻宾客名单，看看还有哪些人你用得上。

王妃：哦，你真是大好人。

珀尔：[面对布莱恩] 等我回来再走，可以吗？我还没和你说过话呢。

布莱恩：好的。

　　　　[珀尔和王妃离开。

贝茜：我在想那些花是不是你送的，布莱恩勋爵？

布莱恩：确实。我以为你不会在意的。

贝茜：你真好。

　　　　[她抽出两枝玫瑰，别在衣服上。布莱恩害羞极了。他不知
道该如何开口。

布莱恩：你介意我抽根烟吗？

贝茜：一点也不。

布莱恩：[一边点烟] 你知道吗，这还是我第一次和你单独相处。格
雷斯顿夫人把我俩留下，真是足智多谋。

贝茜：我不太确定她是否太过足智多谋了。

布莱恩：我非常渴望有机会和你谈谈。

　　　　[薰衣草小贩的歌声再次从街上传来。贝茜很欢迎这种
打岔。

贝茜：哦，听呐，薰衣草小贩又回来了。[她走向窗口，倾听] 扔个
先令给他，可以吗？

布莱恩：好的。[他从口袋中掏出一枚硬币，扔向大街]

贝茜：我似乎能从这有趣的小调中感受到英格兰的所有魅力。它让
我联想到乡间小屋的花园、树篱，还有羊肠小道。

布莱恩：我的母亲在家里种了薰衣草。我们还是孩子时，她会打发
我们去采摘，母亲常常把薰衣草放在细布小袋里，然后用粉色
丝带扎紧。她把这些薰衣草包放在枕头下，以及所有的抽屉里。
我让她送些给你，行吗？

贝茜：哦，那太麻烦她了。

布莱恩：不麻烦。她会乐意的。还有你知道的，这不像你买来的薰

衣草。远远胜过你在商店里能买到的任何一种。

贝茜：这个时节要离开伦敦，你肯定恨透了。

布莱恩：哦，我对伦敦无所谓。[立马接上去] 但我恨透了离开你。

贝茜：[做出夸张的绝望的样子] 我们不要谈这个，布莱恩勋爵。

布莱恩：但这是我唯一想到的话题。

贝茜：通常用的话题是英格兰的天气。

布莱恩：你看，我明天就要动身了。

贝茜：我从未见过如此执着的人。

布莱恩：我有将近一个月要见不到你了。我俩认识的时间也不长，
　　　如果不是因为要离开，我会想着还是再等等为妙。

贝茜：[握紧双手] 布莱恩勋爵，别向我求婚。

布莱恩：为什么不？

贝茜：因为我会拒绝。

布莱恩：哦！

贝茜：和我说说你生活的英国乡村。我对肯特郡一点也不了解。
　　　美吗？

布莱恩：我不知道。那是我的家乡。

贝茜：我喜欢你们英国人那种伊丽莎白时代的老宅，带烟囱的。

布莱恩：哦，我们家可不是旅游景点，你知道的。它就是个黄砖房
　　　子，看着就像个盒子，怪难看的，而且还在正面加了一个巨大
　　　的大理石门廊。我想还是花园好看点。

贝茜：珀尔讨厌阿伯茨肯顿。她想要卖了它，如果乔治同意的话。
　　　她只有待在伦敦才开心。

布莱恩：我不知道是否因为法国的经历，我才如此依恋英格兰。当
　　　我躺在布洛涅的医院中，我也没什么事情可想……身体看上去
　　　也没法恢复。我知道能恢复的，只要他们让我回家，但他们不
　　　让；他们说我无法移动……我家乡的天气更阴沉，东风一起，

人们就感到有点难以忍受了，但如果你习惯了这一切，你倒会觉得精神为之一振。夏天酷热难耐，可空气中总是飘来些许清新和咸味。你知道的，我们离沼泽很近……就在水域的对面，那是一段漫漫长路。我让你厌烦了吗？

贝茜：没有。我想听你说。

布莱恩：那是个有趣的地方。有大片的绿野，还有榆树，马路蜿蜒曲折——对于汽车来说那是烂透了；你还能看见沼泽以及堤坝——孩提时代的我们常常跳进沼泽，然后泡上好半天；还有大海。大海的浪声并不磅礴，但我觉得这是我所知的最澎湃的声音。还有啤酒花田——我把它给忘了——还有烘炉房。也算是风景如画，我觉得。我希望这就像薰衣草之于你。于我而言，这就是英格兰。

　　[贝茜起身走向窗口。远处传来薰衣草小贩忧伤的歌声。

布莱恩：你在想什么？

贝茜：家的感觉，想必很棒。我对家一无所知，除了第十九街上的那栋红砖房子。后来爸爸把它卖了个好价钱，我们又搬去更市中心的地方。妈妈偏爱第七十二街，我不知道原因。

布莱恩：当然，我明白它对于我的意义和对于一个女孩是不一样的。我不指望其他人可以一直住在那儿。我在伦敦也相当的快乐。

贝茜：[粲然一笑] 你决意这么做了？

布莱恩：如果你愿意嫁给我，我会努力的，会让你过上幸福的生活。

贝茜：好吧，我想这是求婚。

布莱恩：我之前从未求过婚，有点儿紧张。

贝茜：你还没说能让我答应或拒绝的部分。

布莱恩：我不想说那部分。

贝茜：[咯咯笑] 那我来说吧，我要考虑一下，可以吗？

布莱恩：我明天就要出发了。

贝茜：等你回来的时候，我会给出答复。

布莱恩：可要等四个星期。

贝茜：我们可以利用这段时间来下定决心。毕竟这是要迈出重要的
　　　一步。或许你最后发现你并不真的想要娶我。

布莱恩：没必要担心这事儿。

贝茜：等你回来之后，你周末也会去肯顿。如果你改变了主意，给
　　　珀尔发个电报，就说你要迟点儿再来，我就会明白了，至少我
　　　不会受到伤害也不会感到冒犯。

布莱恩：那么，再见啦，我们到时再见。

贝茜：是的。还有……非常感谢你想要娶我。

布莱恩：非常感谢你没有断然拒绝我。

　　　　[他们互相握手，他走了出去。她走向窗口看着他，看了看
　　　手腕上的表，然后离开屋子。一会儿之后，波尔把亚瑟·芬威
　　　克领进屋。他是个高个子的老男人，红光满面，一头灰发。

波尔：我这就告诉夫人您来了，先生。

芬威克：太好了。

　　　　[波尔离开。芬威克从他的烟盒里取出一支雪茄，拿起桌上
　　　的晚报，舒舒服服地坐下，抽雪茄读报。珀尔进屋。

珀尔：贝茜和哈里·布莱恩都不在？

芬威克：不在。

珀尔：真奇怪。我在想发生了什么事。

芬威克：别担心贝茜和哈里·布莱恩了。现在把注意力放到我身上。

珀尔：你到得真晚。

芬威克：我希望到的时候能和你独处，姑娘。

珀尔：希望你不要叫我姑娘，亚瑟。我真的不喜欢。

芬威克：你在我眼中就是姑娘。当我身处你组织的某场大型聚会，
　　　看着你像女王一般置身于那些贵族、大使和大人物之中，我就

对自己说，她是我的姑娘，接着我浑身燥热。我为你骄傲。你做到了，姑娘，你做到了。

珀尔：[微笑] 你对我真好，亚瑟。

芬威克：你有头脑，姑娘，这就是你的行事方式。动脑子。你看上去云淡风轻，漫不经心，别人还以为你只是在寻欢作乐，再无其他，而我看见你在通盘考虑，这里牵根线，那里搭个桥；你把他们所有人都玩弄于股掌之中。你算无遗策。珀尔，你是伟大的女人。

珀尔：没有伟大到让你遵照医嘱。

芬威克：[从嘴里取下雪茄] 你不会要求我把今天的第一根雪茄扔出窗外吧？

珀尔：就当是讨我欢心，亚瑟。雪茄对你的健康很不好。

芬威克：既然你都这么说了，我投降。

珀尔：我不希望你生病。

芬威克：你有颗伟大的心，姑娘。世上的人以为你机敏、时髦、聪明、光鲜、美丽，引领时尚，但我知道不同的你。我知道你有颗金子般的心。

珀尔：你这个浪漫的老东西，亚瑟。

芬威克：我对你的爱是我在这世上最宝贵的东西。你是我的明灯，你是我的理想。在我看来，你象征了女性的纯洁、高贵和正派。上帝保佑你，姑娘。万一你哪天让我失望了，我都不知道该怎么办了。我不信我还能活下去，如果我发现你并非如我所想。

珀尔：[故作幽默] 你不会的，如果我能办到。

芬威克：你是有点爱恋我的吧，姑娘？

珀尔：当然啦。

芬威克：我是个老头子，姑娘。

珀尔：胡说什么！你在我眼中就是个男孩。

芬威克：［受宠若惊］好吧，我想很多年轻人希望拥有我这样的体魄。我可以连续工作十四个小时仍然精神矍铄。

珀尔：你的活力叹为观止。

芬威克：我有时会想起初你是怎么注意到我的，姑娘。

珀尔：不知道。可能是你留给大家那种坚毅的印象吧。

芬威克：是的，人们常常这么说。和我相处一段时间后不难发现——好吧，我不是路人甲乙丙。

珀尔：我时常感到我能够仰赖你。

芬威克：你不要再说讨好我的话了。我希望你仰赖我。我知道你。只有我懂你。我知道，在你那颗跳动的伟大的心脏深处藏着一个腼腆、无助的小东西，一个天真烂漫的孩子，你需要一个像我这样的人挡在你和世界之间。老天，我多么爱你啊，姑娘！

珀尔：小心，管家来了。

芬威克：哦，该死的，总是管家。

　　　　［波尔带着一份电报和一包书进来。

珀尔：［拿起电报，瞟了眼包裹］那是什么，波尔？

波尔：书，夫人。哈查尔兹书店送来的。

珀尔：哦，我知道。请把包裹打开？［波尔用刀裁开包裹，取出四五本书。珀尔打开电报］哦，麻烦了！没有回复，波尔。

波尔：很好，夫人。

　　　　［退出。

芬威克：什么事？

珀尔：那个愚蠢的斯图里本来今晚要来吃饭，他刚发电报说不能来了。我讨厌我的宴会要被搅黄。我邀请了十个人来见他。

芬威克：太糟了。

珀尔：傲慢自大的猫头鹰。他一次又一次拒绝我的邀请。这个时间我是六周前和他定下的，他还有脸和我说他没空。

芬威克：好吧，恐怕你只能放弃他了。我敢说没了他你照样能成。

珀尔：别犯傻，亚瑟。我总能把他搞到手的。他将来或许会当选首相。[她思考了一会儿] 我在想他的电话号码是多少。[她起身翻看电话簿，接着坐到电话机边上] 杰拉德7035。只能把他弄来一次，他就会一而再再而三来了，因为他会喜欢的。这幢房子就像是天国：我要把他们领进门……斯图里勋爵在吗？我是乔治·格雷斯顿夫人。我不会挂电话的。[让自己的声音听上去甜美、动人] 是你吗，斯图里勋爵？我是珀尔·格雷斯顿。我打电话给你是想说今晚不能来没关系。你不来，我当然失望啦。但可以换个日子，对吧？你这人真好。下周今天可以吗？哦，对不起。那周三合适吗？哦！好吧，那周五？下周每晚你都有事？你炙手可热啊。那么，我来告诉你怎么办，拿出你的记事簿，告诉我你哪天有空。

芬威克：你真行，姑娘。你志在必得。

珀尔：两周后的周二。是的，我完全可以。八点半。我很高兴你选了这日子，因为我也邀请了克莱斯勒①。我期待着见到你。再见。[她放下听筒] 这次我拿下他了。猴子还以为自己能听懂音乐呢。

芬威克：两周后的周二你请了克莱斯勒？

珀尔：没有。

芬威克：你确定能搞定他？

珀尔：不确定，但我相信你能办到。

芬威克：你会拿下他的，姑娘。[她拿起波尔拿进来的书，摆放在各处。其中一本她摊开放着] 你在干嘛？

---

① 弗里茨·克莱斯勒 (Fritz Kreisler, 1875—1962)，美国籍奥地利小提琴家和作曲家，为当时最著名的小提琴家之一，也被认为是历史上最伟大的小提琴家之一。

珀尔：这是里查德·特文宁的书。他今晚来吃饭。

芬威克：你为什么还操心其他人，姑娘？

珀尔：伦敦不是纽约，你知道的。这儿的人喜欢见到这类人。

芬威克：我以为按你的地位，已经强悍到无需这类人了。

珀尔：我们生活在民主时代。这类人取代了中世纪国王在宫廷中豢养的愚人。他们的优势在于，他们不会仗着自己的身份乱说难听的真话。他们廉价。一顿晚饭、一点奉承，就是他们想要的。而且他们还自备服装。

芬威克：你要在你家摆满他的烂书。

珀尔：哦，我又不留着它们。可以退货的。明天一早我就把所有的书退回书店。

芬威克：珀尔，你是小小的奇迹。你需要交易的时候就来找我，而我就会让你成为合伙人。

珀尔：生意怎么样？

芬威克：蒸蒸日上！下周会开两家分店。我初来乍到时，他们都笑话我。说我会破产。我颠覆了他们那些老套愚蠢的法子。谁笑到最后才笑得最好。

珀尔：[若有所思] 啊，我禁不住会想这是裁缝给我送来账单时会说的话。

　　[他稍稍吓了一跳，目光犀利地看着她。他看着她和蔼地笑起来。

芬威克：姑娘，你答应过我你不会制造新的账单。

珀尔：这就像承诺爱情、荣誉，还有顺从丈夫，这类承诺没人会真的在意是否兑现的。

芬威克：你这个淘气的小东西。

珀尔：是苏珊娜——你知道的，她的裁缝店在旺多姆广场。战争搞得她要搬迁，她需要钱入账。我现在不太方便付钱。数目有点

大。[她递给他一沓用打字机打出来的文件]

芬威克：这不是账单，更像是一出五幕剧的剧本。

珀尔：衣服好贵，不是吗？但愿能把无花果叶子当衣服穿。便宜，我相信一定合身。

芬威克：[把账单塞进口袋]好吧，我来看看能做点什么。

珀尔：你这家伙，亚瑟……你要我明天来和你共进午餐吗？

芬威克：哟，当然。

珀尔：好的。那你现在必须走了，在我更衣出席晚宴前我要躺会儿。

芬威克：这就对了。好好爱惜自己，姑娘，你是我的至宝。

珀尔：再见，亲爱的老东西。

芬威克：再见，姑娘。

　　　[他离开。他走到门口时，电话铃响。珀尔接起听筒。

珀尔：你是在和乔治·格雷斯顿夫人说话。托尼！我当然听得出你的声音。好吧，什么事？我一点也不严肃。我的声音和蔼可亲。很抱歉你觉得我态度不好。[她发出咯咯笑声]不，恐怕我明天不能来喝下午茶。整个下午都有安排。后天怎么样？[微笑]那么，我总是问下贝茜。我不知道她是否有空。我自然不能一个人来。有失体面嘛。像你这样一个英俊小伙。米妮会怎么说？哦，我都知道……我不会答应任何事。我只能说未来是属于每个人的财产。一夜无眠。不错！那么，再见……托尼，你知道英语当中最迷人的词是什么？也许。

　　　[她迅速地挂掉电话，幕布落下。

第一幕终

147

第二幕

场景：格雷斯顿家族在乡间的宅邸，阿伯茨肯顿的晨间起居室。给人以老式、舒适的感觉，没有一件簇新的东西，印花布家具都褪色了。三扇落地窗通向露台。

晚宴之后，晴朗的夜晚，落地窗全都打开。

参加晚宴的女性全都落座了，等着男士到来；她们中有珀尔、贝茜、德·苏雷纳公爵夫人和德拉·切尔科拉王妃。

王妃：米妮，你打了一下午网球一定累坏了吧。

公爵夫人：一点也不。我只打了四局。

王妃：你打得好卖力。我看着你都觉得热死了。

公爵夫人：我再不做点运动，就要变成庞然大物了。哦，弗洛拉，我是多么妒忌你！你想吃什么就吃什么，一点也不会变胖。你还对吃的没兴趣，这世道多不公平。我又懒又馋。我却不能随意享用喜欢的美食，而且绝不能落掉每天至少一小时的锻炼。

王妃：[微笑] 如果禁欲是迈向神圣的第一步，我敢肯定你走在正道上。

珀尔：米妮，你偶尔可以偷懒一两次，学学弗洛拉，做做好事。

公爵夫人：[下了极大的决心] 我可不想弥留之际躺在床上，头发用发卷卷着，脸颊红扑扑的，吐出最后一口气喃喃自语：不要燕麦粥，吃了发胖。

珀尔：好吧，你明天可以来一场强度更大的网球，哈里·布莱恩打得比桑顿好多了。

公爵夫人：晚宴更衣时他才出现，这点真讨厌。

珀尔：他昨天才从罗马尼亚回来，他还要去探望一下母亲。[目光玩味地看向她，贝茜让我在安排晚宴座位时不要把哈里·布莱恩安排在她边上]

贝茜：珀尔，你这人真冷酷！你和全世界的人谈论我的私事，我认为这很讨人厌。

公爵夫人：我亲爱的贝茜，很早之前这就不是你的私事了。

珀尔：我担心贝茜会错过机会。哈里·布莱恩前往罗马尼亚之前，我特意让他俩单独相处，什么事儿都没发生。我是机关算尽，竹篮打水。

贝茜：你的算盘太过明显了，珀尔。

公爵夫人：那么，亲爱的，就赶紧的，让他行动起来。我烦透了别人问我他求婚了没？

贝茜：那些人就没问过，她会不会接受？

公爵夫人：你当然会接受。

贝茜：我可不确定。

王妃：[微笑] 或许取决于他求婚的方式。

珀尔：看在老天的分上，别太指望浪漫。英国人不浪漫。他们觉得那是荒诞不经的。乔治向我求婚时，他正在纽约参加马展，我那天不是很舒服，都躺倒了。我那样子难看极了。他和我说了他名下的母马，和我说了他的父亲、母亲和叔伯阿姨，然后说道：[模仿他的语气] "听着，你还是嫁给我吧。"

王妃：突如其来。

珀尔：哦，我说，你为什么不告诉我你打算求婚？我头发还卷着呢。可怜的乔治，他说为什么？

公爵夫人：法国人是众所周知唯一懂得如何示爱的民族。加斯通向我求婚时，他单膝跪下，握住我的手，说他没有我就活不下去。我心想当然活不下去，因为他一个子儿也没有，但这场面还是激动人心。他说我是他的启明星，他的守护天使——哦，我都不知道那是什么！这漂亮话！我知道他和爸爸讨价还价了两个星期了，为了他那些需要偿还的账单；但那些话真漂亮。

王妃：你真的对他无动于衷？

公爵夫人：哦，相当无感。我是下了决心才嫁给外国人的。芝加哥的人对我并不友善。我的表亲玛丽嫁给了莫雷伯爵，我的母亲就受不了爱丽丝阿姨。她说，既然爱丽丝可以给玛丽搞一个伯爵，我铁定你能拥有一个公爵。

珀尔：而你做到了。

公爵夫人：但愿你们能目睹当年我最后一次现身芝加哥时当地人是多么的大惊小怪。很难想起我是那个因为没被邀请参加心仪的舞会就哭唧唧的女孩。

王妃：我还是希望贝茜不要嫁给不爱的人。

珀尔：亲爱的，别往孩子的脑袋里灌输这类想法。法国这个国家的文明程度高于我们，他们很早之前就得出结论，婚姻事关便利，无关情感。想想你认识的那些为爱而结合在一起的人。五年之后，他们的爱会胜过那些为了钱才结合在一起的夫妻吗？

王妃：他们拥有回忆。

珀尔：胡说八道！说得好像某人还能记得那份情，尽管他都不在乎它了。

公爵夫人：千真万确。我陷入爱河都有一打的次数了，爱得绝望，可当我走出来之后再回看，虽然记得爱过，无论如何是记不得那份爱了。这点总让我觉得怪怪的。

珀尔：相信我，贝茜，比起任何情感，爸爸五金店生意兴隆才能为夫妻美满和睦提供更加坚实的基础。

贝茜：哦，珀尔，那你为什么对大家说爸爸是卖香蕉的？

珀尔：香蕉？哦，我想起来了。别人告诉我汉利夫人曾在加利福尼亚给矿工洗衣服。这种故事，还有她那些珍珠，她所到之处都在招摇这些。我可不愿屈居人后，所以就说父亲在纽约走街串巷卖香蕉。

贝茜：他从没干过这类事。

珀尔：我知道他没做过，但我认为大家厌倦了五金店，所以编了一个秒杀一切的故事。我有了一条卡洛的新裙子，我觉得我可以打理香蕉。

公爵夫人：不太让人喜欢的蔬菜。容易发胖。

　　　[男士进入，桑顿·克莱、亚瑟·芬威克、弗莱明。珀尔和贝茜起身。

贝茜：等了你们好半天。

公爵夫人：托尼在哪儿？

克莱：他和布莱恩还没抽完雪茄。

公爵夫人：好吧，哈维先生，你还享受在伦敦的生活吗？

克莱：想必如此。我给他搞来了所有顶级宴会的邀请函。但他还把时间浪费在旅游观光上。有一天——周四吧，是吧？——我想带他去赫林汉姆俱乐部[①]，而他坚持要去参观国家美术馆。

珀尔：[微笑] 真是骇人听闻的行径！

弗莱明：我并不认为我的所作所为比起你更加骇人听闻。我离开美术馆时看见你正好进去。

珀尔：我去那里是有原因的。亚瑟·芬威克买了一件布龙齐诺的作品，我想去美术馆看一看画家的其他作品。

公爵夫人：我感觉你是去和人幽会。我常听人说那是幽会的好地方。

---

① 位于英国伦敦的私人社交和运动俱乐部。

你永远不会在那里见到你的朋友，如果你见到了，那他们应该是出于相同的目的出现在那里，那他们就会假装没看见你。

弗莱明：当然就为了去看画。

克莱：但是，老天，如果你想看画，可以去佳士得，你还能在那里遇见朋友。

弗莱明：恐怕你永远没法把我改造成时尚人士了，桑顿。

克莱：我开始绝望了。你有种天生的惯性，总要做错误的事。你们知道吗，我有天撞见他装了半口袋的介绍信在到处发？我求他把这些信扔进了废纸篓。

弗莱明：我想着既然别人兴师动众地给了我介绍信，那出于礼貌只能物尽其用。

克莱：美国人发信太随意了。在你搞清楚你所处的境况之前，你已经认识了所有的坏人。而且，相信我，坏人很难摆脱。

弗莱明：[逗乐了] 或许其中某些信是给到了对的人手上。

克莱：那么，他们也不会在意。

弗莱明：照此看来，坏人倒比对的人更有风度。

克莱：对的人是粗鲁的。他们承受得起。毛头小伙的当年初到伦敦就犯了错。我们所有美国人都会犯的错。我需要极大的勇气才能和某些人断了关系，他们曾带我外出，请我吃饭，邀我去乡间和他们同住，天知道，当我发现他们根本不是我应该结交的人。

珀尔：你当然要这么做。

公爵夫人：必须的。这说明你性格和善，桑顿，所以你才会有所顾忌。

克莱：说来奇怪，我是个性情中人。这又是美国人另一个缺点。我还记得在伦敦待了两三年之后，稔熟所有值得认识的人，但我从未受邀前往赫里福德宅邸。公爵夫人压根不喜欢美国人，她

对我的态度尤其差。可我下定决心要去她的舞会。我认为这类
宴会不该把我拒之门外。

珀尔：非常无聊的舞会。

克莱：我知道，可差不多只有这类舞会你没有邀请函就无法入场。
好吧，我发现公爵夫人有个守寡的姐妹，和两个女儿一起住在
乡下。海伦·布莱尔夫人。亲爱的，这是一个超级古板、邋遢
的妇人，年届五十五，两个女儿的古板和邋遢有过之无不及，
看着更老气。她们有个习惯，每到社交季就会来伦敦。我被引
荐给她们，我花了很多钱。我带她们上剧院，逛学会，请吃饭，
送私家展览的请帖，整整一个月我兢兢业业。之后，公爵夫人
开始分发邀请函，布莱尔姐妹为她们的年轻小伙拿到了六张。
我收到了其中一张，老天，这是我应得的。当然啦，我一收到
邀请函，就把她们给甩了，但你们知道我感觉糟透了。

公爵夫人：我希望她们对此早已习以为常。

克莱：海伦·布莱尔夫人她不可思议地毫无章法，竟然写信问我是
否受到了冒犯，因为我不再和她们亲密无间了。

珀尔：但愿那些男人能来，那我们就可以跳舞了。

公爵夫人：哦，那太可爱了！多好的练习，不是吗？我听说你跳舞
有如神助，哈维先生。

弗莱明：我一无所知。我跳舞。

公爵夫人：[面对王妃] 哦，亲爱的，你猜你之前和谁跳了舞？[郑
重其事] 欧内斯特。

王妃：哦！

公爵夫人：亲爱的，不至于吧，哦！像这样。难道你不认识？

珀尔：欧内斯特是伦敦最炙手可热的人。

王妃：你不是说那个舞蹈老师吧？

公爵夫人：哦，亲爱的，你不能这么叫他。他会生气的。他不是专

业的老师。每个小时的课他要收十个几尼，但那是不得已而为之。他受邀出席所有顶级舞会。

弗莱明：舞会上令我颇感意外的一大见闻就是那些舞蹈老师。英国女孩喜欢让希腊、意大利、西班牙和纽约的家伙上下其手？

克莱：你们这些住在美国的美国人太过拘谨了。

公爵夫人：相信我，我愿意去任何一个但凡有机会碰上欧内斯特的舞会。能和他共舞，算是圆梦了。他向我展示了新舞步，我还跳不好。万一近期不能再次遇上他，我都不知道如何是好了。

王妃：你为什么不找他来授课？

公爵夫人：亲爱的，一个小时十个几尼！恐怕我付不起。我敢肯定我这两天会在舞会上遇见他的，那我就可以分文不出上一堂课了。

珀尔：你应该让他爱上你。

公爵夫人：哦，亲爱的，只要他乐意！但他可抢手了。

  [布莱恩和托尼·帕克斯顿从露台进来。

公爵夫人：终于来了！

托尼：我们在花园散步。

珀尔：我希望你带他去看了茶室。

贝茜：那是珀尔的新玩具。你一定要欣赏它。

珀尔：我非常自豪。你们知道的，乔治不让我动一砖一瓦。他说这是他的房子，他不想看见我那些乱七八糟的垃圾。他甚至不想要新的印花棉布。正好，那边有个凉亭，全都被虫蛀了，触目惊心，摇摇欲坠，他们还把这叫做别致，但那是喝茶的好地方，风景如画；我想推倒重来，再建一个日式茶室，可时髦了，不过乔治不同意，因为，对不起，他的母亲——一个十分平平无奇的女人——曾喜欢坐在那里做女红。好吧，我耐心等待，直到乔治去了伦敦，我推倒了老旧的凉亭，从城里运来我的日式茶室，组装起来，等乔治过了一天赶来时，我早已大功告成。他气得差点中风。中风倒好了，那我就一石二鸟了。

贝茜：珀尔！

王妃：我不明白你为什么要费尽心思来装修它。

珀尔：好吧，我想着天热的时候偶尔可以去那里睡觉。就像是睡在露天下。

芬威克：年轻人想要开始跳舞了，珀尔。

珀尔：你们想去哪里跳，这儿有留声机，或者去客厅，那里有自动钢琴。

贝茜：哦，去客厅吧。

珀尔：那我们走。

贝茜：［面对克莱］来啊，帮我活动活动筋骨。

克莱：说得有理。

  ［他们出去，后面跟着公爵夫人和珀尔、托尼、芬威克和布莱恩。

弗莱明：［面对王妃］你不去跳舞？

王妃：不，我想在这里待会儿。但你不用管我。你应该去跳舞。

弗莱明：不算上我，男士也足够了。我认为，桑顿·克莱打心眼里把自己当成东道主了。

王妃：你不喜欢桑顿？

弗莱明：自从我来到伦敦后，他一直待我很好。

王妃：他在讲述赫里福德舞会故事的时候，我一直观察你的脸。你必须学着更好地隐藏自己的情绪。

弗莱明：难道你不觉得恶心？

王妃：我认识桑顿十年了。我太熟悉他了。就像你说的，他是好人。

弗莱明：这让人生变得愈发艰难。人们似乎不是非好即坏，就像棋盘那样非黑即白。即使一文不值的家伙也有优点，我不知道该如何与他们打交道。

王妃：[*微微一笑*] 你不赞成可怜的桑顿？

弗莱明：你指望我怎么看待这样一个人，他洋洋得意于千方百计进入了他明知并不受欢迎的人家？他所谓的成功取决于收到的邀请函数量。他还让我以他为榜样。他告诉我想要进入社交界，那就必须钻营。在英格兰，大家会如何看待像桑顿·克莱这样的人？难道不会鄙视他？

王妃：无论是在哪里，纽约或伦敦，总有乌泱泱的人想要努力挤进社交圈。这样的景象司空见惯了，人们丢了羞耻之心。珀尔会告诉你英国社交界有点浮夸，他们欢迎能让他们开怀大笑的人。桑顿非常有用。他兴致勃勃，为人风趣，他能活跃气氛。

弗莱明：我本以为一个人可以为自己的人生找到更好的用途。

王妃：桑顿很有钱。你不觉得把生命用在赚更多钱上也算是有意义？我有时会想，美国已经有了太多的钱。

弗莱明：除了赚钱，一个人还有其他事情可以做。

王妃：你知道的，美国人的财富达到顶点之后必然会出现有闲阶级。桑顿就是最早跻身其中的一员。这角色他或许扮演得不好，但请记住他没有足够时间来学习欧洲人早已深谙的这一切。

弗莱：[*微笑*] 恐怕你会觉得我这人不太宽容。

王妃：你还年轻。我着实开心能认识一个身家清白的美国好小伙。还有，我很高兴你没有被英国生活迷得神魂颠倒，它可是迷倒了很多我们这样的乡下人。尽情享乐，学习你能从中学到的，接纳它给予的所有馈赠，然后回到美国。

弗莱明：我会高高兴兴回去的。或许我本不该来英国。

王妃：我想，你不是很快乐。

弗莱明：我不知道你为什么会这么想。

王妃：不难发现你爱着贝茜。

弗莱明：你知道我和她订过婚吗？

王妃：[吃惊] 不知道。

弗莱明：我去哈佛读大学之前和她订了婚。那时我十八岁，她十六岁。

王妃：美国的年轻人这么早就把人生大事给定下了！

弗莱明：或许愚蠢又幼稚吧。但她写信告诉我，她认为最好还是取消婚约，我发现我对她的爱比我想象的深。

王妃：那你怎么回答她的？

弗莱明：我不能拿着她学生时代做的承诺来拴住她。我回答说，我支持并理解她。

王妃：这事什么时候发生的？

弗莱明：几个月之前。然后我得了机会来欧洲，我想我该来看看情况如何。这不会耽误我很多时间的。

王妃：你应对得很好。

弗莱明：哦，我唯一能做的就是表现得和蔼可亲。向她倾吐爱意，只能惹她讨厌。她把我俩的订婚视为儿戏，我无计可施，只能接受她的观点。她在享受她的人生。起初我以为她会渐渐厌烦那些舞会和宴会，而如果我在场，兴许能说服她跟我回到美国。

王妃：你还需努力。

弗莱明：不，我没机会了。我到英国的第一天，她就告诉我她觉得英国的生活精彩极了。满满当当、多姿多彩。她认为自有其美妙之处。

王妃：听来颇为讽刺。

弗莱明：珀尔对我和和气气。她到处带着我，我常常和她一同外出，使用她的剧院包厢，此时此刻我是她的贵宾。既然我为人正派，那我就该闭上嘴。

王妃：所以？

弗莱明：[冒失地脱口而出] 这个地方有些事情让我感到极度不适。光鲜的外表之下我觉察到了各种丑陋可耻的秘密，所有人都知道却假装不知道。这是一栋奇怪的宅子，丈夫永远缺席，而亚瑟·芬威克，这个俗里俗气、耽于声色的人，行事却像主人；一出好戏，浓妆艳抹的公爵夫人两眼如饥似渴地盯着某个都能做她儿子的男孩。还有交谈——我不想表现得大惊小怪，我敢说这儿的人谈论起来比我认识的人更加放肆；当然有些女士没有情人，还是存在着诸如荣誉、体面和涵养的东西。贝茜如果打算留在这里，那我向上天祈求，她可以立马嫁给她的爵爷，然后速速摆脱这一切。

王妃：你认为她会快乐吗？

弗莱明：她们当中有快乐的吗？怎么能指望她们快乐，既然她们的婚姻是为了……[王妃突然惊跳起来，弗莱明立马住口] 抱歉。我忘了。请原谅我。你看，你是如此的与众不同。

王妃：对不起，我打断你了。你说到哪儿了？

弗莱明：没关系。你明白的，这事我想了又想，我感到抓狂。我也不能随便找个人倾吐想法。我非常抱歉。

王妃：你想说的是，怎么能指望她们快乐，既然她们的婚姻是为了徒有其表的头衔？你认为她们势利，粗俗又势利，她们人生悲惨是对她们卑鄙欲望的应得报应。

弗莱明：[非常抱歉的口吻] 王妃。

王妃：[讽刺的口吻] 王妃。

弗莱明：相信我，我无意出口伤人。

王妃：你没有。千真万确。我们大多数外嫁的人就是势利。但我想过，这统统都是我们的错吗？没人向我们展示过更加美好的生活。没人向我们暗示过我们对我们的国家肩负着义务。我们受到指摘，因为我们嫁给了外国人，但报纸上的那些专栏连篇累渎地报道我们，我们的照片被刊登出来，我们的朋友既兴奋又妒忌。毕竟，我们是人。起初，人们称呼我王妃时，我情不自禁地欣喜若狂。那当然就是势利。

弗莱明：你让我感觉自己是个讨厌、下作的人。

王妃：不过，她们有时也有其他动机。你没想过势利是当下浪漫主义的精髓？我嫁给马里奥的时候才二十岁。我并没有把他当作图财的意大利人，而是一个政治军事古老家族的继承者。他的家族出过一个教皇，十几个红衣主教，提香为某位祖先画过画；数百年来，他们发动战争，操控生死；我见过那宏伟的领地堡垒，有数百间的房间，他们作为独立的领主在那里行使统治。马里奥向我求婚时，他成了浪漫的化身，是浪漫在向我招手致意。我想到了罗马的王宫，我曾作为游客参观过，而我或许可以作为女主人发号施令。我以为让自己的名字排在那些贵妇之后棒极了，奥尔西尼家族、科隆纳家族、卡埃塔家族、阿尔多弗朗迪尼家族。我爱他。

弗莱明：可你不需要告诉我，你不会为了一个不值一提的动机做任何事。

王妃：我丈夫的家族因为投机生意破产了。他被迫出卖自己。他把自己卖了个五百万美元的价钱。而我爱他。你可以想象之后的故事。起初他不在乎我，之后我厌烦了他，最后他恨我。哦，我所承受的羞辱。在我的孩子死去后，我再也无法忍受了；我离开了他。回到了美国，发现成了异乡人。我游离在外，生活于我而言变得陌生；我没法在故乡过日子了。于是我在英国定居，在这里我们也是异乡人。我曾是个浪漫的女孩，我为此付出了惨痛的代价。

　　[贝茜进入。

贝茜：说真的，弗莱明，你坐在这里和王妃调情太坏了。我们想要你过来跳舞。

　　[王妃一时激动，起身走进花园。

贝茜：[担心她] 怎么回事？

弗莱明：没事。

贝茜：你来跳舞吗，来不来？

弗莱明：晚餐后我和布莱恩勋爵进行了一次愉快的交谈，贝茜。

贝茜：[微笑] 所以？

弗莱明：你会接受他在你眼前晃啊晃的王冠吗？

贝茜：如果你说我是否会接受他放在脚边的王冠，或许更恰当些。

弗莱明：他是个大好人，贝茜。

贝茜：我知道。

弗莱明：我想要讨厌他，可做不到。

贝茜：为什么？

弗莱明：好吧，这些为了钱而追求美国女孩的英国贵族，我无法对
　　他们高看一眼。我指望他是一个没头脑的游手好闲之徒，足够
　　狡诈，清楚自己的价码，但他是个谦逊、谦和的家伙。老实告
　　诉你，我茫然不知所措了。

贝茜：[打趣他] 出人意料！

弗莱明：我以为他在做的事不入流，但他似乎不是下作之辈。

贝茜：他可能爱上了我，你知道的。是吗？

弗莱明：是吗？

贝茜：我没有。

弗莱明：你打算嫁给他？

贝茜：我不知道。

弗莱明：我猜他来这儿是为了向你求婚？

贝茜：[短暂停顿] 他一个月之前求过婚了。我答应过他，等他从
　　罗马尼亚回来后，就给他答复……我惊慌失措。他在等待时机，

160

和我单独相处。之前我有一个月的时间，我还可以表现得轻佻随意，但现在，我必须说出愿意或不愿意，我提心吊胆。我不知道该如何自处了。

弗莱明：别嫁给他，贝茜。

贝茜：为什么不？

弗莱明：好吧，首先，你对他的爱没有多过他对你的爱。

贝茜：还有呢？

弗莱明：这还不够？

贝茜：我在想你是否明白他能给予我的东西。你知道英国贵妇的地位意味着什么？

弗莱明：是否意味着商人会称呼你"尊贵的夫人"？

贝茜：你个傻瓜，弗莱明。如果我嫁给美国男孩，那我的人生就完结了，如果我嫁给哈里·布莱恩，那我的人生还只是个开始。看看珀尔，我能做到她所做的一切；我还可以做得更多，因为乔治·格雷斯顿没有野心。我可以让哈里从政，而我会拥有自己的沙龙。天呐，我可以做任何事。

弗莱明：[干巴巴] 我不知道你为什么会惊慌失措。显而易见你已经做出了决定。你会有一个盛大的婚礼，教堂外面挤满了人，你的照片会刊登在所有报纸上，你会去国外度蜜月，接着回来。之后你要做什么？

贝茜：安定下来啊。

弗莱明：你会不会像王妃那样伤透了心，因为你的丈夫又包养了一个情妇，或者你像德·苏雷纳公爵夫人那样豢养情人，抑或像珀尔那样烦得要死，因为你的丈夫是正人君子，也要求你履行义务？

贝茜：弗莱明，你无权对我说这些话。

弗莱明：对不起，如果我惹你生气了。我不得不说。

贝茜：你十分确定你是为了我好才不希望我嫁给布莱恩勋爵？

弗莱明：是的，我认为是的。你毁掉婚约，我没有责怪你。你本不会这样做，如果你还在乎我，但你不爱我了，这不是你的错。当我来到这里，我明白了我一无所求除了你对我的友谊。你必须对我公平点，承认吧，这一个月当中，我没有给过你一星半点的暗示，我还肖想着什么。

贝茜：哦，你总是那么迷人。你永远是我最好的朋友。

弗莱明：如果我心底的某个角落还爱着你，那完完全全是我的私事。我不知道这会让你为难，这倒是让我喜出望外。我非常确定，我只关心你的福祉。回到美国去吧，爱上某个好人，然后嫁给他。你会得到我所有的祝福。或许你的生活不会如此光鲜亮丽，如此激动人心，但它会更简单，更有益身心，更合适。

贝茜：你是个可爱的人，弗莱明，如果我刚才说了一些唐突的话，原谅我。我不是这个意思。我希望你永永远远是我最可亲可爱的挚友。

    [布莱恩勋爵从露台进来。

布莱恩：我在到处找你。我还想着你去哪儿了。

    [片刻的停顿。弗莱明·哈维从贝茜看到布莱恩身上。

弗莱明：我委实该离开去和公爵夫人跳舞了，否则她不会原谅我的。

布莱恩：我和她跳过舞了。亲爱的伙计，那是我做过的最激烈的运动项目。

弗莱明：我身体好着呢。*[他走出去]*

布莱恩：祝福他。

贝茜：为什么？

布莱恩：因为他让我俩独处。换个话题吧。

贝茜：我想我没有。

布莱恩：那我要问你了。

贝茜：求你了，别。和我说说罗马尼亚吧。

布莱恩：罗马尼亚是一个巴尔干半岛国家。首都位于布加勒斯特。该国因其矿泉水而声名在外。

贝茜：你今晚兴致盎然。

布莱恩：你或许疑窦重重。因为每件事都在不约而同扫我的兴。

贝茜：哦，瞎说什么！

布莱恩：首先，我回到英国三十六个小时之后才有机会见到你；其次，我到来时，你已经上楼去换衣服了；接着，我盼着晚宴时能坐在你边上，但我被安排在乔治夫人和王妃之间；最后，当我想和你跳舞的时候，你让我去弹那台讨人厌的自动钢琴。

贝茜：好吧，你都挺过来了。

布莱恩：我想要向你指出的是，尽管凡此种种，我还兴致盎然，我必然具备某种迷人的天性。

贝茜：我从未想过否认这点。

布莱恩：太好了。

贝茜：这人要向我求婚了。

布莱恩：不，我不会。

贝茜：对不起。我搞错了。

布莱恩：我一个月之前求过婚了。

贝茜：自那之后，月有阴晴圆缺，事情也有变化，我们迎来了新的月亮，那旧的承诺无效了。

布莱恩：我从不知道这回事。

贝茜：你去探望你母亲了。

布莱恩：她向你致以她的爱。

贝茜：你告诉她了？

布莱恩：一个月之前就说了。

　　　　[贝茜一时没开口说话；当她回答时，口吻变得更加严肃。

贝茜：你知道的，我想和你坦诚相待。你不会觉得这样的我唐突冒昧吧？我没有爱上你。

布莱恩：我知道。但你也没有明确地讨厌我？

贝茜：没有。我非常喜欢你。

布莱恩：那你不愿冒险？

贝茜：[几乎带有悲剧色彩] 我无法下定决心。

布莱恩：我会竭尽所能让你开心。我会尽量让自己不讨人厌。

贝茜：我相当清楚我根本不会嫁给你，如果你什么也不是。恐怕我也知道你不会娶我，如果我没有一大笔钱。

布莱恩：哦，是的，我还是会娶你的。

贝茜：你能这么说太好了。

布莱恩：你不信？

贝茜：我猜我是个彻头彻尾的傻瓜。我应该漂漂亮亮地玩游戏。你看，我知道你没钱娶一个家境清寒的姑娘。人人都知道我有什么。珀尔费了心思确保他们都知道。你本不会想到要娶我。我们在做一笔交易。你给出你的头衔和地位，我给出我的钱。老生常谈了，但不知怎的，我就是没法接受。

　　[布莱恩犹豫片刻，走来走去一边思考。

布莱恩：你让我觉得自己像是讨厌的猪猡。最糟的是，你说的某些话是真的。我没有傻到那种程度，看不出你的姐姐在撮合我俩。我不希望表现得像是傲慢自负的蠢货，但像我这种地位的人会不由自主地了解到，很多人会觉得我算是良配。待嫁女儿的母亲有时一眼就能被人看穿，你知道的，如果她们没有把女儿嫁出去，就会被认定那不是因为没有尝试过。

贝茜：哦，我完全相信。我注意到美国母亲也是如此。

布莱恩：我知道，我娶你会是好事一桩。如果别人没有告诉我你相当富有，我想我是不会考虑你的。现在完蛋了，都说开了。

贝茜：我不懂，为什么。

布莱恩：因为一段时间之后，我发现我爱上了你。接着，我不在乎你是否有钱。我想要娶你，因为——因为没有你的话我不知道如何是好了。

贝茜：哈里!

布莱恩：请你相信我。我发誓我说的都是真话。我一点也不在意金钱。毕竟，没钱的日子我俩也能过。还有，我爱你。

贝茜：听你这么说太好了。我心花怒放，受宠若惊。

布莱恩：你真的相信，对吗?

贝茜：相信。

布莱恩：那你会嫁给我吗?

贝茜：如果你乐意。

布莱恩：我当然乐意。[他将她拥入怀里，亲吻她]

贝茜：小心，有人进来了。

布莱恩：[笑意盈盈，高高兴兴] 和我一起去花园走走。[他伸出手，她犹豫了片刻，笑着握住了他的手，两人一起踏上露台。此时，一步舞的乐声听得愈发清晰，之后公爵夫人和托尼·帕克斯顿进来。她倒在椅子里，拿扇子扇风，而他走向桌子，拿出一根烟点燃]

公爵夫人：你看见了吗? 那是哈里·布莱恩和贝茜，我还在想他俩去哪儿了。

托尼：你真是火眼金睛。

公爵夫人：我敢肯定他俩正手拉着手。

托尼：看来女的终于拿下了男的。

公爵夫人：这我可不知道。看来是男的拿下了女的。

托尼：她不算是良配。要是我有个贵族头衔，我要待价而沽，卖出个每年八千。

公爵夫人：别站得这么远，托尼。过来，坐到我旁边的沙发上。

托尼：[走向她] 我说，我和布莱恩讨论了双人座汽车。

公爵夫人：[非常冷淡] 哦！

托尼：[拿眼角望她] 他说，我最好买一辆塔伯特。

公爵夫人：我不明白你为什么需要一辆车。你可以一直用我的。

托尼：不是一回事。说到底了，这也不会花很多钱。我可以买一辆开膛手，只要一万两千英镑，车身非常漂亮。

公爵夫人：你这口气似乎一万两千英镑什么也不是。

托尼：该死，这点钱对你说来不值一提。

公爵夫人：那税收怎么办，还有这个那个的，现在的我不是这么富有。没人知道我需要申报的税。一个人有点钱，别人就会以为他浑身上下都是钱。他们没有意识到在这地方花了钱，那地方就不能花了。我用了七千镑重新装修我的房子。

托尼：[闷闷不乐] 你说过我可以买辆车的。

公爵夫人：我说过，我没考虑过。我可没印象你要立马去订辆车。

托尼：实际上，我已经下订了。

公爵夫人：你想要有辆车，因为你想摆脱我。

托尼：好啊，该死的，你不能指望把我一直拴在你身边。每次我想要带人去玩高尔夫，都要给你打电话，问你能不能使用你的车，这有点不公平。我看着就像个傻瓜。

公爵夫人：要是只是为了打高尔夫，你想买辆车，我确信所有人更乐意乘坐舒舒服服的劳斯莱斯而不是双人座汽车。

　　　[沉默。

托尼：你不想给我买车，那你到底为什么要说同意？

公爵夫人：[一手搭在他身上] 托尼。

托尼：看在老天的分上，别碰我。

公爵夫人：[受到伤害，无地自容] 托尼！

托尼：我不想逼着你送我礼物。没有双人座汽车，我照样好好的。真到了那天，我可以乘公共汽车去。

公爵夫人：你不爱我了？

托尼：我希望你不要这么频繁地问我爱不爱你。令人抓狂。

公爵夫人：哦，你怎么可以对我这么残忍！

托尼：[恼火] 难道你觉得这里是吵架的好地方？

公爵夫人：我全身心地爱着你。我从没有像爱你这样爱过任何人。

托尼：没人受得了这样的爱。无论我在做什么，你两个眼珠子就像黏在我身上似的，你以为我高兴得起来？我但凡把手拿出来，就会看见你的手准备搭上来。

公爵夫人：如果我爱你，那是因为我情难自已。我性格如此。

托尼：是的，但你不用表现得如此明显。你为什么不让我来示爱？

公爵夫人：我这么做了，那就没有爱了。

托尼：你让我看起来像个大傻蛋。

公爵夫人：你难道不知道这世上就没我不愿为你做的事？

托尼：[迅速] 那好，你为什么不嫁给我？

公爵夫人：[倒抽一口气] 我不能这么做。你知道的，我不能这么做。

托尼：为什么不能？你仍然可以自称德·苏雷纳公爵夫人。

公爵夫人：不行；我反反复复告诉你，任何事都不会促使我结婚了。

托尼：这就是你对我的爱。

公爵夫人：婚姻这个事太过中产了。它会夺走爱情中所有浪漫的成分。

托尼：你只惦记着你的自由，而我却束手束脚。听到别人怎么说我，你认为我会开心？毕竟我做人还是有点自尊心的。

公爵夫人：我确信我们马上能给你找份工作，这样就不会有人说三道四了。

托尼：我厌倦这档子事了；我就坦白告诉你吧。我会立马辞职的。

公爵夫人：托尼，你不是想说你要离开我吧。你这么做的话，我就自杀。我受不了，我受不了。我会自杀的。

托尼：看在老天的分上，别这么吵吵嚷嚷的。

公爵夫人：说你不是这个意思，托尼，我要大叫了。

托尼：我总归还要考虑自己的脸面。现在看来还是到此为止。

公爵夫人：哦，我不能失去你。不能。

托尼：没人可以说我唯利是图，岂有此理。人必须考虑自己的前途。我不会永远二十五岁。我需要安定下来。

公爵夫人：你不喜欢我了？

托尼：我当然喜欢你。要是不喜欢，你以为我会允许你对我做的这一切？

公爵夫人：那么，你为什么要让我郁郁寡欢？

托尼：我不想让你郁郁寡欢的，但有时你真的无理取闹。

公爵夫人：你是说那辆车？

托尼：我没在想着车了。

公爵夫人：你喜欢的话，买吧。

托尼：我现在不想要它了。

公爵夫人：托尼，别凶巴巴的。

托尼：我不会再接受你的礼物了。

公爵夫人：我不想无理取闹。我想要给你买辆车，托尼。我明天给你支票。[甜言蜜语] 和我说说车子什么样的。

托尼：[不高兴] 哦，车身是鱼雷形的。

公爵夫人：那你以后要时不时开车带我兜风？

　　　　[他转过身，看着她，她伸出手，他脸色缓和下来，露出动人的微笑。

托尼：我说，你对我太好了。

公爵夫人：你确确实实有点喜欢我的吧，是吗？

托尼：当然啦。

公爵夫人：你心肠好，托尼。吻我。

托尼：*[吻她，心满意足、兴奋不已]* 前天我在特拉法加广场一家商店里看到一身很漂亮的衣服。我都想到，你的裁缝可以去抄一下设计。

公爵夫人：为什么不直接进商店把它买下来？我的裁缝人工很贵的，他们也并不比别家更好。

托尼：好吧，我明白了，我对此一无所知。我是路过的时候正好瞥见了。

公爵夫人：周四那天你究竟为什么会出现在特拉法加广场上？我以为你去了拉内拉赫。

托尼：我被人放了鸽子。反正无所事事，我想着可以去国家美术馆逛上半小时。

公爵夫人：这是我最后会去的地方。

托尼：我并不介意偶尔去看看画。

> *[公爵夫人突然起了疑心，怀疑他是和珀尔在一起，但她不露声色。]*

公爵夫人：*[温和地]* 你是去看布龙齐诺的画？

托尼：*[落入陷阱]* 是的，亚瑟·芬威克在佳士得拍到一幅。花了大价钱。

公爵夫人：*[紧握双手，努力掩藏自己的焦虑不安]* 哦？

托尼：我认为那是乱搞，我是说人们为了买下古典大师的作品出的价码。要我花一万镑买幅画，我会疯了的。

公爵夫人：我们改天一起去国家美术馆吧？

托尼：我不认为我会养成这样的习惯，你知道的。

> *[珀尔和桑顿·克莱进入。公爵夫人交谈的同时暗中观察珀*

　　　　尔和托尼，想要找出两人暗通款曲的蛛丝马迹。

珀尔： 我有好消息告诉你们。贝茜和哈里·布莱恩订婚了。

公爵夫人： 哦，亲爱的，我太高兴了。你一定乐坏了！

珀尔： 是的，我太开心了。你必须去恭喜他们。

克莱： 我们尤其是要互相道贺。我们都是出了力的，珀尔。

托尼： 他没有多少机会，可怜的家伙，不是吗？

珀尔： 我们打算再跳支舞，接着亚瑟想要打牌。你必须来。

克莱： [面对公爵夫人] 你愿意和我跳支舞吗，米妮？

公爵夫人： 愿意。

　　　　[克莱把手臂探向她。她瞟了眼托尼和珀尔，抿紧嘴唇。和
　　克莱一同出去了。

珀尔： 你还没和我跳过舞呢，托尼。你真的应该花点心思在女主人
　　身上。

托尼： 我说，别走。

珀尔： 怎么了？

托尼： 我想和你说说话。

珀尔： [随意而轻佻] 如果你想在我的耳边说情话，那我想一步舞再
　　合适不过了。

托尼： 你这头小野兽，珀尔。

珀尔： 你和米妮说了好久。

托尼： 哦，她冲我大吵大闹了。

珀尔： 可怜人，她控制不住。她倾慕你。

托尼： 但愿不是，我要的是你。

珀尔： [咯咯笑] 亲爱的，她倾慕你，在我看来这是你唯一吸引人的
　　地方。来啊，和我跳舞吧。

托尼： 你的一缕头发掉出来了。

珀尔： 是吗？[她从包里掏出小镜子，照镜子。她这么做的时候，托

尼绕到身后，亲吻她的脖颈］你个傻瓜，别这么做。有人会看
见我们的。

托尼：我不介意。

珀尔：我介意。亚瑟妒忌得发疯。

托尼：亚瑟在弹自动钢琴。

珀尔：我发型乱了。

托尼：当然没有。你今晚光彩照人。我都认不得你是谁了。

珀尔：你个蠢货，托尼。

托尼：我们去花园。

珀尔：不要，他们会起疑我俩去了哪儿。

托尼：该死的，比起跳舞，散步也没什么稀奇的。

珀尔：我不想散步。

托尼：珀尔。

珀尔：什么？

　　　［她看着他。两人相顾无言。激情的熊熊烈火冷不丁在两人
　　之间升腾，包裹住他俩，他们忘却了一切除了记得各自的性别。
　　空气突然变得滞重得无法呼吸。珀尔，像是跌落网中的鸟，插
　　翅难逃；他俩声音渐低，不知不觉间成了耳语。

珀尔：别做傻瓜，托尼。

托尼：［声音嘶哑］我们去茶室。

珀尔：不，我不想去。

托尼：那儿相当安全。

珀尔：我不敢。太冒险了。

托尼：哦，去他妈的危险！

珀尔：［焦虑不安］我不能！

托尼：我先去那里等着你。

珀尔：［喘不上气］可是——万一他们问起我在哪儿。

托尼：他们会以为你上楼回自己房间了。

珀尔：我不会去的，托尼。

托尼：我等你。

> [他走出去，亚瑟·芬威克进屋。珀尔微微吓了一跳，但立马恢复了。

芬威克：听着，珀尔，我不会继续去弹那该死的自动钢琴，除非你回去跳舞。

珀尔：[精疲力竭] 我累了，不想再跳了。

芬威克：可怜的孩子，你脸色煞白。

珀尔：是吗？我该多搽点腮红。我的样子令人作呕吗？

芬威克：你永远是个可人儿。明艳动人。我无法想象像我这样的老家伙在你眼里是什么。

珀尔：你是我认识的最年轻的男人。

芬威克：你真是能说会道，讨我欢心！[他想要把她搂入怀中，但她下意识地后退]

珀尔：我们打牌吧，好吗？

芬威克：只要你不累，亲爱的。

珀尔：打牌我从不累。

芬威克：你不知道我有多仰慕你。可以爱你，是一种特权。

珀尔：[重新自信起来] 哦，胡说什么呢！你这番话会让我沾沾自喜的。

芬威克：你确确实实爱我一点点的吧，是吗？我渴望你的爱。

珀尔：什么啊，我宠爱你呢，你这个傻乎乎的老东西。

> [她捧住他的脸，吻他，同时避开试图搂住她的双臂，然后朝门口走去。

芬威克：你要去哪儿？

珀尔：回我的房间，补补妆。

芬威克：老天，我多么爱你，姑娘！这世界上没有什么事我不愿为你做的。

珀尔：当真？

芬威克：当真。

珀尔：那就打铃把波尔找来，让他摆好牌桌，再把筹码拿来。

芬威克：我还打算送你貂皮大衣或者钻石王冠呢。

珀尔：我更中意栗鼠毛皮大衣和祖母绿。

芬威克：[握住她的手] 你真的需要补妆？

珀尔：千真万确！

芬威克：那就快点。我无法忍受你离开我的视线。[他亲吻她的手]

珀尔：[温柔地看着他] 亲爱的亚瑟。

　　　[她走出房间。芬威克打铃。然后他走到露台上，召集众人。

芬威克：桑顿，我们要玩扑克了。把大家叫来，行吗？

克莱：[在门外] 好嘞！

　　　[波尔进入。

芬威克：哦，波尔，准备好牌桌。

波尔：很好，先生。

芬威克：还有，我们需要筹码。去拿我上次带来的珍珠母贝的那套。

波尔：很好，先生。

　　　[王妃进入。波尔把牌桌拉到房间中央，打开。他从某个抽屉里取出一盒筹码，将其放在牌桌上。

芬威克：珀尔刚回房间了。她很快回来。

王妃：[看着准备好的东西] 看着像是豪赌。

芬威克：我们打算玩会儿扑克。我想我们不会玩很久，珀尔看上去累坏了。

王妃：我可不这么想。她精力充沛。

芬威克：她是个大忙人。我刚进来的时候见她脸色煞白。我真的担心她。你看，她从不爱惜自己。

王妃：幸好，她身强体健。

芬威克：她是铁打的。她是个出色的女性。鲜少见到像珀尔这样的女人。她脑子灵光。我常常和她讨论生意上的事儿，惊异于再复杂的问题她也能一点就通。我欠她太多。她多好，王妃，她多好。她有颗金子般的心。

王妃：我相信她有颗金子般的心。

芬威克：无论是谁，她都出手相助。她是我见过的最慷慨，最大方的女人。[公爵夫人在说这些话时正好进来]

公爵夫人：说谁呢?

芬威克：在谈论我们的女主人。

公爵夫人：明白了。[她手里拎着包；趁别人没有注意到她，把包藏在一个沙发后面]

芬威克：我会毫不犹豫宣称，珀尔是整个英格兰最卓越的女性。话说，半个内阁都在她口袋里。她权势滔天。

公爵夫人：我常常在想，如果她活在查理二世时代，她会是女公爵。

芬威克：[天真地] 兴许吧。她可以让任何星球生色。她面面俱到——谋略、智慧、精力、美貌。

公爵夫人：德行。

芬威克：如果我是英国人，我会让她当选首相。

王妃：[微笑] 你是个杰出的朋友，芬威克先生。

芬威克：当然，你们有没有听说她在伦敦开办了专门收容年轻单身女性的宿舍?

公爵夫人：[亲切地] 听说了，报纸上连篇累牍，不是吗?

芬威克：我一直欣赏珀尔的这点。珀尔对广告的价值拥有非常透彻的现代理解。

公爵夫人：是的，她有，不是吗？

芬威克：好吧，相信我，她酝酿了收容所的念头，建造、捐赠、筹备，她全都亲力亲为。一共花费了两万镑。

公爵夫人：当然啦，芬威克先生，是你付了这两万镑。珀尔可没有这样一笔钱挥霍搞慈善。

芬威克：我给了钱，但钱并不重要。想法、组织、成功，全都归功于珀尔。

公爵夫人：这必然是近期慈善项目中最广为人知的。

　　　　[桑顿·克莱、贝茜、布莱恩和弗莱明进入。

克莱：我们都好想打牌。

芬威克：牌桌准备好了。

贝茜：珀尔去哪儿了？

芬威克：她回房间了。很快就回来。

　　　　[他们聚集在牌桌周围，坐下。

贝茜：你玩牌吗，王妃？

王妃：哦，不想玩。我在边上看着。过会儿就上床睡觉。

贝茜：哦，你必须玩。

　　　　[王妃微笑，耸耸肩，走近牌桌。

芬威克：给珀尔留个位子。

公爵夫人：也必须给托尼留个位子。

克莱：他在干嘛？

公爵夫人：就快来了。

芬威克：我把筹码拿出来？你们要玩什么？

王妃：别玩得太大。

公爵夫人：你好讨厌，弗洛拉！我感觉我今天会走大运。

芬威克：我们不想让任何人破产。按先令下注。合适吗？

王妃：很好。

芬威克：[面对克莱] 白色的筹码是一先令。桑顿，红色的是两先令，蓝色的是五先令。哈维先生，你能清点一下吗？

弗莱明：当然啦。

　　　　[三个男人开始清点筹码。

公爵夫人：哦，我好傻，我没带着我的包。

芬威克：没关系，我们相信你。

公爵夫人：哦，我喜欢立即付账。可以省了很多麻烦。再说了，我恨包包不在身边。

王妃：有人喜欢没事找事。

公爵夫人：亲爱的贝茜，我把包落在珀尔新造的茶室里了。帮我取一下吧。

贝茜：好的。

布莱恩：不，我去。

公爵夫人：你找不到的。

布莱恩：赌一个先令我能找到。

　　　　[公爵夫人做出恼怒的样子，但布莱恩已经走开了，她来不及阻止他。

芬威克：这里有五英镑。你来拿走，王妃？

王妃：谢谢。这是我的钱。

公爵夫人：哈里帮我把包拿回来，我就把我的五英镑给你。

克莱：你怎么会把包落在茶室的？

公爵夫人：我是马大哈。总是把包随手一放。

弗莱明：这是另一个五英镑。

王妃：筹码好漂亮！

芬威克：很高兴你喜欢。我把这套筹码送给了珀尔。上面有她的名字首字母。

克莱：珀尔来之前我们先玩一手。最低下注。

[他们都切了牌。

弗莱明：要不，输赢只限桌面筹码？

芬威克：哦，是的，这样可以玩得更尽兴。

克莱：你来发牌，芬威克。

芬威克：下注，王妃。

王妃：抱歉。

　　　　[她推出一个筹码。芬威克发牌。其他人拿起自己的牌。

芬威克：跟两先令。

弗莱明：跟。

贝茜：我总要跟的。

芬威克：我不该跟了，但我还是要跟。你要继续下注吗，王妃？

王妃：我也要的，不是吗？

芬威克：我就是这么发家致富的。把钱投进无底洞。你想来张牌吗？

王妃：我要三张。

　　　　[芬威克给她三张。

克莱：王妃有一对 2。

弗莱明：我来一张。

　　　　[芬威克给他一张。

贝茜：没人可以这么快搞定，哈维。我来五张。

芬威克：这就是我所说的真正的运动。

克莱：胡扯。那只能说明她玩不来牌。

贝茜：如果我拿到了一把同花，你就要大失所望了。

克莱：会失望的，但你拿不到。

　　　　[芬威克给她发牌，贝茜看牌。

贝茜：你说得很对。我没有。

　　　　[她把牌一扔。众人继续你一言我一语，牌局继续。

芬威克：你还要牌吗，公爵夫人？

公爵夫人：不要，我出局了。

克莱：我要三张。我还以为你运气不错呢。

公爵夫人：等会儿。你会大吃一惊的。

芬威克：发牌人拿两张。

克莱：谁下注？

王妃：我出局了。

克莱：我还说她有一对2。

弗莱明：我下注五先令。

克莱：我跟，再加五先令。

芬威克：我想我必须冒个险了。我下多少赌注呢？十先令？

弗莱明：这是五先令，我也跟你五先令。

克莱：我不跟了，点到为止。

芬威克：我要看你的牌，再次加码。

弗莱明：很好。再加。

芬威克：让我来看看。

       [布莱恩进入。公爵夫人盯着他。

公爵夫人：啊，哈里回来了。

芬威克：[面对弗莱明] 你手上是什么牌？

公爵夫人：找到我的包了吗？

布莱恩：[喘口气] 没找到，包不在那儿。

公爵夫人：哦，但我记得清清楚楚把包落在那儿了。贝茜，你去，
    我就知道哈里找不到。

贝茜：[粲然一笑] 傻帽。

布莱恩：[匆忙] 别，别去，贝茜。

贝茜：[吃惊] 究竟为什么不能去？

布莱恩：[尴尬] 你进不了茶室。

贝茜：瞎说。

公爵夫人：那你怎么知道包不在那儿呢？

布莱恩：[声音紧张] 茶室的门上锁了。

公爵夫人：哦，不可能。我刚看见珀尔和托尼进了茶室。

贝茜：哈里！

　　　　[她还没搞清自己在干嘛，作势要走出去，布莱恩拦住了她。]

布莱恩：别，别去。看在上帝的分上，别去。

　　　　[她直勾勾地看了他一会儿，突然明白了。]

贝茜：好可怕！

　　　　[她蒙住脸，嚎啕大哭起来。]

王妃：[起身] 米妮，你好恶毒！你在干嘛？

公爵夫人：别问我。

芬威克：你一定搞错了。珀尔上楼回了自己的房间。

公爵夫人：那就上楼找她……

　　　　[芬威克准备起身。王妃一手搭在他的肩上。]

王妃：你要去哪儿？

公爵夫人：我看见她了。

　　　　[一时沉默。]

克莱：[不尴不尬地] 好吧，我们还是继续打牌吧？

　　　　[王妃和布莱恩俯身凑近贝茜，试图让她控制一下自己的情绪。]

弗莱明：这是你的钱，芬威克先生。

芬威克：[直视前方，满脸通红，双眼充血，喃喃自语] 荡妇，荡妇。

　　　　[公爵夫人从靠垫后面取出包，掏出口红和镜子，开始补妆。]

克莱：你来发牌吧，弗莱明。我看王妃不会玩了。

公爵夫人：给我发牌。我要玩。

克莱：布莱恩，来啊。我们最好继续玩下去。你拿贝茜的筹码。

　　　　[布莱恩走上前，弗莱明发牌。鸦雀无声，时不时有短促的打牌的话语声打破沉默，他们打牌，试图缓和紧张的氛围。他

们都焦灼不安地等待珀尔，害怕她回来，但知道她总要回来，
忧心忡忡那个时刻到来；既紧张又难堪。

克莱： 你下注，布莱恩。

　　[布莱恩推出一个筹码。一片寂静中继续发牌。

克莱： 我跟。

　　[芬威克看了看自己的牌，丢出两个筹码，但一言不发。弗
莱明也给筹码。

弗莱明： 你要来张牌吗？

布莱恩： 请给我三张。

克莱： 两张。

芬威克： [努力克制自己] 我要三张。

　　[弗莱明按他们的要求发牌。发到芬威克时，珀尔进来了，
后面跟着托尼。托尼在抽烟。

珀尔： 哦，你们开玩啦？

芬威克： [粗暴地] 你去哪里了？

珀尔： 我？我头有点疼，去花园兜了一圈。看见托尼对着月亮作诗。

芬威克： 你说你要回房间的。

珀尔： 你在说什么啊？

　　[她环顾四周，看见公爵夫人怒气冲冲又一脸得意，不由微
微一惊。

公爵夫人： 常在河边走，哪能不湿鞋。

　　[珀尔不加理会。她看见贝茜。贝茜愁云惨淡地望着她，以
手掩面。珀尔意识到事情败露了。她冷冰冰地转向托尼。

珀尔： 你个该死的傻子，我告诉过你，这太冒险了。

第二幕终

180

第三幕

场景同第二幕，肯顿的晨间起居室。

翌日，周日，约莫下午三点，阳光明媚。

王妃、桑顿·克莱和弗莱明坐着。弗莱明又点燃一根香烟。

王妃：抽那么多烟对你有好处吗？

弗莱明：我不这样认为。

克莱：他必须做点事儿。

王妃：或许你之后可以起身打一局网球。

弗莱明：这天打网球太热了

克莱：再说了，谁打？

王妃：你们俩可以来场单打。

克莱：如果能读一读周日的报纸，那就另当别论了。

王妃：你很难指望在这种地方搞到它。我估摸着周日没有多少火车
　　　班次。

克莱：我在想晚宴会不会和午宴一样气氛热烈。

弗莱明：珀尔有没有解释两句，她为什么没有现身午宴？

王妃：我不知道。

克莱：我问了管家她人在哪里。他说她在床上用餐。我早该想到了。

王妃：兴许我们太过沉默了。

克莱：沉默！我这辈子也不会忘了今天的午宴。米妮闷闷不乐——
　　　而且沉默。托尼爱答不理——而且沉默。贝茜惊弓之鸟——而

且沉默。布莱恩局促不安——而且沉默。芬威克怒火中烧——而且沉默。我试着活跃气氛，挑起话题。这就像是在闲谈中插入个金字塔。你们这些人统统表现差劲。你们本可以给我一点小小的鼓励。

弗莱明：我害怕说错话。公爵夫人和贝茜似乎受到一丁点的刺激就会嚎啕大哭。

王妃：我在惦记珀尔。奇耻大辱！多么可怕的奇耻大辱！

弗莱明：你认为她该怎么办？

克莱：我也这么问自己。我有个想法，在我们离开之前，她不会现身了。

王妃：但愿如此。她总是那么自信，我见不得她面色苍白，羞愧难当。

克莱：她勇气可嘉。

王妃：我知道。她会强迫自己面对我们。但对于我们所有人来说，这会是巨大的折磨。

弗莱明：你觉得她的情绪会受到影响？

王妃：没有影响，那她就不是人了。我不认为她昨晚会比我们其他人睡得好。可怜的人，她垮了。

弗莱明：那个场面好可怕。

王妃：刻骨铭心。米妮说的那些话。我无法相信这些言辞是从一个女人嘴里说出来的。哦，可怕。

克莱：出人意表。我从没见过女人发疯发癫成这样。而且，没人能阻止她。

弗莱明：贝茜还在呢。

王妃：她哭得好伤心，恐怕也听不见了。

克莱：谢天谢地，米妮歇斯底里时，我们还能顾及到她，给她擦掉脸上的泪水，抚摩她的手。能让她分心，还是很及时的。

弗莱明：她经常这样攻击别人吗？

克莱：我知道她这么干过，因为托尼之前的那个年轻人娶了一个女继承人。我猜，只要发生情感危机，她就会来这么一招。

弗莱明：看在老天的分上，桑顿，别用讲笑话的口吻来说这事儿。

克莱：[惊讶] 怎么了，弗莱明？

弗莱明：我认为用如此轻佻的态度来对待整个事件让人生厌。

克莱：什么，我这人良心可好了，不是轻浮之徒。谁拿来了提神用的嗅盐？我拿的。

弗莱明：[耸肩] 我要说，我的神经差不多处于崩溃边缘。你瞧，之前我只是觉得事情有点古怪。就好像，这么说吧，就好像如遭霹雳，摸清了所有人之间的关系。我难以释怀的一点是，我意识到在场所有人当中只有我没法把它当作理所当然。

克莱：我们永远没法让你变得世故了，弗莱明。

弗莱明：我这话听着不太礼貌，王妃。恕我直言。

王妃：如果我以你的标准为准绳，那我就没朋友了。我学会了不要评判邻居。

弗莱明：是否有必要宽恕他们的罪行？

王妃：你不明白。这并非全然是他们的错。是生活在引导他们。他们的钱太多了，而责任太少了。身处我这个地位的英国女人肩负义务，这是她们与生俱来的一部分，而我们，生活在一片陌生大陆上的异乡人，除了寻欢作乐，也就无所事事了。

弗莱明：好吧，感谢上帝。布莱恩是个正经人，他可以让贝茜远离这一切。

　　　　[公爵夫人进入。不同于王妃身着适合乡间生活的夏装，公爵夫人选了城里的装扮，还戴了帽子。

王妃：你换了衣服，米妮。

公爵夫人：是的，再过半小时我要走了。我本打算早上离开，如果走得成的话。我本以为这里是个讨厌的洞穴，现在发现周日竟然只有两班火车，一班在九点，另一班下午四点半，我对此无从评价。

克莱：你词汇很丰富嘛，米妮。

公爵夫人：我简直就像是在坐牢，就差把我锁起来了。我不得不吃那个女人的食物。每咽下一口，就要噎死。

王妃：冷静，米妮。你知道，情绪激动对你没好处。

公爵夫人：我发现错过了早班火车，于是派人去车库，想要弄辆车刻不容缓回伦敦。你能相信吗，我竟然连一辆车都搞不到。

克莱：为什么？

公爵夫人：其中一辆今早进城去了，另一辆在大修。没车了，除了一辆行李车，我没法乘着行李车回伦敦吧。既然如此，只能勉为其难去火车站了。我要沦为笑柄了。

克莱：你订好车了吗？

公爵夫人：是的。再过几分钟就会停在门口。

克莱：珀尔究竟怎么回事，为什么要把车派往伦敦？

公爵夫人：为了表现她的怨恨。

王妃：不像她。

公爵夫人：亲爱的，她是我的挚友已经有十五年。我对她了如指掌，我来告诉你，她没有一丁点儿的赎罪品质。她为什么要在今天检修汽车？既然组织了派对，就该确保所有的车都能正常使用。

王妃：哦，好吧，那是意外。你不能为此责备她。

公爵夫人：只有一件事我要谢谢她，她还知道体面，待在房里不出门。说句公道话，这至少说明她还有点羞耻心。

克莱：你知道的，米妮，珀尔心肠好。她不是存心想要伤害你。

公爵夫人：你是打算原谅她了，桑顿？

克莱：不，我认为她的行为不可原谅。

公爵夫人：我也这么认为。我想，我不再会和她有瓜葛了。这是我的个人判断。第一次见她，我就不喜欢她。人应该相信自己的第一眼印象。我现在算是开眼了。我不会再同她说话。就当她死了。希望你把这些话转述给她听，桑顿。

克莱：如果这是你交托给我的任务，那可不是个愉快的任务啊。

王妃：我能和米妮单独说上两句吗？

克莱：啊，当然。我们走，弗莱明。

　　[克莱和弗莱明·哈维走入花园。

公爵夫人：亲爱的，如若你是想让我忍气吞声，别说了。我忍不下。我会竭尽所能去报复这个女人。我要揭露她。我要告诉每个人她是怎么对待我的，而我曾是她的贵客。

王妃：你说话千万要小心，米妮，为了你自己好。

公爵夫人：我对她相当了解，足以让她在伦敦地位不保。我要毁了她。

王妃：那托尼？

公爵夫人：哦，我和他结束了。啊！我不是那种女人，可以忍受这种对待。我希望他最终死在臭水沟里。

王妃：你不喜欢他了？

公爵夫人：亲爱的，万一哪天他饥寒交迫，跪地求我给他一口面包，我会给他的。他背叛了我。

王妃：那好，我很高兴。看见你和这种男孩搞成这副模样，我心痛。你和他终于一刀两断了。

公爵夫人：亲爱的，没必要对我说这些。他从头到尾是个错误，就这样。而且，他都不算是个体面人，都没有试图取得我的原谅。也没有做出尝试来见我一面。

王妃：[迅速瞥了她一眼] 说到底，他从没有真正地喜欢过你。是个人都看得出。

公爵夫人：[破音] 哦，别说了，弗洛拉。我受不了了。他爱过我，直到那个女人介入我俩之间，我知道他爱过我。他对我的爱情不自禁。我为他做尽了世间的一切。[她痛哭流涕]

王妃：米妮。亲爱的，别让步。你明白他这家伙一钱不值。你就没有一点自尊吗？

公爵夫人：我只爱过他。我无法忍受再也见不到他。没了他，我该怎么办啊？

王妃：别说了，他来了。

    [托尼进入。看见公爵夫人，他惊了一跳。她转身，匆忙擦干眼泪。

托尼：哦，打扰了。我不知道这里有人。我在找香烟。

    [他尴尬地站在那里，不知道该走该留。王妃若有所思地看着他。一时沉默无言。接着，她耸了耸肩，走了出去。他看着背对着他的公爵夫人。犹豫片刻，几乎是蹑手蹑脚地朝香烟走去，装满自己的烟盒，又看了公爵夫人一眼，就在他要蹑手蹑脚走出房间时，她用一个问题止住了他的动作。

公爵夫人：你要去哪？

托尼：也没什么特别的。

公爵夫人：那你最好留在这里。

托尼：我以为你想一个人待着。

公爵夫人：所以你一整天都对我避而不见？

    [他郁郁寡欢地跌坐在扶手椅中。公爵夫人终于转身面对他。

公爵夫人：你就没有什么话要说的？

托尼：有用吗？

公爵夫人：至少应该说声对不起吧，对我造成的伤害。但凡你对我有点儿感情，你不会竭尽所能避开我的。

186

托尼：我就知道，你只想吵架。

公爵夫人：老天，你当然希望我和你吵架。

托尼：整件事非常的不幸。

公爵夫人：哈！不幸。你伤了我的心，然后归咎为不幸。

托尼：不是这意思。我是说，你撞破我俩是不幸的。

公爵夫人：哦，闭上你这张愚蠢的嘴吧。你说的每一个字都比上一个字更不幸。

托尼：我知道我说的每句话都会惹你生气，所以我想上上策还是躲得离你远远的。

公爵夫人：你没良心，没良心。要是你对我有一星半点高尚的情感，你就不会偷吃。但你偷吃了，吃了，吃了，吃了，我都想杀了你。

托尼：好吧，我如饥似渴。

公爵夫人：你不该饿成这样。

托尼：那你要怎么样？

公爵夫人：关于你的胃口？向上天祈祷，你下一次偷吃噎死你。

托尼：不是，关于其他。

公爵夫人：我今天下午就会离开这栋宅子。

托尼：你想要我一起走吗？

公爵夫人：你去还是留，和我有什么关系？

托尼：你走了，我也不得不走。

公爵夫人：那尽快动身吧。这儿离火车站有四英里的路。如果你可以不和我坐同一节车厢，我将感激不尽。

托尼：我不想走路去车站。带我一程吧。

公爵夫人：只有一辆行李车了，而我要坐。

托尼：给我留个位子？

公爵夫人：不行。

托尼：你希望我什么时候搬出公寓？

公爵夫人：这和我有什么关系？

托尼：你很清楚我付不起房租。

公爵夫人：这是你罪有应得。

托尼：我要去殖民地了。

公爵夫人：明智之举。但愿你要砸石头，要挖坑，要粉刷——刷带铅的油漆。但愿你穷困潦倒。

托尼：哦，好吧，也算是补偿了。

公爵夫人：补偿什么？

托尼：我可以做自己的主人了。这样的生活，我过腻了，老实告诉你吧。

公爵夫人：是的，你现在可以说出来了。

托尼：你是不是觉得一团糟，永远无法占有我的灵魂？我都要恶心死了。

公爵夫人：你个无赖！

托尼：好啦，你知道真相也无妨。

公爵夫人：你是说从没有爱过我？甚至一开始也没爱上？

   [他耸肩，但没有回答。接下来的话，她说得断断续续，声音越来越弱，情绪越来越激动。他站在她面前，一言不发，闷闷不乐。

公爵夫人：托尼，我为了你做了所有的事。我像母亲一样待你。你怎么可以这么忘恩负义。你没良心。如果你有，你会求我原谅你。你会做出些尝试……难道你不希望我原谅你？

托尼：这话什么意思？

公爵夫人：只要你求我，只要你表现出歉意，我会生你的气，我会不和你说话，整整一星期，但我会原谅你——我会原谅你的，托尼。可是你从未给过我机会。你好残忍，残忍！

托尼：好吧，无论如何，一切为时晚矣。

公爵夫人：是你希望一切为时晚矣吧？

托尼：抱怨过去，多说无益。现在事情了结了。

公爵夫人：你没有感到歉意？

托尼：不知道。我想，某种意义上，我是抱歉的。我不想把你搞得不开心。

公爵夫人：你可以对我不忠，但你难道不该防止我发现你的奸情？你甚至没有费点心思，做点防范措施。

托尼：我是个该死的笨蛋，我知道。

公爵夫人：你爱上了那个女人？

托尼：没有。

公爵夫人：那你为什么？哦，托尼，你怎么可以？

托尼：如果一个人晚上想的和第二天做的一样，那生活就会容易点儿了。

公爵夫人：如果我对你说，过去的就让它过去吧，我们重新开始，你会怎么说，托尼？

　　　　[她移开目光。他的目光落在她身上，若有所思。

托尼：我们闹掰了。还是到此为止吧。我要去殖民地。

公爵夫人：托尼，你这话不是真心的。你受不了殖民地的生活。你知道的，你不够强壮，会死的。

托尼：哦，好吧，每个人只能死一次。

公爵夫人：对不起，为了我刚才说的话，托尼，我不是这意思。

托尼：没关系。

公爵夫人：没有你，我活不下去，托尼。

托尼：我下定决心了。多说无益。

公爵夫人：对不起，我惹你生气了，托尼。我再也不会这样了。你能忘了吗？哦，托尼，你能原谅我吗？我什么都可以做，只要你不离开我。

托尼：我现在的处境糟透了。我必须想想未来。

公爵夫人：哦，可是托尼，我会为你安排得妥妥当当。

托尼：你人非常好，但还不够好。我们好聚好散吧，米妮。既然我
要走着去火车站，这个点该出发了。[他向她伸出手]

公爵夫人：你想要说再见了？再也不见？哦，你怎么可以这么残忍！

托尼：一个人下定决心做某事，最好是立即付诸行动。

公爵夫人：哦，我受不了。受不了。[她开始哭泣] 哦，我多傻啊！
我应该视而不见。我情愿什么都不知道。那你就不会想要离
开我。

托尼：来吧，亲爱的，振作起来。你会好起来的。

公爵夫人：[绝望地] 托尼，如果你想要娶我——我愿意嫁给你。
[停顿。

托尼：我会继续依赖你。我每次花个五英镑都要找你要钱，你有没
有想过我乐意干这事？

公爵夫人：我会把某些财产赠与你，这样你就能独立了。每年一千
英镑。可以吗？

托尼：你是好人，米妮。[他走过来，坐在她边上]

公爵夫人：那你会好好待我的，对吗？

托尼：好上加好！听着，你不用给我买双人座汽车了。我可以开劳
斯莱斯。

公爵夫人：你不打算去殖民地了，是吗？

托尼：不太想去。

公爵夫人：哦，托尼，我好爱你。

托尼：没错。

公爵夫人：我们在这栋宅子里不能多待一分钟了。你来打铃？你和
我一起乘行李车走？

托尼：[打铃] 比起步行，我更乐意搭车。

公爵夫人：太可怕了，都没车可以带着行李去火车站。这宅子住着一点也不舒服。

托尼：哦，糟透了。你知道吗，我的房间没有浴室？

　　　　[波尔进入。]

公爵夫人：行李车准备好了，波尔？

波尔：我去查看一下，夫人。

公爵夫人：我的女仆明早带着行李离开。帕克斯顿先生和我同行。

　　　　[面对托尼] 你的行李呢？

托尼：哦，会打点好的。我带着仆人一起走。

波尔：女主人正要下楼，夫人。

公爵夫人：哦，是吗？谢谢你，行了，波尔。

波尔：很好，夫人。

　　　　[他走出去。他刚关上门，公爵夫人就噌地站起来。]

公爵夫人：我不要见到她。托尼，看看桑顿是否在露台上。

托尼：好的。[他走向落地窗] 在的。我去叫他？克莱，过来一下，好吗？

　　　　[他出去。桑顿·克莱进屋，王妃和弗莱明立马也跟了进来。]

公爵夫人：桑顿，听说珀尔快要下楼了。

克莱：终于。

公爵夫人：我不想见她。没有任何原因可以让我和她碰面。

王妃：亲爱的，那怎么办？这是她的宅子，我们没法让她一直待在楼上不下来。

公爵夫人：不行，但桑顿可以去和她说说话。她显然是羞愧难当。我只要求一点，她要避避嫌，直到我离开这里。

克莱：我尽力而为。

公爵夫人：行李车准备好之前我会四处走动走动。今天还没锻炼过身体呢。

　　　　[她走出去。

克莱：万一珀尔心情恶劣，我这要传达的可不是什么让人愉快的消息。

王妃：你不会见到她心情恶劣的。如果她忐忑不安，那就心平气和地把米妮的话转达给她。

弗莱明：贝茜来了。[她进入]珀尔似乎下楼了。

贝茜：是吗？

王妃：你今早见过她吗，贝茜？

贝茜：没见过。她派了女仆让我去见她，但我头疼，没去。

　　　　[他们好生奇怪地看着她。她显得唐突、沉默。可以想见她已经做出了某些决定，但其他人无从猜出。弗莱明走过去，坐到她边上。

弗莱明：贝茜，我正打算下周六回美国。

贝茜：亲爱的弗莱明，我很难过要失去你了。

弗莱明：希望你忙得没空想我。你有各种各样的人要见，你还有嫁妆要准备。

贝茜：我希望你能和我一起去巴黎，王妃，帮帮我。

王妃：我？[她隐约明白贝茜的意思]当然了，如果我能帮上忙，亲爱的孩子……[她拉过贝茜的手，向她露出宠溺的笑容。贝茜转身拭去一滴泪水，它一时模糊了她的视线]这兴许是个很好的主意。我们来讨论一下。

　　　　[珀尔进来。她非常冷静镇定，身穿一条大胆、华美的女式长袍，光彩照人；她看上去状态极佳，而且她知道这点。举手投足间没有任何迹象能让人联想起昨晚的事。

珀尔：[爽朗欢快]早上好。

克莱：下午好。

192

珀尔：我知道每个人都在怪我迟迟没有下楼。天气真好，我想着起床的话着实可惜了。

克莱：别说话自相矛盾的，珀尔，天太热了。

珀尔：阳光照进我的房间，我说什么来着，这样的早晨不起床是罪过了。可越是嘴上说着要起床，越是觉得赖在床上真快乐。你头疼好点了吗，贝茜？

贝茜：哦，好点了，谢谢。

珀尔：听说你身体不适，我很难过。

贝茜：昨晚睡得不好。

珀尔：你和你的小伙子在忙什么？

贝茜：哈里？他在写信。

珀尔：宣布佳讯，我猜。你该给他的母亲写封信，贝茜。会显得得体又殷勤。一封可爱、坦率的短信，类似大家认为天真无邪的少女会写的那种。发自肺腑。

克莱：我相信你情愿自己来写，珀尔。

珀尔：我们还要给《早报》发去婚讯。

弗莱明：你什么事都考虑到了，珀尔。

珀尔：我非常认真地在履行贝茜监护人的职责。至于婚礼要穿的裙子，我已经有了一个绝妙的主意。

弗莱明：哇哦！

珀尔：亲爱的弗莱明，别说"哇哦"，太美国了。说"天呐"。

弗莱明：让我这么说，我会哈哈大笑的。

珀尔：你就不能改改口音？

弗莱明：我不乐意。

珀尔：你冥顽不灵。好吧，既然贝茜要嫁给英国人了，她需要补点课。我认识一位出色的女性。她给所有的美国贵族上过课。

弗莱明：你让我大吃一惊。

珀尔：她有好法子。她让你大声朗读。她还有个长长的清单，上面罗列的单词你必须每天重复二十遍——是 half 不是 haf，是 barth 不是 bath，是 carnt 不是 cant。

弗莱明：天呐而不是哇哦？

珀尔：贵族不说"天呐"，弗莱明。她教大家说"我的天"，而不是"老天爷"。

弗莱明：她靠上课赚钱？

珀尔：日进斗金。她是个可爱的女人。艾莉奥·多塞特初来乍到时她那口音让人想拿把刀砍人，可三个月后，她口音纯正得不亚于我。

贝茜：[起身。面对弗莱明] 你会不会觉得去花园转一圈太热了吗？

弗莱明：怎么会，不觉得。

贝茜：那我们走？

　　　　[两人一同走出去。

珀尔：贝茜怎么回事？她昨晚一定是吞了一张扑克牌。怪不得睡不好。任何人都会消化不良。

克莱：珀尔，你知道米妮下午要离开吗？

珀尔：是的，我听说了。愁死人了，没车可以送她去火车站。她只能用行李车。

克莱：她不想见到你。

珀尔：哦，但我想见她。

克莱：我就说。

珀尔：我必须见她。

克莱：她让我告诉你她只希望你做到一点，请你避嫌直到她离开这里。

珀尔：那么你去告诉她，除非她来见我，否则她得不到行李车。

克莱：珀尔！

珀尔：这是我的最后通牒。

克莱：你觉得我可以把这种口信传给公爵夫人？

珀尔：去火车站有四英里的路，路上一点树荫也没有。

克莱：毕竟她的要求不算无理取闹。

珀尔：她想要行李车，那就必须像个有教养的女子一样来和我道别。

克莱：[面对王妃]我该怎么办？我们昨晚已经用光了嗅盐。

王妃：如果你愿意，我去和她说。你真的这样坚持吗，珀尔？

珀尔：是的，兹事体大。[王妃走出去。珀尔脸上挂着笑容看着她] 看来弗洛拉受了打击。她不该认识这类人。

克莱：说真的，珀尔，你的行为骇人听闻。

珀尔：我的行为无关紧要。和我说说午宴怎么样。

克莱：亲爱的，这就像是一群互相憎恨的人齐聚一堂，她们刚参加 完某个有钱阿姨的葬礼，而这个阿姨把所有的钱捐了。

珀尔：想必是荒谬至极。我愿意付出一切代价就为了能在现场。

克莱：你为什么不在？

珀尔：哦，我知道会有些混乱，而每次午宴前出点问题，我一向发 挥不佳。我从战争中学到的一点是，将军应该选择发动战役的 时机。

克莱：米妮今早为了离开把这里搞得天翻地覆。

珀尔：我知道她走不成。我知道所有人下午之前都走不成。

克莱：火车班次太少了。

珀尔：乔治说这是这地方的一大优点。能够保持田园风情。一班火 车是九点，另一班是下午四点半。我知道就算是发生了惊天动 地的大事，那些人也不会在八点起床，他们是不到十点不会吃 早饭的。等我一觉醒来，我可以做点必要的措施。

克莱：[打断]你睡了？

珀尔：哦，是的，我美美地睡了一觉。些许兴奋的状态能让我睡个好觉，其他的都比不了。

克莱：好吧，你的确有些许兴奋。我很少目睹这么可怕的场景。

珀尔：我派人去了车库，下了指示，那辆旧的劳斯莱斯立马检修，
另一辆开去伦敦。

克莱：为了什么？

珀尔：没什么。你过会儿就会知道了。接着我打了电话，交代了
几句。

克莱：你为什么处心积虑不让大家离开宅子？

珀尔：如果有一半的宾客在周日早上离开，我无法说服自己我开了
一个成功的派对。我想着兴许到了下午他们就会改变主意。

克莱：这如果是你唯一的理由，我并不认为这是一个好理由。

珀尔：不是好理由。我就坦白和你说吧，桑顿。我可以想见，那个
插曲，大家会编造出一个非常有趣的故事。我不在乎丑闻，但
我不想沦为笑柄，既然我可以阻止。

克莱：亲爱的珀尔，你自然可以信任你的宾客会守口如瓶。你认为
谁会散播故事？

珀尔：你。

克莱：我？亲爱的珀尔，我用名誉担保……

珀尔：[冷静] 亲爱的桑顿，我一点也不在乎你的誓言。你是个专业
演员，你会牺牲一切来创造一个好故事。哎哟，你不记得你父
亲之死那个精彩故事？整整一季你都在消费这事。

克莱：好吧，那个故事精彩纷呈。没人会比我那可怜的老父亲更享
受这故事了。

珀尔：我不愿冒任何的险，桑顿。我想还是不要有故事为妙。

克莱：没人可以让时光倒流，珀尔。午宴的时候，我不禁在想它确
确实实具备了一个好故事所需的元素。

珀尔：而且你会散播的，桑顿。然后我会说："亲爱的，这听上去

可能吗？他们所有人开开心心地待到周一早上；斯图里和阿林顿一家周日晚上来吃饭，我们度过了一个非常美好的夜晚。"此外，我和米妮过了两天还一起吃午饭。于是我会说："可怜的桑顿，他是个撒谎精，不是吗？"

克莱：我承认，如果你和米妮和解了，那我的故事将减色不少。亚瑟·芬威克怎么办？

珀尔：他耽于声色，而耽于声色之徒常常感情用事。

克莱：午宴的时候他吓死我了。他在吃蟹肉色拉，那张脸分分钟越来越发紫。我以为他要中风了。

珀尔：这不算愉快的死法，你知道的，桑顿，吃着最喜欢的食物却突然中风了。

克莱：你知道的，你不得原谅，珀尔。

珀尔：人性善于原谅，桑顿。

克莱：你真的应该撇下托尼。你偷腥的习惯早先给你惹过麻烦了。

珀尔：人是多么的自私。碰巧我没有发现比米妮的男友更值得拥有的男人，而那人也爱我。我体谅朋友的癖好。他们为什么不体谅我的？

　　[公爵夫人进入，身形笔直，态度傲慢，那样子仿佛是面对罗马军团的布狄卡①。珀尔转向她，露出讨好的笑容。

珀尔：啊，米妮。

公爵夫人：我被告知我唯一离开这栋宅子的方式就是接受你那令人作呕的要求，来见你。

珀尔：我希望你不要走，米妮。斯图里勋爵今晚会来吃饭，还有阿林顿一家。我辛辛苦苦把合适的人聚在一起，我讨厌有人最后

---

① 英格兰古代爱西尼部落的王后和女王，领导了不列颠诸部落反抗罗马帝国占领军统治的起义。

一刻放了鸽子。

公爵夫人：但凡可以一走了之，你认为我会留下来？

珀尔：不告而别可不是友好的行为。

公爵夫人：别胡说八道了，珀尔。

珀尔：你知道你昨晚的行为非常恶劣，我本应该冲你大发脾气的。

公爵夫人：我？桑顿，这女人精神不正常了。

珀尔：你委实不该在哈里·布莱恩面前闹这么一出。还有，你知道的，向亚瑟告发，游戏不是这么玩的。如果你想要告发，你为什么不去告诉乔治？

公爵夫人：首先，他不在场。他永远不在场。

珀尔：我知道。他说过，现在的社交圈喜欢去乡下过周末，他情愿留在伦敦。

公爵夫人：我永远不会原谅你。绝不。绝不。绝不。你有了亚瑟·芬威克。为什么不知足？如果你想和其他人偷情，为什么不找桑顿？就剩他这个朋友你没搞过了。这种忽略显得愈发刺眼了。

珀尔：桑顿从不会向我示爱，除非有其他人看着。坐在我剧院包厢的头排座位上，他倒可能激情澎湃。

克莱：谈话太过私人了。我先告辞。[他退出]

珀尔：对不起，我坚持要你来见我，但我有很重要的事和你说。

公爵夫人：在你说出更多话之前。珀尔，我要告诉你，我打算嫁给托尼。

珀尔：[目瞪口呆] 米妮！哦，亲爱的，你不能为了恶心我做这样的事？你知道的，坦白说，他一点也提不起我的兴致。哦，米妮，仔细想想。

公爵夫人：只有这样我才能留住他。

珀尔：你认为你会幸福吗？

公爵夫人：我幸福与否，你会在意吗？

珀尔：当然在意。你认为这是明智之举吗？你在把你自己交到他手上。哦，亲爱的，你怎么可以冒险？

公爵夫人：他说他要去殖民地。我爱他……我相信你真的苦恼。你好奇怪，珀尔！或许对于我而言这是最好的选择。他可以安定下来。我有时非常孤独，你知道的。我时不时心情不佳，简直不想出门了。

珀尔：而我费尽心思在给他找工作。我今早一直在打电话，给我认识的所有内阁成员都打了电话，终于搞定了。我就是想告诉你这事。我以为你会开心的。现在看来，他也不需要了。

公爵夫人：哦，我认定他需要的。他非常骄傲，你知道的。我喜欢他身上的这点。他不得不依赖我，这是他总是想让我嫁给他的原因之一。

珀尔：当然了，你可以保留头衔。

公爵夫人：哦，是的，我要这么做。

珀尔：[走向她，似乎要亲吻她] 好啦，亲爱的，你会得到我最最美好的祝愿。

公爵夫人：[后退] 我不会原谅你的，珀尔。

珀尔：可你原谅了托尼。

公爵夫人：我不怪他。他是被人引入歧途的。

珀尔：好啦，米妮，别这么刻薄。过去的就让它过去吧。

公爵夫人：没有任何原因能让我在这房子里多待一晚。

珀尔：那是一班很慢很慢的慢车，你都赶不上喝下午茶。

公爵夫人：无所谓。

珀尔：八点半之前你到不了伦敦，只能在餐馆吃晚饭了。

公爵夫人：无所谓。

珀尔：你会脏兮兮，还热烘烘。托尼肚子饿了会发脾气。你会显老。

公爵夫人：你答应过把行李车借给我用。

珀尔：[叹口气] 你可以用；但你只能坐在地板上，因为没椅子了。

公爵夫人：珀尔，车子不会在半路抛锚吧？

珀尔：哦，不会。你怎么可以怀疑我对你使出这种伎俩……？[流露出一丝的遗憾] 我绝不会这么干的。

　　　[桑顿·克莱进入。

克莱：珀尔，我想着，你想要知道芬威克打算来和你告别。

公爵夫人：我去告诉托尼，你帮他搞了一份工作。顺便问一句，什么工作？

珀尔：哦，教育部的一份差事。

公爵夫人：多好。他们在那儿干什么？

珀尔：什么都不干。但可以保证他从早上十点忙到下午四点。[公爵夫人离开]

珀尔：她要嫁给他了。

克莱：我知道。

珀尔：我是个出色的月老。先是贝茜和布莱恩，现在是米妮和托尼·帕克斯顿。我也要为你找个人，桑顿。

克莱：你究竟是怎么做到让她的怒火平息下来的？

珀尔：和她讲道理。毕竟，她该高兴的是，她的男孩婚前已经享受过了浪荡子的生活。此外，如果他真的成了她的丈夫，她当然不会指望他忠诚；他没有忠诚，还要期待这点，似乎不合情理吧。

克莱：但她照样要结的。

珀尔：我还有一刻钟。把你的手帕给我，可以吗？

克莱：[递给她] 你不会嚎啕大哭吧？

珀尔：[她用力揉搓双颊] 亚瑟进来的时候，我想我要看上去脸色有点苍白。

克莱：你永远不会爱上我的，珀尔。你向我暴露了所有的秘密。

珀尔：想听听我的建议吗，该怎么做？就像我建议那些刚来伦敦想要去参观伦敦塔的美国人：说你去过了，但没去。

克莱：你认为可以挽回亚瑟的心？

珀尔：我相信可以的，只要他爱我。

克莱：亲爱的，他对你是溺爱。

珀尔：别犯傻了，桑顿。他爱的是爱我这件事。两者区别可大了。我只有一次机会。他自视为钢铁般的男人。我要扮演可爱的小麻烦。

克莱：你真是不择手段，珀尔。

珀尔：并不比大多数人更加不择手段。劳驾移步。我想，他希望和我单独见面。

　　　[克莱离开。珀尔坐下，若有所思，垂眼看地毯；手中拿着一本打开的诗集，意兴阑珊。此时，亚瑟·芬威克进屋。她装作没看见他。他个性强悍，受到了打击但没有被击垮，正在和自己的情绪做斗争，想要控制住它。

芬威克：珀尔！

珀尔：[吓了一跳] 哦，你吓到我了。我没听见你进屋的声音。

芬威克：我敢说，你见到我很吃惊吧。我想，在离开之前，有必要和你进行一次简短的交谈。

珀尔：[看向别处] 我很高兴能再见到你。

芬威克：你明白的，我俩之间一切都结束了。

珀尔：既然你做了决定，我也无话可说。我知道一旦你心意已决，没有什么能改变你的想法。

芬威克：[稍稍挺直身子] 不会改变。这是我个人能力的一部分。

珀尔：我再也无法拥有你了。

芬威克：我不希望和你分手时是带着怒气的，珀尔。昨天晚上，我本可以狠狠揍你一顿，让你这辈子都完了。

珀尔：你为什么没有这么做？你认为我会介意吗，如果这来自一个我爱的男人？

芬威克：你知道我不会打女人。

珀尔：昨天整整一晚，我无时无刻不在想着你，亚瑟。

芬威克：我没合上过眼。

珀尔：没人会想到这点。你准是铁打的。

芬威克：我想，我有时是吧。

珀尔：我的脸非常苍白？

芬威克：有点儿。

珀尔：我感觉非常虚弱。

芬威克：你必须回床上躺着。把自己折腾病了，可没啥好处。

珀尔：哦，别管我了，亚瑟。

芬威克：我对你的关心时日已久。要我一时改变习惯，我做不到。

珀尔：你的一字一句都在刺痛我的心。

芬威克：我尽快说完我要对你说的话，然后我就离开。仅此而已。当然，零用钱，我会一如既往地给你。

珀尔：哦，我不能拿。我不能拿。

芬威克：你要理智，珀尔。这是生意。

珀尔：这个问题我拒绝讨论。如果我不爱你了，没有任何理由促使我接受你的帮助了。现在，我俩之间什么都不是了——不，不，这个想法令我痛彻心扉。

芬威克：恐怕你要接受这个局面了。想想你一年只有八千英镑。这笔钱不够你用的。

珀尔：我可以忍饥挨饿。

芬威克：我有我的坚持，珀尔，为了我自己。你目前的这种生活方式，如果没有我在背后支持，你是没法继续的。我在道义上有责任，而我必须履行自己的义务。

珀尔：今后，我们只能做朋友了，亚瑟。

芬威克：我对你所求甚少，珀尔。

珀尔：我要退回你的礼物。让我把珍珠项链立马还给你。

芬威克：姑娘，不要这么做。

珀尔：[装模作样要摘下项链] 我解不开扣子。请帮帮我。[她走向他，把后背对着他，这样他可以帮忙解开项链扣子]

芬威克：不要。不要。

珀尔：那我就硬扯了。

芬威克：珀尔，你伤透了我的心。你就一点点也没爱过我，都不愿继续戴着我送你的小礼物？

珀尔：你这样对我说话，我要哭了。你难道没看出来我在竭力保持冷静吗？

芬威克：太可怕了。这比我预料的更加折磨人。

珀尔：你瞧，坚强于你而言易如反掌。我脆弱无助。因此我把自己交托在你手上。我本能地感受到了你的力量。

芬威克：我知道，我知道，正因为我感受到了你需要我，我才爱上了你。我想为你遮风挡雨。

珀尔：那你为什么不把我从我自己的束缚中解救出来，亚瑟？

芬威克：当我看着你那可怜的、苍白的小脸蛋，我会想没了我你要如何是好，姑娘。

珀尔：[破音] 无比艰辛。我早已习惯了依靠你。每次遇到麻烦，我就去找你，你会摆平一切。我开始以为，你无所不能。

芬威克：我乐意面对困难。我喜欢战胜困难的快感。这让我兴奋不已。

珀尔：你似乎夺走了我所有的力量。在你身边，我感到异常虚弱。

芬威克：没必要我俩同样强悍。我爱你，因为你弱小。我喜欢你带着麻烦来找我。这让我感觉良好，能帮你把一切安排妥当。

珀尔：你总是能把不可能变成可能。

芬威克：[深受触动] 在我这里，没有不可能。

珀尔：[感动不已] 除了原谅。

芬威克：啊，我就知道，你了解我。我永远不会原谅。永远不会。

珀尔：我猜，这就是大家为什么会说你身上具备某些拿破仑的特质。

芬威克：或许吧。可是——尽管你只是个女人，可你伤了我，珀尔，你伤了我。

珀尔：哦，不，别这么说。我承受不了，我想要你保持你的坚强和无情。

芬威克：有些东西永远离我而去了。我差不多认定，你伤透了我的心。我是如此为你感到骄傲。你的成功令我乐趣无穷。每次在报纸社交专栏上看到你的名字，我就会心满意足，欣喜若狂。你现在变成什么样子了，姑娘？变成什么样子了？

珀尔：我不知道；也不在意。

芬威克：那家伙，他喜欢你吗？他给你带来了快乐？

珀尔：托尼？他要娶公爵夫人了。[芬威克克制住惊讶] 我再也见不到他了。

芬威克：那我也离开了，你身边只有你的丈夫了。

珀尔：一个人也没有了。

芬威克：你会变成孤家寡人，姑娘。

珀尔：你偶尔会想我的吧，亚瑟，是吗？

芬威克：我永远也不会忘记你，姑娘。我永远不会忘记你离开梅费尔舒适的家，到城里来陪我吃午饭。

珀尔：你总是给我准备好吃的。

芬威克：看你穿着华服和我一同享用一块牛排、一瓶啤酒，实乃秀色可餐。我可以预订一块牛排，珀尔，可以吗？

珀尔：你还记得我们时常享用的美味的小洋葱吗？[她做出品尝的样子] 嗯……嗯……嗯……一想到美食，我口水都要流下来了。

芬威克：很少有女人像你这样热爱美食的，珀尔。

珀尔：你知道的，下次和你吃饭，我决定要为你准备一顿地地道道的英式晚餐。苏格兰浓汤、鲱鱼、烤杂排、烤小羊排，然后还有巨大的烤髓骨。

　　　[芬威克无法承受这样的想法，他的脸涨得通红，眼珠鼓起，气喘吁吁。

芬威克：哦，姑娘！[束手就擒] 我们一起享用那顿美食吧。[他把她搂进怀里，亲吻她] 我无法离开你。你如此需要我。

珀尔：亚瑟，亚瑟，你能原谅我吗？

芬威克：人孰无过，宽恕为上。

珀尔：哦，就喜欢这样的你！

芬威克：如果你势必要欺骗我，那就不要让我知道。我是多么爱你。

珀尔：不会的，亚瑟，我发誓不会。

芬威克：来，坐到沙发上，让我看看你。我似乎是第一次这么看着你。

珀尔：你知道的，你不会喜欢徒步走去火车站。大太阳底下走四英里。你是个骄傲自负的老东西，你的靴子又总是有点点小，不太合脚。

　　　[贝茜进入。她停住脚步，看见珀尔和芬威克手握手坐在一起。

珀尔：你要出门，贝茜？

贝茜：等哈里写完信，我俩准备出门散步。

珀尔：[面对芬威克] 亚瑟，贝茜在场，你不能这样紧握住我的手。

芬威克：你真是个幸运的姑娘，贝茜，有个像珀尔这样的姐姐。她是这世上最棒的女人。

珀尔：瞎说什么啊，亚瑟。去换身法兰绒的。看你穿这么套衣服我都觉得热了。喝完下午茶，我们可以打会儿网球。

芬威克：那么，不要累坏自己，珀尔。想想你那苍白的小脸蛋。

珀尔：[含情脉脉地看他] 哦，我脸色很快就会恢复了。

    [她把手递给他，让他亲吻，他接着离开。珀尔从包里掏出小镜子，沉思地看着镜中的自己。

珀尔：男人是既平庸又愚蠢的造物。他们拥有善心。但他们的脑子。哦，亲爱的，哦，亲爱的，可悲可叹啊。他们的智力是机械的。而他们又是如此自大，可怜的家伙，如此自大。

贝茜：珀尔，明天等我们回到伦敦后，我就要走了。

珀尔：你要走？走去哪儿？

贝茜：王妃带我去巴黎住几天。

珀尔：哦，就这样？别待太久。目前你最好还是待在伦敦。

贝茜：等我从巴黎回来后，想要和王妃住一起。

珀尔：[镇定地] 胡言乱语。

贝茜：我不是在得到你的允许，珀尔。我是在告诉你我的计划。

珀尔：[若有所思地看了她一会儿] 你也想和我吵架？我今天下午已经经历过两次了。我累了。

贝茜：别担心。我没啥要和你说的了。

    [她作势要离开。

珀尔：别做个小傻瓜，贝茜。整个季度你都和我待在一起。我不允许你离开我的房子，去和弗洛拉住在一起。我们要尽力避免大家的闲言碎语。

贝茜：别和我说理，珀尔。不该由我来指责你的所作所为。但我也不能袖手旁观。

珀尔：你不再是个孩子了，贝茜。

贝茜：我眼盲，人蠢。过去的我是个幸福的人，有过美好时光，我一刻不停地要解释，解释这个、那个，还有其他。我从未想过……人生如此欢欣，灿烂——我从未想过在这表面之下。哦，珀尔，不要逼我说出我藏在心底的话，让我安安静静地离开。

珀尔：贝茜，亲爱的，你必须理智。想想你突然离开我的家，大家会怎么说。他们会提各种各样的问题，天知道他们会编造出怎样的解释。人并不宽容，你知道的。你不想为难我吧，我不允许你做这样的事儿。

贝茜：现在我知道自己该怎么做了，如果我继续留在你家，我就再也看不起自己了。

珀尔：我都不知道你可以这么冷酷。

贝茜：我不想的，珀尔。但这个念头压倒了我。我必须走。

珀尔：[情绪激动] 我那么爱你，贝茜。你是不知道我多么希望你和我住在一起。毕竟，过去这些年，我俩见面的机会少之又少。于我而言，把你留在我身边，那是莫大的欣慰。你那么漂亮、年轻、甜美，仿佛一道四月春日的阳光照亮了这个宅子。

贝茜：恐怕在你看来，女人和男人一样，平庸又愚蠢的造物，珀尔。

　　[珀尔抬眼，发现贝茜一点儿也没有被她哀婉动人的样子给蒙骗。

珀尔：[冷冰冰] 悠着点，别太过分，贝茜。

贝茜：我俩没必要吵架。我决定已经做出，到此为止。

珀尔：弗洛拉是个傻瓜。我会告诉她，我不允许她带走你。你要和我住一起，直到你嫁人。

贝茜：你是想要我对你说出我无法说出口的话吗？你让我无地自容，让我感到恶心。我再也不想见到你。

珀尔：真的，你在打破我的忍耐底线。我想，我一定是这世界上最有耐心的人，可以容忍我今天不得不忍受的一切。说到底了，我做了什么？我是有点傻，有点儿疏忽。看看你们一惊一乍的样子，还以为之前没人犯过傻，有过疏忽呢。再说了，这和你也没什么关系。你为什么就不能管好你自己的事儿？

贝茜：[伤心地] 说得就好像你和亚瑟·芬威克的关系再正常不过似的。

珀尔：天呐，你们终于不再假装你们不知道亚瑟是怎么回事了。毕竟，我也并没有比别人更恶劣。我们这些美国人喜欢伦敦的一个原因就是我们可以按照自己的方式过日子，而人们可以用哲思的方式来接纳事物。艾莉奥·格罗斯特、萨蒂·特威克纳姆、美咪·哈特尔浦——你不会以为她们全都忠于她们的丈夫吧？她们嫁给她们的丈夫可不是为了这个。

贝茜：哦，珀尔，你怎么可以这样？可以这样？你就没有一点点的廉耻？我刚才进来的时候，看见你坐在沙发上，和那个粗鲁、庸俗、耽于声色的老东西在一起——哦！[她做了一个恶心的手势] 你不会爱他的。我本应该明白，如果……但是——哦，太可耻了，太丑陋了。你在他身上看到了什么？他一无是处，除了有钱…… [她停顿下来，一个念头闪过，脸色忽变，那个想法吓到了她] 难不成就因为他有钱？珀尔！哦！

珀尔：贝茜，的的确确，你傻得不可救药，我累了，不想和你说话了。

贝茜：珀尔，不是这个原因？回答我。回答我。

珀尔：[粗暴地] 管好你自己。

贝茜：他是对的，昨天晚上，他这样称呼你。他太对了，你都没有注意到。过了几个小时，你俩又手牵手坐在一起。荡妇。他就是这么叫你的。荡妇。荡妇。

珀尔：你敢！给我闭嘴！你竟敢！

贝茜：一个妍妇。这就是你。

珀尔：[恢复情绪] 我犯傻了，不该冲你发脾气。

贝茜：你为什么要这样？我只是说出了真相。

珀尔：你是个傻乎乎的小朋友，贝茜。如果亚瑟想要帮我点小忙，那是他的事儿，和我的事儿。他有很多钱，多到他不知道该拿这些钱怎么办，而他乐于看着我花钱。只要我愿意，我每年可以从他那里得到两万英镑。

贝茜：你自己难道没钱吗？

珀尔：我的钱，你知道得一清二楚。一年八千英镑。你以为靠着这点钱我会有今时今日的地位？你不会以为，大家趋之若鹜来我的宅子，是折服于我的魅力吧？不是的。你不会以为英国人希望我们待在英国？你不会以为英国人乐意我们嫁给英国男人？老天呐，等你和我一样了解英格兰之后，你会意识到他们打心眼里看不起我们，仍然把我们当作野蛮的红皮肤印第安人。我们必须爬到他们头上去。他们来我这里，因为我能给他们带来乐子。我初来乍到就发现，英国人忍受不了不劳而获的诱惑。某个舞者风靡一时，他们就可以在我的宅子里见到她。某个小提琴家成了大红人，他们就可以在我的音乐会上听到他的演奏。我为他们筹办舞会。我给他们准备晚宴。我让自己成为一股风尚，我拥有了权力，拥有了影响力。但我得到的一切——我的成功、我的名声、我的威望——是我买来的，买来的，买来的。

贝茜：好丢人啊！

珀尔：还有，最后，我为你买了一个丈夫。

贝茜：这不是真的。他爱我。

珀尔：你认为他会爱上你吗，如果不是我在此等场合中将你隆重推出，如果不是我用那些光鲜亮丽的人把他迷得神魂颠倒，而他又在那些人中发现了你。你不知道什么是爱情。你以为他听到首相对你夸赞会无动于衷吗。他当然就是我花钱买来的。

贝茜：[惊呆了] 可怕。

珀尔：你现在知道真相了。这对你的婚姻生活也是非常有用的。给我滚，和你的哈里·布莱恩去散个步。我要整理我的仪容了。

[她出去。贝茜留在原地，羞愧难当，震惊不已。布莱恩进屋。

布莱恩：恐怕让你久等了。我很抱歉。

贝茜：[呆滞地] 一点也没关系。

布莱恩：我们去哪儿？你熟悉附近的路，我不清楚。

贝茜：哈里，我要放手了。我不能嫁给你。

布莱恩：[惊呆了] 为什么？

贝茜：我想要回美国。我害怕。

布莱恩：害怕我？

贝茜：哦，不是的，我知道你是一个和蔼可亲的好人：我是害怕我将来的样子。

布莱恩：可我爱你，贝茜。

贝茜：所以我更要走了。我必须坦白告诉你。我没有爱上你，我只是喜欢你。如果你不是你，我绝不会想到要嫁给你。我想要个头衔。这就是为什么珀尔嫁给了她的老公，还有公爵夫人的婚姻。让我走吧，哈里。

布莱恩：我知道你不爱我，但我以为你迟早会爱上的。我以为，只要我努力，我可以让你爱上我。

贝茜：你不知道，我一无是处，只是一个汲汲营营、铁石心肠的势利小人。

布莱恩：我不介意你怎么说自己，我知道你可能一无是处，但你真实，可爱。

贝茜：在你目睹了昨晚发生的一切之后？在你知道了这栋宅子的事情之后？我们所有这些人不会让你恶心吗？

布莱恩：你不能把自己和他们归为一类，公爵夫人，还有…… [他没说下去]

贝茜：珀尔在我这个年纪和现在的我并无二致。这就是生活。

布莱恩：可是，或许你不想要变成那样。和你为伍的那群人并不能代表英格兰。他们搞出动静，因为公众爱看。他们的所作所为都会在报纸上宣扬出来。可是，那不是一群很好的人，而且还有很多人并不怎么喜欢他们。

贝茜：你是一定要让我试着说出我的心里话。那就对我耐心点吧。你以为我可以在你的生活中活得仿佛在家里一般自在。我时不时会产生怀疑。我从珀尔的笑声和公爵夫人的讥笑中觉察到了。这种生活关乎尊严、责任和公众义务。

布莱恩：[带着遗憾的笑容] 你言重了。

贝茜：对于你这个阶级的英国姑娘来说，这一切顺其自然。她们终其一生都对此有所体认，她们所接受的教育也是为了这个目标。但我们不是。对我们而言，那只是单调沉闷，而尊严令人厌烦。我们烦透了，于是转而依赖这种生活唯一可以提供的东西，乐子。你和我说起过你的宅子。那对你意味着一切，因为它息息相关着你的童年，你的先人。它对我可能意味着某些东西，如果我爱你的话。但我不爱。

布莱恩：你让我显得很可悲。我不知道还能对你说什么。

贝茜：如果我现在让你显得可悲，倒是可以避免我俩今后许许多多的不幸。我很高兴，我不爱你，或许要爱上你太难了。而我不得不这样做。我不能嫁给你。我想要回家。以后如果我要结婚，我会在自己的祖国嫁人。那是我的地盘。

布莱恩：你不觉得你可以再等等，等你最终做出决定？

贝茜：别在我的人生路上设置困境了。你难道没有发现，我们并不足够强大可以应付此处的生活？我们被冲昏了头脑；迷失了方向；抛弃了自己的准则，但我们又无法掌握我们所去国度的准则。我们随波逐流。无所事事，除了寻欢作乐，我们变得支离破碎。但在美国，我们是安全的。或许美国也需要我们。我们来到这里，就是战时的士兵背井离乡。哦，我思念美国。直到现在我才知道它对我意义重大。让我回家吧，哈里。

布莱恩：既然你不愿嫁给我，当然了，我不会勉强你的。

贝茜：别生气，请一直做我的朋友。

布莱恩：永永远远。

贝茜：毕竟，三个月前你不认识我。三个月后，你会忘了我。之后，娶一个英国女孩，她可以过你想过的生活，和你有相同的想法。祝你幸福。

> [珀尔进入。她抹了腮红，恢复了她习以为常的健康肤色。她显而易见地喜笑颜开。

珀尔：汽车刚从伦敦赶回来了。[她走向落地窗，喊起来] 米妮!

贝茜：我明天告诉珀尔。

布莱恩：那我就不把信寄出去了。我去把信从邮箱里面取出来。

贝茜：原谅我。

> [他走出去。公爵夫人和克莱出现在落地窗后面。

公爵夫人：你在找我?

珀尔：汽车刚从伦敦回来，可以送你们去火车站了。

公爵夫人：谢天谢地。我一点也不喜欢要乘行李车去车站。弗洛拉在哪儿? 我必须和她道别。

珀尔：哦，有的是时间。汽车再过十分钟送你离开。

> [托尼进入，之后是王妃和弗莱明。

公爵夫人：托尼，汽车回来了，会送我们去火车站。

托尼：感谢老天爷! 真的让我乘行李车，我看上去会像个彻头彻尾的傻瓜。

克莱：但你究竟为什么把车派去了伦敦?

珀尔：再过一分钟，你就会知道了。

[亚瑟·芬威克进入。他换了一身法兰绒。

芬威克：刚到的那位绅士是谁，珀尔？

珀尔：神秘嘉宾。

[管家进入，后面跟着欧内斯特，宣告之后就离开了。

波尔：欧内斯特先生。

公爵夫人：欧内斯特！

克莱：欧内斯特？

[这是一个深棕色头发的小个子，大眼睛，一头长发妥帖仔细地贴在头皮上。他看着像是理发师。穿得像是裁缝的模特，黑色外套，白色手套，绸缎帽子，漆皮靴子。他是舞蹈老师，极其彬彬有礼。说起话来拿腔拿调。

欧内斯特：亲爱的格雷斯顿夫人。

珀尔：[和他握手] 真高兴你可以过来。[面对其他人] 你们昨晚一直在谈论欧内斯特，所以我想我们今晚或许无事可干，而他会给我们带来快乐和宽慰。我把车派去伦敦，下令无论是死是活都要把他带回来。

欧内斯特：我亲爱的格雷斯顿夫人，我敢确定我要陷入无尽的麻烦。今天下午，我有各种各样的约会要赴，我在外面用餐，本来已经答应去一下格罗斯特公爵夫人组织的小型舞会。但我想我无法拒绝你。你是我的挚友，亲爱的乔治夫人。你必须原谅我穿着城里的衣服来到这儿，但你的司机说一刻也不能耽搁了，所以我就这么来了。

珀尔：可你看着就像一幅完美的画作。

欧内斯特：哦，别这么说，亲爱的乔治夫人；我知道在乡间不该这么穿。

珀尔：你还记得德·苏雷纳公爵夫人吗？

欧内斯特：哦，我当然记得公爵夫人。

公爵夫人：亲爱的欧内斯特！

欧内斯特：亲爱的公爵夫人！

公爵夫人：我还以为再也见不到你了，欧内斯特。

欧内斯特：哦，别这么说，听着多么伤感。

珀尔：多么遗憾，你必须离开了，米妮。欧内斯特本可以向你展示所有的新舞步。

欧内斯特：哦，亲爱的公爵夫人，我一来你就要走吗？你真是冷酷无情啊。

公爵夫人：[努力了一下] 必须走了。必须走了。

欧内斯特：你有没有练习过我那天教你的小步子？我亲爱的朋友，特威克纳姆侯爵夫人——不是老的那个，你知道的，新的那位——跳得很好了。

公爵夫人：[天人交战] 我们还有时间吗，珀尔？我就想要欧内斯特和我跳一次两步舞。

珀尔：当然有时间。桑顿，打开留声机。

　　　[桑顿·克莱立刻打开，两步舞的音乐响起。

公爵夫人：你不介意吧，欧内斯特？

欧内斯特：我喜欢和你跳舞，公爵夫人。

　　　[他们摆好跳舞的架势。

公爵夫人：就一会儿。和你跳舞我总会紧张兮兮的，欧内斯特。

欧内斯特：哦，现在，别犯傻了，亲爱的公爵夫人。

　　　[他们开始跳舞。

欧内斯特：现在，像一位淑女那样保持住你的肩。弓背，亲爱的，弓起你的背。不要看着像袋土豆。你把脚放在那儿，我可要踢上一脚了。

公爵夫人：哦，欧内斯特，别冲我发火。

欧内斯特：我要冲你发火，公爵夫人。你没仔细听我说的话。你必须上心。

公爵夫人：我会的！我会的！

欧内斯特：还有，跳舞的样子不要像个老泼妇。放点活力进来。关于现代舞，我常常提到两点：你要有两样东西，活力和精神。

公爵夫人：[哀怨地] 欧内斯特！

欧内斯特：现在别哭。我说这些都是为了你好，你知道的。你的问题在于你没有激情。

公爵夫人：哦，欧内斯特，你怎么可以这么说。我一直认为自己是个激情四射的女人。

欧内斯特：我可不知道，亲爱的公爵夫人，但你没把激情注入你的舞步。另一天我也是这么对特威克纳姆侯爵夫人说的——不是新的那个，你知道，老的那个——你必须投注激情，我说。这就是现代舞需要的——激情、激情。

公爵夫人：我清清楚楚明白你的意思了，欧内斯特。

欧内斯特：而且，你必须用眼睛跳舞，你懂的。你必须看上去像你的吊袜带上有把刀，如果我胆敢看另一个女人，你就要杀了我。你没看见我的目光，我的目光在传达我的内心。诅咒她！我多么爱她！就这样！

　　　　[音乐终止，两人分开。

公爵夫人：我进步了吧，欧内斯特，是吗？

欧内斯特：是的，有了进步，亲爱的公爵夫人，但你需要多多练习。

珀尔：米妮，你为什么不能留下来，欧内斯特今晚可以给你好好上一课。

欧内斯特：这才是你需要的，公爵夫人。

　　　　[公爵夫人天人交战。

公爵夫人：托尼，你认为我们该走吗？

托尼：我不想走。晚上回城太糟了。我们回到城里，大晚上的能做什么？

公爵夫人：很好，珀尔，如果你乐意，我们留下来。

珀尔：真好，米妮。

公爵夫人：你有时非常恶劣，珀尔，但你有颗善良的心，我情不自禁就喜欢上了你。

珀尔：［张开双臂］米妮！

公爵夫人：珀尔！

　　　　　［她们相拥在一起，热情地拥吻。

欧内斯特：多么赏心悦目的景象——两位贵族夫人互相亲吻。

贝茜：［面对弗莱明］不值得为了他们大惊小怪。下周六我就启程返回美国！

全剧终

家庭和美人
HOME AND BEAUTY

三幕闹剧

黄雅琴　译

人物表

威廉，男主角

弗雷德里克，另一个男主角

维多利亚，可爱的小娇妻

莱斯特·佩顿先生，投机倒把者

A. B. 拉赫曼先生，律师

蒙特莫伦西小姐，老姑娘

沙特尔沃思夫人，岳母

丹尼斯小姐，指甲护理师

波格森夫人，一位值得尊敬的女士

泰勒，客厅女侍

南妮，保姆

克拉伦斯，跑腿小厮

这出剧的故事发生在维多利亚位于威斯敏斯特的房子里。

第一幕

场景：发生在维多利亚的卧室。这类卧室只用于睡觉，但床周围挂了帷幔，床上铺了漂亮的床罩，巨大的漆器梳妆台上满满当当都是女性梳妆打扮所需用品，所以也可以充作起居室。布置得当的典雅家具，墙上挂了美丽的图画，还放了鲜花。非常惬意、奢华、时髦。熊熊烈火在壁炉中燃烧。

维多利亚，娇俏可人，穿了件漂亮的"成装"，有点像茶会服又有点像晨衣，她正躺在沙发上，让人修剪指甲。丹尼斯小姐，指甲护理师，清爽利落，年约二十五。说起话来带有一点伦敦东区口音。

丹尼斯小姐：[显然刚结束一个长长的故事] 所以，最后，我对他说："哦，很好，随你的便吧。"

维多利亚：到了最后只能这样，你知道的。

丹尼斯小姐：他向我求了五次婚，我真的厌倦了对他说不。再说了，你明白的，这份生意让我看多了婚姻生活的里里外外，我的印象就是，长远来看，嫁鸡嫁狗真没什么两样。

维多利亚：哦，完全同意。全都取决于你自己。我第一任丈夫死了的时候，可怜的我啊，完全垮了。胸口空落落的，连续好几个月我都没法穿胸衣。

丹尼斯小姐：太可怕了。

维多利亚：我只是钦慕他。但你知道的，我对第二任丈夫也只是谈得上喜欢。

丹尼斯小姐：你肯定具备某种爱的天性。

维多利亚：当然啦，万一我的现任丈夫发生了点什么意外，我也活不下去，但真发生了——老天保佑——你知道的，我也没办法，只能再次嫁人，而且我知道，我会爱着第三任丈夫，就像爱过前两任。

丹尼斯小姐：[叹气] 爱是一件美妙的事儿。

维多利亚：哦，美妙。当然了，我等了一年。第一任丈夫去世后，我等了一年呢。

丹尼斯小姐：哦，是的，我想人应该耐心静候。

维多利亚：你进来的时候，我注意到你戴了订婚戒指。

丹尼斯小姐：工作期间本不该戴着它，但我喜欢那种感觉，它在我手上的感觉。

维多利亚：我太熟悉这种感觉了。你隔着手套转动戒指，然后对自己说："好吧，大功告成。"他长得好看吗？

丹尼斯小姐：嗯，他算不上你口中确切意义上的"英俊"，但长得讨人喜欢。

维多利亚：我的两任丈夫都非常英俊。你知道的，人人都说男人的长相不重要，绝对是胡说八道。又没证据表明女士不喜欢面容姣好的男子。

丹尼斯小姐：他皮肤很白。

维多利亚：当然，这是品味问题，但我想我不会爱上这一卦的。人人常说小白脸爱骗人。我的两任丈夫都皮肤黝黑，还都获得过杰出服务勋章。

丹尼斯小姐：有点意思，不是吗？

维多利亚：我的确可以沾沾自喜，并没有多少女人可以连嫁给两个拿到杰出服务勋章的男人。我想我是尽力了。

丹尼斯小姐：我认为那是你应得的。如果我这么问不算多嘴，我想知道你更喜欢哪个。

维多利亚：好吧，你知道的，真说不上来。

丹尼斯小姐：当然啦，我是没有相同经历，但我想你更爱不在的那个。这符合人性，不是吗？

维多利亚：事实就是，所有男人都有缺点。他们自私、粗鲁，不会替人着想。他们不理解万事万物都有代价。他们看不明白，可怜的家伙；他们只有小聪明。当然了，弗雷迪有时荒唐至极，但比尔也是。而他爱慕我。无法忍受一时半刻见不到我。他们全都爱慕我。

丹尼斯小姐：也算是失之东隅，收之桑榆，我必须这么说。

维多利亚：我无法理解有些女人抱怨自己不被理解。我不需要被人理解。我需要被人爱着。

　　　[泰勒打开房门，引入沙特尔沃思夫人。那是维多利亚的母亲，一个灰发老妇，穿了一身黑。

泰勒：沙特尔沃思夫人。[退出]

维多利亚：[热情奔放] 亲爱的母亲。

沙特尔沃思夫人：我的宝贝孩子。

维多利亚：这位是丹尼斯小姐。她今天只有这个时间段可以留给我。

沙特尔沃思夫人：[亲切地] 你好？

维多利亚：要你爬这么多级楼梯，没累着你吧，亲爱的？你看，我们必须精打细算地用煤。我们想过法子要多搞点，但没成。

沙特尔沃思夫人：哦，我知道。煤炭管理员对我粗鲁极了。官僚作风，你知道的。

维多利亚：他们说我们只能用两炉火。当然要在育儿室烧一炉，我的卧室也必须有。所以，我只能在卧室见客了。

沙特尔沃思夫人：可爱的宝贝们好吗？

维多利亚：弗雷德有轻微的感冒，南妮认为他最好卧床休养，宝宝好极了，南妮这就把他带来。

丹尼斯小姐：都是男孩，朗兹夫人？

维多利亚：是的。不过，我下次要生个女孩。

沙特尔沃思夫人：弗雷德到下个月就要满两岁了，维多利亚。

维多利亚：我知道。我开始感到老了。可怜的孩子，他父亲去世三个月后他才出世。

丹尼斯小姐：听了好让人难过。你不喜欢指甲太红，是吗？

维多利亚：不要太红。

沙特尔沃思夫人：服丧的她太过甜美。但愿你见过那时的她，丹尼斯小姐。

维多利亚：母亲，你怎么能说出如此冷酷无情的话？黑色确实衬我。这点无法否认。

沙特尔沃思夫人：我坚持让她去马蒂尔德教堂。葬礼必须办得体体面面，否则啥都不是。

丹尼斯小姐：你刚才说小男孩叫弗雷德？为了纪念他的父亲，我猜？

维多利亚：哦，不是的，我的第一任丈夫叫威廉。他非常希望用朗兹少校的名字弗雷德里克给孩子取名。你瞧，朗兹少校曾是我丈夫最好的朋友，他俩是铁哥们。

丹尼斯小姐：哦，懂了。

维多利亚：之后，我嫁给朗兹少校，第二个孩子出生了，我们想着用第一任丈夫的名字给他取名会是个好主意，所以他叫威廉。

沙特尔沃思夫人：我本人是反对的。我认为这会无时无刻不提醒我可怜的女儿失去了一个丈夫。

维多利亚：哦，可是，亲爱的母亲，我对比尔的感情不是这样的。我永远不会忘记他。[面对丹尼斯小姐，指着对开相框] 你看，我把他俩的照片并排放在一起。

丹尼斯小姐：有些男人不太喜欢。

维多利亚：弗雷迪现在拥有了我。就算我偶尔想起了那个可怜的牺牲的英雄，他正躺在法国某个无名墓地中，他也不该心生怨恨。

沙特尔沃思夫人：别心烦意乱了，亲爱的。你知道的，这对你的皮肤很不好。她心肠太软，可怜的孩子。

维多利亚：当然，战争结束了，全都不一样了，可那时弗雷迪身处前线，我时常想到，他想必会心怀安慰，想着如果他发生了意外，我又再次嫁人，而我内心会永远为他辟出小小的一角。

丹尼斯小姐：好了，我想今天就这样了，朗兹夫人。想要我周五再来吗？［她开始收拾刚才用到的各种工具］

维多利亚：［看着自己的指甲］请便。指甲做得真漂亮。修剪整齐的手让人赏心悦目。给你自信的感觉，不是吗？我要是男人，绝不会牵起没有经过精心修饰的手。

丹尼斯小姐：我要嫁的那位绅士对我说过，第一眼吸引到他的就是我那抛光过的指甲。

维多利亚：没人搞得明白男人的兴趣点在哪里。

沙特尔沃思夫人：就我个人来说，我坚定地相信第一眼的眼缘。所以，我对所有认识的女孩说：当你被带进客厅时，用力抿一下嘴唇，再舔一下，昂起头，挺直腰杆走进去。男人最爱红艳艳湿漉漉的嘴唇。我现在是老了，但我每次进屋前一定会这么做。

丹尼斯小姐：妙极了，我从未想到这点。我一定要试试。

沙特尔沃思夫人：这会让你的人生截然不同。

维多利亚：丹尼斯小姐已经订婚了，母亲。

沙特尔沃思夫人：哦，亲爱的，不要犯下那种常识性错误，以为有了个牢靠的男人，就不需要对其他人施展魅力。

维多利亚：那么，周五见，丹尼斯小姐。

丹尼斯小姐：很好，朗兹夫人。现在你还需要什么吗？

维多利亚：没有了，谢谢。

丹尼斯小姐：我拿到了一款新的护肤霜，巴黎寄来的。我想要拿给你试一下。我认为非常适合你的肤质。

维多利亚：我害怕尝试我一无所知的事物。我的皮肤非常娇嫩。

丹尼斯小姐：这款护肤霜就是专为你这样的皮肤调配的，朗兹夫人。普通的护肤霜给普通皮肤用已经绰绰有余，可真正美丽的肌肤，就像你这样的，需要在护肤成分里面添加点特别的物质。

维多利亚：我想它一定死贵死贵的，你知道的，他们说我们必须节俭。我想，总要有人为战争买单吧。

丹尼斯小姐：我会给你特价的，朗兹夫人。一罐只收你五十九便士六先令。很大一罐，有这么大。[她用手指比画着一个三英尺高的罐子]

维多利亚：哦，那好，下次一起带来吧。

丹尼斯小姐：我相信你不会后悔的。午安，朗兹夫人。[面对沙特尔沃思夫人] 午安。[她走出去]

沙特尔沃思夫人：我敢说，她是对的。这些女人，她们见多识广。我常常对女孩们说同一句话："呵护你的皮肤，你的钞票自有保证。"

维多利亚：她告诉我约翰斯顿·布莱克夫妇要离婚了。

沙特尔沃思夫人：[并无忧虑] 确实。为了什么？

维多利亚：他打了四年的仗。他说，现在想要点清净。

沙特尔沃思夫人：看来很多人离开时日一久不习惯已婚生活了。我敢说，可怜的比尔一命呜呼倒是走运了。

维多利亚：亲爱的母亲，你怎么可以说出这么可怕的话？

沙特尔沃思夫人：好吧，我必须要说，弗雷迪能在陆军部得到一份工作，我是要谢天谢地了。男女之间的差别在于，男人并非天性依赖婚姻。你需要运用耐性、坚持，以及偶尔的小甜头，像训练一条狗用后腿走路一样训练一个男人忠于婚姻。但一条狗更愿意用四肢走路，而男人更想要自由。婚姻是种习惯。

维多利亚：而且是个好习惯，母亲。

沙特尔沃思夫人：当然。然而，人世间的不幸在于，戒掉一个好习惯要比一个坏习惯容易得多。

维多利亚：好吧，有件事我确实知道，弗雷迪很乐意娶了我。

沙特尔沃思夫人：我是你的话，我会嫁给莱斯特·佩顿。

维多利亚：天呐，为什么？

沙特尔沃思夫人：你没注意到他戴着护腿套？戴护腿套的男人通常能做个好丈夫。

维多利亚：或许只能说明他有老寒腿。我都能想象他还会穿床袜，我可讨厌床袜了。

沙特尔沃思夫人：胡说什么。这说明他爱整洁，有条理。喜欢东西各归各位。每件事按部就班，顺应天时地利。其实，就是个讲究习惯的生物。我确信莱斯特·佩顿结婚半年之后就会忘了自己曾是个单身汉。

维多利亚：我曾是军人的遗孀；我想，嫁给平民不算是特别爱国的行为。

沙特尔沃思夫人：你们这些姑娘把话说得就好像战争没完没了似的。英雄主义固然好，但在晚会上，相较于闲谈的本事，也没有显得更有用。

　　　[泰勒进入。

泰勒：莱斯特·佩顿来访，夫人。我说了，我不确定您是否能见他。

维多利亚：说曹操，曹操到。哦，是的，把他带上来。

泰勒：很好，夫人。[退出]

沙特尔沃思夫人：我不知道你图他什么，维多利亚。

维多利亚：[带着一丝狡猾淘气] 他最近表现得颇为殷勤。

沙特尔沃思夫人：我就知道我是对的。我笃定是你招惹了他。

维多利亚：哦，亲爱的，你知道我心里只有弗雷迪，不过身边有个人供差遣当然方便啦。他几乎可以搞到你所有想要的东西。

沙特尔沃思夫人：黄油？

维多利亚：所有，亲爱的，黄油、糖、威士忌。

沙特尔沃思夫人：咬嘴唇，亲爱的，再好好舔一舔。[维多利亚照做]你已经错失过人生良机了。

维多利亚：毕竟，他从未向我开过口。

沙特尔沃思夫人：别犯傻，维多利亚，你应该让他开口。

维多利亚：你知道我爱慕弗雷迪。再说了，那时候还没有配给票证簿。

沙特尔沃思夫人：话说，弗雷迪在哪儿？

维多利亚：哦，亲爱的，他要气死我了。他答应带我出去吃午餐，人连个影儿都没有。他从不打电话或者做类似的事儿；一点音信也没有。他这点很不好。据我所知，他可能是死了吧。

沙特尔沃思夫人：乐观主义者。

　　　　[泰勒把莱斯特·佩顿引进屋，然后退出。佩顿又矮又胖，对别人、对自己都和颜悦色，穿着靓丽，显而易见的富裕。打老远你就可以看出他很有钱，而且他不知道该如何花那些钱。他平易近人、风度翩翩、随和宽容。

泰勒：莱斯特·佩顿先生。

维多利亚：但愿你不要介意费了好大的劲爬了这么多级台阶。我们不得不抠抠索索省着用煤炭。我只能在卧室烧一炉火。

佩顿：[和她握手]你不会再对我说你买炭有困难了。你之前为什么不告诉我？[和沙特尔沃思夫人握手]你好？

维多利亚：你的意思不会是你可以帮我搞一些？

佩顿：美女可以得到她想要的一切，这点毫无疑问。

228

维多利亚：我告诉弗雷迪，我确信他可以搞到一些。否则，待在陆军部有什么用，连这点影响力也没有？

佩顿：这事交给我来办。我来看下我能为你做点什么。

维多利亚：你真是个奇迹。

佩顿：大家从前线回来了，没人会拿正眼看我们这些待在后方的可怜家伙，如果我们还不让自己表现得有点用的话。

维多利亚：你留在后方，只是因为那是你的职责。

佩顿：我宣誓了的，你知道的；我等不及被征召入伍。可政府对我说："你是船舶建造商，继续造你的船。"所以，我为他们造船。

沙特尔沃思夫人：我认为，你非常高尚。

佩顿：而他们针对多余的利润又征了一份税。正如我对首相所说的："那是在考验某个人更强烈的爱国心。"确实如此。

沙特尔沃思夫人：有个小鸟给我传来口信，政府打算在下一次荣誉榜上对你的杰出服务进行嘉奖。

佩顿：哦，我们所求的不是这些。值得高兴的是可以尽一份绵力。

维多利亚：千真万确。我就是这样想的。

沙特尔沃思夫人：维多利亚忙得像条狗，你知道。她的身体竟然扛住了，在我看来就是个奇迹。

维多利亚：我都不知道加入了多少个委员会。我还参加了二十三场义卖。

佩顿：我们被夺走了很多，几乎一无所有。

维多利亚：战争刚打响，我在食堂工作，但后来放弃了，因为我都没法外出吃午饭了。我一度想过去医院帮忙，但你知道的，那种地方官僚作风严重——他们说我没接受过培训。

沙特尔沃思夫人：我确信你可以成为出色的护士。

维多利亚：我不想当那种普普通通的护士。我很高兴能把工作机会留给那些不幸的女人，她们要以此为生。不过，也不需要什么特殊培训就能善待那些可怜人，那些受伤的男孩，"拍松他们的枕头，给他们送去鲜花，为他们读书"。只需要同情心。

佩顿：我不知道谁还有更多的同情心。

维多利亚：[眼中闪过一道光] 对着我喜欢的人。

沙特尔沃思夫人：你不再哭哭啼啼了吗，亲爱的？

维多利亚：哦，是的，停战协定之后。

佩顿：你为那些受伤的士兵流泪？

维多利亚：是的，我国的大兵，你知道的。我认为缔结私人关系很重要。我每周四邀请十二个人。起初，把他们安置在客厅，但他们表现得腼腆羞怯，可怜的孩子，所以我想还是在仆人的大厅接待他们，对他们更好些吧。我所认识的人当中，只有我从未和女仆起过冲突。

沙特尔沃思夫人：亲爱的，我想我要上楼看看亲爱的小外孙。我真心希望那不是感冒。

维多利亚：请便，母亲。他见到你会很高兴的。[沙特尔沃思夫人走出去。莱斯特·佩顿在她离开时起身，然后坐到了沙发上，挨着维多利亚坐下]

佩顿：你的小男孩身体不适？

维多利亚：可怜的孩子，他感冒了。

佩顿：我很抱歉。

维多利亚：我敢说，没有大碍，但你知道一个母亲的心情：没来由的焦虑不安。

佩顿：你是个出色的母亲。

维多利亚：我爱我的孩子。

佩顿：[继续自己的话头] 还是个完美的妻子。

维多利亚：你这样想？

佩顿：你的丈夫难道不是吗？

维多利亚：哦，他只是我的丈夫。他的想法不重要。

佩顿：他知道他有多幸运吗？

维多利亚：就算知道，他也会认为是应得的。

佩顿：我嫉妒他。

维多利亚：[瞥了他一眼] 你难道不觉得我讨人厌吗？

佩顿：要我来告诉你，你在我心目中是什么样的人吗？

维多利亚：不，不要，你只会夸大其词。你知道的，只有两项品质
　　我认为值得夸耀：我不虚荣，也不自私。

　　　　[弗雷德里克进屋。他高个子，是个身穿制服的英勇小伙，外
　　套上有肩章和绶带。他向莱斯特·佩顿点头示意，再和他握手。

维多利亚：弗雷迪，你跑哪儿去了？

弗雷德里克：我在俱乐部。

维多利亚：但你答应过要带我出去吃午饭。

弗雷德里克：有吗？我忘得一干二净了。很抱歉。

维多利亚：忘了？我还指望更有趣的解释呢。

弗雷德里克：好吧，我只是说我会来，如果我不是太忙的话。

维多利亚：你忙？

弗雷德里克：忙啊。

维多利亚：比尔从不会忙得不带我出去吃饭，只要我愿意。

弗雷德里克：可以想见。

佩顿：我想我要告辞了。现在战争结束了，你们这些家伙可以放轻
　　松了。我的工作还要继续。

弗雷德里克：你买了新车，不是吗？

佩顿：我需要一辆车到处跑，你知道的。

弗雷德里克：我也需要，但身为军人，我只能靠自己的两条腿。

佩顿：[和维多利亚握手] 再见。

维多利亚：再见。你真好，来看我。

[莱斯特·佩顿离开。

维多利亚：我倒是想知道你为什么把我撂在一边。

弗雷德里克：你必须在卧室接待客人吗？

维多利亚：你不是想说你吃醋了吧，亲爱的？你看上去气乎乎的。火气消了吗？快过来，给你的小娇妻送上一个甜甜的吻。

弗雷德里克：[急躁] 我一点也没吃醋。

维多利亚：你个愚蠢的老家伙。你知道，整栋房子只有这间房生了火。

弗雷德里克：那究竟为什么不在客厅生个火？

维多利亚：可怜的家伙，你是忘了现在是战时状态，所以碰巧煤炭短缺？我来明明白白告诉你，我们为什么没在客厅生火。因为爱国主义。

弗雷德里克：该死的爱国主义。这地方冷得像冰窖。

维多利亚：亲爱的，别胡搅蛮缠。在战壕挨过了两个寒冬之后，我认为你不再是舒适的奴隶了。你开口闭口该死的爱国主义，我知道你不是这个意思，但你不该说这种话，就算是开玩笑。

弗雷德里克：该死的，如果我能搞明白为什么在客厅生一炉火可以让所有人都受益，就算爱国心不够，这好过在卧室生火，除了你之外没人受益。

维多利亚：[睁大眼睛] 亲爱的，你不会勒令我不能在卧室生火吧？你怎么可以这么自私？天知道我并不想吹嘘我所做的一切，但这四年里我做牛做马，我确确实实认为理应得到些许关照。

弗雷德里克：孩子怎么样？

维多利亚：我似乎还没抱怨你使用我的卧室呢。你尽可以来这里坐坐。再说了，男人还有俱乐部。只要他乐意，随时随地能去。

弗雷德里克：我道歉。你说得很对。你总是对的。

维多利亚：我想，你是希望我幸福的吧。

弗雷德里克： 是的，亲爱的。

维多利亚： 成婚前，你说过这会是你人生的首要目标。

弗雷德里克： [微笑] 我都无法想象一个明智的人还会有更好的目标。

维多利亚： 承认吧，你就是彻头彻尾的一头猪。

弗雷德里克： 蠢钝如猪，亲爱的。

维多利亚： [消了气] 你还记得我刚才让你吻我？这种要求我是不会习惯性遗忘的。

弗雷德里克： 但愿你不会要求阿狗阿猫所有人都这么做。[他吻她]

维多利亚： 现在告诉我，你为什么忘了带我出去吃午饭。

弗雷德里克： 我不是忘了。有事耽搁了。我……我自己还没吃饭。我正打算打铃，让厨子送点吃的上来。

维多利亚： 可怜的家伙，厨子今早走人了。

弗雷德里克： 又走了？

维多利亚： 你这个"又"什么意思？她这是第一次走。

弗雷德里克： 该死，她只待了一星期。

维多利亚： 你无需生气。我比你更烦恼呢。

弗雷德里克： [暴躁] 我搞不懂你究竟是怎么回事，总是留不住仆人。

维多利亚： 今时今日，没人可以一直留住仆人。

弗雷德里克： 别人做得到。

维多利亚： 请你不要这么对我说话，弗雷迪。我不习惯。

弗雷德里克： 我尽可以按我喜欢的方式对你说话。

维多利亚： 你可真会斤斤计较，就因为没东西吃，你就大发脾气。我本以为你在战壕待了两年，早已习惯了饱一顿饥一顿的日子。

弗雷德里克： 看在老天的分上，别和我吵架。

维多利亚： 不是我要和你吵架。是你要和我吵。

弗雷德里克：维多利亚，我求求你控制下情绪。

维多利亚：我不懂你对待我的态度怎么如此恶劣。你在法国的那些年，我为你担惊受怕，我确实认为你该体谅我一点。

弗雷德里克：鉴于一年前我在陆军部得到了一份性命无虞、轻松舒服的差事，我想你可以从担惊受怕中恢复过来了。

维多利亚：我必须要提醒你我的神经因为比尔的死都绷断了？

弗雷德里克：没必要，但我相信你确实如此。

维多利亚：医生说过，我需要长达数年无微不至的照顾。我都不信我能挺过来。我本以为就算你不再爱我了，你至少对我抱有一点点的人性的怜惜。我所求的就这些，只是宽容的善意，就像你对待一条喜欢你的狗狗。[努力让自己激动起来] 老天知道，我的要求并不高。我做了我所能做的一切来让你快乐。我就是耐心本身。就连我的死对头都会承认，我不是个自私鬼。[快要哭出来了] 你不是非要娶我的。我没要求你这么做。你声称爱我。我绝不会嫁给你的，如果不是为了比尔。你是他最好的朋友。你让我爱上了你，因为你对比尔满是溢美之词。[他要说些什么，但她喋喋不休] 都是我的错。我太爱你了。你没有强大到承受如此伟大的爱。哦，我多么愚蠢。我任由自己被你诓骗，我现在是自作自受。[转换了说辞，她见他想要开口说话] 比尔绝不会这样对待我的。比尔绝不会就这样夺走我那可怜的、充满爱的心脏，然后弃之如敝屣。比尔爱我。他会一直爱我。我仰慕那个男人。他无微不至照顾我。我认识的人当中就属他最无私。他是个英雄。我真正爱过的只有他。我准是疯了，竟然想要嫁给你，疯了，疯了，疯了。我再也不会幸福了。我愿意付出这世上的一切，祈求我那亲爱的、亲爱的比尔起死复生。

弗雷德里克：我很高兴你是这么想的，因为再过三分钟他就会出现在这里。

维多利亚：[噌地站起来] 什么？你这话究竟是什么意思？

弗雷德里克：不久之前，他打电话到俱乐部找我。

维多利亚：弗雷迪，你到底在说什么啊？你是不是疯了？

弗雷德里克：没疯，也没醉。

维多利亚：我不明白。是谁和你通话？

弗雷德里克：比尔。

维多利亚：比尔。哪个比尔？

弗雷德里克：比尔·卡迪尤。

维多利亚：但是，我的小可怜，他死了啊。

弗雷德里克：电话里面并没有迹象表明这点。

维多利亚：可是，弗雷迪……弗雷迪。哦，你在和我开玩笑吧。你太恶劣了。你怎么可以这么没良心？

弗雷德里克：好吧，你就等着瞧吧。[看向腕表] 现在，再过两分半钟，我看吧。

维多利亚：[哄骗他] 现在，弗雷迪，别和我计较了。我说，我之前是蛮横了点。我不是那个意思。你知道我是爱你的。你可以在书房里面生火，去那该死的物资配给。我为刚才说过的话道歉。现在，一切都过去了，行吗？

弗雷德里克：好极了。但这不能阻止比尔再过两分钟十五秒进入这间屋子。

维多利亚：我要尖叫了。不是真的。哦，弗雷迪，如果你爱过我，那就说这不是真的。

弗雷德里克：你可以不信我的话。

维多利亚：可是，弗雷迪，亲爱的，我们要理智。可怜的比尔在伊珀尔战役中牺牲了。事实上，有人看见他倒下了。陆军部通报了他的死讯。你知道我是多么伤心欲绝。我为他服了丧，凡此种种。我们甚至还为他开了追悼会。

弗雷德里克：我知道。现在这个局面，需要该死的大量的解释。

维多利亚：再过一分钟，我要疯了，彻彻底底疯了。你怎么知道和你通话的是比尔？

弗雷德里克：他这么说的。

维多利亚：这证明不了什么。还有很多人自称恺撒。

弗雷德里克：的确如此，但那些人在疯人院，而他在哈里奇火车站。

维多利亚：我敢说是个同名的人。

弗雷德里克：愚蠢，维多利亚。我听得出他的声音。

维多利亚：他到底说了什么？

弗雷德里克：好吧，他说他在哈里奇火车站，会在下午三点十三分抵达伦敦。我要说得这么具体吗？

维多利亚：可是，他肯定还说了其他的事儿。

弗雷德里克：没有。

维多利亚：看在上帝的分上，一五一十地告诉我他说了什么——一五一十。

弗雷德里克：好吧，我正准备出门，想要带你去吃午餐，有人告诉我，我有个电话。长途电话——来自哈里奇。

维多利亚：我知道。一个港口城市。

弗雷德里克：我晃荡过去，接了电话。我说："是你吗，亲爱的？"

维多利亚：你为什么这么说？

弗雷德里克：打电话这么开场白通常很管用。能让对方放松下来。

维多利亚：愚蠢。

弗雷德里克：某人说："是你吗，弗雷迪？"我想，我听出了他的声音，我觉得好搞笑。"是我。"我说。"比尔，"他说，"比尔·卡迪尤。"

维多利亚：看在老天的分上，说快点。

弗雷德里克："哎哟，"我说，"我以为你死了。""我料到了。"他回

236

答。"你好吗?"我说。"好得很。"他说。

维多利亚：多么愚蠢的对话。

弗雷德里克：该死的，我总要说点什么。

维多利亚：你有很多话可以说。

弗雷德里克：我们只有三分钟。

维多利亚：好吧，继续。

弗雷德里克：他说："我正要回伦敦。三点十三分到。你可以把这消息带给维多利亚。""好吧。"我说。他说了好久，我也说了好久。接着我们挂了电话。

维多利亚：可那是在午餐之前。你为什么没有第一时间回来告诉我?

弗雷德里克：和你说实话吧，我有点懵了。我的第一反应，来一杯双份威士忌再加一小杯苏打。

维多利亚：那你接着做了什么?

弗雷德里克：好吧，我坐下来开始思考。整整想了几个小时。

维多利亚：想出了什么?

弗雷德里克：没有。

维多利亚：然后你饿着肚子回家了，听上去不值当啊。

弗雷德里克：我的处境非常尴尬。

维多利亚：你? 那我呢?

弗雷德里克：毕竟，比尔是我的老朋友。我娶了他老婆，他兴许会觉得相当搞笑。

维多利亚：搞笑!

弗雷德里克：换个角度看，他也不一定觉得好笑。

维多利亚：你回来的时候为什么没有告诉我，而是天知道说了什么乱七八糟的废话?

弗雷德里克：这事儿不太容易说出口。我在找一个时机不经意地说出来，你知道吗？

维多利亚：［暴怒］你在浪费宝贵的时间。

弗雷德里克：［温和］亲爱的，你一定不会认为吵架是浪费时间。

维多利亚：现在，我们都没机会做些决定了。我甚至没时间换条裙子。

弗雷德里克：你究竟为什么想要穿裙子？

维多利亚：毕竟，我是他的遗孀。我想，他进门的时候，我穿着丧服，看着还是挺不错的。你告诉他的时候，他说了什么？

弗雷德里克：我告诉他什么？

维多利亚：你怎么可以这么蠢！你告诉他我俩结婚了啊。

弗雷德里克：可我没告诉他。

维多利亚：你是想说，他兴冲冲地跑来，还以为我是他的妻子？

弗雷德里克：怎么了，很正常啊。

维多利亚：你为什么没有第一时间告诉他？这是你唯一该做的事儿。你肯定明白。

弗雷德里克：我那时没想到。再说了，电话里谈这事儿相当尴尬。

维多利亚：好吧，总有人要告诉他。

弗雷德里克：我得出结论，你是最适合的人选。

维多利亚：我？我？我？你认为应该由我来干这脏活儿？

弗雷德里克：不得不说，我认为这事儿我来干不太好。

维多利亚：我不能这样做，不能打击我亲爱的比尔。

弗雷德里克：顺便提一句，还——还不错吧，他活着，不是吗？

维多利亚：太好了。

弗雷德里克：我高兴来着，你呢？

维多利亚：是的，高兴坏了。

弗雷德里克：那你要尽其所能地委婉地把这消息告诉他，维多利亚。

维多利亚：［似乎在权衡利弊］我实在不明白那算是我的活儿。

弗雷德里克：[使出浑身解数施展魅力] 亲爱的，你足智多谋。我认识的人当中没有一个像你那样能游刃有余地处理棘手情况。你做事举重若轻。又招人喜欢。还柔情似水。

维多利亚：我认为你的做法是大错特错。处理这类事，别无他法。你只要拉住他的胳膊，对他说："我说，老兄，其实……"

弗雷德里克：[打断] 维多利亚，你意思是你愿意放弃这么个机会，这可能是你这辈子能制造出的最惊天动地的场面?

维多利亚：现在给我听着，弗雷迪，我这辈子只要求你为我做一件事。你知道我多么娇弱。我感觉不太好。我只能依靠你了。

弗雷德里克：不行，维多利亚。我做不到。

维多利亚：[暴怒] 该死的。

弗雷德里克：老天啊，他到了。

维多利亚：我还没化妆呢。幸好我这人不自恋。[她开始卖力扑粉。楼道传来某人的声音："哎哟喂！哎哟喂！哎哟喂！"然后，门一下子打开，威廉冲进来。他是一个身强体健、乐乐呵呵的小伙子，此时身上的衣服又破又旧]

威廉：我们又见面啦。

维多利亚：比尔！

弗雷德里克：我说对了吧?

维多利亚：我不敢相信自己的眼睛。

威廉：给我个吻，老情人。[他把她搂进怀里，深情地吻下。然后转向弗雷德里克。两人握手] 好啦，弗雷迪老伙计，日子过得怎么样?

弗雷德里克：很好，谢谢。

威廉：见到我很意外吧?

弗雷德里克：有点。

维多利亚：事实上，非常惊讶。

威廉：我很高兴在这里见到你，弗雷迪老伙计。我在火车上骂了自己五次，怎么没有让你和维多利亚一起等我回家。我生怕你会有小情绪。

弗雷德里克：我?

威廉：你看，你或许以为我和维多利亚第一时间希望独处，但如果我见不到你这张讨厌的老脸来欢迎我，我会难过死的。顺便说一句，你们俩都没说过很高兴见到我。

维多利亚：我们当然很高兴，亲爱的比尔。

弗雷德里克：相当高兴。

威廉：机智如我，想到了让老伙计弗雷迪来告诉你这消息，维多利亚。

维多利亚：是的，亲爱的，确实机智如你。

威廉：仿佛回到了往昔，听你口口声声叫我亲爱的。

弗雷德里克：这是维多利亚最爱用的词之一。

威廉：知道吗，我差点打算先不告诉你们。我本想半夜三更闯进家里，多搞笑。

> [弗雷德里克和维多利亚吓了一跳。

维多利亚：很高兴你没这么做，比尔。

威廉：哎呀，这场面多有意思。睡美人躺在贞洁之床上。衣衫褴褛的男人闯进来。睡意蒙眬的美人惊声尖叫。"是我啊，你的丈夫。"多么戏剧性的场面。

维多利亚：[转换话题] 你说得很对，的确衣衫褴褛。你是从哪儿搞来这衣服的?

威廉：不是搞来的。偷来的。必须说，我并不介意做些"得体"的事儿。

> [他走向通往维多利亚卧室的房门。

维多利亚：[急切] 你要去哪儿?

威廉：去我的更衣室。天呐，我都忘了我有哪些衣服了。我有过一套蓝色哔叽西装，也算做工考究。

维多利亚：我把你所有的衣服都理出来了，亲爱的。

威廉：放哪儿了？

维多利亚：我放了樟脑。你现在没法穿，要等樟脑挥发掉。

威廉：我说。[沙特尔沃思夫人进入。威廉站着，所以起初她没看见他]

沙特尔沃思夫人：维多利亚，我觉得小羊羔情况好转了。

维多利亚：[吞咽口水]母亲。

威廉：我正要问问孩子的情况呢。

　　　　[沙特尔沃思夫人吓得灵魂出窍。她转了个圈，打量威廉]

沙特尔沃思夫人：他是谁？

威廉：那你到底认为我是谁？

沙特尔沃思夫人：声音在说——比尔·卡迪尤。可他是谁？

威廉：[走向她]好吧，我或许是瘦了一点，这身衣服也是又旧又吓人。

沙特尔沃思夫人：别走过来，我要大叫了。

威廉：你逃不了的。我要吻你。

沙特尔沃思夫人：把他拉走。别让他靠近我。维多利亚，这人是谁？

弗雷德里克：好吧，沙特尔沃思夫人，他是比尔·卡迪尤。

沙特尔沃思夫人：可他死了。

弗雷德里克：他似乎并不知情。

沙特尔沃思夫人：荒唐。谁来把我弄醒？

威廉：我能掐她一下吗，如果可以，掐哪里呢？

沙特尔沃思夫人：噩梦。他当然死了。这人是冒牌货。

威廉：我给你看看我左肩上的胎记？

沙特尔沃思夫人：我告诉你，比尔·卡迪尤死了。

威廉：证明啊。

沙特尔沃思夫人：[愤愤不平] 证明？陆军部发了正式通告；维多利亚服了丧。

威廉：她穿丧服美吗？

沙特尔沃思夫人：甜美。非常甜美。我执意要她去马蒂尔德教堂。葬礼必须办得像样，否则就什么都不是。我们还办了追悼会。

弗雷德里克：还有唱诗班。

威廉：维多利亚，你为我办了追悼会？你真好。

维多利亚：亲朋好友都来了。

威廉：真高兴不是门可罗雀。

弗雷德里克：我说，老伙计，我们不想催促你，你知道的，可是我们在等个解释。

威廉：我正要说呢。我想给你们一点时间，让你们从初次见我的欣喜若狂中缓过来。好点了吗？

弗雷德里克：我只代表我自己。

威廉：好吧，你知道的，我受了很重的伤。

弗雷德里克：是的，在伊珀尔战役。有个家伙看见你倒下。他说有颗子弹贯穿了你的头颅。他停留了一分钟，眼见你死了，就继续前进。

威廉：一个浮皮潦草的观察者。我没死。我最后被找到，带去了德国。

维多利亚：你为什么不写信？

威廉：好吧，我想那时的我有点痴痴呆呆。我不知道在医院待了多久，但当我可以坐起来进食时，我什么都不记得了。我的记忆丢光了。

沙特尔沃思夫人：奇怪。在我看来，着实奇怪。

威廉：我想，我的伤势让我变得有点暴躁。我被带去某个战俘营，然后因为某个观点和一个德国军官起了冲突，我把那人撂倒在地上。老天，他们差点因为这事开枪打我。无论如何，他们对我下了一百五十天的禁闭令，并且禁止我写信，或者向外界传达出任何我还活着的讯息。

维多利亚：可你的记忆回来了？

威廉：是的，渐渐恢复了。当然，我接着意识到你们不会以为我死了吧。但我也没法子写信告诉你们。

弗雷德里克：你应该从鹿特丹发个电报回来。

威廉：线路忙。他们告诉我，人到了，电报也不一定能到。

沙特尔沃思夫人：非常有可能。

威廉：我或多或少该为自己庆幸。但有件事千真万确：我没死，还有，我相信还能再活上四十年，如果不是五十年的话。

　　　[泰勒进入。

泰勒：夫人，我该把这位先生的东西放在哪里？他嘱咐我搬上来。

威廉：哦，只是一些路上用的琐碎物品。把它们放进更衣室吧。

维多利亚：别，暂且放着，泰勒。我们过会儿再做决定。

泰勒：很好，夫人。[她走出去]

威廉：更衣室有什么问题，维多利亚？

维多利亚：我的小可怜，别忘了你的到来完全是个意外。什么都没准备。

威廉：别为这事儿操心了。在我经历了那一切之后，再恶劣的环境我也能睡得着。[看向床] 老天，弹簧床垫。爸爸今晚可以睡个安稳觉了。

沙特尔沃思夫人：[语气坚决] 有些事该有个决断。

威廉：这话什么意思？

维多利亚：[匆忙] 我们没了厨子。

威廉：哦，别为这事儿担心。我和弗雷迪都能烧饭。我的拿手菜是烤牛排。你能做什么，弗雷迪？

弗雷德里克：煮鸡蛋。

威廉：好极了。人们常说，大厨不会煮鸡蛋。没什么可烦恼的。我们弄点鹅肝酱，还有牡蛎，搞定。现在，我们去看看孩子。

沙特尔沃思夫人：他今天身体不适。我认为他不该下床。

威廉：哦，好吧。我会蹑手蹑脚上楼看他。我还不认识他呢。他叫什么名字？

维多利亚：[相当紧张] 你忘了，你出发之前说过，要是男孩，你希望他叫弗雷德里克。

威廉：是的，我知道我说过这话，但你说你会让我见鬼去的。你下定主意要叫他朗斯洛。

维多利亚：想到既然你已离世，我觉得该尊重你的遗愿。

威廉：确实是个打击，让你经历了这些。

维多利亚：当然，我让弗雷迪做了孩子的教父。

威廉：我不在的时候，这个老混蛋有没有帮你一把？

维多利亚：我……我麻烦了他好多。

威廉：我感觉到有他在身边，你能安下心来，你知道的。他坚如磐石。

弗雷德里克：我说，你这么说的时候，应该避免让我难为情。

维多利亚：他对我很好，在我服——服丧期间。

威廉：老伙计。我就知道你靠得住。

弗雷德里克：[直冒汗] 我……我做了能做的，你知道的。

威廉：好吧，别这么谦虚。

沙特尔沃思夫人：[更加坚决] 我告诉你们，当断则断。

威廉：亲爱的维多利亚，你母亲怎么回事？

弗雷德里克：[试图转换话题] 我想我们应该放纵一下，今晚来点起泡酒，维多利亚。

威廉：去他妈的浪费。

弗雷德里克：我在想东西到了没有。我前天让他们送一箱过来。

威廉：你还在经营酒窖？让他干这事，轻率了，维多利亚，非常
　　轻率。

维多利亚：关于酒，我一无所知。

威廉：弗雷迪略知一二。我说，你还记得我俩最后一次纵酒狂欢
　　吗？你醉得不省人事。

弗雷德里克：见鬼！我绝不是那样的人。

威廉：可爱的小东西。你还和她来往甚密吗？

　　　　[维多利亚直起身子，怒目看向弗雷德里克。

弗雷德里克：[义正严辞]我不知道你说的是谁。

威廉：哦，我亲爱的老伙计，别装腔作势了。维多利亚是已婚妇女，
　　她知道村里的小伙外出放飞是什么德行。那小妞确实非常漂亮，
　　维多利亚，要是我没结婚，我会想方设法把弗雷迪踢出局。

维多利亚：[冷冰冰]他经常对我说，他这辈子都没看过女人一眼。

威廉：你不该鼓励年轻人撒谎。他们所有人都会这么说。转瞬即逝。
　　那些可怜的飞行员干趴了一个又一个，可他们赶不上他。我们
　　在说骇人听闻的往事；沙特尔沃思夫人，你最好回避。

弗雷德里克：可怜的比尔，你的记性！等你恢复了，恐怕你会想起
　　来这些事统统没有发生过。

威廉：往事，我不是说了？除非我搞了大乌龙，他这人经不住追根
　　究底的盘查。

弗雷德里克：老天啊，恭喜你。这可怜的家伙以为自己在搞笑呢。

威廉：[继续说]我不怪你。有花堪折直须折。我羡慕你可以同时和
　　三个女人谈恋爱，而且让每个女人相信你的真爱是她。

沙特尔沃思夫人：[下定决心]如果没人立即说出口，那就由我

来吧。

威廉：［和维多利亚耳语，指着沙特尔沃思夫人］空袭？

　　　　［此时，屋外传来婴儿的哭声。

维多利亚：［焦急不安］威利。

威廉：天呐，什么声音？是孩子？［他疾步走向门口，打开门。哭
　　声愈发清晰了］什么，楼上传来的。你们告诉我孩子在育儿室。
　　［冲着保姆说话］把孩子带下来，让我看看。

　　　　［保姆一身整洁的灰色制服，抱着婴儿进来。

维多利亚：［绝望］弗雷迪，干点什么，傻事也行。

弗雷德里克：我唯一能想到的，就是倒立。

威廉：［欢快］哎哟喂，哎哟喂，哎哟喂。

弗雷德里克：不能这么对婴儿说话，你个机灵鬼。

威廉：也不能算是婴儿了。他开口说话了吗，保姆？

保姆：哦，不会，先生，还不会呢。

威廉：有点迟了，不是吗？我的儿子不该这样。

　　　　［保姆惊讶地看着他，然后瞟了维多利亚一眼，摆出极为审
　　慎的样子。

保姆：我从没见过这么小的婴儿能开口说话的，先生。

威廉：天呐，他就是个小不点。就像个赝品。我想我们完了，维多
　　利亚。

保姆：［生气］哦，我认为您不该这么说。他是个非常健康的男孩。
　　他比其他六个月大的孩子要重好多。

威廉：什么？多大？

保姆：上周二四个月大，先生。

威廉：我不在的时候，你倒挺忙的，维多利亚。

维多利亚：弗雷迪，看在上帝的分上，说话啊。不要傻乎乎站在
　　那儿。

沙特尔沃思夫人：你先离开，南妮。

　　[保姆抿紧嘴唇走出去，既好奇又困惑。

弗雷德里克：[试图让气氛轻松下来] 事实就是，我们犯了一个相当
　　荒唐的错误。你离开了太长时间，有好多事情你并不知情。

威廉：我是个简简单单的人。

弗雷德里克：好吧，我们长话短说。

威廉：什么长话？

弗雷德里克：我希望你不要打断我。我会尽我所能快速地把故事说
　　完。长话短说，刚离开屋子的孩子不是你的。

威廉：我也有过一丝疑虑，他不是。我开诚布公地告诉你们。

维多利亚：哦，傻瓜。胡说八道的傻子。

威廉：好了，那孩子的父亲究竟是谁？

弗雷德里克：其实，是我。

威廉：你？你不会是说，你结婚了？

弗雷德里克：很多人都结了。事实上，战争期间结婚这事司空见惯。

威廉：那你为什么没告诉我？

弗雷德里克：该死，伙计，过去的三年间你是死人。我怎么说？

威廉：[抓住他的手] 好吧，听到这消息，我太高兴了，老伙计，我
　　就知道你迟早有一天也会失去自由。你是一只狡猾的老鸟，但
　　是——啊，好吧，我们全都走向了同样的归宿。我要献上我最
　　诚挚的祝福。

弗雷德里克：你真是太好了。我——呃——我住在这儿，你知道的。

威廉：你住在这儿？一级棒。你的妻子也在？

弗雷德里克：解释起来很麻烦。

威廉：别告诉我她是独眼龙。

弗雷德里克：你就猜不出我为什么住在这里？

威廉：猜不出。[他环顾四周，目光落在沙特尔沃思夫人身上] 你不

会告诉我你娶了维多利亚的母亲?

弗雷德里克:不,不完全是那样。

威廉:为什么他说的是"不完全"?但愿你没有玩弄我丈母娘的感情?

沙特尔沃思夫人:我看上去像那个婴儿的母亲?

威廉:我们生在一个进步年代。对万事万物要保持开放的态度。

弗雷德里克:你对我有很深的误解,比尔。

威廉:你和维多利亚的母亲没瓜葛?

弗雷德里克:当然没有。

威廉:好吧,对不起。我还挺想当你的女婿。你应该这么做的,不是吗?

维多利亚:真的,比尔,我认为你不该这么谈论我的母亲。

威廉:如果他陷她于不义,那他就该娶了她。

维多利亚:他没有陷她于不义,他也不能娶她。

威廉:我不想表现得八卦,但如果你没有娶维多利亚的母亲,你娶了谁?

弗雷德里克:该死的,我娶了维多利亚。

第一幕终

248

第二幕

场景：维多利亚宅邸中的客厅。风格相当怪异。维多利亚把装修交付给了一个未来主义艺术家，结果就是客厅显得非常现代、反常、奇幻，但并不丑陋。壁炉里没有火，所有窗子都开着。弗雷德里克穿了一件厚外套，腿上搭了一块毯子，正在读报。沙特尔沃思夫人进入。

沙特尔沃思夫人：我要走了。

弗雷德里克：现在？

沙特尔沃思夫人：我要带走可爱的小外孙。

弗雷德里克：是吗？

沙特尔沃思夫人：你今早的心情不太好嘛。

弗雷德里克：并没有。

沙特尔沃思夫人：维多利亚快要撑不住了。

弗雷德里克：她吗？

沙特尔沃思夫人：在经历过那可怕的打击之后，我本以为你会关心她的情况。

弗雷德里克：你这么认为？

沙特尔沃思夫人：她会好起来的，可怜的孩子，她仿佛遭了五雷轰顶。我立马把她扶上床，还给她塞了暖水袋。

弗雷德里克：是吗？

沙特尔沃思夫人：当然了，她身体不舒服，完全无法讨论昨天那修罗场般的局面。

弗雷德里克：她不舒服？

沙特尔沃思夫人：你尽管亲自去看看。唯一该做的就是让她保持冷
　　静，直到她终于缓过来一些。

弗雷德里克：是吗？

沙特尔沃思夫人：但到了今天早上，我确信你会见到她准备好应对
　　日常事务了。

弗雷德里克：我吗？

沙特尔沃思夫人：既然你没有其他话要和我说，我想我该走了。

弗雷德里克：你要走？

　　　　［沙特尔沃思夫人紧紧抿住嘴唇，走向门口。这时，泰勒
　　进入。

泰勒：夫人，莱斯特·佩顿先生到访。朗兹夫人说，您可以接待他
　　一会儿吗？她刚洗完澡。

沙特尔沃思夫人：当然了。把他带到这里来。

泰勒：很好，夫人。［退出］

弗雷德里克：我离开。

沙特尔沃思夫人：我在想他有什么企图。

弗雷德里克：或许他想要得到维多利亚的允许，对着你夸夸其谈。

　　　　［他离开。一分钟后，泰勒宣布莱斯特·佩顿到访，然后
　　离开。

泰勒：莱斯特·佩顿先生。

佩顿：您的女儿今早给我打了电话。我想，我最好还是立马过来
　　看看。

沙特尔沃思夫人：您太好了。我相信，但凡有需要帮忙的事，您是
　　当仁不让的人选。

佩顿：这情况太特别了。

沙特尔沃思夫人：当然啦，在我看来，比尔就这样出现太欠考虑了。

佩顿：可怜的人儿，她肯定慌了神。

沙特尔沃思夫人：好吧，我唯一能告诉你的是，那个打击让她的头发变得笔直笔直的。她昨天刚卷了头发，今早的头发直得像根电线杆似的。

佩顿：你不必这么说。

沙特尔沃思夫人：她来了。

　　　　〔维多利亚进入。她身着晨衣，脚跐室内拖鞋。头发只做了一部分，但她尽量让自己看起来光彩照人。

维多利亚：我不想让你久等，我尽快下楼来。你不该看着我。

佩顿：我情不自禁。

维多利亚：瞎说什么。我知道我看上去怪吓人的，幸好我这人并不自恋。

佩顿：〔握住她的手〕灭顶之灾！你一定是不知所措了。

维多利亚：〔展露魅力十足的笑容〕我就知道我可以信赖你那怜香惜玉之情。

佩顿：那你到底要怎么办？

维多利亚：就因为没了主意我才打电话给你。你瞧，你让我养成了习惯，把所有难题都交给你来处理。

佩顿：你还能交给谁呢？我们必须想想法子。必须讨论一下。

维多利亚：处境微妙呢。

佩顿：你太棒了，勇敢地承受住了一切。我以为会看到崩溃的你。

维多利亚：〔眼里说过一道光〕我还能靠你吗？

佩顿：我猜你经历了最恐怖的场景。

维多利亚：撕心裂肺。你瞧，他们俩都爱慕我。

佩顿：你呢？

维多利亚：我？我只是想要——想要完成我的义务。

佩顿：这就是你！完完全全是你的作风。

沙特尔沃思夫人：如果没有什么事我可以为你做的，亲爱的，我想我要离开了。

维多利亚：好的，亲爱的。

沙特尔沃思夫人：[和莱斯特·佩顿握手]好好待她。

佩顿：我会努力的。

[沙特尔沃思夫人走出去。

维多利亚：[几近温存]你是个好人，第一时间就来看我。我还担心你没时间呢。

佩顿：我怎么会允许有事情阻碍我来见你，你能想象吗？

维多利亚：哦，可你知道，我不愿看见你为了我竭心尽力。

佩顿：我希望我能声称为了你竭心尽力。其实，我去看了我刚在乡下买的地产，我还想试试新买的劳斯莱斯，我想着可以一石二鸟。

维多利亚：我不知道你买了地产。

佩顿：哦，小买卖。花园还不到三百英亩，只有二十八间卧室。不过，你看，我是个单身汉。我所求甚少。

维多利亚：在哪里？

佩顿：纽马克特附近。

维多利亚：非常漂亮的社区。

佩顿：我这种地位的人必须为国家创造福祉，于我而言，或许就是资助一项古老的、优良的英式运动，这能为大量可敬的人提供工作岗位，也算得上真正的爱国吧。我打算投身赛事。

维多利亚：我眼中的你卓尔不群。那么多的人把金钱浪费在自私自利的乐趣上。多么欣慰能遇见一个人决心拿钱来做善事。我常常在想你为什么没有进议会。

佩顿：过去四年，我忙于打赢战争，没空考虑统治这个国家。

维多利亚：是的，可现在。他们需要的人应该身强体健，才思敏捷，性格强势。

佩顿：或许我很快就有机会展现风采了，这并非没有可能。但不是在下议院。

维多利亚：[情难自已]上议院？

佩顿：[调皮地]哦，你不能让我辜负首相的信任。

维多利亚：身穿猩红色貂皮外袍的你会很帅气的。

佩顿：[大献殷勤]可大谈特谈我的困扰，属实不对，你的苦恼更大。

维多利亚：哦，你无法想象我是多么喜欢听你谈论自己。你说的每字每句都闪烁着真知灼见。

佩顿：当你拥有一个热情的听众，想要表现得才华横溢，易如反掌。

维多利亚：当然了，比尔和弗雷迪都是可爱的好人，但他们的谈吐都有点局限。打仗的时候，谈论枪支、飞行器和睡袋相当有趣，可现在……

佩顿：我非常理解你，亲爱的女士。

维多利亚：你为什么这么称呼我？

佩顿：纯粹是出于尴尬。我不知道该称呼你卡迪尤夫人还是朗兹夫人。

维多利亚：你为什么不能采取折中办法，叫我维多利亚？

佩顿：可以吗？

维多利亚：[把手递给他]这会让我感到你对我而言不是外人。

佩顿：[大吃一惊]你的结婚戒指？你一直戴着两个。

维多利亚：之前想到可怜的比尔去世了，我不愿意把他遗忘。

佩顿：但你为什么把两个戒指都脱了？

维多利亚：我迷茫了。我嫁给了两个男人，而我又觉得一个都没嫁。

佩顿：我希望你一个没嫁。我全心全意希望你没有。

维多利亚：你的语气很坚决。为什么？

佩顿：你猜不到吗？

维多利亚：[垂下眼] 我一定非常的傻。

佩顿：难道你不知道我爱恋你？我诅咒我那不幸的命运，我没能在
　　你嫁为人妇之前结识你。

维多利亚：那你会向我求婚吗？

佩顿：早，中，晚，直到你应允。

维多利亚：我从未这么想要一套巴黎华服，直到我得知这套衣服卖给
　　了其他人。我在想，你是否愿意娶我，如果我恢复了自由身？

佩顿：是的。全心全意。

维多利亚：但我不是自由身。

佩顿：而你——如果你自由了，愿意嫁我吗？

维多利亚：告诉我，你为什么戴护腿套？

佩顿：我认为这样可以干干净净。

维多利亚：哦，不是因为老寒腿？

佩顿：哦，不是，我的血液循环非常顺畅。

维多利亚：我不信你是那种会说"不"作为回答的人。

佩顿：你太过可爱。

维多利亚：[粲然一笑，面带羞涩] 我想，你愿意带我出门吃午饭？

佩顿：给我机会。

维多利亚：我正要换衣服。半小时后回来找我，我应该收拾妥当了。

佩顿：很好。

维多利亚：现在先说再见。

　　　　[他们一同走出去。门外传来威廉的声音。

威廉：维多利亚。[他进入，但屋里空无一人] 哈喽！[呼喊] 弗
　　雷迪。

弗雷德里克：[屋外] 哈喽。

威廉：弗雷迪。

[弗雷德里克拎着毯子和报纸进入。

威廉：我说，我找不到我的靴子了。

弗雷德里克：你的靴子？你要靴子干嘛？

威廉：穿啊。那你认为我要靴子干嘛？

弗雷德里克：我见到靴子扔在地上。我想着最好把它们收起来，万一发生意外呢。

威廉：蠢蛋。你放哪儿了？

弗雷德里克：我正在想呢。

威廉：你不是要说你不记得放哪儿了。

弗雷德里克：我当然知道放在哪里，因为是我放的，但我碰巧一时想不起来了。

威廉：好吧，请你赶紧的想起来。

弗雷德里克：别冲我嚷嚷。你一嚷嚷，我就不可能想起来了。

威廉：努力努力，想想放哪里了。

弗雷德里克：[狐疑地看向花瓶] 我知道我没把它们放进某个花瓶。

威廉：我也这么希望。

弗雷德里克：可能是煤斗。

威廉：如果真的在那里，我就要用靴子把你的脸抹黑。

弗雷德里克：[查看煤斗，洋洋得意] 我就说不可能在这里。

威廉：傻瓜。我不想知道靴子不在的地方。我想知道靴子在哪儿。

弗雷德里克：要是我知道，我也不会到处找了。

威廉：如果你在两分半钟里找不到，我就打断你所有骨头。

弗雷德里克：为了这种事烦恼掉头发，没意思。既然找不到，那就是找不到。

威廉：[火冒三丈] 我说，你究竟为什么把所有窗户都打开了？

弗雷德里克：我想让屋里暖和一点。还有，据说这有益健康。

威廉：我情愿选择短暂快乐的人生。我喜欢闷浊的空气。

[他关上窗户。

弗雷德里克：就算关上，室内也不会暖和一点的。我试过。

威廉：你个傻瓜，为什么不生火？

弗雷德里克：别那么不爱国。维多利亚的卧室必须生火，育儿室也必须生火。

威廉：为什么？

弗雷德里克：为了让孩子洗澡。

威廉：[吃惊] 什么，每天？

弗雷德里克：是的，他们现在给孩子洗很多澡。

威廉：可怜的小乞丐。

弗雷德里克：[跳起来，走向他] 你他妈的是从哪里搞到这套西装的？

威廉：挺俏皮的，我都有点得意了。维多利亚拿来给我的。

弗雷德里克：她也不必把我唯一一套战争以后买的新衣服送给你吧。天呐，我觉得有点过分了。

威廉：好吧，你不喜欢我昨天穿的西装。你也不能指望我用无花果叶遮身，然后到处晃悠，除非你能确保整栋房子舒适温暖。

弗雷德里克：如果你得体地来询问我，你或许会得到我身上这套。

威廉：谢谢，但我不喜欢这套。膝盖那里，对我而言有点肥大，

弗雷德里克：你这是大错特错了，凭什么你认为你可以穿所有的新衣服，而我只能穿旧衣服。

威廉：如果你因为这事发火，那你到底从哪儿搞来这个领带夹的？

弗雷德里克：哦，维多利亚在我生日的时候送给我的。

威廉：好吧，那是我的。她先是在我的生日上送给我。还有，那表链？

弗雷德里克：维多利亚送我的圣诞节礼物。

威廉：哦，是吗？在送给你之前，这是她送给我的圣诞节礼物。你

最好把它们摘下来。

弗雷德里克：我要先欣赏一下你大惊小怪的样子。既然你死了，就按你的意愿把所有东西留给了她。她选择把其中一些东西送给我，那就不关你的事儿。

威廉：好吧，我不和你争辩了，但我认为，戴着死人的珠宝招摇过市，这他妈的真过分。

弗雷德里克：顺便问一句，你是不是有过一个手工打造的黄金烟盒？

威廉：确实！这是维多利亚送我的结婚礼物。也归你了？

弗雷德里克：维多利亚，节俭的女人。

威廉：我说，除非生把火，否则我就要变成阿尔伯特纪念亭 ① 了。

弗雷德里克：划根火柴，看看会发生什么。

威廉：谢谢——我来。

　　　　[他点燃一根火柴，生起火。火焰蹿了出来。

弗雷德里克：现在我可以脱下外套了。维多利亚会大发雷霆的。

威廉：那是你的事儿。你必须负责。

弗雷德里克：现在和我没什么关系了。你是这栋房子的主人。

威廉：并非如此。我只是一名贵客。

弗雷德里克：哦，不是的，你出现的那刻，我就变得无足轻重了。

威廉：亲爱的伙计，我昨晚睡在哪里？客房。这就证据确凿地证明了我只是客人而已。

弗雷德里克：那你以为我睡在哪里？这里。

威廉：你为什么要这么做？我上床睡觉的时候，你没喝醉酒啊。

弗雷德里克：维多利亚说，现在你回来了，我不能睡在紧挨着她的

――――――――――――――

① 维多利亚女王为纪念她死于伤寒的王夫阿尔伯特亲王而建造，纪念亭包括一个华丽的凉亭，一个哥特式风格的祭坛上盖。

卧室。

威廉：哦，好吧，我敢说你在沙发上也能睡得舒舒服服。

弗雷德里克：看看这该死的玩意儿。

威廉：对了，家具怎么回事？

弗雷德里克：你死了，维多利亚自然非常悲伤，所以她把客厅重新
　　装修了一下。

威廉：我敢说这大清早的，我的脑袋不是很灵光，但我看不出其中
　　有何关联。

弗雷德里克：你瞧，先前的房间有太多令人悲伤的联想。她想要散
　　散心。

威廉：哦，我感觉你也默认了。

弗雷德里克：[动怒] 我是一片好心。你肯定也希望我这么做。

威廉：当然。没有责怪你。

弗雷德里克：要是你见过哭成泪人儿的维多利亚，你就会希望另一
　　个男人能做点什么来安慰她。

威廉：她是我认识的唯一一个女人，哭起来和笑起来一样好看。这
　　是一种强大的力量。

弗雷德里克：我就知道你这个多愁善感的男人会同意的。

威廉：确实如此。

弗雷德里克：你希望我什么时候卷铺盖滚蛋？

威廉：亲爱的伙计，你为什么有这种念头？想必你一分一秒都没想
　　过我会碍着你。我只是打算做一次简短的造访。

弗雷德里克：我很抱歉听你这么说。维多利亚会失望的。当然，这
　　不关我的事。你和你的妻子必然可以处理好你俩之间的事。

威廉：亲爱的老东西，你完完全全误解我了。我不是那种人，会横
　　亘在丈夫和妻子之间。

弗雷德里克：你这话究竟是什么意思？

威廉：好吧，既然说到这个份上了，你到底什么意思？

　　　　[维多利亚进入。她现在穿了一件非常合身的晨礼服，还带来了一盒巧克力。

维多利亚：早上好。[她走向威廉，凑上脸颊让他亲吻]

威廉：早上好。

维多利亚：早上好。[她走向弗雷德里克，凑上脸颊让他亲吻]

弗雷德里克：早上好。

维多利亚：[向威廉点点头] 我先让他亲吻，因为他离开了很长时间。

弗雷德里克：自然的。而且，他早在我之前就成了你的丈夫。

维多利亚：我不希望你俩互相吃醋。两个我都爱，我不想表现出任何偏爱。

弗雷德里克：我不懂为什么他可以得到客房，而我只能蜷缩在客厅的沙发上。

威廉：我喜欢这样。来点小肥牛，怎么样？

弗雷德里克：除非你带来了你的票证。

维多利亚：[看到了炉火] 谁生的火？

弗雷德里克：他干的。

威廉：你的火柴。

　　　　[维多利亚拉出一把椅子，坐在炉火前面，防止任何热气扩散到房间各处。

维多利亚：[一边吃巧克力] 万一煤炭用光了，我那可怜的孩子死于双侧肺炎，你们当然不会在意。在这里生火就是赤裸裸的犯罪。

威廉：我追悔莫及。不过，你需要独占所有的煤炭吗？

维多利亚：哪里生了火，我就要让这炉火发挥作用。

弗雷德里克：维多利亚，你是在吃巧克力？

维多利亚：是的，鲍比·柯蒂斯送来的。好吃。

弗雷德里克：是吗？

维多利亚：这时日很难搞到优质的巧克力了。

弗雷德里克：我知道。我有四个月没尝过巧克力的滋味了。

维多利亚：[咬下一块巧克力] 哦，这个是软心的。真讨厌。你们俩谁要吃？

威廉：[语带讥讽] 浪费了似乎有点可惜，维多利亚。

维多利亚：[吃下去] 我敢说，你是对的。战争期间不能太过挑剔。

威廉：啊，我猜你嫁给弗雷迪的时候正是这么想的。

维多利亚：我这么做是为了你，亲爱的。他是你的铁哥们。

弗雷德里克：你死掉的时候，她悲痛欲绝。

威廉：幸运的是，有你在这儿安慰她。

维多利亚：是弗雷迪把消息带给我的。他想到了追悼会。还每天来看望我两次。

威廉：凭你那务实的脑子，我猜你认为他不值得这么损耗皮鞋，而一个无足轻重的仪式可以省去他的奔波之苦。

维多利亚：我们当然等了等。我告诉他，年底之前想也别想。

威廉：不惜损耗了昂贵的皮革？但你总是怀有美好的情感，维多利亚。

维多利亚：你要知道，没有一个男人在身边，我是多么无助。我知道你不希望我做个孤零零的寡妇。

弗雷德里克：我自觉是照顾她的合适人选。

威廉：你俩为了我各自作出的牺牲超出我所能承受的范围。但愿你们都没有勉强自己的感情？

弗雷德里克：这话什么意思？

威廉：好吧，你们结这个婚看上去完全是为了我，我以为你俩之间什么也没有，只是——我们能说是"相敬如宾"吗？

维多利亚：哦，可是，亲爱的比尔，我没告诉过你我爱慕弗雷迪吗？是他对你的赤诚友情赢得了我的心。

弗雷德里克：她太爱你了，比尔，要是不能照顾她，我就是个畜生。

威廉：几乎让人以为你俩相爱了。

维多利亚：只是建立在你的遗体之上，亲爱的。

弗雷德里克：我以为你会大受感动。

威廉：我如鲠在喉。

弗雷德里克：还有，维多利亚从未忘记你，老伙计。是吗，维多利亚？

维多利亚：从未。

弗雷德里克：我一清二楚，我在她心里只能排第二。只要有你在，她根本不会想到我。

威廉：哦，这我不知道。再长情的女人偶尔也会变心。

弗雷德里克：不，不。我知晓维多利亚那颗忠贞的心。除了你，她不会真的爱上任何人，维多利亚，你知道的，我是多么爱慕你。于我而言，你是这世上的唯一。但我意识到我只有一个选择。比尔回来了。我作为一个绅士、一个体面人，我只有一条路可以走了。这份牺牲更苦涩，更苦涩，但是我应得的。我退出，我把所有权利还给你。我要离开，一个更明智、更悲伤的人，我把你留给比尔。再见，维多利亚。擦一擦你的嘴巴，再给我个吻，自此之后我俩就永别了。

维多利亚：哦，你是个多么出色的人，弗雷迪。你的灵魂多么美丽。

弗雷德里克：再见，维多利亚。忘了我，和那个比我优秀的男人快快乐乐地生活下去。

维多利亚：我永远不会忘了你，弗雷迪。再见。快点离开，否则我要崩溃了。

[威廉坚定地挡在门前，弗雷德里克伸出手，走向他。

弗雷德里克：再见，比尔。善待她。换做别人，我是不会这么做的，除了你。

威廉：[从容不迫] 什么都不用做。

弗雷德里克：我会永远走出你们的生活。

威廉：不能穿着那双靴子。

弗雷德里克：该死，靴子怎么了？又不是你的。

威廉：一种修辞手法，我的男孩。

弗雷德里克：我并不认为现在适合说轻佻话。你给我从门前让开。

威廉：你只能踏着我的尸体走出去。

弗雷德里克：这有什么用？我不会再有机会了。

维多利亚：比尔，何苦要把这痛苦的场面拖延下去？

威廉：亲爱的维多利亚，我这人不能接受这类牺牲。不。陆军部已
　　　经判定了我的死亡。你已经办了追悼会。重新装修了客厅。你
　　　们快快乐乐的。我不会打破你俩都心满意足的状态，这样的我
　　　太自私自利。我不会介入你俩之间。

维多利亚：哦，比尔，多么高尚。

威廉：维多利亚，我是绅士，也是战士。你眼前看到的这个人，尽
　　　管身着尚可忍受的衣服，仍是没有实体的幽灵。实际上，我早
　　　就死得透透了。将来也会是死人一个。

弗雷德里克：你回来了，维多利亚和我在一起永远不会快乐了。

威廉：别再说了。她是你的。

弗雷德里克：亲爱的比尔，你对我所知甚少。我懒散、自私、脾气
　　　臭、斤斤计较，有痛风，容易得癌症、肺结核和糖尿病。

威廉：可怕，可怜的弗雷迪。你必须好好照顾身体，亲爱的维多利
　　　亚会尽其所能改正你的性格缺陷。

弗雷德里克：如果你真的爱她，就不会把她置于悲惨境地，让她和
　　　我这样的人生活不会有好结果。

威廉：弗雷迪，老兄，我不能再向你隐瞒了，我的身体垮了，先是

青年时代的花天酒地，后是战争的蹂躏，我命不久矣。此外，维多利亚对我知根知底，我这人记仇、专横、败家、粗暴，还爱撒谎。

维多利亚：我全都明白了。你俩都那么高尚。那么英雄气概。那么无私。

　　　　[泰勒进入。

泰勒：对不起，夫人，有个人想见您，她说是亚历山德拉劳务中介所介绍来的。

　　　　[她递给维多利亚一张纸片。

维多利亚：哦，把她立即带过来。

泰勒：很好，夫人。[退出]

维多利亚：厨娘。厨娘。厨娘。

弗雷德里克：好工作。相貌平平还是厨艺好？

维多利亚：相貌平平又厨艺好。

威廉：就像一个女人。

　　　　[泰勒把波格森夫人带进房里，接着在她身后关上房门，波格森夫人身高马大，态度专横。穿得像是殡葬人员的寡妇。

波格森夫人：早上好。

维多利亚：早上好。

　　　　[波格森夫人环顾四周，看见一把就近的椅子便坐了下来。

波格森夫人：我是在亚历山德拉给我的招聘厨娘的名单上看见您的名字。我不认识您，但我喜欢这个街区，所以想着走一遭，看看这份工作是否适合我。

维多利亚：[讨好] 我相信你会发现这是份好工作。

波格森夫人：我受不了空袭，我下定决心，只要战争继续，我绝不回伦敦。还有，街道都黑漆漆的，我都认不出哪里是哪里。不过，我当然还是偏心伦敦的。

维多利亚：自然。

波格森夫人：既然战争结束了，如果能找到合适的工作，我是不介意回来的。之前的厨娘为什么走了？

维多利亚：她要结婚了。

波格森夫人：啊，夫人们总是这么说。这当然是可能的，但也有可能并不是这样。

维多利亚：她告诉我，过去三个月没找到更好的工作。

波格森夫人：在我们聊得更深入之前，我想要了解一件事。您有车库吗？

维多利亚：好吧，我们有车库，但没车。我们把车卖了。

波格森夫人：哦，好吧，那就更方便了。我开工总开自己的福特。

维多利亚：当然可以。

波格森夫人：您还用男仆吗？

维多利亚：恐怕没有。

波格森夫人：[严肃] 我习惯用男仆。

维多利亚：你看，战争打响之后……

波格森夫人：哦，您不必一五一十都告诉我。我知道时事多么艰难。我猜也没有帮厨？

维多利亚：我们不能用爱或者钱得到一个人。

波格森夫人：这点我永远无法原谅政府。他们征召了所有女孩，把她们安排在兵工厂。这也不是您的过错，我要这么说。我认识的很多厨子，没有帮厨他们是不乐意去干活的，但我要说，这是战时，每个人都该做好分内事。如果没有帮厨我也必须干，好吧，那就干吧，虽然没有帮厨。

维多利亚：我认为你非常爱国。

波格森夫人：当然啦，我由你来安排妥当，包括在厨房生好火。我要求的，就是我早上到的时候，炉火已经生起来了。

维多利亚：哦！显而易见，我明白你的意思了。但我不太清楚我要怎么做才算安排妥当。

波格森夫人：我上一份工作的东家，那个一家之主每天早上会生好火。

维多利亚：哦，我都没想到这点。

威廉：换我是你，维多利亚，我也想不到。

波格森夫人：一个非常和蔼可亲的绅士。每天在我起床前，给我端来一杯茶、一小片面包，还有黄油。

维多利亚：我敢肯定，我们会尽一切所能，帮你打点得舒舒服服。

波格森夫人：您要我煮什么菜？

维多利亚：我相信你会让我们满意的，我一眼就看出来你是一等一的大厨。

波格森夫人：我做不了很多花哨的菜式，战时做不了。要我说，有东西吃已经是谢天谢地了。

维多利亚：当然了，我知道现在这种情况要翻花样有多难。我相信你会尽力而为的。我们中午常常出去吃，晚饭八点。

波格森夫人：你们尽可自便，但我午后从不下厨。

维多利亚：这有点尴尬了。

波格森夫人：如果您认为我不适合，那就不要浪费时间了。我今早还有十到十二个夫人要见呢。

维多利亚：哦，这点我不会坚持。我想，我们可以迁就你的时间。

波格森夫人：好吧，我会在下午一点上饭。一点美味的肉，一点牛奶布丁。之后您还想来点吃的，您可以找到我为您的晚餐准备的冷餐肉，还有我碰巧放在厨房的小甜品。

维多利亚：明白了。那么，多——多少呢，你要的薪水？

波格森夫人：关于薪水，我也不知道。我能接受每周两镑。

维多利亚：有点超出了我们的常规水平。

波格森夫人：既然您不愿意付这么多，还有大把的人。

维多利亚：我们不用在这上面斤斤计较。我相信你值这个钱。

波格森夫人：我想我没有其他问题要问了。

维多利亚：是的，我想都谈到了。什么时候可以开工？

波格森夫人：我要再去见见其他夫人，看看她们开出的条件。之后，如果我得出结论，还是您最合适，我会打电话给您的。

维多利亚：真心希望你来。我相信这份工，你会干得开开心心。

波格森夫人：我也常常这么说，重要的是开心。而且，我喜欢您的面相。我不介意向您坦白，我对您很有好感。

维多利亚：我很高兴听你这么说。

波格森夫人：那么，我要走了，我想起来了，还有个问题。今早的我脑子稀里糊涂的。您家里几口人？

维多利亚：好吧，我有两个孩子，但他们一点也不麻烦，他们最近不住在这里。

波格森夫人：哦，我不在意孩子。我自己生了好多孩子。

维多利亚：然后，就只有我和这两位绅士。

波格森夫人：我想，您和其中一位结了婚。

维多利亚：我不知道你这话的意思。我和这两人都结过婚。

波格森夫人：两个？合法的？

维多利亚：当然啦。

波格森夫人：好吧，我会说没关系。[越说越生气] 如果这只是一位绅士朋友，我无话可说。我在那些最好的人家生活过，我对此习以为常。这样的家庭，夫人安安静静，和和气气，她不会常常抱怨这抱怨那。如果他是住在这幢房子里，她不会三天两头让人等上半小时才吃上晚饭。但如果你嫁给了他，那就另当别论。这不公平。如果你们这些夫人认为自己可以拥有两个丈夫，而许许多多的工人女性甚至连一个也没有——好吧，我要说的就是，这不公平。我这辈子都是保守党，但感谢上帝，我现在有了选票，我就直接告诉你要怎么做，我要投票给工党。

[她耀武扬威地离开，把背后的门摔上。

威廉：砰！

维多利亚：[怒气冲冲] 这处境令人难堪。我必须有一个丈夫。在各种各样的场合，一个丈夫是必需的。但只能一个。我做不到，又不能有两个。

弗雷德里克：我有个主意。

威廉：肯定是馊主意。

弗雷德里克：我们来抓阄。

威廉：我就知道是个馊主意。

维多利亚：什么意思，弗雷迪？

弗雷德里克：好吧，我们准备两张纸，在其中一张上面画个叉。然后把两张纸折好，扔进帽子里。我们抓阄，谁拿到那张画叉的纸就能得到维多利亚。

维多利亚：[平静下来] 倒是挺激动人心的。

威廉：掷硬币吧。玩投硬币，我运气好。

弗雷德里克：你意思是你害怕了？

威廉：我并不是真的害怕。确实要冒险。

维多利亚：多么浪漫。弗雷迪，去拿纸。

弗雷德里克：好的。

威廉：[焦虑] 我不喜欢。今天不是我的幸运日。我之前透过玻璃窗看到了新月 ①。今早剥鸡蛋的时候，我就知道要出事。

[弗雷德里克走向写字台，拿出一张纸，一撕为二。然后，他转过身，画了个叉。

———————————

① 有种迷信说法，认为这不吉利。

267

弗雷德里克：谁摸到白纸，就要放弃维多利亚。他将退出舞台，如同一缕烟一般消散。而且从此之后，再无他的音讯。

威廉：我不喜欢。我要重申，我只是在态度有所保留的情况下照做的。

维多利亚：比尔，你刚回来的时候可没有这么讨人厌。

弗雷德里克：接下来的四十年，你有大把时间讨厌他。

维多利亚：你似乎有点狂妄自大，弗雷迪。看来你抓到了白纸？

弗雷德里克：今早我看到了一匹花斑马。我们把纸放哪儿？

维多利亚：废纸篓是最好的选项。

弗雷德里克：我去拿。现在你们清楚了吧。有张纸上画了叉。我去把两张纸放进废纸篓，维多利亚举着它。就这么说定了，谁摸到白纸谁就立即离开这栋房子。

威廉：[微弱的声音] 好吧。

弗雷德里克：[把废纸篓递给她] 给你，维多利亚。

威廉：[激动] 好好晃晃。

维多利亚：好的。我说，这不刺激吗？

弗雷德里克：你先来，比尔。

威廉：[身体抖得像片树叶] 不，我做不到。真的做不到。

弗雷德里克：这是你的权利。你是维多利亚的第一任丈夫。

维多利亚：他这次说对了，比尔。必须是你先伸进幸运袋来摸。

威廉：可怕。我汗如雨下。

维多利亚：太令人兴奋了。我的心怦怦直跳。你们其中哪个人会得到我呢。

威廉：[犹犹豫豫] 玩过头，一场空。

弗雷德里克：勇气，老兄，勇气。

威廉：这不好，我做不到。你们应该记得，我在德国人的战俘营待了三年，我的精神都要崩溃了。

维多利亚：我知道你有多爱我了，比尔。

弗雷德里克：闭上眼睛，伙计，然后伸进废纸篓。

威廉：唯一能做的就是克服。但愿我是那个幸运儿。

    [他摸出一张纸，弗雷德里克拿了另一张。他紧张地看着纸一会儿，不敢打开。弗雷德里克打开了他的，发出干巴巴的叫声，接着往后退。

弗雷德里克：[戏剧化地] 白纸。白纸。白纸。

    [威廉吓了一跳，迅速打开手中的纸。惊惧地盯着它。

威廉：天呐！

维多利亚：哦，我可怜的弗雷迪！

弗雷德里克：[情感充沛] 别可怜我，维多利亚。我现在需要的是勇气。我已经失去了你，必须和你永别了。

维多利亚：哦，弗雷迪，太可怕了！你一定要时不时地来探望我们。

弗雷德里克：不可以。这超出了我的承受能力。我永远不会忘记你。你是我此生唯一爱过的人。

    [听到这些话，威廉抬头，探究地观察他。

维多利亚：你再也不会爱上其他人了，是吗？我不应该这样想。

弗雷德里克：在你之后，我怎么可能爱上其他人？还不如等太阳落山之后找个男的。

威廉：他可以开灯，你知道的。

弗雷德里克：啊，你真会开玩笑。我现在心碎不已，伤痕累累。

威廉：只是给个建议，兴许能安慰到你。

维多利亚：我觉得这样的你不太友善，比尔。他刚才的话，多么富有诗意。再说了，我不希望他得到安慰。

弗雷德里克：给我最后一个吻，维多利亚。

维多利亚：亲爱的！

    [他把她搂进怀里，吻她。

弗雷德里克：[浪漫主义英雄般] 再见了。我要走进黑夜了。

威廉：哦，你这就要走?

弗雷德里克：是的。

威廉：好吧，碰巧现在是正午。

弗雷德里克：[郑重其事] 我是在运用比喻手法。

威廉：走之前，让我看看你的那张纸，你手中那张白纸。

弗雷德里克：[走向门口] 哦，别用鸡毛蒜皮的蠢事来拖延我。

威廉：[拦住他] 对不起，我要对你动手了。

弗雷德里克：[试图躲过他] 你为什么要看?

威廉：[阻止他] 纯属好奇。

弗雷德里克：[试图躲到另一边] 说真的，比尔，我都不知道你为了满足好奇心可以这么冷酷无情，而我的心宛如巨大的伤口，生疼生疼。

威廉：我想要把这两张纸放进相框里，一个重要时刻的有趣纪念。

弗雷德里克：别的纸也顶用。我的那张已经扔进火里了。

威廉：哦，不，你没有。你放进了口袋。

弗雷德里克：我受够了。难道你们看不出来，我是个绝望的男人?

威廉：没有我一半绝望。既然你不肯老老实实把纸给我，那我要动手抢了。

弗雷德里克：滚开!

威廉：放弃抵抗吧。

      [他扑向弗雷德里克，后者躲闪；他追着弗雷德里克在房间里面团团转。

维多利亚：怎么回事? 你俩都疯了吗?

威廉：你迟早会的。

弗雷德里克：我看是你先疯。

维多利亚：你为什么不给他?

弗雷德里克：要是我知道原因。

维多利亚：为什么不给？

弗雷德里克：我不希望我的感情像这样受到伤害。

威廉：我分分钟要让你受更多的伤，比起你的感情。

> [弗雷德里克冷不丁朝门口冲去，但威廉抓住了他。

威廉：抓到了。现在你束手就擒了吗？

弗雷德里克：这辈子都不会。

威廉：我要敲断你的手，你再不放弃的话。

弗雷德里克：[身体扭来扭去] 哦，你个混蛋！停手。你伤到我了。

威廉：正这么干呢。

弗雷德里克：维多利亚，用拨火棒打他的脑袋。

威廉：这一点也不淑女，维多利亚。

弗雷德里克：卑鄙的德国佬。好吧，拿去吧。

> [威廉松开手，弗雷德里克从口袋中掏出纸。正当威廉以为
> 弗雷德里克要把纸给他时，他把纸塞进了嘴里。

威廉：[掐住他的喉咙] 给我吐出来。

> [弗雷德里克掏出纸，扔在地上。

弗雷德里克：我都不知道你会把自己称作绅士。[威廉捡起纸，
> 打开]

威廉：你这条脏狗。

维多利亚：怎么回事？

> [他走过去，把纸递给她。

威廉：看啊。

维多利亚：什么，这上面也有个叉。

威廉：[愤愤不平] 两张纸都画了叉。

维多利亚：我不懂了。

威廉：你还没明白？他要确保我不会抽到白纸。

> [维多利亚吃惊地看向他。一时呆住。

弗雷德里克：[宽宏大量] 我这么做是为了你，维多利亚。我知道你的心向着比尔，你只是不忍心伤害我的感情，所以我想还是我来吧，更容易点。

维多利亚：这像你的行为方式，弗雷迪。你的天性令人着迷。

威廉：[酸溜溜] 我都快要哭出来了。

弗雷德里克：我就是这样的人。为了别人，总是为难自己。

　　　　[泰勒进入。

泰勒：我能和您说句话吗，夫人？

维多利亚：现在不行。忙着呢。

泰勒：恐怕事关紧急，夫人。

维多利亚：哦，很好，我这就来。别讨论任何重要的事，直到我回来。

　　　　[泰勒让门开着，她走了出去。

弗雷德里克：你怎么猜到的？

威廉：你太过冷静。

弗雷德里克：那是绝望的冷静。

　　　　[威廉坐到沙发上。他碰巧把手放在身后，然后摸到了某个坚硬的东西。他一脸狐疑，把手探向坐垫和沙发椅背之间，先是掏出一只靴子，又掏出另一只。

威廉：我的靴子！

弗雷德里克：我就知道我把它放在了某个地方。

威廉：你不是随手放的。你藏了起来，你这条脏狗。

弗雷德里克：谎言。我究竟为什么要藏起你的旧靴子？

威廉：你害怕我一走了之。

弗雷德里克：你不必为了这事怒气冲冲。我只是把你当托词，找了一个无私的动机——我是这么想的。我或许搞错了，但那毕竟是个高尚的错误。

威廉：别人会以为你不想要维多利亚。

    [弗雷德里克若有所思地看了他一会儿，然后决定和盘托出。

弗雷德里克：比尔，老兄，你知道我不是那种人，不会说半个字我老婆的坏话。

威廉：我也不是那种人，会听进去半个字我老婆的坏话。

弗雷德里克：但是，该死，如果一个男人还不能平心静气和老婆的第一任丈夫谈论她，那他还能和谁说呢？

威廉：无法想象，除非和第二任丈夫。

弗雷德里克：告诉我你对维多利亚的真实想法。

威廉：她是这世上最甜美的小妇人。

弗雷德里克：不敢奢望会有更好的。

威廉：她漂亮。

弗雷德里克：迷人。

威廉：开心果。

弗雷德里克：我承认有时候这么想刻薄了，当我有个需求时，那是自私，而换做她想要，那就是她应得的。

威廉：我不介意承认，我过去有时会想，我做出牺牲是再自然不过的事，而放在她身上，那就是印证了她的美好品质。

弗雷德里克：我时不时会感到，每次出现意见分歧，我总是错的，而她总是对的。

威廉：我有时不太明白，为什么我的约会可以更改，但任何事都不能妨碍到她。

弗雷德里克：我偶尔问我自己，为什么我的时间无关紧要，她的时间却是宝贵的。

威廉：有时真心希望可以成为自己的主宰。

弗雷德里克：事实就是，我配不上她，比尔。正如你刚才所说，不敢奢望更好的……

威廉：［打断］不，这话是你说的。

弗雷德里克：但我受够了。如果你死了，我会像个绅士一样看待这事，但你回来了，阴魂不散。现在由你来接过"白人的负担"①。

威廉：我要先看着你下地狱。

弗雷德里克：她必须有个丈夫。

威廉：看吧，只有一件事可以做了。她要在我俩之间作出选择。

弗雷德里克：这不是给我机会。

威廉：我不知道你这话什么意思。我认为我这人十分的宽宏大量。

弗雷德里克：该死的宽宏大量。我个性迷人，还超级帅。维多利亚自然会选我。

威廉：天知道我不是自夸的人，但我隐隐明白我几乎是人类美学的完美模板。我的谈吐不仅风趣还有裨益。

弗雷德里克：我宁愿投硬币。

威廉：我情愿冒这样的风险。我受够了你的诡计。

弗雷德里克：我以为我是在和一名绅士打交道。

威廉：她回来了。

　　　　　　　［维多利亚进入。她在发脾气。

维多利亚：所有仆人现在都辞职了。

弗雷德里克：没有吧！

维多利亚：我为他们做了一切。我给了双倍的薪酬。让他们过上养尊处优的生活。我还把自己那份黄油和糖留给他们。

弗雷德里克：只是因为黄油和糖会破坏你的身材，维多利亚。

维多利亚：他们又不知道这点。我允许他们晚上外出，我真的不需要他们。我让他们把整个英国军队带来这里喝下午茶。现在，

---

① 典出自吉卜林的作品《白人的负担》，可以理解为：白人或殖民国家把自己的向外扩张称为高贵举措。

274

他们递了辞呈。

威廉：这有点过分了，我必须说。

维多利亚：我和他们据理力争，我恳求他们，就差跪下来了。他们
充耳不闻。今天下午，他们就要走了。

威廉：哦，好吧，我和弗雷迪来负责家务，直到你找到人。

维多利亚：你们知道吗，现在找个女仆要比找个贵族更难？天呐，
你每天都可以在帕丁顿登记处看见老单身汉排了好长的队，要
和他们的厨娘结婚。只有这么做才能留住厨娘。

威廉：好吧，维多利亚，我俩决定了，现在只有一件事可以做了。
你必须在我俩之间作出选择。

维多利亚：我怎么可以？我两个都爱。再说了，你俩之间也没什么
好选的。

威廉：哦，我对此一无所知。弗雷迪个性迷人，还超级帅。

弗雷德里克：希望你不要这么说，比尔。天知道你不是自夸的人，
但我必须当着你的面告诉你，你几乎是人类美学的完美模板，
你的谈吐不仅风趣还有裨益。

维多利亚：我不想伤害任何人。

弗雷德里克：在你决定之前，我觉得公平起见我要向你坦白。我无
法忍受我们未来的日子将建立在谎言之上。维多利亚，我工作
的部门有个速记员。女性。她有一双蓝眼睛，黄色的头发打成
小卷，披散在颈后。剩下的，就由你自行想象吧。

维多利亚：好可恶。我还总以为你有美好的灵魂。

弗雷德里克：我配不上你。这点我知道得太、太清楚了。你永远无
法原谅我。

威廉：龌龊。

维多利亚：这倒让事情变得简单了。我可不愿意在后宫佳丽中排行
老三。

威廉：到了加拿大，你就没这个危险了。在曼尼托巴省，女人是稀罕物。

维多利亚：你在说什么？

威廉：我刚得出结论，战争结束了，我在英格兰前途暗淡。我会退伍。帝国需要工人，我摩拳擦掌要参与重建了。让我成为最幸福的人吧，维多利亚，我们一起移民。

维多利亚：去加拿大？

弗雷德里克：出产紫貂皮的地方。

维多利亚：不是顶级的那种。

威廉：我要买个农场。我认为这会是个很好的计划，如果你把闲暇时间用来学习烹饪我们赖以为生的简单食材。我相信，你会洗衣服？

维多利亚：[不耐烦] 蕾丝的。

威廉：不过我认为你还要学习挤牛奶。

维多利亚：我不喜欢奶牛。

威廉：我发现你喜欢这个主意。那样的生活多么美好，维多利亚。你点燃炉火，刷洗地板，烧饭烧菜，洗涤衣服。你还有选举权。

维多利亚：那么，闲暇时间我怎么打发？

威廉：我们一同阅读《大英百科全书》来滋养心灵。好好看看我俩，维多利亚，说吧，你选谁。

维多利亚：实话告诉你们，我不明白为什么要选一个。

弗雷德里克：该死，不是他就是我。

维多利亚：我想，没人可以否认，自打我嫁给你俩之后，我在方方面面都做了牺牲，我兢兢业业力求把你们俩伺候得舒舒服服。很少有男的拥有过像我这样的妻子，像我这样对待你们俩！但人嘛，有时要为自己盘算下。

威廉：多么真实。

维多利亚：战争结束了，我想我仁至义尽了。我嫁了两次军人。现在我想嫁给劳斯莱斯。

弗雷德里克：[吃惊] 但我以为你喜欢我俩。

维多利亚：好吧，你瞧，你俩我都喜欢。那是半斤八两，不相上下，结果就是……

威廉：一败涂地。

弗雷德里克：该死，我认为这有点过分了。你是想说你打算背着我俩嫁给其他人？

维多利亚：你知道我不喜欢这么行事，弗雷迪。

弗雷德里克：好吧，我不折腾了。

维多利亚：亲爱的弗雷迪，你研究过独角兽的习性吗？

弗雷德里克：恐怕我接受的教育疏忽了这点。

维多利亚：独角兽是一种有点害羞的动物，猎人设下陷阱，也无法捉到它。但它奇异地对女性魅力情有独钟。听见丝绸衬裙簌簌而过，它忘了天性使然的警惕。一言以蔽之，漂亮女人可以牵着它的鼻子走。

　　　[泰勒进入。

泰勒：莱斯特·佩顿先生在楼下，在车里等着您，夫人。

维多利亚：是劳斯莱斯？

泰勒：我想是的，夫人。

维多利亚：[得意洋洋的笑容] 就说，我立即下楼。

泰勒：很好，夫人。[退出]

维多利亚：独角兽带我出门吃午饭。

　　　[她对着两人做了一个轻蔑的手势，走了出去。

第二幕终

第三幕

　　场景：厨房。一头是炉灶，配有煤气炉，另一头是橱柜，摆放了餐盘和碟子。后面开了扇门，通向户外，旁边的窗户没有安装栏杆，透过窗户可以看见一段楼梯，人们上上下下走来走去。厨房中央摆了餐桌，周围随意放了几把椅子。地板上没有铺油毡。这个地方干净、卫生，令人心情舒畅。

　　威廉坐在其中一把椅子上，跷着二郎腿，阅读一本薄薄的小说，像是那种在街角的书报亭出售的廉价读物。弗雷德里克拎着满满一桶煤炭走进来。

弗雷德里克：［放下煤斗］我说，这煤炭死沉死沉的。你来拎上
　　楼吧。

威廉：［心情愉快］可以，但我不会干。

弗雷德里克：我不是在征询你，只是我的胳膊为了报效祖国而受了
　　伤，我使不上力。

威廉：［半信半疑］你哪条胳膊受伤了？

弗雷德里克：［立刻］两条胳膊都受过伤。

威廉：那就用脑袋顶着煤炭。我真心相信这是最好的办法。据说，
　　这能够改善你的仪态。

弗雷德里克：你个铁石心肠的魔鬼。

威廉：我恨不得立马出手帮你，老兄，只是医生说过，负重会对我
　　的心脏造成危害。

弗雷德里克：你心脏怎么了？你说过你是头颅受过伤。

威廉：再说了，这也不是我的分内事。我在烧饭呢。你真的不能指望我还要做家务。

弗雷德里克：你在烧饭？我看你只是无所事事地坐着。我不明白我的人生为什么要忍受这些。

威廉：你瞧，你没有规划。家务活超级简单，只是你必须有规划。我有规划。这是我的秘籍。

弗雷德里克：我是个傻瓜，我竟然还说要做家务。我本该想到，但凡有个轻松的活儿，你就会霸占不放。

威廉：我自然选择我擅长的工作。这是规划秘籍之一。烹饪是门艺术。可任何一个傻瓜都能做家务。

弗雷德里克：我分分钟要揍你一顿。你尽可以试试给靴子上光，看看这事简不简单。

威廉：我不相信你会给靴子上光。你是朝靴子吐唾沫吧？

弗雷德里克：不，只冲着银器吐。

威廉：你看着手脚挺麻利的，趁我把书看完的工夫，你把桌子铺好吧。

弗雷德里克：[阴郁]这是午饭还是晚饭？

威廉：我还不知道，但我们要在这里吃饭，因为便于上菜。还是规划。

弗雷德里克：维多利亚说了什么？

威廉：我还没告诉她。

弗雷德里克：她今早心情恶劣。

威廉：为什么？

弗雷德里克：浴室没热水。

威廉：不热吗？

弗雷德里克：你知道得很清楚，不热。

威廉：我认为冷水浴有益健康。如果强制所有人洗冷水浴，生病的人会少很多。

弗雷德里克：你这话去骗外行吧。你就是太懒了，不能准时起床。问题就在这里。

威廉：我希望你继续忙手头的事儿，不要总是打断我。

弗雷德里克：你看上去并不忙。

威廉：我想要知道这个保育员最后有没有嫁给公爵。等我读完了，你应该读一读。

弗雷德里克：我没时间读书。一旦上手一个事儿，我就要认认真真把它做完。

威廉：我希望你说话不要嘀嘀咕咕的。

弗雷德里克：午饭吃什么？[他走向炉灶，掀开炖锅的盖子] 这乱七八糟的是什么？

威廉：那是土豆。你可以用叉子戳一下，看看煮熟了没有。

弗雷德里克：这么做似乎不太友好啊，不是吗？

威廉：哦，没关系，它们习惯了。

      [弗雷德里克拿来一把叉子，猛地戳穿一个土豆。

弗雷德里克：该死，它们滚个不停。一直滚过来滚过去。滚啊，滚啊，小土豆。我怎么知道谁是你妈。好诗！来啊，你个小恶魔。哇哦，那里。

威廉：我说，别吵吵闹闹的。太刺激了。他的双手插进了她的秀发。

弗雷德里克：脏乎乎的玩意儿，我要这么说。

威廉：为什么？她洗过了啊。

弗雷德里克：[掏出一个土豆] 该死的，土豆没脱皮。

威廉：我猜你是想说削皮。

弗雷德里克：要说我有不喜欢的事，那就是带皮的土豆。

威廉：给土豆削皮，纯粹是浪费时间。我从不这么干。

弗雷德里克：这也是规划？

威廉：好吧，如果你问我，就是这样。

弗雷德里克：自打我在陆军部就职后，总是听大家谈论规划，但从来都没有人来告诉我什么是规划。我现在有点恍然大悟了。

威廉：[*仍在读书*] 好吧，那是什么？

弗雷德里克：我不会告诉你，除非你认真听我说话。

威廉：[*抬头*] 他刚用他的唇封住了她的。所以？

弗雷德里克：规划么，就是可能的话，让其他人来做你的工作，如果办不到，就让它去吧。

威廉：我猜，你认为自己风趣幽默。

弗雷德里克：[*把土豆放回炖锅*] 牛排闻起来快烧好了。

威廉：烧好了？大约只烧了一刻钟。

弗雷德里克：但在烤肉店，他们十分钟就会给你端上牛排。

威廉：我无所谓。烧一磅肉需要一刻钟。我本以为任何一个傻子都知道。

弗雷德里克：这有什么关系？

威廉：我买了三磅牛排，所以我打算烧三刻钟。

弗雷德里克：好吧，可是，这牛排看着现在就想让我们吃了。

威廉：那只是它的阴谋诡计。还要等上一段时间才能烧好。希望你让我继续读完故事。

弗雷德里克：[*困惑*] 可你看啊，如果这是三块各重一磅的牛排，那你只需一刻钟啊。

威廉：正是如此。我就是这么说的。加在一起就是三刻钟。

弗雷德里克：可是，该死，那是共用一刻钟。

威廉：你把我搞得好累。你尽可以说，因为三个人每小时可步行四英里，每个人每小时可以步行十二英里。

弗雷德里克：但这正是我说的。

威廉：好吧，这太愚蠢了，到此为止。

弗雷德里克：不对，我的意思正好相反。那都是你说的。你都把我绕晕了。我们又要从头开始。

威廉：你总是这样，我永远读不完这个故事了。

弗雷德里克：这件事很重要。拿支笔和拿张纸来，我们来计算一下。这事一定要解决。

威廉：看在老天的分上，去把餐刀或者其他东西擦擦干净，别自寻烦恼了，这又不关你的事儿。

弗雷德里克：谁吃这牛排？

威廉：不会是你，如果你说话不加注意的话。

弗雷德里克：如果我注意了，我认为我就吃不成了。

威廉：[开始发脾气] 烹饪和万事万物一样自有其规律，争论这事，就和争论女人一样，没有任何意义。

弗雷德里克：现在看着，如果你把这块牛排一切三，这里会有三磅牛排吗？

威廉：当然没有。是三块牛排加一起一磅，这完全是两码事。

弗雷德里克：但那是同一块牛排。

威廉：[断然] 不是同一块牛排。那是完完全全不一样的牛排了。

弗雷德里克：你是想告诉我，假如你有一块一百磅的牛排，你要烧上二十五个小时？

威廉：是的，如果牛排有一千磅重，我要煮十天。

弗雷德里克：听上去很浪费煤气。

威廉：我不在乎，这叫逻辑。

　　　　　[维多利亚进入。

维多利亚：我觉得你俩很差劲。我按了十五分钟的铃。家里住了两个大男人，却没有一个对我有半点关心的。

威廉：我们在吵架。

弗雷德里克：让我来告诉你，维多利亚。

威廉：这和维多利亚没关系。我是厨师，我不允许任何人在我的厨房干扰我。

弗雷德里克：你必须做点什么，维多利亚。牛排快要不能吃了。

维多利亚：我无所谓。我从不吃牛排。

威廉：午饭只有这个。

维多利亚：我不在家吃午饭。

威廉：为什么不？

维多利亚：因为——因为莱斯特·佩顿先生向我求婚了，而我接受了。

弗雷德里克：可你已经有了两个丈夫，维多利亚。

维多利亚：想来，你们两位绅士是不会妨碍我获得自由的吧。

　　　　[传来门铃声。

弗雷德里克：哎哟，谁啊？

维多利亚：我的律师。

弗雷德里克：你的什么？

维多利亚：我让他立马来。弗雷迪，去开门，好吗？

弗雷德里克：他究竟来干嘛？

维多利亚：来安排我的离婚事宜。

弗雷德里克：你做事倒是干脆利落。[他走出去]

威廉：你这是孤注一掷，维多利亚。

维多利亚：我必须做点事。你们必须明白，一个女人没有仆人，这日子过不下去。今早都没人替我收拾打理。

威廉：那你怎么解决的？

维多利亚：我只能找件不太需要打理的衣服来穿。

威廉：似乎是摆脱困境的好法子。

维多利亚：不需要打理的裙子碰巧就是我想穿的那条。

威廉： 你照样光彩照人。

维多利亚： ［态度相当强硬］我更希望你不要恭维我了，比尔。

威廉： 为什么不？

维多利亚： 好吧，既然我已经和莱斯特·佩顿订婚了，我想这样不太好。

威廉： 你下定决心要和我离婚？

维多利亚： 心意已决。

威廉： 既然这样，我可以把你当作另一个人的妻子。

维多利亚： 这话什么意思？

威廉： 这样的话，向你示爱，我就不会觉得自己是个大傻瓜。

维多利亚： ［微笑］我不会让你这么做的。

威廉： 你不能阻止我告诉你，你是这世上最可爱的存在，让一个可怜的男人神魂颠倒。

维多利亚： 我可以闭上眼睛。

威廉： ［握住她的手］不可能，因为我握住了你的手。

维多利亚： 我要大叫。

威廉： 不能，因为我要吻你的唇。

　　　　　　［他照做了。

维多利亚： 哦，比尔，真遗憾，你曾是我的丈夫。我肯定你会成为魅力十足的情人。

威廉： 我常常这样想，这倒更好。

维多利亚： 悠着点。他们就快进来了。让我的律师看见我的丈夫搂着我，那什么事都办不成了。

威廉： 耸人听闻。

　　　　　　［弗雷德里克把访客引进门。A. B. 拉赫曼先生是名律师。关于他，没有更多的事情要说了。

维多利亚： 你好，拉赫曼先生？你认识我的两位丈夫吗？

拉赫曼先生：很高兴认识你们，先生们。如果我知道你们俩各自是谁，我敢说事情会简单很多。

维多利亚：这位是卡迪尤少校，我的第一任丈夫，这是第二任丈夫，朗兹少校。

拉赫曼先生：啊，事情相当明了了。两位少校。有趣的巧合。

威廉：我想朗兹夫人已经把情况一五一十告诉你了，拉赫曼先生？

拉赫曼先生：我想是的。昨天在我的办公室进行了一次长谈。

弗雷德里克：你可以理解，卡迪尤夫人的处境有点微妙。

拉赫曼先生：[困惑] 卡迪尤夫人？怎么又掺和进来一个卡迪尤夫人？

弗雷德里克：这位是卡迪尤夫人。

拉赫曼先生：哦，我明白了你的意思。这个，简而言之，就是难点所在。那这位女士是卡迪尤夫人还是朗兹夫人？好吧，事实就是，她已决定两个都不是。

维多利亚：我刚告诉他们了。

威廉：你看见我俩仍未从震惊中回过神来。

弗雷德里克：大吃一惊。

拉赫曼先生：她决定和你俩离婚。我告诉过她没这个必要，因为她显然只是你们其中一人的妻子。

维多利亚：[振振有词] 这种情况下，那我对于另一位来说是什么身份？

拉赫曼先生：好吧，卡迪尤夫人，或者也可以说朗兹夫人，我不太乐意对着一位女士提这个词，但如果你肯原谅我这么说，你是他的情妇。

威廉：我倒是挺喜欢的，听着非常具有东方情调。

维多利亚：[愤愤不平] 闻所未闻。

威廉：哦，法蒂玛，你的脸庞犹如满月，你的双眸如同壮年瞪羚的眼睛。来吧，让我们随着鲁特琴的乐声起舞吧。

维多利亚：好吧，事就这么定了，我要和他俩离婚，就是为了向所
    有人证明他俩都是我丈夫。

弗雷德里克：我认为最好不要冒险。

拉赫曼先生：我是否可以理解为你们两位绅士都同意了？

威廉：就我而言，我准备好牺牲我的情感，尽管情深似海，为了维多
    利亚的幸福。

拉赫曼先生：言辞恳切，情感充沛。

维多利亚：他总是那么绅士。

拉赫曼先生：[面对弗雷德里克] 轮到你了，卡迪尤少校。

弗雷德里克：我姓朗兹。

拉赫曼先生：我搞错了。你当然是朗兹少校。刚才互相介绍时，我
    心里记下了。卡迪尤——骆驼脸，朗兹——官非脸。佩尔曼式
    记忆训练法，你知道的。

弗雷德里克：明白了。看来不是很有效。

拉赫曼先生：反正，不是这个就是那个。你愿意把这位女士想要的
    自由还给她吗？

弗雷德里克：我愿意。[困惑的表情] 这几个字，我曾经什么时候也
    说过？[回忆] 当然了，婚礼上。

拉赫曼先生：好啦，目前进展顺利。那我们开门见山吧，我感觉没
    必要让这两位绅士上庭了，但我相当同意朗兹—卡迪尤夫人的
    观点，如果我们用同样的方式起诉你俩，既能节省时间也能省
    去麻烦。既然你俩都不会出庭辩护，那就没有司法建议的支出
    了，所以我提议现在就把整件事给解决了。

维多利亚：你们尽可以听从拉赫曼先生的建议。他处理过的离婚案
    比全英格兰任何人都多。

拉赫曼先生：我可以这么说，这个国家最好的家庭几乎都用过我的

服务，出于这个或那个原因。受辱的丈夫、受骗的妻子、共同被告或者介入诉讼人；无论你是谁，或迟或早总会以这个或那个身份出现在故事中。这话是我说的，如果他为人明智，就该来找我。我的座右铭是：快刀斩乱麻，不要大动干戈。还有，我要向你们展示下我的工作方式，我为有些夫人接二连三地打过离婚官司，但她们清白的美名没有因为丑闻受到一丁点儿的伤害。

威廉：你肯定很忙。

拉赫曼先生：我向你保证，少校，我是伦敦最忙碌的人之一。

威廉：幸好有些婚姻还是幸福的。

拉赫曼先生：别信，卡迪尤少校。没有幸福的婚姻。有些还能忍受罢了。

维多利亚：你是个悲观主义者，拉赫曼先生。我让我的两个丈夫都过上完美的幸福生活。

拉赫曼先生：但我要说到重点了。尽管，或许不一定需要，我要向两位绅士指出，我们需要援引的本国法律，针对一对只是出于个人原因想要分开的夫妻。如果丈夫想要和妻子离婚，他只要证明通奸，但英国法律承认男性天然的一夫多妻制，而当一个妻子想要和她的丈夫离婚时，她还必须证明配偶存在家暴或者离弃行为。我们先来解决这个问题。关于起诉的理由，你们想用家暴还是离弃？

维多利亚：就我而言，倾向于用离弃。

威廉：当然了。我一点也不喜欢对你家暴，维多利亚。

弗雷德里克：而且你知道，我都没伤害过一只苍蝇。

拉赫曼先生：那我们就用离弃作为离婚理由。我认为，这样更加绅士，而且，更容易证明。流程非常简单。卡迪尤—朗兹夫人会给你们写封信，信的内容由我来口述，要求你们回到她身边——常用的句子是"给她一个家"——然后你们拒绝。我建议你俩现在就给出拒绝。

威廉：[吃惊] 在我俩收到信之前？

拉赫曼先生：确实如此。她要写的信，会在法庭上念出来，信写得太感人，有一次，有个准备离婚的丈夫听了大为感动，立刻决定回到妻子身边。她其实非常生气，所以我现在无一例外地先收拒绝信。

威廉：这太难了，对着一封还没写的信要写回信。

拉赫曼先生：为了解决这个困难，我也有所准备。有钢笔吗？

威廉：有。

拉赫曼先生：[从笔记本里取出一张纸，还有两张白纸] 如果你们愿意根据我的口述来写信，我们可以立即解决这件事。这里有张纸。

威廉：[拿走纸] 地址是——富丽酒店。

拉赫曼先生：稍后你会明白我的用意。这张纸给你，少校。

> [他把纸递给弗雷德里克。

弗雷德里克：我俩写的信一模一样？

拉赫曼先生：当然不一样。我通常备有两封信，我给你俩每人一份。这份悲伤多过愤怒。另一份像是责备。你俩自行决定哪份更适合自己。

维多利亚：他俩都会对我使用粗言秽语，不过我想比尔的词汇更丰富。

拉赫曼先生：就这么定了。准备好了吗，朗兹少校？

弗雷德里克：[准备开写] 开始吧。

拉赫曼先生：[口述] 我亲爱的维多利亚，你的信令我辗转反侧，反复思量。如果我认为还有希望让我们未来的婚姻生活比之过去取得更大的成功，我会率先提出我们应该再做一次尝试。

威廉：非常感人。

拉赫曼先生：［继续说］但我遗憾地发现，回到你的身边，只会重复
　　往昔的不幸，而我知道你所经受的痛苦并不比我少。因此，我
　　只能断然拒绝你的请求。我无论如何都不会回到你身边。你诚
　　挚的。——签上你的全名。

维多利亚：措辞非常漂亮的一封信，弗雷迪。我会念着你的好。

弗雷德里克：我有我的优点。

拉赫曼先生：现在，卡迪尤少校，你准备好了吗？

威廉：准备就绪。

拉赫曼先生：我亲爱的维多利亚，我收到了你要求我回去的信。我
　　们在一起的生活堪比地狱，我很早就意识到我俩的婚姻是个悲
　　剧性的错误。你的争吵令我厌恶，你的妒忌令我备受折磨。或
　　许你曾经尝试过让我幸福，那你是一败涂地。我希望再也见不
　　到你，这世上没有任何事能促使我重新开启和你的生活，我只
　　能将此形容为不幸的堕落。

威廉：过分了啊，嗯？

拉赫曼先生：现在来个点睛之笔。结尾彬彬有礼带点讽刺：我恳请
　　仍是你最诚挚的那位。——签上你的全名。

威廉：签好字了。

拉赫曼先生：那么，都搞定了。现在只剩下上庭了，申请恢复夫妻
　　同居权令，再过六个月，提起离婚诉讼。

维多利亚：再等六个月！那我要什么时候才能自由？

拉赫曼先生：大约一年。

维多利亚：哦，这不行。我必须获得自由，在——好吧，在赛季结
　　束之前，无论如何。

拉赫曼先生：这么快？

维多利亚：德比赛马，如果可能的话。必须在二千几尼锦标赛结束

之前。

拉赫曼先生：[耸肩] 这样的话，那就只剩家暴了。

维多利亚：那没办法了。他们要被迫对我家暴了。

弗雷德里克：我不喜欢这个主意，维多利亚。

维多利亚：就试这一次，拿出一点无私的精神，亲爱的。

威廉：我从不打女人。

维多利亚：既然连我都不介意，我不明白为什么你要介意。

拉赫曼先生：家暴有其优势。如果正好有合适的目击者，那这种可信度是离弃从不具备的。

维多利亚：我的母亲可以为任何事指天发誓。

拉赫曼先生：仆人更好。法官常常质疑岳母的证词。当然，还需小心行事。有一次，我记得，被告丈夫按照我的指示击打了我的辩护人的下巴，不幸的是，把那位女士的假牙给打了出来。女士想要结婚的那位绅士正好也在法庭上，他吓坏了，连夜乘了火车跑去欧洲大陆，自那之后，再也没听到过那位绅士的音讯。

威廉：我很高兴维多利亚都是真牙。

拉赫曼先生：我记得还有一次，一位绅士操起手杖，打了妻子几下。我不知道他是打兴奋了还是怎么回事，但他常常殴打妻子。

维多利亚：好可怕！

拉赫曼先生：千真万确，妻子搂住了丈夫的脖子，说着她爱慕他，然后拒绝为了离婚再做任何事。她本来是要嫁给一位上校的，上校为了这事对我大发雷霆。我只能告诉他，如果他再不离开我的办公室，我要叫警察了。

维多利亚：你可真是扫兴。

拉赫曼先生：哦，我告诉你们这些，只是想让你们知道可能会发生什么事。但我设计了自己的体系，我知道它从不会失灵。我准备了三个家暴剧本。第一个剧本是在餐桌上。现在，请认真听

我说话，绅士们，而且一字不落地听从我的指示来行动。你们
尝了一口汤，扔掉汤匙，敲得叮当响，然后说："老天，这汤难
以下咽。你难道不能雇个像样的厨子？"你，夫人，回答："我
尽力了，亲爱的。"一听这话，你拔高嗓门嚷嚷道："拿走，你
个该死的傻瓜。"你把餐盘径直扔向她。夫人灵巧地躲过餐盘，
唯一的损失就是桌布。

维多利亚： 我喜欢。

拉赫曼先生： 第二个剧本有点暴力。我猜你们有枪吧。

威廉： 无论如何，我可以搞到一把。

拉赫曼先生： 小心谨慎点，先把弹夹卸了，你打铃叫来仆人，仆人
开门的当口，你用枪指着夫人，说："你个撒谎的魔鬼，我要杀
了你。"然后，你，夫人，发出尖叫，冲着仆人喊道："哦，救
我，救我。"

维多利亚： 我喜欢这么干。非常的戏剧化。

拉赫曼先生： 我认为这很管用。仆人在庭上陈述故事时，听众无不
吓得起了一层鸡皮疙瘩。报刊将此形容为"骇人听闻"。

维多利亚： [练习起来] 哦，救我，救我。

拉赫曼先生： 现在，我们从精神家暴发展到肢体家暴。最好有两名
目击者。绅士卡住女士的喉咙，同时恶狠狠地吼道："老天，就
算我要被绞死，我也要掐死你。"留下瘀痕这点很重要，这样立
马叫来的医生就可以出庭作证了。

维多利亚： 我不是很喜欢这部分。

拉赫曼先生： 相信我，比起打掉一颗牙齿，这么做并不会更讨厌。
现在，如果你们其中一位绅士愿意靠近女士，我们就来练习一
下。我非常重视这点，必须万无一失，这很重要。卡迪尤少校，
你愿意效劳吗？

威廉： 愿意。

维多利亚：悠着点，比尔。

威廉：我是用一只手还是一双手掐她的脖子？

拉赫曼先生：只需一只手。

        [威廉锁住维多利亚的喉咙。

拉赫曼先生：做得好。如果他卡得不够用力，你就踢他的小腿。

威廉：要是你这么做，维多利亚，我发誓我就踢回你。

拉赫曼先生：这就对了嘛。不用点力怎么会有淤痕。现在吼起来。

维多利亚：我要窒息了。

拉赫曼先生：吼叫，吼叫。

威廉：老天，就算我要被绞死，我也要掐死你。

拉赫曼先生：精彩极了！当之无愧的艺术家。你的表现已经和离异
    男人一样出色了。

维多利亚：他台词念得太棒了，不是吗？我都不寒而栗了。

弗雷德里克：你要我也这么做？

拉赫曼先生：既然你已经清楚了，我想，你和卡迪尤少校练个一两
    次就行了。

弗雷德里克：哦，好吧。

拉赫曼先生：现在，为了满足英国法律的要求，我们来说些不太重
    要，但非常关键的事。通奸。

威廉：这个嘛，我想你尽可放心地交给我们处理。

拉赫曼先生：没门。我认为这个环节最容易出状况。

威廉：该死，伙计，人类的天性在这方面绝对可以信任。

拉赫曼先生：我们不是在和人类天性打交道，我们是在和法律。

威廉：该死的法律。我兜里只有一顿饭钱，但我风度翩翩，我时刻
    准备着提供你想要的证据。

拉赫曼先生：你的提议令我又惊又怕。你是以为我这种地位的人会
    纵容不道德的行为？

威廉： 不道德的行为。好吧，那就必须——这么说吧，来上一点——在痛苦万分的情况下。

拉赫曼先生： 不用。通常安排这部分流程的时候，我非常在意是否得体。在我们更进一步之前，我想要告知两位，除非你们的脑袋已经排空了做出任何不得体行为的想法，否则我拒绝跟进这个离婚案。

维多利亚： 比尔，我认为，你这人思想肮脏下流。

威廉： 可是，亲爱的维多利亚，我只是想让你过得舒心点。我道歉，我把自己全权交由你处理，拉赫曼先生。

拉赫曼先生： 那么，请听我说。我会给你在富丽酒店订个房间。你还记得吧，你拒绝回到妻子身边的信就是从那里寄出的。任何巧合，法官从不会错过。到了我们约好的那天，你来到我的办公室，在那里你会见到一名女士。

威廉： 你是想说，连她都是你提供的？

拉赫曼先生： 当然啦。

弗雷德里克： 她长什么样？

拉赫曼先生： 非常可敬的一个人。我雇用了她好多年。

威廉： 听上去她靠这个赚钱。

拉赫曼先生： 确实。

弗雷德里克： 什么！

拉赫曼先生： 是的，她有个观点——在我看来非常聪明——今时今日讲求职业专业化，对介入诉讼人出现了大量需求。这就是那个和你通奸的女士的称呼，她是你的离婚动机。伦敦顶尖的律师事务所都雇佣她，过去十五年间所有知名的离婚案都有她的身影。

威廉： 你让我大吃一惊。

拉赫曼先生： 我认为有责任把所有的工作交给她来做，鉴于她有个瘫痪的老父亲，她要靠着自己的打拼一力承担所有费用。

维多利亚：生存不易，我可以想象。

拉赫曼先生：如果你认识她，你就会发现，她从没有过这样的想法。一位非常无私，非常高尚的女士。

威廉：她靠这个挣钱？

拉赫曼先生：够她满足简单的需求。每次服务，她只开价二十个几尼。

威廉：我敢肯定，我收更少的钱，也能干这活儿。

拉赫曼先生：但你不是一位精致的女士。

威廉：好吧，好吧，我们大部分人这辈子也就一次。

拉赫曼先生：我继续说下去。你从我的办公室带走这位女士，带她去富丽酒店，你把你俩登记为卡迪尤少校和夫人。你会被带进我给你订的那个套间，然后在客厅享用晚餐。你要参与其中，还要来瓶香槟酒。

威廉：我想要给自己来瓶白兰地。

拉赫曼先生：[宽宏大量地] 我对此并无异议。

威廉：谢谢。

拉赫曼先生：接着，你要打牌。蒙特莫伦西小姐是个出色的扑克牌手。她不仅精通各种双人牌戏，而且善于出老千。这样的话，你不会觉得漫漫长夜无聊至极了，到了清早，你打铃叫来早餐。

弗雷德里克：我不确定我会有胃口。

拉赫曼先生：我从不在乎我的顾客喝白兰地还是苏打水。只要侍应生的证词过得去就行。你付了账单之后，你把蒙特莫伦西小姐送上出租车，护送到我的办公室。

威廉：听着像是一次款待雇工的宴席。

弗雷德里克：我想先见她一次。

拉赫曼先生：容易得很。我知道离婚案件中很多女性常常想要亲自会见一下介入诉讼人。女士有时很多疑，尽管她们想要摆脱自己的丈夫，她们也不希望——好吧，冒任何风险；所以我擅作主张，把蒙特莫伦西小姐也带来了。她正在门口的出租车上等着，如果你们愿意，我这就去把她叫上来。

弗雷德里克：好吧。我去把她找来。

维多利亚：拉赫曼先生，她会是我乐意见的那种人吗？

拉赫曼先生：哦，一位完美的女性。出身自什罗普郡最好的家庭之一。

维多利亚：带她过来，弗雷迪。既然想到了，我还是愿意见见她的。男人太软弱了，如果我能确认这些可怜的男孩不会误入歧途，那我也可以安心点。

　　　[弗雷德里克出门。

威廉：你是说，有了这证据就可以办成离婚案了？

拉赫曼先生：毫无疑问。我办过数百桩。

威廉：我只是一名军人，如果我说我有精神缺陷。我敢说你不会惊讶的吧。

拉赫曼先生：不会。不会。

威廉：这世界上怎么会有此等事情存在？

拉赫曼先生：啊，这个问题我一度常常问自己。我承认，在我看来，当两个已婚人士同意分开，这就不关别人的事，这只是他俩的事。我认为，当他们在太平绅士面前说出自己的决定，然后给六个月的时间来考虑这事，确保他们清楚各自的心意，那婚姻就可以终止了，再无任何后顾之忧。很多谎言就不会说出口，很多家丑就不会外扬，神圣的婚姻纽带反而得到了加强而不是削弱，因为世人看不见婚姻肮脏丑陋的一面，而婚姻还常常被冠以幸福之名。那就可以省出大量的时间、金钱，留得体面。但最后，我找到了解释。

威廉： 那是什么？

拉赫曼先生： 如果法律明智又合理，那遵守法律就太过容易，容易到守法成了一种本能。现在，人们遵守法律并不是为了大众福祉。因此，我们那些心明眼亮的祖先设想了一些或伤透脑筋或荒诞不经的法律，这样人们就会触犯法律，再接二连三不知不觉地触犯了其他法律。

威廉： 可是，人们难道不能为了大众福祉而遵守法律？

拉赫曼先生： 亲爱的先生，那律师怎么挣钱？

威廉： 我把他们给忘了。我明白你的意思了。

拉赫曼先生： 但愿我说服了你。

威廉： 心服口服。

> ［正在此时，弗雷德里克进屋。他脸色苍白，头发蓬乱。他踉踉跄跄地进屋，就好像刚刚经受了巨变。

弗雷德里克：［气喘吁吁］白兰地！白兰地！

威廉： 怎么回事？

弗雷德里克： 白兰地！

> ［他给自己倒了半杯白兰地，一口饮尽。门外传来一个声音。

蒙特莫伦西小姐： 是这里吗？

拉赫曼先生： 直接进来吧，蒙特莫伦西小姐。

> ［她进入。她单身，看不出岁数。或许有三十五了。看似坚强，但举手投足间流露出慵懒的优雅。说起话来慢条斯理，谈吐斯文，她的态度既屈尊又亲切。她兴许是某个住在城郊的好人家的家庭教师，显得庄重自持，自命不凡。

蒙特莫伦西小姐： 可这是厨房。

> ［威廉看了她好一会儿，然后站起来去取白兰地。他的双手抖得厉害，酒瓶的瓶口敲得玻璃杯叮当响。他喝了一大口。

维多利亚：恐怕这是这栋房子目前唯一可以待人的地方。

蒙特莫伦西小姐：经验老到的观察者一眼就能看见家庭生活不幸的蛛丝马迹，法国人如是说。

拉赫曼先生：蒙特莫伦西小姐——弗雷德里克·朗兹夫人。

蒙特莫伦西小姐：[态度优雅] 很高兴认识你。受伤的妻子，我猜？

维多利亚：呃——是的。

蒙特莫伦西小姐：太惨了。太惨了。我看战争应该对很多幸福婚姻的破裂负有责任。我之后几星期的工作都排满了。太惨了。太惨了。

维多利亚：请坐，好吗？

蒙特莫伦西小姐：谢谢。你们是否介意我用笔记本？我喜欢一切都清清楚楚的，而我的记忆力又不是那回事。

维多利亚：当然。

蒙特莫伦西小姐：那么现在，哪位绅士是你那迷途的丈夫？

维多利亚：好吧，两位都是。

蒙特莫伦西小姐：哦，确实如此。那么，在你离婚之后，你要和哪位结婚？

维多利亚：一个都不要。

蒙特莫伦西小姐：非常特别的案例，拉赫曼先生。当我看到这两位绅士的时候，我自然而然地以为其中一位是弗雷德里克·朗兹夫人想要摆脱的丈夫，而另一个是她要嫁的。永恒的三角关系，你们懂的。

威廉：这次的情况是四角关系。

蒙特莫伦西小姐：哦，多么奇特。

拉赫曼先生：我们在这桩生意里面发现了很多奇事，蒙特莫伦西小姐。

蒙特莫伦西小姐：见仁见智，正如法国人所说。

维多利亚：我不想让你误以为我是个轻佻或随便的人，但事实就是，尽管这不是我的过错，但他俩都是我的丈夫。

蒙特莫伦西小姐：[摆出理所当然的样子] 哦，真的。好有意思。你想和哪个离婚？

维多利亚：两个一起离。

蒙特莫伦西小姐：哦，我明白了。太惨了。太惨了。

威廉：我们尽量用积极乐观的心态看待这事。

蒙特莫伦西小姐：啊，是的，我就是这么对客户说的。勇气。勇气。

弗雷德里克：[惊跳] 什么时候？

维多利亚：给我安静，弗雷迪。

蒙特莫伦西小姐：我想我应该立即对你们说出我的想法，我不希望和两位绅士行为不端——我使用了技术词汇。

拉赫曼先生：哦，蒙特莫伦西小姐，像你这么经验丰富的人不该为小事操心。

蒙特莫伦西小姐：不是的，可我无法容忍难以置信的事。

拉赫曼先生：我们会慷慨解囊的，蒙特莫伦西小姐。

蒙特莫伦西小姐：我必须考虑自己的脸面。一个绅士是生意，两个绅士那就是伤风败俗了。

拉赫曼先生：朗兹夫人急着想要尽快了结此事。

蒙特莫伦西小姐：我敢说我的朋友翁斯洛·杰维斯夫人乐意帮忙，如果我以私人的名义开口。

维多利亚：你确定她可以信任？

蒙特莫伦西小姐：哦，她完美无瑕又令人尊敬。她是一名牧师的遗孀，有两个儿子在部队里。他们在战争中表现出色。

拉赫曼先生：除非蒙特莫伦西小姐愿意重新考虑她的决定，否则我恐怕我们只能将就翁斯洛·杰维斯夫人了。

蒙特莫伦西小姐：我心意已决，拉赫曼先生。心意已决。

弗雷德里克：我可以接受翁斯洛·杰维斯夫人。

蒙特莫伦西小姐：那我就归你了，少校……我还不知道你的姓。

威廉：卡迪尤。

蒙特莫伦西小姐：希望你会玩牌。

威廉：偶尔玩玩。

蒙特莫伦西小姐：我是个出色的扑克牌手。皮克牌、埃卡泰牌、克里比奇牌、桥牌双明牌、百家乐、贝济克牌，我不在乎玩哪种。发现这次是个爱打牌的绅士，真是让人如释重负。

威廉：否则的话，我敢说那将是个漫漫长夜。

蒙特莫伦西小姐：哦，对我而言不是，你知道的。我在学习人性。但我的绅士在我和他们交谈了六七个小时之后，会开始有点点坐立不安。

威廉：我不太相信。

蒙特莫伦西小姐：有个绅士真的说了他想要上床，可是，当然啦，我告诉他没门。

维多利亚：请原谅我这么问——你知道男人是怎么回事——他们就从没有对你动手动脚？

蒙特莫伦西小姐：哦，没有。你是个女性，你总是可以把男的按在原地。还有，拉赫曼先生只接受最优质的离婚案。我和绅士之间唯一一次不愉快的经历，是某个律师事务所把我派去一个宗教氛围浓厚的城市。第一眼我就不喜欢那人，晚饭时他除了姜汁啤酒拒绝了任何饮料，我就有所警觉了。一个冷漠的耽于声色的人，我对自己说。

维多利亚：哦，我很清楚你的意思。

蒙特莫伦西小姐：他刚喝完第二瓶姜汁啤酒，没有任何征兆的，他说道："我要吻你。"你都能听见针掉在地上发出的声音。我装作以为他在开玩笑，所以我说："我们是为了办事，而不是为了享乐。"你们知道他怎么回答的？他说："这可是千载难逢的机会，可以将两者合二为一。"我没有昏头。我驳斥了他，我告诉他，我是个手无缚鸡之力的女人，而他却说："正是如此。"没有什么绅士，当然啦，没有那种字面意义上最美好的绅士。我试图唤醒他身上更美好的品质。却是枉然。我不知道该怎么办，我突然灵机一动。冲到门口，叫来了监视我们的侦探。他保护了我。

拉赫曼先生：惊险啊，蒙特莫伦西小姐。法官会说这是共谋。

蒙特莫伦西小姐：铤而走险，拉赫曼先生，正如讨厌的德国人所说，我是吓坏了。

威廉：我可以向你保证，蒙特莫伦西小姐，你无需担心我会乘人之危。

蒙特莫伦西小姐：当然了，你一件衣服也不会脱的。

威廉：恰恰相反，我打算多穿一套衣服。

蒙特莫伦西小姐：哦，拉赫曼先生，请别忘了我只喝伯瑞香槟。特威克纳姆那桩离婚案，他们送来的是宝禄爵香槟，这酒常让我消化不良。幸好，亲爱的侯爵也有消化不良，随身携带了胃蛋白酶药片，否则我都不知道该怎么办了。

拉赫曼先生：我这就记下来。

蒙特莫伦西小姐：1906。[面对威廉]我相信我们会共度良宵的。我发现了，我们有很多共同点。

威廉：你这么说太好了。

蒙特莫伦西小姐：[面对弗雷德里克]我知道你会喜欢翁斯洛·杰维斯夫人的。一个完美的女人。她举手投足魅力无穷。可以想见，她曾经过得风生水起，那时她的丈夫是克拉克顿的牧师。他们在那里拥有一群可爱的人。

弗雷德里克：我会很高兴见到她。

蒙特莫伦西小姐：你要小心，确保自己万无一失，正如法国人所说，在你俩的交谈中，好吗？她当然是个见过世面的女人，但身为克拉克顿牧师的遗孀，她感觉别无选择，只能表现得有点点卓尔不群。

弗雷德里克：我保证我会小心翼翼的。

蒙特莫伦西小姐：我们要共用一套房间，我不知道拉赫曼先生会怎么说。我们可以一起打桥牌。她牌技精湛，我们玩一百分三便士吧，因为她所处的地位不太能赌博，不是吗？

拉赫曼先生：我乐意为你效劳，蒙特莫伦西小姐，可我很难相信这种安排行得通。你是知道法官有多大惊小怪。我们兴许会碰上一个看不出任何猫腻的法官。

蒙特莫伦西小姐：我知道。他们好讨厌，愚蠢的东西。

拉赫曼先生：我有天碰见一个法官，他不愿相信最糟的情况发生了，请注意，一男一女，没有任何关系，被证实在一个房间里孤男寡女待了三刻钟。

蒙特莫伦西小姐：哦，好吧，我们不要冒险了。生意归生意。先是我和你独处，再是卡迪尤少校。等你定下那个重要夜晚的时间，你会及时告诉我的。我的日程很满。

拉赫曼先生：当然，我们会尽量凑你的时间，蒙特莫伦西小姐。现在，朗兹夫人，既然所有的事都定下了，我和蒙特莫伦西小姐要走了。

维多利亚：我想不到其他事了。

蒙特莫伦西小姐：恕我冒昧，弗雷德里克·朗兹夫人，在你解决了你的大麻烦之后，你是否需要脸部按摩，请允许我给你一张名片？

维多利亚：哦，你还做脸部按摩？

蒙特莫伦西小姐：只给那些私下推荐给我的女士做。这是我的名片。

维多利亚：[看着名片] 埃斯梅拉达。

蒙特莫伦西小姐：是的，漂亮的名字，不是吗？我还推出了埃斯梅拉达面霜。特威克纳姆侯爵夫人在和侯爵离婚时，那张脸简直备受摧残，相信我，做完十二次护理之后，你都认不出她是谁了。

维多利亚：当然，这类事情会造成巨大的精神打击。

蒙特莫伦西小姐：哦，我知道。在舒缓神经方面，没有什么可以和脸部按摩相比拟。

维多利亚：我自然会保存好你的名片。

蒙特莫伦西小姐：那么，再见。[面对威廉] 我不会对你说英语的再见，我要说法语的再见。

威廉：相信我，我期待我俩的下次约会。

拉赫曼先生：早安，朗兹夫人。早安。[走向通往户外的大门] 我们可以从这里离开？

蒙特莫伦西小姐：[稍稍往后退了一下] 户外楼梯？哦，很好。真是古色古香。我常常在想，一个女士，如果是个女士，那就无所不能了。

　　　　[她优雅地鞠了一躬，走出去，拉赫曼先生紧随其后。

威廉：你把我们牵扯进这种麻烦事，倒是挺正常的，维多利亚。

维多利亚：好吧，亲爱的，我这辈子只求你做这件事，所以你不必抱怨。

威廉：我会像殉道者一样承受这一切的。

维多利亚：现在，只剩下一件事要做了，和我道别吧。

弗雷德里克：这么快？

维多利亚：你必须明白目前这种情况，我继续住在这里不太合适。再说了，没有仆人的日子太麻烦了。

威廉：你连午饭都不吃了？

维多利亚：我想我不吃了，谢谢。我打算去我母亲家吃顿好的。

弗雷德里克：哦，你要去那里？

维多利亚：你们指望一个处于婚姻危机中的女人还能去哪里？

威廉：我想牛排差不多烧好了，弗雷迪。

弗雷德里克：哦，为了确保万无一失，还要烧上一两个小时。

维多利亚：我当然意识到对于你俩而言这是一个艰难时刻，但诚如你们所说，继续拖拖拉拉，事情也不会变得简单。

威廉：确实如此。

维多利亚：再见，比尔。我原谅你的一切，我还希望我们会永远是好朋友。

威廉：再见，维多利亚。我希望这无论如何不会是你最后一次结婚。

维多利亚：等所有事都定下来之后，你们一定要来和我们一起晚餐。我相信你会同意，莱斯特拥有可以用钱买到的最好的酒和雪茄。

　　　　[她随意地把一边脸颊转向他。

威廉：[亲吻脸颊] 再见。

维多利亚：现在，弗雷迪，轮到你了。既然我俩没有瓜葛了，你或许可以把我送你的领带夹还给我了。

弗雷德里克：[摘下领带夹] 给你。

维多利亚：还有烟盒。

弗雷德里克：[递给她] 拿去。

维多利亚：人们说，开战之后，珠宝的价值大幅上涨。我要把烟盒送给莱斯特作为新婚礼物。

威廉：你总是这么做，维多利亚。

维多利亚：男人喜欢。再见，亲爱的弗雷迪。我会永远记着你的好。

　　　　[她把另一边脸颊伸向他。

弗雷德里克：再见，维多利亚。

威廉：你想叫辆出租车吗？

维多利亚：不，谢谢。我想，锻炼有益身体健康。［她走出去，看见
　　她磕磕绊绊走在户外楼梯上］

弗雷德里克：一个出色的女性。

威廉：我从没后悔娶了她。现在，我们吃午饭吧。

弗雷德里克：我希望我能像你一样对午饭有所期待。

威廉：亲爱的老兄，那动人的场面败了你的胃口？

弗雷德里克：我质疑的不是胃口，是牛排。

威廉：哦，别担心这个了。我要开饭了。［他走向炉灶，试图从煎锅
　　里取出牛排］给我出来，你这块肥肉。怎么起不了锅。

弗雷德里克：那是你的问题。

威廉：［把煎锅拿到桌边］哦，好吧，我们可以就着锅子吃。我来切
　　开它？

弗雷德里克：［坐下］请便。

　　　　［威廉拿出餐刀，开始切牛排。切不动。他使了力气。牛排
　　纹丝不动。威廉稍稍吃了一惊，更加卖力切牛排。但没用。他
　　开始急了，和牛排展开了搏斗。咬紧牙关。还是徒劳无功。额
　　头冒出汗水，弗雷德里克一声不吭、忧郁地看着他。最终，威
　　廉一个激动扔下了餐刀。

威廉：［生气］你为什么不说点什么，你个傻子？

弗雷德里克：［文质彬彬］我去把我的短柄斧头取来？

威廉：［拿起餐刀，再次向牛排怒气冲冲地发起进攻］我知道我的理
　　论是对的。煮一磅的肉需要一刻钟，那三磅的肉就需要三刻钟。

　　　　［一个男孩拎着一个四四方方的大篮子走下户外楼梯。他叩
　　响大门。

弗雷德里克：哎哟喂，谁啊？［他走向大门，打开］我能为你做什
　　么，孩子？

克拉伦斯：弗雷德里克·朗兹夫人住这儿吗？

弗雷德里克：可以这么说。

克拉伦斯：[进入] 丽兹酒店送来的。

弗雷德里克：那是什么？进来啊，男孩。把篮子放桌上。

威廉：[看向标签] 附上莱斯特·佩顿的问候。

弗雷德里克：是午餐。

克拉伦斯：我要把篮子亲手交给那位女士。

弗雷德里克：没有关系，男孩。

克拉伦斯：如果女士不在，我要带走篮子。

威廉：[迅速做出反应] 她这就下楼。[他走向门口，喊道] 维多利亚，亲爱的，好心的莱斯特·佩顿先生从丽兹酒店给你送了点好吃的。

弗雷德里克：这半个克朗是给你的，小子。现在，赶紧给我走。

克拉伦斯：谢谢你，先生。[他走出去]

弗雷德里克：现在，你喜欢吃牛排，你尽管吃，我要享用维多利亚的午餐了。

威廉：简直是不择手段。我加入。

　　　　[他俩急急忙忙地打开篮子。

弗雷德里克：[打开锅盖] 这是什么？砂锅炖鸡？

威廉：好极了。喂，把酒给我，我来打开它。

　　　　[他拿出一瓶香槟酒，动手开盖子。

弗雷德里克：鹅肝酱。好啊。鱼子酱？不是。烟熏三文鱼。好汉一条，莱斯特·佩顿先生。

威廉：别傻愣愣站着。把它拿出来。

弗雷德里克：美酒佳肴。

威廉：我开始思考，终究是骗子赢得了战争。

弗雷德里克：火腿慕斯。他倒是对维多利亚的胃口有所了解。

威廉：亲爱的朋友，爱情总是盲目的。

弗雷德里克：感谢上帝，这就是我要说的。软木塞怎么样了？

威廉：再等等。就要出来了。

弗雷德里克：这就是我所说的美味的小食。亲爱的维多利亚，她是
　　个好人。

威廉：以她的方式。

弗雷德里克：不过，把鹅肝给我。

威廉：[打开酒瓶] 砰。把你的杯子递过来。

弗雷德里克：给你。我饥肠辘辘。

威廉：开吃之前，我想要敬一杯。

弗雷德里克：敬什么都行。

威廉：[举起杯子] 敬维多利亚的第三任丈夫。

弗雷德里克：愿老天助他一臂之力！

威廉：还有，敬我们的——自由。

　　　　[两人碰杯之际，幕布迅速落下。

全剧终

不可企及的人
THE UNATTAINABLE
三幕闹剧

马 丹 译

人物表

卡罗琳·阿什利

伊萨贝拉·特伦奇

莫德·富尔顿

库珀

罗伯特·奥尔德姆

雷克斯·坎宁汉

科尼什医生

　　本剧的剧情发生在位于伦敦摄政公园内的卡罗琳宅邸中，时间是一天之内的上午和下午。

第一幕

场景：位于伦敦摄政公园内卡罗琳宅邸的客厅。客厅宽敞，通风良好。客厅装潢新颖大胆而又赏心悦目，看得出女主人迫切想跟上最新的潮流，但又要以个人的品位使之柔和而不突兀。未来主义的影子随处可见，地毯，靠垫，沙发和椅子的罩面，但没有一件过于反常的东西让客厅变成一个纯粹标新立异的地方。室内到处摆放着大罐子装的鲜花，以自然的含蓄收敛来衬托人类想象力的奔放热烈。

时间是初夏时节，上午较晚的时候。

库珀，一名身材苗条的客厅侍女，领进来特伦奇太太。伊萨贝拉·特伦奇年届三十五，浅色头发和皮肤，身材丰满，风韵犹存，穿着高雅，风度潇洒自信。她的性情温柔可人，极为擅于同情他人。她的心为每一件憾事融化，忧愁的人都自然而然地寻求她的安抚。

库珀：我会禀报阿什利太太您到了，夫人。

伊萨贝拉：她还没有下楼吗？

库珀：没有，夫人，她刚刚沐浴完。

伊萨贝拉：请问她一声我能否上楼。我想马上见到她。

库珀：好的，夫人。

伊萨贝拉：告诉她我兴奋得要命。

库珀：好的，夫人。

伊萨贝拉：[微笑] 你肯定也知道了，库珀？

库珀：噢，是的，夫人；是厨娘先看到的。她一般喜欢先看一眼

《泰晤士报》，趁还没有送上楼之前。

伊萨贝拉：阿什利太太吃惊吗？

库珀：这个嘛，夫人，她一个字也没说。她就是直勾勾地盯着那条消息。就像我跟厨娘说的，我真觉得她的眼珠都要掉出来了。

伊萨贝拉：我必须马上见到她，库珀。

库珀：我会禀报她的，夫人。[正当她准备离开时，电话铃响了。库珀接电话]是的——请问尊驾是？不，小姐，我是阿什利太太的侍女。[对伊萨贝拉]是富尔顿小姐，夫人。

伊萨贝拉：噢，我来跟她说。我想我知道她要干什么。你去通知阿什利太太说我到了。

库珀：好的，夫人。

　　[出去。伊萨贝拉坐下，拿起听筒。

伊萨贝拉：莫德，莫德！我是伊萨贝拉·特伦奇。我今天早上给你打过电话，他们说你还没有从乡下回来。我还没见到卡罗琳。我知道的不比你多，亲爱的。我觉得消息肯定是真的。毕竟都上《泰晤士报》了。你为什么不过来呢？我肯定卡罗琳想见你。是的，就这样吧。你过来找我。再见。

　　[她放下听筒。库珀领进来雷克斯·坎宁汉。他是个英俊的年轻人，深色眼睛、深色头发，头发被梳到脑后，用发胶固定住。尽管他穿着机车外套，手里拿着便帽，他仍然散发出一股浪漫的气息。

库珀：坎宁汉先生。

　　[雷克斯看见客厅里有陌生人，迟疑片刻之后认出是伊萨贝拉，便热情地走上前去。伊萨贝拉冷淡地招呼他。

雷克斯：你好吗？

库珀：阿什利太太马上下来，夫人。

伊萨贝拉：很好。

[库珀出去。

雷克斯：[看腕表] 她答应过会准时的。

伊萨贝拉：准时什么？

雷克斯：我买了一部新的双人座。我准备带她到里士满公园兜一圈。

伊萨贝拉：你们什么时候约好的？

雷克斯：昨天晚上。

[她困惑地看了他一会。

伊萨贝拉：你没听说消息吗？

雷克斯：什么消息？

伊萨贝拉：还什么消息，今天早上《泰晤士报》刊登了史蒂芬·阿什利的死讯。

雷克斯：哎哟喂！……我们是应该安慰卡罗琳，还是该恭喜她？

伊萨贝拉：我还不知道你直呼她卡罗琳呢。

雷克斯：你真不知道吗？

伊萨贝拉：她有十多年没见过她丈夫了。我们基本不能指望她会很难过。不过，我觉得她不会想坐你的双人座兜风了。

雷克斯：为什么不会？

伊萨贝拉：她有别的事要做。

雷克斯：她丈夫很蛮横吗？

伊萨贝拉：我根本不了解他。卡罗琳从来不说她和他的关系。我相信她的朋友中甚至没有哪一个见过他本人。

雷克斯：我曾经问过她他是否对她冷酷无情。她说没有，他得了腺样体肿大的毛病。

伊萨贝拉：你似乎跟卡罗琳很亲密呢。

雷克斯：你不赞成吗？

伊萨贝拉：非常不赞成。

雷克斯：那怎么办？

伊萨贝拉：你知道罗伯特·奥尔德姆跟卡罗琳已经热恋十年了吗？他们缠绵悱恻的爱情让我对人性有了新的信念。他们一直在等待，而现在卡罗琳终于自由了。他们没有什么可自责的了，我真是为他们高兴。这是一个童话故事的美好结局。

雷克斯：[颓丧地] 我估计你觉得我唯一能做的就是拍拍屁股走人。

伊萨贝拉：罗伯特随时会过来。

雷克斯：我本来对我们的行程充满了期待。

伊萨贝拉：你爱卡罗琳吗？

雷克斯：爱得不顾一切。

伊萨贝拉：[一只手放在他的胳膊上] 我很抱歉。你必须努力克服掉失恋的痛苦。

雷克斯：我才不会呢。

伊萨贝拉：但你知道罗伯特的。

雷克斯：他至少都有四十五岁了吧。没有男人到了这个岁数还能专心专意谈恋爱的。

伊萨贝拉：卡罗琳真不该让你过来。她肯定知道你关心她。

雷克斯：她跟我说过她爱罗伯特·奥尔德姆。

伊萨贝拉：[越来越同情] 你很伤心吧？

雷克斯：非常。你觉得我根本没有机会了吗？

伊萨贝拉：要让你抱有任何的希望都是残忍的。你确实没有机会，一丝都没有。

雷克斯：[忧郁地] 哎哟喂！

伊萨贝拉：你现在必须走了。

雷克斯：好吧。如果你认为我最好那样做。你对我实在太好了。

伊萨贝拉：我心太软了，你让我心疼了。

雷克斯：我能直呼你伊萨贝拉吗？

伊萨贝拉：我愿意你这么叫我。

[她向他伸出一只手。他将手举到唇边亲吻。

伊萨贝拉：我就是这么的多愁善感。爱情总是能打动我。

雷克斯：再见。

[出去。伊萨贝拉拭去眼角闪烁的泪滴。卡罗琳进来。她是
一位非常有魅力的三十五岁妇女，高挑瘦削，饱含风趣的眼神，
迷人的笑容。她已经穿上乘车兜风的行头。

伊萨贝拉：卡罗琳！

卡罗琳：我让你久等了吗？

伊萨贝拉：你为什么不让我上去啊？我太想见到你了。

卡罗琳：我没弄好头发之前，我最好的朋友也不能看到我的样子。

伊萨贝拉：我猜你就是对自己的额头不满意。

卡罗琳：不太满意。顺便问一句，雷克斯在哪儿呢？我从我的窗户
那里看到他的车了。

伊萨贝拉：我觉得你今天早上不想见到他。我打发他走了。

卡罗琳：你到底为什么要打发他走啊？

伊萨贝拉：我亲爱的，你知道他爱你吗？

卡罗琳：我要是不知道，我就是个大傻瓜。

伊萨贝拉：他跟你表白过吗？

卡罗琳：我现在开始觉得那就是他交谈的唯一话题了。

伊萨贝拉：我亲爱的，你怎么能如此轻浮呢？

卡罗琳：你觉得我应该认真对待他？

伊萨贝拉：[不无尖酸] 当然了，他这么年轻，我猜他说的话有一半
不是真心的。

卡罗琳：[打趣她] 即使只有四分之一是真心的，也是够多的了。

伊萨贝拉：你认为他想娶你吗？

卡罗琳：我不知道。我肯定他想跟我私奔。

伊萨贝拉：你真气死人了，卡罗琳。不过我过来不是为了讨论雷克

斯的。

卡罗琳：你都叫他雷克斯了？

伊萨贝拉：他刚才叫我叫的。

卡罗琳：[*微笑*] 噢!

伊萨贝拉：听我说，卡罗琳，正经点。那是真的吗？我今天早上读《泰晤士报》上登的各种出生、死亡还有联姻的消息时，突然读到你的名字，我真是不敢相信我的眼睛。

卡罗琳：我也不敢相信。"上月 29 日，在内罗毕的爱德华-亚历山大医院，史蒂芬·阿什利（系法弗舍姆镇 ① 布里恩伍兹的已故阿尔杰农·阿什利的独生子）去世，终年 41 岁。电讯。"

伊萨贝拉：那肯定是真的了。

卡罗琳：当然啦，内容很详尽，不过史蒂芬也有一点恶作剧的癖好。他已经有两三次被报道死亡了。这次是真的，他之前还从来没有在《泰晤士报》的讣告栏里出现过。

伊萨贝拉：你不能确认下情况吗？

卡罗琳：我给我的律师打过电话了，他们已经给内罗毕那边发去电报了。不知道为什么，我反正相信这次是真的了。

伊萨贝拉：你要服丧吗？

卡罗琳：我不觉得有这个必要。

伊萨贝拉：除非你觉得服丧让你显得漂亮，不然我也觉得没必要。

卡罗琳：说到底，我已经有十多年没见过我的丈夫，也没听到他的消息。我要是假装对他的死痛心，那就太虚伪了。

伊萨贝拉：我一直不知道你具体是因为什么原因和他分开的。

卡罗琳：噢，他有腺样体肿大的毛病。

伊萨贝拉：[*微笑*] 你是我见过最持重的人。

---

① Faversham，法弗舍姆镇，英国根特郡的行政中心。

卡罗琳：他活着的时候，我尽量不去说他的缺点。他现在死了，我觉得我还是闭口不谈的好。

伊萨贝拉：啊，好吧，不管你过去承受了什么，现在都结束了。你的未来只有幸福可期许了。噢，我亲爱的，赶紧嫁给罗伯特吧。别再有任何耽搁了。天知道你们已经等了太久了。

卡罗琳：十年了。

伊萨贝拉：你现在不高兴自己没什么可自责的了吗？我知道，我很为你高兴呢。

卡罗琳：一直以来都没有任何其他的可能性存在。当然了，我们也许可以私奔，但罗伯特在离婚法庭上工作得太久，他难以想象自己会成为共同被告的角色。另外，他除了自己的工作，也没有其他的生活来源。而且我们对彼此都非常珍惜，不愿意去冒险尝试婚外恋的枯燥乏味。

伊萨贝拉：所以人人都钦佩你的毅力。

卡罗琳：这不需要毅力，只需要常识。

伊萨贝拉：你今天早上接到他的消息了吗？

卡罗琳：没有，我知道他必须早点到办公室。

伊萨贝拉：他肯定这会已经过来了。

卡罗琳：我觉得不会。他负责的案子是第一个要开庭审理的。

伊萨贝拉：你难道不激动吗？我不知道你怎么能耐得住性子。

卡罗琳：我不可能指望罗伯特丢掉案子，跑来跟我求婚，对吧？

    [库珀进来，通报莫德·富尔顿到了。她是个衣着时尚得体、年近四十的老姑娘，双眼明亮，举止活泼。她说话尖酸刻薄。她对别人的事感性，对自己的事极其务实。

库珀：富尔顿小姐。

    [出去。

莫德：噢，我亲爱的，我刚才成功了。我在街上被人跟踪了。

卡罗琳：［被逗乐了，问候她］莫德！

莫德： 当时我正往这边赶路，突然发觉有个男人跟在我后面。呃，我就想确认下，于是我走到街的另一侧，他也跟着过来。我放慢脚步……我本来一直冲得很快，一心想见到你和罗伯特——结果他也放慢脚步。

伊萨贝拉： 你不害怕吗？

莫德： 害怕？当然不了。我经常在街上被人跟踪。我喜欢这样。走路最无聊的时候还能有点乐趣。不过呢，也就只是乐趣而已了。

卡罗琳： 你说这话是感到安慰还是遗憾呢？

莫德： 噢，我亲爱的，我要是都去理睬那些想追求我的人，那我就一刻不得清闲了。当然啦，我也搞不清楚他们究竟看上我什么。我知道我不是个美人，但显然我身上有什么是他们无法抗拒的。

卡罗琳：［打趣她］依我看，那就是你把自己往他们身上蹭吧。我还不知道有哪个男人能抗拒这个的。

莫德： 噢，我亲爱的，我都快忘了。我要给你我最衷心的祝贺。

卡罗琳： 祝贺我丈夫去世？

莫德： 祝贺你和罗伯特·奥尔德姆订婚。

卡罗琳： 谢谢你的好意，但我没有和罗伯特·奥尔德姆订婚。

莫德： 噢，胡说八道；订婚是在你丈夫去世之后自动完成的事，好比投了一便士的硬币到缝里去，跟着就会出来一块巧克力。我估计他正在赶往萨默塞特宫 ①，去申请一个特别许可。

卡罗琳： 我亲爱的，别胡思乱想了。他还没有向我求过婚。

伊萨贝拉： 可他肯定会求的。

卡罗琳：［若有所思地］我猜他会的。

莫德： 你到底什么意思，卡罗琳？你知道他肯定会的。

---

① Somerset House，伦敦曾经的注册总署所在地。

卡罗琳：[生气地] 是的，我当然知道。不过你们别总是催我。你们说得好像我们愿不愿意都要结婚一样。我不会强迫这个男人娶我的。

莫德：噢，我亲爱的，别说这些傻话。他对你可是痴心不悔好多年了。

卡罗琳：好多年了！

伊萨贝拉：而且你对他也是同样的痴情，卡罗琳。

卡罗琳：我知道。

莫德：你们两个不是从相遇开始就一直期盼着这一时刻吗？

卡罗琳：现在它终于来了。

伊萨贝拉：这么说多可笑啊，卡罗琳。

卡罗琳：这才是大白话，不是吗？我开始在为婚姻生活训练自己了。

伊萨贝拉：你今早上真是奇怪啊。我本来想着你会，噢，我也不太清楚——微微发抖，哭几鼻子，也许……

卡罗琳：[微笑] 我猜你都准备好要跟我一起洒眼泪的。

伊萨贝拉：高兴的眼泪。我完全没想到你会……

卡罗琳：怎么？

莫德：态度很恶劣，我亲爱的。

伊萨贝拉：待会罗伯特来了对他客气点，卡罗琳。你想想看他该有多么恨那个该死的案子让他脱不开身。你难道还不知道他的心思吗？我可是知道。他现在数着时间一分一秒地过去呢——怎么说呢，我几乎能听见他心跳的声音了。

卡罗琳：看你说些什么梦话，伊萨贝拉。

伊萨贝拉：你想象不出他终于来到这里，按响门铃的情景吗？时间漫长得好像没有尽头，直到库珀把门打开。接着他就一步四梯地冲上楼。

卡罗琳：就像廉价的言情小说里写的那样，对不？不过他没法一步四梯，因为这样他会喘不过气来。

伊萨贝拉：他才不会考虑这个呢，你个小蠢货。他只会把你拥入怀里，说一句：终于等到了，终于——我全都能想象到了。

莫德：我要留在这儿。我喜欢浪漫。

卡罗琳：如果你们两个都在他来之前离开，我就谢天谢地了。

伊萨贝拉：没问题，宝贝儿。有些时候，人就是有权避开所有窥探的眼睛。

莫德：他说过什么时候过来？

卡罗琳：他没说过。我今天上午都没有接到他的消息。

莫德：你是说他没有来过电话？奇怪了。

卡罗琳：也许他没有时间看报纸。他可能还不知道呢。

莫德：噢，不可能。

伊萨贝拉：我觉得他没有打电话也是很正常的。毕竟史蒂芬·阿什利曾经是你的丈夫。罗伯特是个心思极细密的人。很有可能他会想到，在那一刻，你会有某些回忆，你更希望一个人单独待着。

卡罗琳：你给他的心思多长时间？

莫德：等到法庭休庭吧，我个人觉得。

伊萨贝拉：[微笑] 我相信你和他一样等不及了。

卡罗琳：我亲爱的，你去海边度假的时候，有没有遇到有时候想去海滩游个泳，但去了才发现海水看起来冰冰凉的情况？你尽量不去管它。你去了更衣车，更衣车里昏暗且不舒服。但你还是脱了衣服，换上泳衣，然后打开门。你看到你面前一片狭小的海水。海水冰冷，发黄，压抑，湿漉漉的。你的心就沉下去了。

莫德：唯一要做的就是不去想它，直接跳进去。

卡罗琳：我在想罗伯特刚才是不是就对自己说的这番话。

伊萨贝拉：你为什么会这么想？

卡罗琳：将心比心嘛。

莫德：我亲爱的，你该不会是想说你害怕了吧？

卡罗琳：[万般无奈地] 简直惊慌失措。

伊萨贝拉：你真是太傻了，卡罗琳！你不会是对罗伯特的真心有任何怀疑吧？

莫德：噢，你是为这个问题苦恼吗？

伊萨贝拉：怎么会，大家都知道他爱慕你。你难道不知道他是怎么在你的朋友面前谈论你的吗？我记得，去年的新年前夜，我们一起在萨沃伊饭店吃晚饭，我对他说：你不觉得很惆怅吗，想着又一年过去了？不，他说，每一个新年来临的时候，我都离迎娶卡罗琳更近了一步。

卡罗琳：他是个可爱的老家伙。当然了，我知道他爱我。

莫德：我们都能激发爱情，你和我，卡罗琳。

卡罗琳：但你的爱慕者不会拿着一把手枪指着你的头，命令你：嫁给我。

莫德：不会，但他们经常拿枪指着自己的头，说如果我不嫁给他们，他们就毙了自己。

卡罗琳：你还是个老姑娘，莫德，你怎么应付这样的情况？

莫德：我对他们实话实说。经过慎重的考虑，我得出的结论是一个女人只有一个丈夫是不够的。

卡罗琳：老天爷，我觉得一个都让我远远消受不起了。

莫德：那并不证明你不会发现三个丈夫更让人满足。

伊萨贝拉：三个！

莫德：这是我的理想。我每周和每个丈夫各生活两天，周日留给自己。

　　　[电话铃响。

伊萨贝拉：罗伯特打来的。

卡罗琳：不可能。他这会儿肯定还在法庭。

[她走向电话。电话铃一直响着。

伊萨贝拉：我有种预感。我坚信这是罗伯特打来的。

[正当卡罗琳要拿起听筒之时，她犹豫了；她非常紧张。

卡罗琳：你来帮我接吧，莫德，怕万一……

莫德：没问题。

[她拿起听筒，听着。

卡罗琳：我讨厌电话。我真希望自己从来没有装过。

莫德：喂，哪位？不，这是富尔顿小姐在接电话，不过我会叫阿什利太太的——是的，我不挂断。

卡罗琳：莫德，是谁？

莫德：[意味深长地] 奥尔德姆先生的书记员。

卡罗琳：[焦虑不安地] 莫德，就说我现在不能跟任何人通话。说我出去了。说你不知道我什么时候回来。

莫德：[对着听筒] 是你吗，罗伯特？我是莫德·富尔顿。卡罗琳在这儿。是的，她会很高兴见到你。

卡罗琳：莫德，我出门了。我出门了，我跟你说。说你弄错了。莫德，你个小滑头！

莫德：[毫不理会] 是的，你最好马上过来。卡罗琳当然已经没有婚姻关系了；她一直在等你。

卡罗琳：[惊恐的] 莫德！

莫德：再见。[她放下听筒] 这就算安排好了。

卡罗琳：莫德，我永远不会原谅你。太放肆了。你没有权利说那些话。我只要活着一天就不会跟你讲话。你竟然说我一直在等他。

莫德：咦，你难道不是吗？再说了，他本来就知道你一直在等他呀。都这么多年了，你们两个也没必要玩躲猫猫的游戏了吧。

卡罗琳：太丢人了。你跟他说这么多，差不多就等于在说我坐在这里等他过来，等他向我求婚。

莫德：你确实如此啊。

卡罗琳：你就没想到过我可能会拒绝他？

莫德：〔坚决地〕没有。

卡罗琳：为什么没有？

莫德：你让他等了你一年又一年。他为你奉献了最好的年华。他为了某一天能娶到你牺牲了一切。你现在必须嫁给他，不论你是否愿意。

伊萨贝拉：你确实也愿意的吧，卡罗琳？

卡罗琳：〔犹豫不决地〕我昨天是这么想的。

伊萨贝拉：你知道他唯独宠爱你一个。你再也找不到比他更全心全意的了。

卡罗琳：重要的是爱，不是被爱。

莫德：但你就是爱他呀，卡罗琳。别这么傻了。你所有的朋友这十年来都知道你爱他。你不像我。你属于那种忠贞不变的女人。自从你第一次认识罗伯特之后，你的脑子里就再也没装下过第二个男人。

伊萨贝拉：你的感情不可能一天一个样吧。

卡罗琳：我猜也是。

伊萨贝拉：你必须接受他，卡罗琳。

卡罗琳：是的，我知道。〔微微一笑〕别担心。我会接受的……但你们别对我太苛刻了。我有点小紧张，也不是很奇怪的事。老实说，我分明感觉到我的心是十五个水桶打水——七上八下的。

伊萨贝拉：别去管它。你感觉到害羞，正好为你增添一种秋风瑟瑟般的妩媚，我保证会非常非常勾魂的。

卡罗琳：我必须去换一身衣服。罗伯特要来购置的东西，我只有把它收拾得最漂亮才对得起他。

伊萨贝拉：不管你穿什么，他都会觉得你美极了。

卡罗琳：可爱的罗伯特。我知道。虽然如此，我还是不想穿着机车外套被求婚。

伊萨贝拉：你会让他非常幸福的。

卡罗琳：我想是的。我刚才确实太傻了。我开始觉得放松一点了。不管怎么说，他对我所有的关爱，所有无私的奉献，我都终于有能力让他得偿所愿了，想到这一点就让人无比的愉快。

　　　　　［出去。

莫德：就这么着了。

伊萨贝拉：可怜的卡罗琳！

莫德：我说，你现在能告诉我她怎么回事了吗？

伊萨贝拉：［耸一下双肩］等得太久了。当你十分渴望某件东西，而它终于到来的时候，这多少有点让人惊慌失措。

莫德：你肯定没有别的男人躲在背后的？

伊萨贝拉：噢，非常肯定。雷克斯·坎宁汉今天上午过来了，不过她没见到他。我打发他走了。

莫德：你真是英明。

伊萨贝拉：我为他感到遗憾。他对卡罗琳痴迷不已。但我肯定她对他一点兴趣也没有。她才认识他三个月。

莫德：一个你认识三个月的男人往往比一个你认识十年的男人有优势哦。

伊萨贝拉：我现在知道你为什么一直没结婚了，莫德。

莫德：为什么？

伊萨贝拉：因为没人跟你求婚。

莫德：你怎么猜到的？

伊萨贝拉：因为你有常识。男人喜欢一个有常识的妻子，但不喜欢一个有常识的姑娘。

莫德：我很高兴你把雷克斯打发走了。等他下回来的时候，他会发现一切已成定局。

  ［库珀进来，后面跟着雷克斯。

库珀：坎宁汉先生。

  ［库珀出去。两位女士为他的突然出现大吃一惊。他发现伊萨贝拉还在，一点也不意外。

雷克斯：噢，我本来以为能见到卡罗琳呢。［与富尔顿小姐握手］你好吗？

莫德：［连忙地］她马上下来。你得留下来等她。

雷克斯：我确实也要留下来。

伊萨贝拉：我以为你去开车兜风了？

雷克斯：一个人吗？我就在公园附近转悠，然后我决定我非见到卡罗琳不可。

莫德：我非常理解。你想抢个先，这是你的一番好意。

雷克斯：［没听明白］我没听懂呢？

莫德：［可爱地］抢先恭喜她订婚呀。

雷克斯：［惊愕］什么？

莫德：你不会想说你不知道吧？她马上就要嫁给罗伯特·奥尔德姆了。我觉得这对璧人终于在这么多年以后走到一起，真是太浪漫了。而且你知道，他们简直是爱得如胶似漆。

雷克斯：但他们一刻钟之前还没有订婚啊？

莫德：噢，这不算什么。我经常在十二分钟内订婚又解除婚约。

雷克斯：当然了，这也很容易理解。

莫德：你真这么想？我瞎掰的。

雷克斯：也许吧。不管怎么说，我都要等到见到卡罗琳为止。

莫德：为什么？

雷克斯：我要向她求婚，如果你想知道的话。［对伊萨贝拉］我真不该就这么被你赶走了。她不可能嫁给罗伯特·奥尔德姆。这会让我心碎。如果你还有些许的仁慈，你就别试图阻止我见她吧。我必须见到她。

莫德：你当然必须见到她。你几乎都要认不出她来了。她看起来年轻了十岁。简直光彩照人。我从没见过有谁这么幸福的。她太爱那个男人了！[雷克斯倒吸一口凉气] 他们打算申请特别许可来结婚。他们都已经计划好要去威尼斯度蜜月了。罗伯特有事必须离开几分钟；她根本不舍得让他离开她的视线。

雷克斯：[被打击得无力支撑，身子下沉] 哎哟喂！我要心痛一辈子了。

伊萨贝拉：[走到他面前] 我可怜的孩子！雷克斯！雷克斯！

雷克斯：这就是我的命。这种事经常发生在我的身上。

莫德：我从来没爱过一头小羚羊，不过它肯定会死的。

伊萨贝拉：莫德！[爱怜地对雷克斯] 看到你这么难过，我的心都碎了。

雷克斯：没人关心过我。

伊萨贝拉：别这么说。听起来太绝望了。

雷克斯：[站起来] 我最好走了。我现在留这儿也没什么事可做了。

伊萨贝拉：[握住他一只手] 你要去哪里？

雷克斯：我不知道，我不在乎。

伊萨贝拉：我真不忍心看你这样……你要不今晚过来和我一起吃晚饭吧？

雷克斯：你会发现我这个人相当乏味。

伊萨贝拉：噢，不会的，我不会。

雷克斯：[仍然握住她的手] 那好吧。你对我真好。

伊萨贝拉：再见。

雷克斯：你天生一副慈悲心肠，非同寻常的善良。你蓝色的眼睛里散发出一种似乎能抚慰人心的光芒。

伊萨贝拉：可爱的雷克斯。

    ［他对莫德鞠上一躬，出去了。

莫德：我说，我亲爱的，你可一点时间都不浪费啊。

伊萨贝拉：［愤怒地］莫德！这可怜的孩子完全崩溃了。我的心都在
    滴血。我可不能让他一句安慰的话都没得到就走了。

莫德：哼！你为什么叫他吃晚饭呢？

伊萨贝拉：我觉得他会乐意跟我聊聊卡罗琳。一想到他整个晚上都
    孤身一人，我就于心不忍。他会非常难过的。

莫德：噢，好吧，反正你的丈夫被妥妥当当地安置在印度，你当得
    起这个富有同情心的朋友。

伊萨贝拉：你看你都给他说了些什么！简直把我吓了一跳。

莫德：你不认为这是最好的处理方式吗？卡罗琳现在情绪不稳定。
    那个年轻人是有点可怜又很迷人的样子。我从来不否认这一点。
    我跟你一样也是有同情心的，我亲爱的。我们不知道卡罗琳在
    冲动之下会干出什么事情。告诉他一切既成事实要好得多。

伊萨贝拉：你是个绝顶的说谎精，莫德。

莫德：少装蒜了，我亲爱的。会说谎是我们女人的特权之一。我说
    谎的能力可不比你更强。再者说了，那些话是谎言吗？我只是
    在预言。只消半个小时，我所说的都会变成事实。

伊萨贝拉：我并没有说你做的没有道理。

莫德：而且半小时算什么？想想各个地方的时差吧。要是在彼得格
    勒 ①，卡罗琳的订婚都已经是陈年往事了。

伊萨贝拉：没错，如果你这么看呢，那就至多是个善意的谎言。

莫德：噢，我亲爱的，连善意的谎言都算不上。基本就是一句瞎话。

    ［*库珀进来，身后跟着罗伯特·奥尔德姆。罗伯特四十五*

---

① 即现在的圣彼得堡，俄罗斯第二大城市，时间比伦敦早三小时。

岁，高大英俊，保养得当，但仍然有发福的趋势；他穿着讲究，精心修饰，明显是有保持年轻形象的强烈欲望。

库珀：奥尔德姆先生。

莫德：［热情地］罗伯特！

伊萨贝拉：［同情地］亲爱的罗伯特。

　　　　［罗伯特有点受宠若惊，但他镇定下自己，快步走进房间。

罗伯特：你们的迎接像是我刚刚差点被公共汽车给撞了一样。

伊萨贝拉：我们很高兴见到你。

莫德：我们一上午都在等你呢。

罗伯特：噢！［做出一副欣欣然的样子］我要早知道就好了。［与莫德握手］你好吗？

莫德：我必须要吻你。

罗伯特：必须吗？

莫德：［腼腆地缩回去］你不想吗？

罗伯特：我当然想啦。我很乐意。

　　　　［他侧过脸去，她吻了他。

莫德：你现在就别故作镇定了吧。男人就是傻。他们生怕自己真情流露。不过你肯定已经心里扑通乱跳了。我来把把你的脉。

罗伯特：我不会的。你很了解我，莫德；我不喜欢这样。

莫德：亲爱的罗伯特。

罗伯特：［对伊萨贝拉，握起她的一只手］你好吗，亲爱的女士？

　　　　［她没有抽回手，而是让他一直握着。这必定是她的习惯使然。

伊萨贝拉：［有点激动得颤抖］我不知道该对你说什么。噢，罗伯特，我真为你的幸福高兴。这太奇妙了，不是吗？经过这么多年——我真没用，感觉自己像要哭了。

罗伯特：你有一颗奇妙的心，伊萨贝拉。

伊萨贝拉：我知道我并不聪明……我没法表达自己，但相信我，你所能希望我感受到的，我都感受到了。

罗伯特：如果你愿意，你可以吻我。

伊萨贝拉：[大笑] 我不会的。

罗伯特：不给面子。

莫德：可你是怎么想办法赶过来的？

罗伯特：非常迅猛地搭了个出租车。

莫德：别逗了。我们本来以为你今早上有一个案子。

罗伯特：谁是我们？

莫德：卡罗琳，伊萨贝拉，还有我。

罗伯特：我知道了。没有；有个案子本来预计昨天结束的，但结果看来要拖很久去了。我恐怕今天一天都不会出庭了。

莫德：[连忙地] 那你为什么不早点来？

罗伯特：不过才中午啊。我知道卡罗琳不是个早起的人。

莫德：你也可以打电话过来。

罗伯特：我还有一些文件要看。先工作后娱乐，你知道的……你们在议论我没有吭声吗？

伊萨贝拉：[微笑] 我想我终于对了。我就说是心思细腻的缘故吧。任何体贴的男人都会意识到，在那样的时刻，一个女人更愿意独自回忆过去。

莫德：不管怎么样，重要的是你现在过来了。如果我还算了解你的话，你的口袋里已经揣着戒指了。

    [罗伯特略为一惊。

伊萨贝拉：噢，罗伯特，快给我看看！我真想欣赏下。

罗伯特：可我没有戒指啊。我今天早上直接去的办公室，然后就直接过来了。我完全没想到。

莫德：你个蠢男人！你要是有戒指，卡罗琳会高兴坏的。

伊萨贝拉：还有感动。不过没关系；等她见到你，她只会想到她自由了，你人在这儿。而且从此以后，你都会在这儿了。噢，罗伯特，对她好点！千万记住她所经受的一切。你为她做再多都是理所应当的。

罗伯特：我知道。

莫德：你计划好去哪里度蜜月了吗？

罗伯特：我亲爱的莫德，我看到史蒂芬·阿什利不幸去世的消息不过才几小时。

莫德：不幸，你是这么定义的？

罗伯特：对他来说是不幸的，我意思是。当然了，对我来说不是。我并不认为这世上有谁是不受到任何人关心的。我觉得总有人在为他哀悼。

莫德：我非常怀疑。我觉得我们完全可以把他的去世看作一次幸福的解脱。

罗伯特：我不知道你为何这么说。你对他的了解仅限于他得了腺样体肿大。

伊萨贝拉：卡罗琳对他没说过一个字的坏话，真是够意思。

罗伯特：噢，够意思。但，不管怎么说，一个男人也许得了腺样体肿大，但同时也具备各种——值得赞赏的品质。

莫德：你可不能替他辩护。如果卡罗琳拒绝说他的坏话，那也肯定不是因为没有坏话可说。

罗伯特：当然不是。

莫德：听你说话的语气像是你站在他那一边。

罗伯特：我的老天，你不要太咬字眼了吧。我不过是在做客观的评论。所以说和女人沟通是不可能的事。一个泛泛而谈的说法，她们也总是要找到个人的主观意见在里面。再说了，有我这样特殊经验的人非常清楚，一个人也许有各种美德集于一身，但就是没法跟他生活在一起。

伊萨贝拉：幸亏卡罗琳不是这样的女人。

罗伯特：噢，卡罗琳不是，她很好。有谁比我更清楚这一点呢？

莫德：个人的意见，我建议你们去威尼斯。

罗伯特：[好像他正好要开口的样子] 现在去吗？

莫德：度蜜月的时候，我意思是。

罗伯特：噢，请你原谅；我一时忘了这茬了。你能想象我们两个在威尼斯运河上谈情说爱的样子吗？我觉得我们认识的时间太长了，不适合去威尼斯了。

莫德：噢，可是结了婚就大不一样了。你们都必须重新认识对方。

罗伯特：[不无忧虑地] 你觉得结婚会大大地改变卡罗琳吗？我真不知道我该有这样的期望。你看到了，我已经适应了现在的卡罗琳。

莫德：她会保持不变的，只会比卡罗琳更加卡罗琳。

罗伯特：那就让人放心了，不过还是很不明朗。我的想法是干脆把欧洲各国的首都游览一遍。

莫德：但你们就把所有的时间都花在火车站了。

罗伯特：我知道。这正是男人向女人展现其优越性的地方。女人手忙脚乱，慌里慌张的。她总觉得他们会错过火车。男人就保管好车票。鹰一样敏锐地看好雨伞。这就是男人——地地道道的男人，她说；我不过是个可怜弱小的女人。相信我，那些线路都是非常适合开启婚姻生活的。我是说欧洲的首都城市。

伊萨贝拉：我个人的感觉是卡罗琳希望去某个海边的清净的小地方。

罗伯特：我穿泳衣可不是我最理想的样子。

伊萨贝拉：她肯定想单独和你在一起。

罗伯特：我不会去游泳的。没什么能引诱我下水。我讨厌冷冰冰的水。我今天早上还在想我多么讨厌海水。

莫德：[惊讶] 今天早上。为什么？

罗伯特：我不知道。就是突然想起来了。你们难道没有在偶尔脆弱的时候下决心去游泳吗？你去了沙滩，海水看起来冰凉。你尽量不去管它。你走进更衣车，里面又冷又臭。但你还是脱下衣服，换上泳衣，然后你打开门，看到眼前一片狭小的海水。这时候你连死的心都有了。

　　[听这番话的时候，莫德和伊萨贝拉先是竖起了耳朵，然后盯着他，最后她们转过头，惊奇地看着对方。卡罗琳进来了。她此时换上了漂亮的长裙。

罗伯特：你好啊。

卡罗琳：你好啊。

莫德：你们两个无聊的人。

卡罗琳：[严厉地] 别乱说话，莫德。

伊萨贝拉：我们真该走了，亲爱的。

卡罗琳：噢，你们不留下来吃午饭吗？

伊萨贝拉：[明显在编造] 我出去吃饭。你也是吧，莫德？

莫德：是的。

卡罗琳：噢，好吧，不过还早呢。别急着走。

莫德：我很抱歉，我必须走了，去裁缝店试衣服。太没劲了。

伊萨贝拉：你也许可以中途把我放下；我跟我的牙医预约了。再见，宝贝儿。

　　[她们相互亲吻。

伊萨贝拉：再见。

莫德：[对罗伯特] 亲爱的罗伯特，我们把她交给你了。

伊萨贝拉：亲爱的，可爱的罗伯特。

　　[二人出去。

罗伯特：大象要想不得罪人，就必须守规矩。

卡罗琳：你怎么来得这么早？我还以为你要等到休庭以后才过来呢。

罗伯特：噢……我想办法走开了。莫德说你在等我。

卡罗琳：是的，我在等你喝茶。你不记得了吗，你昨天说你要过来
看看。

罗伯特：我猜我是不能喝威士忌加苏打水了？

卡罗琳：当然可以了，我来按铃。[她按铃]

罗伯特：我一点钟之前必须回办公室。

卡罗琳：那你要把时间看好。你可不能迟到。

罗伯特：[开始闲聊] 伊萨贝拉真是好女人啊。可惜她跟丈夫合
不来。

卡罗琳：噢，没有合不来啊，只是要丈夫在印度，她在英国的时候
才更加合得来。他们要分开以后才能对彼此牵挂。

罗伯特：她身上有种女人独有的富有同情心的气质。她并不聪明，
但她能让人感到极其放松。我想象得出一个男人会非常眷恋伊
萨贝拉的。

卡罗琳：她还是很漂亮的。

罗伯特：不过呢，别人也不知道跟她长期相处会是什么样的。这是
两回事，对吧？

卡罗琳：[深信不疑地] 噢，绝对是。[库珀进来] 把威士忌和苏打
水端上来，库珀，还要一个玻璃杯子。

库珀：好的，夫人。

[库珀出去。

罗伯特：这让我想起我手上的一个案子。你有见过彼得森夫妇吗？

卡罗琳：我想没有。

罗伯特：非常好的一个女人。女方曾经是麦克道格太太。我认识彼
得森有二十年了。我根本想不到他会干出那样的事。

卡罗琳：什么事？

333

罗伯特：噢，这个嘛，他跟麦克道格太太好了很多年了。老情人那种。大家都接受了。还经常有人叫他们俩一起吃饭。最后他们说服麦克道格先生把婚离了。我现在是为彼得森太太做代理人。

卡罗琳：我肯定听岔了吧，哪里冒出来一个彼得森太太呢？你之前都没有提到过。

罗伯特：彼得森太太就是过去的麦克道格太太；你看，他们让麦克道格先生把婚离了，跟着他们结了婚，现在他们又要离婚。

卡罗琳：噢，我明白了。没什么。很正常。他们结婚多久了？

罗伯特：十八个月。他们现在连看到对方都受不了。女方说男方清醒的时候很乏味，喝醉以后又很霸道。

卡罗琳：啊！那男方怎么说？

罗伯特：他奇怪自己的自制力怎么那么好。居然都还没有杀了她。

　　　　[短暂的沉默。库珀端着威士忌进来。她出去。罗伯特自己倒酒。

罗伯特：我做了一件非常不专业的事。我那天晚上和彼得森在俱乐部里聊了一下。我告诉我不能讨论他们的案子，可他坚持要告诉我，说他并没有因为我替他的妻子代理就对我心怀敌意。他说全都是他自己的错。

卡罗琳：那他挺好的。

罗伯特：噢，他才不是那个意思呢。他说他早该知道不能娶她。他说如果一个女人跟这个丈夫合不来，那你就敢打赌她跟别的丈夫也合不来。[暂时的沉默]你的威士忌真不错，卡罗琳。

卡罗琳：你应该喜欢的。你自己挑的。

　　　　[他掏出一支香烟，慢悠悠地点燃，装作十分轻松的样子。

罗伯特：这么说，你的丈夫终于死了，卡罗琳。

卡罗琳：是的。

罗伯特：我猜你不知道他的死因是什么。

卡罗琳：我不知道。

罗伯特：我猜是发烧吧。一个男人必须得有强健的体魄才能长期禁受住那样的气候。

卡罗琳：史蒂芬确实体魄很强健。

罗伯特：我猜你今天早上读到《泰晤士报》上的消息时相当吃惊？

卡罗琳：是的，相当吃惊。

罗伯特：不管怎么说，即使是你不关心的人，死亡也总是令人震惊的。

卡罗琳：是的，一个人死了，你似乎只能记住他的优点了。

罗伯特：你肯定有十多年没见过他了。我记得，我第一次见到你的时候，你们才刚分开三个月。你这十年来一点都没变，卡罗琳。

卡罗琳：恐怕这只是你的想象吧。你从那时候起几乎每天都看到我，你自然不会注意到我身上的变化。

罗伯特：说的没错。在某种程度上来说，这是非常美好的十年，卡罗琳。我们从彼此的陪伴中寻求到持久的快乐。你让我获益良多。你看着我从一个底层挣扎的初级人员攀升到一个相当好的位置。我觉得我应该在去世之前能占据法官的席位。

卡罗琳：我们确实一起度过了一些美好的时光，不是吗？

罗伯特：非常美好！

卡罗琳：你一直很体贴，罗伯特。你从来都是这么细心，耐心。

罗伯特：要做到这些都不难啊。

卡罗琳：你还有很多特别讨人喜欢的地方。你从来不会忘记那些男人们都不屑于记住而女人们却很期待的小纪念日。我的生日，你也总是会给我送一份小礼物，从不落下。还有，你竟然连我们相识的日子也能记住，给我送花。这件事你已经做了十次了，罗伯特。

罗伯特：老天，要是这是在十年前就好了。它会如何改变我们的命运啊。我们现在都该是一对老夫老妻了，卡罗琳。

卡罗琳：你果真这么希望的？

罗伯特：怎么这么问！这十年来，我每天都会在《泰晤士报》的讣告栏里找那条消息。让我的早餐多了一番风味。

卡罗琳：现在这消息终于来了。

罗伯特：我意识到我已经永远失去了我以往拿起报纸时那种微弱的颤栗感。我总是希望你的名字是以 V 或者 W 开头的，而不是A，这样我还能细细往下读，把自己的痛苦再延长一点点。

卡罗琳：得偿所愿总是会伴随一点惆怅的。

罗伯特：你知道吗，卡罗琳，我连你丈夫的一张照片都没见过呢。

卡罗琳：我恐怕一张都没有。我们分居的时候，我毁掉了所有可能让我想起他的东西。

罗伯特：我知道。我永远都不会知道那男人的长相了，但他却是这世上对我影响最深的人。他究竟是个什么样的人，卡罗琳？

卡罗琳：一个普通人。

罗伯特：如果仔细想来，这事也蹊跷得很。如果他从来没有存在过，我会有一种完全不同的生活；如果他若干年前死了，我也会成为另外一个人。正是他的隐约存在，一千英里以外的存在，造就了现在的我。

卡罗琳：那我们至少还有些什么可以感谢他的。

罗伯特：卡罗琳，你这话说得真是动听！

卡罗琳：我以前从来没想到过，但我觉得我也是受了史蒂芬的影响，即使我连他的面也没见过。如果不是他，我应该也不是现在的样子。

罗伯特：生活是一种奇妙的机遇，卡罗琳。

卡罗琳：我已经开始意识到了。

　　　　[短暂的沉默。

罗伯特：呃，我预计你还有很多事要做。我可不能拖住你不放。

卡罗琳：你也有预约的，对吧？你也不能迟到了。

罗伯特：噢，我一直注意着时间的。

卡罗琳：是的，我猜你注意着的。

罗伯特：我想我还是喜欢每次都跟你聊一小会就行了。

卡罗琳：感谢你过来，见到你很愉快。

罗伯特：我等到下午茶时间再过来，如何？

卡罗琳：噢，好的，那敢情好。我担保能找一两个人过来，这样我们可以在晚饭前玩一局桥牌。

罗伯特：我上庭之后再来玩桥牌总是很让我放松的。好吧，再见了，卡罗琳，上帝保佑你。

卡罗琳：再见。我希望你打赢官司。

罗伯特：多谢。

　　　　[他走到门口，打开门。她挪向电铃，准备按铃。他站在门口犹豫了。她看着他，停住了。他半关上门，思索着。她把手从电铃那里缩回来。他又打开了门，她又再次把手伸向电铃。他鼓起勇气面对考验，迅速地关上门，回到客厅。她从电铃那里离开。

罗伯特：[假装兴致勃勃的样子] 我差点忘了我过来的目的。

卡罗琳：噢！你过来不是为了打发时间吗？

罗伯特：呃，并不完全是，你不介意的话，我想再来点威士忌。我不知道今天上午我的喉咙怎么这么干。

卡罗琳：我敢说是有点刮东风①了。

罗伯特：[倒出威士忌] 我说，卡罗琳，我们该怎么办？

卡罗琳：什么怎么办？

罗伯特：[忙着摆弄虹吸管] 你希望我们什么时候结婚？

卡罗琳：这个嘛，我还没有想过。

罗伯特：我们以前说好你的丈夫一过世我们就结婚的。

----

① 在英国，东风即寒风，西风即春风。

卡罗琳：是的，我知道。

罗伯特：[假装开玩笑的样子] 只要你把日子定下来就行了。

卡罗琳：我不会定日子的。

罗伯特：我亲爱的卡罗琳，你必须定一个。这是传统习俗赋予女性的特权。

卡罗琳：你建议哪一天呢？

罗伯特：麻烦的女人！我估计你需要一点时间来准备嫁妆。另外，教堂的结婚预告需要提前三个星期，是吧？而且我在这次任期结束之前都走不开。就定在长假 ① 开始的第一天如何？

卡罗琳：我不会嫁给你的，罗伯特。

罗伯特：卡罗琳！

卡罗琳：我已经慎重考虑过了，我已经下定决心。

罗伯特：你是想告诉我，我说什么都无法让你动摇？

卡罗琳：[双眼闪光] 无法。

罗伯特：这对我是个巨大的打击，卡罗琳。非常严重的挫折。我为了这一刻等了好多年，而现在……现在……你都能用一根羽毛把我打倒。

卡罗琳：[口是心非地] 我很抱歉为你带来痛苦，罗伯特，但是你要相信我，我这么做是最好的选择。

罗伯特：你意思是说你完全拒绝嫁给我？

卡罗琳：完全拒绝。

罗伯特：[有点不安] 卡罗琳，我是不是有什么地方表现得让你觉得我的心里没有很想要娶你的意思？如果我换一种表达方式，你是不是会改变你的答案？女人真是很奇怪。我难道还不够热情吗？你必须记住我是个害羞的男人。这种情况下，人难免会感

---

① Long Vacation，法院夏季休庭。

338

觉到有一点尴尬。我不再是个年轻小伙子了，卡罗琳。我要是再做出单膝下跪之类的事情，我会感觉很荒唐。对于求婚，我没有广泛而多样化的经验。

卡罗琳：你说真的呀。要是这样，我只有恭喜你了。你这次求婚表现得像是生来就习惯了。你冷静得像是在点一打牡蛎加一品脱香槟。

罗伯特：我没法投入，卡罗琳。我四肢都在发抖。

卡罗琳：但你好歹是马上就说到正题了。我认识一些男人，他们的恋爱对象要耐心地等上好几个月才有可能让他们步入正题。

罗伯特：那我就不明白你为何拒绝我了。

卡罗琳：我亲爱的罗伯特，我们已经愉快地彼此陪伴十年了。我们的情感维系是相当美妙的。把这样的情感暴露在日消夜磨的家庭生活之下，难道你不觉得可惜吗？

罗伯特：你是个了不起的女人，卡罗琳。

卡罗琳：噢，你终究还是有过这样的想法。

罗伯特：确切地说不算有过，只是在脑子里出现过。说到底，一个人必须理性地看待这些事情。我们保持现状就非常好。

卡罗琳：改变现状似乎可惜了。

罗伯特：不是可惜，卡罗琳，是冒险。

卡罗琳：那你承认我刚才拒绝你是明智的选择了？

罗伯特：站在你的立场，卡罗琳，我担保能找到很多理由来支持你的决定。对我来说，改变只会带来好处。

卡罗琳：谢谢你这么说，可你确定我拒绝了你，你没有一点如释重负的感觉？

罗伯特：我吗？我亲爱的卡罗琳，你看不出来我已经失望透顶了？

卡罗琳：肉眼看来不太明显，罗伯特。

罗伯特：你忘了我有非常强大的自制力。

卡罗琳：不过你就算说实话，我也不会生气的——如果你承认，在你的内心深处，你感觉好像自己小心翼翼地把头伸进绳套里，然后在神的慈悲干预之下……

罗伯特：[打断她] 卡罗琳，我多年来的夙愿就是能娶到你。如今机会终于来了，可你却拒绝了我。好吧，我接受你的理由。我向不可逆转的结局低头。我太了解了，不会尝试去改变你的想法，但千万不要以为我表面上坦然接受，而内心没有……

卡罗琳：枯萎 ①。

罗伯特：你在笑话我吗，卡罗琳？

　　　　[他看着她。她开始咯咯笑起来。一时间他做出愤怒的姿态。她使劲憋住笑，可发现憋不住；他也被感染了，也开始大笑起来。接着他们就一直狂笑到眼泪都流了出来。

罗伯特：卡罗琳，你真是可爱。

卡罗琳：你个骗子，罗伯特。

罗伯特：我亲爱的，我不得不这么做。而且我做过了，提醒你，我做过了。

卡罗琳：是的，你做过了。现在我们就都忘了有这回事吧。

罗伯特：你知道的，我刚才紧张坏了，卡罗琳。

卡罗琳：可怜的乖乖，我知道。你的心七上八下的，是吧？

罗伯特：你不会怪我吧？

卡罗琳：当然不会。

罗伯特：你太好了，卡罗琳，我以灵魂起誓，我几乎要娶到你了。

卡罗琳：我最亲爱的，我也几乎要同意做你的妻子了。

第一幕终

―――――――――――――

① 原文 seared，是充满诗意的一个词。

348

第二幕

场景同前。

时间是同一天下午四点过一点。

卡罗琳正站在窗口向外张望。库珀进来。

库珀：吉利特太太打电话来说她希望您没有忘了您要跟她在朗普利
梅耶喝下午茶，夫人。

卡罗琳：我没有忘，库珀。不过我一点都不想去。

库珀：我说了我会给您传话；但我说我觉得你不太舒服。

卡罗琳：我本来没想到的，但我觉得我现在是不太舒服。我真希望
能下雨。这天气不跟人的心情配合，也是很讨厌的。

库珀：我该给吉利特太太打电话说您很抱歉不能去喝茶了吗，
夫人？

卡罗琳：是的；我觉得我要躺下。我越是去想，越是发现自己确实
很不舒服。

　　　　[她躺在沙发上。

库珀：一个人有像您这样的心情，夫人，感觉到不舒服就总是让人
舒服很多。

卡罗琳：[微笑] 你说得云里雾里的呢，库珀；不过我觉得说得很
对。多放几个靠垫在我的背后吧。[库珀照做] 谢谢你。再把香
烟放到我够得着的地方。

库珀：[去拿香烟] 好的，夫人。

卡罗琳：那边有两本书。把书也给我，好吗？谢谢。还有那些画报。在那儿！

库珀：我该把您的脚盖起来吗，夫人？

卡罗琳：你可以把那条西班牙披肩盖上去，库珀。即使周围没有人，让自己看起来美美的也总是让人满足。

　　　[库珀执行卡罗琳的各种要求。

库珀：好了，夫人。还有别的事吗？

卡罗琳：没了。我已经感觉好多了。对任何人都说我不在家，我也不接任何人的电话。

库珀：好的，夫人。

卡罗琳：我非常享受自己一个人，库珀。想独处的时候就独处，这真是太棒了。想到这是我自己的房子，没有人能不经允许踏进我的门槛，我就很高兴。做自己的女主人真是太愉快了。

库珀：有些人喜欢有个男人在家里，夫人，有些人不喜欢。

卡罗琳：我就不喜欢。

库珀：啊，夫人，你是个幸运的人；你可以让自己开心。

卡罗琳：库珀，你什么意思呢？你不会对你的小伙子不满意吧？

库珀：不是，夫人，不完全是。可我不知道如果我有其他更好的选择，我是不是还要嫁给他。

卡罗琳：可你不是非要嫁给他不可的，库珀。

库珀：不是嫁给他，就是嫁别的人。一辈子都做仆人不是很让人满足的。况且，一个客厅侍女年纪大了一点的话，是不太容易找到工作的。

卡罗琳：跟我说说，库珀，他是怎么求婚的？

库珀：这个嘛，夫人，我都不确定他是不是求了婚。你看是这样的。我和他已经约会了差不多两年了，他从来没说过什么可以让你有所把握的话，可以这么说，于是我忍不住对他说：喂，到底

342

怎么样啊？什么怎么样？他说。你知道我的意思，我说。我不
知道，他说。好吧，就说你是认真的还是不认真的？我说。这
是打哑谜吗？他说。不是，我说，我已经和你一起约会两年了，
我就想知道是不是会有什么结果。噢，他说。有没有结果我都
不介意的，我说；但我不想一直这么耗下去，我就想知道答案。
好吧，他说，你有什么建议？呃，我说，八月的公共假日如
何？等到圣诞节吧，他说；我到时候涨薪了。好吧，我说，只
要我知道自己处于什么情况，我不介意等一等，但我希望知道
自己的情况。

卡罗琳：这可不太浪漫，库珀。

库珀：呃，夫人，我的信念是男人并不想结婚。他们骨子里没有结
婚的欲望。你必须逼迫他们一下，否则你永远没法让他们主动
提出来。

卡罗琳：那万一他们日后后悔了呢，库珀？

库珀：噢，这个嘛，夫人，那就太迟了。而且你知道，夫人，他们
一般都会在明知道自己无能为力的时候尽量去迁就。

卡罗琳：我们还是要看到事情好的一面；他们也不是经常都不开心
的，可怜的蛮子。

库珀：噢，不是，夫人，我觉得他们要开心得多；只不过他们偶尔
意识不到这一点，可以这么说。

卡罗琳：这就是人性，库珀。你别忘了给吉利特太太打电话。

库珀：[离开] 不会的，夫人，我这就去给她打电话。

卡罗琳：噢，还有库珀，你可以给科尼什医生打个电话，问他能否
过来一下。

库珀：我还以为你感觉好些了呢，夫人？

卡罗琳：我是感觉好些了，可我觉得看到医生要安心点。可以
一个劲儿地说自己，不怕被打断，其实也就只消花上半个

几尼。

库珀：好的，夫人。

　　　　［出去。卡罗琳把自己在沙发上安顿得无比舒服；她拿起一份画报开始看。门轻轻开了，莫德·富尔顿的红头发脑袋探进来。

莫德：我能进来吗？

卡罗琳：天哪，你吓我一大跳！

莫德：说我能进来，卡罗琳。

卡罗琳：不，你不能进来。

莫德：［慢慢挤进来］别这么凶嘛，卡罗琳。

卡罗琳：我觉得我得了猩红热。

莫德：［把门又打开了一点］我已经得过猩红热了。

卡罗琳：还有可能是天花。

莫德：［直接进来了］我一直在接种。

卡罗琳：我不在家，莫德。

莫德：我知道，可我肯定你想见我。库珀本来不想让我上来。

卡罗琳：现在的仆人也不比从前了。她就应该让你踏着她毫无生气的尸体过来。

莫德：亲爱的，尸体肯定只能是毫无生气的呀。

卡罗琳：正如一个闯入者只能是不可容忍的。

莫德：好了，你现在都抱怨完了，赶紧给我来一杯茶，把事情都告诉我吧。

卡罗琳：我才不会呢，莫德。

莫德：别闹了，卡罗琳。我感觉我非见到你不可。你可不能指望我一点好奇心都没有啊。

卡罗琳：认识你二十年了，我还不了解你吗？不会的，我亲爱的，我没指望这点。不过呢，从另一方面来说，你也不能指望我会

344

傻到要去满足你的好奇心。

莫德：我当然想要成为第一个祝贺你的人。[讨好地] 卡罗琳，跟我说说他是怎么做的吧。

卡罗琳：你觉得对一个男人来说公平吗——把他在这种时候被浪漫的激情弄得舌头打结的事情告诉给第三方？

莫德：[急切地] 噢，我亲爱的，继续说。我都激动得不行了。

卡罗琳：[她看着她，面带嘲讽的微笑] 我就站在客厅的中央，莫德，他走到我的跟前，单腿跪下了。

莫德：对啦，沃尔特·雷利爵士 ①。

卡罗琳：他握住我的一只手。我稍稍扭开头。

莫德：对啦，对啦。

卡罗琳：终于，他说话了，终于！噢，我已经为这一刻等待了一百年。我知道我根本配不上你，但我完全拜倒在你的脚下。你是我的梦中情人。噢，卡罗琳，卡罗琳，你愿意成为我的女人吗？克拉伦斯，我说……

莫德：罗伯特，你是想说，没错吧。

卡罗琳：[放声大笑] 你个傻瓜，莫德。你能想象罗伯特会这么作践自己？

莫德：说真的，卡罗琳，你太过分了。

卡罗琳：我可以告诉你真实的情况吗？

莫德：[尖酸地] 要是你能说的话。

卡罗琳：他一边摆弄一根虹吸管，一边说：你希望什么时候结婚？

莫德：噢！我还是更喜欢另一个版本；不过呢，结局总归是一样的。宝贝儿，我衷心地祝贺你。

---

① 沃尔特·雷利爵士 (Sir Walter Raleigh, 1554？—1618)，英国冒险家，作家，伊丽莎白一世时期最受女王宠幸的人物之一，1585 年受封为爵士，后被女王的继任者詹姆士一世以叛国罪判处死刑。

卡罗琳：祝贺我这把年纪还有人要？非常感谢。

莫德：别装糊涂了。祝贺你订婚啦。

卡罗琳：可我并没有订婚啊。

莫德：你在说些什么？

卡罗琳：我拒绝了他。

莫德：我的天！为什么？

卡罗琳：我觉得我保持现状会更开心呢。

莫德：卡罗琳，你太残忍了！你自私得可恨！可罗伯特怎么说？

卡罗琳：他吃惊得几乎说不出话来。

莫德：他没有崩溃吧？

卡罗琳：我看得出来他很失望，但他极尽全力地让我感到更为难。

莫德：我简直不敢相信我的耳朵。那接下来你打算怎么办呢？

卡罗琳：我打算安心做一个寡妇。而且为了表明态度，我会服丧的。
　　戴黑纱，披丧服，各种哀悼的服饰吧。[莫德沉思片刻，卡罗琳
　　看着她，想知道她是否接受她对事情的讲述]你觉得这些东西
　　配我合适吗？

莫德：[酸溜溜地]要是不合适，我觉得你就必然穿不久了。

卡罗琳：我不明白你为什么生我的气。

莫德：我对你失望了，卡罗琳，而且我非常非常非常同情罗伯特。

卡罗琳：那就嫁给他吧。

莫德：我可不是要嫁人的女人。

卡罗琳：我也不是。我们同病相怜。

莫德：不消说，他肯定会再次向你求婚的。

卡罗琳：他才不是这样的傻瓜呢。

莫德：你这话什么意思？

卡罗琳：[发现她差点暴露了自己]他知道他可以一直求到脸都绿
　　了，我还是会说不。

莫德：那就没什么可说的了。

卡罗琳：没什么可说的。

> [库珀进来，通报科尼什医生到了。这是一位身材非常结
> 实、脸膛红润、生性活泼的绅士，他对生活抱有积极的态度。

库珀：科尼什医生。

卡罗琳：你好吗？库珀，你把消息带到了吗？

库珀：是的，夫人。吉利特太太说她刚刚听到噩耗，这必定是个沉
> 重的打击，她非常理解；她对您表示最诚挚的慰问，她希望您
> 别忘了您明天下午还要跟她打桥牌。

卡罗琳：谢谢。

> [库珀出去。

卡罗琳：[转向科尼什医生] 现在我能照顾你了。

科尼什医生：我来是为了照顾您的。

卡罗琳：你认识富尔顿小姐吗？

科尼什医生：[与她握手] 您是一位顺势疗法医生，我相信。

莫德：噢，不，我已经放弃了。不过我现在在看一位非常不错的正
> 骨师。

科尼什医生：哎呀，您弄断了骨头吗？

莫德：没有，但我有可能。

科尼什医生：如果你要找什么东西来撞倒你的话，我可以推荐一辆
> 非常适合的公共汽车。

卡罗琳：好了，莫德，科尼什医生是过来给我看病的。你已经待得
> 够久了。

莫德：你生病了吗，宝贝儿？

卡罗琳：等科尼什医生给我检查之后，我就知道了。

莫德：我就觉得你看起来不太舒服。我马上走了。

卡罗琳：没等我叫你，你也别回来。

莫德：亲爱的卡罗琳。幸好我知道她爱我，不然我肯定要为她对我说的一些话生气的。再见了，科尼什医生。

科尼什医生：［与她握手］正骨师向你表白了吗？

莫德：不比大多数男人表白得多。

　　　　　　［出去。

科尼什医生：好了，亲爱的夫人，您哪里不对劲？

卡罗琳：脾气暴躁。

科尼什医生：这对夫人的贴身侍女来说可是很伤脑筋的病症，我一直这么认为。我注意到您本人也在忍受病症的痛苦。

卡罗琳：我请你过来，不是为了让你讨人嫌，完了还能赚上半个几尼的。

科尼什医生：这看起来不公平，对吧？让我把把您的脉。

卡罗琳：［他拿起她手腕的同时］我的身体没有毛病。是我的内心。

科尼什医生：您的内心有什么毛病？

卡罗琳：哎呀，我就是自己不知道呀。

科尼什医生：大英帝国的统治者基本都是那些受到同样问题困扰的绅士。您千万不可为此发愁。

卡罗琳：我很苦恼，又很无聊。

科尼什医生：这种情绪和我今天早报上读到的消息有关吗？我非常理解失去一个丈夫对于任何女性来说都有可能导致短期的苦恼。

卡罗琳：不，我觉得不是。我刚重新装修了我的餐厅，我觉得不是很成功。而且你知道的，这些新潮的风格不适合我。我今年春季买的衣服也统统不如我的意。我敢说我是有点神经衰弱了，需要换换环境。

科尼什医生：确实如此。确实如此。现在跟我说实话吧。

卡罗琳：我跟你说的就是实话啊。

科尼什医生：是的，我知道；但是要说真正的实话。女人把这两者

348

区分得很清楚。

卡罗琳：[微笑] 你肯定业务做得很大，科尼什医生。

科尼什医生：还行吧。快说吧，亲爱的夫人。

卡罗琳：我请你过来，是因为我想告诉你实话。我认识你这么久了，我信得过你。你知道，我是爱罗伯特·奥尔德姆的。自从我们初次相识之后，我就想要嫁给他。可现在机会来了，我却不想了。

科尼什医生：我明白。

卡罗琳：当然了，没人知道我的想法。罗伯特以为我迫不及待地要嫁给他。还有我的朋友们。你看，大家都默认我们应该在我自由之后立马结婚。他为我等待了这么多年。

科尼什医生：是很尴尬，对吧？我想象得出罗伯特·奥尔德姆会认为您有点不可理喻。他毕竟不是个年轻小伙子了。

卡罗琳：我也是这么对自己说的。我从每一个角度考虑过这件事。我回想起他无比的耐性，他的忠诚和自我牺牲，于是我决定我有义务要嫁给他。

科尼什医生：对于这些事情，很难说到义务二字；可如果您问我的意见，我觉得在您这种特殊情况下，您是对的。

卡罗琳：他今天早上过来了。我发现他一点也不想娶我。

科尼什医生：那这样事情就简单了。

卡罗琳：一点也没有简单。我已经做好了自我牺牲的准备。我下定决心要克制自己的欲望。我对自己发誓他绝对，绝对不能知道真相。等你突然意识到你根本不是别人想要的，你根本用不着自我牺牲的时候，你不会觉得这是让人愉快的吧。这种事放在任何女人身上都足够让她们感觉不舒服了。

科尼什医生：好了，您别激动，别闹出什么大动静来了，亲爱的夫人。

卡罗琳：为什么呀?

科尼什医生：我见过太多这样的。我向您保证这么闹对我没有任何作用。

卡罗琳：那就是说不值得费劲了,对吧? 可它就是很恼人的呀,科尼什医生,没错吧?

科尼什医生：非常恼人。

卡罗琳：我真心讲,我都几乎要祈祷我丈夫活过来了。[话刚一出口,电话铃就响了] 天哪,吓我一大跳! 我跟库珀说了我不接任何人的电话。噢,我知道是谁了。是我的律师。我发过去的电报,他们这下有回话了。[她拿起听筒,听着] 是的。莱斯特-莱斯特事务所? 我一直在等你们的电话。好的,我不挂电话。[对科尼什医生] 他们把我转接到亨利爵士。噢,悬而未决啊! 你知道,我之前已经收到过两三次假消息说史蒂芬死了。噢,要是这次他还活着,事情就大不相同了。我所有的烦恼都终止了。[对听筒说话] 是的,亨利爵士? 您发的电报还没有回话? 那……噢! [对科尼什医生] 他见过史蒂芬的律师了。[听着] 我知道了。非常感谢。谢谢您给我打来电话。再见。

  [她放下听筒。

科尼什医生：怎么样?

卡罗琳：史蒂芬的律师从内罗毕又收到一份电报。似乎是我的丈夫在四天前在那里的医院因为肝硬化过世了。他会因为这种疾病而过世吗?

科尼什医生：你肯定比我清楚。我根本不了解他。

卡罗琳：白兰地会导致肝硬化吗?

科尼什医生：最有可能的。

卡罗琳：那就对了。不会再有更多的疑问了。我自由了。

科尼什医生：别说得这么丧气。大多数已婚人士都巴不得自由呢!

卡罗琳：你难道没有意识到做一个寡妇有些事情是明显的不方便吗？我非常能理解为什么有些比我们更谨慎的文明要求寡妇在她们丈夫火葬的柴堆上殉葬了。

科尼什医生：我亲爱的夫人，您对这种情况抱有太过悲观的态度。您现在这么热烈讨论的状态实际从古代开始就已经被视为某种快乐。

卡罗琳：我拒绝快乐。我丈夫故意刁难我十年，就因为他一直活着，而现在他死了，反而比以前更加刁难。

科尼什医生：您知道您是什么毛病吗？

卡罗琳：如果你说阑尾炎，我就杀了你。

科尼什医生：我倒希望我能这么说，因为这个毛病只用一个小手术就能解决。可我心里想的那种病症反而是没有解决办法的。无药可治的。甚至连缓解病情的方法都没有。这世上最杰出的医师恐怕都只能表示同情和慰问了。

卡罗琳：我亲爱的科尼什医生，你吓得我骨子里都凉透了。快告诉我这究竟是什么毛病。我会勇敢地面对最糟糕的情况。

科尼什医生：人到中年。

卡罗琳：再说一次。

科尼什医生：人到中年。

卡罗琳：不可能！噢，不可能！

科尼什医生：让我提示您一两种症状。您最近是否注意到街上的警察有多么的年轻？嘿，不过是些毛头小伙子罢了。可您还是个小姑娘的时候，您记得吗，警察都是些中年大叔。

卡罗琳：你现在说起来，我确实注意到如今的警察都非常年轻。

科尼什医生：而且当您参加家庭聚会的时候，您是不是发现有些年轻人叽叽喳喳吵得要命？幸好他们的聊天基本只局限在他们的范围内，因为他们的聊天实在太无聊了。

卡罗琳：本来就很无聊啊。

科尼什医生：年轻人十五年前也是这么聊天的，可您当时并不觉得无聊。

卡罗琳：你开始让我害怕了。

科尼什医生：您非常喜欢跳舞，对吧？

卡罗琳：[容光焕发地] 简直热爱。不管发生什么，我都没有放弃过跳舞。

科尼什医生：可您有没有发现，到凌晨一点的时候，您就疲惫不堪，准备好要回家了？

卡罗琳：我自然是不想第二天人就垮了。

科尼什医生：您十五年前是到了第二天人就垮了吗？

卡罗琳：我一般都能睡到第二天中午十二点。

科尼什医生：您现在不行了？我知道。不管您什么时间上床，您都在八点左右醒了，对吧？一个人年纪大了，就是这样，你知道。

卡罗琳：我开始感觉有一百岁了。

科尼什医生：您也不能看得太严重了。事情还没有发展到那种地步。

卡罗琳：[讽刺地] 非常感谢。

科尼什医生：也许您已经注意到您头上的一根白头发，您对您的朋友们说：我肯定我会未老先白头。

卡罗琳：你很享受这个吗，科尼什医生？

科尼什医生：不是你所想象的那么悲惨。

卡罗琳：人到中年？

科尼什医生：确实没有治疗的方法。腮红啦，染发啦，扑粉和眉笔这些连缓解的作用都没有；它们只会欲盖弥彰。

卡罗琳：你没有任何的建议，只能听天由命？

科尼什医生：我能提供安慰。

卡罗琳：[摇头] 不。

科尼什医生：亲爱的夫人，这是人一生中的幸福时光。你已经知道了你的局限在哪儿。这些局限好比一副纸牌，最会变戏法的人能耍出一百种花样。激情不再囚困你。你按照自己的方式来生活，你对同胞们的意见只是表示礼貌上的尊重。你身体健全，你行动自由。老天啊，我年轻的时候，我会做我不想做的事，因为其他人在做。现在我就做我自己喜欢的。我穿自己喜欢的衣服，也不问自己是否时尚。我累了的时候，我就上床睡觉。我无聊的时候，我就去找自己的乐子。相信我，中年生活如此美妙。一本书，一杯酒，埃玛瑞莉斯在阴凉处嬉戏玩耍，而我——就在太阳底下晒太阳。

卡罗琳：是因为我人到中年了，所以罗伯特才不想娶我了吗？

科尼什医生：完全不是。我刚刚在解释您为什么不想嫁给罗伯特了。

卡罗琳：[从包里拿出一面小镜子，看镜子里面的自己] 我看我自己跟昨天或者十年前没有区别啊。

科尼什医生：您是一位非常迷人，非常有魅力的女性。

卡罗琳：我也从来没漂亮过。顶多算是好看吧，但我已经很满足了。大家都觉得我很风趣。

科尼什医生：尤其是我。

卡罗琳：我从来没缺少过男人的崇拜……这已经成了我鼻子里的气息，科尼什医生。如果这些都没了，还有什么剩下的呢？慈善与施舍吗？你说得像个男人的口气。你说得像个蠢人。你不知道人到中年对于一个女人意味着什么。[她开始轻声啜泣。科尼什医生不无善意地、可乐地看着她] 你不会为这个也收我的费用吧？我会受不了的。

科尼什医生：刚好相反，我打算收取双倍费用。医生只要提供医药就行了，我还给您提供了常识。[卡罗琳轻轻叫了一声] 怎么了？

卡罗琳：但愿你头发一把一把地脱落，你所有的牙齿都在你麻痹的牙床上晃晃荡荡。但愿你的关节因为风湿而疼痛，你的脚趾因为痛风而刺痛。但愿你像一条吃撑了的哈巴狗一样哼哼呼呼，像一头可笑的灰海豚一样打喷嚏。

科尼什医生：饶了我吧！

卡罗琳：我真是傻，怎么会让你来骚扰我。我们自己本身什么都不是。别人怎么看我们，我们就是什么。我刚想起了雷克斯。

科尼什医生：谁是雷克斯？

卡罗琳：雷克斯是热情、青春和爱的化身。对于他来说，不论怎么样，我都是年轻而迷人的。他爱我。

科尼什医生：嚯，嚯！

卡罗琳：[走到电话旁] 梅费尔区 2315 号。雷克斯？你知道我是谁吗？[竭尽所能地做出一副诱惑性的嗓音] 你在做什么呢？无所事事的家伙。在目前的情况下……在什么情况下？你今天晚上愿意来跟我一起吃饭吗？[她的脸色变了] 有约了？我以前问你的时候你从来都有空。你就不能把约会取消吗？噢，当然了，如果有难度，你就不必考虑了。不论如何，你现在就过来看我；我们可以一起喝杯茶。好的。[她放下听筒] 他这就过来。

科尼什医生：您打算怎么办？

卡罗琳：我？噢，我打算告诉他我拒绝了罗伯特。

科尼什医生：然后呢？

卡罗琳：[微笑] 然后我们再看咯。

　　　　[她长长地、胜利地吸一口气。很明显，她期望这个年轻人到时候会把一腔热情洒在她的脚边。

科尼什医生：我对您的建议是嫁给罗伯特·奥尔德姆。

卡罗琳：他不想娶我。

科尼什医生：那就给他唠叨一下。

卡罗琳：我为什么要嫁给他？他又不年轻了。我不相信我们彼此适合。

科尼什医生：您试试呢。您会发现你们会舒服地过上安稳日子的。

卡罗琳：老天，我可不想安稳。我想要诗歌、激情和浪漫。

科尼什医生：[安抚地] 好的。我想我就给你开一点药吧。我敢担保一点温和的镇静药对你没有坏处。

卡罗琳：[当他准备坐下时] 你可以想开多少药就开多少药，但如果你认为我会吃你那些恶心的药，那你就大错特错了。

科尼什医生：[写着] 人的情感是件古怪的事情。您是否想到过，来几粒这种药物，你就能使胆小的变成勇敢的，再来几克别的药物，你又能使浪漫的变成务实的。你可以令一个不受欣赏的女人安分守己，把一个好冒险的人拴在他的书桌前。你读到过有人说如果克里奥佩特拉的鼻子再长一点，世界历史就会完全改变。我的天，我丝毫不怀疑如果给她服用缬根草镇静剂，再加上按摩，她肯定不会在阿克提姆海战 ① 中犯下如此愚蠢的错误，而且我坚信，用上一定量的马钱子碱和铁剂，我就能说服安东尼不值得为了区区妇人失去整个帝国。这个每日三次，饭后服用。你会发觉它对你很有好处的。

卡罗琳：我不希望对我有好处。

　　　　[库珀进来。

库珀：特伦奇太太已经到访了，夫人。

卡罗琳：我不在家，库珀。

库珀：我说了您不在家，夫人；但特伦奇太太说您给她打了电话，叫她马上过来。

---

① Battle of Actium，发生于公元前 31 年 9 月 2 日，安东尼和埃及女王克里奥佩特拉弃军而逃，导致安东尼的舰队几乎全军覆没。

卡罗琳： 我？我没叫过她呀。

库珀： 我该如何回复呢，夫人？

卡罗琳： 我猜她必须得上来。

库珀： 好的，夫人。

　　　　[出去。

科尼什医生： 好了，再见了，亲爱的夫人。

卡罗琳： 我才二十五岁，科尼什医生。浪漫正开着一辆双人座在来
　　我家的路上。

科尼什医生： 打发它走吧，让常识驾着四轮马车慢慢滚过来。

卡罗琳： 不可能。再见。

　　　　[科尼什医生出去。不一会，伊萨贝拉和莫德·富尔顿一起
　　进来。

卡罗琳： 我很高兴见到你，伊萨贝拉；可我搞不清楚你为什么要说
　　我打过电话。

莫德： 是我打过电话。

卡罗琳： 你！

莫德： 我觉得你拒绝罗伯特·奥尔德姆太荒唐了。我把伊萨贝拉叫
　　过来，我们就能好好谈一谈。

卡罗琳： 我能问下这跟伊萨贝拉有什么关系吗？

伊萨贝拉： 我亲爱的，当你的朋友们眼看着你要犯下一个严重的错
　　误，她们如果不竭尽全力地阻止你，就不能叫做朋友。

卡罗琳： 我相信你们已经在楼下充分讨论过了。

莫德： 我就把我知道的原原本本地告诉了伊萨贝拉。

伊萨贝拉： 我到现在都还不敢相信。这是我这辈子听到的最让人震
　　惊的事。

卡罗琳： 我希望你们聊得愉快。现在我要请你们两位离开了。我要
　　躺一下。

莫德：[坚定地坐下] 不，卡罗琳，你要把我们想说的话听完了，我
　　们才会走。

伊萨贝拉：这中间肯定有什么误会。只要稍微有点诚意，一切都能
　　恢复正常。

卡罗琳：罗伯特和我都完全理解对方。

伊萨贝拉：我在想你是不是认识他太久了，已经不觉得他是个多么
　　有魅力的男人了。

卡罗琳：[略为惊讶] 你觉得他很有魅力吗？

伊萨贝拉：他是我遇到的最迷人的男人之一。

卡罗琳：噢！

伊萨贝拉：他很英俊。他有一双迷人的眼睛。

卡罗琳：啊！他对你也是这样的评价。

伊萨贝拉：[愉快] 真的吗？跟我说说他是怎么评价的。

卡罗琳：真是遗憾，你不能亲自嫁给他，伊萨贝拉！

伊萨贝拉：噢，算了吧！只要你在这儿，他从来都看不上别人的。

卡罗琳：到今天为止吧。何况我也不总是在那儿，对吧？

伊萨贝拉：你什么意思呢，卡罗琳？你说话很尖酸。

卡罗琳：噢，没什么意思。

莫德：一切都不是这儿跟那儿的问题。你拒绝不起罗伯特。大家经
　　常把你和罗伯特放在一起讨论；可你的朋友们都因为这些特殊
　　的情况而尤其地同情你。但说老实话，你不仅要为了他们，也
　　同样为了你自己，在你可以的时候尽快地嫁给他。

卡罗琳：我嫁人是为了让自己高兴，不是为了让朋友高兴。

莫德：另外，你现在也是该安定下来的时候了。

卡罗琳：说真的，我不知道为什么。

莫德：你不是少女了，卡罗琳。

卡罗琳：不管怎么说。我都比你年轻，宝贝儿。

莫德：一个寡妇能嫁多老的丈夫，她就有多老；一个老姑娘能找多年轻的情人，她就有多年轻。

卡罗琳：那我即使要嫁人，也会嫁一个比罗伯特年轻的。

伊萨贝拉：我亲爱的，他的年纪再好不过了。人人都知道年轻小伙子只会考虑自己，不会考虑别人。只有四十五岁的成熟男人才会把你当成宝。

莫德：亲爱的卡罗琳，我觉得到了该坦白的时候了。

卡罗琳：老天，你之前就没有坦白过吗？

莫德：我一直在尽力照顾你的感受。

卡罗琳：我倒没有发觉呢。

莫德：恐怕我不得不让自己有点讨厌了。

卡罗琳：为了我好还是为了满足你自己？

莫德：在上帝慈悲的调解下，这两者基本可以合二为一。我觉得我有义务把整个真相告诉你。

卡罗琳：时间拖得长吗？

莫德：怎么了？

卡罗琳：就是我在等雷克斯，他还有一两分钟到了。我担心等他到了，我必须请你们回避。

莫德：这是个非常奇怪的请求。

卡罗琳：他要求要单独见我。

莫德：他想要干什么？

卡罗琳：我确实不知。我满心好奇。

莫德：我不向你隐瞒我的惊讶之情了，卡罗琳。

卡罗琳：你惊讶吗？

莫德：是的，你看，我之前告诉了他你跟罗伯特·奥尔德姆订婚的事。

卡罗琳：[气愤地]你不会吧。你怎么敢！说真的，莫德，你管得太

多了。简直胡搅蛮缠。我不允许你继续这样干涉我的事。太胡
搅蛮缠了。

莫德：好吧，我就知道你会这样。另外呢，你也应该这样。

卡罗琳：我永远不会原谅你。你怎么敢？你怎么敢？

伊萨贝拉：[在窗口] 他来了。

卡罗琳：雷克斯？

伊萨贝拉：他正开车过来。

莫德：我不会走的，卡罗琳。我们必须把这件事说清楚。等雷克斯
来了，伊萨贝拉和我就在你的卧室里喝茶。

卡罗琳：[讽刺地] 那你们随便吧，好吗？

莫德：来吧，伊萨贝拉。

卡罗琳：[气呼呼地] 你们要是想在茶里加鸡蛋，劳烦你们自己点。

　　　　[两位女士出去。卡罗琳匆忙地照镜子，整理一下头发，给
　　鼻子扑粉，将自己调整为一个合适的拿着书的姿态。她小心地
　　整理裙摆，让裙摆呈现出优雅的曲线。库珀领进来雷克斯·坎
　　宁汉。

库珀：坎宁汉先生。

　　　　[出去。

卡罗琳：[十分殷勤地] 谢谢你过来。

雷克斯：我以为我再也见不到你了。

卡罗琳：老天，为什么？

雷克斯：[耸一下双肩] 让我恭喜你订婚吧。

卡罗琳：你意思是说我订婚以后我们的友谊就随之终结了？

雷克斯：你难道不知道我自从认识你之后对你是什么感觉吗？你以
为我没有心吗？

卡罗琳：不，我不是这么想的。你就是浪漫、青春和激情的化身。

雷克斯：我可以忍受你作为一个陌生男人的妻子。他在遥远的地方，

而且我知道你并不爱他。但现在完全不同了。

卡罗琳：你一直都知道我深深地依恋罗伯特。

雷克斯：可你不知道我有多么煎熬。

卡罗琳：别这么说，雷克斯，你让我心都碎了。

雷克斯：而且我还要继续煎熬下去。我了解我自己。我知道我能忍受怎样的折磨。我天性如此。但是福是祸，该来的总要来。唯一的一件事，就是我请求你不要再叫我来拜见你了。

卡罗琳：可我非常喜欢你呀。

雷克斯：你之所以这么说是因为你有一颗善心。你和你爱的男人在一起会幸福的。我只会妨碍到你们。与我道别，让我离开吧。我现在是最后一次见你了。我永远都无法逾越这道坎。我的生命也从此枯萎。但无论如何，我都不愿让你见到我饱受折磨的样子。就让我在沉默、孤寂中煎熬吧。

卡罗琳：如果我告诉你我拒绝了罗伯特·奥尔德姆的求婚，你会怎么说？

雷克斯：你？可富尔顿小姐告诉我你已经订婚了。

卡罗琳：她弄错了。

雷克斯：［茫然地看着她］哎哟喂！

卡罗琳：［略为惊讶］你不高兴吗？

雷克斯：你为什么拒绝他呢？

卡罗琳：我想是因为我不够爱他。

雷克斯：你确定你这么做是明智的？

卡罗琳：我没听错吧？我可没想到你会这么问我！

雷克斯：我在为你的幸福着想。

卡罗琳：也许我的幸福还在别处吧。

雷克斯：［不无尴尬地］话说回来，你认识罗伯特·奥尔德姆有好多年了吧？

卡罗琳：也不是那么多年。

雷克斯：他是个很好的人。没有更好的了。而且他还很优秀。我在他的旁边经常都感觉到非常卑微。

卡罗琳：别人要以为你倒是希望我嫁给他了。

雷克斯：这会伤我的心。你知道的。

卡罗琳：但是——

雷克斯：完全站在你的角度来看呢，我又难免感觉到这是最好的安排。

卡罗琳：真是谢谢你这么为我的幸福着想。

雷克斯：我自从第一眼见到你，就一直把你的幸福放在第一位。

卡罗琳：一个男人身上很难得有你这样的无私。

雷克斯：我习惯了做一个彻头彻尾的失败者。

卡罗琳：[灵光一现] 你确定你并不是很喜欢这样？

雷克斯：我？你知道我有多少个夜晚为你无眠？

卡罗琳：我也很抱歉，可怜的乖乖。跟我说说，难道从来没有人爱过你吗？

雷克斯：我猜是吧。但我不知道为什么，这问题让我烦透了。

卡罗琳：我开始明白是为什么了。无望的激情对你充满诱惑，我可怜的朋友。

雷克斯：我不知道你何出此言。如果你认为我对你所说的一切都并非出自真心——

卡罗琳：[打断他] 噢，我肯定你是真心的。但我最大的吸引力不就在于我没有回应你的爱吗？

雷克斯：我从来没想到过你会跟我说这些，卡罗琳。

卡罗琳：我亲爱的，我没有责怪你。我们的天性都是上帝所造。你就是那个失意的恋人。而我之前竟然笨得没有看出来。

雷克斯：你让我感觉自己太蠢了，卡罗琳。

卡罗琳：你就让我有这点小满足吧。顺便问下，你今晚要到哪里吃饭？

雷克斯：伊萨贝拉邀请我跟她吃饭来着。

卡罗琳：我就猜到可能是她。亲爱的伊萨贝拉。你越是了解她，就越是喜欢她。她有个丈夫在印度，她不会做任何真正引发他哪怕一丝忧虑的事；但她有一颗非常温柔的心，还有无限量的同情。

雷克斯：卡罗琳，你该不会想到——？

卡罗琳：不，但我推荐。你看，我现在已经发现回报你的爱是最让你失望的事，我恐怕不能做到你有权预期的那样富有同情心了。

雷克斯：你对我不公平，卡罗琳。就算我这个人只能在悲痛欲绝之时才能体会真正的快乐，那也不是我的错。

卡罗琳：我很高兴我不是这样的人。但世界就是要由各种各样的人组成。

雷克斯：而且你知道，她们根本就不给我机会。她们太难对付了。

卡罗琳：谁？

雷克斯：女人啊。

卡罗琳：她们会投入你怀抱的，我想。她们是柔情似水的生物。

雷克斯：她们总是想要牺牲自己。

卡罗琳：我都差点牺牲自己了，雷克斯。

雷克斯：她们太自私了。她们从来不让一个男人做自我牺牲，诸如此类的事情。为什么一个男人就不能成为怜悯的对象呢？我要克制自己，我要靠边站，我能沉默地忍受。我天生就如此。

卡罗琳：也不是很沉默，雷克斯。我不敢耽误你了，你肯定有好多事要做。再见了。

雷克斯：没有人会理解我了。再见。[他走到门口，打开门，停顿片刻] 还有你知道，卡罗琳，一个女人在她不可企及的时候才更加诱人。

362

[出去。

卡罗琳：[恍然大悟] 真理啊！[停顿] 哎哟喂！

　　[莫德·富尔顿和伊萨贝拉·特伦奇进来。

莫德：我们听见他走了。

卡罗琳：老天，我都忘了你们还在这儿。[对伊萨贝拉] 呃，我亲爱的，你跟雷克斯在一起也没有浪费时间，对吧？他也认为你有一双迷人的蓝眼睛。

伊萨贝拉：卡罗琳，你这话什么意思？

卡罗琳：似乎是他今晚要和你吃饭。

伊萨贝拉：我邀请他只是因为他看起来不高兴。

卡罗琳：不高兴？哎呀，他就是不高兴才高兴呢。我把他交给你了，伊萨贝拉，既然你想要他。

伊萨贝拉：[愤慨的] 噢！

卡罗琳：你只要配合他就好。你要倾听他所有感情的宣言，当他告诉你他爱慕你的时候，你要洒下一点同情的泪水。而且你要让他明白你的丈夫并不欣赏你。你为他感到万分的抱歉。另外我奉劝你千万不要越出安全线一步。你一旦越出了，就会让他大失所望。他最不情愿的事就是让他的感情有所回馈。

伊萨贝拉：[开始哭起来] 我从来没想到你竟然会对我说这些话。

莫德：卡罗琳，你要求他娶你，而他拒绝了。

卡罗琳：噢，我没有。那就真正太过分了。我还从来没有如此被侮辱过。[她也开始哭起来] 噢，我恨你，莫德，我恨你！

莫德：卡罗琳！

卡罗琳：你是个恶毒又嫉妒的野猫。

莫德：你没有权利说这种话。我只是为了你的利益着想。

　　[她开始哭起来。三个女人痛哭了一小会儿，然后都各自拿起小包，取出镜子。

伊萨贝拉：噢，我的天，我看起来真恐怖。

卡罗琳：老天！我看起来很完美。

莫德：我一点都不适合哭。

　　　　[三人同时说出以上的话，接着三人拿出粉扑往鼻子上扑
　　　粉。她们正忙着的时候，库珀进来了。

库珀：奥尔德姆先生到访了，夫人。

卡罗琳：我不在家。

库珀：他说他是应约过来的，夫人。

莫德：那很好。请他上来吧，库珀。

库珀：好的，小姐。

　　　　[出去。

卡罗琳：你什么意思呀，莫德？

莫德：我请他上来呀。

卡罗琳：可恶的女人！我简直无语了！莫德，你是个可恶的女人！

莫德：我才不管你生不生气呢。这事情就不能这么搁下了，总要做
　　　点什么。

卡罗琳：[朝门口走去] 我不会见他的。

莫德：但他已经来了。

卡罗琳：那就让他走。你觉得他有魅力，伊萨贝拉，把他也接管
　　　了吧。

伊萨贝拉：他见不到你永远都不会走的。

卡罗琳：那我就告诉你们我为什么拒绝他——因为他根本不想娶我。
　　　当他出于礼貌和尊重把那些话从牙缝里挤出来的时候，我看到
　　　他心都沉下去了。他向我求婚只是因为他感觉自己必须这么做。

莫德：噢，胡说八道！我真不应该把你们单独留下来。你们就是一
　　　对儿没长大的孩子。我敢说他当时有点紧张，我肯定你也是。

卡罗琳：他确实是紧张。如果你看到他喝了多少威士忌的话！要借

酒壮胆才能向我求婚！你打算现在让他为了可怜我而娶我吗？我敢说他的口袋里都装着一张去南太平洋群岛的船票了。

伊萨贝拉：众人皆知罗伯特已经拜倒在你的脚下十年了。难以置信他到了现在——终于能够实现他最大愿望的时候——竟然会退缩了。

卡罗琳：你个白痴，伊萨贝拉，你难道不知道男人唯一想要的就是不可企及的？

莫德：我猜你很确定他确实求婚了？

卡罗琳：你可以很肯定的是他没求婚之前我不会让他离开房间。我要顾及自己的尊严。

莫德：也许你没有让自己表现得足够诱惑？

卡罗琳：我已经能怎么诱惑就怎么诱惑了。

莫德：你应该等到晚上的。一顿美味的晚餐，一瓶香槟酒就能催化一颗男子汉的心。

伊萨贝拉：而且再漂亮的女人也会在灯光和晚礼服的映衬之下显得更加楚楚动人。

卡罗琳：我本来不想他今天上午过来的。是你们让他过来的。我很清楚一个男人在午饭之前是不会对婚姻感兴趣的。

莫德：我以为罗伯特是个例外。

卡罗琳：没有男人是例外。你现在必须明白这一点。

伊萨贝拉：他这段时间在做什么呢？

卡罗琳：下定决心面对现实。他不走，我决不会走出自己的房间。

　　　　［她冲出客厅。剩下两位女士不知如何是好。

莫德：就这样吧！

伊萨贝拉：亲爱的卡罗琳有时候太犟了。她应该多展现一点温柔才是。

　　　　［库珀领进来罗伯特·奥尔德姆，然后出去。

库珀：奥尔德姆先生。

罗伯特：我刚叫了库珀给我来杯喝的。卡罗琳不在吗？下午好啊。
   [沉默] 有什么事吗？我走出法庭的时候，我的书记员给我带了
   个信儿，说我必须马上过来处理一件极其重要的事。

莫德：是我发的信儿。我对你不满意，罗伯特。

罗伯特：你太善变了。几个小时以前你还坚持要吻我的。

莫德：没工夫给你造次了。

罗伯特：我亲爱的莫德，假如良心化作人形的话，我坚信她会化成
   你的样子。相信我，没有什么比造次更疏远我的。

莫德：那你的良心现在就在烦扰你。

罗伯特：我可没这么说过。我的良心安稳着呢。

莫德：这么说的话，你之前说的就是毫无意义的废话。

罗伯特：[绝望地] 噢，老天！我刚才只是想开开玩笑罢了。

莫德：我应该会认为你是对盘问有充分的了解，从而意识到那是极
   其不利的招供。

罗伯特：我的天啊，你这个女人，别欺负我吧。到底是什么事啊？

莫德：[声情并茂地] 你对卡罗琳做了什么？

罗伯特：我？我不懂你的意思？

莫德：我们过来的时候，伊萨贝拉和我，本来要恭喜卡罗琳的，结
   果却发现她整个人完全崩溃了。是这样的吧，伊萨贝拉？

伊萨贝拉：[略微迟疑] 是的，莫德。

莫德：她眼珠子都哭出来了。她的侍女告诉我们说她一会儿要晕过
   去一会儿要晕过去的。嗅盐的瓶子都空了。是这样的吧，伊萨
   贝拉？

伊萨贝拉：[非常不安地] 是的，莫德。

莫德：我们不得不把医生找来。他说她的情况非常危险，她没有患
   上脑膜炎已经是奇迹了。

罗伯特：上帝啊！

莫德：我重复一遍，你对卡罗琳做了什么？

罗伯特：没做什么。我请求她嫁给我。

莫德：啊！那就证实了卡罗琳的说法，伊萨贝拉。而且她拒绝了。你难道一点也不奇怪吗？

罗伯特：我亲爱的莫德，说奇怪并不准确。我简直震惊了。我现在还没有从打击中缓过劲来。

莫德：那肯定让人感觉无法理解。

罗伯特：你们想想看。整整十年以来，我都在渴望有这么一刻能够请求她成为我的妻子。这是我最衷心的愿望。这世上没有什么是我更想要的。她就一下子粉碎了我所有的期望。那一刻我似乎感觉到我已经生无可恋……我以为我会在时间中恢复过来，可是……

莫德：你为什么不再求一次？

罗伯特：她让我明白她的决定是难以更改的。何况，不管怎么说，我的自尊也受到深深的伤害。我无法让自己再次面临如此的奇耻大辱。

莫德：胡扯！

罗伯特：说真的，莫德，我觉得你可以为我人生中最惨痛的失败表示些许的安慰和同情。

莫德：我亲爱的朋友，卡罗琳拒绝你是因为你非常明显地表露出你并不想娶她。

罗伯特：噢，真是荒谬！人人都知道我想娶她。

莫德：你请求她，像是你在为她尽义务一样。有心性的女人自然会拒绝你。我自己都会拒绝你的。

罗伯特：伊萨贝拉，大家都知道莫德是个撒谎精。你跟我说说，她的话里有一句是真的吗？

伊萨贝拉：也许你没有充分意识到女人不喜欢把这些事情搞得太正儿八经了。你应该跟她谈谈情，说说爱。我肯定你很擅长的。

罗伯特：[在她身边坐下] 你怎么会这么认为？

伊萨贝拉：这种事每个女人都知道的。

罗伯特：你的直觉真准，伊萨贝拉。

伊萨贝拉：[把手放在他的手上] 我知道你爱她，罗伯特。

罗伯特：[握住她的手] 我全身心地爱她。

伊萨贝拉：就让一个美好的故事有一个美好的结局吧。

罗伯特：我不知道她是否真的在乎我，伊萨贝拉。

伊萨贝拉：噢，你怎么能怀疑呢？女人都是忠诚的动物，罗伯特。

罗伯特：以我在法庭的经验来看，忠诚并不是我所看到的女人身上最显著的特征。

伊萨贝拉：你知道卡罗琳在为你吃醋吗？

罗伯特：噢，少来了。你怎么会这么想？

伊萨贝拉：她生我的气了。当然了，我知道她今天心情很不好，但她一直对我很友好的。好像是你告诉她我有一双迷人的蓝眼睛。

罗伯特：你确实有啊。

伊萨贝拉：你应该亲口跟我说的。我会理解的。我怕她有什么误会。

罗伯特：你能理解一切。

伊萨贝拉：我猜我是天生富有同情心吧。当然了，卡罗琳很有魅力，但她有时候缺少一点温柔，你不觉得吗？

罗伯特：那就是你最为优美的品质。

莫德：说真的，伊萨贝拉，我不知道你以为自己在做什么。

伊萨贝拉：[有点严厉地] 我亲爱的，我希望你让我以自己的方式行事。

莫德：我没发现你过去五分钟说的话能让罗伯特更加清楚娶卡罗琳是他的义务所在。

罗伯特：义务！上帝之声的严厉女儿。①

莫德：你连累她名誉受损。你让她成为话柄。你面前只有一条路。
这是你欠你自己的，你欠她的。也是你欠我们的。

罗伯特：噢，真的吗？你这么认为的？

莫德：我们现在不能被剥夺亲眼见证你们幸福的权利。你一直以来
都是绅士的做派。我建议你继续优雅地绅士下去。

罗伯特：[他思索片刻。他拿定主意] 我要见卡罗琳。

莫德：我们留你一个人。来吧，伊萨贝拉。我们已经完成了使命，
就算天上的圣人也只好如此了。

伊萨贝拉：再见了。

　　　　[他为她们打开门，她们出去。他按铃。他忧心忡忡地来回
踱了一两次，但最终鼓起了勇气；他是个英国男人，不惧怕任
何敌人。库珀进来。

罗伯特：你能问一下阿什利太太我是否可以见她几分钟？

库珀：阿什利太太有事在忙，先生。

罗伯特：那我就等她忙完。

库珀：好的，先生。[库珀出去。不一会，她又进来] 阿什利太太病
了，先生，无法见任何人。

罗伯特：我等她好起来。

库珀：好的，先生。[她出去，不一会又进来] 阿什利太太死了，
先生。

罗伯特：我等她复活。今天就是审判日，最后的号角正在嘹亮而长
久地吹响。

库珀：好的，先生。

---

① 原文 "Stern daughter of the voice of God"，出自威廉·华兹华斯的《义务颂》
(Ode to Duty)。

369

[出去。这下把卡罗琳唤来了。

卡罗琳：她们都走了吗?

罗伯特：感谢上帝!

卡罗琳：[呼叫] 库珀。

库珀：[进来] 是的，夫人?

卡罗琳：把门上的链子拴上，别让任何人进来，否则我就给你下辞退信。

库珀：好的，夫人。

[出去。

卡罗琳：你的口信这么可怜无助，我不得不过来了，罗伯特。

罗伯特：你看，卡罗琳，你把所有的过错都推到我身上是很不地道的。你并不是很想嫁给我的，对吧?

卡罗琳：[微笑] 不是很想。

罗伯特：那这些所谓的泪如雨下、几度昏厥又是什么鬼名堂呢?

卡罗琳：谁跟你说的?

罗伯特：莫德。她说你崩溃了，没有患脑膜炎纯属奇迹。

卡罗琳：[咯咯笑] 你没相信吧?

罗伯特：没有。但我觉得你也许在耍什么把戏。

卡罗琳：我以万般的勇气来承受我所有希望的破灭，罗伯特。

罗伯特：好吧，现在听我说，卡罗琳，不要做无畏的挣扎了。我们必须结婚。

卡罗琳：[激昂地] 要结婚，我就上吊。

罗伯特：你知道，这只是开始。我们不会清净的。我们迟早都会被逼着结婚的。我们大可顺势而为，接受不可避免的命运。

卡罗琳：如果我要结婚，是因为我愿意，而不是为了取悦我的朋友。

罗伯特：我亲爱的，对于两个人结婚的理由，我倒是有很多体会。两个人为了摆脱怨恨、孤独或者忧虑而结婚，为了金钱、地位或者无聊而结婚；因为他们没法逃离婚姻，或者因为他们的朋友认为婚姻会是件好事，因为以前没人向他们求过婚，或者他们担心被剩下；但是有一个必然会导致灾难的理由就是他们愿意。

卡罗琳：你这么说只是为了打消我的顾虑。

罗伯特：你认为莫德和伊萨贝拉会放弃努力吗？永远不会。她们会团结你所有的朋友——他们都认为你不结婚是很可笑的，还有我所有的朋友——这些人会以为我单方面有什么不光彩的理由，还有你的叔叔阿姨，我的侄子侄女。我亲爱的姑娘，我们逃不掉的。

卡罗琳：我会反抗到底的，罗伯特。

罗伯特：不管怎么说，我敢保证我们会过上足够安稳的日子。

卡罗琳：[激动地] 安稳！安稳！安稳！我不想要安稳。

罗伯特：你知道我爱你，卡罗琳。

卡罗琳：我也爱你，罗伯特。

罗伯特：可我不介意现在告诉你我最初想到结婚的时候被吓得不知所措。它意味着我要改变所有的习惯，养成新的习惯。意味着放弃我的自由……你不介意我这么说吧？

卡罗琳：我亲爱的，我自己也好不到哪儿去。

罗伯特：并不是我想要做一个放纵的人，而是我希望在自己想放纵的时候就可以放纵。

卡罗琳：我知道。你难道不清楚这种感觉吗，就在你踏上一次长途旅行的时候，你的火车在夜里驶入某个你以前从未到过的城市。所有的灯光在闪耀。一种奇妙的兴奋感攫住你，你幻想着任何奇遇都可能发生在你身上。虽然从来没有发生过，但它始终存在可能。噢，罗伯特，如果你那时坐在我对面的座位上，我就知道永远没有发生的可能了。

罗伯特：这么想没用，卡罗琳；我们是浪漫故事的男女主角。我们必须满足人类对于一个美满结局的渴求。

卡罗琳：我向天祈祷我的丈夫从未离开人世。

罗伯特：我知道，卡罗琳，也许我们结婚以后就会有全然不同的感觉。

卡罗琳：你怎么这么想？

罗伯特：我知道一个南非的男人，他和一个英国姑娘订了婚，但他直到订婚七年之后才有能力把姑娘接过来。他到德班去接她，可正当轮船靠岸的时候，他退缩了，他转过身跑了。姑娘追他到好望角。他逃到约翰内斯堡。姑娘追他到伊丽莎白港。他逃到洛伦佐-马奎斯。我亲爱的，这姑娘在非洲大陆上追了个遍，最终才把他给堵住。她当即嫁给了他，从那以后他就是世上最幸福的男人了。

卡罗琳：我考虑的不是你，罗伯特，我考虑的完全是我自己。

罗伯特：我亲爱的，再过一小时，莫德又要站在你的门口了。

卡罗琳：门链拴上了。

罗伯特：她会带一张折凳，几块三明治。

卡罗琳：罗伯特，这实在难以容忍。你不能做点什么吗？

罗伯特：老天，我能做什么。我都是个绝望之人了。

卡罗琳：我可不想叫你自杀。

罗伯特：那太好了，因为我也没有自杀的意向。

卡罗琳：我估计你也不会娶莫德？

罗伯特：不。当然不会！

卡罗琳：你就没什么能为我做的吗？

罗伯特：我会娶你。

卡罗琳：得了吧，你娶我是为了你自己，不是为了我。

罗伯特：吵架没用。等我们结了婚，有的是时间吵。

卡罗琳：你知道吗，我们认识这么久了还从未吵过一次架。

罗伯特：这就是一个好的预兆，不管怎么说。

卡罗琳：罗伯特，我不想嫁给你。

罗伯特：好了吧，我亲爱的，稍微有点勇气就行。我要是有别的办法也不会来求你了，可就是没有嘛。

卡罗琳：你确定吗？

罗伯特：确定。这是唯一的办法。

卡罗琳：这比我以往做过的事好得太多，太多，罗伯特。

罗伯特：那就说定了？

卡罗琳：[叹一口气] 说定了。

罗伯特：我们最好尽快办妥，卡罗琳。

卡罗琳：我猜拖延也没有任何益处。

罗伯特：幸好我还没有从那些俱乐部退出，尽管我提过。

卡罗琳：为什么？

罗伯特：呃，那纯粹是浪费，我从来没有靠近过俱乐部；但等我结了婚，我应该有需要了。

卡罗琳：我还以为主要是单身汉在光顾俱乐部呢。

罗伯特：噢，不；单身汉才不介意待在家里。

卡罗琳：这会给你的生活带来巨大的变化，罗伯特。

罗伯特：我一直都很喜欢待在家里。我敢说稍微折腾下对我有好处。

卡罗琳：你几乎每个晚上都耗在这里。我肯定你多见一下其他人不会有什么坏处。

罗伯特：我们的生活已经养成固定的习惯了，卡罗琳。我担保我们需要这样的改变来激发我们的热情。我非常愉快地期待我们的未来。

卡罗琳：过去已经很愉快了，罗伯特。以后我们的幽会就永远不可能像从前一样了。

罗伯特：你在想我们经常看完戏以后到萨沃伊饭店吃的晚饭吗？确

实很惬意，不是吗？

卡罗琳：而且你知道，罗伯特，我每次到你家里跟你吃饭都有点小
兴奋。其实小小的聚餐本身没有任何问题，但就是我在你家门
厅脱下斗篷的那一刻，我总有一种冒险的感觉。

罗伯特：顺便问下，你打算怎么处理你的房子呢？

卡罗琳：[震惊] 我不打算处理我的房子。

罗伯特：我亲爱的，我们不需要两栋房子。

卡罗琳：当然不需要。我理所当然地以为你会卖掉你的房子。

罗伯特：为什么？我的房子住了二十年了。我对它感情深厚。你的
房子不过是租来的。

卡罗琳：跟这个没关系。我刚刚才重新装修过。我为我的浴室花了
大价钱。

罗伯特：你别想叫我在一个未来主义的浴室里洗澡。事实证明，我
早餐之前都心情不太好。

卡罗琳：我很遗憾你不喜欢我的浴室。不过那只是品位问题。

罗伯特：就我个人而言，我不知道为什么有人会喜欢纯白瓷砖以外
的东西。纯白瓷砖又干净，又卫生，还很让人愉悦。

卡罗琳：[开始不高兴了] 噢，当然了，你总是认为你自己的东西
比别人的东西好。你的浴室就像一座地铁站。我简直不能想象
我在里面洗澡。我会一直担心有个年轻小伙子跳出来喊：下一
站——大理石拱门 ①。

罗伯特：我亲爱的孩子，你必须讲讲道理。很明显，我的房子比你
的要好得多。

卡罗琳：[尖刻地] 我根本不认同你。

罗伯特：[不耐烦地] 那好吧，如果你不想讲道理，那也没什么可

---

① Marble Arch，伦敦景点之一，位于海德公园东北入口。

374

说的。

卡罗琳：我坦率地告诉你，没有什么能诱使我离开这座房子。

罗伯特：说真的，这完全是固执己见。这里没有我的空间。甚至连一个给我当书房的房间都没有。

卡罗琳：噢，这个倒是有的。餐厅后面有个非常漂亮的小房间。

罗伯特：[气愤地] 那房间望出去是一堵白墙。

卡罗琳：所以我才认为它适合当书房。没有什么可以让你分心的。

罗伯特：你跟我说过一百次你觉得那房间没用了——冬天的时候冷得像个冰盒子，夏天的时候热得像个火炉。说真的，如果你对我不止那么点感情的话……

卡罗琳：不是感情的问题，是常识的问题。你的房子对于单身汉来说很好……

罗伯特：[打断她] 谢谢。

卡罗琳：但是对一个女人来说很不适合。连橱柜都没有。

罗伯特：你现在在制造麻烦了，卡罗琳。橱柜可以做。

卡罗琳：还有你打算把我的卧室安排在哪儿呢？煤窑吗？太可笑了。

罗伯特：[发火地] 我不跟你争论这个了，卡罗琳。我已经打定主意，没得商量了。

卡罗琳：[非常坚决地] 我正好也打定主意了。

罗伯特：我刚才在等你的时候，我已经想好具体怎么安排了。你当然会得到最好的一间卧室。

卡罗琳：根本看不到太阳，我知道。

罗伯特：[庄重地] 是我可怜的夏洛特姨妈去世的那间房，卡罗琳。

卡罗琳：这也不会让我更有住进去的欲望。

罗伯特：我亲爱的卡罗琳，我不懂你究竟什么态度。

卡罗琳：我的态度很简单。我喜欢我的房子，我就打算赖在里面。

罗伯特：幸好我是这世上最有耐性的男人。一个女人搬到自己丈夫家里是天经地义的啊。

卡罗琳：我看不出有什么天经地义的。

罗伯特：我亲爱的，这是人类根基最为牢固的习俗之一。我们还有
《圣经》的权威来支持它。女人就是被嘱咐要摒弃一切，追随自
己的丈夫。

卡罗琳：你都不知道你在说什么。在你引用《圣经》之前，我建议
你先读一读。

罗伯特：[冒火气] 说真的，卡罗琳，我必须要抗议你现在说话的语
气。我可是秉持着最友好的精神在讨论这件事。

卡罗琳：[愤怒的] 你绝对不能指责我是尖酸刻薄。你刚才说我们永
远都不会吵架。相信我，这并不是因为你还没有足够地挑衅我。

罗伯特：我认为我们还是等你冷静点了再来继续讨论吧，卡罗琳。
你现在只能说一些你自己要后悔的话。

卡罗琳：你千万别以为摆出一副高人一等的样子我就会佩服你，罗
伯特。我完全没有继续讨论的意愿。我已经说了我想说的话。

罗伯特：要紧的是我们应该清楚地理解对方。我准备好了要满足你
所有心血来潮的想法，不管有多么的不合理，而且天知道，它
们基本已经够不合理了；但这就是原则问题。既然开始了，就
要坚持下去。我希望你能立即把这栋房子交到代理人的手里。

卡罗琳：我才不会干这种事呢。

罗伯特：卡罗琳，我已经尽可能礼貌、尊重地提出我的要求；但我
不希望我的要求被忽视。

卡罗琳：我觉得你是在为你自己高兴说话；你当然不是为了我高兴
说话。

罗伯特：我再说清楚一点，卡罗琳。我拒绝搬到这栋房子来住。

卡罗琳：那就太不幸了，因为我也完全不想搬到你的房子去住。

罗伯特：也许你愿意把事情考虑清楚。

卡罗琳：不了，谢谢。我已经下定决心了。如果你要娶我，你必须搬来这里住。

罗伯特：除非你同意住我的房子，否则我不会娶你的。

卡罗琳：好吧。那就这么定了。

罗伯特：慎重，卡罗琳。我已经求过两次婚了。我不会再求第三次的。

卡罗琳：就算你现在双膝跪地，从伦敦塔爬到白金汉宫，我也不会嫁给你的。

罗伯特：这样的话，那结婚就没戏了，卡罗琳。

卡罗琳：我本来愿意做出牺牲的，但如果要期望所有的牺牲都是我单方面的，那就有点太过分了。

罗伯特：牺牲，你是这么定义的。我娶你纯粹是出于一片好意。

卡罗琳：老天啊，我真是逃过一劫！否则我就要一辈子拴在你身上了。

罗伯特：这就是女人的本性。再能干的男人到了她们手上都不过是黄毛小子。我认识你十年了，卡罗琳，今天你才第一次露出你的真面目。

卡罗琳：我一直都知道你是个自私、虚荣又坏脾气的男人；但我对此视而不见。我已经受到惩罚了。我第一次见你的时候就不喜欢你。不相信自己的第一印象终究是个错误。

罗伯特：要么说的话，我很奇怪你竟然这么对我投怀送抱。

卡罗琳：谢天谢地，我今天终于开眼了！说到投怀送抱，要不是你对我死缠烂打，我根本不会看你一眼。

罗伯特：［讽刺地］我猜你是同情我咯？

卡罗琳：不，但我知道你很安全。我想不出一个男人还有什么比安全更可笑的品质了。

罗伯特：［勃然大怒］噢！噢！我永远都不会跟你说话了，卡罗琳。

卡罗琳：你别以为我还希望跟你继续保持关系。

罗伯特：你还有什么要对我说的?

卡罗琳：就这些了。也许你愿意再好好回味一下。即使你是这世上唯一的男人，我也不会嫁给你。

罗伯特：卡罗琳，我可以坦率地讲，如果要让我在圣坛和绞刑架之间选择，我会毫不犹豫地选择绞刑架。再见!

卡罗琳：赶紧走吧![他朝门口走去。突然电话铃响了。二人都倒抽一口凉气。他们忧伤地看着对方。电话铃坚定地响着]是莫德。

罗伯特：我的上帝!我竟然忘了还有她那茬。

卡罗琳：我该怎么办?

罗伯特：我走了，卡罗琳。

卡罗琳：你个懦夫!你不能就这么丢下我不管。

罗伯特：好吧，你最好接电话。

卡罗琳：你来接，罗伯特。你是个男人。

罗伯特：我不敢，卡罗琳。

　　　　[与此同时，电话铃持续响着，透着愤怒。

卡罗琳：看在上帝的分上，让它别响了吧!

罗伯特：你要不去接，它永远都不会停。

卡罗琳：我向苍天祈祷我从来没有装过电话。

罗伯特：我向来都不喜欢莫德。

卡罗琳：她是个可恨的女人!

罗伯特：我想不到你竟然能容忍她。

卡罗琳：我恨她，我恨她![绝望地]看在上帝的分上，让它别响了吧!

罗伯特：把听筒拿下来。

卡罗琳：你去拿，罗伯特。

罗伯特：卡罗琳。

卡罗琳：噢，罗伯特，你要是曾经爱过我。

罗伯特：那我去拿吧。

[他蹑手蹑脚地朝桌子走去，好像它是个会咬人的野兽；他小心翼翼地、偷偷摸摸地靠近桌子，然后突然纵身一跃，跳到电话前面，迅速地摘下听筒。卡罗琳一声惊叫。他又跳将回来，二人紧挨在一起。她依偎着他。他们吓得发抖。

罗伯特：我做到了。

卡罗琳：别离开我，罗伯特。

罗伯特：不，我不会离开你。

卡罗琳：噢，罗伯特，我永远都不会忘记这个的。

罗伯特：她以为我们在听。她正在她那头说话呢。我预计她已经生气了。她在发脾气。

卡罗琳：噢，罗伯特，我想知道她在说什么。

罗伯特：你不能猜一下吗？

卡罗琳：谢天谢地，门还拴着链条呢！她过十分钟就该到了。

[他们忧伤地看着对方。

罗伯特：没用的，卡罗琳。我们必须结婚。

卡罗琳：我知道。可如何是好呢？你必须想个解决的办法，罗伯特。

罗伯特：只有一个办法。我们必须放弃各自的房子，找一个新的房子。

卡罗琳：可我喜欢我的房子，罗伯特。

罗伯特：我也喜欢我的。

卡罗琳：我们两人都会难过的。这也算一点安慰了。

罗伯特：我们在缔结幸福婚姻的圣坛上做出的第一次牺牲。

卡罗琳：你要让我来装修新房子，罗伯特。

罗伯特：只除了卫生间。把卫生间留给我作为结婚礼物吧。

卡罗琳：干脆这样，我们各人都有一个卫生间。你可以把你的卫生间弄得像地铁站。

罗伯特：你也可以把你的弄得像得了胃炎。

卡罗琳：[一声叹息] 如果必须要这么办，最好赶紧去办。我给房屋
　　代理人打电话。

　　　　[她拿起电话簿，找出一个地址。

罗伯特：我们该申请特别许可来结婚吗？

卡罗琳：我不知道。

罗伯特：我想我还是去一趟俱乐部。彼得森肯定在那儿，他对这些
　　事情经验丰富。没理由我不该向他请教。

卡罗琳：噢，离婚的案子进展如何了？

罗伯特：非常顺利。我估计会持续四到五天吧。等案子结束以后，
　　他们谁也不会有一丝的名誉可言了。

卡罗琳：[打电话] 梅费尔区 148 号。你们是加斯克尔-伯奇事务所
　　吗？我想出租我的房子……我在电话上说不清楚。你们能派人
　　过来吗？不。马上。在哪儿？噢，阿什利太太，寇松排屋，摄
　　政公园。

　　　　[她放下听筒。

罗伯特：你还有什么要对我说的吗？我一打听到消息就立刻回来向
　　你汇报。

卡罗琳：吃晚饭之前？

罗伯特：噢，是的。顺便说下，是吃晚饭左右。你不认为我们应该
　　小小地庆祝下吗？我担心我们自己吃饭会很无聊。

卡罗琳：我觉得也是。

罗伯特：你为何不邀请伊萨贝拉过来？

卡罗琳：雷克斯·坎宁汉要跟她吃晚饭。我可以邀请他一起过来，
　　我们还能打桥牌。

罗伯特：噢，行的；这样好玩些。[卡罗琳拿出她的单人纸牌] 你现

在要干什么?

卡罗琳：噢，我自己玩一把单人纸牌。

罗伯特：噢，玩吧。玩牌能让你放松。

　　　　　[他朝门口走去。

卡罗琳：罗伯特。

罗伯特：嗯?

卡罗琳：我喜欢的是绿宝石，你知道。

罗伯特：我很高兴你提醒了我。

　　　　　[他走出去。她开始摆她的单人纸牌。

　　　　　　　　　　　　　　　　　第二幕终

第三幕

场景同前。时间是十分钟之后。

　　[卡罗琳正要结束她的单人纸牌游戏。库珀领进来科尼什医生。

库珀：科尼什医生。

　　[出去。

卡罗琳：这真是一个惊喜。我已经把你的药方撕掉了。

科尼什医生：你要是不吃药，你怎么指望一个医生能过活下去呢？你自己倒是毫发无伤的。

卡罗琳：你刚才说话可不是这样的语气。

科尼什医生：刚才是出诊。现在是拜访。

卡罗琳：我犹豫该不该问他理由呢。

科尼什医生：你没必要犹豫。我正准备告诉你。我实在太好奇了。

卡罗琳：难道好奇不是中年人应该克服掉的弱点之一吗？

科尼什医生：告诉我，哪个最终胜出，浪漫还是常识？你是要嫁给罗伯特·奥尔德姆还是雷克斯·坎宁汉？

卡罗琳：我亲爱的医生，雷克斯不过是个孩子。

科尼什医生：噢，我可是知道这类的婚姻结果很不错呢。我上一个厨娘就嫁给了一个过来打理靴子和刀具的小伙子，他们非常幸福。至少我没有听到过任何负面的消息。

卡罗琳：我好奇她是怎么做到的。

科尼什医生：唠叨策略咯，我相信。

卡罗琳：我已经答应嫁给罗伯特·奥尔德姆了。

科尼什医生：那我只有恭喜你了。

卡罗琳：安慰之一是我的朋友们必须要送我结婚礼物了。我就以这种方式报复他们，不是吗？

科尼什医生：我肯定你会非常幸福的。

卡罗琳：[酸溜溜的] 我肯定我一点幸福的边儿也沾不上。

科尼什医生：别对我吹胡子瞪眼的。

卡罗琳：你知道我很喜欢罗伯特。我不想失去他。

科尼什医生：非要失去他不可吗？

卡罗琳：你难道没有注意到别人的黄油面包总是比你自己的香吗？罗伯特就是这样。他总是更喜欢别人家的壁炉。假如我嫁给了他，他晚上又要上哪儿去打发时间呢？

科尼什医生：我只想到一个解决办法。你必须嫁给别人。

卡罗琳：我相信这是我能挽留罗伯特的唯一方法。仔细想想，真是很残忍。

科尼什医生：尤其对于无辜的受害者。

卡罗琳：你认为我最好嫁给谁？

科尼什医生：我们来审视下你的朋友圈子，看看谁能满足你的要求。

卡罗琳：[眼睛一亮] 我觉得应该不要太年轻的。

科尼什医生：不，要找一定年纪的。

卡罗琳：我很喜欢花白头发，你觉得呢？

科尼什医生：要一个职业男性，当然了。

卡罗琳：噢，对了，我还希望他能和罗伯特有共同的爱好。

科尼什医生：他不应该是做出庭律师的。如果他们聊起工作来，你就会相当无聊了。

卡罗琳：我觉得做医生的也无妨。

科尼什医生：是的，我也觉得不错。当然了，如果他的业务开展得很大，他就会很忙，对吧？

卡罗琳：对的。现在只差一个条件了。我觉得他应该是罗伯特的好朋友。

科尼什医生：这样显然就让事情简单多了。好了，我们来想想。我看看有什么样的人选。

卡罗琳：别看了，科尼什医生。我已经做决定了。

科尼什医生：上帝保佑，你真是果断。

卡罗琳：你就是我要嫁的人。

科尼什医生：[非常坚定地] 不，我不是。

卡罗琳：好了，我亲爱的朋友，别不讲理了。你满足所有的条件，对此我只能用神奇来形容。

科尼什医生：我亲爱的夫人，我们一码归一码。我是您的私人保健医生，不是妄图要与您携手的人。

卡罗琳：噢，可你刚才说这是拜访，不是出诊。

科尼什医生：这个好解决。我收您半个几尼，这样就成了出诊。

卡罗琳：我还以为你是个饱经世故之人。

科尼什医生：如果这意味着要彬彬有礼地摆脱困境，那我自诩是这么个人。

卡罗琳：不，不是这样。饱经世故意味着要优雅地接受无可避免之事。

科尼什医生：无可避免只是说明一个傻瓜缺乏避免的智慧。

卡罗琳：相信我，一个女人真正决定了要嫁给谁，全世界就没有什么能救得了他。

科尼什医生：没有人比我更清楚您的优点所在了。我肯定任何男人拥有了您都是幸运的，但您知道我是个非常谦卑的人。我不配拥有如此这般的幸福。

卡罗琳：你的缺乏自信在我眼里又为你增添了新的魅力。我的人生
　　目标应该就是证明你错了。

科尼什医生：我对您情深意切，一刻也不能容许您在如此无意义的
　　目标上浪费精力。

卡罗琳：啊，那你对我还是有情有意咯。

科尼什医生：一种纯粹是医学上的情意，如果我能这么定义的话。

卡罗琳：天啊，听起来像是腮腺炎。

科尼什医生：您知道，您应该把那药方给配好的。我说过您需要
　　安抚。

卡罗琳：我觉得你就很会安抚。这也是我为什么同意嫁给你的原因
　　之一。

科尼什医生：我们别忘了这点，就是我根本没向你求过婚。

卡罗琳：呃，你赶紧求吧。

科尼什医生：你也许会接受我。

卡罗琳：我无疑是会接受的。

科尼什医生：那我就不想冒险了。

卡罗琳：你最好冒个险。如果我不得已要求的话，只会让我们两人
　　都尴尬。

科尼什医生：我总是能拒绝的。

卡罗琳：噢，可我不接受拒绝。

科尼什医生：你真是个典型的倔脾气。

卡罗琳：我一想到罗伯特对我的爱，我就什么都不怕了。

科尼什医生：我不想说得很无情，但我真的必须告诉你，在我的内
　　心深处，我根本不在乎罗伯特对你的爱。

卡罗琳：我以为他是你的好朋友。

科尼什医生：他确实是。

卡罗琳：那你肯定想要让他幸福。我保证他会愿意你做我的丈夫。

科尼什医生：你在把我往一个非常尴尬的境地里推。

卡罗琳：我不知道你是否了解结婚是一件多么愉快的事。

科尼什医生：我肯定喜欢结婚的人会觉得愉快。

卡罗琳：女人有一百种方式让一个男人舒服。

科尼什医生：也有一千零一种方式让一个男人不舒服。

卡罗琳：我始终认为，一个家没有女人的碰触就很是阴冷、沉闷的感觉。

科尼什医生：说得太对了！我觉得您要是把刚才那番话像说服我一样地拿去说服罗伯特，他绝对会意识到他能娶到你是多么幸运的事。

卡罗琳：求你了，少油头滑脑的。你才是要娶我的人。

科尼什医生：不是。

卡罗琳：是。

科尼什医生：[微微一笑] 不管怎么说，您没法强迫我。

卡罗琳：我有法让你的日子过不下去，直到你娶我。

科尼什医生：您是个非常危险的女人。

卡罗琳：可你是个非常勇敢的男人。

科尼什医生：我不得不考虑到罗伯特会认为这是我所做出的一个非常不友好的举动。

卡罗琳：只是暂时的。他很快就会意识到我们无非是顾及他的幸福而已。

科尼什医生：如果您觉得一个丈夫如此重要，那您为什么还这么随意地失去您的上一任？

卡罗琳：我从未发现它对于这房子是多么有用的一个物件。

科尼什医生：这么说不能激发信心，您知道。

卡罗琳：我会对你加倍小心的。

科尼什医生：[咯咯一笑] 这会让他失望透顶的，对吧？

卡罗琳：你告诉他的时候，你不能看他的脸吗？

科尼什医生：[端详她] 当然了，您是一个非常迷人的女人。

卡罗琳：大家都这么想。

科尼什医生：[脱口而出地] 我觉得罗伯特是个傻瓜。他根本不应该
犹豫的。

卡罗琳：他确实不应该。

科尼什医生：要是有人踩过他的头顶，抓住他没有勇气去抓的机会，
那他就是活该。

卡罗琳：我更愿意你把我说成一件奖品，而不是一个机会。机会像
是大甩卖的时候剩下的东西。

　　　　[他长久地注视着她。他的眼中闪出一点光芒。

科尼什医生：卡罗琳，你愿意做我的妻子吗？

卡罗琳：我？[她一时间有点意外，但很快恢复过来] 我真不知道
该怎么答复你。这真是出乎意料。我从来没有想到过你——你
竟然会喜欢我。[她下定决心，鼓起勇气] 是的，我愿意做你的
妻子。

科尼什医生：我一直都有个想法，要是在新药上市的时候我能找个
人来试一试，那就太美好了。

卡罗琳：[略为吃惊] 噢！那你迄今为止是怎么办到的呢？

科尼什医生：[无动于衷地] 我一般都是在侍女身上试，但她们对
科学不感兴趣；她们会向我辞职。但是，你当然不会这样了，
对吧？

卡罗琳：我自己对科学也不是特别感兴趣。

科尼什医生：噢，兴趣总能培养的。我相信当你意识到这对我有多
么重要，你就不会为那么一点点的不便感到犹豫了。

卡罗琳：[噘起嘴] 如果你还指望我履行别的义务，我希望你立马告
诉我。

科尼什医生：我想没有了。不必说，你会不得已过上一种非常闲散的生活。大家都不太喜欢跟自己医生的妻子打交道；他们总是担心这女人对他们的内脏了解得太多了。事实上，最理想的情况是，她就该是个药罐子、病秧子。

卡罗琳：我猜你只要用上一疗程你不太熟悉属性的药物，这种情况基本上就会自然而然地发生了。

科尼什医生：这就是人类伟大的发明之一，让人相信这世界并非纯属偶然的发明。

卡罗琳：[抛开他话语中所暗示的疑虑] 噢，好吧，我并不介意。我一想到你把消息宣布出来他们所有人的表情就觉得一切都值得。

科尼什医生：我站在您的角度比站在我个人的角度更能体会出玩笑的成分。

卡罗琳：伊萨贝拉会觉得很感动，她很有可能会亲吻你。

科尼什医生：她可是一位非常美丽的年轻女性。

卡罗琳：莫德会觉得我太不像话了，她会好好教训我的。至于罗伯特——我想不到他会是什么反应。我这就给伊萨贝拉打电话。[她按铃] 他们可是在我这儿自娱自乐一整天了。现在该我乐呵乐呵了。

科尼什医生：您在等罗伯特吗？

卡罗琳：是的，亲爱的罗伯特。他去给我买戒指了。[库珀进来] 库珀，给特伦奇太太打电话，请她马上过来。我有很重要的事要对她说。

库珀：好的，夫人。

　　　　[出去。

卡罗琳：听我说。莫德这个人，我如果还算了解她的话，已经在来的路上了。我都奇怪她竟然还没有到。罗伯特也很快到了。跟着就是伊萨贝拉。你一个字都不能透露，一直要等到所有人都聚拢在这儿了。然后再——

科尼什医生：好的，然后再什么？

卡罗琳：然后再站在这儿，进入一种适当的状态。你要尽量看起来
很高兴，很意气风发的样子，好吗？

科尼什医生：噢，你是这么设想的？我还以为要严肃坚决的样子才
更符合要求。

卡罗琳：记住你已经暗恋我七年了。

科尼什医生：就是这个七字让我感觉不太容易写在脸上。

卡罗琳：然后你对他们说：我亲爱的朋友们，我有一个消息要宣布，
一个本质上对于你们所有人来说都很意外的消息。卡罗琳已经
同意做我的妻子了。跟着我们就看看反应。

科尼什医生：我明白了。

卡罗琳：你觉得他们会有什么反应？

　　　　[库珀进来，后面跟着富尔顿小姐。

库珀：富尔顿小姐。

　　　　[出去。

莫德：喂，卡罗琳。噢，很高兴再次见到你，科尼什医生。[对卡罗
琳] 你哪里不舒服吗？

卡罗琳：[神秘地] 没有。科尼什医生不是来给我看病的。

科尼什医生：不是。

莫德：罗伯特人呢？

卡罗琳：他出去了。

莫德：你没有打发他走吧？

卡罗琳：他做了你所希望的事，莫德。

莫德：[胜利地] 啊。我就知道只要一点点决心，凡事都能解决。

卡罗琳：莫德，发生了一点问题，把所有事都彻底颠覆了。

莫德：[立刻怀疑起来] 你到底什么意思？科尼什医生！

科尼什医生：等时机到了再说，我亲爱的女士。

莫德：难道不是一切顺利吗？

卡罗琳：要看你指的顺利是什么意思。

莫德：我亲爱的⋯⋯

卡罗琳：你必须等罗伯特来了。任何人都不能比他先知道，否则就
　　不公平了。[对科尼什医生] 你赞成我吗？

科尼什医生：绝对赞成。

莫德：顺便问下，你发给内罗毕的电报有回音了吗？

卡罗琳：不，还没有。

　　　　　[库珀进来通报罗伯特·奥尔德姆来了，然后出去。

库珀：奥尔德姆先生！

卡罗琳：[热情地] 啊，罗伯特。我一直在想你干嘛去了。

罗伯特：我的老天，莫德在这儿。

卡罗琳：还有科尼什医生。

罗伯特：你好！我很久没见你了。你对那消息有什么看法？

卡罗琳：科尼什医生也有一个消息，罗伯特。

莫德：我要是再听不到消息，我就要抓狂了。

罗伯特：我见过彼得森了，卡罗琳。

卡罗琳：你晚点再告诉我他说了什么。

罗伯特：你好奇怪啊，卡罗琳。

卡罗琳：你必须耐心等一会儿。

莫德：为什么？

卡罗琳：我要等伊萨贝拉过来。她对我这么有心，我觉得她也应该
　　知道这个改变我命运的消息。

罗伯特：[有点焦躁] 我就搞不懂了。我讨厌神神秘秘的。

科尼什医生：我有重要的事情要向你们宣布，但阿什利太太不希望
　　我在她的朋友们都聚拢之前宣布。

卡罗琳：正是如此。

莫德：我喜欢神秘，但讨厌吊胃口。

罗伯特：噢，科尼什医生，卡罗琳告诉你我们已经决定的事吗？

科尼什医生：她告诉我你希望娶她。

罗伯特：你知道我爱她好多年了。

卡罗琳：我们暂时不讨论这个，罗伯特。

莫德：我开始很不自在了。

　　　　［库珀进来。

库珀：特伦奇太太和坎宁汉先生。

　　　　［二人进来。

卡罗琳：终于到了。

伊萨贝拉：怎么啦，卡罗琳？幸亏雷克斯在我家门口。他正准备带
　　我到摄政公园兜风呢。

卡罗琳：他的双人座还真是用处大呢，是吧？

伊萨贝拉：于是我让他立马送我过来。发生什么事了吗？你的口信
　　可把我担心坏了。

雷克斯：我们都担心坏了，卡罗琳。

卡罗琳：怎么了，库珀？

库珀：有一位先生上门了。他说他和您有约，夫人。

卡罗琳：［接过名片］加斯克尔-伯奇。噢，我知道了；他们是房屋
　　中介。

罗伯特：没错。你在我离开之前给他们打了电话。库珀可以带他参
　　观下房子。

卡罗琳：感谢这位先生的到访，库珀，说我很抱歉打扰到他。我暂
　　时不想出租我的房子了。

罗伯特：［震惊］卡罗琳！

卡罗琳：就这样，库珀。

库珀：好的，夫人。

    [出去。

罗伯特：你这么做什么意思呢？你同意了要把房子处理掉的……如果你改变主意了，卡罗琳……

卡罗琳：稍等一会儿，罗伯特。好了，亲爱的医生，我想时机已经到了。你能告诉他们———一切吗？

科尼什医生：[向前迈出去] 是的。我亲爱的朋友们，我有一个消息要宣布，一个本质上对于你们所有人来说都很意外的消息。

伊萨贝拉：我都能听见自己的心跳了。

科尼什医生：[目不转睛地看着卡罗琳] 史蒂芬·阿什利五分钟之前才从这个房间走出去。

所有人：什么？

    [没有人比卡罗琳更加惊讶的。科尼什医生观察着她的反应，心里都要乐坏了。

科尼什医生：我亲眼见到了他。他和我一样活生生的。

雷克斯：哎哟喂！

伊萨贝拉：我不明白。卡罗琳！

卡罗琳：没有人比我更难以置信了。

科尼什医生：这不是第一次宣布他死亡的消息了。当我进来看到他的时候，我倒是一点都不奇怪。

卡罗琳：我分不清我是头着地，还是脚着地了。

科尼什医生：他还能轻松地活二十年。

卡罗琳：你觉得他没问题？

科尼什医生：如果照料得当的话。

莫德：我可怜的卡罗琳，这真是让你大失所望啊。

科尼什医生：你们必须都对卡罗琳温和点。[对卡罗琳] 我只能对您表示最衷心的同情。

卡罗琳：你不会要走吧？

科尼什医生：[微微一笑] 我要留您一个人来应付这摊子事儿了。

卡罗琳：[小声地] 你真残忍！

科尼什医生：如果饱经世故意味着能彬彬有礼地摆脱困境……再
见了。

　　　　[他快速离开。

伊萨贝拉：你很勇敢地承受住了。

卡罗琳：[尽量不笑出来] 你觉得是吗？这压力太大了。我已经快撑
不住了。我觉得我都要晕倒了。

伊萨贝拉：罗伯特，打开窗户。你看起来失魂落魄的。

卡罗琳：[开始吃吃笑起来] 没有，我要神经暴发 ① 了。

莫德：控制你自己，卡罗琳。控制你自己。

卡罗琳：[咯咯地笑] 我控制不住。

　　　　[她开始哈哈大笑。她的笑声越来越大。他们都围在她
身边。

所有人：卡罗琳，卡罗琳。

卡罗琳：这刺激太大了！

伊萨贝拉：我的嗅盐在哪儿呢？

莫德：我真是糊涂了！

　　　　[两位女士赶紧从自己包里拿出嗅盐，把嗅盐放到卡罗琳鼻
子底下，卡罗琳还是止不住地笑啊笑啊。

莫德：还有个办法。拍打她的手掌。

　　　　[两个男人拿起她的手，拍打手掌。

罗伯特：别笑了，卡罗琳，别笑了！

---

① Nerve storm，十九世纪晚期出现的医学术语，指可能诱发癫痫、偏头痛及其
他紊乱的突发性神经活动。

伊萨贝拉：我们把医生找来。

莫德：医生又有什么用呢？我完全知道该怎么做。拍打她的脚掌。

卡罗琳：我不允许你们拍打我的脚掌。

莫德：别理她说什么。

　　　[两个男人继续拍打她的手掌，两位女士拍打她的脚掌。卡罗琳笑得上气不接下气。最终她笑得没力气了。

卡罗琳：噢，我的天哪。

莫德：她现在好点了。我就知道最好的办法是拍打她的脚掌。如果这也不管用，那就再用毯子把她裹起来，在地板上来回地滚动。

卡罗琳：莫德，你个狡猾的猫儿！噢，我开始感觉好些了。

罗伯特：不管怎么说，人也不至于吃惊吧，对吗？

莫德：老天，要是我的丈夫突然那样出现了，我会"噌"的一下倒地。

雷克斯：我不知道你有个丈夫呢。

莫德：我没有。所以说才会有这么大的刺激嘛。

伊萨贝拉：你现在必须把一切都告诉我们，卡罗琳。

卡罗琳：没什么可说的。

莫德：屁话。他到底怎么进来的？

卡罗琳：走进来的。

莫德：别傻了。你做了什么？他说了什么？他有什么目的？他要到哪里去？

卡罗琳：噢！

　　　[这一声拖得很长，她意识到自己遇到什么麻烦了，她必须编造点什么出来。

罗伯特：别烦她了。她难道还没有受尽折磨吗，可怜的孩子？

卡罗琳：你对我真好，罗伯特！

莫德：你就把基本的事实告诉我们，不会伤害到你的，卡罗琳。

卡罗琳：那就坐下吧，我把一切都告诉你们。

　　　　[他们坐在椅子上，她的两侧各坐两人，四人都急切地想听到事情的来龙去脉。

罗伯特：你别把自己整激动了，卡罗琳。我请求你冷静。

莫德：住嘴，罗伯特。

卡罗琳：是这样的，我当时正非常冷静地玩一把单人纸牌。罗伯特刚刚离开了我。

罗伯特：要出去跑一趟很重要的腿！

莫德：我知道。你们已经安排好要结婚了。我从罗伯特的眼神中立马看出来了。我可怜的罗伯特！

罗伯特：[淡然地] 我已经告诉卡罗琳我离不开她了。她答应要嫁给我。

卡罗琳：他出去买戒指。我还在想会不会是一枚圆顶平底的宝石。

罗伯特：[阴郁地] 你想要看看吗?

　　　　[他从口袋里掏出一枚硕大的绿宝石戒指。

卡罗琳：噢，罗伯特，真是太美了! 看起来昂贵极了。

罗伯特：噢，不值几个钱。我在想他们是否愿意收回去。

卡罗琳：不用麻烦了，罗伯特。我会把它作为我们短暂订婚的纪念收藏起来的。

　　　　[罗伯特的脸沉了下来。

伊萨贝拉：这主意真妙，卡罗琳!

罗伯特：[干笑一声] 没有人像卡罗琳这样想出这么妙的主意了。

莫德：继续说，卡罗琳。

卡罗琳：我只需要一个七就能清牌了。我抽到一个梅花十，一个黑桃三。我肯定抽不到牌了，我自言自语。突然库珀打开门，说有位先生要见我。

所有人：对了，对了!

[他们把各自的椅子挪近了点。

卡罗琳：我还以为是房屋中介呢。

罗伯特：没错。我走之前，你给他打了电话。

卡罗琳：噢，罗伯特，我想告诉你我已经考虑过了。让你卖掉你可爱的小房子似乎有点残忍了。不管怎么说，一个女人应该跟随自己的丈夫。我已经决定要处理掉这栋房子，搬去你的房子住了。

罗伯特：卡罗琳，你已经准备好要为我这么做了吗？

其他人：继续，卡罗琳。

卡罗琳：我没有犹豫。我对库珀说：请那位先生上来。我继续玩我的牌。啊，我说，终于抽到七了！我抬起我的眼睛，我的丈夫就活生生地站在我面前了。

所有人：噢！……

卡罗琳：[戏剧性地] 是你，我说。是的，他说。没有死？我说。没有，他说。

伊萨贝拉：那你接下来怎么办呢？

卡罗琳：[不慌不忙地] 我请他坐下。

罗伯特：好极了。你总是处变不惊，卡罗琳。我喜欢这点。你请他坐下了。

卡罗琳：我想要争取时间。我实际心慌意乱的。

莫德：当然了，我觉得他过来这里就已经够惊悚的了。

卡罗琳：他是出于好意才过来的，莫德。他看到今早上《泰晤士报》上面的讣告，他觉得我也许会为他担心。他说他觉得唯一要做的就是亲自过来，告诉我消息是假的。

伊萨贝拉：但是，这么说的话，怎么解释那消息呢？

卡罗琳：解释？我正要说到这点。

罗伯特：说真的，报纸应该更加谨慎才行啊！

莫德：继续，卡罗琳。我们都被你的话吊着的。

卡罗琳：我不确定，但我想我又要来一次神经暴发了。

莫德：把壁炉边的地毯拿过来，雷克斯。用那个就可以把她裹起来。

卡罗琳：别，不必了。我想神经也缓过劲来了。解释也是极其简单的。你们稍等片刻，容我再整理下思路。你们知道。我今天一整天都经历了这么多事情，脑子已经迷糊了。

伊萨贝拉：慢慢来，亲爱的。

卡罗琳：呃，我也不妨告诉你们，可怜的史蒂芬一直都是野性难改的。他似乎跟一个叫布朗的男人交好，他们之间有某种约定，我恐怕是很见不得光的那种。当然了，我没有问过细节。这事情在我脑子里非常模糊。

罗伯特：这再正常不过了。

莫德：噢，安静点，罗伯特。

卡罗琳：他们吵了架，布朗带着所有史蒂芬的东西跑了，他的证件，他的衣服，所有的东西。然后我就不知道具体怎么回事了。布朗好像突然生病。当他被送到医院的时候，他已经失去意识了。他们在他身上找到了史蒂芬的证件，自然就以为他是史蒂芬了。

莫德：我全明白了。这在任何人身上都有可能发生。

卡罗琳：[急切地] 可不是吗？史蒂芬在今天早上的《泰晤士报》看到了消息。他弄清楚了整个情况。我觉得他并不遗憾东非政府认定他死亡了。他已经决定要去得克萨斯。史蒂芬·阿什利对除了我以外的所有人来说都死了。

莫德：不管怎样，你已经见到他的最后一面了，卡罗琳。那就是该感恩的。

卡罗琳：我猜也是。

罗伯特：你这么说什么意思呢？你难道不确定吗？

卡罗琳：还有一件事我必须告诉你们。我不知该如何开口。他仍然
　　　爱着我。

雷克斯：卡罗琳。

卡罗琳：他叫我一起去得克萨斯。

所有人：你！

卡罗琳：他打算开始一段新生活。他说我应该对他抱以信心。他央
　　　求我跟他一起走。

罗伯特：但你定然拒绝了他，卡罗琳？

卡罗琳：我非拒绝不可。然后他说我会成为他的动力。他愿意做任
　　　何事来弥补过往。他要成为一个崭新的男人，然后再回来找我。

伊萨贝拉：真是太美好了。

罗伯特：那我该怎么办呢？

卡罗琳：我永远都无法嫁给你了，罗伯特。

罗伯特：卡罗琳，你让我痛苦万分……我必须单独呆一会儿。我不
　　　想变成个懦弱的软蛋。

　　　［他起身，缓慢地走到窗户边。他站在那里，内心充满了挣
　　　扎。雷克斯则一副可怜巴巴、无能为力的样子。

莫德：我说，伊萨贝拉，我们已经尽力了。我们终归是没什么好责
　　　备自己的了。

伊萨贝拉：可怜的罗伯特。我的心在为他滴血。看到一个坚强的男
　　　人在努力控制自己的情感，这真是尤其令人敬佩的。

莫德：我很难得承认自己失败，但这次我真的没辙了。再见了，卡
　　　罗琳，我今晚上打电话过来问候你。

卡罗琳：再见，亲爱的。你今天为我所做的，我永远也感激不尽。

　　　［她们亲吻，富尔顿小姐出去。

伊萨贝拉：我也必须要离开你了，卡罗琳，不过我走之前先跟罗伯
　　　特说两句。正是在这样的时候，一个男人才会珍惜一个女人的

同情。

卡罗琳：噢，你请便吧，伊萨贝拉。我知道你心肠软。[伊萨贝拉
走到罗伯特跟前，将一只手轻轻地放在他的胳膊上。他长叹一
口气，轻轻地拍她的手。她抬起头，温柔地看着他。他们走到
外面的阳台上。卡罗琳和雷克斯都在看这出小喜剧] 又来劲了。
亲爱的伊萨贝拉，她真是豆腐心肠啊。

雷克斯：[阴郁地] 要说有谁需要同情的话，那就是我了。

卡罗琳：有什么不对劲吗？

雷克斯：你怎么能这么问我？噢，卡罗琳，什么都不对劲。我爱你。

卡罗琳：噢，你现在不能跟我说这个，雷克斯——别这么大声。

雷克斯：现在一切都变了。

卡罗琳：我猜也是。我从来没想到过。

雷克斯：你根本没想到过我。噢，卡罗琳，你必定是个无情无义之
人。有谁像我这么无私地爱过你吗？

卡罗琳：目前我有两个男人，一个可谓是手里握着结婚证明，一个
又兜里揣着特殊许可，这确实情况不同了，不是吗？

雷克斯：我的处境简直无可忍受。

卡罗琳：[心满意足地叹一口气] 我就是不可企及的人了。

雷克斯：[自我沉浸地] 噢，我要饱受折磨了。我要痛不欲生了。

卡罗琳：[几乎相同的状态] 我很年轻。我很漂亮。我很抢手。

雷克斯：你根本没把我放在眼里。我爱慕你，卡罗琳。

卡罗琳：[微微地扭开头] 我永远不能爱你，雷克斯。

雷克斯：你非常，非常肯定这一点吗，卡罗琳？

卡罗琳：非常，非常肯定。

雷克斯：[满意地叹口气] 我的心从来没有像现在这样支离破碎过。
我要用一生的时间来弥合了。你这下相信我对你的爱了吧？

卡罗琳：噢，是的。一个女人的直觉是很敏锐的。我知道你爱我。

雷克斯：我将要度过一个又一个无眠的夜晚。

卡罗琳：我不忍心去想象。

雷克斯：而且你也爱莫能助，不是吗？

卡罗琳：爱莫能助。

雷克斯：[兴味盎然地] 我唯有煎熬度日了。

卡罗琳：能有如此爱之胸怀实属了不起。

雷克斯：没错，我就是这么个人。我尚未知晓有任何人能像我这般
忍耐。

卡罗琳：唯有忍耐之人才值得拥有伟大的爱。

雷克斯：你觉得我如果哭起来是不是软弱的表现？

卡罗琳：我不希望你在这儿哭。

雷克斯：噢，不会的。我只要跟你在一起，我都会面不改色心不跳的。
可到了明天早上，如果我的枕头湿透了，我可是一点都不奇怪。

卡罗琳：你有防水的床单吗？

雷克斯：是的。我出远门的时候都会带上。

卡罗琳：[一只手伸给他] 我祝你娶到某位年轻漂亮纯洁的英国
姑娘。

雷克斯：再有点钱？我永远都不会原谅你，卡罗琳。你为什么要伸
出手给我？

卡罗琳：[动情地] 我以为你要离开了。

雷克斯：我不能就这么离开你。我们必须把事情说清楚。我有大堆
大堆的话要对你说。

卡罗琳：暂时别说，雷克斯。我已经被这强烈的情感冲击得精疲力
竭了。

雷克斯：那好吧，我什么时候能再见到你？

卡罗琳：我恐怕这一周都很忙了。

雷克斯：卡罗琳，可怜可怜我吧。

卡罗琳：当然了，如果你今晚没有约会，你可以过来这里吃饭。

雷克斯：我本来今晚就没有约会啊。

卡罗琳：我还以为你要跟伊萨贝拉吃饭呢。

雷克斯：我哪天晚上都可以跟伊萨贝拉吃饭。

卡罗琳：你要是放她鸽子，她不会生气吗？

雷克斯：老实告诉你，卡罗琳，我觉得我跟伊萨贝拉合不来。

卡罗琳：你觉得她太……太柔情似水了？

雷克斯：我亲爱的卡罗琳，她就像大热天里的黄油。免了，免了，
　　　　她的胸口上已经流了太多的眼泪；我不会再去加上我的。

卡罗琳：这样的话，那就八点整晚饭。

雷克斯：我会来赴约的，卡罗琳……如果我没有发生什么不幸的话。

卡罗琳：噢，小心点，我准备了一顿美味的晚餐。

雷克斯：[阴郁地] 你准备的什么菜？

卡罗琳：我准备了一点新鲜的鱼子酱。刚从俄罗斯运过来的。

雷克斯：我什么都吃不下。心情好些的时候，我不否认我喜欢鱼子酱。

卡罗琳：我还准备了一点甲鱼汤。

雷克斯：我可以试着喝点甲鱼汤。

卡罗琳：[温柔地] 晚饭之前都别出事。

雷克斯：我猜你没有准备烤三文鱼？

卡罗琳：没有，是多宝鱼。

雷克斯：[绝望地] 我真是诸事不顺哪。

卡罗琳：另外我还准备了一些刚孵出来的小鸡。这么小就要吃它们，
　　　　似乎有点残忍。

雷克斯：我敢说它们也省下了不少悲伤与难过。

卡罗琳：然后就没别的了，只有一份草莓冰淇淋了。

雷克斯：我不会怀疑自己能否吃下冰淇淋。

卡罗琳：那你要过来咯？

雷克斯：[深深地叹口气] 如果能为你带来哪怕一丝的快乐的话。穿无尾礼服还是正式礼服？

卡罗琳：无尾礼服。

雷克斯：好的。再见。我……我没法跟其他人道别了。我的心绪躁动得可怕。

　　　　[出去。伊萨贝拉听到关门声，回到房间。

伊萨贝拉：雷克斯走了吗？他要载我回家的呀。

卡罗琳：他真是糊涂！我估计他忘了。

伊萨贝拉：那我搭出租车好了。我想让你和罗伯特单独待一起。他情绪相当地沮丧，卡罗琳。

卡罗琳：真的吗？

伊萨贝拉：我尽力安慰了他一下。

卡罗琳：是的，我看到了。

伊萨贝拉：你要对他非常温和才行，卡罗琳。温柔点。

卡罗琳：我永远都不能像你一样找到那些精妙的话语，伊萨贝拉。

伊萨贝拉：他说我天生一副慈悲心肠。

卡罗琳：[叹一口气] 你不知道你是否愿意晚上过来和我吃饭？

伊萨贝拉：我恐怕已经和雷克斯有约了。

卡罗琳：我相信他还没有一半像我这么需要你。

伊萨贝拉：噢，如果你需要我，卡罗琳，我当然会来的。我也是莫名地感觉你今晚会需要我。我们一起好好哭一场吧，宝贝儿。

卡罗琳：噢，那太好了。

伊萨贝拉：那就晚上见了，亲爱的；我想我最好穿一件茶会服。

卡罗琳：噢，是的，茶会服非常合适。八点整晚饭哦。

伊萨贝拉：给我准备一个鸡蛋就好，卡罗琳。

　　　　[她出去。罗伯特回到房间时正好听到她说的最后一句话。

罗伯特：她什么时候要吃一个鸡蛋？

卡罗琳：晚饭的时候。

罗伯特：真是恶心！在哪儿吃？

卡罗琳：这里。

罗伯特：你不是说你邀请了她来吃晚饭吧？

卡罗琳：正是。

罗伯特：你怎么能这么做呢？

卡罗琳：你叫我这么做的。

罗伯特：我从来没有干过这种事。真的，卡罗琳，你太欠缺考虑了。

卡罗琳：我以为你后面想打桥牌来着。

罗伯特：桥牌！你应该知道我尤其想在今天晚上，不是别的晚上，跟你单独相处。相信我，你这样太无情了。

卡罗琳：噢，罗伯特！

罗伯特：我被这人生中最惨痛的挫折打击得踉踉跄跄。我苦不堪言。唯一能安慰我的就是想到跟你单独度过一个宁静的夜晚，我们可以好好谈一谈。你却把那个聒噪女人给捎上了。

卡罗琳：我以为你多么喜欢她呢。

罗伯特：你非常清楚这十年来，我对这世上所有的女人都不感兴趣，只除了你。

卡罗琳：［她开始明白了］噢！［微笑地］很感激你这么说，亲爱的罗伯特。

罗伯特：卡罗琳，我不知道我该如何面对。我感觉我脚下的地都在摇晃。

卡罗琳：你必须要耐心点，罗伯特。

罗伯特：耐心！我已经耐心十年了。好不容易把奖赏捧在手心里，结果它却被夺走了。

卡罗琳：你知道，我之前还预计你听到我丈夫健在的消息会大大松一口气呢。

403

罗伯特：我？我亲爱的卡罗琳，你是脑子坏了吗？

卡罗琳：你今早上并不是那么迫切地想娶我。

罗伯特：瞎说什么，卡罗琳。你非常清楚我一直都迫切地想娶你。

卡罗琳：你是用技巧伪装出来的，罗伯特。

罗伯特：我就老老实实跟你吐露下心扉吧，卡罗琳。一开始我是有点惊慌的。这意味着要开始一段新的生活，要改变我所有的习惯。但那只是很正常的犹豫。当你接受我的求婚，我知道我已经达成了心底最由衷的愿望。卡罗琳，我从来没有像现在这样强烈地想要娶你。

卡罗琳：你难道不觉得我有点老了，过了婚嫁的年纪了吗？

罗伯特：你？

卡罗琳：我有时候会觉得我不如从前那么年轻了。刻毒的人也许会说我已经人到中年，残花败柳了。

罗伯特：简直胡扯！你都还没有到风华最盛的时候呢。

卡罗琳：你确定没有看到我身上的变化？

罗伯特：没有。今天上午我觉得你也许看起来跟你的年纪差不多。但现在，我不知道你怎么了，你看起来光彩照人。你没有化妆吧，是吗？

卡罗琳：噢，没有，我从不化妆。

罗伯特：你看起来只有十八岁。你美得令人陶醉。如果我不是为你痴迷了十年，我今天下午就会坠入爱河。

卡罗琳：听到你这么说，我实在太开心了。

罗伯特：噢，这男人趁我们刚把一切安排好就跑回来，真是恶劣。我想要跟你结婚，卡罗琳。我们为何不采取主动，迫使那坏家伙跟你离婚呢？

卡罗琳：我们已经讨论过很多次了，我们的结论就是不可能。我们的过去，我们现在的处境，还有我们周遭的环境，都在奴役我们。我们逃不掉的，罗伯特。

罗伯特：你意思是说我们只能继续维持现状了？

卡罗琳：你确定我们保持现状不是更开心吗？我们仍然对彼此抱有理想。谁知道婚姻会给我们带来什么痛苦的幻灭？你也许会发现我喜欢卖弄风情，刁钻刻薄。我也许会发现你自私又喜欢享受。

罗伯特：赶紧打住，卡罗琳，我并不自私。我乐于自我牺牲。

卡罗琳：为了自己从不需要做出的牺牲而沾沾自喜，这再愉快不过了。

罗伯特：卡罗琳，你不知道我有多爱你。

卡罗琳：我们的爱已经持续很长时间了，罗伯特。你难道不觉得更亲密的关系也许会给它带来各种摩擦和扭曲，直至其消磨殆尽？人可以对生活提一个合理的要求，就是生活不要将自己一手营造出来的幻象戳破。幻象也许是我们所有幸福的源泉，但即使是幻象，我们也要维持它。

罗伯特：随你怎么说吧，那个男人不可能一直不死。

卡罗琳：他的身体很健康。

罗伯特：下次他再死，我一定拽着你的头发，拖着你去圣坛。

卡罗琳：他会比我们两人都活得长久。我感觉他现在已经过上全新的截然不同的生活。也许他就是我们幸福的必要条件。所以说，我不能衰老，你也会一直爱下去。我的丈夫已经找到。[毅然决然地] 而现在，罗伯特，他永远不会死了。

罗伯特：卡罗琳，我爱你。

　　　　[他将她紧紧拥入怀中。

全剧终

405

面包与鱼①

LOAVES AND FISHES

四幕喜剧

马 丹 译

人物表

崇高的、尊敬的大教堂教士西奥多·斯普拉特
（南肯辛顿区圣格利高里教堂牧师）
斯普拉特伯爵
尊敬的莱昂内尔·斯普拉特
罗克沙姆勋爵
赫伯特·雷林
庞森比
菲茨杰拉德太太
索菲亚·斯普拉特小姐
威妮芙蕾德·斯普拉特
格温多琳·杜兰特
雷林太太
露易丝·雷林

本剧的剧情发生在圣格利高里教堂牧师住所的客厅内。

第一幕

场景：圣格利高里牧师住所的客厅。客厅宽敞漂亮。家具是最时髦的样式，奢华、优雅、昂贵。最显著的是一幅第一任斯普拉特伯爵的全身画像，时任的英格兰大法官①。客厅后方通往另一个房间，当中有拱门相隔。左右两侧均有门。

索菲亚小姐躺在沙发上，读着《双周评论》②。她是个长相俊俏、衣着整洁、表情坚定的妇女。她有点爱讽刺的习惯，偶尔说说风凉话让她心情愉快。她年届五十。

茶具已经在桌上摆好。庞森比端进来一个茶壶和一个水壶。他点燃酒精灯。庞森比是个外表尤为引人瞩目的管家。他的身上集合了议会议员的自信与奢华葬礼上送丧人的庄重。

索菲亚小姐继续读杂志，庞森比完成任务以后退下。不一会儿，莱昂内尔进来。他是大教堂教士斯普拉特的儿子兼助理牧师，索菲亚小姐的侄子。他年轻高大，慵懒的神态，浅色的头发；他的穿着既体面又几乎不像是圣职人员。

莱昂内尔看看索菲亚小姐，又看看茶壶。

莱昂内尔： 茶都准备好了，索菲亚姑妈？

索菲亚小姐： [放下杂志] 看起来差不多吧，莱昂内尔。

   [在后面说话的同时，她开始泡茶。

莱昂内尔： 好大一堆杯子。你有很多客人要来吗？

索菲亚小姐： 我没有。我敢说是庞森比有客人要来。

莱昂内尔：我有时候怀疑是庞森比把客人邀请来的。一般都只有他一个人知道有谁要过来。

索菲亚小姐：要真是他干的，那我只能说他的熟人圈子实在太庞杂了。

莱昂内尔：父亲在家吗？

索菲亚小姐：我想不在吧。他很有可能在某位孀居的侯爵夫人茶桌上探讨简朴的生活。

莱昂内尔：哎呀，喝到茶真是庆幸啊。

索菲亚小姐：你今天很忙吗？

莱昂内尔：不，不是很忙。

索菲亚小姐：你肯定很庆幸自己的报酬是按时计的，不是按件计的。

莱昂内尔：哎呀，我觉得理事该给我加薪了。他给的那份报酬根本请不着别人了。

索菲亚小姐：你的父亲原则上都会对他的助理牧师压低报酬。他觉得这样让他们免受诱惑。

莱昂内尔：理事似乎没有意识到天堂累积再多的财富也无助于支付裁缝的账单。

索菲亚小姐：可你看起来也不像缺衣服的人啊。

莱昂内尔：我不是。所以我才有裁缝的账单。

　　[斯普拉特教士进来。他身材高大，样貌英俊，一头精致的白色鬈发；脸刮得很干净，庄重而沉稳。他清楚自己是个帅气且成功的男人。他的衣服非常得体。

斯普拉特教士：茶准备好了吗？

索菲亚小姐：你该不会要赏光和我们一起吧，西奥多？

---

① Lord high chancellor of England，英格兰衡平法院的首席法官，皇家最高级别的司法官员，也是皇室人员之后排在国民首位的平民。

② *Fortnightly Review*，英国期刊，1865—1954，自由党人约翰·莫利（John Morley）在 1867—1883 年期间担任主编。

斯普拉特教士：[微笑] 如果你不反对的话，我亲爱的。菲茨杰拉德太太到了吗？

索菲亚小姐：菲茨杰拉德太太？

斯普拉特教士：你该不会忘了她今天要过来吧？

索菲亚小姐：噢，天啊，噢，天啊……快去按铃，莱昂内尔！

斯普拉特教士：[略为厉色] 你真是的，索菲亚。

莱昂内尔：[按铃] 她要过来住吗？

斯普拉特教士：她正在修缮她的房子，还没有完全弄好，所以索菲亚非常友好地邀请她过来住，一直住到她能搬进去为止。

索菲亚小姐：幸好你提醒我了，西奥多。

斯普拉特教士：我习惯了提醒你，我亲爱的索菲亚。

索菲亚小姐：你这么英勇地承受着痛苦，西奥多，要是剥夺了你的痛苦该是多么可惜啊。[庞森比进来] 庞森比，菲茨杰拉德太太今天要过来。你去看看房间是不是准备好了。

庞森比：我已经看过了，夫人。

索菲亚小姐：噢，你知道她要过来？

庞森比：我从今天早上的《邮报》看到的，夫人。

　　　　[庞森比出去。

索菲亚小姐：报纸真是聪明。它们什么都知道。

莱昂内尔：自从她的丈夫死后，我就没有见过菲茨杰拉德太太了。

斯普拉特教士：她现在肯定出丧了。

索菲亚小姐：我猜那要取决于服丧适不适合她。

莱昂内尔：她有钱了吗？

斯普拉特教士：据我所知，她的丈夫把所有财产都留给她了。这是他唯一能做的，毕竟他比大家预期的都活得久的多。

索菲亚小姐：有钱的老头丈夫都这样。

莱昂内尔：她嫁给他是为了他的钱吗？

斯普拉特教士：当然不是。菲茨杰拉德太太是一位富有魅力的女性，她骨子里也做不出这样的事来。她嫁给他，顺便嫁给他的钱。

莱昂内尔：你今天忙吗，理事？

斯普拉特教士：我经常都忙，小子。哦对了，你不会忘了明天的两场葬礼吧？

莱昂内尔：噢，不会，肯定不会。

索菲亚小姐：我认识棺材里的吗？

斯普拉特教士：[非常震惊] 我亲爱的，你可真会说话……[眨一下眼] 不过实际上呢，我确定其中一个是我们的鱼贩子。

索菲亚小姐：[心满意足地] 啊，难怪我觉得这几天的鱼都很糟糕呢。

    [庞森比进来通报菲茨杰拉德太太到了。她是一位高挑漂亮的三十五岁妇女。她衣着华丽。服饰上有点半服丧的意味，但也许正如索菲亚小姐所猜测的，她穿这种服饰不过为了好看，而不是为了表示哀伤。菲茨杰拉德太太让人感觉是个非常注重自己优势的女人，自信且幽默感十足。

庞森比：菲茨杰拉德太太。

    [庞森比出去。她走到索菲亚小姐面前，亲吻她。

菲茨杰拉德太太：终于到了！我这一路上真是累坏了。

索菲亚小姐：我很高兴见到你，玛丽。

菲茨杰拉德太太：我亲爱的索菲亚，感谢你让我过来住几天，你真好。

斯普拉特教士：我希望英国工匠的迟缓能迫使你给予我们至少一周的温馨陪伴。

菲茨杰拉德太太：[与他握手] 如果我想要把换洗的衣物送出去的话。

斯普拉特教士：我恳请你大胆一试。

菲茨杰拉德太太：[他握住她的手] 见到你总是让我感觉年轻了十岁，亲爱的教士。

斯普拉特教士：啊，别这么说，我会感觉像是你的父亲一样。看看我的头发都白成什么样了。

菲茨杰拉德太太：[微微一笑] 很适合你。

索菲亚小姐：[微笑] 我亲爱的玛丽，别一来就跟他打情骂俏啊。

菲茨杰拉德太太：[毫无顾忌地] 我忍不住啊。教士激发了我所有更底层的本能。

斯普拉特教士：啊，你这么说，只是因为你认为我年岁渐长，很是安全。

菲茨杰拉德太太：哦，这我可不知道啊。英俊的男人到了刚刚有点白头的年纪才是最危险的。

斯普拉特教士：你还记得莱昂内尔吗？他是我在圣格利高里的助理牧师，你知道。

菲茨杰拉德太太：自从我上次见到你，你又长大了呢。

莱昂内尔：只是在恩典中成长而已。

斯普拉特教士：我必须告诉你，莱昂内尔在认真地考虑结婚的事。

莱昂内尔：[脸红了] 我吗，父亲？你到底在说什么？

斯普拉特教士：有只小鸟悄悄跟我说，爱神丘比特为你忙活半天了，莱昂内尔。好了，好了，你可不能对你的老父亲有所隐瞒啊。

莱昂内尔：我确实不知道你的意思。

斯普拉特教士：你难道要否认你对格温多琳·杜兰特小姐有点——有点青眼相加吗？

索菲亚小姐：格温多琳？

莱昂内尔：[尴尬地] 我非常欣赏她，父亲，但我没跟她透露过半点。我没理由相信她钟情于我。

斯普拉特教士：上帝啊，求爱可不是这样的，我的儿。我在你这个

岁数的时候从来不问一个年轻姑娘会有什么理由钟情于我。胡
扯些自惭形秽的话简直是愚蠢。

莱昂内尔：但我还没有下定决心。

斯普拉特教士：那就赶紧下吧，我的儿，正是你该成家立室的时候
了。别忘了一个古老而光荣的姓氏还指望着你。你的伯父现在
是不太可能结婚了。你的职责就是生一个男孩来继承头衔，而
且我相信杜兰特家很容易生男孩。

菲茨杰拉德太太：[被逗乐了] 我亲爱的教士，你考虑得可真周到。

莱昂内尔：[拿出怀表] 我必须走了。我还有好多事要做。

斯普拉特教士：记住我跟你说的，莱昂内尔。胆小永远追不到好
姑娘。

莱昂内尔：你用不着戏弄我，父亲。

　　　　[莱昂内尔出去。

菲茨杰拉德太太：你把那可怜的孩子给赶跑了。

斯普拉特教士：我对莱昂内尔不是完全的满意。他太温吞了。他还
不及他父亲一半的男子汉气概。

菲茨杰拉德太太：[微笑] 再跟我说说杜兰特小姐呢。她不会是酿酒
师的女儿吧？

斯普拉特教士：[非常抱歉地] 如今的世道跟我小时候不一样了。现
在每个人都要染指某块商业的蛋糕。

菲茨杰拉德太太：那她就是酿酒师的女儿了？

斯普拉特教士：我从不否认。

索菲亚小姐：我不应该觉得这是完全符合你心意的结合吧，西奥多。

斯普拉特教士：我亲爱的，我不希望你认为我是个自私自利的人，但
本来就有许多优秀的姑娘，以及更多优秀的姑娘。而那些拥有
六七万英镑的优秀姑娘也不是长在每个醋栗丛上面任人采摘的。

　　　　[庞森比进来。

庞森比：［对索菲亚小姐］有电话找您，夫人。

索菲亚小姐：哦，好的。

　　　　　［她起来，出去。庞森比出去。］

斯普拉特教士：你有机会自己看看对那位年轻姑娘有什么感想。我已经叫了威妮带她过来喝茶。

菲茨杰拉德太太：噢，跟我说说威妮吧。

斯普拉特教士：我宁可跟你说说你。

菲茨杰拉德太太：我亲爱的朋友，我们彼此认识太久了。

斯普拉特教士：这又有什么关系呢？

菲茨杰拉德太太：你想要奉承我，但奉承话要好听也必须让人至少短暂地相信那是出自真心的。

斯普拉特教士：我从不奉承，而且我一直都是真心的。

菲茨杰拉德太太：我从不向你隐瞒我对你的看法，我相信你是我见过最热衷于撒谎的人。

斯普拉特教士：你一下子让我放松了。

菲茨杰拉德太太：不过呢，如果你非说不可，你也可以试试。

斯普拉特教士：试什么？

菲茨杰拉德太太：你挂在嘴边的赞美啊。

斯普拉特教士：［脱口而出］我觉得你每天都在变得更美。

菲茨杰拉德太太：你倒是很会直奔主题地讨好一个青春不再的寡妇。

斯普拉特教士：冰雪聪明如你，拐弯抹角只会浪费时间。

菲茨杰拉德太太：［甩甩双手］噢，你千万小心，不然就过头了。

斯普拉特教士：我亲爱的女士，我才刚刚进入状态。

菲茨杰拉德太太：那幸好索菲亚也刚刚回来。

　　　　［菲茨杰拉德太太话音未落，索菲亚小姐走进房间。］

索菲亚小姐：威妮刚才打电话来说她要带雷林先生过来喝茶。

菲茨杰拉德太太：雷林先生是谁？

索菲亚小姐：噢，他是西奥多的最新发现。

斯普拉特教士：他是个聪明绝顶的年轻人，我觉得他会对我帮助很大。

索菲亚小姐：你的行为总是受到如此无私动机的驱使，西奥多。

斯普拉特教士：自助者天助也，索菲亚。

菲茨杰拉德太太：若是如此，上帝必定异乎寻常地忙碌。

斯普拉特教士：雷林先生目前算是一名基督教社会主义者。他在上次选举中竞选工党的席位，可惜并未入选。我认为他很有前途，同时也深感有责任对他予以鼓励。眼下社会主义在国内发展势头猛烈，枝叶伸展到社会各个阶层，我们深感有必要将之团结到教会中来。

索菲亚小姐：[温和地抗议] 西奥多，我们就这几个人。

斯普拉特教士：[对抗议不予理睬] 我最为自豪的品格就是与时代发展保持同步。任何进步性的社会运动都能获得我热情的支持。我的父亲，已故的英格兰大法官 [同时手臂朝肖像一挥] 就是首先预见到人民的力量即将强大起来的人士之一。而且我很骄傲地认识到，我的家族始终与未来同行。进步就是我们永恒的格言。进步与发展万岁。

　　[教士正大发言论，斯普拉特伯爵进来了，静静地听着。他是个高大敦实又聪明的男人，年约五十出头。他的穿着十分讲究，很有爱马人士的风格。

斯普拉特伯爵：你说得好像我们在诺曼征服 ① 的时候就来了，西奥多。

斯普拉特教士：[隆重而夸张地] 有请我们的家族领袖，托马斯，大

---

① 原文 the Conquest，应该指 1066 年开始的由诺曼底公爵威廉为首的法国封建主对英格兰的征服。

不列颠岛及爱尔兰联合王国 ① 第二任比奇康博-斯普拉特伯爵、莱灵顿子爵、斯普拉特男爵。

斯普拉特伯爵：[与菲茨杰拉德太太握手] 闭嘴了，西奥多。

斯普拉特教士：请问你一句，你就从来不在伯克或者德布雷特的贵族名谱 ② 上查阅斯普拉特的名字吗？

斯普拉特伯爵：经常都查。我发现如果体育报纸上没什么可看的，这些名谱年鉴倒是非常好的退而求其次的选择。它们是我最喜欢的虚构作品。但不是特别的有劲，西奥多。斯普拉特家族的男人都没有祖先参加过黑斯廷斯战役 ③。

斯普拉特教士：我的父亲，他那个时代最伟大的律师，毫无保留地相信家族的族谱。

斯普拉特伯爵：他这么相信族谱，必定是个相当天真的笨老头。我从未见过有谁像他这样的。而且老实说，我不知道为什么一个姓斯普拉特的男人还会有姓蒙莫朗西的祖先。

斯普拉特教士：据我推测，即使你在牛津只是短暂逗留，你也应该有足够的自然历史知识，知道每个男人都会有一个父亲。

斯普拉特伯爵：西奥多，如果一个姓斯普拉特的男人有一个姓蒙莫朗西的父亲，那最好避而不谈吧。我也许太较真了，但这确实对我而言并不道德。

---

① The United Kingdom of Great Britain and Ireland，即大不列颠王国和爱尔兰王国于 1801 年 1 月 1 日根据《联合法案》(*Act of Union*) 成立的君主立宪制国家。1921 年 5 月 3 日，英国政府将爱尔兰划分为北爱尔兰和南爱尔兰；1927年 4 月 12 日联合王国更名为"大不列颠及北爱尔兰联合王国"。

② 《伯克贵族名谱》《德布雷特英国贵族年鉴》均为常年更新的记载英国贵族信息的书籍。

③ Battle of Hastings，1066 年 10 月 14 日，英国国王哈罗德二世与诺曼底公爵威廉的军队在英国的海滨城市黑斯廷斯进行的战役，最终威廉获胜，确立诺曼底人对英国的统治。

斯普拉特教士：你玩笑开错了地方，托马斯，而且拿捏也不准确。

你冷嘲热讽的这段血缘关系实际是相当清楚无误，且相当可贵可敬的。在一六三一年，奥布里·德·蒙莫朗西娶了……

索菲亚小姐：噢，西奥多，西奥多，别老生常谈了吧。

[庞森比拿进来《标准晚报》，递给了教士。

庞森比：晚报到了，先生。

斯普拉特教士：啊，谢谢。

索菲亚小姐：噢，西奥多，我有个消息可以让你开怀大笑。科尔切斯特主教今早上去世了。

斯普拉特教士：托马斯，你祈求自己说话能更恰如其分吧。[看着报纸]啧，啧，啧。真是不幸。但他毕竟已经身体欠佳好长一段时间了。这相当于一种愉快的解脱。

索菲亚小姐：我见过他一次。我觉得他是个才思敏捷的人。

斯普拉特教士：你说科尔切斯特主教？我亲爱的索菲亚。哎呀，当然了，我可不希望在他过世之后还要说他的坏话，可怜的家伙；但就我们私底下讨论的话，非要实话实说的话，他纯粹是个老态龙钟、反应迟钝的老家伙。而且还没有任何的家族背景。

菲茨杰拉德太太：我在想谁会接替他的位置。

斯普拉特伯爵：你到时候看起来就很像是穿紧身裤的纨绔公子了，西奥多。[对索菲亚小姐]你说是不？

索菲亚小姐：我亲爱的汤米，我有四十年没见过他的腿了。

斯普拉特教士：真是不凑巧，那可怜的老家伙竟然在我跟帕特里夏·皮尔斯夫人共进晚餐的当天去世的。

斯普拉特伯爵：那位夫人又是谁？

斯普拉特教士：老天，你怎么不去研究下你的名谱？她可是首相最小儿子第二任妻子的姻母。所有基督教会的赞助都掌握在她手里。

斯普拉特伯爵：我希望你在没有完全确认好高尔夫球场之前不要接

受任何的主教职位。

斯普拉特教士：[讽刺地] 我会向首相禀明，我荣升主教职位的必要
条件是一个十八洞的高尔夫球场。

　　　[前门传来门铃声。

索菲亚小姐：可能是威妮。她这会儿该回来了。

斯普拉特伯爵：她去哪儿了？

斯普拉特教士：她到一个禁酒宣讲会听我们的朋友雷林先生演讲
去了。

菲茨杰拉德太太：听起来很振奋。

斯普拉特伯爵：我说，威妮到底怎么了？她那天借给我一本书，叫
《社会主义的未来》。看起来极其有教育意义。

索菲亚小姐：你读了吗？

斯普拉特伯爵：我避免受到教育。

斯普拉特教士：你一张口就听得出来。

　　　[威妮连同格温多琳·杜兰特、赫伯特·雷林一起进来。威
妮是个二十一岁的漂亮姑娘，肤色白皙，穿着非常时尚的长裙。
她唇红齿白，纯洁无瑕。格温多琳个头略高，更有点慵懒的神
态，但也几乎与威妮一样的纯真；她年纪稍长一两岁。赫伯
特·雷林在各个方面都与两个姑娘形成鲜明的对比。他拥有十
分显著的、炫耀性的俊美外表，对女性颇具吸引力。他肤色暗
淡，眉清目秀，富有青春浪漫的气息。他长发飘飘，蓝色哗叽
套装宽松地笼在身上，尽管是明显的成品制衣，他整个人的气
质更像是一个希腊美男子，而非任何现代年轻男性可堪想象的。
他的领带潦草地系着。他身处陌生人当中却没有丝毫的羞涩感，
反而容易带着点高傲来看待众人。

威妮：我们简直想喝茶想疯了。噢，菲茨杰拉德太太。

　　　[一阵寒暄。威妮亲吻菲茨杰拉德太太和她的伯父，斯普拉

特伯爵。格温多琳与索菲亚小姐握手。

格温多琳：我只能待一会儿。已经很晚了。

威妮：[对雷林] 你认识我伯父吗?

斯普拉特伯爵：[与雷林握手] 幸会。

斯普拉特教士：很高兴见到你，雷林先生。非常抱歉我不能参加你的宣讲会。我必须跟德·卡皮特夫人共进午餐，拜会瓦特伯格－霍斯泰因公主殿下。一个圣职人员的时间从来不属于他自己。

斯普拉特伯爵：人们经常忽略，即使是公主殿下也会有精神上的困扰。

斯普拉特教士：[对菲茨杰拉德太太] 请务必允许我向你介绍雷林先生。

菲茨杰拉德太太：幸会。

斯普拉特教士：雷林先生即是那本街谈巷议的《社会主义的未来》一书的作者。

菲茨杰拉德太太：我恐怕这书听起来对我太深奥了。

雷林：圣－迩明斯公爵夫人告诉我，她觉得这本书跟小说一样精彩。

斯普拉特教士：你的宣讲会办得成功吗?

威妮：[热切地] 你应该看看听众的反应，爸爸。雷林先生讲话的时候，你连一根针掉到地上都听得到，等他讲完之后，现场爆发出雷鸣般的掌声，我感觉连屋顶都要被震下来了。

雷林：听众都很善意，很会欣赏。

斯普拉特教士：听众被口才所打动是何等的了不起。你一定要来听听我的布道才行。

雷林：我欣然从命。

斯普拉特教士：进步与发展是我永恒的格言。但凡有为工人阶级谋求利益的社会运动兴起之时，我的家族也总是站立在潮头。

斯普拉特伯爵：从蒙莫朗西时代开始，一直到我们的父亲，已故的英格兰大法官。

斯普拉特教士：正如我的兄弟恰到好处地提示我的，我的祖先奥布里·德·蒙莫朗西在一六四二年为人民的自由战斗时牺牲了。他的第二个儿子，罗杰·德·蒙莫朗西，也是我们的直系祖先……［索菲亚别有用意地咳嗽，但教士继续坚定地说下去］……被詹姆斯二世 ① 枭首，因为他反叛了那个专制的天主教政权下的暴君统治。

索菲亚小姐：格温多琳正等着你做个停顿，她好溜之大吉呢，西奥多。

斯普拉特教士：［握住格温多琳的一只手］我们这就要和你分别了吗？我还没来得及跟你说一句话。

格温多琳：父亲今晚要在持证售酒商的集会上讲话，他想让我过去听听。

斯普拉特教士：你已经很慷慨了，至少让我们一睹了你的芳容。

格温多琳：你总是说这么动听的话，教士。

斯普拉特教士：只对可爱的人儿说。

格温多琳：［对雷林］再见了。我非常喜欢你的演讲。

雷林：我希望我的演讲有说服力。

格温多琳：噢，对我而言不行，因为我是靠卖酒为生的。不过父亲常说，适当饮酒的人比习惯性酗酒的人付钱多得多。

雷林：我们就是要转变适当饮酒的人。习惯性酗酒的人，我们可以通过法令来约束。

格温多琳：我猜你也不会放着父亲的新轿车不坐，非要坐公共汽车过来吧。再见了。

雷林：［在她出去的同时］我发现我们刚刚失去了禁酒事业中最为热

---

① James II，1633—1701，苏格兰的詹姆斯七世，是最后一位信奉天主教的苏格兰、英格兰及爱尔兰国王。

忧的斗士之一。

斯普拉特教士：啊，没错。科尔切斯特主教。我很了解他。非常好的人。

雷林：失去他将是一个重大的损失。

斯普拉特教士：噢，损失重大。我一听说这个噩耗就不禁悲从中来。

斯普拉特伯爵：我发觉你把自己的情感控制得很好，西奥多。

斯普拉特教士：[不予理睬] 我刚才还在跟索菲亚称赞他是多么才思敏捷的一个人。

雷林：有传言说您会接替他的位置，斯普拉特教士。

斯普拉特教士：我？要把我从圣格利高里教堂撬走得费很大的劲。你从哪里听说的？

雷林：有两三个人向我提起过。

斯普拉特教士：不敢相信呀，不敢相信。竟然有人会想得到。

雷林：我不知道教堂这边要是离了您该怎么办。

斯普拉特教士：不消说，这世上没有人是离不了的。

斯普拉特伯爵：西奥多，你太谦虚了。

斯普拉特教士：况且我并不认为自己适合接管科尔切斯特主教负责的那么庞大而重要的教区。

菲茨杰拉德太太：[起身] 我想我还是回房间去了。我太累了。

斯普拉特教士：要小睡一会，我亲爱的夫人？你长途跋涉一天了，对吧？虽然你看起来依然精神焕发，跟抹了颜料似的。

菲兹杰拉德太太：[微笑着搓自己的脸颊] 这可擦不掉。

索菲亚小姐：我带你过去吧，好吗？

菲茨杰拉德太太：有劳了。[同雷林握手] 再会。我会专门拜读大作的。

雷林：非常感谢。

　　　[菲茨杰拉德太太向斯普拉特伯爵点头示意之后便出去了，

索菲亚小姐陪同。教士注意到雷林朝大法官的肖像瞥了一眼。

斯普拉特教士：啊，我看到你在欣赏米莱为我父亲画的肖像。很慈
祥的老头，对吧？劳驾移步，我带你看看萨金特 ① 为我本人画的
肖像。在这里。

雷林：我非常乐意。

　　[他们走进内室，但仍然在视线范围内。教士比比划划地介
绍着画作的优点。只有斯普拉特伯爵和威妮两人留在客厅。

威妮：你觉得雷林先生怎么样？

斯普拉特伯爵：他身上的精神气质是我唯一无法欣赏的类型。

威妮：你具体指什么呢？

斯普拉特伯爵：热心公益的精神。

威妮：[不耐烦地耸耸肩] 我想听你的正经意见。

斯普拉特伯爵：他是那种在袖口上涂涂写写的人。如果他的袖口可
以脱卸的话，我可是一点都不奇怪。

威妮：我不明白为什么一个男人的袖口不能像女人的头发那样可以
经常取下来。

斯普拉特伯爵：我明白。那团红褐色的毛发是向我们男人的优越性
致敬的标志。它代表了一个可爱的女人渴望成为男人眼中尤物
的卑微心理。而可脱卸的袖口不过是经济节省地使用衬衫。

威妮：我觉得他是我这辈子见过最了不起的男人。

斯普拉特伯爵：我的天，你说真的！你跟你父亲提过没有？

威妮：[叛逆地] 没有。不过我打算提的。

斯普拉特伯爵：我不知道你那句话意味着什么。

威妮：你们都以为我是个孩子。没有人要把我当成一个成年女性的

---

① 应该指英国著名的肖像画家约翰·辛格·萨金特（John Singer Sargent，
1856—1925）。前文的米莱应该指十九世纪的英国画家约翰·埃弗里特·米
莱（John Everett Millais，1829—1896）。

425

样子。

斯普拉特伯爵：我发觉你们女性总是在有犯傻的冲动时说别人误解了她。

威妮：为什么袖口不能脱卸？

斯普拉特伯爵：我亲爱的，根本没有为什么。就像我无法找出你为什么不用刀子吃豌豆，或者你为什么不去暗杀自己的祖母一样。我只是觉察到有回避这些做法的嫌恶心理而已。

威妮：如果你听到他演讲，你就不会在意这么细枝末节的小事了。

斯普拉特伯爵：那他激动起来或者紧张的时候也不那么在意自己吞掉的 H^① 了，我没说错吧？

威妮：总之他是我见过的最了不起的绅士。

　　[庞森比进来，等斯普拉特教士和雷林从内室出来时，向他们致意。

庞森比：罗克沙姆勋爵到了，先生。

斯普拉特教士：噢！……[他瞄了雷林一眼，显然是希望他离开客厅] 你把他带到书房去了吗？

庞森比：是的，先生。

斯普拉特教士：好吧……请他稍等片刻。

庞森比：好的，先生。

　　[雷林眼见斯普拉特教士有事在身，伸出一只手。教士欣慰地抓住手。

雷林：我想我该告辞了。

斯普拉特教士：怎么，这就得走了？好吧，好吧，我估计你是很忙的。

雷林：[与斯普拉特伯爵握手] 再会。

斯普拉特教士：[催促着他] 你一定要再来探望我们，尽快地。我想

---

① 受教育程度不高的英国人会在说话时吞掉单词开头的 H 的发音。

和你好好畅谈一番。噢，庞森比。

[教士走到庞森比跟前，开始小声嘀咕。斯普拉特伯爵拿起晚报来作为掩饰，一边观察着雷林和威妮道别。

威妮：再见了。你看他们也不是很可怕的。

雷林：他们都很亲切。

威妮：我就知道他们都会喜欢你的。我明天再和你见面了，好吗？

雷林：那我就什么都不想，只等着和你见面。

威妮：我必须再次向你表达，你为我所做的一切，我感激不尽。

雷林：我没有为你做过什么。

威妮：我想要帮助你的事业。我希望和你并肩奋斗。

雷林：如果我今天发言不错，那是因为我感觉到你的目光聚集在我的身上。

威妮：再见了。

[雷林出去，斯普拉特教士再次与他热情地握手。

斯普拉特教士：再会，再会。请你务必过来听我布道。啊，索菲亚来了。

[索菲亚小姐进来。

斯普拉特教士：雷林先生不愿再浪费时间在我们身上了。我正提醒他务必来听我布道。

索菲亚小姐：[面带微笑地握手] 噢，没错。

斯普拉特教士：你很久没来听我布道了，托马斯。

[雷林出去。

斯普拉特伯爵：我亲爱的西奥多，我就没听你说过别的。

斯普拉特教士：这可不像你自己说的，托马斯。

斯普拉特伯爵：现在流行社会主义，我只有自给自足地编笑话才是真情流露。

斯普拉特教士：那家伙真是聪明。我非常欣赏他。格外的才思敏捷，对吧，索菲亚？

索菲亚小姐：我亲爱的西奥多，我如何判断得了？你都没让他插上一句话。他看起来是个聪明的倾听者。

斯普拉特教士：索菲亚，我也许考虑不周，但从来还没有人批评我交谈的时候过分占用了时间。我估计他是有点害羞了。

索菲亚小姐：我估计也是。

斯普拉特教士：[转向他的女儿] 噢，威妮。我不知道你是否介意帮我拿一下《泰晤士报》。就放在书房里的。

威妮：当然不介意。

　　　　　　[她向门口走去，又突然停下来。

威妮：庞森比刚才不是说罗克沙姆勋爵在书房的？

斯普拉特教士：[微笑] 他说过。

威妮：但是……

斯普拉特教士：我要是没有误解得太离谱的话，他在书房等着见你。

威妮：见我？他有何目的呢？

斯普拉特教士：[向她走去，伸出一条手臂搂住她的肩膀] 他会亲自告诉你的，我的宝贝儿。

威妮：[退缩] 可我不能见他。我不想见他。

斯普拉特教士：[把她带到门口] 我亲爱的，你必须见他。我不太明白，你居然会有点别扭呢……

威妮：[打断他] 不过，我必须优先跟你说明。我要解释一下。

斯普拉特教士：[和颜悦色地] 没什么要解释的，我亲爱的。我都知道了。你也不必紧张。我完全赞成你的做法。

威妮：看在上帝的分上，让我把话说完。

斯普拉特教士：来吧，来吧，我亲爱的。你必须鼓起勇气。没什么好担心的。像个好姑娘一样的下楼去，我敢说你会带着罗克沙姆勋爵一块上来的。

[他打开门，几乎是把她推出去的。然后他回来，搓着双手，呵呵笑着。

斯普拉特教士：有点少女的矜持。非常好。非常美妙。看起来实在可爱啊，我亲爱的索菲亚，一个典型的娇滴滴的英国姑娘，满脸都是纯情的羞红。

索菲亚小姐：胡说八道，西奥多。

斯普拉特教士：[心平气和地] 你什么都看不惯，我亲爱的。这个严重的缺点，我应该建议你改正。

索菲亚小姐：[傲慢地抬起头] 我请求你不要对我说教，西奥多。

斯普拉特教士：没有男人会成为自己祖国的先知。没有男人是自己仆从的英雄。

斯普拉特伯爵：我感觉你可以就此话题做一次动人的布道，西奥多。

斯普拉特教士：托马斯，我希望你以你的官方身份来听我说，如果我能这么称呼的话。作为家族的首领……

斯普拉特伯爵：[打断] 我亲爱的西奥多，仅仅出于礼貌来讲。我并不配……

斯普拉特教士：这是显而易见的事实，无需你重申。但如果此时此刻，我们家族的事务到了利害攸关的地步，而你能够竭尽所能地采取沉着稳重的态度，那我就感激不尽了。

斯普拉特伯爵：老天，我真希望穿上自己的加冕官服。

索菲亚小姐：继续说，西奥多，别吊我们的胃口。

斯普拉特教士：好吧，你们俩听到这消息一定会高兴的——罗克沙姆勋爵已经请求我同意他向威妮大献殷勤了。

斯普拉特伯爵：然后你求之不得地满口答应：请便吧。

斯普拉特教士：[冷冰冰的] 我告知他我并不反对他成为我的女婿，并且询问了他的境况。

斯普拉特伯爵：询问个头啊，人人都知道他每年进账三万英镑。

429

斯普拉特教士：[不理睬他的兄弟] 最后我向他透露说，我相信威妮真挚地青睐于他。

斯普拉特伯爵：你个狡猾的老狐狸，西奥多。

斯普拉特教士：我并不指望你能稳重地应对此事，托马斯。我仅仅是出于对家族领袖强烈的责任感才要求你在场聆听的。

斯普拉特伯爵：[毫无愧色] 少来了，西奥多。你非常清楚我们这样的人都差不多只够给罗克沙姆擦鞋的份儿。第二十一任罗克沙姆勋爵可是背靠着半个郡的家产，他跟第二任的斯普拉特伯爵可是天壤之别啊。

斯普拉特教士：[十分庄重地] 我希望你完全明白，托马斯，我非常不赞同你在提到我们家族时喜欢做出来的那种嗤之以鼻的态度。我为曾经是英格兰大法官的父亲骄傲，也为那位出色的银行家爷爷骄傲。

索菲亚小姐：胡说八道，西奥多。你明知道我们的爷爷是个证券经纪人，而且还是个很不守规矩的经纪人。

斯普拉特教士：他根本不是这样的人。他是个极为高雅、有涵养的绅士。

索菲亚小姐：我对他印象很深刻。我们家经常在开完聚会的第二天叫他过来一起吃剩下的食物。我肯定，直到他过世下葬的那天，都没有任何人认为他是个出色的银行家。

斯普拉特伯爵：说证券经纪人没错。而且我确信那个老家伙还要放一点高利贷。没必要哄骗别人，西奥多，别人不会相信我们。

索菲亚小姐：[饶有兴趣的] 那证券经纪人的老爸又如何呢，西奥多？

斯普拉特伯爵：那就该轮到蒙莫朗西家的事儿。

斯普拉特教士：[尤为庄重地] 我承认我并不十分清楚我的曾祖父是什么样的人。但我知道他是位绅士。

索菲亚小姐：我亲爱的，我经常都在暗地里想他是个卖蔬菜水果的。

斯普拉特伯爵：啊，这可比蒙莫朗西要好，我的天。我们的祖先，一个蔬果贩子，来到贝德福德广场的家宴上等候，趁没人注意的时候偷偷喝一口老雪利酒。

斯普拉特教士：我希望，托马斯，你能够明智且稳重地对罗克沙姆回避这些言论。他对这些事十分敏感。

斯普拉特伯爵：顺便问下，假如威妮拒绝了他，你又该当如何呢？

斯普拉特教士：什么？不可能！她怎么会拒绝？他是个非常适合的年轻人，而且他得到了我充分的认可。

斯普拉特伯爵：可万一她要想嫁给那个信奉社会主义的家伙？

斯普拉特教士：年轻的雷林吗？荒谬。

斯普拉特伯爵：你觉得荒谬吗，索菲亚？

索菲亚小姐：［耸一耸肩］她是她父亲的女儿。

斯普拉特教士：我的女儿知道对自己负责，对家庭负责。她虽然年轻，但仍然懂得自尊，我真希望你们也有这份自尊心。记住我们的家训：宁死不辱。

斯普拉特伯爵：我总觉得这家训让我们付出了过高的代价。

斯普拉特教士：当然啦，稍微有点兴致，你的下流玩笑就来了。

斯普拉特伯爵：我亲爱的西奥多，我也是从咱们家族的传统中汲取的灵感。

索菲亚小姐：我记得很清楚，我们的父母在我们商量盾徽的时候怎么说的。妈妈认为我们的盾徽应该是一头昂首俯卧的狮子，可爸爸却说：哎呀，夫人，我要是没有让我的党派站起来，那我绝不可能当上大法官的。我要有一头站立的狮子，去他妈的纹章院 ①。

---

① 原文 College of Heralds，或为 College of Heraldry，指英国纹章院，成立于 1484 年，负责英国官方纹章的设计、颁布和记录。

斯普拉特教士：我觉得这故事毫无意义，索菲亚。我们家族的盾徽跟英格兰半数大家族的盾徽一样都是真的。

索菲亚小姐：[微笑] 噢，一样。我很清楚这点。

　　　　[威妮进来。她脸色苍白，闷闷不乐。教士走到她身边，张开双臂拥抱她。

斯普拉特教士：啊，我的孩子，我的孩子……罗克沙姆勋爵人在哪儿呢？你为何不邀请他一起上楼？

威妮：[挣脱出来] 爸爸，罗克沙姆勋爵向我求婚了。

斯普拉特教士：他事先得到了我充分的认可的。

威妮：而我——我不得不老实说。我拒绝了他，爸爸。

斯普拉特教士：[惊退] 什么！你在开玩笑吧。噢，这是个错误！我不允许这样的错误。他人在哪儿？

　　　　[他朝门口走去。

威妮：[迅速地] 你要干吗？他已经走了。

斯普拉特教士：[铁青着脸转身回来] 我猜你是在开玩笑的，威妮。我可是被这些幽默方式弄得一头雾水。

威妮：我已经订婚了。

斯普拉特教士：你……？和谁订的婚，请问？

威妮：我和伯特伦·雷林订的婚。

斯普拉特教士：我的上帝！

　　　　[斯普拉特伯爵扑哧笑了一声。

斯普拉特教士：[气愤地转向他] 我认为我们在你不在场的时候能更好地处理此事；我很遗憾我不能指望从你身上获得支持或者同情，或者任何贵族绅士自然会流露出来的情感。你若能动身离开，我定感激不尽。

斯普拉特伯爵：[心平气和地] 没问题，西奥多。我可不想你要当着我的面败露家丑。再见了，索菲亚。

[他亲吻索菲亚小姐。当他走向斯普拉特教士，想要和他握手时，教士气愤地转开。斯普拉特伯爵微笑地走到威妮跟前，一只手放在威妮的肩头。

斯普拉特伯爵：别担心，威妮，大姑娘。你嫁给你想嫁的男人，不要被骗去和另外的人结婚。我一直都会在你的背后支持你，不论什么不合情理的事儿。

威妮：这并不是不合情理的。

斯普拉特伯爵：顺便说下，婚礼的时候不要让他穿长礼服。我觉得他的腿有点太短。他穿长礼服看起来就显得矮墩墩的。

威妮：你觉得他会在乎自己穿什么吗？他内心的灵魂已经超越了外在的服饰。

斯普拉特伯爵：看到他那身服饰，我就知道了他拥有那样的灵魂。

[对斯普拉特教士] 我耽误你时间了吗？

斯普拉特教士：我不能指望你相信我的时间会比你的更为宝贵。

斯普拉特伯爵：好吧，再会。我希望你们都能度过非常愉快的半小时。

[他出去。

斯普拉特教士：现在说说看，这些到底是什么意思，威妮？我应该认为你是认真的吗？

威妮：非常认真。

斯普拉特教士：这整件事都荒谬至极。你是想严肃认真地告诉我你和一个身无分文、寂寂无名的耍笔杆子的订婚了？

威妮：你这么说他太不公平了，父亲，他已经写出了《社会主义的未来》。

斯普拉特教士：傻子都能写一本书。一个聪明人不要……一个谁也不了解的男人。一个无赖，一个流浪汉。

威妮：爸爸，你自己亲口说的他是个才华出众的人。你说你很欣

433

赏他。

斯普拉特教士：那只能说明我修养好啊。一个母亲把她襁褓里的婴儿拿给我看，我说那是个漂亮的孩子。我并不觉得那孩子漂亮，我还觉得他奇丑。我没法区分婴儿的长相，但我向母亲肯定那孩子就是跟他父亲一个模子刻出来的。这不过就是日常的礼貌而已啊……你们的荒唐事进展有多长时间了？

威妮：我昨天才跟他订婚的。

斯普拉特教士：你看看，索菲亚，我在这件事上都没有被征询过意见。

索菲亚小姐：〔温和地〕别不讲理了，西奥多。

威妮：噢，你难道不明白吗，父亲？你不能想象他为我做的一切。他教给我所有的知识。他让我成为了今天的我。

斯普拉特教士：你享受他的特别关照多久了？

威妮：六个星期。

斯普拉特教士：漂亮。

威妮：我曾经是个愚昧无知的女孩，就跟其他姑娘一样。我得到了一顶适合自己的帽子都会高兴一个星期。后来我遇见了他，一切都改变了。他把我从一个傻妞变成了一个女人。我为他骄傲，也对他心怀感激。他是我所认识的第一个真正的男人。

斯普拉特教士：我想知道你在他身上发现了什么品质是罗克沙姆或者——或者你的父亲所不具备的？

威妮：我不爱哈里·罗克沙姆。

斯普拉特教士：胡说八道！你这样年纪的女孩根本不知爱为何物。

威妮：哈里·罗克沙姆想要他的妻子成为一个奴隶，一个他疲惫或者厌倦时的玩物。我想要成为一个男人的伴侣。我想要和我的丈夫并肩奋斗。

斯普拉特教士：听到你有这样的想法，我很意外，也很震惊，威妮。

我以为你是个更谦虚谨慎的人。

威妮：你不会明白的，父亲。你难道没有发现我有我自己的生活，而且我必须以自己的方式来生活吗？

斯普拉特教士：你彻底落后于时代了，我可怜的孩子。新式女性就跟渡渡鸟一样销声匿迹了。你的想法不仅幼稚，而且还是中产阶级特色的，听得我浑身难受。

威妮：你这是在严厉地打击我，爸爸。

斯普拉特教士：别傻了。我不可能逼迫你嫁给罗克沙姆勋爵。我也远没有想过要去介入你的情感。我承认这是个莫大的失望。不过我把它当作上帝的意旨，我要竭尽所能地接受它。但我非常确信你要嫁给伯特伦·雷林并不是上帝的意旨。那家伙不过是个攀高结贵之徒。

威妮：这不是真的，父亲。

索菲亚小姐：[心平气和地] 我觉得你没必要这么针锋相对地顶撞你的父亲，我亲爱的。还没有板上钉钉的事儿。

威妮：他没有权力批评我爱他胜过整个世界的男人。

斯普拉特教士：你在胡言乱语了。我觉得你是个很不孝顺又无情的姑娘。

威妮：不管怎么说，这是我一个人的事。只关乎我个人的幸福。

斯普拉特教士：你太自私了。你都不考虑我的幸福。

威妮：我已经下定决心要嫁给伯特伦了。我满了二十一岁了，我要替自己做主。

斯普拉特教士：你这话什么意思，威妮？

威妮：如果你不点头答应，我就私自和他结婚。

　　[斯普拉特教士大吃一惊。他愤怒地来回走着。

斯普拉特教士：这就是我对自己的孩子倾注所有心血的回报。我这么多年牺牲自己来满足他们的每一个愿望。我竟然落到这样的下场。

索菲亚小姐：［对威妮］你了解这个年轻人吗？他靠什么生活？

威妮：我们两个都要努力工作。他赚的钱，再加上我从母亲那里继承来的，我们能过得很舒服了。

斯普拉特教士：住在西肯辛顿的一间公寓，我猜的话，或者在合恩塞山①的一栋别墅里。

威妮：和我爱的男人在一起，我宁可住在茅屋里。

斯普拉特教士：没试过的人都这么想。

索菲亚小姐：当然了，这对于他那样的人来说是个敏感问题，可他没有父亲吗？或者他就是自己长大的？

威妮：［不屑地］他的父亲很多年前去世了。他曾经是一艘纽卡斯尔运煤船上的大副。

索菲亚小姐：那个作为职业来讲的话，我想既赚不到大钱，也不能保持清洁。

斯普拉特教士：至少他的亲属都不在了，也是值得庆幸的事。

威妮：他有妈妈和妹妹。

斯普拉特教士：她们又是什么样的人，我想知道。

威妮：我不知道，我也不在乎。他跟我说过他的母亲不是受过很高教育的女性。

斯普拉特教士：她住在哪里？

威妮：他们在佩克汉②有一所小房子。

斯普拉特教士：真是恶心。我实在听不下去了。

　　　　　　［他朝门口走去，威妮阻止了他。

威妮：爸爸，你别走。别生我的气。你是爱我的，我也爱你，仅次

---

① 伦敦的西肯辛顿区（West Kensington）和合恩塞山（Hornsey Rise）均为豪华居住区。

② Peckham，伦敦东南部的一个区。

436

于爱伯特伦，但胜过爱世上的其他人。

斯普拉特教士：如果你爱我，威妮，我不知道你为什么要给我带来如此的痛苦。我必须让你好好反省下自己。我觉得你忘恩负义，忤逆又刻薄。而且仅仅是出于对你们女性的尊重，对你母亲在天之灵的尊重，我才没有说你愚蠢且庸俗。我请求你回到自己的房间去吧。

　　[威妮不置一词地出去了。

斯普拉特教士：养个没心没肺的孩子比毒蛇还毒……

　　[他狠狠踢了斯普拉特伯爵刚才掉到地上的报纸。他看了一眼，又把它捡起来。

斯普拉特教士：索菲亚，我请你帮我写一封短信给威尔逊。

索菲亚小姐：[坐在书桌旁] 谁是威尔逊？

斯普拉特教士：他是个新闻记者。专门为两三份主流报刊采访圣职人员新闻的。

索菲亚小姐：噢？

斯普拉特教士：[口述] 我亲爱的威尔逊先生。我希望您能在您宝贵的报章中宣布有关我将接替科尔切斯特主教职位的谣传是子虚乌有的。在一个崇尚自我宣传的年代，我想人们很难对一个他们希望自己或者朋友能升迁上去的职位保持沉默。但我由衷地认为这一接替的程序应当更加庄重，更加慎重。您最热情友好的朋友。

索菲亚小姐：[身子向后仰，面带微笑] 你真是个老狐狸啊，西奥多，没错吧?

斯普拉特教士：我不知道你在说什么，索菲亚。

第一幕终

437

第二幕

　　场景同前一幕，圣格利高里牧师住所的客厅。索菲亚小姐在书桌前写信。斯普拉特教士进来，仍旧是一副持重的样子，衣衫整洁、神态机警，手中拿着一份报纸。

斯普拉特教士：喂，索菲亚？

索菲亚小姐：[起身] 噢，你来啦，我今天一天都没见到你。

　　　　[教士亲吻她的脸颊。

斯普拉特教士：我中午在文艺协会吃饭，我发现大家个个都希望我接替科尔切斯特的位置。你看了今天早报上的通知吗？

索菲亚小姐：我还没来得及看报。

斯普拉特教士：我真希望你们能多关注下我。报纸上刊登了任何有关我的消息，大家都看到了，就我的家人没看到，这真是奇特。

索菲亚小姐：[心平气和地] 您请告诉我是什么通知吧。

斯普拉特教士：[读报] 有关南肯辛顿区圣格利高里教堂牧师、大教堂教士西奥多·斯普拉特已被任命为科尔切斯特主教一事，该消息毫无事实根据，纯属谣传。

索菲亚小姐：[冷淡地] 这则通知肯定能提醒那些掌权的人再没有更优秀的人选了。

斯普拉特教士：我亲爱的索菲亚，我诚心以为没有人能蔑称我是个虚荣之辈，但我不敢以非适宜人选自谦。我肯定你也决不会否认我的出身赋予我对我的祖国提要求的权利。

索菲亚小姐：[淡然一笑] 我猜你昨晚和帕特里夏夫人共进晚餐时已经小心翼翼地将这番话讲给她听了？

斯普拉特教士：噢，没有。我可是谨慎之人。我只是在谈话当中向她解释了担任主教的人应该奉行保守主义原则这一点的重要性。

索菲亚小姐：那你认为她上钩了吗？

斯普拉特教士：我亲爱的，我希望你说话不要这么难听。

索菲亚小姐：[身体往后仰，质疑地审视他] 我经常都在想你是不是把你自己哄得就跟你哄别人一样。

斯普拉特教士：我以灵魂起誓，我真不明白你的意思。我总是在仁慈的上帝为我安排的岗位上兢兢业业，恪尽职守。而且毫不夸大地说，我在履行职责的同时愉悦了自我，造福了人类。

索菲亚小姐：你还记得我们的老保姆吗，西奥多？

斯普拉特教士：她的爱是我童年时期最珍贵的回忆之一。

索菲亚小姐：我总是认为她看人看得很准。我记得她经常都说：西奥多少爷，自我吹嘘可不是好事噢。

斯普拉特教士：你肯定记错了，我亲爱的。我倒是想起来她经常都在说：索菲亚小姐，您该擤擤鼻涕了。

索菲亚小姐：[不快地昂起头] 她可是个没受过教育的妇女，西奥多。

斯普拉特教士：你刚才的回忆恰恰就是向我证明了这一点。

索菲亚小姐：哼！

　　　　[斯普拉特伯爵和菲茨杰拉德太太进来。

斯普拉特教士：啊，亲爱的夫人，这真是意外的惊喜。我还以为你外出了呢。

菲茨杰拉德太太：我逛街逛累了，我正一个人穿过公园往回走的时候，我发现了斯普拉特伯爵，于是我把他带回来，免得他瞎捣乱。

斯普拉特伯爵：我年纪大了，只会瞎捣乱，不停地闯祸罢了，等我真正成功了，我又觉得根本不值得那么去干。

索菲亚小姐：［对斯普拉特伯爵］西奥多那天很不客气地赶你走了，汤姆。

斯普拉特教士：我希望你别见怪。

斯普拉特伯爵：一点也不见怪，西奥多。我只是像个基督徒一样忍辱负重，而你像个出色的厨师一样暴脾气。

索菲亚小姐：威妮似乎铁了心要嫁给雷林先生。

菲茨杰拉德太太：你知道，我下意识觉得这是非常浪漫的。让我想起了亲爱的丁尼生勋爵①的那首诗。

斯普拉特教士：亲爱的丁尼生勋爵并没有一个可以出嫁的女儿。

菲茨杰拉德太太：两个年轻人彼此爱慕，你不觉得最好就是让他们结婚，不管有多么的不利吗？

索菲亚小姐：男方甚至连绅士都算不上。

菲茨杰拉德太太：但我们的耳朵里不是早就充斥着善良的心灵比王冠更可贵的声音吗？

斯普拉特教士：是的，但我们都知道他们不是那样彼此爱慕的。

斯普拉特伯爵：你打算怎么办，西奥多？

斯普拉特教士：我向你保证，威妮会跟那个可笑的站柜台的取消愚蠢的婚约，另外就是，我向你保证，她会嫁给罗克沙姆。

菲茨杰拉德太太：［微笑］你要达到目的，需要采取一些高明的手段。

斯普拉特教士：人要想占西奥多·斯普拉特的便宜，就得趁早。

索菲亚小姐：你有什么主意，西奥多？

---

① Lord Tennyson，全名阿尔弗雷德·丁尼生（Alfred Tennyson），1809—1892，是英国维多利亚时代最受欢迎及最具特色的诗人。1850 年 11 月继威廉·华兹华斯后成为"桂冠诗人"。

斯普拉特教士：我亲爱的，我绞尽了脑汁。我想不出什么主意。她居然拒绝罗克沙姆，实在可恶。罗克沙姆拥有一切能让姑娘幸福的条件。他的道德准则是最高尚的。

斯普拉特伯爵：收入也很可观。

斯普拉特教士：尽管年轻，他在上议院已经占据了一个受人敬重且稳定的席位。

斯普拉特伯爵：幸亏我们对自己还不是那么的上心，否则我们老早就要受到现在英国人最不吝惜的待遇了。

菲茨杰拉德太太：什么待遇？

斯普拉特伯爵：滚蛋的待遇。

　　　［菲茨杰拉德太太忍俊不禁，笑声如微小的水波起伏。

斯普拉特教士：噢，别去笑他。别鼓励他开这种不道德的玩笑。［对斯普拉特伯爵］就是你这样的人才让上议院蒙羞的。

斯普拉特伯爵：我这样的人，我亲爱的西奥多？我这么多年来可是采取了全方面规避的办法来支持那个老地方的。

斯普拉特教士：说得没错。

斯普拉特伯爵：只要我们继续狩猎、捕猎、钓鱼，没人来干涉我们的。我前几天去了一趟上议院。

斯普拉特教士：我很意外。

斯普拉特伯爵：噢，确实很意外。我不得不去威斯敏斯特办点事。

斯普拉特教士：奇迹从未终止。

斯普拉特伯爵：我必须去看一个男人打算出售的小猎犬。呃，我戴了一顶新的高顶礼帽，没有带伞，外面自然就下起雨来了。老天，我心里想，要是我十分钟内不进去立法，我就死定了。好吧，我走了进去，有人问我我到底是谁。说真的，我都很惭愧说我的名字。斯普拉特这名字说给警察听都很别扭。听起来像是个恶作剧。

斯普拉特教士：玫瑰不叫玫瑰也依然芳香。

斯普拉特伯爵：结果呢，他们过了一会儿就放我进去了，我看到二十个糟老头子无所事事地坐在红色长椅上。我的上帝，我心想，他们的裁缝都是些什么人啊？我听见一个滑稽的胡子拉碴的老家伙嘟嘟囔囔地说了一阵，我就问自己了：我该留下来听这些废话呢，还是把我的帽子淋湿？突然之间我灵机一动：老天，我就搭个出租车走吧。

斯普拉特教士：你可是越来越不正经了，托马斯。我曾经希望你的不正经主要是因为年轻气盛所致，但现在看来，年龄的增长并没有让你意识到自己肩负的责任。

斯普拉特伯爵：我既然能忍受我弟弟的嘲笑，就说明我的天性是如何的包容。生为长子就是要承受这样的代价！

斯普拉特教士：你忘了你在玷污的既是你的名字，也是我的名字。

斯普拉特伯爵：斯普拉特的姓氏？

斯普拉特教士：这是已故英格兰大法官的姓氏。

斯普拉特伯爵：噢，西奥多，别又把他扯进来。我都快腻烦他了。成为一位显赫人物的儿子是我一生的诅咒。说到底，他们也是靠了什么恶劣的手段才把他绑在那个愚蠢的老议长位置上的。

斯普拉特教士：你听过这句拉丁格言"人既死，勿妄议"吗？

斯普拉特伯爵：也就是说一个老家伙翘了辫子就别拿他开玩笑了。

斯普拉特教士：[不耐烦地] 你完全不懂得庄重、得体，还有尊严。

斯普拉特伯爵：事实就是，我并不感觉自己足够重要。我无法忍受所有这些华而不实的东西。我不稀罕这个愚蠢的头衔，连同为它伪造的盾徽，以及捏造的家谱。还有那些荒唐可笑的白鼬皮 ① 袍子。一想到这些东西我就浑身起鸡皮疙瘩。如果我只是一个

---

① 白鼬皮，通常用于法官、国王等正式服装的装饰。

普普通通的汤姆·斯普拉特，我应该就过得够好了。我也许能做一个相当不错的马贩子，或者我没有这么聪明的脑子，我也总可以进议会的。我会成为一个出色的海军大臣，因为我没法区分战舰和运煤的驳船。

[传来一声铃响，教士惊动了一下。]

斯普拉特教士：噢！搞什么名堂！

菲茨杰拉德太太：我亲爱的教士，你神经太紧张了。

斯普拉特教士：是前门。

菲茨杰拉德太太：只要铃响一下，你就吓得这么魂不附体吗？

斯普拉特伯爵：要是债主上门了，就让我来对付他，西奥多。我习惯了对付那些恶霸。

斯普拉特教士：看在老天的分上，你就正经点吧，托马斯。

索菲亚小姐：到底怎么了，西奥多？

斯普拉特教士：你们难道不知道每一次铃响都有可能是从首相那里传来的消息吗？一封短信或者一则电报。我怎么说得准？不过结果都是把空缺的主教职位交给我。上次有空缺的时候，他可是实实在在向我保证了我会得到下一个空缺。

索菲亚小姐：他很可能对英格兰半数的中小学校长都做过同样的承诺。

斯普拉特教士：瞎说！什么人能接替这个职位呢？他们那些人都还不如我一半有资格。另外，要是把主教职位给了汤姆·诺迪，因为他给学校里一群稀里糊涂的小男生教授了拉丁语韵文，那这个体制就荒唐至极了。作为已故英格兰大法官最小的儿子，我认为我可以对我的祖国有所期许。我有一个预感。我预感科尔切斯特的位置会交给我。

斯普拉特伯爵：若果真如此，我有个预感你会接受它。

菲茨杰拉德太太：[微笑] 我觉得你是我见过最有抱负的男人。

443

斯普拉特教士：我真要是又如何呢？正如埃文河上的天鹅① 所说，抱负是高贵心灵最后的弱点②。可现在抱负又有什么用呢？我应该生活在四百年前，当一个主教就能将整个欧洲的命运掌握在自己手心的时候。我感觉自己体内涌动着要干大事业的力量。有时候我坐在椅子上无所作为，我根本忍受不了。上帝啊，我该做些什么啊？给一群时尚的民众布几次道，主持各个委员会的事务，到梅菲尔去参加晚宴。我来到这个世界太晚了。我听见庞森比上楼来了。

　　[几乎是下意识地，当门打开，庞森比进来时，他立马投入对来自首相的消息的热切期盼中。

庞森比：杜兰特小姐。

　　[教士一时间希望落空，但他很快恢复过来，以他惯有的殷勤前去迎接格温多琳。

斯普拉特教士：啊，这真是一个惊喜啊。

格温多琳：[与索菲亚小姐握手] 您好。

　　[她将双手递给教士，教士一边说话一边握住手。

斯普拉特教士：感谢你的大驾光临。

格温多琳：我来接威妮的。

斯普拉特教士：你伤我的心了。我还自作多情地以为你是来找我的。

格温多琳：[微笑] 那可就太直白了吧。

斯普拉特教士：你为何脸红啊？

格温多琳：您为何拉住我的手不放？

斯普拉特教士：我这个年纪了，无妨。

格温多琳：我觉得您是我这辈子见过最年轻的男人。

---

①　Swan of Avon，威廉·莎士比亚的昵称，但此处应该代指剧作家。

②　原文"Ambition is the last infirmity of noble minds"，应该是英国剧作家詹姆斯·M. 巴利（James Matthew Barrie，1860—1937）的名言。巴利于 1904 年发表了其经典剧作《彼得·潘，不肯长大的男孩》。

斯普拉特教士：啊，那我们为何不回到十八世纪，这样我就能单膝下跪，为你刚才的溢美之词亲吻你的玉手了？

索菲亚小姐：别信他的鬼话，格温多琳。西奥多特别能哄骗我们这些女人。

格温多琳：他特别能让自己招人喜欢。

斯普拉特教士：我属于那种传统的男人——将可爱的女性放在鎏金神台上，拜倒在她踩过的地方。

斯普拉特伯爵：不好意思，假设她都在鎏金神台上了，她必定无法踩在地上。

斯普拉特教士：你骨子里就没有一点诗意，托马斯。

〔斯普拉特伯爵已经跟菲茨杰拉德太太握过手了。

菲茨杰拉德太太：你要走了吗？

斯普拉特伯爵：我跟家里人相处，适量即可。

〔出去。

格温多琳：您知道您是要成为科尔切斯特主教了，对吧？

斯普拉特教士：我亲爱的孩子，这个问题我可不想纠结太久。我并不向你隐瞒，我作为已故大法官幸存于世的年纪最小的儿子，我认为我有权对自己的祖国提出某些要求。但就这些事而言，有太多不光彩的幕后操纵，太多潜在势力的影响，这些不仅有违我的品性，也无法令我摧眉折腰、曲意逢迎。

格温多琳：父亲说一切都定下来了。我曾请求他利用他的影响力。现在你已经获得了酒商们的坚定支持。

斯普拉特教士：当教会与持证售酒商并肩合作的时候，任何邪恶力量都无法阻挡。

格温多琳：我想问威妮在哪儿。

索菲亚小姐：她就快回来了。她去了佩克汉。

斯普拉特教士：〔当即〕哪儿？

索菲亚小姐：雷林先生带她去见他的母亲和妹妹了。

斯普拉特教士：我怎么没听说，索菲亚？

索菲亚小姐：我猜是因为威妮非常清楚你不会答应。

斯普拉特教士：听着。

　　　　[教士尚未发表感慨，门铃先响了，紧接着又响了两次。

格温多琳：怎么了？

斯普拉特教士：有人在门口。

菲茨杰拉德太太：明显有人等不及了。

　　　　[教士再次投入到迫切等待祖国召唤的状态中。门猛地推开了，莱昂内尔快速进来。这一次，斯普拉特教士再也掩饰不住他的失望之情了。

斯普拉特教士：噢，就是你这小子啊。我不知道你为什么要火急火燎地按门铃，像是房子着火了一样。

莱昂内尔：我说，父亲，你听说科尔切斯特的消息了吗？

斯普拉特教士：什么消息？

　　　　[他一时之间不知该表现得高兴还是失望。

莱昂内尔：已经公布哈宾的校长格雷博士得到任命了。

斯普拉特教士：不可能。

莱昂内尔：在《威斯敏斯特报》上公布的。

斯普拉特教士：《威斯敏斯特报》是一份激进的报纸，什么话都敢说。这不可能。我是同胞中的佼佼者，我不能相信首相会如此缺德，如此愚蠢。

格温多琳：我很遗憾。

斯普拉特教士：[平复自己的情绪，殷勤地微笑] 噢，我亲爱的孩子，你千万不要为我的事烦恼。

格温多琳：我想我也不必等威妮回来了。

斯普拉特教士：莱昂内尔会把你送到你的车子跟前。再见了，亲爱的孩子。见到你有如三月春光般的明媚。

格温多琳：再见了。

　　　　[她在莱昂内尔的陪同下出去。

斯普拉特教士：索菲亚，你必须去拜会下帕特里夏夫人。

索菲亚小姐：我?

斯普拉特教士：你必须弄清楚这究竟是怎么个情况。我不敢相信。太离奇古怪了。

菲茨杰拉德太太：可谁是格雷博士呢?

斯普拉特教士：一个出身卑微的人。我无法相信政府竟然会愚昧无知到将一个重要的主教职位给格雷这样能力的人。能力? 根本不算作能力；他是我见过最平庸、最没脑子的人。就连管理教会财务的堂会理事都比他有脑子。

索菲亚小姐：我亲爱的西奥多，你要保持冷静。

斯普拉特教士：我如何保持冷静，当我看到此等下作之事即将施行? 然后政府还指望我来支持。但凡一个正直之士怎么能支持这种腐化卑劣的行径呢?

索菲亚小姐：我去把帽子戴上。

斯普拉特教士：感谢上帝我不是个虚荣的人。我也许有缺点。我们都有缺点。

索菲亚小姐：[站在门口] 我们都有缺点。

　　　　[出去。

斯普拉特教士：可从来没有人批评过我虚荣啊。但这一点我要承认。我不觉得自己不适合那个重要的职位。我已经深入参与了公共事务，可以说付出了毕生心血；我习惯于承担责任，掌控权威。

菲茨杰拉德太太：你恐怕是太过于难过了。你不觉得来一杯雪利酒对你有好处吗?

斯普拉特教士：啊，我亲爱的夫人，此时此刻——此时此刻我无法

447

去想雪利酒。

菲茨杰拉德太太：雪利酒能让你振作起来。

斯普拉特教士：我基本可以宣布我以后再也不喝雪利酒了。

菲茨杰拉德太太：我可怜的教士，我真为你感到遗憾。

斯普拉特教士：[拉起她的双手] 谢谢你，我亲爱的，谢谢你对我的同情……被一群不欣赏你的人包围真是一件可怕的事。他们说没有男人能成为自己祖国的先知，我也深有体会。我的身边围绕着一个愤世嫉俗的嘲笑者，一个油头滑脑的粗俗者。我不想说任何索菲亚的坏话。我敢说她已经尽力了。但她仍然缺乏一种细腻的情感，因而无法理解我这样的个性。啊，你应该认识我的妻子。她像天使一样，富有爱心，顺从恭敬又很谦逊。她具备一个妻子应该具备的所有品质。可惜她被上帝带走了。她的离开，我永远都无法释怀。

[菲茨杰拉德太太试图把双手抽出来。

斯普拉特教士：你怎么啦？

菲茨杰拉德太太：没什么，就是你拉着我的手太久了。

斯普拉特教士：我为何不该拉着你的手？我们是老朋友了。

菲茨杰拉德太太：我想挠挠鼻子。

斯普拉特教士：多么精致的鼻子。

菲茨杰拉德太太：你不许跟我说这些无聊的话。

斯普拉特教士：这样的情况下，我说什么都是可以原谅的。

菲茨杰拉德太太：是你松开我的手，还是我叫人帮忙？

斯普拉特教士：你说得好像我们完全是陌生人一样，天知道我们认识多少年了。

菲茨杰拉德太太：说得对。天知道我们两人都一把年纪了，知道该怎么管好自己了。

斯普拉特教士：说年纪大了是最无稽的。你看起来正好十八岁，一

448

天也不多，而我肯定感觉自己不过二十二岁。

菲茨杰拉德太太：[大笑起来] 你怎么能说出这样的胡话？

斯普拉特教士：你认为我在开玩笑，但我可是非常认真的。

菲茨杰拉德太太：那就没法为你找借口了。

斯普拉特教士：难道春天在街上微笑，鸟儿在婉转啼鸣，这些对你都毫无意义吗？

菲茨杰拉德太太：你觉得莱昂内尔如果听见你说的话会作何反应？

斯普拉特教士：莱昂内尔正忙着自己的事呢。我让他和格温多琳下楼，如果他有他父亲一半的男子汉气概，他就该在她走到汽车之前向她求婚。

菲茨杰拉德太太：也许可怜的莱昂内尔不知道该怎么求婚。

斯普拉特教士：这太简单了，我都想不通怎么会有男人打光棍的。现代的珠宝如此精美，你都忍不住要去欣赏装点女士玉指的漂亮戒指。而既然要欣赏，你就难免会拉起她的手。

　　[他拉起菲茨杰拉德太太的手，但她缩回去了。

菲茨杰拉德太太：你不用示范，我就懂你的意思了。

斯普拉特教士：你为什么这么抵触我？

菲茨杰拉德太太：我不知道你要走多远。

斯普拉特教士：[模仿公共汽车售票员] 一直走，夫人，一直走。

菲茨杰拉德太太：幸好我明天就要告辞了。

斯普拉特教士：如果不是怀着想要诱使你回来——永久地回来——的希望，我简直无法忍受你即将离开的事实。

菲茨杰拉德太太：我的耳朵听错了吗？我听见的是你在求婚吗？

斯普拉特教士：我是在求婚。

菲茨杰拉德太太：那就赶紧收回，免得我接受了。

斯普拉特教士：我坚持要你接受。

菲茨杰拉德太太：那我就非常肯定你今天脑子出问题了，我应该刻不容缓地拒绝。

斯普拉特教士：我不会接受这么随便的答案。

菲茨杰拉德太太：你真是我见过最难以捉摸的人了。你到底为什么
　　要娶我呢？

斯普拉特教士：你照下镜子吧，亲爱的朋友，镜子会告诉你我有上
　　百个好理由。

菲茨杰拉德太太：你觉得你的孩子们会怎么看待呢？

斯普拉特教士：我的孩子们都在准备成立自己的小家庭，我要独守
　　空房了。

菲茨杰拉德太太：你忘了还有索菲亚。

斯普拉特教士：索菲亚可以剃了头，到修道院里去。

菲茨杰拉德太太：索菲亚会乐意的，是吗？

　　　　[他身子前倾，正要吻到她时，她往后缩了。

菲茨杰拉德太太：[假装惊讶] 你要干嘛？

斯普拉特教士：[微笑] 我要吻你。

菲茨杰拉德太太：噢，可我还没有接受你呢。

斯普拉特教士：我从不接受拒绝。

菲茨杰拉德太太：那求婚就必定多了很多变数。

斯普拉特教士：我会告知索菲亚你已经答应嫁给我了。

菲茨杰拉德太太：我会告知她我根本没有答应过。

斯普拉特教士：我想不通你为什么犹豫。

菲茨杰拉德太太：我不确定我能否承担起一名圣职人员妻子的重任。

斯普拉特教士：你大可以放心，我若没有十足的把握你能很好地胜
　　任这个角色，我是不会斗胆向你提出这个请求的。

菲茨杰拉德太太：我恐怕你是太过于高估了我的美德，亲爱的教士。

斯普拉特教士：你为何不叫我西奥多呢？

菲茨杰拉德太太：我真的叫不出来。听起来太亲密了。

斯普拉特教士：也许你想要回你自己的房间。

菲茨杰拉德太太：为什么？

斯普拉特教士：我觉得你也许需要单独待一会，好好想想清楚。

菲茨杰拉德太太：你真是善解人意。

斯普拉特教士：恕我直言，这只是我最微不足道的优点。

菲茨杰拉德太太：[故作端庄地] 那我就退回我的闺房了。

　　　　[她出去。斯普拉特教士朝另一扇门走去。经过一面梳妆镜，他停下来，用手指拨了拨头发。他从口袋里掏出一把小梳子，精心地梳理自己的银鬓发。当他发现自己的裤子有点太长了，他的脸上露出焦虑的神情。他解开背心的扣子，拉高了裤子的背带。

斯普拉特教士：[深信不疑地] 多适合穿绑腿的长腿啊。

　　　　[威妮进来，面容苍白、疲倦。教士见到她时略微吃一惊，然后看着她疲惫地走过客厅。她一屁股坐进椅子，开始心烦意乱地脱手套。很明显她是又生气又难过的。

斯普拉特教士：你从荒郊野外的佩克汉平安回来啦？我相信你没有在那些人迹稀少的地方遇到什么野兽吧？

威妮：[她的回答几乎是在呻吟] 没有。

　　　　[教士竖起耳朵听。他逐渐反应过来，威妮到伯特伦·雷林家的拜访并不成功。

斯普拉特教士：[关切地注视着她] 我希望你过得愉快，宝贝儿。你脸色很苍白。

威妮：我头疼得很。

斯普拉特教士：你不是个经常头疼的人……还有，你未来的婆婆拥抱你了吗？

威妮：她非常友好。

斯普拉特教士：[十分温和地] 我猜她不是那么有教养的？

威妮：我也没指望她是。

斯普拉特教士：当然啦，对你而言，这些都不算什么。真正的超然不群是如此美好的品德，而且在这世上，哎呀，是如此的稀有。顺便问下，你的那位——你正在约会的年轻人——他的地址是什么？

威妮：[不屑地] 阿斯奎斯郊区住宅区，葛莱德斯通路，佩克汉。

斯普拉特教士：还有雷林太太，我记得你说过，她丈夫生前是个运煤工人。

威妮：她丈夫生前是运煤船上的大副。

斯普拉特教士：她身上闻起来是海水的味道，我亲爱的——或者是佩克汉莱 ① 的味道？[他唱了起来]

> 我本不是个勇敢的水手，
>
> 我从来没出过海，
>
> 我掉进海里也不会游泳
>
> 三下两下沉到底。

亲爱的，你太沉默了，我都好奇得要命了。跟我说说雷林小姐吧。她是要吞掉 H 音的，我猜？

威妮：[几乎克制不住了] 噢，父亲，你怎么能这么说？

斯普拉特教士：我亲爱的，我毫不怀疑他们都是外拙内秀的人。你千万不要为之而气馁。你要迎难而上。

威妮：很感激你给我的忠告。

斯普拉特教士：要记住，外在的东西不代表一切。我相信雷林一家是非常值得尊敬的人。用刀子来吃豌豆的同时也完全可能拥有一颗卓越的心。我可以想象，你的那位年轻人对自己母亲和妹妹是一片赤诚的。他们那样的人基本都是如此。亲人不那么如意，亲情反而更浓。他们总是会谈论一个团结和睦的家庭有多么美好。但我毫不怀疑你很快就能适应他们发音吐字上的一些小小的古怪之处，还有他们行为举止上表面的粗俗。善良的心

---

① Peckham Rye，伦敦地名，位于伦敦东南边。

灵比王冠更可贵，质朴的信念比贵族血统更高尚。

威妮：父亲，我已经向伯特伦郑重承诺了，我宁可死，也不愿意反悔。

　　[教士在房间里来回踱步。他突然下定了决心。自从他看到威妮从佩克汉回来后的状态，他就一直在考虑这件事。]

斯普拉特教士：我的宝贝儿，没有什么能阻挡我对你深沉的爱。如果你下定决心要嫁给这个年轻人——我不再反对。

　　[她跳了起来，看着他。]

威妮：父亲！

斯普拉特教士：我已经意识到一个家长要试图影响孩子的婚姻选择，这是错误的，乃至邪恶的。孩子的年轻、未经世事反而让他们更有能力为自己做出判断。

　　[威妮尚未从惊诧中回过神来，而那惊诧中夹杂着一丝极其微妙的惆怅，庞森比就打开了门。]

庞森比：罗克沙姆勋爵到了。

　　[罗克沙姆勋爵进来。他是个外表平平的年轻人。肤色黝黑，唇上留着小胡子，戴夹鼻眼镜。没有人会多看他一眼。他完全算不上相貌堂堂，但他的穿着十分讲究，具有绅士风度。斯普拉特教士一如既往地掌握主动，他在罗克沙姆进来之时就热情地迎上去，但浑身都表现出一副非常忙碌的样子。]

斯普拉特教士：啊，我亲爱的朋友，感谢你大驾光临。我正好想要见你。不过你得等我一会儿。一个圣职人员的时间从来都不是他自己的，你知道，哪怕一小会儿都不行。楼下有个可怜的女人等着见我；她失去了第一任丈夫，现在到处找第二任，可就是找不到。我只需要去五分钟而已。

　　[罗克沙姆没来得及说一个字，斯普拉特教士就已经翩然而去，还愉快地唱着："我本不是个勇敢的水手。"片刻之间，威妮和罗克沙姆沉默地看着对方。]

罗克沙姆：你不会生气我过来吧，威妮。

威妮：老天，我为什么要生气？我们都是多年的朋友了。我们要是因为——因为那天的事就不再见面，那才是荒唐。你知道我总是很高兴见到你的。

罗克沙姆：我不能把你的拒绝当作最后的答案。

威妮：〔连忙地〕噢，别提了，请你。

罗克沙姆：我本来不想打扰你，让你痛苦的，但你一点都不在乎我吗？你不认为过一段时间你也许会喜欢上我吗？

威妮：我那天跟你说了这不可能。

罗克沙姆：噢，我知道。可那样我就没法吐露我的真心了。我没法理解。我傻乎乎地以为你在乎我。我如此迷恋你，我觉得我对你来说不可能毫无意义。

威妮：请别再说下去了。我不知该如何感谢你的一番好意，但我真的不能嫁给你。

罗克沙姆：但我还是要说：我永远不会喜欢别人了。如果万一你改变了心意，你就会发现我仍然在等你，你知道吗？当然了，我不需要任何的承诺，或者鼓励，或者类似的什么，我就希望你知道你可以始终信赖我。

威妮：我不知道你是如此的善意。我错怪了你。我以为你把我当成傻瓜。我很抱歉。别因为我不能嫁给你就灰心失望。我不值得你这么费心。

　　　　〔她递给他一只手，他握住手，注视她的双眼。

罗克沙姆：究竟有什么事？

威妮：〔勉强地微笑，脸红到了发根〕没有，会有什么事？

罗克沙姆：你看起来很——很不正常。

威妮：我头疼得厉害。此外没别的……噢，父亲来了。

　　　　〔他们听见他在外面愉快地歌唱，威妮在他进来时迅速地从

454

另一扇门离开客厅。他无比亲切地走向罗克沙姆。

斯普拉特教士：我希望我没有让你久等吧。威妮已经离开你了吗？这孩子的规矩哪去了？

罗克沙姆：我刚才一直跟她说话来着。我想我并不是很理解她。我觉得我进来的时候她在哭。

斯普拉特教士：所有女人没事做的时候都会哭。这是她们唯一不花钱的娱乐方式。

罗克沙姆：我请求她嫁给我，斯普拉特教士。

斯普拉特教士：那她当然拒绝了。好姑娘不会接受一个男人头三次的求婚。

罗克沙姆：威妮跟其他姑娘很不一样。

斯普拉特教士：每个男人都认为他想要娶的姑娘跟其他姑娘不同。可事实不是。所有女人都大同小异，所以她们在总体上都能成为还算称职的妻子和母亲。别担心，我亲爱的罗克沙姆，我全力支持你，我向你保证威妮毫无疑问是在乎你的。你还能要求什么呢？继续追求下去，我亲爱的先生，穷追不舍。对待一个女人最好的方法就是长年累月、持续不断地请求她。纠缠她，像小猎犬纠缠一块骨头。坚持要她嫁给你。迟早有一天她会答应你的，还会觉得自己太傻了，竟然没有早点答应。

罗克沙姆：你的话非常鼓舞我。

斯普拉特教士：相信我，几乎没有男人比我更有对付女人的经验。

罗克沙姆：[哭笑不得] 你说的好像你已经成功治理好了一大群家眷一样。

斯普拉特教士：我承认这还不在我的经验范围以内，不过若碰到此类情况，我必定能驾轻就熟、应付自如。

罗克沙姆：再见了。

斯普拉特教士：再见，我亲爱的伙计。请你务必近一两天内再次到访。我认为你不是没有可能发现亲爱的威妮心态完全不同了。再会了。

罗克沙姆：再会，感激不尽。

[他们握手，罗克沙姆勋爵出去。斯普拉特教士兴高采烈地来回走着，搓着双手。

斯普拉特教士：[唱歌]

　　　　我本不是个勇敢的水手，

　　　　我从来没出过海，

　　　　我掉进海里也不会游泳

　　　　三下两下沉到底。

[他在书桌前坐下，面带微笑地写了一封短信。他将短信放进信封，写上地址]阿斯奎斯郊区住宅区，葛莱德斯通路，佩克汉。[他刚把信封封好，菲茨杰拉德太太就如轻舟快艇一般翩然而至。教士立马从座位上弹跳起来，伸出双手向她走去]

斯普拉特教士：你的到来宛如春日的阳光照射进来。

菲茨杰拉德太太：你今天已经跟格温多琳·杜兰特说过这句了。

斯普拉特教士：我说过吗？一个伟大的男人和一个渺小的男人，其区别就在于伟大的男人从不迟疑地重复自己。

菲茨杰拉德太太：我已经慎重考虑过你让人倍感荣幸的求婚，亲爱的教士。

斯普拉特教士：你有好消息带给我。我从你的笑眼中看出来了。

菲茨杰拉德太太：我想知道你是否是很严肃认真的。

斯普拉特教士：我当然是认真的，每一个字都发自肺腑。你以为我还是个不知道自己心意的小男生吗？

菲茨杰拉德太太：我认为你是个感情十分丰富的男人，你有时候都被自己的漂亮话打动了。

斯普拉特教士：这可不是我一时的心血来潮。啊，为什么我不能让你相信一个男人尽管鬓染风霜也是会爱如泉涌的呢？我明白告诉你，我全心全意地爱你，我坚持要娶到你。

菲茨杰拉德太太：别说这些。你让我的心扑通扑通地跳。

斯普拉特教士：我们会有十二个主教来主持婚礼，汤姆会把比奇康比海滩度假别墅借给我们度蜜月。或者你更喜欢意大利的湖？

菲茨杰拉德太太：你进展太快了。你让我激动得无法呼吸。

斯普拉特教士：你知道，我没时间可耽误的。

菲茨杰拉德太太：那我们就谈点正经的。

斯普拉特教士：[露出一丝厌恶] 为什么要谈正经的？你知道我不喜欢谈钱的。我们就假装没什么烦人的事项要讨论的。我们可以把这些都留给我们的律师。

菲茨杰拉德太太：但这个很重要。

斯普拉特教士：胡说。没有什么是重要的，除了你就是我这辈子见过最迷人的女人。我能得到你就是我的福气。我们以后再也不会变老了。我们只会一年比一年更年轻。你什么时候让我成为伦敦城里最幸福的男人？

菲茨杰拉德太太：看在上帝的分上，你安静地坐下，让我说句话吧。

斯普拉特教士：你不把日子定下来，我就不会给你片刻的安宁。

菲茨杰拉德太太：老天，这是个什么男人啊。你应该自己定日子。

斯普拉特教士：我自己说过的。纠缠她，像小猎犬纠缠一块骨头。穷追不舍，我亲爱的先生，穷追不舍。

菲茨杰拉德太太：等我把刚才十分钟我都没机会说出口的话说出来，你就可以自己定日子了。

斯普拉特教士：我们应该定在六周以后吗？这样就到了季末的时候，我就可以放心地让莱昂内尔对着一片空荡荡的长椅布道了。

菲茨杰拉德太太：天啊，你让我说话行不行。

斯普拉特教士：真是个固执的女人啊！好吧，你说吧。千万别怪我没有及时地照顾到你的一丁点的小小的冲动。

菲茨杰拉德太太： 我想告诉你的是我一年有五千镑的收入。

斯普拉特教士： 我受不了这些赤裸裸、龌龊的细节。当然了，这笔收入永远都归结于你的头上。还有什么要说的？

菲茨杰拉德太太： 还有就是我再婚的当天，这笔收入就停止发放了。

[教士的脸瞬间垮下来。最为短暂不过的停顿。

斯普拉特教士： 全部停止？

菲茨杰拉德太太： 每一分钱都没了。我过世的丈夫确实慷慨，但他显然不希望用自己的钱来满足他的继任者。

[斯普拉特教士艰难地控制自己情理之中、无可厚非的情绪。他感觉有点呼吸困难——客厅突然间变得极其闷人。

斯普拉特教士： 我非常高兴。想到我是唯一供养你的人，我就会更加珍惜你。想到你是——请恕我直言——依靠我来生活的，我在工作中就充满了动力。

菲茨杰拉德太太： 你意识到我会身无分文吗？甚至连身上的衣服、坐地铁的车票都必须要你来负担的？

斯普拉特教士： 我会把这视为令人称羡的特权。

菲茨杰拉德太太： 我本来还有点担心你可能不是单单因为我这个人而爱我的，但你说的每一个字都印证了我的多虑。

斯普拉特教士： 如果我短暂犹豫过是否要向你求婚，那也只是因为你的收入比我高，我担心会引起对我的动机纯洁性的质疑。

菲茨杰拉德太太： 你是个品格高尚的人，西奥多。你可以吻我了。

[她把脸颊伸过来，他冷冰冰地，满怀愤怒、失望和悔恨地履行了义务。

第二幕终

第三幕

场景同前两幕。幕布升起时，客厅没有人。但很快斯普拉特教士就进来了。他按了铃，庞森比进来。

斯普拉特教士：莱昂内尔先生在家吗，庞森比？

庞森比：我去看看，先生。

斯普拉特教士：[庞森比正准备离开时] 你再顺便问下夫人她是否方便到客厅来一下。

庞森比：好的，先生。

　　　　　[出去。过了一会儿，索菲亚小姐和菲茨杰拉德太太一同进来。

斯普拉特教士：我希望没有打搅到你们。

索菲亚小姐：我们本来在想你是否在家的。

菲茨杰拉德太太：我想跟你告辞了。我要是没见到你就走了，我会非常失望的。

斯普拉特教士：你的意思不是说你要离开我们吧？

菲茨杰拉德太太：我的火车还有一小时就开了。

斯普拉特教士：这太突然了。

菲茨杰拉德太太：不算突然吧。你本来也只叫我待到周五的。

斯普拉特教士：但索菲亚没有坚持让你过了周末再走吗？

菲茨杰拉德太太：[微笑] 我不能违心地说她有过。

索菲亚小姐：[轻声笑了一下] 我亲爱的，你洗好的衣物昨晚已经送到家了。

斯普拉特教士：［对菲茨杰拉德太太］你太坏了。噢，索菲亚，我想告诉你我今天要等雷林先生和雷林太太过来喝茶。

索菲亚小姐：威妮跟我说你同意订婚了。

斯普拉特教士：［打趣她］他们这一对儿肯定符合你的心意，我亲爱的。你总是一副看不起我们家族的样子。你肯定很满意你的蔬果贩子祖先有一个后代跟运煤工的近亲结成亲家了。他们般配得就像奶酪遇上了粉笔①，钻石遇上了玻璃。

菲茨杰拉德太太：他们什么时候结婚呢？

斯普拉特教士：他们不会结婚的。

菲茨杰拉德太太：我开始糊涂了。

斯普拉特教士：威妮要嫁给罗克沙姆勋爵。

索菲亚小姐：而你认为最好的实现方式是让她和别人订婚？

斯普拉特教士：我亲爱的索菲亚，你见过我犯错吗？

索菲亚小姐：经常见到。但我必须说我从没见你承认过。

斯普拉特教士：那就是一回事。作为一个典型的英国男人，我从不服输。

索菲亚小姐：我的天哪，这是什么男人啊！有人随便说下天气好，你都能从中听出赞美来。西奥多少爷，自我吹嘘可不是好事噢。

斯普拉特教士：索菲亚小姐，您该擤擤鼻涕了。

索菲亚小姐：［生硬地］这个，我觉得太粗俗了，西奥多。

菲茨杰拉德太太：你倒是解释一下啊，教士。

斯普拉特教士：呃，我自以为……

索菲亚小姐：你经常都自以为，我亲爱的。

斯普拉特教士：我自以为了解我女儿的脾气。我要是坚决反对，威

---

① 原文 cheese and chalk，意即表面相似，实则大不相同。

妮当时立刻就会离家出走，跟那个男人结婚。但我完全了解斯普拉特的性格。我们是一个棱角鲜明的家族。

索菲亚小姐：从蒙莫朗西家继承来的，我猜的话。

斯普拉特教士：我毫不怀疑。你会想起来我们父亲身上的那种坚毅和决绝，即我所说的棱角。

索菲亚小姐：我记得他在世的时候跟猪一样固执。

斯普拉特教士：我亲爱的，我无意批评你，但我必须要责令你禁谈这些不适当的言论。如果你无法认识到该如何给你的父亲应有的尊重，我愿意提醒你他同样也是已故的英格兰大法官。

索菲亚小姐：你根本就没给过我机会忘记！

菲茨杰拉德太太：[微笑] 但这个跟威妮有什么关系呢？

斯普拉特教士：我本来要说，不论我有什么缺点，我一旦决定一件事是对的，世界上就没有力量能阻止我去实施。现在我要说，我并不希望得罪人，但我难免要认为坚毅这种品格——请允许我毫不虚荣地说——在我身上体现得如此淋漓尽致，而在我们家族其他成员身上容易蜕化为刻薄人口中的固执。

索菲亚小姐：相信我，西奥多，幸亏你跟我说了你不喜欢得罪人。

斯普拉特教士：请不要打断我。现在听我说，我对付威妮的方式好比爱尔兰人对付他要送去市场的猪的方式。他把猪往他不想去的方向拖，那猪自然就很乐意走另外的方向了。

菲茨杰拉德太太：我恐怕到了这个份儿上也没听明白。

斯普拉特教士：当威妮告诉我她要嫁给雷林先生的时候，她并没有寄希望于雷林先生的妈妈，也没有寄希望于雷林先生的妹妹。在这种情况下，男人一般都把自己调教得还算合格，而且你们女人也不太会甄别真正的绅士和赝品。可轮到女人！我亲爱的女士，我告诉你威妮根本不会喜欢她们的。

菲茨杰拉德太太：他的亲戚越令人反感，威妮的自尊心越是会迫使

461

她信守承诺。

斯普拉特教士：我们走着瞧。

菲茨杰拉德太太：这计划跟所有伟大的计划一样能轻而易举地得到验证。

索菲亚小姐：你确定这么做地道吗，西奥多？

斯普拉特教士：我亲爱的索菲亚，你是什么意思呢？

索菲亚小姐：我觉着有点阴险了。

斯普拉特教士：我亲爱的，我并不希望提醒你我是个圣职人员，尽管你偶尔会看起来毫不知情。但我仍旧要向你澄清，至少可以这么说，一个在教会拥有我这样职位的男人不会做出任何不地道或者阴险的事情。

索菲亚小姐：[微微一笑] 我亲爱的哥哥，如果你作为圣格利高里教堂牧师、特坎伯里大教堂教士来向我保证你的行为举止符合基督徒和绅士的标准——那就没得说了，我不会再放肆顶撞了。

斯普拉特教士：你大可以放心。你可以相信我所做的一切都是对的。

菲茨杰拉德太太：你确实是个非常杰出的男人，教士。

斯普拉特教士：夫人，这个事实也没有完全逃脱我的法眼。顺便问一下，索菲亚，你能否给托马斯打个电话，请他过来看看。

索菲亚小姐：我叫庞森比去打。

斯普拉特教士：你亲自去打就乖啦。庞森比越来越蠢了，而且我非常迫切地想要托马斯今天下午过来。

索菲亚小姐：[心平气和地] 你真是个麻烦人。

　　　　　[她出去。

斯普拉特教士：我根本一点都不想看到托马斯，不过那是我唯一能想到的支开可怜的索菲亚的办法。

菲茨杰拉德太太：你为什么要支开她？

斯普拉特教士：这样我才能单独和你在一起。

菲茨杰拉德太太：真是让我受宠若惊啊。

斯普拉特教士：我要责怪你这么突然地离开我们。你难道不顾及我的感受吗？

菲茨杰拉德太太：那正是我要离开你们的理由。

斯普拉特教士：自从你答应我的求婚，我还没有机会和你独处。

菲茨杰拉德太太：当我想到婚姻生活中漫长的相处，我就坚信订婚的人应该尽可能少见面。

斯普拉特教士：我记得你说过你想去阿斯科特。

菲茨杰拉德太太：我确有此意。

斯普拉特教士：当然了，我没有权利对你说教，可是——这是不是有点世俗了？

菲茨杰拉德太太：我这个人就是有点世俗的。

斯普拉特教士：当你成为我寒舍的女主人之后，你恐怕要放弃许多奢侈的享受了。到时候就不能去阿斯科特小小地放松娱乐了。

菲茨杰拉德太太：我不是个愤世嫉俗的人。我衷心地相信患难夫妻见真情。

斯普拉特教士：我知道人在没试过之前都往往会相信这个。我担心我们连一辆小汽车都负担不起。

菲茨杰拉德太太：我开始考虑一辆轮椅就能满足我的需求了。

斯普拉特教士：假如我建议你不要聘用侍女，你会觉得我非常苛刻吗？

菲茨杰拉德太太：我保证我会很乐意缝补自己的长筒袜。

斯普拉特教士：你喜欢教区探访吗？

菲茨杰拉德太太：我喜欢替别人的事操心，而且只有穷人才无法主动地厌恶这一点。

斯普拉特教士：[一副坦诚的表情] 我不知道你是否意识到我浑身都是缺点。

菲茨杰拉德太太：你要是没缺点就很乏味了。

斯普拉特教士：你会发现我既没有耐性又吹毛求疵，既脾气暴躁又盛气凌人。我希望你能提前了解到最糟糕的一面，不然后悔都来不及了。

菲茨杰拉德太太：感谢你对我如此坦诚。我现在也能大大方方地承认我是个争强好胜、爱慕虚荣、铺张浪费又言不由衷的人。

斯普拉特教士：他们说彼此的信任是婚姻幸福最牢固的基石。

菲茨杰拉德太太：我觉得我们的婚姻必定少不了磕磕绊绊。

斯普拉特教士：[思索着] 我不久前认识了一个男人，他告诉我他在《晨邮报》[①] 上看到自己订婚的消息时情绪低落到极点。

菲茨杰拉德太太：我认识一个女人，她读到自己的订婚消息时大呼一声："钓到啦。"

斯普拉特教士：我不懂她的意思。

菲茨杰拉德太太：她的意思是说他是个很难钓的金龟婿，她终于把他弄上岸了。

斯普拉特教士：[口气生硬地] 我觉得你的朋友不可能是个很友善的人。

菲茨杰拉德太太：她是个寡妇，而且你有绝佳的理由相信，寡妇通常都很危险……你告诉索菲亚我们订婚了吗?

斯普拉特教士：没，我还没说。

菲茨杰拉德太太：噢!

斯普拉特教士：我觉得如果我们稍微保密一下会很有趣。

菲茨杰拉德太太：你真是富有幽默感。

斯普拉特教士：当然了，如果你愿意，我也可以马上到屋顶上大声

---

① *The Morning Post*，1772 年创立，1937 年被收购后并入《每日邮报》(*Daily Telegraph*)。

宣告出来。

菲茨杰拉德太太：那就太不合适了，而且也危险。

斯普拉特教士：你看，我们结婚的日子也必然无法确定了。

菲茨杰拉德太太：真的吗？

斯普拉特教士：［*考虑如何表达*］我记得我们没有讨论过这个问题，
　　是吧？

菲茨杰拉德太太：你清清楚楚地问过我能否在六周之内准备好。

斯普拉特教士：我太傻了，竟然给忘了！我确实问过。我的记性可
　　真差，他们是时候让我当上主教了。

菲茨杰拉德太太：可是，我自然不能表现出哪怕一丁点急于要为你
　　的魅力倾倒的意思，这样就不庄重了。阿玛瑞梨 ① 理应表现出腼
　　腆的个性。

斯普拉特教士：而柯瑞东正热情似火，听不得延迟的消息。

菲茨杰拉德太太：我不知道世界是否在那个时候颠倒了，或者现在
　　才是颠倒的。

斯普拉特教士：我要对你完全坦白。我不会试图向你隐瞒你昨天告
　　诉我的事——那个问题让我无比的厌恶。

菲茨杰拉德太太：有关我丈夫遗嘱的事？

斯普拉特教士：正是……它导致事态发生了某些变化。否认就意味
　　着不诚恳。当然，并不是我情感方面的变化。

菲茨杰拉德太太：我如此了解你，不会怀疑这一点。

斯普拉特教士：你的贫穷只会让我更爱你。

菲茨杰拉德太太：你知道，西奥多，我几乎很高兴自己要没钱了。
　　这样我就能愉快地想到我不欠任何活人的债，只除了你——还

---

① 阿玛瑞梨（Amaryllis）和柯瑞东（Corydon）均为古罗马诗人维吉尔拉丁语
　诗集《牧歌》中的人物。在第二首诗歌中，仙女阿玛瑞梨是牧人柯瑞东忧郁
　的情人。具体可参见杨宪益译《牧歌》。

有几个做买卖的。我真希望我能把所有的债务都用现钱了结了。

斯普拉特教士：我希望你的债务并不是很多？

菲茨杰拉德太太：噢，至多六七百镑吧。

斯普拉特教士：我难以相信我接下来要说的很可能会导致完全的误解。但我知道你有多么的善解人意。这正是你最初吸引我的闪光点。我相信你能理解我。我宁可放弃全世界，也不愿意你把我当成一个钻进钱眼里的人。

菲茨杰拉德太太：我相信你说的话都是出自最善意的动机，西奥多。

斯普拉特教士：我昨天才请求你尽快地嫁给我。而我今天就让你等一等，你不觉得很奇怪吗？

菲茨杰拉德太太：我会认为这样很明智。

斯普拉特教士：不管怎么说，我首先要对你负责，对吗？

菲茨杰拉德太太：[恳切地] 我非常清楚你说的每一句话都没有考虑过自己。

斯普拉特教士：我不能叫你和我一起面对贫穷。你太不习惯于贫穷。我试图说服我自己，但我做不到。如果我屈服于自己的欲念，那我就是个彻头彻尾的自私鬼。

菲茨杰拉德太太：我认为你非常慷慨。

斯普拉特教士：我敢说你知道我的收入并不宽裕。

菲茨杰拉德太太：我从圣职人员清单上看到过。

斯普拉特教士：我还必须为威妮的嫁妆花一大笔钱。我有十足的把握莱昂内尔能与格温多琳·杜兰特取得圆满，这姑娘确实有六万镑的身家，但从礼数上来说，我必须为他准备一点儿贴补。

菲茨杰拉德太太：你确实花销很多。

斯普拉特教士：近一两年的时间，什么样的事情都有可能发生。虽然他们已经把科尔切斯特的位置给了一个中看不中用的校长，但现任主教中不止一位是年纪大得连走路都颤颤巍巍的。我在总会那边可是相当有影响力的。

菲茨杰拉德太太：你现在看起来已经是活脱脱的主教了。

斯普拉特教士：我知道我要求太多了，但你会很介意多等我一两年吗？

菲茨杰拉德太太：你确定你不是更倾向于不受婚约的束缚？

斯普拉特教士：你当然不至于把我想成一个负心汉——那种因为你不如我想象中富有就会狠心背弃我们许下的盟誓的人？

菲茨杰拉德太太：我亲爱的朋友，你可曾想过爱情也分两种吗？一种像好看不能吃的香豌豆：一个年轻人与另一个年轻人相爱，他们爱得晕头转向，于是他们结婚，生了十七个孩子，从此过上了痛苦的生活。另一种则像能吃的菜豌豆：一个有教养且并非两手空空的人，他与另一个有教养且家境殷实的人相爱。他的激情完全出自真心，但他也能毫不费力地控制激情于安全范围以内，如果这位女士并没有足够的收入来避免婚姻上的不便。香豌豆很诱人，我们都欣赏它，但菜豌豆才是既实惠又长久的。

斯普拉特教士：你的比喻并没有触动我。

菲茨杰拉德太太：请记住，你是个年轻的男人，两三年的光阴不会为你带来任何改变，但对我来说，三年以后我会看起来至少老上五岁。这恐怕就是命运的不公，对女人的眷顾并不能修补岁月的留痕。

斯普拉特教士：我亲爱的朋友，我看重的不是你易逝的容颜，而是你恒久的心灵。

菲茨杰拉德太太：别这么说。那是一个男人安抚一个平庸女人的惯用伎俩。

斯普拉特教士：我决不会否认你的容颜也是相当可观的。

菲茨杰拉德太太：[略微点头] 谢谢你，先生。

  [片刻的停顿，他左右摇摆、犹豫不定。她面色凝重地注视着他，而眼睛里却闪烁着光芒。

菲茨杰拉德太太：要不我们忘了那天你在我耳朵里嘀咕的那些你并不太当真的话？

斯普拉特教士：我要是收回我说的话，那就很可耻了。

菲茨杰拉德太太：考虑到你的前程，这也不算什么牺牲了。我已经看到你那双健美的小腿裹上了主教的绑腿。

斯普拉特教士：你会一辈子都看不起我的，如果我——接受了你的建议。

  [她看了他一会，享受他的尴尬。终于她忍不住笑出声了。

菲茨杰拉德太太：我亲爱的老兄，你真以为我有心要嫁给你吗？

斯普拉特教士：[吃惊] 我没听错吧。

菲茨杰拉德太太：没有什么能诱使我嫁给你。如果我让你误会了二十四小时，那也只是出于纯粹的恶作剧。

斯普拉特教士：你意思是说你一直在捉弄我？

菲茨杰拉德太太：我确实很喜欢你。而且被人求婚也总是很温馨的。

斯普拉特教士：你刚才把两种爱情比作香豌豆和菜豌豆。我并不想失礼，但你的情感让我联想到红花菜豆 ①。

菲茨杰拉德太太：我们把这事儿都忘了吧。你是完全自由的，你也没有任何必要娶我。我们就做朋友吧。你做朋友的话非常可爱，要是做丈夫就非常难以忍受了。千万别再跟寡妇们调情了。她们可是极其危险的。再见了，我度过了一段很愉快的时光。

斯普拉特教士：[生硬地鞠躬] 很高兴听见你这么说。

_____

① Scarlet runner，又名荷包豆，常栽培供观赏，但在中美洲其嫩荚、种子或块根亦供食用。

[菲茨杰拉德太太出去。斯普拉特教士长长地舒了一口气。刚才的十五分钟颇为尴尬，可现在结束了，他自由了。此时门开了，威妮进来。

斯普拉特教士：你在这儿啊。我还在想你究竟干吗去了。

威妮：我给伯特伦写信，告诉他你同意我们订婚了。

斯普拉特教士：他肯定高兴得飞上七重天①了。

威妮：我刚收到他的短信。他正赶过来。

斯普拉特教士：看到你这么开心，我也很高兴，宝贝儿。[他正说着，索菲亚小姐进来了，他转向她] 索菲亚，我们的孩子对我们来说经常都是一场严峻的考验，但我们必须既能享乐，也能吃苦。他们时不时地也会给我们巨大的成就感。

威妮：我担心索菲亚姑妈并不是很高兴。

索菲亚小姐：我亲爱的，如果你爱他，你的父亲又准允，那就没什么可说的了。我预计他会进入议会，而且他作为社会主义者也许不是一件坏事。我想他们要拉拢的并不是聪明的年轻人，而是富有的年轻人。

斯普拉特教士：我们应该有能力为他争取点什么。

索菲亚小姐：你是激进派或是托利党②，这似乎都没关系：只要有工作机会，你就抓住它。

[庞森比进来，后面跟着伯特伦·雷林。

庞森比：雷林先生。

斯普拉特教士：我们正说起你。

雷林：我希望您知道我有多么感激……

斯普拉特教士：[打断] 一个字都别说，我亲爱的伙计。

---

① Seventh heaven，天堂最高处，上帝和大部分高级天使所在处，一般形容极乐的状态。
② Tory，英国的保守派。

469

雷林：我之前想找您谈一谈的，可威妮不让。

斯普拉特教士：现在皆大欢喜了，我亲爱的伙计。索菲亚，我有点事跟你说。你能到隔壁房间来一下吗？

    [教士和索菲亚小姐进入内室。伯特伦伸出双手。

雷林：怎么样？

威妮：什么怎么样？

雷林：你的父亲真是一个慎重的人。

    [他将她拉近，但她轻微抵挡了一下。

威妮：小心呐。

雷林：你觉得你的父亲为何把索菲亚小姐叫走？

威妮：他们没有我预期的那么生气。

雷林：我简直快乐得不得了。坐下吧。

    [他们坐下，他试图搂住她的腰。她挪开了。

威妮：请别这样。

雷林：［诧异的］到底为什么呢？

威妮：要是有人进来，我会感觉很难堪的。

雷林：可要是我们订婚了，那又有什么关系呢？我说，我的妹妹露易丝订婚之后，我们一般都把前厅留给他们，如果有人非要进去不可，就把门摇得咔咔直响。

威妮：你的妹妹还没有结婚，对吧？

雷林：噢，没有，她悔婚了。他并不是很符合她的要求。她是一个资深的激进派，一名社会工作者，你知道。而他是个极其普通的年轻人。他只是一个律师的文书而已。露易丝聪颖过人，他却对艺术一无所知。就连看一场戏，他都要事先确认好了这戏能让他发笑以后才肯去。

威妮：我自己就很愿意在戏院取乐。

雷林：噢，我们会让你脱离这种低级趣味的。戏剧的使命是比娱乐

470

更加高尚的。

威妮：伯特伦，我希望你告诉我，你的袖口能脱下来吗？

雷林：你怎么想起问这个？

威妮：我就想知道。

雷林：确实能脱的。这设计太巧妙了。[他卷起袖子，一边展示，一边讲解] 你看，袖口是扣上去的，你只要更换袖口就行了——弄脏的只有边缘而已——这样看起来你就换了一件干净的衬衣。不必没完没了的换洗了。

威妮：我还以为男人每天都换干净衬衣呢。

雷林：只是就袖口而言。

威妮：我希望你能请汤姆伯父把你介绍给他的裁缝。我肯定他会很乐意的。

雷林：怎么，我穿的衣服有什么不对劲吗？

威妮：没什么不对劲，挺好的，但我觉得没有汤姆伯父的衣服那样好。

雷林：我估计他是去的萨维尔街①。那地方我永远都负担不起。

威妮：可你不必付钱啊。汤姆伯父从来不付钱给裁缝。男人都不付钱给裁缝。

雷林：我可是一辈子都没有欠过一分钱。我母亲从小这么教育我的，她说要量入为出，绝不赊欠，这是我学到过的最有价值的东西之一。我这身衣服就是在金融区的柜台上直接买到手的。

威妮：但你不能穿着一套现成的衣服结婚呐，伯特伦。

雷林：我的老天，为什么不能？我就要穿着我现在这身衣服结婚。你要是喜欢，我会换上一件干净的衬衣。

威妮：索菲亚姑妈说我们结婚之后，你会进入议会。

---

① Savile Row，英国伦敦的一条聚集高档定制男装店铺的街道。

雷林：他们已经许诺给我下一届竞选的工党席位了。这次保证成功。

威妮：[试探地] 爸爸说他有能力为你争取点什么。

雷林：你什么意思？

威妮：工作机会总是会有的，对吧，而且爸爸在政府那边有不小的影响力。

雷林：我亲爱的，你把我当成什么了？

威妮：你难道不想出人头地吗？你不会一辈子都安于做一个小小的书记吧？

雷林：[在她身边跪下] 噢，我的宝贝儿，你还不明白吗？我什么都不是。我只是一件工具，我也很骄傲能成为一件工具。我是贫穷还是富有，那又有什么关系呢？[他握起她的双手，嗓音变得极其抚慰] 在我有限的生命里，我要为我的同胞而奋斗。我要你和我并肩奋斗。我为你提供的不是舒适与悠闲，而是贫穷与艰辛，日复一日的操劳。我希望你懂得我们文明的罪恶与痛苦，它的残忍与不公。你问我是否想要出人头地。而我想到的是那些排得长长的失业者的队伍。我从他们的眼中看到畏惧，对可怕的明天的畏惧——冰冷、饥饿而又绝望的明天。你知道吗？整个冬天的夜晚，警察都会在路边来回巡逻，不让那些无家可归的可怜人在路边睡着，免得他们被冻死。

威妮：噢，别说了，别说了。

雷林：我不知道你是否想到过那个拿撒勒人①，他是穷人的朋友，一个被放逐、被避讳的人。有时候在一间普通的宿舍里，我看到一个失业的木匠，我在想……有时候我觉得他就从一个手持砖头的泥瓦匠眼里看着我，有时候他通过一个谦卑的扫大街的拾荒者同我说话。

---

① Nazarene，即耶稣。

威妮：你让我感觉自己庸俗不堪。

雷林：这并非我的本意。

威妮：我太惭愧了。噢，教教我怎么样才能更配得上你，伯特伦。

　　　　[她俯下身，他吻了她的双唇。此时传来斯普拉特教士的歌声。

　　　　我本不是个勇敢的水手，

　　　　我从来没出过海。

　　　　[他兴高采烈地进来了。

斯普拉特教士：你伯父刚开车过来了，威妮。

　　　　[庞森比进来通报，斯普拉特伯爵紧跟在他后面。

庞森比：斯普拉特伯爵。

　　　　[出去。

斯普拉特伯爵：你好吗？

斯普拉特教士：你还记得雷林先生吧？

斯普拉特伯爵：[同他握手] 我听说有事要恭喜你。

雷林：非常感谢。

斯普拉特教士：索菲亚马上就下来。我邀请你过来是参加家庭聚会的，汤姆。

斯普拉特伯爵：噢，上帝啊！

斯普拉特教士：我不知道你怎么这个反应。我以为这是最吸引人、最美妙、最令人愉快的事了。

斯普拉特伯爵：我一直觉得你是很有想象力的人。

威妮：你没有在等别人吗，爸爸？

斯普拉特教士：我觉得我有责任对你未来的亲戚尽可能地热情，威妮。我已经邀请了雷林太太偕同女儿出席今天的茶会。

　　　　[场面一时尴尬。

雷林：我亏欠了母亲很多，斯普拉特教士。我父亲去世的时候，我还是个小孩儿。我但凡有一点成绩，那都是依靠我母亲坚强的意识和辛勤的劳动取得的。

斯普拉特教士：我真是迫不及待地要见见她了。

　　　　［索菲亚小姐进来。

索菲亚小姐：我刚刚送走了菲茨杰拉德太太。［对斯普拉特伯爵］她请我向你道别。

斯普拉特伯爵：可爱的女人。

斯普拉特教士：一个迷人的女人。也许有点世故，但确实迷人。

　　　　［庞森比进来。

庞森比：雷林太太，雷林小姐。

　　　　［雷林太太矮小敦实，红脸膛，灰头发梳得过紧。她头戴一顶破旧的绉纱阔边软帽①，身披一件过时的黑色斗篷，手戴棉手套；她还拎着一把黑黢黢的男式雨伞。露易丝·雷林戴着夹鼻眼镜。她是个意志坚定的年轻姑娘。她不仅很容易被得罪，她还随时提防着别人要得罪她。

斯普拉特教士：［热情地迎过去］你们好啊。你好吗，雷林太太。

雷林太太：很好，谢谢。

斯普拉特教士：［对露易丝］你好吗。

露易丝：非常好，谢谢。喂，伯特伦。

雷林：喂，露易丝。

雷林太太：你没想到今天下午见到我们吧，伯蒂，臭小子②。

索菲亚小姐：你们请落座吧。马上茶就上来了。

斯普拉特教士：我来给你们介绍我的妹妹，索菲亚·斯普拉特小姐……雷林小姐，这是我的妹妹。

---

① 原文 bonnet，也译作阀帽，英国传统的女帽，帽檐很宽，有带子系于下巴。

② 原文 lay 可作性交伙伴理解，含义十分粗俗。

露易丝：我真正该叫露易丝·雷林小姐，你知道。

雷林太太：我有两个女儿，我的大人。可大女儿弗洛丽脑子不是很正常，我们不得不把她关进一家精神病院。

雷林：一场意外导致的。

斯普拉特教士：非常遗憾。非常遗憾。很庆幸你们能过来。现在这个时候，大家都有很多事要忙。

露易丝：我以为你们住在西区的人从来都不做事呢。

斯普拉特教士：[微笑] 那西区在佩克汉莱那边名声不好哇。

露易丝：呃，我觉得我不能为佩克汉莱的人代言太多。

雷林：佩克汉莱的人缺乏公共精神。

露易丝：但我们还是竭尽所能。我们的联合会努力要激发他们。我们每周都在召开集会，但他们就是不来。

索菲亚小姐：我怀疑他们能不能受到激发。

斯普拉特教士：你也和你的哥哥一样能言善辩吗？

露易丝：噢，我时不时地发表一些讲话。

雷林太太：您该听听他们的演讲。

雷林：露易丝是伦敦南区最出色的演讲者之一。

露易丝：呃，我赞成女性参与一切事情。我不能忍受那种坐在家里无所事事、只会读读小说去去舞会的女性。女性的活动空间是无限的。

雷林：无限的。

露易丝：现在还有谁会认为女人比男人低等呢？

雷林太太：她是不是很了不起？

露易丝：[嗔怪] 妈。

雷林太太：她说我经常都在人前夸她，但我就是忍不住。你们该看看她得的那些奖状和证书。噢，我确实为她骄傲，我可以告诉你们。

露易丝：妈，你别老是这么没完没了的。人家会以为我没长大呢。

雷林太太：哎呀，露易丝，我忍不住嘛。你很了不起，这是不可否认的。跟他们说说你赢回来的金牌吧。

斯普拉特教士：我愿闻其详。我历来敬重赢得金牌的人。

露易丝：[微笑] 让您见笑了。

雷林太太：哎呀，露易丝，你就是犟脾气。她一直是这样，从小就这样。

    [庞森比把茶具端进来。雷林太太打量了客厅周围，斯普拉特注意到她的眼睛落在第一任斯普拉特伯爵的肖像画上。

斯普拉特教士：那是我的父亲，已故的英格兰大法官。

雷林太太：画框很漂亮。

斯普拉特伯爵：[哄笑一声] 他人很一般，是吧？

雷林太太：噢，我可不是这个意思。我决不敢这么冒犯。

斯普拉特伯爵：那你也不能违心地说他是个俊俏的人。

斯普拉特教士：托马斯，请你记住他是我父亲。

雷林太太：我现在仔细看看他，发觉他其实也没有那么的难看。

斯普拉特伯爵：在我们家里，我们都认为他和我的弟弟西奥多长得一模一样。

雷林太太：哦哟，您这么一说，我确实觉得有点像了。

斯普拉特教士：我的哥哥幽默得很。

    [他递给雷林太太一杯茶，她若有所思地搅动茶水。

雷林太太：[对索菲亚小姐] 这片街区不错。

索菲亚小姐：南肯辛顿吗？这儿是所有郊区当中最不让人难受的街区了。

斯普拉特教士：我亲爱的，我不允许把南肯辛顿说成郊区。这儿是伦敦的正中心。

索菲亚小姐：你这番话经常让我想起那个风趣而毫不粗俗的哈姆雷

特。南肯辛顿就相当于繁华而毫无乐趣可言的贝斯沃特 ①。

雷林太太：佩克汉是个不错的街区。周围的住户都很好。

索菲亚小姐：我也这么认为的。

雷林太太：我们在葛莱德斯通路有一所漂亮的小房子。有电灯啦，电话啦，噢，还有一个舒服的浴室。我们刚搬进去的时候，露易对我说：妈，我等不到周六了。我今晚上就要洗澡。伯蒂每天早上都洗一次。

斯普拉特教士：真的吗？

雷林太太：真的，他说他不洗不行。他要是一天没洗，他就一天都不舒服。

雷林：妈妈。

雷林太太：现在的生活跟我小时候比大不相同了。那个时候都没人想过要洗这么多澡。可现在啊，我前几天才跟那个修房子的史密瑟斯先生聊过。你知道我说的谁吧，伯蒂？

雷林：知道，妈妈。

雷林太太：他跟我说：老天啊，雷林太太，现在的人都挑剔得很啦，要是修个房子没有浴室，他们连看都不看一眼。

斯普拉特教士：他们说洁净近乎于圣洁。

雷林太太：这是理所当然的，不过还是得小心。我就知道有不少人在洗澡的过程当中感冒了，本来他们就感觉不舒服还跑去洗澡。

　　[斯普拉特伯爵端给露易丝·雷林一杯茶，又把糖递给她。

露易丝：谢谢，不用糖了。我不喜欢碳氢化合物。

斯普拉特伯爵：不好意思，我没听懂。

雷林太太：别管她，大人。就是她随便说说的。伯蒂和露易两个

---

① Bayswater，伦敦市中心的一个区，也是伦敦最具国际化的区域之一，紧邻南肯辛顿。

都是满口的流行话。有时候他们都要把我惹毛①了，我老实告诉您。

露易丝：妈，说话小心点吧。

雷林太太：哎哟，你是很小心呢，露易——这就是露易。她不喜欢我叫她露易。她说露易太普通了。您知道，大人，我的两个孩子洗礼的时候叫伯特伦和露易丝。但我们总是叫他们伯蒂和露易，我现在没法改这个习惯了。不过呢，大人，孩子们长大了，踏入社会了，他们就想把一切都颠倒过来。您知道伯蒂想我怎么样吗？

斯普拉特教士：我想不出来。

雷林太太：您敢相信吗，他竟然叫我发誓戒酒。

雷林：妈妈。

雷林太太：呃，听我说，大人，我想说的是，我是个干活辛苦的女人，我除了干活以外，就想时不时地来一点啤酒。我那个船长丈夫虽然留下一点钱，但我成了寡妇以后不得不靠干活来维持生活，我老实告诉您。我让孩子们都接受了很好的教育。

斯普拉特教士：你有理由为他们骄傲。我觉得我的小女儿还没有露易丝小姐一半有才学。

露易丝：那就是您的错了。不怪别人，只怪您自己。因为您没有给予她适当的教育。一个姑娘为什么不能像男人一样接受良好的教育呢？我想不出有任何的理由。这是我一贯的态度，也是我要长期坚持的态度。

雷林太太：她说得太精彩了，对吧？我能坐下来一连听她说上几个小时。

斯普拉特教士：除了是说绝对禁酒这件事？

---

① 原文 hump，同样也有性交的意思。

478

雷林太太：[由衷地笑了] 您说得对，大人。我想说的是，我是个干活辛苦的女人……

斯普拉特教士：而你想要来一点啤酒。我知道，我了解……我前几天才跟一位女士讨论了这个问题，她来帮我打扫教堂的，她的说法跟你的一样。不过她更偏爱烈酒，据我所知。

雷林太太：噢，我从来不喝烈酒。

斯普拉特教士：为何？

雷林太太：[满脸笑容] 呃，几乎从来不喝。

斯普拉特教士：船长啊！船长！

雷林太太：你千万别笑我。事实是，我偶尔在茶水里面加一点。

斯普拉特教士：天啊，你为何不早说？威妮，你真的该早点告诉我……快按铃吧，好吗？

雷林太太：噢，我不是这个意思，大人。

斯普拉特教士：我亲爱的女士。你加的是什么，朗姆酒？

雷林太太：[皱巴着脸] 噢，我可受不了那个。

斯普拉特教士：威士忌？

雷林太太：噢，不是，大人，这东西就算给我钱，我也不会碰的。

斯普拉特教士：金酒①？

雷林太太：[灿烂地微笑] 请叫它白缎，大人。

斯普拉特教士：白缎？

雷林太太：这话说起来挺可笑，不过朗姆一直都不对我胃口。而且朗姆有益健康，您知道。

斯普拉特教士：我毫不怀疑。

雷林太太：上一次我喝了一点——噢，我感觉很不舒服。现在，我的朋友库珀太太简直没法喝别的酒了。

---

① Gin，杜松子酒，又译琴酒。

斯普拉特教士：嘿嘿，那太奇怪啦。

雷林太太：您不认识库珀太太吧？噢，她是个很友善的女人。她在谢泼德丛林 ① 那里有一套温馨的小房子。

斯普拉特教士：那是一个环境宜人的街区，我相信。

雷林太太：噢，没错，地铁给那个街区带来了显著的变化。您应该认识下库珀太太。噢，她是个友善的女人，绝对的淑女。没人能说她一句坏话，不管是谁。

露易丝：妈。

雷林太太：呃，他们确实说她有时候喝得太多了一点。不过我从来没见她喝醉过。

斯普拉特教士：真的呀！

雷林太太：噢，我并不赞同喝酒超过自己的酒量。我的座右铭就是克制、节制。不过库珀太太上回刚跟我说过：她说，雷林太太，我经历了这么多艰难困苦，就我们两个女人私底下说的话，我要是不喝一点朗姆酒都不知道该怎么办了。她确实吃了不少苦。这必须得承认。

斯普拉特教士：可怜人啊，可怜人！

雷林太太：噢，吃太多苦了。现在您知道人跟人多么的不一样吧。库珀太太对我说：雷林太太，我向你保证我不能碰白缎。那东西让我分不清自己是头着地，还是脚着地。于是我对她说：库珀太太，你不碰它是很正确的。您说我说的对吧，大人？

斯普拉特教士：噢，太对了！我觉得你给她的建议再合理不过了。

　　　　[庞森比进来。

斯普拉特教士：庞森比，我们家里还有——白缎吗？

----

① 原文 Shepherd Bush，应为 Shepherd's Bush，也译作牧人丛林或谢泼德-布什。位于伦敦的西边，海德公园西侧。

雷林太太：我听过有人叫它充缎。

　　　　[庞森比鼓着像鱼眼一样的眼睛慢慢地从教士看到胖女士的身上，当他注意到胖女士歪斜地竖立的绉纱宽边帽时，他眨了眨眼睛。

庞森比：是白缎吗，先生？我去看看。

斯普拉特教士：[无动于衷地] 或者充缎？

　　　　[庞森比不解地看着教士。

斯普拉特教士：也许庞森比没太明白。我意思是，我们家里还有金酒吗？

庞森比：金酒吗，先生？没有，先生。

斯普拉特教士：用人房里也没有吗？

庞森比：噢，没有，先生。

斯普拉特教士：我太大意了。你应该早点提醒我家里没有金酒了，索菲亚。这样吧，庞森比，你能到最近的酒吧买一先令的金酒回来吗？

雷林太太：噢，不，别专门出去买了。我永远不会原谅自己了。

斯普拉特教士：我向你保证一点都不麻烦。而且我也很想尝一尝。

雷林太太：那这样的话，买六便士就够了。

雷林：你不喝酒要好得多，妈妈。

斯普拉特教士：好啦，好啦，你就别这么小气，不让你妈妈偶尔享受一下了。

雷林太太：这确实是种享受，我老实告诉您。

斯普拉特教士：六便士金酒，庞森比。

庞森比：是的，先生。

　　　　[出去。

雷林太太：在伦敦都没必要跑太远就能找到酒吧了，对吧？

斯普拉特伯爵：这是我定居大都会的唯一理由。

露易丝：［抓住机会］我能问一句，您是否研究过绝对禁酒的问题呢？

斯普拉特伯爵：我没有！

露易丝：您是世袭的议员？

斯普拉特伯爵：目前是。

露易丝：我希望和您讨论下上议院的问题。上议院必须解散。

斯普拉特伯爵：说得好，我要跟上议院道别的时候一滴眼泪都不会流。

露易丝：我这段时间一直在寻求这个机会。您能否告诉我，您有什么道德权利①来统治我呢？

斯普拉特伯爵：［不以为然地］我亲爱的女士，假如我统治了你，那也完全是无心之失。

露易丝：我不关心您个人的问题。您作为一个个体，我根本不感兴趣。

斯普拉特伯爵：别这么说。你为什么要无情地碾压我的自尊呢？

露易丝：我希望您作为特权阶级的一员来和我讨论。据我目前所观察的，您对当前社会的重大问题全然无知。

斯普拉特伯爵：全然无知。

露易丝：您能给我三个理由来支持贸易保护吗？

斯普拉特伯爵：我承认我不能，不过我恰巧是支持自由贸易的。

露易丝：您对工人阶级的住房供给了解多少？

斯普拉特伯爵：一无所知。

露易丝：您对中等教育了解多少？

斯普拉特伯爵：一无所知。

---

① Moral right，现代西方伦理学和经济伦理学术语。与法定权利不同，通常指由道德体系所赋予的，由相应的义务所保障的主体应得的正当权利。它独立于法定权利而存在，形成批判或确证法定权利的基础。

露易丝：您对地租 ① 税收了解多少?

斯普拉特伯爵：一无所知。

露易丝：但您仍然是上议院的议员。仅仅因为您的贵族身份，您就有权力统治上千万的知识、能力和教育都十倍于你的民众。

斯普拉特教士：妙极，妙极。你戳到他的痛处了。他正巴不得有人直言不讳地骂给他听呢。

雷林夫人：你一旦让露易说起劲儿了，那十匹马都拉不住她了。

露易丝：另外我还想知道，您怎么打发时间呢。您会研究时下的热点问题吗?

斯普拉特伯爵：没有。

露易丝：您会尝试让自己胜任一个过时的制度所赋予你的使命吗?

索菲亚和斯普拉特教士：没有。

斯普拉特伯爵：我希望你把那雨伞放下，它让我紧张得很。

露易丝：[气愤地把雨伞扔到地上] 我敢肯定你把自己的日子都消磨在各种形式的低级趣味上面了。赛马啦，台球啦，还有赌博。

斯普拉特教士：妙极，妙极。

斯普拉特伯爵：事实上我穷得没法去赌博，看赛马的时候总是犯风湿，而且也一辈子都没有打过台球。

斯普拉特教士：你是个激进派，对吧?

露易丝：我希望你知道就是那个激进派政府让我在本顿维尔监狱闻了三天的大粪。

　　　　[庞森比进来，端着一个大盘子，盘子上放着一小瓶酒。

斯普拉特教士：啊，金酒来啦。

雷林太太：噢，我的大人，别叫它金酒呀。听起来太粗俗了。我可怜的丈夫还在世的时候，我经常跟他说：船长，我不愿意有人

---

① Ground rent, 房屋所有人对房屋所占用土地的所有人支付的土地租金。

在我家里叫它金酒。我总是称呼我的丈夫为船长，尽管他只是一个大副。我真希望你们能见见他。以前要是有人跟我说，雷林太太，你把手放到一个出色、英俊又健康的男人身上，我肯定会去摸詹姆斯·塞缪尔·雷林的。可你们都不敢相信，他竟然三十五岁不到就一命呜呼了。

斯普拉特教士：人间憾事啊。

雷林太太：是啊，还有他临终时候那个惨样啊。你们该看看他的腿。

露易丝：妈。

雷林太太：你别管我，露易。你总是喜欢唠叨。

露易丝：我才没有呢，妈。

雷林太太：别不承认，露易。我不吃你这套。

斯普拉特教士：你不想再来一点——白缎吗？

雷林太太：不了，谢谢，我的大人。我觉得我喝不了了。您第一次加的量劲儿很大了，我们还必须回家去，您知道。

露易丝：我看我们应该走了，妈。

雷林太太：也许吧。我们有很长的路要走。

露易丝：我们最好坐地铁，妈。

雷林太太：噢，我们还是坐公共汽车吧，亲爱的。我喜欢坐公共汽车，售票员都长得帅气，又有绅士风度。就说前几天吧，我和一个售票员聊起天来，你们都不敢相信，他竟然到了终点站的时候邀请我和他喝了一点啤酒。噢，他真是一个好心的小伙子。

雷林：你根本就不该这么做，妈妈。

雷林太太：哎呀，我亲爱的，他就是好心嘛。而且他作为一个汽车售票员也没什么不好。他们收入很高，他告诉我他结了婚，所以我觉得跟他喝点啤酒没什么坏处。

露易丝：快走了吧，妈，不然我们就走不掉了。

雷林太太：好吧，再见了，我的大人，感谢您的款待。

斯普拉特教士：感谢你们远道而来。我们和你们相处十分愉快。

     [大家相互道别，雷林一家出去。接着是一片寂静。索菲亚
小姐、斯普拉特伯爵和教士都看着威妮。威妮则直愣愣地看着
前方。

斯普拉特教士：[轻声地]

     我本不是个勇敢的水手，

     我从来没出过海，

     我掉进海里也不会游泳

     三下两下沉到底。

     [威妮突然哽咽了一声，匆忙地离开了客厅。

索菲亚小姐：你个混蛋，西奥多。

斯普拉特教士：索菲亚，你去给罗克沙姆写一封短信，邀请他明天
过来喝茶。

                           第三幕终

第四幕

　　场景同前三幕。幕布升起时，莱昂内尔正坐在一张扶手椅上，双脚放在壁炉台上。他正在读一本书。斯普拉特教士走进来，按铃。

斯普拉特教士：你看起来挺悠闲呢，莱昂内尔。

莱昂内尔：我就是不想让自己劳累过度了。

斯普拉特教士：那你在看什么书籍陶冶情操呢？

莱昂内尔：噢，是一部侦探小说。前几天刚从穆迪图书馆①借来的。

　　　　[庞森比进来。

斯普拉特教士：罗克沙姆勋爵今天过来了吗，庞森比？

庞森比：还没有，先生。

斯普拉特教士：这就奇怪了。我以为他要来喝茶的。威妮小姐在家吗？

庞森比：在家，先生。

斯普拉特教士：好吧，那就行了。

庞森比：好的，先生。

　　　　[出去。

斯普拉特教士：我今天午饭后在文艺协会碰见主教了。

莱昂内尔：真的吗？

斯普拉特教士：宣布格雷被任命为科尔切斯特主教的消息还没有得到证实。

莱昂内尔：不知道是否有什么问题。

486

斯普拉特教士：要是格雷拒绝了，我一点都不吃惊。对于一个年纪尚轻、精力充沛的男人来说，我觉得没有什么职位比一所优秀公学的校长更有潜力了。

莱昂内尔：[打呵欠] 说的没错，父亲。

斯普拉特教士：我跟你讲话的时候，我请你不要打呵欠，莱昂内尔。

莱昂内尔：抱歉，理事。

斯普拉特教士：大多数人都认为我的讲话有趣而不乏味。你这一整天都无所事事的……

莱昂内尔：我今天下午参加了一场婚礼。

斯普拉特教士：我近来对你很不满意，莱昂内尔。你似乎没有对工作表现出热诚。一副不冷不热、漠不关心的样子。现在我们已经被反对的声音团团包围了，我们必须奋起反抗，我亲爱的孩子。你做事太随意了。你没有任何的紧迫感。你看看我。我就是为你树立了不懈努力、奋发图强的榜样，你要好好效仿。

莱昂内尔：我不知道你具体有什么不满意的。

斯普拉特教士：我的老天，你完全可以把时间花在更好的地方，而不是去读什么垃圾小说。如果你找不到更好的事做，你为何不去读大量的布道词，思考能否让自己的布道词改进一点点。我相信你还有改进的空间。

莱昂内尔：读布道词不是什么好玩的事，父亲。

斯普拉特教士：布道词又不是写来让你觉得好玩的。另外我还有点事要跟你说。

莱昂内尔：最好还是把话一次性说完吧。

斯普拉特教士：我想彻底弄明白你到底想对格温多琳怎么样。我感

---

① Mudie's，英国十九世纪由查尔斯·爱德华·穆迪（Charles Edward Mudie）私人创立的流通图书馆，以租借图书为营利手段。

觉你已经磨磨蹭蹭，犹豫不决很久了。

莱昂内尔：你这话又是什么意思，父亲？

斯普拉特教士：上帝啊，你这家伙，你可不是个大糊涂蛋啊。你的婚姻问题，我们已经讨论了太多太多。我就想知道你的意图究竟是什么。

莱昂内尔：我还以为只有未来的丈母娘才会问这个问题呢。

斯普拉特教士：老是让一个姑娘这样悬着也不公平。你到底是想娶她呢，还是不想娶她？

莱昂内尔：哎呀，父亲，这事有什么可着急的呢？

斯普拉特教士：正相反，这事可是十万火急。

莱昂内尔：此话怎讲？

斯普拉特教士：我坚信有人正在考虑向她求婚。

莱昂内尔：谁？

斯普拉特教士：我不便透露。

莱昂内尔：[闷闷不乐地]哎，我觉得她对我根本没有意思。最近我见到她的时候，她的口中只谈论你。

斯普拉特教士：[微笑]还有比谈论我更无聊的话题呢。

莱昂内尔：再有聊的话题也会听烦的。

斯普拉特教士：反正我是正告你了。如果你不盯紧一点，别人就会趁虚而入，踢你出局。

莱昂内尔：我才不会难过呢，父亲。

斯普拉特教士：我真不知道现如今的年轻人究竟怎么了。一点进取精神都没有。格温多琳可是我见过最迷人的姑娘之一。她美若天仙，家财可观，性情又是那样的温良可人。不管怎么样，我已经尽到责任，以后无论发生什么，你都万不可奇怪。

莱昂内尔：你该不会在考虑自己娶她吧，理事？

斯普拉特教士：[颇为严厉地]我要是在考虑，你又有什么话说呢？

莱昂内尔：这个嘛，她比你年纪小得多。

斯普拉特教士：我告诉你，小子，五十岁的男人正是年富力强的时候。我敢打包票你这样年纪的男人还没有我一半的精力和活力。

莱昂内尔：[看表] 好吧，我该去换衣服，准备吃晚饭了。

斯普拉特教士：[仍然很不服气，挖苦地] 去吧。反正你都要磨蹭一个半小时才行。

　　　　[莱昂内尔出去。斯普拉特教士按铃。他走到窗户前，向外张望。庞森比进来。

斯普拉特教士：噢，庞森比，索菲亚小姐除了罗克沙姆勋爵之外的人一概不见。

庞森比：好的，先生。

斯普拉特教士：[庞森比正要离开房间] 噢，还有——等罗克沙姆勋爵到了一两分钟后，我希望你过来把我叫走。

庞森比：好的，先生。

　　　　[庞森比离开时，他向第一任斯普拉特伯爵的肖像郑重地眨眼。威妮进来。

斯普拉特教士：喂，宝贝儿，你这一个下午都在做什么？

威妮：我什么都没做。我一直在休息。

斯普拉特教士：哎呀，你今天上午过得很劳累吗？

威妮：没有，我闲了一个上午。

斯普拉特教士：雷林先生今天如何？

威妮：我没见到他。他太忙了。不过他晚饭前要过来五分钟，他要到一个集会上演讲，顺路过来。

　　　　[庞森比进来通报罗克沙姆到了，后面紧跟着罗克沙姆就进来了。

庞森比：罗克沙姆勋爵。

斯普拉特教士：啊，我亲爱的孩子，我非常高兴见到你。

罗克沙姆：[把手伸给威妮] 你肯定觉得我这人烦透了。我老是跑过来。

斯普拉特教士：没有的事。我们总是很乐意见到你。我希望你把这牧师住房当作你的第二个家。

罗克沙姆：索菲亚小姐好意邀请我来喝茶，但我实在走不开。我想你们不会介意我在回家路上顺道过来看两眼。我的母亲想知道威妮是否愿意明天和我们一起去剧院。

斯普拉特教士：我相信她会很乐意的。

威妮：感谢你们的邀请。

　　　　　[庞森比进来。

庞森比：有人请求见您，先生，如果不打搅您的话。

斯普拉特教士：去去去。我现在不方便见任何人。我正要去换衣服，准备吃晚饭呢。

庞森比：此位女士说如果您愿意给她五分钟，她将感激不尽。

斯普拉特教士：噢，这样的话，我还是该下去看看。[对罗克沙姆] 请容许我失陪几分钟。

罗克沙姆：噢，千万别介意我。

斯普拉特教士：确实太烦人了。

　　　　　[他出去，庞森比也跟着出去。

罗克沙姆：真是有幸。

威妮：什么有幸？

罗克沙姆：我难得有机会单独跟你说话。

　　　　　[威妮没有回答，但她有点害羞，不声不响地把一朵法兰西菊的花瓣撕下来。

罗克沙姆：结果怎么样？

威妮：[微笑地举起只留了一片花瓣的菊花] 他不爱我。

罗克沙姆：这不可能。他热烈地爱着你。他会永远爱着你。

威妮：噢，哈里，我很伤心——非常非常的伤心。

罗克沙姆：噢，我最亲爱的……你叫我永远不要指望的时候是认真的吗？

威妮：我一周之前才说过的，对吗？噢，我简直鄙视我自己。

罗克沙姆：为什么？为什么要鄙视？

威妮：我不知道你是否真的在乎我。

罗克沙姆：你是这世上我唯一在乎的。我爱你。我爱你。我爱你。

威妮：我喜欢听你这么说。

罗克沙姆：威妮！

威妮：我感觉好痛苦。我非常渴望有人在乎我。

罗克沙姆：你为何不向我倾诉呢？我也许能帮你。

威妮：感谢你这么关心我。我从来没想到过你是如此善良的人。

罗克沙姆：威妮，你就是不愿意承认你爱我吗？

威妮：你还记得我第一次见你的时候吗？你和莱昂内尔一起过来的，从伊顿过来。

罗克沙姆：我们很快就成了朋友。

威妮：你网球打不过我的时候，总是大发脾气。

罗克沙姆：噢，我从来没有打不过你——除非是我故意让你的。你记得我们放假的时候，我经常都撑着船，载着你在河上来回游弋吗？

威妮：你掉进河里的时候，我吓坏了。

罗克沙姆：你撒谎！你当时是欢呼叫好，捧腹大笑。

威妮：[叹一声气] 我好累啊。今天过得太疲惫了。

　　　　[她坐在一张沙发上，他坐在她旁边。

罗克沙姆：你以前经常跟别的男生说话，故意让我嫉妒。

威妮：噢，从来没有的事！每次都是你。你太爱拈花惹草了。[他握住她的一只手，她没有反抗] 我不知道你什么时候开始喜欢我的?

罗克沙姆：我从来没有喜欢过你。我一直爱着你。

威妮：[微笑] 即使我还梳着麻花辫、穿着方头靴的时候?

罗克沙姆：即使是那时候。而且还会永远保持下去。噢，威妮，你说你不可能爱我的时候，你不会当真的吧?

威妮：我记不清楚了。我觉得我不大会当真。

罗克沙姆：威妮。你愿意嫁给我吗? 噢，威妮!

威妮：我愿意做任何令你幸福的事。

    [威妮一边羞红着脸，一边将嘴唇对着他，他热情地吻了她。外面传来教士的声音。

斯普拉特教士：女人皆善变。嗒啦——啦——啦——啦。[他进来看见这对年轻人紧挨在沙发上坐着，不禁微微一震] 嗨呀，我以为你早走啦。我比预计的时间多耽搁了一下。

罗克沙姆：[对威妮] 我能告诉他吗?

威妮：[微笑] 是的。

罗克沙姆：斯普拉特教士，我想告诉你威妮刚刚答应了我的求婚。

斯普拉特教士：什么! 妙极，妙极! 我亲爱的朋友，我很高兴听到这消息。我亲爱的孩子!

    [他张开双臂，威妮把脸藏进他的怀抱。他慈爱地亲吻了她，然后与罗克沙姆握手。

斯普拉特教士：我就知道她是倾心于你的，孩子。相信我能摸透一个女人的脾气。

威妮：[大声笑着，朝罗克沙姆伸出手] 父亲太了不起了。

罗克沙姆：你让我非常幸福。

斯普拉特教士：好了，我亲爱的小伙子，你该去告诉索菲亚了。你去她的闺房找她。

罗克沙姆：我去?

斯普拉特教士：你知道她敏感得很。你应该亲口告诉她。

罗克沙姆：那威妮呢？

斯普拉特教士：威妮和我跟着就过来。

罗克沙姆：我简直是头待宰的羔羊。

    [他一边走一边冲着威妮微笑；当他从内室出去的时候，威妮向他飞吻。斯普拉特教士饶有兴味地看着自己的女儿。她转过身，依然保持站立的姿势，开始翻看一本书。]

斯普拉特教士：亲爱的威妮，我如果问你什么时候跟雷林先生解除的婚约是不是莽撞了？

威妮：[抬起头] 我还没有解除。

斯普拉特教士：[温和地质问] 那你打算两个都嫁吗？

威妮：噢，爸爸，你必须帮帮我。我已经心烦意乱了。

斯普拉特教士：那我认为雷林夫人的口音和喝金酒的习惯，以及她女儿傲慢又粗俗的个性，这些都影响了你对伯特伦·雷林先生的感情，我说得对吗？

威妮：你觉得我是个很势利的人吗，父亲？

斯普拉特教士：你当然是个势利的人，我亲爱的，但我宁愿你如此。这是我们盎格鲁–撒克逊民族最为宝贵的品质，我并不认可其他人对它粗鄙的蔑视。势利不仅让我们成为一个伟大的国家，而且还是一个基督教的国家，因为势利无非就是一种提升自身地位的欲望，首先在现世提升，其次在来世提升。我不禁要设想，假如我也拥有一星半点这样的品质，那我也不会在蒙昧中踟蹰憔悴了。

威妮：[继续自说自话] 我真是出了大丑了。他迷惑了我，我一时以为我能过他那样的生活。但我现在怕了他了。

斯普拉特教士：[严肃地] 有一件事我必须知道，威妮。你真心倾向于哪一个？

[威妮犹豫片刻，然后她轻轻哽咽了一声。

威妮：就是这个问题。我两个都爱。

斯普拉特教士：[震惊] 什么！！

威妮：我跟这个在一起的时候，就觉得他比那个要好得多。

斯普拉特教士：[恼火异常] 说真的，威妮，你可不能这样优柔寡断啊。

威妮：我见到伯特伦的时候，我就被迷得神魂颠倒了。我脑子里满是崇高的思想。但我无法实现他的理想。他爱的并不是我本来的样子，而是那个我可以成为的女人。你看看，伯特伦他是个英雄。

斯普拉特教士：[不耐烦地] 胡说八道！他就是个记者。

威妮：可哈里并不希望我有一丝的改变。他爱我本来的样子。在他眼里，我没有任何的缺点……

斯普拉特教士：[打断] 真的，威妮，我觉得你这样年纪的姑娘如此深入地分析自己的情感并不太合适。我讨厌没法做决定的人。

威妮：噢，但我非常清楚我该嫁给谁。

斯普拉特教士：[态度缓和] 噢，这个嘛，我觉得才是重点。

威妮：你会帮我解围的吧，父亲？

斯普拉特教士：你看看，你可怜的老父亲终究还是有点用处的。你希望我怎么做呢，我的孩子？

威妮：等伯特伦过来，你就告诉他一切都是个错误，我不能嫁给他。

斯普拉特教士：他才不会听我的。

威妮：我不敢再见他了。我会无地自容的。

[庞森比进来。

庞森比：雷林先生到了，先生。我告诉他小姐没家……

斯普拉特教士：[打断庞森比的解释] 噢，好的，请他上来吧。

庞森比：好的，先生。

494

斯普拉特教士：[马上对威妮说] 到隔壁房间等着。

　　　　[威妮刚溜出客厅，雷林就进来了。

庞森比：雷林先生。

　　　　[教士满面热情地迎上去。雷林双手捧着一束玫瑰花。他把玫瑰花放下。

斯普拉特教士：你好吗？你这么晚了还来探望真是难得，亲爱的雷林。

雷林：威妮说她今天下午在家。

斯普拉特教士：当然啦，我没有自作多情地以为你是来探望我的，不过我碰巧想跟你闲叙几句。

雷林：悉听尊便。

斯普拉特教士：[愉快地] 这可是你们两个年轻人所迈出的庄严神圣的一步。

雷林：那我们抱着轻松的心态来迈出这一步就是很明智的。

斯普拉特教士：哈，哈——妙极。那我就应该认为你们两人还太年轻，不适合结婚。

雷林：我二十五岁了，威妮二十一。

斯普拉特教士：你们两个看起来都没有那么大。

雷林：也许吧。

斯普拉特教士：我不说你也知道，我本人对你怀有最崇高的敬意，对你的才华表示最由衷的赞赏。但我们生活的时代并不能确保才华总是得到应有的回报，所以我很好奇你打算依靠什么来生活。

雷林：我每年的收入差不多二百五十镑，威妮从她母亲那里继承约一百五十镑。

斯普拉特教士：你消息很灵通。

雷林：威妮告诉我的。

斯普拉特教士：显然如此。我从来也没有怀疑过你会到萨默塞特宫 ①
去查阅遗嘱。不过呢，你觉得威妮会满足于一年四百镑的生活
费吗？

雷林：这已经是我母亲过去生活费的三倍了。

斯普拉特教士：[非常礼貌地] 这个和那个有什么关系呢？

雷林：您以为您的女儿会在乎社会上那些华而不实的东西，那些俗
气的身外之物吗？

斯普拉特教士：我认为我的女儿是个俗人，雷林先生，尽管你可能
会感到意外，但我仍然要坦率地说，我觉得一辆汽车是她幸福
生活的必需品。

雷林：我了解威妮，我爱她。您把她当成一个玩偶，一个任人愚弄
的傻子。她过去是。但我已经让她变成了一个有血有肉的女人。
她现在是真正的女人了，她厌恶社会上所有的伪装和肤浅。

斯普拉特教士：她真是这么跟你说的？相信我，我们斯普拉特家都
是很幽默的。

雷林：感谢上帝，她已经知道了这帮无所事事、自私自利的小群体
是多么的狭隘。她想要工作。她想要和自己的同胞一起劳动，
肩并着肩，为公平正义而奋斗。

斯普拉特教士：那你觉不觉得，我亲爱的年轻人，假如你的鼻尖上
有颗疣子，或者你的眼睛有斜视，威妮还会不会认为这个世界
既虚伪又愚蠢呢？

雷林：您的信仰是世人皆恶。

斯普拉特教士：恰好相反，我是慈悲为怀，把世人仅视为愚蠢。

雷林：[开始耐不住性子了] 您到底想说什么？您为何不像个男人一
样爽直地说出来，反而要这样拐弯抹角呢？

---

① Somerset House，伦敦曾经的注册总署所在地。

斯普拉特教士：我亲爱的雷林，我请你务必要尊重上流社会的传统礼规。对于任何向我女儿求婚的年轻人，我显然有责任打听清楚他们的境况。

雷林：我一听说您同意我们的婚事，我就不相信您。我知道您看不起我。我知道您所有的奉承都是骗人的鬼话。

斯普拉特教士：[无动于衷地] 我相信等你冷静下来以后，你会后悔你已经用过的自以为恰当的措辞。不过我会立马告诉你，我绝不会因为那些措辞而对你有任何的不满。

雷林：我对您感激不尽，不过我还没有发觉我的任何措辞会让自己有哪怕一丁点后悔的可能。

斯普拉特教士：那么请恕我直言，作为你的长辈，作为一名圣职人员，我认为你的表现既欠缺基督教徒的慈悲，又漠视基本的社交礼仪。

雷林：您是想让我知道您收回自己两天以前给出的允诺吗？

斯普拉特教士：我得知你的姐姐住在一家精神病院。我当然是同情这种不幸遭遇的，可我对此事的态度却是相当坚决。

雷林：[打断他] 简直荒唐。弗洛丽是小的时候出了意外。她从楼上滚下来，然后就变得……

斯普拉特教士：脑子不太正常了，如你母亲所说，雷林先生。我希望你明白，所有孩子都会滚下楼，但没有人会低能到需要精神病院的约束。

雷林：反正事实就是，威妮她爱我。

斯普拉特教士：你很确定这一点吗？

雷林：如同确定我自己的姓名和生命。

斯普拉特教士：好吧，我只能勉为其难地告诉你，你错了。威妮已经意识到她对自己情感的强烈程度判断失误了。

雷林：狗屁。

斯普拉特教士：她委托我转告你，她发现自己不够爱你，不能嫁给你。她为她给你带来的不快表示抱歉，并请求你放手。

雷林：这不是真的。

斯普拉特教士：我以绅士的名义发誓，我所说的都是绝对的事实。

雷林：那就请她亲口对我说吧。

斯普拉特教士：我认为你们两人最好不再见面了，对你们都好。

雷林：我必须见到她。见不到她，我就不走了。我告诉你，我不会离开的。

      [教士犹豫片刻，然后耸耸肩。他走到内室，打开门喊起来。

斯普拉特教士：威妮！[有片刻的停顿，接着威妮进来] 我本来想帮你们两人避免一个尴尬的局面，可雷林先生坚持要见你。

雷林：那不是真的，对吧，威妮？

威妮：我非常抱歉。

雷林：[对斯普拉特教士] 请让我们单独待一下……[他见教士意欲拒绝] 你肯定不会有什么异议吧。

斯普拉特教士：我到隔壁房间等着。

      [他走进内室。雷林注意到他带过来的玫瑰花，将它们交给威妮。

雷林：我给你带了花，威妮。

威妮：谢谢你。

      [他注视她片刻。她的眼睛逃避他的目光。

雷林：你上次才说你爱我胜过所有人。他们到底做了什么让你厌恶我？

威妮：没人做了什么。

雷林：突然之间，没有任何的解释，你就让你的父亲来说你犯了一个错误。

威妮：我对你造成的痛苦，我非常抱歉。

雷林：你是担心我贫穷而毫无地位吗？可你早就知道了……你怎么忍心抛弃我们所有美好的憧憬——肩并肩地劳动，为同胞而努力奋斗？

威妮：[反应强烈地] 我根本不喜欢这样的生活。

雷林：威妮！

威妮：噢，伯特伦，你多想想吧。我希望你明白我们犯了一个很严重的错误。幸亏我们及早发现了。我并不适合过你为我设想的生活。我应该彻底地远离它。

雷林：可是为什么？为什么呀？

威妮：我对劳动和禁酒的热衷不过是装装样子罢了。我想要你觉得我又聪明又独特。我不喜欢穷人。我不想和他们有任何瓜葛。我确信贫穷和犯罪是很可怕的，但我只想闭上眼睛，不去理会。我讨厌污垢和泥土。我觉得贫民窟糟糕透顶。你难道还不明白如果我们结婚会有多么糟心吗？我只会妨碍你，我们两个都会痛苦不堪。

雷林：你的父亲说一辆汽车是你幸福生活的必需品。你不应该介意你是步行还是乘坐华丽的车辆。生活如此丰富多彩，有这么多的工作可以从事。只要我们尽到自己的职责，有没有汽车又有什么关系呢？

威妮：可我并不想尽我的职责。我只想幸福。

雷林：你难道不关心人类吗？

威妮：人类？我非常抱歉，因为我在看到你脱下自己的袖口之后就不太关心人类了。

雷林：噢！你怎么能如此轻浮！你们都是一样的人，你们所有人都是，琐碎、狭隘、浮躁。

威妮：这不是充当一次英雄的问题。这是要日复一日地枯燥乏味而又低贱肮脏地充当英雄。而且永远都没有逃离的可能了。一个人必须要下定一辈子都如此生活的决心才行。我想象自己住在一条恶心逼仄的街上，住在一幢破烂的房子里，还要和一群社会主义者喝下午茶。我都忍不住要尖叫了。

雷林：这一切都无足轻重。

威妮：噢，你倒是说得轻松。你从小没有在奢侈的环境中长大，你当然不会怀念这样的生活。你以为我很容易学会做家务活，像你的母亲那样缝缝补补，可你觉得你这样从事脑力劳动的人能从早到晚地去修路吗？

  ［他还没来得及回答，内室里就传来罗克沙姆的声音，紧接着他就急匆匆地进来了，教士也跟着进来。

罗克沙姆：啊，你在这儿啊，教士。威妮在哪儿……我把事儿办好了，威妮。我把消息告诉她，我们彼此拥抱。［看见雷林］噢，抱歉。我还以为你一个人在这儿呢。哟，这不是雷林先生嘛。你好啊？

雷林：［握手］你好。

斯普拉特教士：我不知道你们二位相互认识。

罗克沙姆：噢，是的。上次雷林先生演讲的一个集会是我担任的主持人。顺便说下，我可一直在读你的大作。

斯普拉特教士：没错，确实是了不起的著作。我向来这么想的，我亲爱的雷林。我可以骄傲地说，我是最早见证其光辉的人之一。

罗克沙姆：［对威妮］我说，索菲亚小姐想把你抱进怀里。她已经高兴坏了。

斯普拉特教士：我记得你跟我们说过这本著作多么地打动圣-迩明斯公爵夫人。我相信你会很乐意听到瓦特伯格-霍斯泰因公主殿下评价它可读性非常之强。

  ［雷林没有理会，只是疑心地看着威妮和罗克沙姆。罗克沙姆已经走到威妮的面前，愉快地对她微笑。

罗克沙姆：索菲亚小姐邀请我吃晚饭。我必须飞奔回去换衣服了。

斯普拉特教士：噢，是的，没错！我们会很高兴邀请你。[看表] 时间已经不早了。我不想催你，不过我们的厨师可是非常守时的。你看看现在几点钟了，雷林先生？

雷林：差五分到八点。

斯普拉特教士：我的天，我都不知道这么晚了。

罗克沙姆：噢，我只消十分钟就能穿戴好……你今晚打算穿什么呢，威妮？我想给你带点玫瑰花过来。

威妮：好的，带过来吧——要红色的。我还没有什么花可戴呢。

雷林：你忘了我带过来的花吗？

威妮：噢！

斯普拉特教士：[赶忙救场] 没有忘，没有忘。她当然没忘了。不过你的花如此娇艳，戴在身上可惜了。没多久就会枯萎的。我们必须得把花放进水里养着，宝贝儿。

罗克沙姆：[为教士的机灵会心地微笑] 你必须先去索菲亚小姐那里一会儿。你知道人在这种场合会是什么样子。

斯普拉特教士：是的，赶紧去吧，你们两个。我要跟雷林先生把话说完。[对雷林] 很抱歉耽误你时间了，我亲爱的朋友。你肯定急着要走了。

雷林：我来是找威妮的。罗克沙姆勋爵不会介意多等一两分钟吧。

斯普拉特教士：也许你该另外找个时间继续你们的谈话，雷林先生。我恐怕时间已经来不及了。

雷林：您希望我向罗克沙姆勋爵解释下目前的情况吗？

斯普拉特教士：噢，我认为没太必要。好啦，好啦，雷林先生，别耍小孩子脾气啦。人生在世，我们都必须学会听天由命。

罗克沙姆：你们个个都神秘兮兮的。

威妮：[神色慌张] 我们去干点别的吧。我没有话要对雷林先生讲了。

雷林：但我还有好多话要对你讲。[对罗克沙姆勋爵] 请让我们单独待一下。我对我的鲁莽表示歉意。

斯普拉特教士：我觉得你最好还是别管我们吧，罗克沙姆。我以后再跟你解释这些无聊的事。

雷林：[蓦地显露出愠色] 你居然说这是无聊的事，唔？

罗克沙姆：[疑惑不解] 好吧。我这就回家换衣服去了。我母亲会高兴坏的。

　　　　[他出去。

斯普拉特教士：我敢说，雷林先生，你的表现太出人意料了。我为你做了这么多，我还以为我有权利得到一点儿感激呢。

　　　　[雷林满腹狐疑地看着罗克沙姆的背影。

雷林：他刚才说的那些是什么意思？他为什么要给你送花……噢！

　　　　[他恍然大悟，怒气冲冲地朝门口走去，好像要去追罗克沙姆。斯普拉特教士挡住他的去路。

斯普拉特教士：你要去哪儿？我看你是要胡来了，雷林先生。

雷林：[矛头对准威妮] 你跟罗克沙姆勋爵也订婚了吗？

斯普拉特教士：我认为你这个问题太无礼了。

雷林：看在上帝的分上，别来烦我吧。[对威妮] 告诉我。我一定要你回答。

斯普拉特教士：这真是太过分了。我真不知道怎么没把你一脚踹下楼去。

雷林：也许因为我是个劳动人民，双手长满了老茧。

斯普拉特教士：你显然还没有意识到，佩克汉莱的那一套根本不适合南肯辛顿。

雷林：[对威妮] 你和那男人订婚了吗？

威妮：[犹豫片刻] 我没必要隐瞒这件事。

雷林：那就是你抛弃我的理由。你接到一份好到无法拒绝的邀请。

斯普拉特教士：说真的，雷林先生，我不能允许你侮辱我的女儿。你要么自觉地滚蛋，要么我就叫仆人过来。

雷林：要是我告诉罗克沙姆勋爵，您的女儿在接受他的同时是跟我订婚的，您觉得他会怎么想？

斯普拉特教士：［淡然一笑］那我就认为自己有理由否认你所说的话。

　　　　［雷林极尽所能地以自己最为轻蔑的眼神注视他一会儿。

雷林：噢，幸亏我逃脱一劫！我要是娶了一位淑女，岂不是自降身份了。

　　　　［他愤怒地走出房间，狠狠关上身后的门。

斯普拉特教士：太装腔作势了。简直恶心。

威妮：太粗俗了。

斯普拉特教士：我希望你这次能得到警示和教训，我的孩子。你现在知道不听父母的话，任意忤逆他们的良苦用心会是什么结果了。永远不要忘记你差点逼得自己的老父亲撒谎。

威妮：［紧张不安］我应该坦白吗，父亲？

斯普拉特教士：对罗克沙姆坦白？我禁止你做任何这样的事。而且我希望你已经为自己的叛逆受到足够的惩罚，不会再违逆我了。罗克沙姆是个多疑之人，你有责任为他免除后顾之忧。不论你做什么，千万不要在结婚之初就向丈夫坦白一切。人永远无法说清楚整个事实，坦白只会导致无休止的欺骗。

威妮：可万一他发现了呢？

斯普拉特教士：［大大松一口气］噢，就是这个吗？我还以为是什么良心的谴责呢，原来只是担心被发现。那就交给我吧。我会把所有他应该知道的都告诉他。好了，宝贝儿，我们都必须去换衣服了。

威妮：好的，父亲。

  [她吻了他一下，然后匆匆离开了。他正准备紧随其后，正好庞森比进来通报格温多琳·杜兰特到了。她走进来，身穿晚礼服。

庞森比：杜兰特小姐。

  [出去。

格温多琳：[带着少女的冲动] 噢，别生我的气。我知道我来得太早了。

斯普拉特教士：[殷勤地] 你从来不会太早。

格温多琳：我以为晚餐是八点，等庞森比告诉我说要过十五分钟的时候，汽车已经开走了，我就没法再离开了。

斯普拉特教士：我以为这是上天仁慈的安排。我可以不受任何人打扰地单独和你在一起五分钟了。

格温多琳：噢，不过你千万别让我妨碍到你。我已经派人上去问威妮，看我能不能在她换衣服的时候去她那里坐坐。

斯普拉特教士：我可不愿意这么随随便便被打发掉。我一定要抢先告诉你，你今晚看起来美若天仙。

格温多琳：我来府上的时候，一般都是穿上最好的衣服。

斯普拉特教士：我希望我能将你的这番美意归功于一位鬓染风霜的担任圣职的中年绅士。

格温多琳：我喜欢你说我漂亮。

斯普拉特教士：[微笑] 当真？

格温多琳：当我盛装打扮的时候，你总是如此夸奖我，我自然就设法把自己打扮得越漂亮越好。

斯普拉特教士：你让我无比地后悔自己不再是二十五岁的壮年了。

格温多琳：为何？

斯普拉特教士：如果我是二十五岁，我定然会立即向你求婚。

格温多琳：如果你是二十五岁，我多半会拒绝你。

斯普拉特教士：你这话什么意思？

格温多琳：再清楚不过的意思。

斯普拉特教士：格温多琳！

格温多琳：不知道威妮是否介意我上去她的房间呢。

斯普拉特教士：相信你从来没有发觉过，我与你交谈总是得到不同
　　寻常的快乐。

格温多琳：我只知道你是我遇到过的说起话来最令人愉快的人。

斯普拉特教士：我的心青春依旧，可我的年纪已届半百，格温多琳。
　　半百了！

格温多琳：我从来不问自己你的年纪有多少。我也从来不觉得你比
　　我更年长。

斯普拉特教士：格温多琳，在你的身旁，我感觉如夏日清晨般朝气
　　蓬勃。只要拥有年轻人的精神头儿，年纪又算什么呢？我仰慕
　　你，爱慕你。请你别认为我太荒唐了。

格温多琳：我根本不觉得你荒唐。

斯普拉特教士：格温多琳，你愿意做我的妻子吗？

格温多琳：［微笑］那莱昂内尔怎么办呢？

斯普拉特教士：噢，莱昂内尔可以见鬼去了。

　　　　［她伸出双手，他握住双手并且亲吻它们。

格温多琳：你现在必须去换衣服了。我要去找威妮谈谈。

斯普拉特教士：你让我成为了最幸福的男人。

　　　　［他为她打开门，她出去。他掏出怀表看了看。

斯普拉特教士：我说，我是得抓紧时间了。

　　　　［庞森比领进来斯普拉特伯爵，然后立即退出。

庞森比：斯普拉特伯爵。

斯普拉特伯爵：喂，西奥多，你还没有换好衣服啊。

斯普拉特教士：你听说消息了吗，汤姆？

斯普拉特伯爵：我溜达过来的时候碰见罗克沙姆了，他停下车跟我说了。他看起来开心得不得了。

　　　　[索菲亚小姐进来，一身晚礼服光彩照人。

索菲亚小姐：你还不去换衣服吗，西奥多？你可要来不及了。

斯普拉特教士：我一整个下午忙死了。

索菲亚小姐：[对斯普拉特爵] 你觉得威妮刚订的婚如何？

斯普拉特伯爵：我觉得我赔了一匹小马。

索菲亚小姐：为什么？

斯普拉特伯爵：我跟菲茨杰拉德太太打赌一匹小马，赌西奥多办不到。

斯普拉特教士：那她就该赢你的。她对我有信心。她知道我一旦下定决心要做一件事，我就会做到。

斯普拉特伯爵：屁话。她只是比我更加相信你是个不择手段的无赖罢了。

斯普拉特教士：哈哈！你就逞你的口舌之快吧，汤姆。反正菲茨杰拉德太太是我认识的最迷人的女人之一。要不是她丈夫留下那份荒谬的遗嘱，我都会劝你娶她的。她正是你所需要的那种妻子。

斯普拉特伯爵：什么荒谬的遗嘱？

斯普拉特教士：呃，那遗嘱有一个限制条款，对任何年轻女人都极其不公平，规定说只要她甫一再婚，她就一分钱也得不到。

索菲亚小姐：[马上逼问他] 你向菲茨杰拉德太太求婚了，西奥多？

斯普拉特教士：我亲爱的，你怎么会这么问？

索菲亚小姐：她理所应当地认为一个每年收入五千镑的寡妇要是再婚就是个傻子。她很早以前就跟我透露过她的仰慕者要是纠缠不清了，她就告知他们她只有继续当寡妇才能维持收入。这个办法让他们知难而退，屡试不爽。

斯普拉特教士：你意思是说这不是真的？

索菲亚小姐：完全虚构。我亲眼见过那份遗嘱。

　　　　[教士登时惊呆，哑口无言。

斯普拉特伯爵：[喊起来] 西奥多，你被骗个正着。噢，西奥多，西奥多。像你这样的老狐狸。

　　　　[他开始大笑。他笑得左摇右晃，前仰后合。索菲亚小姐也被这情绪感染了，一阵接一阵地欢笑起来。斯普拉特教士非常气愤。

斯普拉特教士：安静。安静。

　　　　[他们停下来，喘着气，教士赶紧抓住机会辩解。

斯普拉特教士：菲茨杰拉德太太是个非常值得尊重的人，我也绝不可能说她一丁点的不是。不过我从来不认为她具有一位教士妻子所必需的庄重得体、知书达礼。

　　　　[斯普拉特伯爵再也忍不住了，又爆发出长久的哄笑声。莱昂内尔穿着晚装进来了。

莱昂内尔：喂，这是怎么回事？

斯普拉特教士：[愤慨地] 你看不出来吗？你伯父他自己讲了一个笑话，把自己逗得不行了。

莱昂内尔：喂，你还没有换衣服呢，理事。

斯普拉特教士：老天，莱昂内尔。我知道自己没有换衣服。你以为我是个十足的蠢蛋吗？

　　　　[庞森比进来，教士没有当即看到他的托盘上放着一封电报。

斯普拉特教士：[不耐烦地] 怎么了，啊？噢，一封电报。

　　　　[他打开电报，惊叫着后退一步，然后倒吸一口冷气，陷进一张椅子里，一只手放到头上。

莱昂内尔：父亲，有什么事吗？

斯普拉特教士：给我倒一杯雪利酒。我很难受。

莱昂内尔：［对管家］快去，庞森比。

　　　　［庞森比出去。

斯普拉特伯爵：怎么啦，西奥多？

斯普拉特教士：［定定神］索菲亚。索菲亚，你会欢喜的，等你听到政府已经把空缺的科尔切斯特主教职位给了我。

斯普拉特伯爵：噢，我很高兴，西奥多。

索菲亚小姐：那格雷博士最终还是拒绝了。

斯普拉特教士：［自豪地］他根本就没有得到过机会。索菲亚，我不是那种被当作第二人选的人。既然如此，我就不得拖延了；我不会犹豫了，既然这职位给了我，我就要坦然地接受，发电报以示同意。

斯普拉特伯爵：祝贺你。

　　　　［庞森比进来，正好听到这最后两番话，为教士倒了一杯雪利酒。

斯普拉特教士：［接过酒杯的同时］庞森比，我荣升主教了。

庞森比：非常高兴听到这个好消息，大人。

　　　　［斯普拉特教士听到这新鲜的称呼，心满意足地微笑。

斯普拉特教士：庞森比。

庞森比：是的，大人。

斯普拉特教士：没什么。就这样吧，庞森比，你下去吧。

庞森比：好的，大人。

斯普拉特教士：好了，我现在真正能去换晚装了……噢，莱昂内尔，你能否帮我写一封短信？

索菲亚小姐：西奥多，你知道我们的厨师有多么敏感。我们要是不按时坐下来，她就能把自己喝醉。

斯普拉特教士：我不能说我认为你这样顾虑自己的口腹之欲是很好的，索菲亚。我还以为在这样特殊的时刻，你的心思应该放在更崇高的事情上面。

索菲亚小姐：少胡扯了，西奥多。

斯普拉特教士：索菲亚，我一直都觉得你没有对我表现出适当的尊重。我不能允许你继续以这种既目中无人又玩世不恭的态度来对待我。我的地位已经截然不同了。你准备好了吗，莱昂内尔？

莱昂内尔：是的，父亲。

斯普拉特教士：经授权，兹郑重宣布坦克尔堡罗克沙姆勋爵与威妮芙蕾德·斯普拉特小姐即将喜结连理，斯普拉特小姐系崇高的——把这个词全拼下来 ①——尊敬的大教堂教士西奥多·斯普拉特独生女，斯普拉特教士同时是候任的科尔切斯特主教，其更广为人知的身份是……

莱昂内尔：更广为人知的身份是——什么？

斯普拉特教士：你真是榆木脑袋，莱昂内尔。更广为人知的身份是备受推崇、才华横溢的南肯辛顿区圣格利高里教堂牧师。好了，把信装进信封，寄给《晨邮报》的编辑吧。

　　　　[格温多琳进来。

格温多琳：威妮让我转告你们她过两分钟就好了。

斯普拉特教士：你刚才拿我寻开心来着，托马斯。请允许我通知你，我已经向格温多琳·杜兰特小姐求婚，她也慨然应允了，令我万般荣幸。

全剧终

---

① Honorable 一般缩写为 Hon。

忠实的妻子

THE CONSTANT WIFE

三幕喜剧

马 丹 译

人物表

康斯坦丝

约翰·米德尔顿，皇家外科医师学会会员（F. R. C. S）

伯纳德·克泽尔

卡尔弗太太

玛丽-露易丝

玛莎

芭芭拉

莫蒂默·达累姆

本特利

本剧的剧情发生在哈利街的约翰家。

第一幕

场景：康斯坦丝的客厅。客厅装潢别具一格。康斯坦丝富有装潢的才能，将自己的客厅装潢得既雅致又舒适。

时间是下午。

[卡尔弗太太独自端坐。她是一名和颜悦色的老妇，身着外出散步的服饰。房门打开，管家本特利领进玛莎·卡尔弗。这是她的女儿，一位年轻漂亮的女士。

本特利：卡尔弗小姐。

　　　　[本特利下。

玛莎：[惊奇地] 妈妈。

卡尔弗太太：[非常镇定地] 是的，亲爱的。

玛莎：我完全没料到你会在这儿。你没跟我说过要来找康斯坦丝啊。

卡尔弗太太：[心平气和地] 我本来没打算来的，但我看到你的小眼神里有想来的打算。于是我就决定先来一步。

玛莎：本特利说她出门去了。

卡尔弗太太：是的……你要等她吗？

玛莎：当然啦。

卡尔弗太太：那我也要等。

玛莎：那很好呀。

卡尔弗太太：你说的话倒是热心，可语气稍稍有点冷淡，亲爱的。

玛莎：我不懂你的意思，妈妈。

卡尔弗太太：亲爱的，我们都认识这么长时间了，对吧？长得都不太方便说了。

玛莎：说也无所谓。我三十二岁了。我一点都不为自己的年纪难为情。康斯坦丝已经三十六岁了。

卡尔弗太太：但我们还是觉得应该对彼此稍微委婉一点吧。女人天生就喜欢掩饰和伪装。

玛莎：我想也没有人能指责我不坦率吧。

卡尔弗太太：坦率当然是时下流行的风气。一个人的想法经常能安安稳稳地躲在坦率的幌子后面。

玛莎：我觉得你是对我有点不满呢，妈妈。

卡尔弗太太：我只是觉得你很可能要犯傻。

玛莎：因为我要告诉康斯坦丝一些她应该知道的事？

卡尔弗太太：啊，那我之前就猜对了。其实你就是要告诉她你已经破坏了一场默契，最后剩下三个可怜的人互相厮杀。

玛莎：正是。

卡尔弗太太：那我能问问你为什么认为她应该知道呢？

玛莎：为什么？为什么？为什么？这种问题其实都不需要回答。

卡尔弗太太：我经常发现不需要回答的问题就是最难回答的问题。

玛莎：要回答一点也不难。她应该知道真相，因为这就是真相。

卡尔弗太太：真相固然很好，但一个人说出真相之前应当考虑清楚这是为了当事人的利益着想，而非为了满足个人的欲望。

玛莎：妈妈，康斯坦丝过得很不幸福。

卡尔弗太太：胡扯。她吃得好，睡得好，穿得好，还在瘦身。这样的生活没有哪个女人是不幸福的。

玛莎：所以咯，你要是不懂，我怎么跟你解释也没用。你是个好妈妈，但也是最不正常的妈妈。你的态度真是让我大跌眼镜。

[门开了，本特利领进福塞特太太。福塞特太太年届四十，

516

身形苗条，气质干练。

本特利：福塞特太太。

卡尔弗太太：噢，芭芭拉，见到你太好了。

芭芭拉：[走向前去亲吻她] 本特利告诉我说你们在这儿，康斯坦丝出去了。你们在做什么呢？

卡尔弗太太：斗嘴咯。

芭芭拉：斗什么嘴？

卡尔弗太太：康斯坦丝咯。

玛莎：我很高兴你来了，芭芭拉……你知道约翰跟玛丽-露易丝有私情的事吧？

芭芭拉：这么直接的问题，我真不想直接地回答。

玛莎：我猜除了我们大家都知道了。你知道多久了？他们说已经持续好几个月了。我想不通我们怎么才得到消息。

卡尔弗太太：[讥讽地] 这就很能说明人性的问题。我们身边有这么多的好朋友，可直到今天才有一个把消息透露给我们。

芭芭拉：也许这个好朋友也是今天早上才听说的呢。

玛莎：我起初还真不敢相信。

卡尔弗太太：也就是起初那么一小会儿，亲爱的。你很快就向证据投了降，一副慷慨激昂又义愤填膺的样子吓了我一大跳。

玛莎：我当然是依照事实推断出来了。一开始是震惊，后面就恍然大悟了。我只是诧异怎么以前从来没想到过。

芭芭拉：您是不是很难过，卡尔弗太太？

卡尔弗太太：一点也不难过。我的母亲是个很严厉的人，她从小教育我男人天生就坏。他们做什么，我基本不感到奇怪，也从来没有难过过。

玛莎：我妈妈真是让我气不打一处来。她的态度像是在对付芝麻大点的小事。

卡尔弗太太：康斯坦丝和约翰结婚十五年了。约翰是个很讨人喜欢的男人。我偶尔会想他对自己的妻子是不是比其他的丈夫要忠诚一些呢？可这确实又不关我的事，我就没有细想下去了。

玛莎：康斯坦丝到底是不是你的女儿？

卡尔弗太太：你当真喜欢问这些直截了当的问题，我亲爱的。答案是是的。

玛莎：那你准备安静地坐在那儿，任由她的丈夫无耻地背叛她，和她最亲密的朋友鬼混？

卡尔弗太太：她只要不知情，就不会再有什么损失。玛丽-露易丝是个漂亮的小妖精，是有点傻乎乎的，不过男人们就喜欢这样的，如果约翰要背叛康斯坦丝，那他找个我们都认识的对象总要好得多。

玛莎：[对芭芭拉] 你听过哪个体面的妇女——像我妈妈这样体面……

卡尔弗太太：[打断] 噢，相当体面。

玛莎：会说这种话？

芭芭拉：你觉得该采取点行动？

玛莎：我坚持认为该采取点行动。

卡尔弗太太：既然如此，我亲爱的，我坚持认为至少有一件事你不该做，那就是告诉康斯坦丝。

芭芭拉：[略微震惊] 这就是你想采取的行动？

玛莎：总要有人告诉她。如果妈妈不说，我必须去说。

芭芭拉：我非常喜欢康斯坦丝。所以我一直以来都清楚她的处境，也着实担忧得很。

玛莎：约翰已经让她处境十分难堪了。任何男人都没有权利像他侮辱康斯坦丝那样侮辱自己的妻子。他让康斯坦丝沦为十足的笑柄。

卡尔弗太太：要是女人因为丈夫不忠就沦为笑柄，那这世界上就该
多出很多欢乐了。

芭芭拉：[愉快地分享一点有价值的传言] 你们知道他们今天要一起
吃午饭吗？

玛莎：我们没有听说。但他们前天晚上就一起吃过饭了。

卡尔弗太太：[笑容满面地] 我们知道他们那天晚饭吃了什么。你知
道他们今天午饭吃什么吗？

玛莎：妈妈。

卡尔弗太太：啊呀，我觉得她把午饭看得多么了不起似的。

玛莎：你就不懂什么叫礼貌和庄重，妈妈。

卡尔弗太太：噢，我亲爱的，别跟我扯这个。礼貌和庄重已经随着
尊贵的维多利亚女王一起玉殒香消了。

芭芭拉：[对卡尔弗太太] 但您总不能赞成约翰和康斯坦丝最好的朋
友明目张胆地私会吧？

卡尔弗太太：大概是岁数大了，我的神经也没有那么脆弱了。对于
男人玩弄女人的事情，我没法再有更多的想法。我觉得男人的
天性如此。约翰是个工作相当勤勉的外科医生。如果他想时不
时跟一个漂亮女人吃个午饭或者晚饭，那也是无可厚非的。一
周七天，一天三顿都跟同一个女人吃饭想必是相当无聊的。我
自己都有点讨厌在饭桌上看到玛莎坐我对面。男人跟女人一样
不能忍受枯燥无聊的生活吧。

玛莎：我肯定是对你感激万分的，妈妈。

芭芭拉：[意味深长地] 可他们不只是吃午饭和晚饭这么简单。

卡尔弗太太：你担心还有最坏的情况，我亲爱的？

芭芭拉：[郑重其事地] 我知道还有最坏的情况。

卡尔弗太太：我自来都认为那样还宽慰一些。我们现在关起门来说
话，只要一个男人对妻子体贴温柔，那他偶尔偏离道德的小径

又有什么太大的关系呢?

玛莎：你意思是说你并不看重夫妻之间遵守婚姻之约?

卡尔弗太太：我认为妻子应该遵守。

芭芭拉：可那就太不公平了。为什么妻子就该比丈夫更应该遵守呢?

卡尔弗太太：因为总体上来说，她们愿意遵守。由于我们对丈夫忠诚，我们认为自己颇具美德。我从不认为我们就该如此。我们只是天性忠诚，我们忠诚是因为我们没有其他特定的倾向。

芭芭拉：我说不上来。

卡尔弗太太：我亲爱的，你孀居一人，无拘无束。你真正有过什么冲动要违逆世人的眼光吗?

芭芭拉：我有自己的生意。一天工作八小时的人就不太想关心男欢女爱的事。到了晚上，疲惫的女商人就想去听音乐剧或者玩牌。她才没有闲工夫跟那些爱慕者纠缠。

玛莎：顺便问下，你的生意如何?

芭芭拉：蒸蒸日上。实际我今天过来就是想问康斯坦丝她是否愿意加入我的生意。

卡尔弗太太：她怎么会愿意呢? 约翰挣不少钱呢。

芭芭拉：这个嘛，我想如果遇到什么危机，她也许希望自己有独立生活的能力。

卡尔弗太太：噢，你也希望他们遇到危机?

芭芭拉：不，我当然不希望。但是，你知道的，他们不可能继续这样下去。康斯坦丝至今未有耳闻已经是奇迹。她肯定要不了多久就会发现的。

卡尔弗太太：纸包不住火。

芭芭拉：但愿她尽早发现。我还是觉得妈妈有责任告诉她。

卡尔弗太太：我完全不想。

玛莎：如果妈妈不说，我就该去说了。

卡尔弗太太：我完全不同意。

玛莎：他对她的侮辱已经到了忍无可忍的地步。她的处境尴尬至极。我不知道该怎么评价玛丽-露易丝，下次我见到她的时候，我会把我的真实想法告诉她。她就是个寡廉鲜耻、忘恩负义、卑鄙恶毒的小野猫。

芭芭拉：不管怎样，如果康斯坦丝知道有事发生的时候她还可以求助我这个朋友，那她必定很宽慰的。

卡尔弗太太：不过约翰会给她不少零用钱的。他是个很大方的人。

玛莎：[愤慨地] 你认为康斯坦丝会接受吗？

芭芭拉：玛莎说的对，卡尔弗太太。这种情况下，没有女人愿意接受男人一分钱的。

卡尔弗太太：那是她口头上这么说而已。她肯定要盯着自己的律师把一切安排得最妥帖才行。很少有男人知道我们女人是如何发挥我们的聪明才智，既要做到表面上漠不关心，又要在暗地里眼明手快地抓住良机。

芭芭拉：您是不是太愤世嫉俗了，卡尔弗太太？

卡尔弗太太：我希望不是。不过女人跟女人在一起，我觉得偶尔说点真话没什么问题。这样反倒轻松一些，老是要伪装成连自己都不相信的样子还是很累的。

玛莎：[语气僵硬地] 我可没发觉自己伪装成什么其他的样子。

卡尔弗太太：你确实没有，我亲爱的。但我总觉得你有点傻。你就像你可怜的父亲。康斯坦丝和我才是这家里有脑子的人。

　　　　[康斯坦丝走进房间。她是个三十六岁的柔美女性。她刚外出回来，戴了一顶帽子。

芭芭拉：[急切地] 康斯坦丝。

康斯坦丝：很抱歉我没在家。亏得你们都还等着我。你好吗，我亲

521

爱的妈妈？

  [她挨个亲吻她们。

玛莎：你这一整天都在干什么，康斯坦丝？

康斯坦丝：噢，我一直在和玛丽-露易丝逛街。她马上上楼来了。

芭芭拉：[面露沮丧] 她来这儿了？

康斯坦丝：是的。她在打电话。

玛莎：[讥讽地] 你和玛丽-露易丝还真是分不开呢。

康斯坦丝：我喜欢她。她逗我开心。

玛莎：你们中午一起吃的饭吗？

康斯坦丝：没有，她和一个相好的吃的。

玛莎：[瞥了卡尔弗太太一眼] 噢，真的呀。[轻快地] 约翰经常都
    回家吃午饭，对吧？

康斯坦丝：[非常坦白地] 他不必很早去医院的时候才回家吃午饭。

玛莎：那他今天和你吃午饭了吗？

康斯坦丝：没有。他有约了。

玛莎：在哪儿？

康斯坦丝：老天，我不知道。你要是跟我一样结婚这么久了，你也
    不会问你的丈夫去哪儿了。

玛莎：我不明白为什么不问。

康斯坦丝：[微笑] 因为他也有可能想起来问你呀。

卡尔弗太太：还因为如果你是个聪明的女人，你会对自己的丈夫有
    信心。

康斯坦丝：约翰还从来没有让我有一刻的担忧。

玛莎：你很幸运。

康斯坦丝：[开玩笑地] 或者说聪明。

    [玛丽-露易丝出现了。她是个美艳的小妇人，装扮俏丽，
    属于性情黏人、大眼动人的类型。

522

玛丽-露易丝：噢，我没想到有这么多人。

卡尔弗太太：玛莎和我正准备要走。

康斯坦丝：你认识我妈妈吧，玛丽-露易丝。

玛丽-露易丝：我当然认识。

康斯坦丝：她是个贴心的好妈妈。

卡尔弗太太：在她这个年纪脑子还算清醒、精力还算旺盛的妈妈。

　　　　[玛丽-露易丝亲吻芭芭拉和玛莎。

玛丽-露易丝：你好呀。

玛莎：[看着她的裙子] 是新的，对吧，玛丽-露易丝？

玛丽-露易丝：对，我以前还没穿过的。

玛莎：噢，你穿它是不是因为要和相好的吃午饭呀？

玛丽-露易丝：你怎么知道我要和相好的吃午饭？

玛莎：康斯坦丝跟我说的。

康斯坦丝：这只是我个人的猜测。[对玛丽-露易丝] 我们见面的时
　　候，我注意到你的眼睛是那样的闪亮，你的表情是那样少女般
　　的甜蜜，显然是有人称赞过你是这世上最可爱的人儿。

玛莎：跟我们说说是谁，玛丽-露易丝。

康斯坦丝：千万别说，玛丽-露易丝。保守这个秘密，让我们有点闲
　　聊的话题。

芭芭拉：你的丈夫好吗，亲爱的？

玛丽-露易丝：噢，他很好。我刚才跟他通了电话。

芭芭拉：我从没见过哪个男人像他这么不加掩饰地爱慕自己的妻子。

玛丽-露易丝：他确实是个好男人。

芭芭拉：不过他这样是不是让你偶尔有点小紧张？随时随地都不能
　　辜负了他的一往情深，这肯定是让人伤脑筋的。万一他要发现
　　了你和他心目中的形象不太一样，那就是致命的打击。

康斯坦丝：[妩媚地] 可玛丽-露易丝和他心目中的形象完全一样啊。

玛丽-露易丝：而且就算不一样，我想他也不会轻易相信自己眼睛所看到的事实。

康斯坦丝：听。约翰回来了。[她跑到门口喊起来] 约翰！约翰！

约翰：[在楼下] 喂。

康斯坦丝：你要上来吗？玛丽-露易丝在这儿。

约翰：要，这就上来。

康斯坦丝：他一个下午都在做手术。我猜他肯定累坏了。

玛莎：[看了玛丽-露易丝一眼] 我敢说他午饭只吃了一块三明治。

　　　　　[约翰进来了。他是个瘦高的男人，年约四十。]

约翰：上帝啊，我还没见过这么多人呢。请问我的岳母大人近况如何？

卡尔弗太太：大人不敢当。

约翰：[亲吻她，而后对芭芭拉] 你知道的，我娶了康斯坦丝，只是因为她的母亲不肯接受我。

卡尔弗太太：我当时太年轻，不敢嫁给一个比我小二十岁的小伙子。

康斯坦丝：但你一直以来不也跟他眉来眼去的吗？幸好我不是个嫉妒的女人。

约翰：你今天都做了些什么，亲爱的？

康斯坦丝：我和玛丽-露易丝逛街去了。

约翰：[跟玛丽-露易丝握手] 噢，你好吗？你们一起吃的午饭吗？

玛莎：没有，她跟一个相好的吃午饭去了。

约翰：我真希望那个人是我。[对玛丽-露易丝] 你最近都一个人忙些什么？我们好久没见到你了。

玛丽-露易丝：你总是不在。康斯坦丝和我经常在一起。

约翰：你的富翁丈夫好吗？

玛丽-露易丝：我刚才跟他打了电话。实在太扫兴了，他晚上必须要去趟伯明翰。

524

康斯坦丝：你最好过来和我们吃晚饭。

玛丽-露易丝：噢，你们真是太好了。不过我累得不行了，我就想躺到床上，吃个鸡蛋。

约翰：我本来打算告诉你的，康斯坦丝。我今晚也不回来。我有个急性阑尾炎手术要做。

康斯坦丝：噢，那是挺烦人的。

玛莎：你的工作太棒了，约翰。如果你想做别的事情或者到别的地方去，你只要说你有一台手术就行了，没人能证明你在说谎。

康斯坦丝：噢，我亲爱的妹妹，你可不能把这些怀疑放进我单纯的脑子了。约翰可从来没想过要这么欺骗人。[对约翰] 对吧?

约翰：我觉得我必须要经历漫长的挣扎才能下决心去欺骗你，宝贝儿。

康斯坦丝：[淡然一笑] 有时候我觉得你是对的。

玛丽-露易丝：我真是愿意看到夫妻两个像你和约翰那样心心相印的。你们结婚有十五年了，是吗?

约翰：是的。感觉像是只有一天。

玛丽-露易丝：对了，我必须赶紧走了。我已经迟了。再见，亲爱的。再见，卡尔弗太太。

康斯坦丝：再见，亲爱的。我们下午过得很愉快。

玛丽-露易丝：[把一只手递给约翰] 再见。

约翰：噢，我送你下楼。

玛莎：我也要走，玛丽-露易丝。我跟你一起。

玛丽-露易丝：[镇定地] 约翰，请问你是否介意花一分钟看看我的膝盖。我的膝盖这两天痛得要命。

约翰：当然不介意。到我的诊疗室来吧。膝盖骨要是不对劲的话确实很麻烦。

玛莎：[坚定地] 那我就等着你。你不会太久的，是吧? 我们可以搭一辆出租车。

玛丽-露易丝：我开了车来的。

玛莎：噢，那太好了！你可以载我一程了。

玛丽-露易丝：没问题。我很乐意。

  ［约翰为玛丽-露易丝开门。她先出去，他随后。康斯坦丝外表冷静地看着这一幕，但内心很警觉。］

玛莎：她的膝盖怎么了？

康斯坦丝：打滑了。

玛莎：然后呢？

康斯坦丝：她人也滑倒了。

玛莎：你就从来不嫉妒这些来诊疗室找约翰的女人吗？

康斯坦丝：他一般有个随叫随到的护士，怕万一这些女人对他动手动脚的。

玛莎：［亲热地］那护士现在人在吗？

康斯坦丝：不过话说回来，我忍不住会想那种愿意在诊疗室那么刺鼻的消毒水气味下跟男人调情的女人肯定是穿着恶心内衣的女人。我绝不会让自己去嫉妒她的。

玛莎：玛丽-露易丝前几天才给我两件她的内衣做样板。

康斯坦丝：噢，她给你那件带爱尔兰蕾丝镶嵌的樱桃红内衣了吗？我觉得那件不错。我已经照样子买了。

芭芭拉：玛丽-露易丝真是个大美人儿。

康斯坦丝：玛丽-露易丝是很可爱。不过她跟约翰认识的时间太长了。约翰也喜欢她，只是说她没脑子。

玛莎：男人总是言不由衷的。

康斯坦丝：那是好事，反正我们最好不要随时知道他们的感受。

玛莎：你不觉得约翰有事瞒着你吗？

康斯坦丝：我肯定他有事瞒着我。不过呀，丈夫有事想瞒着妻子，一个好妻子自然要假装不知道那些小秘密咯。这是婚姻关系中的一项基本规则。

玛莎：别忘了男人从来都是骗子。

康斯坦丝：我亲爱的妹妹，你的口气真像一个资深老处女。女人如果不想被骗还能真的被骗了吗？你真的认为男人很神秘莫测吗？他们都是孩子。这么说吧，我亲爱的妹妹，约翰四十岁了还不如海伦十四岁来得成熟稳重呢。

芭芭拉：你女儿好吗，康斯坦丝？

康斯坦丝：噢，她很好。她喜欢寄宿学校，你知道的。他们就像小男孩，那些男人。有时候他们当然会非常调皮，你不得不假装生气的样子。他们把一些无关紧要的东西看得如此之重要，也是很让人触动的。而且他们还很无助。你从来没有照顾过生病的男人吧？那真是让人心如刀绞。像在照顾一只狗或者一匹马。他们还不明白要走出幻想，面对现实的道理，可怜的宝贝儿们。他们具备所有迷人的特质，同时也有软肋。他们可亲可爱，傻里傻气，招人厌烦又自私自利。你忍不住要去喜欢他们，因为他们如此天真纯朴。他们不懂得任何的世故或手腕。我觉得他们就是可爱，但要跟他们较真的话就太可笑了。你是个聪明的女人，妈妈。你怎么想的？

卡尔弗太太：我认为你不爱自己的丈夫。

康斯坦丝：胡说什么呢。

　　　　[约翰进来。

约翰：玛丽-露易丝在等你，玛莎。我刚才给她的膝盖稍微包扎了一下。

康斯坦丝：我希望你下手不重。

玛莎：[对康斯坦丝] 再见，亲爱的姐姐。你也一起走吗，妈妈？

卡尔弗太太：还不走。

527

玛莎：再见，芭芭拉。

　　　　[玛莎和约翰出去。

芭芭拉：康斯坦丝，我有个提议来给你说一下。你知道我的生意正在蒸蒸日上，我简直没法一个人再应付下去了。所以我想知道你是否愿意加入进来。

康斯坦丝：噢，亲爱的，我不是个做生意的女人。

芭芭拉：你的品位很独到，而且你很有想法。你可以包揽装潢的业务，我就只负责采购和销售家具。

康斯坦丝：但我没有资金。

芭芭拉：我有足够的资金。我必须找到帮手，我想不出还有第二个更适合的人选了。我们五五分成，我可以保证你一年有一千到一千五百镑的收入。

康斯坦丝：我太久没有工作过了。我肯定会觉得一天工作八小时太辛苦了。

芭芭拉：你不愿意考虑下吗？很有意思的工作，你知道的。而且你天生就精力充沛。难道你还没有厌倦整天无所事事的生活吗？

康斯坦丝：我觉得约翰可能不乐意。毕竟这样会让别人以为他养不起我。

芭芭拉：噢，现在没这回事了，真的。没有任何理由可以阻止女人像男人一样拥有一番事业。

康斯坦丝：我想我的事业就是照顾约翰——替他打理房子，招待他的朋友，让他生活得开心舒适。

芭芭拉：你不觉得把你所有的鸡蛋都放在同一个篮子里是个错误吗？假设你的事业失败了？

康斯坦丝：为什么会失败呢？

芭芭拉：我当然希望它不会失败。可男人嘛，你知道的，总是变来变去说不清楚的。独立自主是件很好的事，一个经济上独立的女性就能非常自信地展望未来。

康斯坦丝：谢谢你一番好意，不过既然我和约翰生活得很快乐，我觉得没必要去惹他不高兴。

芭芭拉：我也不是太着急。谁也不知道将来会有什么变数。我希望你知道如果你改变主意了，这职位还是向你敞开的。我估计不会找到像你这样适合的人选了。你只要说一声就行了。

康斯坦丝：噢，芭芭拉，你对我真好。这机会确实难得，我万分感激。如果我说我不希望有接受它的一天，请你别怪罪我。

芭芭拉：当然不会。再见了，亲爱的。

康斯坦丝：再见，亲爱的。

　　[两人亲吻，芭芭拉出去。康斯坦丝摇铃。

卡尔弗太太：你果真快乐吗，亲爱的？

康斯坦丝：噢，果真快乐。我看起来不像吗？

卡尔弗太太：我肯定要说像了。从你目前的表现来看，我觉得你没有一丝的烦恼。

康斯坦丝：那你就错了。我的厨娘辞职了，她做的蛋白酥可是我吃过最好吃的。

卡尔弗太太：我喜欢约翰。

康斯坦丝：我也是。他完全具备当一个好丈夫所需要的可靠品质，性情温和，有幽默感，毫不铺张浪费。

卡尔弗太太：你非常明智，宝贝儿，能意识到那些是可靠品质。

康斯坦丝：那些虽然算不上当一个好丈夫的七大品德，但也属于三百项令身边人愉快的品性。

卡尔弗太太：人生在世总是要做出让步的。凡事都要看到好的一面。不能对别人期望太多。如果要按照自己的方式快活，就必须让别人按照他们的方式快活。如果有所不得，聪明的做法就是别再惦记。千万别让虚荣之心蒙蔽了理智的双眼。

康斯坦丝：妈妈，妈妈，你回回神吧。

卡尔弗太太：现在人人都如此精明。他们洞察一切，却忽略了最显而易见的东西。我发现我只要把这些东西说得清楚明白就会让别人以为我是个非常有想法且有趣的老太太。

康斯坦丝：饶了我吧，亲爱的。

卡尔弗太太：[疼惜地] 不管任何时间你遇到任何麻烦，你都会告诉你的妈妈，对吧?

康斯坦丝：一定的。

卡尔弗太太：我可不希望你不高兴的时候还要顾及愚蠢的面子，而不让我来安慰你，鼓励你。

康斯坦丝：[动情地] 不会的，亲爱的妈妈。

卡尔弗太太：我那天遇到一件稀奇事。一个年轻的朋友来找我，告诉我说她的丈夫不待见她。我问她为什么来找我，而不是她自己的母亲。她说她的母亲从来就不赞成她结婚，如果现在去向她承认错误，她会觉得羞愧难当。

康斯坦丝：噢，这样啊，约翰可从来没有不待见我，妈妈。

卡尔弗太太：我当然好好说了她一顿。她没得到我多少同情。

康斯坦丝：[微笑] 那就太刻薄了吧，不是吗?

卡尔弗太太：对于婚姻我有自己的看法。如果丈夫不待见妻子，那是妻子自己的问题。如果丈夫习惯性出轨，十之八九也是怪妻子本人。

康斯坦丝：[摇铃] 习惯性这个词听起来真刺耳。

卡尔弗太太：没有哪个明事理的女人会纠结偶尔一次的失误。不过是时间和机缘巧合的问题。

康斯坦丝：那我们能说是男性的虚荣心作祟吗?

卡尔弗太太：我告诉我的年轻朋友，如果她的丈夫不忠于她，那是因为他发现别的女人更有魅力。她为什么要因此而怨恨他呢?

她的任务就是要超过那些女人。

康斯坦丝：你不是他们口中所说的女性主义者吧，妈妈？

卡尔弗太太：说到底，什么是忠贞呢？

康斯坦丝：妈妈，你介意我打开窗户吗？

卡尔弗太太：窗户开着呢。

康斯坦丝：那你介意我关上吗？我觉得像你这样年纪的女人问出这样的问题，我应该做点什么象征性的表示。

卡尔弗太太：别逗了。我当然信奉女人的忠贞。我猜也没人会质疑女人忠贞的必要性。但男人就不同了。女人应该记住她们有归宿，有名声和地位，还有家庭，她们应该学会在不该看到什么的时候闭上眼睛。

　　　　[管家进来。

本特利：您摇铃了吗，夫人？

康斯坦丝：是的。我在等伯纳德·克泽尔先生。其他任何人问起，我都不在家。

本特利：好的，夫人。

康斯坦丝：米德尔顿先生在家吗？

本特利：在，夫人。他在诊疗室。

康斯坦丝：很好。

　　　　[管家出去。

卡尔弗太太：这是在礼貌地告诉我，我最好主动告辞了吗？

康斯坦丝：当然不是。而且相反，我很想你留下来。

卡尔弗太太：这位神秘的绅士是谁？

康斯坦丝：妈妈。是伯纳德。

卡尔弗太太：说了等于没说。不会是圣伯纳吧，宝贝儿？

康斯坦丝：少来了，乖乖。你肯定记得伯纳德·克泽尔。他跟我求过婚的。

卡尔弗太太：噢，我亲爱的女儿，你总不能指望我记住所有跟你求过婚的小伙子的名字呀。

康斯坦丝：那是，不过他求的次数比其他人的都多。

卡尔弗太太：为什么呀？

康斯坦丝：我估计是因为我拒绝了他。我想不出别的理由。

卡尔弗太太：他没给我留下印象。

康斯坦丝：我猜他没有试过要给你留下印象。

卡尔弗太太：他长什么样？

康斯坦丝：他很高大。

卡尔弗太太：他们都很高大。

康斯坦丝：他有棕色的头发，棕色的眼睛。

卡尔弗太太：他们都有棕色的头发，棕色的眼睛。

康斯坦丝：他跳舞很棒。

卡尔弗太太：他们都跳舞很棒。

康斯坦丝：我差点嫁给了他，你知道。

卡尔弗太太：那为什么没嫁呢？

康斯坦丝：我觉得他有点太想躺到地板上，让我从他身上迈过去了。

卡尔弗太太：简言之就是没有幽默感咯。

康斯坦丝：我非常肯定他爱我，而我从来没有绝对确定过约翰是爱我的。

卡尔弗太太：呃，那你现在确定了，亲爱的，是吗？

康斯坦丝：噢，是的。约翰爱慕我。

卡尔弗太太：那这个年轻人今天过来有何贵干呢？

康斯坦丝：他已经不算年轻人了。他当时有二十九岁，现在应该接近四十五岁了。

卡尔弗太太：他不会还爱着你吧？

康斯坦丝：我认为不会。你觉得过了十五年还有这个可能吗？可能性太小了。别这么看我，妈妈。我不喜欢。

卡尔弗太太：别跟我说这些没用的，孩子。你当然清楚他是不是还爱着你。

康斯坦丝：可我自从跟约翰结婚以后就再没见过他了。我告诉你，他常驻日本。他在神户经商还是什么的。他在战争期间曾经回来休假。但那时候我病得很厉害，也没有见到他。

卡尔弗太太：噢！那他今天过来有什么目的呢？你跟他保持通信了吗？

康斯坦丝：没有。十五年没见的人，不可能还写信联系呀。他倒是每年我过生日的时候给我送花。

卡尔弗太太：他真是太贴心了。

康斯坦丝：前几天我收到他的信说他人在英国，想见我一面。于是我就邀请他今天过来。

卡尔弗太太：难怪我见你打扮得这么光鲜亮丽。

康斯坦丝：他确实有可能变化很大。男人走起下坡路来不得了，对不？他现在可能秃了头，发了福。

卡尔弗太太：他也可能结婚了。

康斯坦丝：噢，如果他结婚了，我觉得他就不会想要过来找我了，是吧？

卡尔弗太太：我看你还是隐约感觉他仍然爱着你。

康斯坦丝：噢，我没有。

卡尔弗太太：那你怎么紧张成这样？

康斯坦丝：我可不希望他认为我年老色衰成了一个黄脸婆，这是人之常情。他曾经爱慕过我，妈妈。我估计在他的心目中我仍旧是以前的样子。要是他一走进来，下巴就掉到地上，那可太糟糕了。

卡尔弗太太：我想我最好还是留你一个人面对考验吧。

康斯坦丝：噢，别呀，妈妈，你必须得留下。我真的需要你。你想想看，他有可能变得面目可憎，我就会巴不得自己再没见过他。如果你在这儿就要轻松得多。我也许根本不想与他独处。

卡尔弗太太：哦。

康斯坦丝：[眼睛一亮] 换种情况我也许就想了。

卡尔弗太太：我感觉你是要把我置于一个略微尴尬的境地。

康斯坦丝：听我说。如果我认为他面目可憎，我们就只谈论天气和庄稼，谈几分钟以后就故意停下来望着他。这种情况下，男人总是会认为自己傻透了，一旦他觉得自己傻，他就会起身离开。

卡尔弗太太：他们有时候确实会手足无措，可怜的宝贝儿，地上又不会开个洞让他们钻进去。

康斯坦丝：不过如果我认为他面目可亲，我就会拿出我的手绢，然后不经意地把它放在钢琴上。

卡尔弗太太：为什么？

康斯坦丝：亲爱的妈妈，为了提示你蹬起老腿站起来，说一声，哎呀，你必须得赶紧走了。

卡尔弗太太：是的，这个我知道，可你为什么会不经意地把手绢放在钢琴上呢？

康斯坦丝：因为我这个人想一出是一出的嘛。我就会突然心血来潮地把手绢放在钢琴上。

卡尔弗太太：哦，那好吧。不过我经常都不相信所谓的心血来潮。

　　　　[本特利进来，通报伯纳德·克泽尔到了。他是个高大英俊的男人，皮肤晒得黝黑，看上去十分健康。他显然身材保持得很好，四十五年的光阴并未在他身上留下太多痕迹。

本特利：克泽尔先生。

康斯坦丝：你好吗？你还记得我母亲吗？

伯纳德：[与她握手] 我肯定她老人家不记得我了。

[康斯坦丝从包里取出一条小手绢。

卡尔弗太太：这么委婉的回答让人都没法生气了。

康斯坦丝：现在喝茶太晚了，是吧？你想来一杯喝的吗？

[她一边说一边去拿摇铃，同时把手绢放到钢琴上。

伯纳德：不用了，谢谢。我刚才喝了一杯的。

康斯坦丝：为了让你鼓起勇气见我？

伯纳德：我很紧张。

康斯坦丝：你看我是不是你想象中的样子？

伯纳德：我不是紧张这个。

卡尔弗太太：你真有十五年没见过康斯坦丝了？

伯纳德：是的。我上次回英国的时候没有见到她。我从部队复员
以后就不得不回到日本去料理我的生意。然后一直没有机会回
家了。

[康斯坦丝不停地给母亲使眼色，但母亲不予理会。康斯坦
丝又从包里拿出第二条手绢，然后趁机将其整齐地放在钢琴上，
紧挨着第一条手绢的位置。

卡尔弗太太：那你回来待得长吗？

伯纳德：待一年。

卡尔弗太太：你带了妻子回来吗？

伯纳德：我没有结婚。

卡尔弗太太：噢，康斯坦丝说你娶了一位日本太太。

康斯坦丝：胡扯，妈妈。我从来没说过这种话。

卡尔弗太太：噢，也许我记成了茱莉亚·林顿。她嫁了一个埃及的
帕夏①。我相信她过得非常幸福。不管怎样，帕夏还没有杀了她。

伯纳德：你的丈夫好吗？

_____

① Pasha，本义为首脑，转指伊斯兰教国家的高级官衔。

康斯坦丝：他很好。我估计他随时会回来。

伯纳德：你不是还有个小妹妹？她现在想必已经进入社交圈了？

卡尔弗太太：他说的是玛莎。她进去过又出来了。

康斯坦丝：她比我小不了多少，你知道的。她现在已经三十二岁了。

　　　　[卡尔弗太太完全没有注意到手绢，康斯坦丝无奈之下又从包里取出第三条手绢，把它放在前两条的旁边。

卡尔弗太太：你喜欢东方吗，克泽尔先生？

伯纳德：人们到了那儿会过得非常愉快，您知道的。

　　　　[此时卡尔弗太太看到那三条手绢，突然明白过来。

卡尔弗太太：请问是什么时间了？

康斯坦丝：时间不早了，妈妈。你今晚要出去吃饭吗？我猜你要先躺下休息会，再穿好衣服吃晚饭。

卡尔弗太太：希望下次再见，克泽尔先生。

伯纳德：非常感谢。

　　　　[康斯坦丝送她到门口。

卡尔弗太太：再见，亲爱的。[悄声地]我记不起来手绢是让我走还是留。

康斯坦丝：你只要凭眼睛判断就行。你一眼就能看出来他这样的男人，在阔别十五年之后别人是非常愿意和他倾心交谈一番的。

卡尔弗太太：你的手绢越放越多只会让我糊涂。

康斯坦丝：看在上帝的分上走吧，妈妈。[大声地]再见，我亲爱的妈妈。我真是遗憾你这么快就要离开了。

卡尔弗太太：再见。

　　　　[她出去了，康斯坦丝回到房间。

康斯坦丝：你觉得我们说悄悄话很失礼吗？妈妈喜欢小秘密。

伯纳德：当然不觉得了。

康斯坦丝：现在我们坐下来放松一下吧。让我看看你。你没怎么变。

你瘦了一些，也许还多了点皱纹。男人真是幸运啊，要说他们有什么特别之处，他们就是越老越帅气。你知道我已经三十六岁了吗？

伯纳德：那有什么关系？

康斯坦丝：我能告诉你一件事吗？当你写信说要来拜访我的时候，我很乐意再见到你，想也没想就写信定下了日期。接着我就惊慌起来。我后悔自己写了那封信，后悔得要命。今天一整天我的心里都七上八下的。你刚才进来的时候，没有发现我的膝盖在发抖吗？

伯纳德：上帝啊，为什么？

康斯坦丝：噢，亲爱的，我觉得你有点糊涂呢。如果说我不知道自己年轻时候是个大美人儿，那我就是绝顶的笨蛋。所以要被迫接受自己年老色衰的事实，心头总归是一阵刺痛的。别人不会说，自己又不愿面对。但我终究是想知道最糟糕的情况。这也是我请你过来的原因之一。

伯纳德：不论我怎么看待你，你都不用担心我会故意地冒犯你。

康斯坦丝：当然不用啦。但我在观察你的脸。我真怕看到一副"上帝啊，她怎么丑成这样"的表情。

伯纳德：你看到了吗？

康斯坦丝：你进来的时候可害羞了。你没在想我。

伯纳德：没错，你十五年前确实是个大美人儿。你现在仍然很可爱。你比之前还要美丽十倍。

康斯坦丝：感谢你如此恭维。

伯纳德：你不相信？

康斯坦丝：我相信你是诚心的。而且我承认这样就非常让人满足了。现在跟我说说，你为何没结婚啊？你是时候结婚了，你知道的，否则就太迟了。你现在不结婚，以后老年的光景会非常孤独。

伯纳德：我从来都不想跟任何人结婚，除了你。

康斯坦丝：噢，少来了，你不会跟我说自从你爱上我之后就没有爱上过别人了？

伯纳德：那倒不是，我恋爱了六七次，但每次到节骨眼上的时候我就发觉我还是最爱你。

康斯坦丝：我愿意听你这么说。如果你说你从来没爱过别人，我就要打问号了，而且我还会气恼你，因为你把我当成傻瓜一样来糊弄。

伯纳德：老实说，我爱其他人也是因为爱你。有的因为她头发像你，还有的因为她微笑起来的样子让我想起你。

康斯坦丝：我真不希望我让你过得不幸福。

伯纳德：你没有。我过得很幸福；我享受我的工作；我挣了不少钱，也有过不少乐趣。我不怪你当初嫁给了约翰，而不是我。

康斯坦丝：你记得约翰吗？

伯纳德：当然记得。他是个很好的男人。我敢说他比我更适合做你的丈夫。我的人生起伏不定。我有时候脾气暴躁。约翰才能为你提供所需的一切。你和他在一起要稳妥些。顺便说下，我猜我还能叫你康斯坦丝吧。

康斯坦丝：当然了。为什么不叫呢？你知道吗，我觉得你品性很好，伯纳德。

伯纳德：你跟约翰在一起幸福吗？

康斯坦丝：噢，很幸福。倒不是说他从来没让我难受过。他有一次让我难受了，但我控制住自己，告诫自己不能犯傻。我很高兴我这么做了。我觉得我可以很坦诚地说，我们的婚姻是非常幸福和成功的。

伯纳德：听你这么说我太开心了。如果我问你约翰是否爱你，你不会觉得无礼吧？

康斯坦丝：我肯定他是爱我的。

伯纳德：那你爱他吗?

康斯坦丝：非常爱他。

伯纳德：我能跟你说一番长话吗?

康斯坦丝：如果我可以适度地打断的话。

伯纳德：我希望在我回家这一年当中你能让我多见见你。

康斯坦丝：我也想多见见你。

伯纳德：我胸中有件事情我想一吐为快，这样我就不必再去想它了。我现在仍旧爱你，跟我十五年前向你求婚时一样疯狂地爱着你。我觉得我可能这辈子都无法止息这份爱。随着年纪的增长，我也成了一条无法学习新技能的老狗。但我希望你明白，你根本无需担心我会滋扰到你。我非常清楚，试图插足你和约翰之间是太不厚道的做法。我想我们所有人都渴望幸福，但我相信最好的获取幸福的方式绝不是破坏他人的幸福。

康斯坦丝：这番话倒不是很长。要是到了晚宴上，他们基本连说几句都不止这么长。

伯纳德：我对你只要求友谊，如果我要以我的爱作为回馈，那也只是我个人的事，无关他人。

康斯坦丝：我也认为无关他人。我觉得我会是一个很好的朋友，伯纳德。

> [门开了，约翰走进来。

约翰：噢，抱歉。我不知道你有事要忙。

康斯坦丝：我没事。进来吧。这是伯纳德·克泽尔。

约翰：你好吗?

伯纳德：我恐怕你不记得我了。

约翰：如果你这么直截了当地问我，我最好承认我确实不记得了。

康斯坦丝：别傻了，约翰。他以前经常到妈妈家的。

约翰：在我们结婚之前，你是说？

康斯坦丝：是的。你还跟我们一起度过几个周末。

约翰：我亲爱的，那是十五年前的事了。我很抱歉不记得你了，不过我很高兴再见到你。

康斯坦丝：他刚从日本回来。

约翰：噢，那我希望能再见到你。我准备在吃晚饭前去俱乐部玩几轮比赛，亲爱的。[对伯纳德] 你为何不在我们家跟康斯坦丝吃晚饭呢？我有一台急性阑尾炎手术，她一个人在家，可怜的宝贝儿。

伯纳德：噢，感谢你的邀请。

康斯坦丝：这就是朋友间的来往。你有空吗？

伯纳德：随时可以朋友间的来往。

康斯坦丝：很好。那就八点十五见咯。

第二幕

场景同上。

时间已过去十四天。

玛莎身着外出散步的服饰，头戴一顶帽子，正在读一份画报。

本特利走进来。

本特利：克泽尔先生到了，小姐。

玛莎：噢！问他要不要上楼。

本特利：好的，小姐。[他出去了，稍后又进来，通报伯纳德先生，然后出去] 克泽尔先生到！

玛莎：康斯坦丝在换衣服。她不会耽搁太久。

伯纳德：噢，我知道了。没什么太着急的。

玛莎：你要带她去拉内拉赫?

伯纳德：是这么打算的。今天在那儿比赛的人，有部分是我认识的。

玛莎：你在伦敦过得开心吗?

伯纳德：开心极了。如果有人像我这样在东方待太久了，他回家以后多半会很不适应。不过康斯坦丝和约翰对我实在太好了。

玛莎：你喜欢约翰吗?

伯纳德：喜欢。他人太好了。

玛莎：你知道吗，我对你印象很深刻。

伯纳德：噢，不会吧。我以前过来拜访你母亲的时候，你还是个小孩子呢。

玛莎：我已经十六岁了。你敢想象吗，我当时并没有被追求康斯坦丝的年轻人刺激到骨子里去。

伯纳德：追求者众多啊。我觉得你应该是麻木到骨子里去了。

玛莎：可你是少数有诚意的人之一啊。我一直觉得你浪漫得很。

伯纳德：我当时确实浪漫得很。我想这也是匹配年轻人的特质。

玛莎：我并不认为浪漫不匹配不那么年轻的人哪。

伯纳德：别以为我现在还很浪漫。我收入不菲，体重也不轻。在我成熟男人的心目中，丝绸的价格早已把爱情的春梦挤出去了。

玛莎：你是睁眼说瞎话。

伯纳德：那我只能回敬你蛮横不讲理了。

玛莎：你那时候是痴恋康斯坦丝吗？

伯纳德：你知道的，过去太久了，我忘了。

玛莎：我建议过她嫁给你，而不是约翰。

伯纳德：为什么？

玛莎：这个嘛，原因之一是因为你住在日本。但凡有人愿意带我过去，我都会嫁给他。

伯纳德：我现在还住在那儿的。

玛莎：噢，我才不想嫁给你呢。

伯纳德：那我忍不住要怀疑你说的话了。

玛莎：我永远都想不通她到底看上约翰什么了。

伯纳德：我估计她是爱上约翰了。

玛莎：我想知道她是否后悔过自己嫁给了约翰，而不是你。

伯纳德：嘿，别去想了。她对约翰十足的满意，不会拿他交换世上的任何人。

玛莎：说得太夸张了吧？

伯纳德：我不觉得夸张。夫妻之间彼此满意是再舒服不过的。

玛莎：你还爱着她，是吧？

伯纳德：一点也不爱。

玛莎：说真的，你胆子太大了。怎么说呢，你个蠢货，你随时都在暴露你自己。你知不知道有康斯坦丝在的时候你是个什么德性？你有没有想过你的眼睛落在她身上是副什么神情？她的名字从你口中说出来像是在被你亲吻一样。

伯纳德：你十六岁的时候我觉得你是个讨人嫌的孩子，玛莎，现在你三十二岁了，我觉得你长成了一个可恶的女人。

玛莎：我才没有呢。不过我很喜欢康斯坦丝，我也倾向于喜欢你。

伯纳德：你不认为你可以管好自己的事，少管闲事，这样来表示对他人的关心吗？

玛莎：告诉你吧，没有人跟你和康斯坦丝相处五分钟之后还看不出来你爱慕她的。我揭穿你了，你就生气了？

伯纳德：亲爱的，我要在这里呆上一年。我想过得开心，不想惹麻烦。我珍惜我与康斯坦丝的友情，我不希望有任何事破坏它。

玛莎：你有没有想过她需要的也许不止友情呢？

伯纳德：不，没想过。

玛莎：你没必要对我咬牙切齿的。

伯纳德：康斯坦丝和她的丈夫非常幸福。如果你认为我要插上一脚，破坏这么完美的婚姻，那你肯定把我当成一头该死的猪猡。

玛莎：可是呀，你这个可怜的笨蛋，你不知道约翰长期都对康斯坦丝不忠吗？

伯纳德：我不相信。

玛莎：你尽管问人好了。妈妈是知道的。芭芭拉·福塞特也知道。大家都知道，只有康斯坦丝不知道。

伯纳德：这肯定是谣言。两三天以前我吃晚饭的时候碰到达累姆太太，她亲口告诉我说约翰和康斯坦丝是她所遇到的最恩爱的夫妇。

玛莎：是玛丽-露易丝说的？

伯纳德：是她说的。

> [玛莎开始大笑。她难以自抑。

玛莎：真是笑话。玛丽-露易丝。噢，我可怜的伯纳德。玛丽-露易丝就是约翰的情妇。

伯纳德：玛丽-露易丝是康斯坦丝最好的朋友啊。

玛莎：正是。

伯纳德：如果你在撒谎，我发誓我要拧断你的脖子。

玛莎：请便吧。

伯纳德：我胡说八道的。抱歉。

玛莎：噢，我不介意。我喜欢男人勇猛一点。我觉得你正是康斯坦丝需要的那种类型。

伯纳德：你说这话是什么意思？

玛莎：这么下去不行啊。康斯坦丝都成了十足的笑柄。她的处境相当难堪。我认为应该有人告诉她，而且其他人都在推脱的时候我已经打算要亲自去说的。但我妈妈坚决不同意，我只好保证一个字都不说。

伯纳德：你该不会以为我会告诉她吧？

玛莎：不，我可不觉得你适合去说这个。不过事情总要有个了结。她肯定会发现的。我只希望你……呃，随时待命。

伯纳德：可玛丽-露易丝是有丈夫的。她丈夫怎么办？

玛莎：他人生的唯一目标是挣上一百万。他傻得认为只要他爱女人，女人就会爱他。玛丽-露易丝勾勾手指头，他就听话了。

伯纳德：康斯坦丝从来没怀疑过吗？

玛莎：没有。你看她的样子就知道了。说真的，她的自信有时候真是让人抓狂。

伯纳德：我在想她永远都不知道会不会更好。她过得如此幸福。她没有丝毫烦恼。你只要看看她舒展的眉宇，还有那双坦率信任的眼睛就知道了。

玛莎：我早就知道你是爱她的。

伯纳德：爱到足以把她的幸福当作最高的追求。

玛莎：你现在四十五岁，是吧？我差点忘了。

伯纳德：亲爱的玛莎。你真是很会说话呢。

　　　　[楼道上传来康斯坦丝呼唤的声音：本特利，本特利。

玛莎：噢，康斯坦丝来了。我妈妈究竟人在哪儿呢。我还是进棕色的房间去写封信吧。

　　　　[伯纳德没有注意到她说什么，她出去的时候也没有任何的表示。不一会，康斯坦丝进来了。

康斯坦丝：我让你久等了吧？

伯纳德：没关系。

康斯坦丝：喂！怎么了？

伯纳德：我吗？没什么。怎么了？

康斯坦丝：你的样子很奇怪。你的眼神怎么突然呆滞了？

伯纳德：我不知道我的眼神呆滞了。

康斯坦丝：你有事在瞒着我吗？

伯纳德：当然没有。

康斯坦丝：日本那边有坏消息吗？

伯纳德：不。怎么可能。丝绸行情好得很。

康斯坦丝：那你是要告诉我你刚刚和一个村妇订婚了？

伯纳德：不，我没有。

康斯坦丝：我讨厌有事情瞒着我的人。

伯纳德：我没有事情瞒着你。

康斯坦丝：你以为我看不出你脸上的表情吗？

伯纳德：你会让我飘飘然的。我从来不敢相信你会往我丑陋的脸上多看一眼。

康斯坦丝：[突然怀疑起来] 你来的时候玛莎在这儿吗？她还没走，对不对？

伯纳德：她在等她的妈妈。她已经到别的房间写信去了。

康斯坦丝：你见到她了。

伯纳德：[尽力表现得轻松] 见到了。我们随便聊了聊天气。

康斯坦丝：[立刻明白发生了什么] 噢——你不觉得我们该出发了吗？

伯纳德：有的是时间。去太早了反而不好。

康斯坦丝：那我就先摘掉帽子。

伯纳德：对了，这地方很舒服。我喜欢你的房间。

康斯坦丝：你觉得成功吗？我自己装修的。芭芭拉·福塞特希望我从事装修行业。她自己已经在干了，你知道的，赚很多钱。

伯纳德：[以微笑来掩饰他问问题时的焦虑] 你在家里开心吗？

康斯坦丝：[快活地] 我不觉得一个人想要一份职业就意味着她在家不开心。成天都在聚会里泡着也是很让人厌倦的。不过，老实说，我拒绝了芭芭拉的邀请。

伯纳德：[坚持问下去] 你是开心的，对吗？

康斯坦丝：非常开心。

伯纳德：这十四天以来，你让我过得非常开心。我感觉像是从未离开过一样。你对我实在太好了。

康斯坦丝：我很高兴你有这样的感受。我没觉得对你有多好呢。

伯纳德：已经够好了。你让我见到你。

康斯坦丝：我让街头的警察也见到我了，你知道的。

伯纳德：你不能因为我尽说些无关紧要的话就认为我不再那么全心全意地爱你了。

康斯坦丝：[非常冷静地] 你第一次来的时候我们就说好的，你怎么想完全是你自己的事。

伯纳德：你介意我爱你吗？

康斯坦丝：我们难道不该彼此关爱吗？

伯纳德：你别打趣我。

康斯坦丝：亲爱的，我忍不住心里要乐，感觉既荣幸又相当感激。有人如此关心我，那真是太美好了……

伯纳德：[打断] 如此？

康斯坦丝：这么多年以后。

伯纳德：如果十五年前有人问我是否可以爱你爱得更深，我大概会说不可能。但我现在爱你胜过之前十倍。

康斯坦丝：[继续刚才的话] 但我现在一点也不希望你追求我。

伯纳德：我知道。我没有打算追求你。我太清楚你的为人了。

康斯坦丝：[愉快又有点惊奇] 那我不明白你刚才五分钟都在做些什么。

伯纳德：我不过是在陈述一些简单的事实。

康斯坦丝：噢，不好意思，你说的跟我想的很不一样呢。我恐怕，如果我说我很好奇想看看你是怎么示爱的，你也许都会误会我的意思。

伯纳德：[心平气和地] 我发觉你是在取笑我。

康斯坦丝：为了教会你怎么取笑自己。

伯纳德：过去的十四天，我表现得不错，不是吗？

康斯坦丝：是的，我老是心里嘀咕：他的嘴会不会把一小块黄油给热化了？

伯纳德：这个嘛，我现在打算放任自己一下子了。

康斯坦丝：如果我是你就不会放任自己。

伯纳德：没错，但你不是我。我想告诉你，只说一次，我愿意拜倒在你的裙下。这世上没有其他人令我倾慕，唯有你一人。

康斯坦丝：噢，胡说八道。已经有六个人让你倾慕了。我们总共七个人。

伯纳德：她们都是你的影子。我的心里只有你。我对你的爱慕胜过对任何我所遇见的女人。我敬重你。事情到了节骨眼上的时候，我就成了一个出奇的笨蛋。我不知道该如何表达心中的爱意，而不至于自讨没趣。我爱你。我希望你知道，假如你陷入困境，能得到你的允许帮助你将是我最大的幸福。

康斯坦丝：感谢你这么说。我不知道我为什么会陷入困境。

伯纳德：不论何时，不论何种情况，你都能绝对地信任我。我愿意为你做任何事。一旦你需要我，你只要给我一个信号。我会骄傲而幸福地为你奉献生命。

康斯坦丝：你这么说真是太贴心了。

伯纳德：你不相信？

康斯坦丝：［迷人地微笑］相信。

伯纳德：我应该认为这么说对你而言——噢，虽然意义并不重大——还是有点意义的。

康斯坦丝：［几乎动容了］意义很重大。我很感激你。

伯纳德：那我们以后就不要再提它了。

康斯坦丝：［恢复惯常的冷静］可你刚才为什么会觉得有必要提它呢？

伯纳德：我想袒露心扉，不想憋在心里。

康斯坦丝：噢，果真如此吗？

伯纳德：你不会生我的气吧？

康斯坦丝：噢，伯纳德，我没有那么愚蠢。……很遗憾玛莎没有结婚。

伯纳德：别以为我会娶她。

康斯坦丝：没有。我只是想有个丈夫对她来说是件愉快又有益的事情。她是个很不错的姑娘。你知道。当然会撒谎，但总体上不错。

伯纳德：噢？

康斯坦丝：是的，撒谎精一个，即便是个女人……我们现在该出发了吗？要是等马球都结束了，过去就没意思了。

伯纳德：好的。我们出发吧。

康斯坦丝：我重新把帽子戴上。顺便问下，你这段时间没有让出租车一直等吧？

伯纳德：没有，我开车来的。我想亲自载你过去。

康斯坦丝：敞篷还是封顶？

伯纳德：敞篷。

康斯坦丝：噢，我的天，那我必须换一顶帽子。像这种宽檐帽放在敞篷车里就太没劲了。

伯纳德：噢，我很抱歉。

康斯坦丝：没关系。我一会儿就好。要是能让自己舒服点，为何不去弄舒服点呢？

　　　[她出去了。没多久，本特利领进玛丽-露易丝。

玛丽-露易丝：噢，你好呀。[对本特利] 麻烦你立即通知米德尔顿先生？

本特利：是的，夫人。

　　　[本特利退出。

玛丽-露易丝：[慌里慌张地] 我迫切想要见约翰一会儿，候诊的病人很多，我就问本特利他能不能到这里来。

伯纳德：我回避一下。

玛丽-露易丝：真是很抱歉，事出紧急。约翰很不喜欢这样被打扰。

伯纳德：我到隔壁房间去。

玛丽-露易丝：你在等康斯坦丝吗？

伯纳德：是的，我要带她去拉内拉赫。她去换帽子去了。

玛丽-露易丝：我知道了。本特利告诉我说她在楼上。再见。我只要一小会儿就好。[伯纳德到隔壁房间去了，约翰同时进来] 噢，约翰，我很抱歉把你从病人那里拉过来。

约翰：没什么紧急的。他们可以稍等几分钟。[伯纳德关上门，约翰的语气立马变了。他们现在小声而快速地交谈] 有什么事吗？

玛丽-露易丝：是莫蒂默。

约翰：莫蒂默怎么了？

玛丽-露易丝：我相信他在怀疑了。

约翰：为什么？

玛丽-露易丝：他昨晚怪怪的。他走到我的房间跟我说晚安。他坐在我的床上。他有一搭没一搭地闲聊，还问我一晚上都在做什么……

约翰：你应该没告诉他吧。

玛丽-露易丝：没有，我说我在这儿吃晚饭。结果他突然站起来，说了声晚安就出去了。他的声音如此奇怪，我忍不住看了他的脸。他的脸红得像一只雄火鸡。

约翰：就这些？

玛丽-露易丝：他去金融城之前从来没有进来跟我说过晚安。

约翰：他也许太匆忙了。

玛丽-露易丝：他可从来没有因为这个匆忙过。

约翰：我觉得你是在小题大做。

玛丽-露易丝：别傻了，约翰。你没看出来我紧张得跟猫一样？

约翰：我看出来了。我是想安慰你没有什么好紧张的。

玛丽-露易丝：男人怎么都呆头呆脑的呢。永远都不知道细节才是重要的。我告诉你吧，我可吓得没有抓拿了。

约翰：你要清楚怀疑和落实之间还差了老大一截。

玛丽-露易丝：噢，我可不相信他能落实什么。不过他会瞎捣乱的。万一他要跟康斯坦丝吹了什么风呢?

约翰：她才不会听他的风。

玛丽-露易丝：即使最不幸的我们败露了，我可以应付莫蒂默。他爱我爱得不行。这种情况下，女人总是能占男人上风的。

约翰：你当然能把莫蒂默玩得团团转。

玛丽-露易丝：要是康斯坦丝知道了，我会羞死的。她毕竟是我最好的朋友，我对她可是绝对的真心实意。

约翰：康斯坦丝是一只人见人爱的水蜜桃。当然了，我根本不相信你说的有什么不对劲，即使有吧，我也会亲自向康斯坦丝坦白的。

玛丽-露易丝：千万不要!

约翰：我预计她会大吵大闹的。任何女人都会。不过她愿意做任何事来帮助我们渡过难关。

玛丽-露易丝：你可真懂女人呀。她肯定愿意帮你渡过难关，这没得说。但她会用双脚来踩我。人性就是这样的。

约翰：康斯坦丝不是这样的人。

玛丽-露易丝：老实说，幸亏我对你，约翰，是相当信任的，否则你这么来维护康斯坦丝会让我嫉妒的。

约翰：感谢上帝你又笑了。你现在恢复理智了。

玛丽-露易丝：把事情说开了反而没那么紧张了。也就那么回事吧。

约翰：我敢肯定你没什么需要担心的。

玛丽-露易丝：可能只是我的想象罢了。不过这始终是一次愚蠢的冒险。

约翰：也许吧。谁叫你长得这么勾魂呢?

玛丽-露易丝：你应该赶紧回去看你可怜的病人了吧?

约翰：我估计差不多了。你要留下来跟康斯坦丝打个招呼吗?

玛丽-露易丝：我看还是留下好。要是我匆匆离开，连招呼都不跟她打，这就太古怪了。

约翰：[准备离开] 那我先走了。你别担心了。

玛丽-露易丝：我不担心。我想大概是我的内疚感在作祟吧。我待会去把头发洗了。

> [约翰正要离开，玛莎进来了，后面跟着伯纳德。

玛莎：[热情得几乎夸张] 我不知道你来了呢，玛丽-露易丝。

玛丽-露易丝：不打紧。

玛莎：我就是写写信，等等我的妈妈，伯纳德刚刚告诉我的。

玛丽-露易丝：我找约翰有点事。

玛莎：我希望你不要有什么不对劲的地方，亲爱的。

玛丽-露易丝：没有。莫蒂默最近看起来非常疲惫，我想让约翰劝他休息一阵子。

玛莎：噢，照我说，他这种情况应该去找内科医生，而不是外科医生咨询意见吧。

玛丽-露易丝：他对约翰极其信任，你知道的。

玛莎：那我肯定他的信任是对的。约翰是个非常可靠的人。

约翰：我能帮你什么忙吗，玛莎？如果你想让我切掉什么阑尾或者扁桃体之类的，我愿意效劳。

玛莎：我亲爱的约翰，你已经让我这副身子没有任何多余的零件了。要是再少点什么，我就活不下去了。

约翰：我亲爱的，只要一个女人还有一条腿站着，她就不必担心她无法激起外科医生的同情和兴趣。

> [康斯坦丝同卡尔弗太太一起进来。

玛丽-露易丝：[亲吻她] 亲爱的。

康斯坦丝：你的膝盖如何了，还是会打滑吗？

玛丽-露易丝：或多或少总是有点毛病的，你知道。

康斯坦丝：是的，当然。我觉得你很有耐心了。换作是我，我肯定要发约翰的脾气了。不过我要是有什么毛病，我也绝对不会去找他诊断的。

卡尔弗太太：我很抱歉我耽搁了这么久，玛莎。你等得不耐烦了吧？

玛莎：没有，我等得很愉快呢。

卡尔弗太太：对别人来说愉快，还是只对你一个人？

康斯坦丝：我在楼梯上碰见妈妈，我换帽子的时候她就跟我一起去了。伯纳德准备带我去拉内拉赫。

约翰：噢，玩得开心。

伯纳德：我们快迟到了。

康斯坦丝：有什么要紧吗？

伯纳德：那倒没有。

　　　　[本特利进来，端着一个小金属托盘，托盘里有一张名片。
　　他把名片递给康斯坦丝。她看着名片，面露犹疑。

康斯坦丝：太古怪了吧。

约翰：怎么了，康斯坦丝？

康斯坦丝：没什么。[她思考片刻]他人在楼下吗？

本特利：是的，夫人。

康斯坦丝：不知道他为什么要送一张名片上来。请他进来吧。

本特利：好的，夫人。

　　　　[本特利退场。

约翰：是谁啊，康斯坦丝？

康斯坦丝：过来坐下，玛丽-露易丝。

玛丽-露易丝：我必须走了，你也是。

康斯坦丝：时间还早。你喜欢这顶帽子吗？

玛丽-露易丝：是的。我觉得好看极了。

康斯坦丝：你在这儿干什么呢，约翰？你今天没有病人要看吗？

约翰：有啊，有两三个等着的。我正准备下去。老实说，我觉得我该抽根烟犒劳下自己。[他一只手去摸口袋]哎呀，我的香烟匣子不见了。你看到过没有，康斯坦丝？

康斯坦丝：我没有。

约翰：我今天上午到处找遍了。我想不起来把它放哪儿了。我必须给医院打个电话，问问我是不是放在那儿了。

康斯坦丝：但愿你没有弄丢了。

约翰：噢，没有。我肯定没有弄丢。我只是不知道放哪儿了。

> [门开了，本特利通报访客的名字。

本特利：莫蒂默·达累姆先生。

玛丽-露易丝：[吓得惊慌失措]噢！

康斯坦丝：[迅速抓住她的手腕]好好坐着，你个傻瓜。[莫蒂默·达累姆进来。他年约四十，身形略魁梧，身材略发福，面色发红，性情急躁。他此刻情绪非常激动。本特利出去]你好啊，莫蒂默。你这时候登门有何贵干啊？为什么提前还要送上一张名片啊？

> [他站立不动，察看四周。

玛丽-露易丝：怎么了，莫蒂默？

莫蒂默：[对康斯坦丝，极力压制怒火]我想你也许想知道你的丈夫是我妻子的情夫。

玛丽-露易丝：莫蒂！

康斯坦丝：[牢牢抓住玛丽-露易丝，非常冷静地面对莫蒂默]是吗？你怎么会这么想呢？

莫蒂默：[从口袋里掏出一只黄金的香烟匣子]你认得这个吗？我昨晚从我妻子的枕头底下找到的。

康斯坦丝：噢，那我放心了。我简直想不起来把这东西扔哪儿了。

[从他手中接过香烟匣子] 非常感谢!

莫蒂默：[愤怒地] 这东西不是你的。

康斯坦丝：确实是我的。我坐过玛丽-露易丝的床，我肯定不小心把它塞到枕头底下去了。

莫蒂默：上面有约翰的名字缩写。

康斯坦丝：我知道。这是一位病人为了表示感谢而送给他的礼物，我觉得他用起来太精致了，就自己拿了。

莫蒂默：你把我当成什么糊涂蛋了，康斯坦丝?

康斯坦丝：我亲爱的莫蒂，如果不是我的东西，我干吗要说是我的呢?

莫蒂默：他们还一起吃晚饭了。

康斯坦丝：我可怜的莫蒂，这我知道。你要去参加金融城的晚宴还是什么的，玛丽-露易丝打电话来问她能不能过来和我们吃个便饭。

莫蒂默：你意思是说她在这儿吃的晚饭?

康斯坦丝：她是这么跟你说的?

莫蒂默：是的。

康斯坦丝：这很容易证明。如果你不相信我的话，我们可以摇铃叫管家上来，你可以亲自问他……摇铃吧，约翰，好吗?

莫蒂默：[不安地] 不，不用了。既然你都这么说了，我必须相信你。

康斯坦丝：你真是体谅人。感谢你没有让我和管家对质，给我难堪。

莫蒂默：如果玛丽-露易丝在这里吃的晚饭，为什么你会坐到她的床上去?

康斯坦丝：约翰必须出门去做手术，玛丽-露易丝想给我看看她从巴黎带回来的东西，于是我就走路去了你家。那是一个美好的夜晚。你还记得，对吧?

莫蒂默：见鬼，我多的是要紧事要做，才没有闲工夫管什么美好的夜晚。

康斯坦丝：我们把巴黎带回来的东西统统试了一遍，接着就累了，玛丽-露易丝躺到床上，我就坐下来，然后我们聊了天。

莫蒂默：如果你累了，为什么不回家，躺到自己的床上？

康斯坦丝：约翰答应要过来接我。

约翰：结果我没能过去。手术的时间比我预计的长得多。这样的情况就是你一旦开始动刀子了你就没法知道什么时候会停下来。你知道的，对吧，莫蒂默？

莫蒂默：不，我不知道。我怎么可能知道？

康斯坦丝：这个没什么打紧。而你对约翰和玛丽-露易丝的指控太恶劣了，我非常之伤心。但我会保持绝对的冷静来听你说完。现在告诉我你有什么证据吧。

莫蒂默：我的证据？你什么意思？不就是香烟匣子。当我发现香烟匣子的时候，我自然推断出来了。

康斯坦丝：〔双目炯炯〕我非常理解，但你为什么推断出来错误的结论？

莫蒂默：〔一口咬定地，为了掩饰他开始动摇的内心〕不可能是我弄错了。

康斯坦丝：即使是我们当中最富有的人也会犯错。我记得大金融家皮尔庞特·摩根先生去世的时候，人们发现他还持有七百万美元的垃圾证券。

莫蒂默：〔不安地〕你不明白这是多么大的打击，康斯坦丝。我对玛丽-露易丝是绝对的、完全的信任。这下我被打击得头朝地、脚朝天了。我一直想着这件事，想得我都怕自己会疯掉了。

康斯坦丝：那你的意思是说你跑到这儿来胡闹只是因为你在玛丽-露易丝的房间里找到我的香烟匣子？我简直不敢相信。你是个见

556

过世面的男人，一个商人。你绝顶聪明。你当然是有些依据的。你肯定还有所保留。请你不要担心会伤害我的感情。反正你已经说了这么多了，我请你务必把实情和盘托出。我想知道事实，全部的事实。

> [短暂的停顿。莫蒂默看看正在悄声啜泣的玛丽-露易丝，又看看康斯坦丝，满脸的疑惑。

莫蒂默：我恐怕是鬼迷了心窍，糊涂透顶了。

康斯坦丝：我恐怕你确实犯了糊涂。

莫蒂默：我太惭愧了，康斯坦丝。请你原谅我。

康斯坦丝：噢，你别管我怎么样。你令我蒙羞，受到奇耻大辱。你挑拨了我跟约翰的关系，播下猜忌的种子，永远都无法……

> [她想找个词。

卡尔弗太太：[帮忙补充] 生根发芽。

康斯坦丝：[不予理会] 根除。但我毫不介意。你必须请求原谅的，是玛丽-露易丝。

莫蒂默：[谦卑地] 玛丽-露易丝。

玛丽-露易丝：别碰我。别靠近我。

莫蒂默：[对康斯坦丝，痛苦地] 你知道嫉妒这东西是怎么回事。

康斯坦丝：我并不知道。我认为它是最丑陋和可鄙的罪恶。

莫蒂默：[对玛丽-露易丝] 玛丽-露易丝，我错了，你就不能原谅我吗？

玛丽-露易丝：你在我所有朋友面前辱没我。你明明知道我有多爱康斯坦丝。你可以指控我跟其他任何男人有染——但不能是约翰。

康斯坦丝：不能是她最好朋友的丈夫。那些送牛奶的，清理垃圾的，随你怎么说，就是不能是她最好朋友的丈夫。

莫蒂默：我就是一头该死的猪猡。我不知道怎么就昏了头。我自己的所作所为，我实在控制不了啊。

玛丽-露易丝：枉我爱了你这么多年。还从来没有人像我这样爱过你。噢，真是残忍啊，太残忍了。

莫蒂默：我们走吧，亲爱的。我不能在这儿说我想说的话。

玛丽-露易丝：不，我不走，不走。

康斯坦丝：[把一只手放在他的胳膊上，温和地] 我觉得你最好让她在这儿待一会，莫蒂。等你走了，我会跟她谈的。她没法不难过。像她那样敏感娇弱的人儿。

莫蒂默：我们八点十五还要跟范库弗一家吃饭呢。

康斯坦丝：改到八点三十吧。我保证让她及时赶回家换衣服。

莫蒂默：她还会给我一次机会吧？

康斯坦丝：是的，是的。

莫蒂默：我愿意为她做任何事。[康斯坦丝将手指放到嘴唇上，然后刻意指着自己佩戴的珍珠项链。莫蒂默迟疑了一下，但很快明白了她的意图，心领神会地点点头] 你是这世上最聪慧的女人。[他往外走去，停下来，向约翰伸出手] 你愿意和我握手吗，老兄？我犯了错，但我还是勇于承认错误的男子汉。

约翰：[非常热情地] 完全没关系，老弟。这事确实蹊跷，那个香烟匣子，我也很认同这一点。要是我早猜到康斯坦丝会把如此贵重的东西到处乱放，我宁死也不会让她去碰的。

莫蒂默：你都不知道我现在有多么如释重负。我来的时候感觉自己有一百岁了，现在我感觉自己只有两岁。

    [他出去了。门刚一关上，所有人的姿态都有了明显变化。紧张感消失了，大家都松了一口气。

约翰：康斯坦丝，你真是坚强的后盾。我永远不会忘记今天的。在我有生之年永远不会。说实在的，你表现得太冷静了。我浑身都忽冷忽热的，而你却连眼睛都没有眨一下。

康斯坦丝：顺便把你的香烟匣子还给你。你最好弄一个环，把它挂在你的钥匙链上。

约翰：不了，不了。你留着吧。我这个年纪可折腾不起了。

康斯坦丝：还有，你昨天晚上去莫蒂家的时候有人看见你吗？

约翰：没有，我们用玛丽-露易丝的大门钥匙进去的。

康斯坦丝：那就没问题了。如果莫蒂默向仆人们问起，他们也说不上来。我还是碰了下运气的。

玛丽-露易丝：[有点既羞愧又沮丧的样子] 噢，康斯坦丝，你该怎么看我啊？

康斯坦丝：我吗？和我以前的看法完全一致啊。我觉得你很可爱，玛丽-露易丝。

玛丽-露易丝：你绝对有权利生我的气。

康斯坦丝：也许吧，但没有这个意愿。

玛丽-露易丝：噢，别这么说。我做了对不起你的事。你让我感觉自己十分可耻。你本来有机会报复我，但你没有这么做。我太惭愧了。

康斯坦丝：[觉得好笑] 因为你跟约翰有染，还是因为你被发现了？

玛丽-露易丝：噢，康斯坦丝，别这么冷酷。随你怎么说我，骂我，用脚踩我，你都不要对我微笑。你让我情何以堪啊。

康斯坦丝：你是希望我大闹一场。我知道，也赞同。[非常冷静地] 但事实是，莫蒂默所说的一切我早就知道了。

玛丽-露易丝：[惊恐的] 你的意思是说你一直都知情？

康斯坦丝：一直都知情，亲爱的。这半年以来，我一直都在努力防范我的亲戚朋友把你们的丑事告诉我。有时候到了十分艰难的地步。妈妈对生活的透彻领悟，玛莎不顾一切地追求真相，还有芭芭拉无声的同情，这些都经常让我处于崩溃的边缘。然而，直到今天，所有的细枝末节都尚未证实，我还能对那些事实视而不见，尽管它们就明明白白地摆在我的面前。

玛丽-露易丝：但是为什么，为什么呀？这不符合人情。你为什么不采取任何行动？

康斯坦丝：这个嘛，亲爱的，是我自己的事。

玛丽-露易丝：[认为她理解了] 噢，我懂了。

康斯坦丝：[非常辛辣地] 不，你不懂。我对约翰是绝对的忠诚。我对你们的心思睁只眼闭只眼，不过是为了掩盖我自己的心思。

玛丽-露易丝：[开始有点难堪] 我忍不住要想你这段时间以来一直在捂着嘴笑话我了。

康斯坦丝：[心平气和地] 噢，我亲爱的，你可不能因为我让你失去了这几个月以来自以为欺骗到我的乐趣就不高兴啊。我可不愿意你把我当作一个故意使坏的人。

玛丽-露易丝：我的脑袋好晕啊。

康斯坦丝：也是一颗漂亮的脑袋呢。你为何不去躺一躺？你跟范库弗一家吃饭的时候要保持你的最佳状态才行。

玛丽-露易丝：我在想莫蒂默去哪儿了。

康斯坦丝：你还记得那条珍珠项链吧？你前几天指给我看过，还说莫蒂默嫌它太贵了。他呀，已经跑去卡地亚为你买下那条项链了。

玛丽-露易丝：[兴奋地] 噢，康斯坦丝，你觉得他已经去了？

康斯坦丝：我觉得所有男人生来就知道，当他们伤了一个女人的心的时候——女人的心也确实容易受伤——唯一的挽救方法是一件不起眼但很贵重的珠宝。

玛丽-露易丝：你觉得他能想到把项链带回家，好让我今晚就戴上吗？

康斯坦丝：噢，我亲爱的，别当个迫不及待地接受项链的傻瓜啊。一定要记住莫蒂默狠狠地辱没了你，他对你的指控是一个男人对自己的妻子最骇人听闻的指控，他践踏了你的爱，也毁掉了你对他的信任。

玛丽-露易丝：噢，你说的太对了，康斯坦丝。

康斯坦丝：我当然不需要告诉你该怎么做。你要拒绝跟他讲话，但绝对不能让他连一句辩解的话也插不上。使劲哭，让他感觉自己实在太残忍，但又不能把眼睛哭肿了。你说你要离开他，然后抽抽嗒嗒地跑到门边，但是要在你开门之前给他机会阻止你。你不断地重复。把同样的话说了一遍又一遍——会把他们烦透的——如果他回答你，你也假装没听见，继续说下去。终于到了最后，你把他烦到没辙了，头疼得像要裂开一样，身上每个毛孔都在冒汗，整个人都精疲力竭、苦不堪言、垂头丧气、六神无主——然后你再同意他，像是可怜他、帮他忙一样，同时又体现你的宽容大度、温柔敦厚，去接受，哦不，你不能同意，要勉为其难、屈尊降贵地接受那个可怜虫花了上万英镑买回来的珍珠项链。

玛丽-露易丝：[尤为满足地] 是一万两千英镑，亲爱的。

康斯坦丝：千万别感谢他。那样就不灵了。要让他来感谢你，感谢你帮他的忙，允许他送你一件小礼物。你开车过来的吗？

玛丽-露易丝：没有，我过来的时候不太方便，就搭了出租车。

康斯坦丝：约翰，你陪玛丽-露易丝下去，把她送到出租车上。

约翰：没问题。

玛丽-露易丝：不，不要约翰。我不行。毕竟我还是有点顾忌的。

康斯坦丝：噢，是吗？呃，那就让伯纳德去吧。

伯纳德：我很乐意。

康斯坦丝：[对伯纳德] 请你务必回来，好吗？

伯纳德：一定。

玛丽-露易丝：[亲吻康斯坦丝] 这次是给我的教训，亲爱的。我并不傻，康斯坦丝。我能学会。

康斯坦丝：至少学会慎重吧，我希望。

> [玛丽-露易丝出去了，后面跟着伯纳德·克泽尔。]

约翰：你刚才怎么猜到玛丽-露易丝会说她在这儿吃的晚饭？

康斯坦丝：她这么精明的女人，如果撒过的旧谎还能用，就不会编新谎了。

约翰：如果莫蒂默当时坚持要跟本特利对质，那可就麻烦了。

康斯坦丝：我谅他也不敢。只有一位真正的绅士才会毫不犹豫地做一些不那么绅士的事情。莫蒂默是踩在界线上的，所以他必须小心谨慎。

玛莎：[刻意地] 你不怕你的病人们有点等不耐烦了吗，约翰？

约翰：我喜欢让他们等着。时间一分分地过去，他们会越来越紧张。等到我建议他们做一个花费二百五十英镑的手术的时候，他们就已经吓得不敢反对了。

玛莎：[咂嘴] 你大概不会愿意听我打算跟康斯坦丝说的话。

约翰：因为我猜到了你要说一些有关于我的难听的话，而我极不情愿地要忽略掉使命的召唤，准备好亲耳听到那些话。

康斯坦丝：她这三个月一直在尽力克制自己，约翰。我觉得她现在有权利宣泄出来了。

约翰：如果她在忍受欲望压抑的痛苦，那她就来错地方了。她应该去看心理分析师。

玛莎：我只想说一点，约翰，而且我非常愿意你听到。[对康斯坦丝] 我不知道你有什么理由要保护那个可恶的女人。我只能猜测你是要避免更多的丑闻……

卡尔弗太太：[打断] 在你继续说下去之前，我亲爱的，请容许我插一句。[对康斯坦丝] 我亲爱的孩子，我请求你不要匆忙做出任何决定。我们必须从长计议。首先，你必须听听约翰有什么好解释的。

玛莎：他还有什么好解释的？

康斯坦丝：［讥讽地］还有什么好说的呢？

约翰：总之说不出来什么好的。我对婚姻生活看得太多……

康斯坦丝：［微笑地打断］我们说清楚点。是别人的婚姻生活，而不是你自己的。

约翰：［继续］难以想象连大天使加百利都说不出来什么好的。

康斯坦丝：可是我没有任何理由假设大天使加百利会陷入如此的困境呀。

约翰：这是我自找的，我甘愿接受任何后果。

康斯坦丝：［对世人宣称］没有男人能说得比这更漂亮了。

约翰：我希望你大闹一场，康斯坦丝。这是你的权利，你的特权。我愿意承受。狠狠地惩罚我吧。我活该。揪着我的头发，把我在房间里拖来拖去吧。用脚踢我的脸。踩在我的身上。我会卑躬屈膝，脸贴地，嘴啃泥。我的名字就叫混账东西。混账东西。

康斯坦丝：我可怜的约翰，究竟有什么值得大闹一场的呢？

约翰：我知道我有多么亏欠你。我的妻子贤惠、善良又忠贞，全心全意为我着想，还是一个称职的母亲，一个优秀的管家。但凡我有一丁点的风度，我都不该如此对待你。我无法为自己做任何辩解。

玛莎：［打断他］你让她在她所有的朋友面前丢尽了脸。

约翰：我确实毫无绅士风度，也无体育精神。

玛莎：你的行为不可原谅。

约翰：我像鳄鱼一样没心没肺，像伤寒杆菌一样无耻下流。

康斯坦丝：就我们之间而言，你显然已经让我无话可说了。

玛莎：没什么好说的。你是对的。这种情况下，女人要是闹起来只会有失体面。这足以说明约翰对女人了解得太少，还以为你会动粗来自贬身份。［对约翰］我猜你应该还有这个风度——不要给康斯坦丝获取自由的道路增添障碍。

卡尔弗太太：噢，康斯坦丝，你不会是要跟他离婚吧？

玛莎：妈妈，你太软弱了。她怎么能继续跟一个她无法尊重的男人生活呢？跟一个她不信任、看不起的男人在一起，她的生活会是什么样子？况且，你还要考虑他们的孩子。康斯坦丝怎么能让她的女儿受到一个品行不端的家伙的干扰和影响呢？

康斯坦丝：约翰一直是一个优秀的父亲。我们还是要实事求是，有一句说一句。

卡尔弗太太：别太钻牛角尖了，宝贝儿。我能理解你此刻的心情难受，但如果你因为难受而判断出现偏差，那就很悲哀了。

康斯坦丝：我心情一点也不难受。我真希望能表现出心里真实的快乐。

卡尔弗太太：你骗不了我这个当妈的，我亲爱的女儿。你心里的愤恨我是知道的。遇到这样的不幸，这再正常不过了。

康斯坦丝：我审视内心的时候，我真是找不到一丝的恨意，也许除了约翰太愚蠢，居然被发现了，这一点让我有点愤恨以外。

约翰：我想为自己澄清一下，康斯坦丝。我根本没有采取过任何措施来防止被抓。天使所能做的也不过如此。

康斯坦丝：而且天使也应该没有抽卷烟的恶习。

约翰：只要你习惯了卷烟的味道，你就更喜欢卷烟，胜过埃及香烟。

卡尔弗太太：别逞强，宝贝儿。要医治一颗受伤的心，逞强是最糟糕的办法。到妈妈的怀里来吧，我亲爱的，我们好好哭一场。然后你就感觉舒服了。

康斯坦丝：妈妈，感谢你的安抚。不过说实在的，就算要了我的命，我也挤不出一滴眼泪啊。

卡尔弗太太：千万别钻牛角尖。约翰是活该。我承认。他确实非常非常讨人嫌。不过男人就是禁不起诱惑，而女人又这么不守妇道。我肯定他已经后悔为你带来的一切痛苦了。

玛莎：我想不通的是，你当初发现约翰有外遇的时候竟然能无动于衷？

康斯坦丝：老实告诉你吧，我认为这不关我的事。

玛莎：[愤慨地] 你难道不是他的妻子吗？

康斯坦丝：约翰和我都是很幸运的人。我们的婚姻非常理想。

玛莎：你怎么能这么说？

康斯坦丝：结婚五年后，我们一直两情相悦。这已经比大多数人的时间要长了。我们的蜜月期维持了五年，然后我们就突然受到命运最不寻常的安排：我们在同一时间终止了对彼此的爱。

约翰：我反对，康斯坦丝。我从来没有终止对你全身心的付出。

康斯坦丝：我没有说你终止了，宝贝儿。我深信不疑。我也从来没有终止对你全身心的付出。我们分享彼此的兴趣爱好，我们享受对方的陪伴，我为你的成功欢呼，你为我的病痛揪心。我们被同样的笑话逗乐，为同样的烦恼叹息。我想任何一对夫妇也不会被更加真实的情意联系在一起吧。但话说回来，在过去的十年里，你爱过我吗？

约翰：你不能指望一个男人结婚十五年了……

康斯坦丝：亲爱的，我不是在问理由。我只想要一个简单的答案。

约翰：这么久以来，我喜欢你的陪伴胜过任何人的陪伴。我喜欢你也胜过任何人。你是我所遇见的最美丽的女人。即使你一百岁了，我也会说同样的话。

康斯坦丝：可是，当你听见我的脚步声在楼道里响起，你的心会跳到嗓子眼吗？当我走进房间，你有第一时间把我拥入怀中的冲动吗？反正我是没有发现的。

约翰：我不想让自己出丑。

康斯坦丝：那我就认为你已经回答了我的问题。你并不爱我，正如我并不爱你。

约翰：你以前从未提起过这回事。

康斯坦丝：我觉得大多数夫妇都对彼此过于坦白了。有些事情，也
　　　　许两个人都心知肚明，但假装自己不知道要来的稳妥得多。

约翰：你是怎么意识到的？

康斯坦丝：你听我说。有一天晚上，我们在一起跳舞，突然之间我
　　　　就发觉我们不像平时那样舞步协调了。因为我走神了。我在想
　　　　要是我把头发做得像旁边那位女士一样会有多么好看。接着我
　　　　看着你，我发现你在欣赏她漂亮的双腿。我这才明白你其实已
　　　　经不再爱我了，明白过来的同时我也松了一口气，因为我也不
　　　　爱你了。

约翰：我必须声明我从来没有意识到这一点。

康斯坦丝：我知道。男人总是认为他对一个女人失去激情是再正常
　　　　不过的，但他从未想到过女人会对他失去激情，这太不正常了。
　　　　别不高兴，宝贝儿，这是你们男人众多可爱的缺点之一。

玛莎：你是希望我和妈妈明白从那以后约翰接二连三地出轨，而你
　　　都不动声色吗？

康斯坦丝：既然他才第一次被发现，我们还是假定他无辜，并且希
　　　　望他在此之前从来没有偏离过狭隘又严格的道德约束。你不会
　　　　生我的气吧，约翰？

约翰：不，宝贝儿，不生气。我就是有点困惑。我觉得你一直在愚
　　　弄我。我从来没有想过你对我的感情已经变成这样了。你不能
　　　指望我会高兴。

康斯坦丝：噢，少来了，你讲讲道理吧。你肯定不会希望我这么多
　　　　年对你一厢情愿地付出，为爱憔悴，而你能回馈我的不过是亲
　　　　情和友情罢了。你想想看，有个她爱你而你不爱她的人在身边
　　　　该是多么乏味。

约翰：我想不出你会是个乏味的人，康斯坦丝。

康斯坦丝：[对他亲吻自己的手] 你难道不觉得我们该感谢我们的幸运星吗？我们是受到神灵眷顾的。我绝不会忘记我当初爱你的那五年里你给予我的无与伦比的幸福，我也绝不会停止对你的感激，不是因为你爱过我，而是因为你用爱激发了我。我们的爱情从未变得琐碎疲惫。因为我们在同一时间终止了对对方的爱，我们从来不需要忍受争吵和责备，不需要为了那团一方面熄灭而另一方面还很炽热的爱火而相互指责等等。我们的爱情好比一场填字游戏，我们在同一时间猜出了最后一个字。这也是为什么我们后来的生活如此幸福，我们的婚姻如此完美的原因。

玛莎：你的意思是说当你发现约翰和玛丽-露易丝有暧昧关系的时候，你觉得完全无所谓吗？

康斯坦丝：人性是很不完美的。我恐怕必须得承认我一开始是恼火的。但只是一开始。后来我转念一想，约翰不过是把我不需要的东西给了别人，我为了这个生气就很没道理了。就跟一条占着马槽的狗差不多。况且我对约翰是很有好感的，我愿意他以自己的方式快活。而如果他打算纵容自己去偷情的话……这么说对吗，约翰？

约翰：我还确定不了这到底算不算纵容。

康斯坦丝：那他偷情的对象最好是我身边一个亲密的朋友，这样我才好像当妈的那样看着他。

约翰：当真的吗，康斯坦丝。

康斯坦丝：玛丽-露易丝是个大美人，这样就不至于伤我的自尊。她家里又有钱，约翰肯定用不着在她身上挥霍，给我自己带来不便。而且她不是那么聪明，不可能左右约翰的任何想法，只要他的心在我这里，我根本不介意她拥有他的人。你如果要欺骗我的话，约翰，我还真挑不出会有谁比玛丽-露易丝更适合来配合你的了。

约翰：我并不相信你真的被骗到了，宝贝儿。你的眼神这么有穿透力，你看着我的时候，我感觉自己一丝不挂地瑟瑟发抖。

卡尔弗太太：我不赞成你的态度，康斯坦丝。在我们那个年代，一个年轻的妻子发现自己的丈夫骗了她，她会痛哭流涕，跑回自己的母亲那里呆上三个星期，直到她的丈夫失魂落魄、悔恨不已才会回去。

玛莎：那我们可以理解为你不打算跟约翰离婚吗？

康斯坦丝：你知道的，我看不出一个女人有什么理由要放弃一个舒适的家，一份可观的收入，一个因为对不起她而愿意为她鞍前马后的男人。这么做无非是搬起石头砸自己的脚。

玛莎：我不知道该说什么了。我想象不到一个但凡有点廉耻之心的女人会安静地坐下来，允许自己的丈夫肆意地羞辱她。

康斯坦丝：你太蠢了，我可怜的约翰。在日常生活中，愚蠢要比不道德更加烦人的。不道德的人你可以去矫正他们，但是老天，你该拿那些愚蠢的人怎么办呢？

约翰：我确实蠢，康斯坦丝。我自己知道，但我能吸取教训，所以我还不是无药可救。

康斯坦丝：你的意思是说你以后要小心不暴露了吗？

卡尔弗太太：噢，不是，康斯坦丝，他的意思是说这次学到教训了，以后你不会再有抱怨的理由了。

康斯坦丝：据我所知，男人只有在年纪大到没法让别人愉快，只会让别人觉得负担的时候才会洗心革面。而约翰呢，我很高兴地说，仍是年富力强的时候。我猜你大概又给了自己十五年，对吧，约翰？

约翰：说真的，康斯坦丝，我不知道你什么意思。有时候你说的东

568

西着实让人尴尬。

康斯坦丝：我觉得，不管怎样，我们有理由相信玛丽-露易丝不止有一个后继者。

约翰：康斯坦丝，我向你保证……

康斯坦丝：[打断] 这是你唯一让我感觉没用的礼物。你知道吧，只要我能假装对你们的勾当不知情，我们就能皆大欢喜。你玩你的，我作为怨妇受到大家的同情。可现在我的处境变得很艰难了。你把我放到了一个既不优雅又不庄重的处境。

约翰：我实在太抱歉了，康斯坦丝。

玛莎：你打算离开他吗？

康斯坦丝：不，我不打算离开他。约翰，你记得芭芭拉曾邀请我入伙吗？我当时拒绝了她。不过我改变主意了，我想接受邀请。

约翰：可为什么呀？我不懂你的想法。

康斯坦丝：我不准备再完全依赖于你了，约翰。

约翰：可是，我亲爱的，我所挣来的一切都交由你支配。满足你的需求是我的荣幸。老天爷作证，你的需求又不是很多。

康斯坦丝：我知道。算了吧，约翰，我一直都很理性的，不是吗？一旦我决定要做什么事，就别再试图阻止我了。

　　　　[片刻停顿。

约翰：我还是不懂。不过你既然这么说了，我也无话可说。你肯定要完全遵照自己的意愿行事，这没得说。

康斯坦丝：这就对了。赶紧回病人那边去吧，不然我也走不开了。

约翰：你愿意给我一个吻吗？

康斯坦丝：有什么不愿意的？

约翰：[吻她] 我们和好了？

康斯坦丝：和平友好。[约翰出去] 他挺可爱的，不是吗？

卡尔弗太太：你脑子里到底在想什么，康斯坦丝？

康斯坦丝：我吗，妈妈？[打趣她] 你猜呢？

卡尔弗太太：我可不喜欢你这个样子。

康斯坦丝：我很抱歉。大多数人都认为我很不简单。

卡尔弗太太：你脑子里在想些什么坏事，可我是死也猜不出来。

玛莎：你跟芭芭拉合伙做生意，我不知道你预期要得到什么。

康斯坦丝：每年一千至一千五百英镑啊，我相信有。

玛莎：我不是在说钱，你知道的。

康斯坦丝：我厌倦做一个摩登主妇了。

玛莎：你说的摩登主妇是什么意思？

康斯坦丝：一个不出卖肉体的妓女。

卡尔弗太太：我亲爱的女儿，你的父亲要是听见你这么说该是什么反应啊？

康斯坦丝：亲爱的妈妈，一个死了二十五年的绅士，我们有必要去揣测他的言论吗？他有任何机智应答的天分吗？

卡尔弗太太：一点也没有。他很好，就是不聪明。这也是为什么神灵爱他，让他英年早逝的原因。

　　　　[伯纳德·克泽尔打开门往里张望。

伯纳德：我能进来吗？

康斯坦丝：噢，你来了。我还在想你发生什么事了。

伯纳德：玛丽-露易丝看到我的车在门口，她就叫我载她回去。我不太好意思拒绝。

康斯坦丝：所以你载她回去了。

伯纳德：没有，她说她心情不好，她必须去洗洗头。我就载她到邦德街上的一个地方了。

康斯坦丝：那她跟你说了什么？

伯纳德：她说，我不知道你怎么看我的。

康斯坦丝：大多数女人都会这么问一个男人，当这个男人的想法对她们没有多少分量的时候。你怎么回答的？

伯纳德：呃，我说，与我无关的事，我更愿意保留个人观点。

康斯坦丝：亲爱的伯纳德，我最欣赏你的一点就是你总是表现得如此得体。就算天塌下来，你也会保持标准的英国绅士风度。

伯纳德：我觉得这是最圆滑的回答了。

康斯坦丝：呃，妈妈，我不继续耽搁你们了。我知道你和玛莎还有很多事要做。

卡尔弗太太：很高兴你提醒了我。走吧，玛莎，再见，宝贝儿。再见，克泽尔先生。

伯纳德：再见。

康斯坦丝：[对玛莎]再见，亲爱的妹妹。谢谢你的关心和同情。你在我需要的时候大大地支持了我。

玛莎：反正我想不通，也没必要说我想通了。

康斯坦丝：保佑你。[卡尔弗太太和玛莎出去。伯纳德在她们身后关上门]我们是不是太迟了？

伯纳德：确实太迟了，所以再迟一点也没关系。我有重要的话对你说。

康斯坦丝：[有点打趣他]对你重要还是对我重要？

伯纳德：我没法告诉你刚那么糟糕的场面上我有多么痛心。

康斯坦丝：哦，你不觉得糟糕的同时还是有轻松的时刻？

伯纳德：我是今天下午才知道真相的，我一点也猜不到你竟然已经知道了。我也没法形容你有多么勇敢，竟然微笑地承受所有的折磨。如果说我以前爱慕过你，我现在对你的爱慕还又多十倍。

康斯坦丝：你真贴心，伯纳德。

伯纳德：当我想到你所经历的痛苦，我的心都在滴血。

康斯坦丝：过于介怀别人的不幸也不是件好事。

伯纳德：一小时前我才告诉过你，如果你哪一天需要我，我定为你赴汤蹈火、在所不辞。我没想到这一天这么快就来了。现在已没有什么理由能阻止我向你吐露这份焦灼的爱意。哦，康斯坦丝，来我这里吧。你知道的，如果事情如我之前所想的只是你和约翰之间的问题，那我不会有任何要表白的念头。可现在，他不再有权利要求你什么。他并不爱你。你何苦还要在一个会让你饱受屈辱的男人身上浪费生命呢？你清楚我对你的爱有多么持久，多么深沉。你可以把自己交给我。我会用整个生命来呵护你，使你忘记你所承受的痛苦。你愿意嫁给我吗，康斯坦丝？

康斯坦丝：我亲爱的，约翰也许做得不对，但他始终是我的丈夫。

伯纳德：只是名义上的。你已经竭尽所能地挽救了一场丑闻，现在你如果要求他离婚，他也只能点头同意。

康斯坦丝：你果真认为约翰对我如此糟糕吗？

伯纳德：［惊异的］你不会想说你对他和玛丽-露易丝的关系还有所怀疑吧？

康斯坦丝：没有怀疑。

伯纳德：那你究竟想说什么？

康斯坦丝：我亲爱的伯纳德，你有没有想过有钱人之间的婚姻是怎么一回事？对于工人阶级而言，一个妇女要为丈夫煮饭，洗衣服，补袜子。她要照顾孩子，为孩子们做衣服。她值得她所花费的每一分钱。但我们这个阶层的妇女是什么样的呢？她的房子有用人打理，孩子有保姆看管，如果她愿意生上一两个的话，而且孩子一旦长大，她就把他们打发去学校了。我们面对现实吧，这样的妇女就是男人的情妇而已，只不过她利用了男人的欲望来举行一个合法的仪式，以防止男人在欲望枯竭之后抛弃她。

伯纳德：她也是男人的伴侣和助手啊。

康斯坦丝：我亲爱的，任何明智的男人都更愿意在俱乐部打桥牌，而不是和妻子在一起，打高尔夫球也是宁可跟男人打，也不跟女人打。说到助手，花钱请一个秘书也比一个爱他的配偶强得多。总而言之，摩登主妇不过是社会的寄生虫。

伯纳德：我不同意你的观点。

康斯坦丝：看看吧，我可怜的朋友，你是恋爱中的人，你的判断就迷糊了。

伯纳德：我不懂你的意思。

康斯坦丝：约翰给我吃给我住，给我钱买衣服，消遣娱乐，还给我一辆车开，一个稳定的社会地位。他之所以要负担这些，是因为他十五年前痴迷于我，他愿意为我负责；尽管，你如果问他，他肯定会承认没有什么东西会像那种叫做爱情的痴迷一样转瞬即逝。他要么是太慷慨，要么是太不慎重了。你难道不认为我今天还要因为他的慷慨或者缺乏远见而占他的便宜，这样的做法实在很不地道吗？

伯纳德：如果一个男人只考虑自己，这么说也许没错。可女人怎么办呢？

康斯坦丝：我觉得你没必要浪费太多同情在女人身上。一百个女孩当中有九十九个都和我一样，结婚的时候把婚姻看作唯一能从事的一项轻松、体面又有利可图的事业。一般的女人结婚十五年后发现自己的丈夫出轨，她受伤的不是心灵，而是虚荣心。她要是稍微明白点事理，就会把出轨当作一个总体上愉快的职业所必然带来的麻烦之一。

伯纳德：那说来说去你就是不爱我咯。

康斯坦丝：你以为我的原则都是瞎扯淡的？

伯纳德：我觉得如果你对我就像我对你这样着迷，那原则什么的都不是问题。你还爱着约翰吗？

康斯坦丝：我很喜欢他，他逗我开心，我们两个在一起能打得火热，可我并不爱他。

伯纳德：这样你就满足了吗？未来不会难免有点凄凉？你不想要爱情吗？

　　　　[片刻停顿。她长久地思索地看着他。

康斯坦丝：[迷人地] 如果我确实想要，我会找你的，伯纳德。

伯纳德：康斯坦丝，你这话什么意思？你还是有可能倾心于我吗？哦，我亲爱的，你就是我的女神，我为你拜倒。

　　　　[他把她拥入怀中，热烈地亲吻她。

康斯坦丝：[挣脱出来] 哦，我亲爱的，别这么突然哪。只要我一天还依赖于约翰生活，那我对他不忠，我就会完全瞧不起自己。

伯纳德：但如果你爱我呢？

康斯坦丝：我从未说过我爱你。即使我爱你，只要约翰还在为我提供生活所需，我就不能背叛他。一切都归结为经济问题。他花钱买了我的忠贞，如果我接受了价钱而又不付出忠贞的话，那我连妓女都不如了。

伯纳德：你想说我根本没指望了？

康斯坦丝：你现在唯一的指望是赶紧出发去拉内拉赫，趁比赛还没有结束的时候。

伯纳德：你还想去吗？

康斯坦丝：想去。

伯纳德：那好吧。[满怀激情地] 我爱你。

康斯坦丝：那就下楼去把车子发动起来，往冷却器还是什么的加点油，我马上就过来找你。我想先打个电话。

伯纳德：好的。

　　　　[他出去。康斯坦丝拿起电话。

康斯坦丝：梅费尔区 2646 号……芭芭拉吗？是康斯坦丝。你两周前

574

给我的邀请——还有效吗？哦，我想接受……不，不，没什么事。约翰很好。他一直很体贴，你知道的。只是我想自食其力。我什么时候开始？越快越好。

第二幕终

第三幕

场景同上。一年过去了。时间是下午。

[康斯坦丝坐在书桌前写信。管家领进芭芭拉·福塞特和玛莎。

本特利：福塞特太太和卡尔弗小姐。

康斯坦丝：噢！请坐，我马上把这封短信写完了。

芭芭拉：我们在门口遇到的。

玛莎：我就想过来看看，看你出发以前我有什么能帮忙的。

康斯坦丝：你考虑真周到，玛莎。我觉得没什么要帮忙的。我已经收拾好行李，准备停当，而且这一次我相信我连自己可能用不上的东西都没忘。

芭芭拉：我觉得我必须赶过来告个别。

康斯坦丝：喂，我亲爱的，你可千万别等我一转身就消极怠工啊。

芭芭拉：实际我今天过来还有点工作上的事情。刚刚有个订单是要装修一所新房子，他们想要一间意大利风格的房间。

康斯坦丝：我可不喜欢你那种精明的小眼神，芭芭拉。

芭芭拉：哎呀，我就是想起来你既然要去意大利，何不到处逛逛，买一些不错的东西回来呢。

康斯坦丝：你打消这个念头吧。我累死累活干了一整年，直到昨天下午六点钟，我才彻底歇下来。我脱掉灰尘仆仆的工作服，擦掉额头上的汗水，搓干净粗糙的双手。你说了我可以休假六个星期的。

芭芭拉：我承认你的假期是你辛苦换来的。

康斯坦丝：我离开店面，关上店门的时候，我终于不再是一个英国劳工，而重新变回标准的英国淑女了。

玛莎：我从未见你如此干劲十足过。

康斯坦丝：工作告一段落，部分目标达成了。不过我真正想说的是，在后面六个星期的时间里，我根本不愿意再花一秒钟去想什么卫生间的问题、墙纸的问题，不去想厨房的水槽、洗涤间的地板、窗帘、靠垫、冰箱等等。

芭芭拉：我没有要求你去想。我只是希望你买一些彩绘的意大利家具和几面镜子。

康斯坦丝：不了，我努力工作了，也享受工作了。现在我要好好享受一个美好的假期。

玛莎：亲爱的康斯坦丝，我认为有些事你该知道一下。

康斯坦丝：我觉得你应该发现这一点了——该我知道的事，我一般都知道。

玛莎：你绝对猜不到我今天上午在邦德街看到谁了。

康斯坦丝：我怎么猜不到？玛丽-露易丝。

玛莎：噢!

康斯坦丝：我很抱歉让你失望了，宝贝儿。她一小时前才给我打了电话。

玛莎：我以为她还有一个月才回来呢。她本来要出去待一年的。

康斯坦丝：她昨晚回来的，她随时都会过来找我。

玛莎：来这儿吗?

康斯坦丝：是的。她说就是赶过来看看我，趁我还没走。

玛莎：我不知道她到底要干什么。

康斯坦丝：也许就是打个招呼。她真是好心，她走了这么久才回来，肯定很忙的，还专门跑来看我。

芭芭拉：她满世界在跑，是吗？

康斯坦丝：是的，她到了马来亚；莫蒂默在那儿有投资，你知道的，还有中国，他们现在刚从印度回来。

玛莎：我经常在想，是不是因为你的建议，他们才在那次不愉快的经历之后马上出远门去了。

康斯坦丝：对于那次的经历，你必须承认，没人比你更喜欢看热闹了，我亲爱的妹妹。

芭芭拉：出远门肯定是他们最明智的选择了。

玛莎：你自己的事你自己最清楚了，亲爱的姐姐，但你不觉得有点遗憾吗？她才刚回来，你就要离开六个星期。

康斯坦丝：我们这些职业妇女能休假的时候必须得休啊。

芭芭拉：约翰肯定已经吸取教训了。他不会第二次出丑的。

玛莎：你觉得他真的已经新鲜劲儿过去了吗，康斯坦丝？

康斯坦丝：我可不知道。不过他人来了，你最好亲自问问他。

　　　　[她正说着，约翰进来。

约翰：问他什么？

玛莎：[完全没有慌张] 我刚才想问你在康斯坦丝出门的时候打算怎么安排。

约翰：我有一大堆工作要做，你知道的，而且我会经常去俱乐部。

玛莎：真是遗憾，你没法安排好时间跟康斯坦丝一起休假。

芭芭拉：别怪我。我可是非常愿意配合康斯坦丝做安排的。

康斯坦丝：你们听我说，我想要去意大利，而约翰对欧洲大陆的喜好仅停留在一些只有靠想象才能确认自己没在英国的地方。

玛莎：海伦怎么办呢？

康斯坦丝：我们在汉莱 ① 买了一所房子，可以八月份过去。约翰能打

_____

① Henley，应该指泰晤士河畔的汉莱镇，是环境优美的度假小镇。

578

打高尔夫球，到河边消遣一下，我也可以每天进城来照看生意。

芭芭拉：好了，亲爱的，我要走了。我祝你假期愉快。你应该好好
　　玩一下。你知道吗，约翰，我觉得我太聪明了，能够说服康斯
　　坦丝来工作。她让我受益无穷。

约翰：我从来不喜欢她去工作，我也不打算回避这一点。

芭芭拉：你还没有原谅我吗？

约翰：她自己坚持要去，我也只能尽量趋利避害了。

芭芭拉：再见。

康斯坦丝：[吻她] 再见，亲爱的。自己保重。

玛莎：我跟你一起走，芭芭拉。妈妈说她要过来看一眼，跟你道
　　个别。

康斯坦丝：噢，好的。再见。

　　　　[她亲吻两人，送她们到门口。两人出去。

约翰：我说，康斯坦丝，我以为你必须这时候休假是因为芭芭拉自
　　己走不开呢。

康斯坦丝：我说过吗？

约翰：肯定的。

康斯坦丝：噢！

约翰：我要是知道你可以等我休假的时候再安排自己的假期……

康斯坦丝：[打断] 你不觉得夫妻两个同时休假是个错误吗？休假的
　　唯一目的是为了休息，改变，放松。你觉得一个男人跟妻子休
　　假的时候能真正达到目的吗？

约翰：那要取决于妻子。

康斯坦丝：最让我沮丧的事情莫过于看到那些在酒店餐厅里吃饭的
　　夫妇了，每张小桌子上坐那么两个人，面对面地坐着，却一句
　　话都不说。

约翰：噢，胡扯。你经常看见那些谈笑风生的夫妇。

康斯坦丝：是的，我知道，但是仔细一看女士手上的结婚戒指，你会发现戒指并不是那么踏踏实实地戴着。

约翰：我们的相处总是有情有调的，我是在主教的见证下才把结婚戒指套上你的手指的。你别跟我说我让你无聊了。

康斯坦丝：恰好相反，你逗得我开心死了。不过我这个人就是这么客套：我怕你跟我相处得太多了。我觉得如果我让你一个人自由自在地过几周，你会更精神一点。

约翰：你要是老这样拿我开涮，我就要被烫熟了。

康斯坦丝：不管怎样，现在都太迟了。我的包已经打好了，别也告了，本来大家都打定主意一个月都看不到我的，要是明天又看到了，那该有多么无聊啊。

约翰：唔。说的空话……这样，康斯坦丝，我有些话对你说。

康斯坦丝：嗯？

约翰：你知道玛丽-露易丝已经回来了吗？

康斯坦丝：知道。她说她要尽量赶过来跟我道别。这么久没见了，再见到她还是挺好的。

约翰：我希望你帮我做点事，康斯坦丝。

康斯坦丝：什么事？

约翰：咳，你全心全意地支持我，该死的，我怎么能利用你的善良呢。我必须做出公正的抉择。

康斯坦丝：我没听明白呢。

约翰：我一直没见过玛丽-露易丝了，自从那天莫蒂默过来闹了一场之后。她走了快一年，经过全盘的考虑，我觉得再要重新开始我们之间的关系是一个错误。

康斯坦丝：你为什么觉得她想重新开始呢？

约翰：她一回来就给你打电话让我预感到不对劲。

康斯坦丝：不对劲？你知道有些女人拿起电话才想起要打电话，然

后等接线员问起号码的时候，她们就得说一个号码出来。我敢
　　说我们的号码是玛丽-露易丝首先想到的。

约翰：没必要回避玛丽-露易丝仍然深爱着我的事实吧。

康斯坦丝：这个嘛，我们谁都不能怪她吧。

约翰：我也不是刻薄，但现实情况终究是让我们有了一个了结，我
　　觉得我们最好是一了百了了。

康斯坦丝：你当然是要自己乐意才行。

约翰：我不是在考虑我自己，康斯坦丝。有部分是为了玛丽-露易丝
　　着想，但主要是为了你。如果玛丽-露易丝和我之间还没有彻底
　　了断，我在你面前永远抬不起头来。

康斯坦丝：我可不愿意你失去这样一个既无伤大雅又花费不多的
　　娱乐。

约翰：这确实会痛苦，不过人一旦做出了决定，最好还是速战速
　　决吧。

康斯坦丝：你说的很有道理。那我就这么办吧，等玛丽-露易丝来
　　了，我就马上找个借口走开，让你们单独在一起。

约翰：我可不是这么想的。

康斯坦丝：噢？

约翰：这种事情女人比男人要擅长得多。我觉得由你去说比我去说
　　要好。

康斯坦丝：真的吗？

约翰：我去说有点开不了口，但你去说就很容易了——呃，你知道
　　这种事情的，你要考虑自己的面子问题，长话短说嘛，要么她
　　放弃我，要么你就把事情闹大。

康斯坦丝：但你知道我心软哪。如果她大哭起来，说她离不开你，
　　我就会可怜她，然后说见鬼，你就继续跟他吧。

约翰：你可不能这么陷害我啊，康斯坦丝。

康斯坦丝：你知道你的幸福就是我人生的主要意义。

约翰：[犹豫片刻] 康斯坦丝，我老实告诉你吧。我已经厌倦了玛丽-露易丝。

康斯坦丝：亲爱的，你为什么不早说呢？

约翰：别介啊，康斯坦丝。你知道这种事情不太好跟一个女人开口的。

康斯坦丝：我承认女人对这种事情不太容易接受。

约翰：女人很有意思。她们对你厌倦了，她们会毫不犹豫地告诉你，你要是不乐意，你就咬咬牙忍着。可反过来你对她们厌倦了，那你就是冷酷无情的混账东西，活该下油锅。

康斯坦丝：那好吧，交给我了。我来处理。

约翰：你对我太好了。不过你要委婉地告诉她，好吗？我实在不想伤害她。她是个漂亮的小可爱，康斯坦丝。

康斯坦丝：招人喜欢。

约翰：她运气不好。

康斯坦丝：倒霉透顶。

约翰：让她明白我是迫不得已的。我不希望她把我想得太坏。

康斯坦丝：当然不希望了。

约翰：但要确保没有后顾之忧。

康斯坦丝：交给我吧。

约翰：你真是个能人，康斯坦丝。天，有你这样的贤妻，夫复何求。

  [管家领进玛丽-露易丝。

本特利：达累姆太太。

  [两个女人亲热地拥抱。

玛丽-露易丝：亲爱的，再见到你真是太好了。好得不能再好了！

康斯坦丝：我亲爱的，你看起来气色不错。那是新买的珍珠项链吗？

玛丽-露易丝：很漂亮，不是吗？不过我们在印度的时候，莫蒂默给我买了天底下最美的绿宝石。噢，约翰，你好吗？

约翰：噢，我很好，谢谢。

玛丽-露易丝：你是不是比我上次看到你的时候胖了点？

约翰：完全没有。

玛丽-露易丝：我瘦了好多。[对康斯坦丝]我真高兴赶上了。要是没见到你，我会很失望的。[对约翰]你们准备去哪儿呢？

约翰：我哪儿都不去。康斯坦丝自己一个人出门。

玛丽-露易丝：真的吗？那太棒了。我猜你是走不开吧。你在赚大钱？

约翰：我还好。不好意思，我不能奉陪了，你不介意吧？我必须得走了。

玛丽-露易丝：没关系。你总是很忙的，是吧？

约翰：再见。

玛丽-露易丝：我希望康斯坦丝不在的时候我们还能偶尔见见你。

约翰：非常感谢。

玛丽-露易丝：莫蒂默的高尔夫又长进了。他很想跟你切磋下。

约翰：噢，是的，我也很乐意。

  [他出去了。

玛丽-露易丝：我真想和你单独谈谈。康斯坦丝，我有好多好多话要跟你说。约翰主动走开不就刚好了吗？首先我想告诉你，一切都进展得相当顺利。你知道你是非常明智的。我也很高兴听取了你的建议，让莫蒂默带我离开一年的时间。

康斯坦丝：莫蒂默又不是傻子。

玛丽-露易丝：噢，他才不呢，作为一个男人，他可是相当聪明的。我给他气受了，你知道的，因为他怀疑我，最后他又对我百依百顺、言听计从的。但我看得出来他始终不太信任我。你知道男人就这样——他们一旦有了什么想法，就很难把它从脑子里抠出去。不过出门旅行算是一个妙计吧；我一直都表现得像天使一样可爱，他赚了大笔的钱，所以一切都很顺利。

康斯坦丝：我很高兴。

玛丽-露易丝：这都是托你的福，康斯坦丝。我让莫蒂默在锡兰给你买了一枚绝美的星彩蓝宝石。我告诉他，他当初对你的冒犯，他应该对你做出点补偿。宝石花了一百二十镑，亲爱的，我们准备把它拿到卡地亚镶嵌起来。

康斯坦丝：太期待了。

玛丽-露易丝：你必须相信我是懂得感恩的。听我说，康斯坦丝，我现在要直截了当地告诉你，你不必为了我和约翰的事不开心。

康斯坦丝：我从来没有不开心过。

玛丽-露易丝：我知道我之前的行为有点不知羞耻，可我从来没想到过你会发现。如果我知道的话，你是了解我的，我肯定不会和他有任何的瓜葛。

康斯坦丝：你真是好心。

玛丽-露易丝：我想请你帮我一个忙，康斯坦丝。可以吗？

康斯坦丝：我对朋友总是乐于效劳的。

玛丽-露易丝：呃，你知道约翰的为人。他确实很讨人喜欢，很那什么，不过事情都结束了，他最好也能完全明白这一点。

康斯坦丝：结束了？

玛丽-露易丝：当然我知道他仍然对我爱得神魂颠倒的。我刚一进门就看出来了。不过也不能怪他，对吧？

康斯坦丝：是男人都会发现你魅力难挡。

玛丽-露易丝：可人生在世，偶尔也要考虑下自己吧。他必须意识到，自从我们发现你知情以后，一切都不可能像从前一样了。

康斯坦丝：我已经尽力向你们隐瞒了。

玛丽-露易丝：大家难免会有种感觉是你在戏弄我们两个。而且这样一来，似乎连情调也没有了，如果你懂我的意思的话。

康斯坦丝：大概吧。

玛丽-露易丝：你知道的，我无论如何也不愿伤约翰的心，可拐弯抹角地兜圈子没有任何好处，而且我已经下定决心要在你走之前彻底了结此事。

康斯坦丝：这太突然了。我担心约翰受不了打击。

玛丽-露易丝：我已经打定主意了。

康斯坦丝：时间来不及了，没法看到你们漫长而感人的一幕了，不过我可以去看看约翰还在不在家。你能十分钟之内完成吗？

玛丽-露易丝：噢，我可不能见他。我希望你去告诉他。

康斯坦丝：我啊！

玛丽-露易丝：你这么了解他，你知道该怎么跟他说。一个男人爱慕你，而你要告诉他你不再像从前那样喜欢他，那多得罪人啊。让第三方去说要容易得多。

康斯坦丝：你果真这么想的？

玛丽-露易丝：果真。你看啊，你可以这么说，为了你的缘故，我已经决定从现在开始我们只做朋友。你对我们两人都如此包容，要是我们再不守规矩，就太不近人情了。跟他说我会时常想念他，他是我唯一真正爱过的男人，但我们必须分手。

康斯坦丝：他要是坚持要见你呢？

玛丽-露易丝：没用的，康斯坦丝，我不能见他。我只会哭哭啼啼地把眼睛哭肿。你替我去说吧，亲爱的。求你了。

康斯坦丝：我会帮你的。

玛丽-露易丝：我经过巴黎的时候买了一件淡绿色缎面晚礼服，漂亮得不得了，穿在你身上肯定也是光彩照人。你愿意我把它送给你吗？我只穿过一次呢。

康斯坦丝：你得告诉我你这么急不可耐地要甩掉约翰的真正原因是什么。

> [玛丽-露易丝看着她，调皮地微微一笑。

玛丽-露易丝：你发誓不会说出去。

康斯坦丝：我发誓。

玛丽-露易丝：啊呀，我亲爱的，我们在印度遇见了一个极好的年轻男人。他是其中一位总督的随从参谋，他跟我们同船回国的。他就是爱慕我。

康斯坦丝：而且你当然也爱慕他咯。

玛丽-露易丝：我亲爱的，我为他着迷得很呢。我都不知道要发生什么。

康斯坦丝：我觉得我们可以猜对个十之八九。

玛丽-露易丝：有我这样脾气的人真是糟糕。你肯定理解不了，你很冷静。

康斯坦丝：[非常镇定地] 你是个小娼妇，玛丽-露易丝。

玛丽-露易丝：噢，我不是。我是有外遇——但我不是乱来的。

康斯坦丝：你要是个诚实的妓女，我对你都还要尊重几分。妓女至少是自食其力的。而你从你的丈夫那里索取一切，还对他的付出无所回报。你简直就是一个无耻的骗子。

玛丽-露易丝：[非常惊讶且很受伤] 康斯坦丝，你怎么能对我说出这样的话？我觉得你太尖酸刻薄了。我还以为你喜欢我。

康斯坦丝：我是喜欢你。我觉得你是一个说谎精，一个骗人鬼，一个寄生虫，但我还是喜欢你。

玛丽-露易丝：你如果把我想得这么龌龊，那就不可能喜欢我。

康斯坦丝：我可以。你脾气好，又大方，偶尔还很逗人开心。我甚至有点爱你了。

玛丽-露易丝：[微笑] 我不相信你说的每一个字。你知道我对你是多么诚心诚意。

康斯坦丝：我接受人们本来的面目，而且我敢说再过二十年，你就
　　　　是德行的典范。

玛丽-露易丝：亲爱的，我知道你是口是心非的，不过你开开玩笑也
　　　　无妨。

康斯坦丝：快走吧，亲爱的，我要把消息告诉约翰了。

玛丽-露易丝：好吧，再见了，对他温柔点。没理由对他太过于苛刻
　　　　了。[她转身离开，走到门口停住了] 顺便说一句，我总是在想
　　　　为什么以你的姿色你没有获得更大的成功呢。我现在知道了。

康斯坦丝：说说看。

玛丽-露易丝：你知道吧，你喜欢调侃，这样总是能把男人吓跑。

　　　　[她出去了。不一会儿，门被谨慎地打开，约翰探头进来]

约翰：她走了吗？

康斯坦丝：进来吧。良宵美景，皆大欢喜。

约翰：[进来] 我听见门砰的一声。你告诉她了？

康斯坦丝：告诉她了。

约翰：她伤心得一塌糊涂吗？

康斯坦丝：对她肯定是个打击，不过她还是很坚强。

约翰：她哭了吗？

康斯坦丝：没有。确实没哭。说实话，我感觉她是被吓蒙了。等她
　　　　回到家，意到自己有多么失落的时候，她会哭得跟什么似的。

约翰：我不愿意看到女人哭。

康斯坦丝：是很痛苦，不是吗？不过也是对神经的放松。

约翰：你这么说太无情了，康斯坦丝。我可没觉得很安慰。我本来
　　　　就不希望她认为我辜负了她。

康斯坦丝：我想她非常理解你这么做是为了我。她知道你对她仍然
　　　　很关心。

约翰：不过你还是说得很清楚，对吧？

康斯坦丝：噢，很清楚。

约翰：我太感谢你了，康斯坦丝。

康斯坦丝：用不着谢我。

约翰：不管怎样，我很高兴你能够轻轻松松、无所牵挂地出发旅行。另外，你需要钱吗？我马上给你写一张支票。

康斯坦丝：噢，不用了，谢谢。我自己有不少钱。这工作的一年，我挣了一千四百镑。

约翰：哇，天啊！很可观的一笔钱了。

康斯坦丝：我打算花两百镑出去旅行。之前已经花了两百镑买衣服和杂七杂八的东西。剩下的一千镑我今天上午支付到你的账户里了，用于我过去十二个月的食宿费。

约翰：瞎说什么呢，宝贝儿。我不想听到这样的胡话。我不要你支付自己的食宿费。

康斯坦丝：我坚持要付。

约翰：你不再爱我了吗？

康斯坦丝：这个和那个又有什么关系呢？噢，你以为女人只有在男人供养她的时候才会爱他。这样来评估你的吸引力是不是太简单粗暴了？你的个人魅力和好脾气又算什么呢？

约翰：别蛮不讲理了，康斯坦丝。我完全有能力养活你，让你过体面的生活。给我一千镑来支付你的食宿费几乎就在羞辱我。

康斯坦丝：你不觉得这样的羞辱，你不忍也得忍了吗？一千镑能做好多开心的事啊。

约翰：我无论如何也没法接受。我一直不喜欢你出去做生意。我觉得你照看下房子，这个那个的，就足够了。

康斯坦丝：我出去工作以后，你的生活舒适度降低了吗？

约翰：没有，我不能说有。

康斯坦丝：你相信我，有不少不称职的妇女在对家务活说三道四、屁话连篇。如果你了解自己的工作，并且有得力的用人，一天只花十分钟就能干完了。

约翰：反正你想工作嘛，我就让步了。我从实际考虑的，就想工作让你有事可干，忙得不亦乐乎，可天作证，我没有预期过要有什么经济上的利益。

康斯坦丝：我相信你没有预期过。

约翰：康斯坦丝，我总忍不住怀疑你的决心和玛丽-露易丝有关。

[出现片刻的停顿。康斯坦丝说话时，语气颇为严厉。]

康斯坦丝：你难道没有想过我为什么从来不指责你和玛丽-露易丝的外遇？

约翰：我想过。我只能归结于你无比的善良。

康斯坦丝：那你错了。我觉得我没有权利指责你。

约翰：你什么意思呢，康斯坦丝？你完全有权利啊。我们跟猪猡一样苟且。我或许就是一个败类，可是感谢上帝，我知道我自己是个败类。

康斯坦丝：你不再需要我了。我怎么能怪你呢？但是如果你不需要我，我对你又有什么用处呢？你已经看到了，为你提供一个舒适、井然有序的家，我实际起到的作用很有限。

约翰：你是我孩子的母亲啊。

康斯坦丝：我们不要过分夸大这一点的重要性，约翰。我不过是发挥了一个女人与生俱来的正常的功能。而且她出生以后，所有那些累人的照看的工作，我都交到比我擅长得多的人手上。我们面对现实吧，我只是你房子里的一个寄生虫。你受到法定义务的限制而无法摆脱我，但你从未在言行上让我感觉自己无异于一件奢侈，有时还麻烦的装饰品，我对你是深怀感激的。

约翰：我从没有把你看成麻烦的装饰品。而且我不懂你为什么说自己是寄生虫。我有过任何方面的暗示说我不高兴在你身上花哪怕一分钱吗？

康斯坦丝：[戏谑地] 全是你自己的愚蠢导致的错误，你还指望我来夸赞你有风度吗？你是跟普通男人一样喜欢听普通女人的吹嘘——说什么男人娶了女人，就必须为她提供锦衣玉食，为她克制自己的享乐安逸，必须以能为她当牛做马为荣——你也相信这一套吗？好了，好了，醒醒吧，约翰。你比这个时代落后了一百年。既然女人推倒了闺房的壁垒，她们就必须要承受大街上的你争我夺。

约翰：你把一切都忘了。你难道不觉得一个男人也许会为了曾经爱过一个女人而感激她吗？

康斯坦丝：我觉得男人经常都会有非常强烈的感激之情，只要不要求他们做具体的某种牺牲。

约翰：呃，你这是一种奇怪的看待事物的方式，不过我显然是有理由去感激的。但不管怎样，在话说出来之前，你早就意识到这是怎么回事了。那当时到底发生了什么让你下决心要去做生意的？

康斯坦丝：我生来是个懒惰的女人。只要姿容保养得当，我都准备好要竭尽所能地索取，而不给予任何的回报。我是个寄生虫，但我清楚这一点。可当我们的关系走到一种尴尬的境地——只有依靠你的礼貌或者没脑子，你才不会向我发难的时候，我改变了主意。我觉得我应该希望自己有资格，在我想要的时候，冷静而不失礼数，但又态度强硬地对你说一声——见鬼去吧！

约翰：你现在有这样的资格了吗？

康斯坦丝：完全有了。我不欠你什么了。我有能力照顾自己。去年一年，我都没有负债。世上只有一种自由是真正重要的，那就是经济自由，因为从长远来看，终究是谁出钱，谁说了算。而我嘛，已经拥有了这种自由，而且我发誓，自从我吃到自己的第一份草莓冰沙以来，这是我感觉最刺激的一次。

约翰：你知道的，我宁可你像任何普通女人一样跟我连续闹上一个月，把我耳朵都吵出茧子来，也不希望你在心里如此怨恨我。

康斯坦丝：我亲爱的宝贝儿，你在说什么呀？你认识我十五年了，你认为我是想装就能装的人吗？我心里没有任何怨恨。凭什么呀，我亲爱的，我可是对你真心实意的。

约翰：你意思是说，你做所有这些事，意图都不是为了让我感觉自己是个十足的混蛋？

康斯坦丝：我发誓。如果我审视自己的内心，我只会发现对你的情意，最关切善意的情感。你不相信我吗？

　　　[他注视她一会儿，然后略微做出一个表示困惑的动作。]

约翰：是的，说来也奇怪，我相信你。你是一个异于常人的女人，康斯坦丝。

康斯坦丝：我知道，但你放在心里就行了。你可别把人家的名声搞坏了。

约翰：[满怀深情地微笑] 我真希望我能走得开。我不太喜欢你自己一个人出门。

康斯坦丝：噢，可我不是一个人。我没跟你说过吗？

约翰：没有。

康斯坦丝：我打算说来着。我要和伯纳德一起去。

约翰：噢！你从来没说过啊。还有谁？

康斯坦丝：没别人了。

约翰：噢！[他非常震惊于此消息] 这样不是很奇怪吗？

康斯坦丝：不奇怪啊。怎么啦？

约翰：[完全不知该如何看待] 我说，一个年轻的女人跟一个远远没有老到要当她父亲的男人外出度假六个星期，这可不是寻常

591

的事。

康斯坦丝：伯纳德跟你年纪差不多。

约翰：你不怕有人会嚼点舌根之类的？

康斯坦丝：我可没有到处宣传啊。实际上，我现在仔细想想，我还没有告诉任何人，只除了你。而你嘛，我肯定你会小心谨慎的。

    [约翰突然感觉自己的领子有点紧，他用手指去松一松。

约翰：你必定会被熟人看见的，他们也必定会说出去。

康斯坦丝：噢，我可不这么想。我们一路上都在开车，而且我们也不喜欢热闹的地方。我们的朋友都是真正很不错的朋友，你总是能在那些时髦的度假胜地找到他们，而与此同时，你认识的每一个人都在那儿。这是认识这些朋友的优势之一。

约翰：当然了，我还没有那么傻，不至于去相信男女一起外出，他们之间就必然存在什么不齿的关系，但你不能否认这确实很不符合常理。我不会有一丝的怀疑说你们之间会发生什么，但一般的人难免会产生误会。

康斯坦丝：[泰然自若地] 我向来都认为一般的人其实比聪明人所想象的要有脑子。

约翰：[从容地] 你到底什么意思？

康斯坦丝：还能是什么，我们当然是以夫妻的名义出去的，约翰。

约翰：别傻了，康斯坦丝。你不知道自己在说什么。这可一点都不好玩。

康斯坦丝：我可怜的约翰，那你把我们当成什么了？难道我是一个难看的女人，我跟你说的都不可能是真的？除了这个理由，我还有什么理由要跟伯纳德出去？如果我只是想找个伴，那我就会找一个女人。我们可以一起头疼，到同一个地方洗头，还可以穿跟对方一样的睡衣。作为旅行的伴侣，女人比男人适合得多。

592

约翰：我也许很愚蠢，但我真的不太能听懂你的话。你确实是希望我相信伯纳德·克泽尔是你的情人吗？

康斯坦丝：当然不是。

约翰：那你究竟在说什么呢？

康斯坦丝：我亲爱的，我不能说得更清楚了。我要去度六个星期的假，伯纳德非常友好地提出要陪同我去。

约翰：那我怎么加入呢？

康斯坦丝：你不加入。你待在家里，照看你的病人。

约翰：[竭力控制自己] 我自以为是个理智的男人。我并不会大发雷霆。不少男人会跺脚怒吼，或者损坏家具。我不想表现得太夸张，但你必须允许我说一句——你刚才告诉我的实在太让人意外了。

康斯坦丝：也许就意外那么一会儿吧，我敢肯定你只要让自己适应一下就感觉习惯了。

约翰：我都怀疑自己有没有时间去适应，我感觉像要中风了一样。

康斯坦丝：那就把领子解开。我现在看你的样子，确实脸膛比平时要红。

约翰：你凭什么认为我会放你走呢？

康斯坦丝：[心平气和地] 主要是你没法阻止我呀。

约翰：我简直不敢相信你是在说真的。我不知道你的脑子里怎么会冒出这样的想法。

康斯坦丝：[漫不经心地] 我觉得做出一点改变对我有好处。

约翰：胡扯。

康斯坦丝：怎么会？你不就是这样。你不记得了？你之前整个人都没精打采、死气沉沉的。然后你和玛丽-露易丝有了外遇，你就完全变了一个人。风趣幽默，充满活力，相处起来也融洽多了。你的精神面貌可是发生了非常显著的变化。

约翰：男人和女人不一样。

康斯坦丝：你是在考虑可能产生的后果吗？维多利亚时期早就过去了，女人生孩子的中断期过了以后不必再用星号来表示那什么了。

约翰：我从来没想过这个。我的意思是如果一个男人对妻子不忠，那妻子是受人同情的对象，但反过来，如果一个女人对丈夫不忠，丈夫就成了一个笑柄。

康斯坦丝：这是传统上的一种偏见，明事理的人必须努力克服这种偏见。

约翰：你还指望我一动不动地站着，任由这个男人在我眼皮子底下把我的妻子带走吗？你怎么不叫我跟他握握手，祝他好运呢？

康斯坦丝：我正有此打算。他过几分钟就过来跟你道别。

约翰：我要把他打倒在地。

康斯坦丝：我要是你就不会冒任何风险。他很壮实，而且我印象当中他的左侧相当敏捷。

约翰：我很乐意告诉他我究竟是怎么看他的。

康斯坦丝：何苦呢？你难道忘了我把玛丽-露易丝也迷住了？我们是最好的朋友。她连买一顶帽子都要叫我去帮忙挑选。

约翰：我可是有血性的。

康斯坦丝：我现在更关心你脑子里是不是有理性。

约翰：他爱你吗？

康斯坦丝：爱得发狂。你不知道吗？

约翰：我？我怎么会知道？

康斯坦丝：他这一年可是频繁登门。难道你以为他只是来拜访你的？

约翰：我从未留意过他。我觉得他太无聊了。

康斯坦丝：他是太无聊了。但他很贴心。

约翰：什么样的男人吃了别人的，喝了别人的，还背着别人跟别人老婆调情？

康斯坦丝：跟你一样的男人，约翰，我应该这么说。

约翰：根本不一样。伯纳德这种人生来就是被戏弄的。

康斯坦丝：我们谁也无法猜透上天的安排。

约翰：我看你是铁了心要把我逼上绝路。我分分钟就要砸东西了。

康斯坦丝：那边有个青花碗，是你的亨利叔叔送我们的结婚礼物。砸了它吧，就是个现代仿品。

　　　[他拿起碗，用力扔到地上，碗砸得稀碎。

约翰：看吧。

康斯坦丝：你感觉好些了吗？

约翰：一点也没有。

康斯坦丝：那你白砸了。你本来还可以拿去当作结婚礼物送给你医院的同事的。

　　　[管家领进卡尔弗太太。

本特利：卡尔弗太太。

康斯坦丝：噢，妈妈，真高兴你来了。我真希望出发前能见你一面。

卡尔弗太太：噢，你们发生了点小意外。

康斯坦丝：没有，约翰在发脾气，他觉得砸点东西能解气。

卡尔弗太太：瞎说，约翰从来不发脾气。

约翰：那是你的想法，卡尔弗太太。没错，我就是在发脾气。我脾气可臭了。你也参与了康斯坦丝的计划吗？

康斯坦丝：不，妈妈不知情。

约翰：你能帮忙阻止她吗？你对她多少有点影响力。你肯定觉得这事荒唐透顶。

卡尔弗太太：我亲爱的小伙子，我根本不知道你在说什么。

约翰：她要跟伯纳德·克泽尔去意大利。单独去。

卡尔弗太太：[瞪起眼睛] 不可能。你怎么知道的？

约翰：她亲口跟我说的，就这么厚颜无耻、莫名其妙地跟我说了。她闲聊的时候提了一句，好像在说，亲爱的，你的外套需要刷一刷了。

卡尔弗太太：是真的吗，康斯坦丝？

康斯坦丝：千真万确。

卡尔弗太太：可是你跟约翰不是相处得很好吗？我一直以为你们两个过得很幸福。

约翰：我也这么以为的。我们从来没有红过脸。我们一直相处融洽。

卡尔弗太太：你不再爱约翰了吗，亲爱的？

康斯坦丝：爱，我对他是真心的。

约翰：你怎么能真心对一个男人，同时又要做出最伤害他的事？一个女人对男人的伤害也莫过于此。

康斯坦丝：少来了，约翰。我对你的伤害绝不大于你一年前对我的伤害。

约翰：[大步走到她的面前，非常错误地认为他领悟了] 你做这件事的目的是为了向我报复玛丽-露易丝的事吗？

康斯坦丝：别这么傻，约翰。根本不是我的真实想法，差了十万八千里。

卡尔弗太太：情况完全不同。约翰之前欺骗你是很讨人嫌，但他知道错了，也受到了惩罚。这件事非常恶劣，给我们造成了巨大的痛苦。但男人就是男人，那样的事情在所难免。男人可以找到借口。可女人不行。男人生来就该有多个女人，明智的女人总是会允许他们偶尔背离现代文明强加给他们的约束。女人只能有一个男人。女人的天性不会想要第二个男人，这也是为什么世俗的眼光会尤其鄙视那些逾越性别限制的女人。

康斯坦丝：[微笑] 烹煮公鹅的酱汁没法用来烹煮母鹅，这也太不公

596

平了。

卡尔弗太太：我们都知道不守贞节对男人没有道德层面的影响。他们可以既荒淫无度，又保持刚正、勤勉和诚信的品性。女人的情况就大不相同了。不守贞节会毁了她们的品性。她们会变得水性杨花、好逸恶劳、心慵意懒、两面三刀。这也是为什么千万年以来的传统经验要求女人守贞节。因为经验所得到的教训就是贞节为妇女美德之首。

康斯坦丝：她们两面三刀，是因为她们要付出的并非她们所有。她们靠出卖自己来获得食宿和庇护。她们是私有财产。她们依赖于自己的丈夫，一旦她们不忠，就成了骗子和小偷。我现在并不依赖于约翰。我在经济上是独立的，因此我也要求在性生活上独立。我今天下午已经存了一千镑到约翰的账户上，用于支付我一年的费用。

约翰：我拒绝接受。

康斯坦丝：这个嘛，你不接受也得接受。

卡尔弗太太：没必要发脾气。

康斯坦丝：我脾气控制得很好。

约翰：如果你认为他们所谓的自由性爱好玩，那你就错了。相信我，这种娱乐是有史以来最被高估的。

康斯坦丝：如果是这样，我不知道大家为什么还要沉溺其中不可自拔。

约翰：我说的自然有我的道理，见鬼。婚姻的麻烦它全都有，但婚姻的好处它一样不占。我向你保证，亲爱的，玩这个游戏会得不偿失的。

康斯坦丝：我也许说得对，不过你知道要学习别人的经验有多难。我觉得我还是想亲身尝试一下。

卡尔弗太太：你爱伯纳德吗？

康斯坦丝：老实告诉你，我还没想好。一个人怎么知道自己恋爱了呢？

卡尔弗太太：亲爱的，我只知道一种测试方法。你能用他的牙刷吗？

康斯坦丝：不能。

卡尔弗太太：那你就没爱上他。

康斯坦丝：他爱慕了我十五年。如此漫长的守候让我的心中有了一丝莫名的触动。我愿意以行动向他表示我并非无动于衷。再有六周的时间，他就要回到日本。七年之内都不会再有机会回英国了。我现在三十六岁，再过七年就四十三岁。一个四十三岁的女人一般来说还算有魅力，但一个五十五岁的男人就不见得会为她着迷了。我知道这是最后的机会了，于是我问他是否愿意到意大利和我度过这最后的六周。等到他在那不勒斯的港口扬帆远航时，我会向他挥舞手绢道别，我希望他感觉到这么多年无私的爱是非常值得的。

约翰：六周。你打算在六周之后离开他吗？

康斯坦丝：噢，是的，当然了。正因为我要为我们的爱情设置一个期限，所以我觉得它也许会成为美好而短暂的极致。为什么这么说呢，约翰，玫瑰如此美丽，为何又要在盛放之后不久凋零呢？

约翰：你说得劈头盖脸的，我简直不知道该如何回答。你让我完全处于劣势。

　　　　〔卡尔弗太太，之前一直站在窗户边上，轻轻叫了一声。

康斯坦丝：怎么了？

卡尔弗太太：伯纳德来了。他开车到门口了。

约翰：你希望我假装不知道你们的计划，高高兴兴地接待他吗？

康斯坦丝：这样更好。大惊小怪的也没用，阻止不了我跟他出门。

约翰：我也有我的尊严。

康斯坦丝：要维护自己的尊严，最好把它放进口袋里。约翰，你如果像我接待玛丽-露易丝那样接待他——尽管我知道她是你的情人，我还是愉快地接待了她——你就是个宽容大度的好人。

约翰：他知道我知道了吗？

康斯坦丝：当然不知道。他还是有点传统的，你知道吧，如果他认为事情已经公开，不存在欺骗的问题，他就不会心安理得地欺骗一个朋友。

约翰：康斯坦丝，我说什么也不能让你改变主意了吗？

康斯坦丝：不能，亲爱的。

卡尔弗太太：那我也大可不必费唇舌了。他来之前，我就悄悄走了。

康斯坦丝：噢，好的。再见，妈妈。我会给你寄好多明信片的。

卡尔弗太太：我并不赞同你，康斯坦丝。我也不能假装赞同。这么做没有好处的。男人命中注定是可恨又可爱的，注定要背叛他们的妻子，而女人注定要贤良淑德、宽宏大量、隐忍不发的。这是亘古不变的真理，你们所玩的新花样没有一样能改变上天的意旨。

　　　　［管家进来，后面跟着伯纳德。

本特利：克泽尔先生。

卡尔弗太太：你好，伯纳德，再见了，我正准备要走。

伯纳德：噢，真遗憾。再见。

　　　　［她出去了。

伯纳德：你期待你的假期吗？

康斯坦丝：非常期待。我从来没有这样出门过，我确实很兴奋。

伯纳德：你自己一个人去，是吧？

康斯坦丝：噢，是的，一个人。

伯纳德：你脱不开身真是太倒霉了，老伙计。

599

约翰：倒霉。

伯纳德：我估计这些都是崇高的代价。我非常理解你必须优先考虑自己的病人。

约翰：没错。

康斯坦丝：约翰确实也不太喜欢意大利。

伯纳德：噢，你要去意大利？我以为你说的西班牙呢。

约翰：哪里，她一直说的意大利。

伯纳德：噢，这样的话，你就难得有兴趣了吧，老伙计？尽管我确定科莫湖上有一些搞赌博的高尔夫球场。

约翰：真的吗？

伯纳德：那我估计你到七月底都不可能靠近那不勒斯了？

康斯坦丝：我自己也不知道。我的计划实在松散。

伯纳德：我只是问一声，因为我要从那不勒斯坐船出发。我们如果在那儿碰头就好玩了。

约翰：相当好玩。

康斯坦丝：我希望我不在的时候你经常来探望约翰。我怕他有点寂寞，可怜的宝贝儿。你们何不下周找一天吃个晚饭呢？

伯纳德：很抱歉，我也要离开了。

康斯坦丝：噢，是吗？我以为你要一直待在伦敦，等到最后期限再回日本。

伯纳德：我本来打算的，但我的医生要求我去做一个治疗。

约翰：什么样的治疗？

伯纳德：噢，就是一个治疗。他说我需要振作起来。

约翰：噢，是吗？你的医生叫什么名字？

伯纳德：你从未听说过的医生。我在战争时期认识的男人。

约翰：噢！

伯纳德：所以我恐怕要就此别过了。当然了，离开伦敦是件伤心的事，尤其是我预计几年内都不会再回欧洲了，但我一直认为征求了别人的意见又不听从是很愚蠢的做法。

康斯坦丝：我很遗憾。我还指望你在我离开的时候替我看着约翰呢。

伯纳德：我不确定我能担此重任。不过我们也许可以一起看几场戏，打一两场高尔夫。

康斯坦丝：那就太开心了，是吧，约翰？

约翰：很开心。

　　　　[管家进来。

本特利：出租车在等了，夫人。

康斯坦丝：谢谢。

　　　　[管家出去。

伯纳德：那我就告辞了。我怕万一再也见不到你了，所以我现在就想感谢你，感谢你在我逗留伦敦的一年以来对我的关心和照顾。

康斯坦丝：见到你很高兴。

伯纳德：你和约翰都对我好得不得了。我从未想过我会度过如此美好的时光。

康斯坦丝：我们会非常想念你的。约翰也很安慰，每当他有手术走不开的时候，他一想到有人带我出门就很安慰。是这样的吧，宝贝儿？

约翰：是的，宝贝儿。

康斯坦丝：当他知道我和你在一起的时候，他从来不担心。是吧，宝贝儿？

约翰：是的，宝贝儿。

伯纳德：如果我能让自己发挥点作用，我深感荣幸。你们不会全然忘了我吧？

康斯坦丝：我们不可能忘了你，对吧，宝贝儿？

约翰：对，宝贝儿。

伯纳德：如果你们有一点空闲，你们会写信给我吧？你们不知道这对我们这些背井离乡的人有多么重要。

康斯坦丝：我们当然会写。我们两个人都会写。是吧，宝贝儿？

约翰：是的，宝贝儿。

康斯坦丝：约翰很会写信。话又多，又风趣。

伯纳德：那就说定了。再见了，老伙计。生活愉快。

约翰：谢谢，老兄。

伯纳德：再见了，康斯坦丝。我有太多话想对你说，又不知该从何说起。

约翰：我不想催你，不过出租车已经等不及了。

伯纳德：约翰就是这么务实。好啦，我什么也不说啦，只说愿上帝保佑你。

康斯坦丝：再会。

伯纳德：如果你确实去了那不勒斯，请务必通知我，好吗？如果你给我的俱乐部打电话，他们会立刻转接给我的。

康斯坦丝：噢，好的。

伯纳德：再见。

    [他向他们二人友好地点点头，出去了。康斯坦丝开始咯咯地笑起来，不久便失声大笑。

约翰：你能行行好告诉我有什么可笑的吗？如果你认为我喜欢站在这儿，像是墓碑上刻着的"忍耐"的化身 ①，任由别人拿我开涮，那你就错了。你们刚才说的要在那不勒斯偶遇的废话究竟是什么意思？

康斯坦丝：他想让你失去戒心。

———————————————————

① 原文 patience on a monument，出自莎士比亚《第十二夜》第二幕第四场，中文引自译林出版社《第十二夜》(朱生豪译，辜正坤校)。

约翰：这小子是个废话连篇的蠢货。

康斯坦丝：你这么想的？我觉得他挺机智的。考虑到他在这方面没什么经验，我觉得他表现得很好。

约翰：那当然了，如果你认定他是完美的类型，那我再怎么想争辩都没用。不过说实在的，既不偏袒也不针对地说，一想到你要为这种男人糟践自己，我可是于心不忍。

康斯坦丝：对于妻子的潜在情人，也许丈夫和妻子自然而然地会有不同的评价。

约翰：你不会告诉我他比我更英俊吧。

康斯坦丝：不会。你一直都是我心目中理想的俊男。

约翰：他也不比我穿得更好。

康斯坦丝：他几乎不可能比你穿得更好。他总是找同一家裁缝店。

约翰：我也不觉得你能诚恳地说他比我更风趣。

康斯坦丝：不，我不能撒谎。

约翰：那就奇怪了，你为什么愿意跟他走呢？

康斯坦丝：我该告诉你吗？趁着还有机会的时候，我想再一次体验一下为我拜倒的男人将我拥入怀中的感觉。我想看到当我走入房间时他脸上绽放的光彩。我想感觉到当我们一起看月亮时他手掌的力道，当他悄悄地伸出胳膊搂住我的腰时那种舒服的撩拨。我想把一只手落在他的肩上，感受他的双唇轻轻吻我的头发。

约翰：这样的操作可是不现实的，可怜的混蛋会弄得脖子抽筋，不知所措的。

康斯坦丝：我想手拉着手漫步在乡村小道上，我想被人用可笑的爱称呼唤。我想一直不停地说孩子气的话。

约翰：噢，天啊。

康斯坦丝：我想知道在我一言不发的时候我仍然是妙语连珠、诙谐机智的。十年以来，我都很享受你对我的深情厚爱，约翰，我们成为了最要好最亲密的朋友，但是现在，仅仅有那么一会儿，我想要点别的东西。你认为我不该得到吗？我想要被爱。

约翰：可是，我亲爱的，我会爱你的。我之前太不像话了，冷落了你，但现在还来得及，你是我唯一真正在乎的女人。我会推掉一切工作，我们一起出去度假。

康斯坦丝：这样的许诺并不让我兴奋。

约翰：好啦，宝贝儿，行行好吧。我放弃了玛丽-露易丝。你也可以放弃伯纳德。

康斯坦丝：但你放弃玛丽-露易丝是为了让自己高兴，不是为了让我高兴。

约翰：别小心眼，康斯坦丝。跟我一起走吧，我们会玩得很尽兴的。

康斯坦丝：噢，我可怜的约翰，我这么辛苦地工作，争取到自己的经济独立，可不是为了跟自己的丈夫外出度蜜月的。

约翰：你不觉得我既可以当个丈夫，又可以当个情人吗？

康斯坦丝：我亲爱的，没人能把昨天的冷羊肉做成明天的小羊排。

约翰：你知道自己在干什么。我已经下决心要做一个模范丈夫，但你非要把我往玛丽-露易丝的怀里推。我向你保证，你一旦走出这个家门，我就立马开车去她的家。

康斯坦丝：我可不希望你白跑一趟。你恐怕找不到她。她有了一个年轻的新欢，她说那男人棒极了。

约翰：什么！

康斯坦丝：他是一位总督的随从参谋。她今天过来的目的就是让我把消息告诉你，好让你们之间彻底了断。

约翰：我希望你抢先告诉了她我坚决要结束这种只会给你带来痛苦的关系。

康斯坦丝：我没法抢先。她等不及地要告诉我她的消息。

约翰：说真的，康斯坦丝，为了你自己的面子，我都觉得你不应该让她把我当猴子耍。随便换一个女人都会说，真是不凑巧。半个小时前，约翰才跟我说他下定决心再也不见你了。不过很明显，你在心里也不再会为我考虑了。

康斯坦丝：噢，这么说不公平，宝贝儿。我一直都在为你考虑。我也许会不忠，但我是忠实的。我始终认为那是我最可宝贵的品质。

　　　　[管家开门。

约翰：[不耐烦地] 什么事？

本特利：我想夫人大概是忘了出租车还等在门口的。

约翰：见鬼去吧。

本特利：好的。先生。

　　　　[他出去。

康斯坦丝：我不知道你为什么要对他发脾气。伯纳德会付出租车的钱。不管怎么说，我必须走了，不然他会以为我不走了。再见，宝贝儿。我希望你在我离开的时候一切都顺利。只要让厨娘随意发挥，你就不会有麻烦。你不想跟我道别吗？

约翰：快滚吧。

康斯坦丝：好的。我六周以后回来。

约翰：回来？哪儿？

康斯坦丝：这儿。

约翰：这儿？这儿？你以为我会让你回来？

康斯坦丝：我没觉得有何不可。等你有时间好好想一想，你会发现你没理由怪罪我。说到底，我并没有从你身上带走任何你想要的东西。

约翰：你明白我可以因为这个跟你离婚吗？

康斯坦丝：非常明白。不过我嫁人的时候很慎重。我专门嫁了一个绅士，我知道你绝不可能因为我做了跟你同样的事而跟我离婚。

约翰： 我不会跟你离婚。我可不愿意让我的死对头有可能娶到一个能像这样对待自己丈夫的女人。

康斯坦丝： [站在门口] 好吧，那我可以回来啦?

约翰： [犹疑片刻] 你这样的女人，是倒了血霉的男人能娶到的最让人抓狂，最富有心计，最任性，最执迷不悟，又最可爱，最迷人的老婆。是的，该死的，你回来吧。

[她对他轻吻自己的手，溜了出去，又将身后的门重重关上。

全剧终